# 光芒旅程

# Over the light

萧婷 著

九州出版社
JIUZHOUPRESS

图书在版编目（CIP）数据

光芒旅程 / 萧婷著 .— 北京：九州出版社，2019.1
ISBN 978-7-5108-7717-9

Ⅰ . ①光…　Ⅱ . ①萧…　Ⅲ . ①长篇小说－中国－当代
Ⅳ . ① I247.5

中国版本图书馆 CIP 数据核字（2018）第 289079 号

光芒旅程

作　　者　萧　婷　著
出版发行　九州出版社
地　　址　北京市西城区阜外大街甲 35 号（100037）
发行电话　（010）68992190/3/5/6
网　　址　www.jiuzhoupress.com
电子信箱　jiuzhou@jiuzhoupress.com
印　　刷　北京盛彩捷印刷有限公司
开　　本　710 毫米 ×1000 毫米　16 开
印　　张　22
字　　数　358 千字
版　　次　2019 年 1 月第 1 版
印　　次　2019 年 1 月第 1 次印刷
书　　号　ISBN 978-7-5108-7717-9
定　　价　68.00 元

# 前言

十五岁那年，大抵是脑洞使然，如梦如幻飘摇的内心中，构想了这个关于宿命与隐罪的故事，背景架构于地球另一端的西方世界之上。

这本小说最初的手稿字数不及十万，写毕，我将每个章节装订一体，用寻常报纸包裹，收于档案袋内，压于旧箱潮衣之下。料想此出莫不过是心血来潮，狂野之笔，不见天日终成追忆。然而念念不忘，必予回响。光阴似箭，山风海雨，岁月孤行。我早已成长，于旧日手稿，念兹在兹，无日或忘。毕业次年，我将这本沉压箱底的手稿进行二度创作，仿佛回到过去，与十五岁那年忧郁彷徨的我并肩作战，将原本不足十万字的小说修改打磨，增补完善，成为如今的三十多万字的长篇小说。此间仿佛与主人公共同经历了一场场光怪陆离的旅程。温情与追思，血腥与残酷，人性之恶如狂魔席卷，人性之善如崇山水涧，最极端的恶往往与最纯净的爱相对立，而对于爱意的向往与依存，永远都在我们内心深处，穿越时空，跨越星辰。

小说或具象或意象地展示了一个极为奇观式的世界。其中不乏对于时间与意识的无限遐想，用西方的外衣裹挟了一个极具东方内核的故事。

在此，我要感谢相助的贵人，王先生（他希望我低调一点不要写出他的全名），谢谢他能够全力帮助我实现曾经的出版梦，了却时不我待的哀愁；谢谢温开旭先生为本书的出版搭桥牵线；谢谢王铭乾同学为本书所描绘的封面。当然，也谢谢每一个读者。

此书能够顺利出版，也给十五岁那年的我一个完满的回馈。毕竟本书是当年的我和现在的我一起创作的，我们以梦为马，以字为缰。在我快要遗忘十五岁那年的自己时，通过手稿再次找回了岁月洪流中差点丢弃的温暖与感动。她当时经历的可是怎样的孤独啊！我一直很想向大家介绍她——内心丰富，思维活跃，古灵精怪，生性敏感。是她的独立和独到，坚强和坚持陪我走过花季。时至今日，我应该开怀地跟她说，谢谢你啦，我的好伙伴，大家都认识你啦，当初你留下的未完印记，我们终于一同完成，合作愉快！

萧 婷

2018年5月4日 清晨

# 第一章　隐机

许多年过去了，人们常常会联想到某处废墟，某处不可侵犯的地带，在俗世之外屹立。你们中的一人，也许会披荆斩棘，朝那处阴云密布之地前行，那里埋葬了心爱之人。那里曾经如此辉煌，就像一座不倒的城池。你们中的一人，一定会在某个时刻路过荒芜之地，接着，你们会看见一个孤独的身影，在彷徨中沉思，在呢喃中消沉，而你若倾心细听，你将心存怜悯。

有人会记得这处地方，在很久之前，他们会用一种怪诞而又绝望的口吻提起它。后来人们懒得猜疑这里的种种迹象，平静地远离这如银河般遥远的边境地带。在流淌过他们身旁的寒风中，故事会流传，也会破败，但绝不曾消逝。

里德府确实是一个古怪的地方，时过多年，这份古怪就更蒙上了一层神秘的阴影。

从环境与地形上看，这块土地占有很大的优势，毗邻梦加里德河，东靠马蒂山丘，西侧便是提姆斯密林。在这处偏远之地，财富竟源源不绝地涌入古堡。不过那早已是数世纪之前的事情了，小镇上的人们一知半解，对恐惧中的事物并不全然深知。实际上，他们更乐意在道听途说中感到心满意足。

里德府的铁门坚硬，庞大，雕刻着张牙舞爪的怪物。人们可以在大门之外便将其中的景物看得清清楚楚。事实上，在法国温切斯尔小镇上，多数人是忌讳这样的雕筑的，尤其是教会人士，他们厌恶不可一世的体面与张狂，也厌恶偷吃贡果的孩童。然而里德府实在离镇中心太远了，当地人姑且可以当其为一个遥远的小岛，大可不必对此糟心万分而又歇斯底里，毕竟你得费劲全力才能靠近那处怪异之地。

进去后看到一条奇形怪状的小河，盘曲在阴沉的土地上。蜿蜒的分支如披散在大地的长发，指不定流向什么样的大海。在河的对岸排列着十几棵体积巨大的榕树，它们随着季节的变化而改变着机械般的身躯。在这些树的背后，隐藏着更多更加怪异的山毛榉，树上几乎掉光了叶子，在周期更替中长出新鲜的树叶，时常会有鸟在这里飞过，几乎都是身上泛着不详之光的乌鸦。

你可能会在大门前漏掉最庞然的景象——里德庄园，或许是因为它太阴森，太高大，以至于让人在黑夜中忽视它的存在。

古堡表面是用牢固的基石筑起的高墙，一层更胜一层高的巧妙设计，加之灰暗的色泽，容易让人联想到溃烂的糕点。古堡脚下有几棵形似挣扎的枯树，极其有力地簇拥着建筑主体。数世纪以前，它可是当仁不让的豪华庄园，连年丰收的小麦使大地铺上了一片醉人的金黄。好景不长，这里的种植因土地干燥引发的产量下滑，并且无从改善，很快地，麦田的金浪一去不复返，家族转而投资了别的产业，使铺在屋里的财富还能继续翻涌。

莽莽青山在远处隐约耸立，这里仿佛是幽谷的发源地一般，一条小道直伸变幻无穷的山野，雏菊丛的芬芳在空气中混合着温和的气息。大宅右边的小径蜿蜒而上，便是里德家族的祖先的安息之地，那些墓碑诉说着一段段让人心碎的历史，一些刻碑上的字迹已经很难认出，腐蚀在漫长的岁月里。湿润的泥土时常令大地雾气浓厚，与这些平静的亡魂不和谐地交缠在一起，恍惚中看不穿其中的身形。落叶与池水，怪异而又斑驳的地画，为晦暗不堪的氛围平添了一丝耐人寻味的奇异。

小河在算得上戒备森严的围墙边上流淌，在细微的缝隙间滋润着沙土，参差不齐的石块在大地上东倒西歪。许多年来，几乎没有外人接近此地。它像是一弯黑暗的虹，远远地出现在你的视线彼端，你能看见它，却无法触摸。

里德府真正意义上的古怪在于它与这个时代格格不入，如此豪华的大宅居然没有一个仆人。这里没有电话、电视机、洗衣机、电冰箱以及电烤箱等等，你会怀疑自己是否在中世纪的城堡里面待着。这里唯一的象征性装修的就只有宽大的石柱形图书架了，成千上万的书籍令人眼花缭乱，圆环盘旋而上，高耸入穹，抵足这里的五层楼梯。

其次，是数量惨淡的家庭成员。这很难让外人想象里德夫妇是如何生活下去的，或者说，他们如何习惯空旷而又寂寥的环境。我们可以不费吹灰之力地猜想着他们与外界的往来——家庭的饮食全靠一周不断更替的货运司机送往这座与世隔绝的孤岛。很少有人看见过有谁去拜访他们家，这对热爱社交的人们来说几乎是致命的恐慌，几乎无人从他们宅门前那悠长而宽敞的道路经过。家族没落了，一些人想，也许是因为传说中的诅咒。

里德先生的父亲在一次意外中身亡，不只是他，连续好几代都是，不是自杀，更不是他杀，这个不可容忍的话题也是大家都对他们避而远之的原因，从十五世纪中期开始，庄园最早的主人在这里生活，再到后来（也没过多久），里德家族所有的男人们像是中了诅咒一般，妻子产下的都是男婴，当独子出世后，丈夫们就再也没有生育能力，过不了几年就会离奇地死去。并且，没有任何的预兆，他们的死法都是一样的，死状可怖，扭曲怪异。

死亡，死亡，死亡……

一代又一代，男人们无法摆脱死神的笼罩，每当新生的男婴降临时，丈夫与妻子的感伤在心中不言而喻。丈夫想象着不久后妻子与儿子在自己的尸体上抱头痛哭，而自己的儿子在未来又会经历相同的遭遇，绝望会油然而生。

当然，有些敢与死神抗争的后代们渐渐在母亲的口中得到一些不可能实现的想法——试图让自己不会得到婚姻——然而家族总要继承者，也许这是一种亢奋而又直接的冲动与渴望。他们的一生总会出现心仪的伴侣，哪怕人们惧怕这个家族，女人总会在他们风华正茂时如雨后春笋奇迹般地出现，男人们如同被妥协的困兽一般，哪怕会有死亡的代价。接着他们开始希望“女婴”的诞生，所有人认为生下女婴后才会改变家族的命运，然后，远离诅咒。

尽管，这是一个没有证实的迷信。

里德府的神秘在于凡是拥有血统的人们似乎都不可能离开这里，这是他们唯一的财产，是不可动摇的，这里有隐秘的私有财产遗留给下一代的继承者。局外人无法想象他们的心情。时代前进的同时，他们吸收的外来文化起不了任何的作用，抗争，治疗，于事无补。他们一旦逃离这里，会遭到某种强烈的幻觉刺激，伴随着噩梦席卷而来。在数年之间，他们终将回归故园，娶妻生子。

时间是个躁动的静物，记忆会在其中被隐隐地吞噬。远处的天色逐渐暗淡了下来，和几个世纪之前一样，河面上耸起几块湿漉漉的光秃秃的大圆石，宛如史前水怪浮出水面的脊背。近岸的石头上长满了青苔，湿泥在暗水翻涌下，逐渐失去了光泽。

现在，吉斯·里德与妻子芭芭拉·里德两人居住在这里。里德先生的母亲现居英格兰。芭芭拉与里德家族历代的妻子那样，不顾家人的反对，甚至以死相随的决心而嫁给她钟爱的男人。家人从此与她断绝来往，谁也不清楚她们是怎么想的，在外人看来这是如此荒唐的举动。可是她们像是突如其来的狂乱与暴怒，仅仅一夜之间，义无反顾，带着酣畅的心境，奔往爱人的怀抱中。

1992年9月13日，星期天。温柔的天气降临在这个温切斯尔小镇上，许多婴儿都出生了，刚生产完的妇女们心情愉悦而又疲惫地躺在了洁白得不近人情的床单上。这家医院整洁有序，人们络绎不绝，时不时地可以看到一些鲜花穿插在苍白的走廊中，鲜亮一片。芭芭拉回想着几个小时之前的挣扎与痛苦，那真是在与恶魔匹敌，与死神作战。她的泪都快挤干了，最终还是晕了过去。而现在，她终于能躺在温床上，恢复已然受创的身体了。

房门被轻轻地推开，回过神的芭芭拉缓缓地坐了起来。吉斯急忙将她扶起，随来的护士双手怀抱着一个婴儿。男人脸上满是笑容，他用有力的大手托起护士手中的婴孩，放到床前。护士带着僵硬的笑容快速离开了。他伸出手指，不紧不慢地掠起妻子贴在前额的头发于耳后，并将脸庞探向她潮湿的脸庞，轻轻地亲吻了她。

“亲爱的，是……是个女婴。是个女婴！你看她多么漂亮！”他掩饰不住内心的兴奋和激动。

她抚弄着胎儿身上的裹布，像是早就知晓了答案。

芭芭拉的褐发在柔和的光线中闪闪发亮。她心潮轻涌，她只知道，她给了丈夫一个如此美好的礼物！

女婴那深邃而又平静的眼神直直地望着父亲。

“多妮奥，我们的友好后代。”他的声音颤抖。

“我现在要做个美梦，亲爱的。”她看着男人，对自己的女儿失去了兴趣。

周遭的空气如旁观者般沉默，赤裸地、毫无遮掩地流窜出微妙的变化。他将女婴放进摇篮里，慢慢地走到窗边，拉上了帘幕。他回过头去看见妻子闭上了双眼，没有任何表情，甚至无法触动任何的欣喜，或是暗地潜流的忧虑，他们彼此相伴的岁月里，很容易出现这种短暂的近乎失忆的状态，她快速地赶往自我的世界里，把他抛下，留给他独自欢心的时机，而不在乎共享。于是他的心绪很快便会衰败下来，成为隐藏的郁结。他一时排遣不了的情绪，唯有在孑然克制中默默回温。他平静地守在妻女的身旁，直到她们双双进入梦乡。

六年后的春季，与往常一样，和煦温暖，一切除时间流逝之外并无多少变化。

“干燥的天气，倒霉透顶了！”坐在台前的一位穿银白色紧身衣的小姐不由得抱怨了几句。

这是小镇上的一家并不大的酒吧，在白天的生意同样火旺，这就意味着有更多的人会及时地凑在一起聊天，他们乐意避开夜晚的喧闹，像是一群无业游民似的聚在一起安逸度日，倒是一种极佳的消遣方式。这个离英吉利海峡并不太远的温切斯尔小镇其实是很容易让外地人遗忘的，古老而幽深的气氛只会让希望隐居的人会在这里长居下去。当然，如果你想亲近大自然，来这里是不错的选择。

酒吧在镇上小有名气，这家酒吧的主人名叫马德尔·佛克，他喜欢用最快的速度调酒。酒吧的名字叫“千岛之魂”，这个浪漫而又充斥着异国风情的名字是老板娘取的，她是个中东人，黑黄的脸蛋，高大的鹰钩鼻，随口可以像金鱼吐泡泡地冒出许多故事。她那干练的身手与准确的当地口音足以让你陶醉，这会儿她正饶有兴趣地和一个中年妇女聊天。

这时，一个高个儿的中年男人披着风衣，从门外跑了进来。他看上去像是丧失理智一般，喘着粗重的口气。大家的目光都转移到他的身上，他上气不接下气，似乎有许多话要说，酒吧立刻安静了下来，人们停止了交流，无一例外。人们被他的来临不情愿地打断了对话。酒吧里的人们被他那莫名其妙的疯癫步伐惊讶得屏住了呼吸。他的举止夸张，表情扭曲。人们在轻微的惊吓中产生巨大的好奇，酒吧里只剩下了啤酒冒泡的声音，不过，仅仅只有一秒钟。

“亲爱的，发生了什么事？”老板娘盯着他关心地问。

这位中年男子的面孔，在霓虹灯下逐渐显现了出来，他脸上的皱纹均匀地分布着，在光影的混合中显得阴沉不堪。他的眼睛似乎没有睁开，没有人看见他那滚动的眼珠子，它们像是受到了刺激而紧紧地眯成了两条缝。

“需不需要来五加仑的白兰地？”老板娘试图风趣地化解狼狈尴尬的局面。

“没人相信我……”他啜泣着，并无意识地晃着脑袋。

“怎么回事？”他身旁那位紧身衣小姐关切地问他，但她不太愿意看到他那痛苦的表情。

“里德府……天啊！可否让我歇口气，我受到了惊吓，发生了……发生了可怕的事情……”他不合时宜地嚷道。

“什么？那不是早已过气的富贵家族吗！几个人窝在城堡里等吃等死。”老板娘嘲讽地说道。

“能否给我一杯烈酒？对，谢谢。”这位男子看着酒保快速地将酒杯送到他面前，他大口地吞下了一杯白兰地。

“我……我叫西佛拉斯。”他说，“今天，房主人死在了通往顶层的楼梯上。”他说道。

惊奇的是，没人希望改变话题。

“他是怎么死的？”有些人显得神情不安。

“我……事实上……我目睹了整件事的经过……一个小时之前，我突发奇想到一条僻静的小河边拍下那里的风景。我想抄条近路，于是我便到了里德府附近，只是在宅邸的大门之外……太恐怖了!”男子捂着脸说。

人们用疑惑的眼光注视着他。

酒吧里的音乐停止了，灯光也比从前明亮了许多，出乎大家意料，人们开始如同被魔力吸引住了一样，纷纷靠近西佛拉斯。他们仿佛是在听一个神奇的故事一样围着他，可这并不是一个虚构的故事那么简单，西佛拉斯不同寻常的面孔已经足够引起观者的注意，在人们心里种下一颗难以琢磨的好奇心。

他顿了顿，说道：“你们知道，我看到了什么吗？里德府上空的乌云！那块乌云！没有谁比我看得更清楚了。我看到男主人正向着顶层奔跑，他狼狈地跑，那乌云浓缩在他上空，然后……然后，一束光芒从乌云中穿出来！我不知道那是什么，但绝不会是幻觉！是一束光！没有响声，没有反射，我再次透过窗户看到他被那束光打了个正着！他倒下了……”他慌乱地咽了几口烈酒，“太可怕了……我去报了警……我把目睹的一切告诉了他们，整整描述了半个小时！他们一定以为我疯了！我的心口闷得慌……我感觉自己会在人多的地方死去……一定会这样……”他越说越小声，看他的神情似乎更加痛苦难耐。

所有人都看着这可怜的男人，很快，人们纷纷交头接耳，带着冷笑与嘲弄，彼此安慰。几个角落里的外地佬对此漠不关心，觉得这个疯子说话真是异想天开。

中年妇女说道："当我三年前来到这儿的时候，便听说他们家被小型飓风给破坏了。"

"据说当初府里闹鬼！"另一个人说道。

"估计警局那帮人厌透了里德府，真让人头皮发麻。"吧台前的男士说。

当烈酒让西佛拉斯的内心由恐惧变为兴奋时，他身上血液的走向已经不再听身体的指令。他恍惚地说着，说着他都听不见的话——什么？这太荒唐了！他有些不适，的确……人们在大声地互相说着，人们的脸已经扭曲，他看到。那些人无意识地张着嘴巴，所有人在他面前嬉笑着，他觉得有点羞怒！老板娘一边拿起电话一边将旁边的人的头发扯下来，上面布满了表情可憎的脸，变得潮湿，巨硕，像地窖中冰冷的石墙。所有人笑呵呵地面对他，一起将手指折断，露出蛀虫一般鲜黄色的血管，那些人开始像蛋清一样混合在一起，从衣服上滑落，古怪与绝望共存。他的眼前肉色鲜明，夹杂着头发，眼睛，嘴唇，他闭上眼睛，却依旧看到那些可怖的东西，耳朵里不断有咬牙切齿的响声，酒吧似乎变得异常刺眼。他开始尖叫——

现实中，所有人注视着他，看着他晃头晃脑的样子。西佛拉斯站起身，突然剧烈地咳嗽，仿佛要把整个喉咙吐出来。他的身子不断下倾，这一刻，他倒在了地上。当人们想围过去看个究竟时，他的咳嗽声停止了，随之而来的是无止的挣扎，他的手脚无法翻滚，却不断抖动，就像囚于无形的盒子中。他将双手卡在喉咙上，脸色变得苍白万分，毫无血色，就这样，他在痛苦之中停止了呼吸。

人们都慌乱起来，只见尸体逐渐在干枯，软化。最后，他的脸就像是一张烫软的塑胶覆盖在骨架上，眼珠子惊人的突出，像酒杯中浮起的浅黄色柠檬。人们不断地尖叫，女士们不安地逃窜。有的人号啕大哭，有的人连滚带爬，有的人昏厥倒地。

有些事情，总是不可避免地发生了。

温切斯尔小镇的一家医院中，绝望而沉默的芭芭拉与她六岁的女儿多妮奥坐在椅子上。芭芭拉一副惊魂未定的神色，目光涣散，像是被人狠狠扇过好几巴掌。她的女儿想要牵她的手，被她挡开了。

芭芭拉神经质地颤抖着，她用牙齿咬着嘴唇上的死皮。

多妮奥望着母亲如蜡像般死灰的脸颊，听着她念叨来路上一直重复的话语。

“妈妈。”多妮奥悄悄地唤道。

母亲的眼神落下来，眼眶中血丝遍布。

“爸爸再也回不来了吗？”多妮奥平静地问道。

芭芭拉并没有回答女儿，她陷入沉默，嘴角甚至牵扯出一种冷漠而又鄙夷的弧线。她内心交杂着怨恨与感伤。她没有想到这一切还是发生了，她本以为女儿的出生会改变家族的命运，然而不幸还是降临了。她失去了丈夫，并深知自己远远没有丈夫爱自己的女儿。她只是诞生了一个充满希望的实体，在爱的表面之下，她只是生育的工具，她全靠丈夫，毫无憧憬，行尸走肉般愿意腐化在大宅中。丈夫支配着财产所有权，拥有着里德家族的男人与生俱来的控制欲。现如今失去了尽职尽责的亲人，她感到心灵正在飞速坍塌与瓦解。

“命运真自私。”她突然冷冷地看着多妮奥。

芭芭拉无法阻止和逃避，多妮奥也不能，万万分之一的希望，只是一场百分之百的绝望。芭芭拉承认，里德府曾经确实发生过许多怪事，在宅邸的每个角落，似乎都潜藏着发人幽惧的事物。她从背弃自己的家人踏进里德府的那一天开始，就已经下定决心去面对这深居的生活。吉斯·里德像是她生命中必现的符号，现在是她所有寄托的完结。她怀念和丈夫在田园马场的相识，她没有多少学识，只想逃离家庭纷争带来的各种局限，在她看来那是一座可怕的囚所。吉斯与她的相遇是温情的，里德府就像他们的永生的伊甸园，在高大的耸入云霄的图书厅阅读不经意选出的故事。

这么多年来，人们试图去否认这个偏远大宅的存在，传言让人们信以为真，他们远远看到那座起伏的黑宅坐落于天边，就像降世的恶魔。于是他们关上窗户，拉上窗帘，或者把这边的窗子水泥封住，凿开墙的另一边，宁愿造一个参差不齐的窗台。她并不在乎，有了吉斯，她不在乎别人的目光。

“自私？”多妮奥避开母亲的眼神，默默地念着这两个字。

她完全明白这个词的含义以及所带来的重量。

每逢周末来临，肥胖的家教罗拉会开车来里德府，教多妮奥认书识字。如果不是因为高昂的酬金诱惑，罗拉才不会放弃自己旅行时间来这里受罪。她的要求有——要在户外进行家教活动，遇上阴霾天绝对不会来……诸如此类，吉斯·里德允诺了这一切。他希望这位神赐之女能够受好的教育。多妮奥出乎所有人的意料，她的知识接受面广阔，识字能力迅猛提升，时时看到她翻动家中的书籍。她的童年被某种无名而又神奇的力量推动着，促使她拥有超越同龄者的早熟。自从罗拉听到多妮奥静静地对自己说："你对金钱所带来的愉悦远远超过你的恐惧。你让我认识的所有词汇都拼凑不出你逐欲的野心。"罗拉拿完这次的赏金后就再也没出现在里德府。

于是，多妮奥郑重地对自己的父亲说，她不再需要家教。她可以自己阅读故事入睡。芭芭拉看到了女儿超乎同龄人的沉稳，在长时间孤立的环境中，孩子竟没有自闭。检查她的心理医生希望她的父母能让她去更好的地方进行学习。

"更好？世界上没有比里德府更好的地方！"里德先生一瞬间弹跳起来，眼神空洞，如同邪教的痴狂者。而身后的芭芭拉则希望女儿离开，至少她可以与丈夫回到过去那些轻松的时刻，她绝不想要里德先生打断计划为了陪多妮奥阅读或清洗身体。

一名医生从验尸室走出。实际上，这次还特地从里昂请来两名法医共同处理这件棘手的事情。护士招呼那名医生接电话，他急促地说了几句"抱歉"后便径直朝芭芭拉走来，她神情庄重地站起身，快速地拭去脸上的泪痕，指甲无意识地抠着湿润的渗出汗的指缝。她垂在丝绸裙上的双手如此无力，这一刻，她必须承受。

多妮奥睁大双眼，看着眼前的大人。她竖起嫩红的耳朵，仔细聆听这次不幸。

"我想是否让孩子……"医生有些担忧多妮奥。

"就让她留在这里。"芭芭拉斩钉截铁地说道。她深知所有的可怖终究会来临，她想要多妮奥早点接受现实，她居高临下地看着女儿，目光如冰冷的火炬，带着令人恐惧的沉寂，将心中的怨恨分给女儿消受。

"我们通过对尸体的检查，他遭遇了一种非常强烈的凶猛的刺激。死者的头部及腹部，全部爆裂。各种组织全部死亡。令人费解的是，尸体在若干小时后的状态变得极度湿润，这是罕见的，死者的眼球处于爆裂状态，他似乎遭到了某种高放射性的强光直接辐射而死。”

芭芭拉怔住了，她甚至没有来得及细细思虑。她莫名地痛恨这里，痛恨身边的所有物件，甚至包括裹在她身上的暗红色绉纱。她痛苦闭上眼睛，微小的呼吸声刺激着她的耳膜，像一把具有杀伤力的武器穿插进她的脑袋。

而多妮奥，可怜的孩子，她听得懂医生所说的每句话。

“我还可以去看他吗？”芭芭拉问。

“对不起，女士。我们不能同意你的要求，尸体理应尽快火化，否则疑有病菌感染。不只是一个死者，据称另一位死者是唯一的目击证人，两位死者的性质几乎相似，都是因同一原因而致死，有一点可以肯定，这种奇怪的辐射只会因眼睛注视而导致毙命。”医生一副公事公办的态度。

“我不想听下去了。”芭芭拉神情恍惚。

医生点了点头，扭身回到办公室。

蹊跷的事物重现，大钟的声响仿佛死神的夺命铃。她的疑惑此刻像一把锋利的刀片，在沉闷或爆炸的生活中割裂出巨大的神秘豁口。这个彻头彻尾的诅咒，将是个扑朔迷离的谜题。隐藏也许比暴露好。是黑暗深处的恶魔，还是别种的神灵？

芭芭拉无意识回想一些让她心惊肉跳的往事，是她亲眼看见的，三年前宅里出现一个神秘女郎，芭芭拉在夜晚看到她，在窗台前。那时她离开卧室，被出现在眼前的鬼魅吓了一跳。神秘女子的额上扭曲如肿瘤，飘忽不定，似乎有什么话要说，犹豫而且忐忑，又突然神秘地消失了。这一幕，芭芭拉至今记忆犹新。

曾几何时，芭芭拉想要寻求真相，这比登天还难。死亡在她丈夫身上证实，它一定将会缠绕到多妮奥的身上。她知道自己并不是一个尽责的母亲，她没有办法保护女儿，甚至没有办法保护自己，她只想要她的丈夫回来，她愿意浑浑噩噩过着受丈夫照顾的日子。如今她想摆脱多妮奥，也许不至于万念俱灰，也许就可以远离死亡的余音，母性在她身上荡然无存，一丝不起眼的驱逐之意开始在她心中滋长。也许这个念头从一开始就根深蒂固了——从她紧紧怀抱着丈夫睡去时。她像一个永远处于梦呓的痴女，深深迷恋着眼前的男人。

“你留在这儿！”芭芭拉忘记刚才医生的警告，应该说，去他的警告，她要去看吉斯·里德，曾经和她浓情蜜意的丈夫，他们有过无比甜蜜的时光。直到多妮奥的诞生将之变得平淡，乏味。

多妮奥平静地点点头，毫无异议。

芭芭拉穿过走廊，她的憔悴也掩饰不住内心那点冒犯的亢奋感。似乎有某种强烈的声音在召唤她，让她想见到吉斯·里德，最后见他的遗体一面。她灰黑色的裙角如同暗夜幽灵般忽闪，在电梯门口停留，直到"叮"的一声，她箭步走进电梯，按下了地下室的楼层，她的期盼盖过了恐惧，周围空气越来越冷，汗水凝结在她紧握的双手中。她不想要触摸成为骨灰的丈夫，她需要实体，她还能触摸到他的皮肤，还能看见他的身体，给他留下戒指。"叮"的一声，电梯门打开，前面有两个护士正要出来。芭芭拉抄了一条小门，躲进里面。

一个护士肥厚的嘴唇一开一合嘟囔。另一位年轻护士捂着嘴。她们挤进电梯，使劲按着关门键，仓促得一秒也不想在这里待下去。

芭芭拉重新出现在地下室走廊里，这里光线昏暗，似乎为了安抚逝去的魂灵。芭芭拉看见十六号停尸房赫然出现在转角，这时身后出现一名医生一手拿着资料一手拉开门，就在一刹那间芭芭拉嗖地溜进了停尸房，轻轻锁上门。是这里没错，眼前一具尸体干瘪扭曲地暴露在台上，她走近他。这不是吉斯·里德。

一股巨大的伤感笼罩着她，像是被紧紧束缚住的鲟鱼，她松开自己的衣领，指关节擦拭着眼角。她好想听到丈夫的声音，它似乎在她脑海里回响，慢慢地流淌到她的耳边。

"亲爱的。"一个微弱的声音在芭芭拉身后响起。

芭芭拉应声回头，眼前的一切让她惊讶万分，停尸间弥漫着蚕丝一般的薄雾，她眯着眼睛看到了吉斯·里德站在地上，清晰，沉重地站在飘起的薄雾背后。

他的脸庞完好无损，甚至变得年轻而又坚毅，就像芭芭拉初次遇见他那样。他分明活着！

"亲爱的，是你吗？"芭芭拉轻声唤道。

男人迈过薄雾，薄雾随着他的走动而弥漫开来，就像湖水的涟漪一般。他走到芭芭拉身前，用结实宽厚的手掌抚摸着芭芭拉的脸颊。"我就要走了，是你叫醒了我，我看见了你心底的欲望，亲爱的，不要压抑它们。"男人的手掌顺势抚摸到芭芭拉的胸前。

“吉斯……”芭芭拉看着眼前亢奋的丈夫，无法相信这是真的，她闭上眼睛，感受那冰冷但真实的触碰，他是她的吉斯。吉斯轻声细语在芭芭拉耳前厮磨，停尸房产生了某种古怪而黏稠的温度。

“你想让她离开，你想要我……我嗅到了你心底的秘密，我亲爱的。”吉斯的双手一把抱住芭芭拉的双腿，走到最近的尸床前，将上面那个名叫西佛拉斯的可怜男人的尸体推落地上，地上啪的一片湿润，将西佛拉斯的瘪脸摔成奇异形状的奶油状，芭芭拉顺势坐上了尸床。

“你在说什么……”芭芭拉迷乱地呢喃道，身体里似乎有某种因素刺激她，像是海潮碰撞礁石。她享受眼前这个年轻吉斯的抚慰，他扯开她的衣服，芭芭拉的胸脯汹涌地起伏着。她语无伦次，双手无力地抚摸着吉斯坚硬的肩头。他的脖子粗大，血管虬曲，随着吞咽而耸动分明。而芭芭拉能够再次触碰到这鲜活的肉体，哪怕是梦，她不在乎……

芭芭拉睁开双眼，恍惚地发现自己倒在停尸房的门口，而眼前的两个尸体惊悚地横陈在地上。芭芭拉看到了自己的丈夫，陷入骨架的皮肤如同被高温折磨的蜡像，光泽湿润，但已经失去了生机，他那眼眶如石灰般死白，像是经历了一场不为人知的痛苦。她几乎无法待下去了，方才那个心底里的召唤早已消失不见，现在这里充满死亡的味道，死者扭曲的面孔是她的梦魇。她只相信自己做了一场梦，梦中必是恩赐，让她能和自己的丈夫鱼水之欢。然而，她的痛苦与悲伤又突然袭来，她想整理好丈夫的遗容，却是无比困难的事情，她只是轻轻地将尸布盖上了丈夫早已不成形的脸。

窗外的天空阴沉沉地盖在地平线，山丘上的野鸟在山毛榉后若隐若现，雷声渐渐在云层中释放，田野里的植物变得清晰而显眼。零落的潮湿叶片粘在屋檐上，貌似不祥之兽的尖爪，茂密的树木在庄园周围生长，犹如成千上万的高大巨人，他们成群结队，头戴坚盔，守卫在梦加里德河岸。雨声在滴答流逝，心悸地飘落孤寂的大地。

吉斯·里德先生的葬礼在阴天悄无声息地举行了，里德府的墓园遍布潮湿的气息，白雾始终笼罩在层次分明的立碑上，前方的群山历历可见。府里庄严的墙壁已有部分龟裂。白色的玫瑰衬托着第十六座新立的墓碑。芭芭拉与多妮奥一袭黑衣，在悲凉的气氛中更增添一份凝重。多妮奥默默流着泪，她知道深爱自己的父亲永远离开了自己。在成千上网的书海中，她阅读到了许多人世的烦恼，死亡只是其中之一。这艘悲伤的巨轮终于抵达她幼小的心灵之岸，在她还没有准备之前就猛地破浪而来。

两周以来，芭芭拉时常陷入歇斯底里，邋遢不堪，她怀念停尸房里水乳交融的耳语，吉斯如此契合她的内心奔腾与火热，和他生前的行为毫不一致，却带给她前所未有的刺激与欢愉。她似乎看到，丈夫的身影从那坟墓上升起，如烟一般，寻找着留在这片大地零碎的记忆。阴云就像他的天梯，而他再也没有回头，就这样结束了吗？她隐隐问着自己，恐怕不是。

葬礼之后的芭芭拉郁郁寡欢，她是否应该像玛利亚那样逃离这里？至少是从吉斯口中听到的，玛利亚把儿子抚养成人后才离开里德府的，她远比自己坚强。芭芭拉开始并不相信吉斯所说的“诅咒”论，这太荒谬了！她一开始甚至以为吉斯是为了测试女子对他是否真心而不是因为里德家族的财产才编织出这种谎言。她知道自己爱着吉斯，愿意去相信他的那些言语，依附他，顺从他。当她生下多妮奥时，吉斯是多么开心。芭芭拉以为这就足够了，但现在看来，远远不是。

吉斯·里德没有留下遗书，而古宅的经济靠着主人变卖祖辈遗留的金子而得以生存，还有一些财产来自于吉斯的曾祖父，他在小镇外的莱西岛做海运贸易来往，赚足大笔。至于吉斯的祖父，第二次世界大战期间曾任英国某大学的教授助手，亦会时常返回温切斯尔。而看看如今的吉斯·里德先生，整日在家中写作，企图在这个时代混迹。芭芭拉甚至萌生过一个令她畏怯的计划，把这古宅卖了。可没有人能估算它的价值，何况又会有哪位买主呢？

夜色中，她带着近乎疲惫的身躯睡去。

多妮奥静悄悄地打开房门，踮着脚走下楼。夜半的风声幽幽地吹进窗口，远处漆黑一片，她搂着怀里的书，透过电筒的光线照路。今夜她难以入睡。她从大厅穿过，走到庞大的书架面前。精致的木纹砖上染上了一丝尘埃，斑驳而秀美的珐琅镶边镜映出多妮奥水汪汪的双眼，她眼中的光浩瀚地闪烁着，就像沁入夜空的银河。她轻轻地将书本放入书架中，再爬上梯子。

这时，一缕神秘的光在二层的书阶上忽明忽暗，如夏日中的萤火虫。多妮奥的大眼睛灵敏地捕捉到这缕光线。她从梯子上退了下来，脚步随着这光点的移动而移动。光微弱而柔软，就像染了灰的丝绸一般。它越来越弱，最后飘荡在一本书里，消失不见。

多妮奥被这股奇异的光点吸引过去，她蹑手蹑脚爬上二层，取出了方才被光指引的那本书，这本书对多妮奥来说，厚重，硕大，老旧。她用膝盖支撑，双手发力。好不容易才从书架里将它拔出，电筒的光渐渐变得微弱，融入此刻的静悄悄的环境。年幼的多妮奥感觉自己的呼吸声是无比清晰。

这本厚重的书籍并非想象中那么沉，多妮奥翻开书本，发现里面嵌着另一本更小的笔记本，这上面并未沾染灰尘，鲜亮的表皮下是微微发皱的纸张。

她把笔记本打开，看到上面有着娟秀古典的字迹——“贝尔纳·里德存”。她将笔记本取出，再把这本隐藏在众多书籍中的厚典使劲塞回了书架。珐琅镶边镜摔在地上，黑夜中一阵刺耳的响声。多妮奥吓了一跳，她用手电筒往一楼照过去，安静无声的大厅里，仿佛遍布人影，人头攒动，挤满了大厅。每个人脸上带着微弱的光，似乎在进行某个怪异而又庄严的仪式。多妮奥在惊吓中僵直身体，就在一瞬间，电筒的光线闪过，大厅又如恢复方才的寂静空荡，短暂闪动的虚幻人海在多妮奥的惊恐还没爆发之前就无声地集体消失了！

她立刻捎起笔记本起身，以最快的脚步跑回自己的房间。刚才那一切，如同她支离破碎的梦境。

芭芭拉察觉自己的身体日渐不适，以至于她在两周前就写好了一封信件——希望玛利亚能够接收自己的孙女多妮奥。芭芭拉极尽能事地形容自己的消沉，失神，忧虑，她告诉玛利亚自己力不从心，并谎称自己罹患重病，照顾不了多妮奥。实际上，她真的觉得自己患上某种疾病，有时头疼欲裂，又或是腹部绞痛，但这些症状在几秒内就恢复正常，何况并非每天如此，她并没有放在心上，只要把多妮奥送走，她可以有很多时间处理自己的事情，她甚至隐约计划，未来会有某个人和她共享这个大宅。悲伤总会随着时间淡去，但她还需要爱的滋润。

芭芭拉知道多妮奥足够懂事，她甚至无法将她当成是小女孩看待。这是一种古怪的感觉——她安慰自己，也许她并不是不负责任的母亲，她已经承受了如此多折磨，她从来不曾想过要有多大的担当，这下好了，她有了解脱的契机。

事实上，在这科学日益蓬勃的年代，她和玛利亚夫人素未谋面。在自己和吉斯的婚礼前，吉斯曾冷冷地发出一封信到英国。多妮奥诞生后，他通报了一次。之后他们交流并不多，已经多年没有往来书信。吉斯对自己的母亲只口不提，似乎有什么难言之隐，他只告诉芭芭拉，自己并不希望能和母亲再见。而如今，多妮奥的父亲去世，玛利亚夫人并没有及时收到消息。芭芭拉一开始不知如何下笔，甚至用微弱的良知审视自己的做法是否妥当。现在她决定了，祈祷玛利亚在看完自己所写的信件后能可怜自己和多妮奥。她已经决定孤注一掷，在自己没有被疼痛持续折磨之前。

所以，这封发往英格兰的信，是芭芭拉唯一的寄托。

多妮奥坐在空旷的房间里，房里的光线随着时钟的嘀嗒声渐渐变暗，没有洋娃娃，没有丝绒帽。芭芭拉急躁的言语总是简单地回应她——“让你去陪陪你的祖母，她很孤独。”多妮奥的记忆中，她几乎很少跨出大门，她终日在此地，如同身处巨大的监狱。

“贝尔纳·里德存”——多妮奥翻开那本被光指引的笔记本，上面有几幅几何图形，再翻开一页，是一张斑驳的旧照片，上面是一位笔挺干净的少年，顺势往下看，“1953年1月”。

“我的祖父。”多妮奥叹道。

芭芭拉牵着多妮奥的手，她们彼此的手掌竟没有任何的热流传递给对方。她们一直走到锈迹斑斑的大门口，山脊越发的暗沉，阴霾的天空似乎有无数忧伤的五官在风中变化。雨后的土壤带着肮脏又新鲜，不少虫子翻出来见见世面，多妮奥的脚绕开了一条多足虫，而芭芭拉则直接践踏在她脚下出现的任何物体。

芭芭拉脸色泛白，憔悴，唯一的血色弥漫在她的眼窝中。“妈妈，你需要休息。”多妮奥说道。

她没有回应多妮奥，只是轻轻抿了抿干裂的嘴唇。多妮奥尽力抑制自己的悲伤，她知道自己将在很长的时间里不会看到妈妈，无法感受她纤弱的双手抚摸自己的发际线，像轻盈的生灵在里德府里游走，饮日复一日的麦浆。而关于自己的祖母，多妮奥毫无印象，但她心里默默祈祷祖母不会像芭芭拉那样，时而热烈，时而冰冷，甚至会带着突如其来的言语摧残。她现在安慰自己——一切不需要太悲观，倘若自己适应了新的生活，这里会被渐渐淡忘的。

芭芭拉从记忆中组建出一个慈祥的可以信任的玛利亚夫人，她的处世态度并不像自己。她做出了一个出乎意料的举动，在没有得到玛利亚的回应之前，将多妮奥送走。

“妈妈，我会想念你的。”多妮奥稚嫩的声音轻轻地说道。

芭芭拉这时微笑了，那笑容是在多妮奥父亲去世后从未看到的，哪怕这个笑容是勉强而生硬的，同时也充满了怀疑。芭芭拉的眼神隐隐一闪，那血红如舌的下眼眶像是收缩了一阵，她弯腰咳了起来。

“伯顿先生会把你送到，你务必……咳……跟着他。”芭芭拉说道。她觉得整个事件本身充满了异常的危机，带着危险的警示，她对多妮奥冷漠也是因为不想遗留太多牵挂。也许送女儿离开恰好是她心中仅存的同情心使然，她不能让多妮奥看见自己的精神日益腐烂在这里，她不能带给多妮奥像父亲那样的爱。女儿的聪明伶俐换取不了她的任何怜惜。她抱了抱女儿，手指嵌得她生疼，多妮奥看着她的面容，像是看着火海中狂乱扭曲的面具。

“我知道，妈妈。”

“你敲开门，告诉祖母，我已经重病在床。愿她发发慈悲收留你。”芭芭拉此刻拉着她的小手走到铁门旁石块砌成的围墙边，西装革履的伯顿先生正站在那儿，旁边是一辆漆黑的轿车，上面被湿气沾染了一层水膜。芭芭拉和眼前雇佣的人并不深交。巴尔伦·伯顿曾经和吉斯有过交集，是来回于英法之间的书商助理，后来辞职休息，准备捣鼓自己的生意，为人算是正直，但酬金要求不少。实际上，芭芭拉想要女儿离开自己的心思，已经远胜过了考虑女儿是否会安全到达。她狡猾地挣脱着宿命扔给她的任何束缚，到此为止。

“我还能见到你吗？”多妮奥想再听听芭芭拉真实的声音。

“是的，我跟你说过。你该上路了。”芭芭拉仓促而微弱地说道。

汽车发动了引擎，车窗外可以看到芭芭拉微耸的肩膀，她用毫无血色的手捂着嘴唇。多妮奥能看见她微微皱起的眼角，却看不见她是否流着眼泪。她站在被雨水打湿的小径上，望着驶向天际线的轿车。多妮奥回头看见芭芭拉咳了又咳，欠身片刻，如同陈年的尸骸，形销骨立。

# 第二章　异变

多妮奥离开的第一个夜晚。

温切斯尔小镇风雨交加，电闪雷鸣。里德府内外阴森可怕，就像将死的巨人一样伏在这片苍老的土地上。府外大门上的雕像似乎在下一秒就会复活，影影绰绰，在空旷的内堂里嚎叫。

芭芭拉被可怖的雷声吵醒，无可奈何地下了床。

狂风交织在窗口，树叶夹杂着雨水从外翻入窗内。这些不速之客持续不断地涌进了里德府。整个小镇在这个夜晚停电，里德府的光亮也只有靠瞬间的闪电照亮。

她摸索着在柜子上找到一把电筒，光线还不赖。她下楼想将窗子关上。日渐消瘦的身躯使她看上去再也没有过往的风采，走几步就会趔趄。她血红的眼眶像是心跳一般，随着节奏而不断收缩。她觉得有些疼痛，但还能撑得下去。

楼梯突然震动了一下。

芭芭拉敏感地从楼梯口缩了回来！

她来到梯口向下望去，黑暗的深渊如巨口一般将要吞噬她的所有，这将毫不费力。闪电又被触发，光束照不见底。随之，楼梯再次晃动了起来，使得芭芭拉确认了这古怪的现象并非错觉。夜色中她的眼神极为恐慌。

芭芭拉听到了许多东西从高处摔落下来的声音——书本，陶瓷，壁画……电筒的光亮仓促地映照过去，它们急速地跌落，像是被黑暗的漩涡吸入。但黑暗下的地面依旧承载它们的坠落，在碰撞间发出响亮的噼啪声，一个挨着一个，一群挨着一群，噼啪声开始震耳欲聋，那闪电在顷刻的照耀下，芭芭拉眼前的一切仿佛迸裂的悬崖正降临着骇人的瀑布。

很快，风向惊人地旋转着，房子里所有算得上轻巧的东西都飞了起来，在空中不断环绕着，就像海洋中灰亮的鱼群无尽地盘旋。紧接着，灯座、书桌、沙发，甚至房中的衣柜，都在往大宅中心移动，似有一块透明的参天磁铁吸着周遭事物。芭芭拉眼睁睁看到对面楼梯的桦木栏杆竟被撕扯，碎骨一般弹入空中。她不敢往前踏一步，紧紧地攥住纹路细密的铜门上的铁环，否则自己一定成为怪风的猎物。

闪电更加凶猛，也许是错觉——它似乎比阳光更能照亮一切。雷声如狂怒的恶魔野性而狂怒地嘶吼着。这不详的怪异正笼罩着整个府邸。

“天哪！我的上帝！”

她嘶叫着，用那干瘪的喉咙发出刺耳的响声。

闪电又一次照亮了窗户下的一切，楼梯坍塌了一个口，墙壁被梯子接连处凶猛地撕扯了下来，这个庞然大物直直地往楼下坠去。晃眼之间，这个楼梯正承受着被折断的高墙，摇摇欲坠。强大的怪力在曾经威严的墙上无情渗透出来。

那参天的书馆此刻已毁于一旦。

一秒，她感到风吹得她头昏眼花；

两秒，这一切紧闭着她想方设法逃离；

三秒，她告诉自己，天杀的到头了吧！

她翻身扶住巨大的铜门边缘，从平时托画用的铁架下艰难匍匐向前，那残缺的指甲紧勾住坚固雕花的深浅沟壑，离大厅越远，她的勇气越足。

渐渐地，一个散发着紫色微光的圆球显现在大厅中央，那些被怪力撕裂的床单顷刻间化为灰烬。闪电似乎不停地刺激着它，使之越来越亮。狂风在这时渐渐停滞，在空中盘旋的东西一一从高空摔了下来。芭芭拉凌乱如枯草般的头发贴在了湿润的后颈，惊慌中流出的眼泪在颜色深浅不一的脸颊悄悄地滑落下来，这与她穿着的高贵睡衣格格不入。芭芭拉爬起来，从移位的柜子下抢起卡在地上的金丝细纹烛台，她紧握着，向方才动乱的大厅走去，她甚至不在乎自己的赤脚正踩过被击碎的玻璃，异疾使她感知不到疼痛。闪电照亮她额上滴滴分明的泛黄汗珠。

圆球不断扩大着，那闪动着的神秘色彩在这球中扭动，所有接近球体的东西都被弹开，如磁铁的相斥。

圆球渐渐缩成一个人形，闪电交错，芭芭拉的神智迷糊，但能清楚看见是一个女人。她在电光闪影的房间中站立着——是芭芭拉记忆中那个额上带血却又扭曲收缩的怪异女子！

三年前那个女孩！

她来了！

芭芭拉亲眼所见这一切，否则她以为三年前这女子不过是一个私闯府邸的会变戏法的盗贼。

“该死的！”芭芭拉用尽体力将烛台向前砸去。

然而烛台并没有砸中女子，她没有回答芭芭拉，只是快速环顾四周，她紧绷的脸庞带着鄙夷与愤怒的神情。

闪电不断划动，她站在原地，但她的眼神早已经冲向了芭芭拉。

芭芭拉瑟瑟发抖，往后退了几步，她想自己眼前必定是恶魔。

神秘女孩的面孔似乎犹豫着，挣扎着。她无法发出声音，因无奈而恐惧。芭芭拉一头雾水，在光条密布的天空下，她觉得女孩的眼神无比熟悉。

只见女孩从指间抽出了一把匕首，那匕首在恶夜中闪着寒光，像毒蛇的尖牙一般锋利无比。迟疑片刻的她抬头深吸一口气，毅然向芭芭拉走来，她要刺穿芭芭拉的胸膛！

芭芭拉的呼吸凝固了，她哆嗦的双腿在残败不堪的地面后退，碎玻璃渣散乱地躺在曲折的地砖上，将她的脚掌刮出血痕，红得泛黑。她无法灵活行动，她近乎奔溃错乱的头脑让她像个丧尸一般无意识呜咽。

就在这一刻，芭芭拉看到更加惊人的一幕，那神秘女孩的身体突然发出白色的光芒，在她皮肤的每个角质中渗透出来。闪电击裂墙缝中的电线，几条粗硕的电线在墙中弹出，从半空甩荡下来，在女人和芭芭拉的间隔来回摆荡！这道阻隔对于芭芭拉来说，无疑是一层保护。

那枚亮色球体再次出现在神秘女子周围，球体重新包裹着她，很快就让女人消失在它旋转着诡异色彩的表皮内，她的身体化作光芒后，分裂成一粒粒如细沙般的物质，释放出微光，被吸入球体中心。

芭芭拉还没有回过神来，看到被摧毁的地面再次活动了起来，物体又开始旋转，这一次的诡异之力更为强大，房中的窗帘被撕扯成晾干的海带。此时芭芭拉逃生的欲望开始复苏，然而她心里知道自己斗不过这离奇的力量。地上所有物件围着怪球转动，芭芭拉发现球体在吸食着浮动的纸张，书本，木具。血红色的光芒取代了其他的色彩，球内的形体如同漩涡一般。芭芭拉躲进了墙后，死死拽住了一根根沉重的铁环，这是她最后的希望。

然而她却被吸力缠绕，从墙后翻了出来，整个身子被扯在半空中！吸引力将她宽松的睡裙拖走，在她身上剧烈刮落，乳房如熟透的野桃般颤动。

漩涡深处突然窜出一条黏稠而结实的血红色触手，那触手盘绕在空中，向芭芭拉袭来，它迅速裹住了芭芭拉的脚踝，任芭芭拉如何蹬踹都无济于事，只能任由那带着毛刺的血红色触手蜿蜒而上，直到她的大腿，阴毛，小腹……她此刻脆弱得与风中的纸片毫无区别。

触手像一条无尽的蟒蛇迅速盘曲在芭芭拉身上，瞬间覆盖了芭芭拉的手，使她本就泄力的手彻底松开了铁环，再被这充满恶臭味的触手荡到空中。触手前端的豁口开裂，细细密密的尖牙径直刺向芭芭拉的脑袋！

几块锋利的玻璃夹杂着木屑吸入光球，在空中蹭到断裂的抽屉后回旋着卷向前方，不偏不倚刚好刺中触手，触手身上一段毛刺并不密集的地方被吸力指引的碎玻璃扎实地割出一道血面，鲜艳地溅出了脓血，这一小截鼓胀立马如泄气的皮球般干瘪下去，触手感觉到突如其来的刺痛！在瞬间它们又愈合了，连接着这魔条的光球深处远远传来了狂怒的嘶吼声！来回摆荡的触手被周围蜂拥而来的各种书籍器具剧烈相撞，本就刺中触手的碎玻璃此刻被撞击得扎入更深！

远处飞冲而来一面吉斯·里德的巨画，迎面撞上疯摆触手中的碎玻璃，画中吉斯的脸嵌入那几块参差不齐的玻璃，顿时刮了花，吸力实在强大。巨画和触手往不同的地方牵引，碎玻璃作为它们唯一的联结物，时刻松动。触手怪力足实，巨画中的吉斯被碎玻璃慢慢剖开，碎玻璃也跟着缓缓往光球方向划动。触手每被割裂一寸，伤口的创面便拉的更大，伤口愈合的时间远远比不上撕裂的时间，那些渗出的脏血飘进光球。这场触手和吸力的对峙结束于突然地“吱”一声！吉斯的左右被分割成两半，沾染暗红，颤巍巍脱落，瞬间卷进光球中！触手上的大块玻璃随巨画松脱的同时，那丑陋的伤口如墨汁浸水般在触手表皮上蔓延开来，身受重创的触手减弱了力量，光球的中心地带传来惊悚的哀号声！

芭芭拉此刻早已不省人事！

触手疲软地从芭芭拉身上滑落，那些密密麻麻的毛刺从芭芭拉暴露的皮肤里拔出。光球的吸引力此刻逐渐变小，芭芭拉从高空斜坠到地面上，凹凸不平的地面被轰一声漫出暗血。

在空中疼痛不已的触手像无头苍蝇一般飞蹿，并急剧地往光球回缩，就像被一张血肉模糊的妖口吮吸进一根丑陋粗糙的红色面条，它在球体消失的当口缩了回去，嗖的一声消失在刚刚声势浩荡的飓风中！怪力乱神的毁灭之后，周遭狼藉一片。

淅沥的雨声在旧园中回荡，天边闷雷如沉睡巨兽的吐息。

里德府内寂静无声。

多妮奥的行程并不简单，因为糟糕的海岸天气，再加上遇到了百年难逢的诡异的滔天巨浪，无情汹涌的浪花击打着礁石，岸上的人们纷纷远离港口地带，继而祈求情况好转，一些人将行程搁置下来，他们无法坐渡轮经过英吉利海峡。巴尔伦·伯顿又带着多妮奥马不停蹄地赶往机场，在漫长的路途中，受挫后的伯顿先生依旧绘声绘色说起了伦敦，多妮奥沉默不语地望着窗外，她看到许多只在书中出现过的画面，大片的田野并非苍灰一片；繁华热闹的都市里遍布奇异装扮的人群；华灯初上的建筑在夜色中五彩斑斓，缤纷的屏幕投出鲜艳的光。

“先生，你可以当优秀的导游！”多妮奥在伯顿先生滔滔不绝介绍完伦敦桥后赞叹。

“是吗？孩子，这真是令我激动。你有看过英国的电影吗？”巴尔伦将小巧的行李箱挪到跟前，捋了捋软塌下来的褐色头发。这个礼拜五，机场人流稀疏，他和多妮奥安静坐在候机厅，等候赶往伦敦的航班。

他越发感觉多妮奥的与众不同，她那灵动的眸子埋藏许多聪慧。

“先生……我从未看过。”多妮奥有些支吾。

“哈，等到周末时，电影院总是排着长队。”巴尔伦开心地说道，“那么，你对目的地的了解还有多少？”他又发问道。

多妮奥抬起头，脑海里回想她读到过的陌生的城，“……就像一个高贵的女王，阴郁不定，被岁月雕刻的痕迹在她身上表露无遗，却依旧美丽……”多妮奥顿了顿，继续说，“完全不知道，先生，你这样一点都不可爱。我将要去认识的地方，不是书本能带给我的，我只有自己去经历。”

巴尔伦惊讶的目光下，多妮奥安静地端坐着。

一个多小时后，沉重的机身即将降落在重重魅影的伦敦，多妮奥看着舷窗外，层霾遍布。她感叹自己已经无法回头，一个小女孩怎么能安排自己该去哪儿呢？巴尔伦坐在她身旁酣睡着，他的确累坏了。芭芭拉将所有酬金付给了他，她似乎并不了解外面的纷乱，这不得不让巴尔伦对这对母女生出了一丝同情，对他来说，现在最重要的事情是尽快将多妮奥送往她的祖母手中。

飞机里的灯光闪了一闪，多妮奥看见周围漆黑一片，那一瞬让她脑海闪现在里德府那夜发生的惊悚之事，此刻机内又重回光亮。巴尔伦的身体在飞机下落时在座位上震了一震，他的呼吸才开始变得失去节奏。他缓慢地哼唧了一声，再慵懒地睁开松弛的双眼，看着身旁纹丝不动的多妮奥。

“看来我们到了，小宝贝。”巴尔伦轻声说。

今日的旧都细雨绵绵，双脚抖落的水滴溅湿了毯子。巴尔伦立起了领口，这里比他想象要阴冷。国王十字车站外的钟楼塔尖在阴云下冷酷平静，车站外高耸的大钟指针不疾不徐走动，暗黄的高墙上，半弧玻璃被湿气晕染，朦胧一片。人们鱼贯出入，穿着红色圆领裙的多妮奥和一身正装的巴尔伦在人群中显得惹眼。他们离开售票台，片刻都未停留，准备登上驶往北部的火车。

她躺在沾满湿叶残枝的破裂地板上无力地吸入这人间的气味，满目皆是神秘人群的幻象，成千上网嘶哑的吼叫在脑中激荡。她不记得自己晕过去多久，只记得闪电与飓风的肆虐。似乎有人在睡梦中刺痛了她的身体，那感觉足以撕裂她体内的每一根神经。

芭芭拉张开了双眼！

她从方才凌乱的思绪中惊醒，瞳孔变得极小，如光斑中的一个虫子，依附在她石灰色的眼球上。她垂着脑袋，看着这个被毁坏的地方。

破败不堪的里德府大厅内碎木脏纸，断壁残垣。

芭芭拉的脸上布满了裂缝，这些裂缝一张一合，像湿润的嘴唇正呼吸一般，她原本的鼻子被一层肉色的薄膜覆盖，她用变得丰腴的手摆弄着它，膜状物突然展开将她的皮肤包围，立刻变回她健康的面容。

有股邪恶的力量在她体内生长，繁殖。

她似乎失去了原有的意识，脸上一副贪婪的神情。她赤裸着身子坐起来，光洁的耸立在废墟里。她开口尖笑，双手支地，像野兽一般来回爬动。她剧烈地呼吸着。间歇性的笑声带着令人作呕的嘲讽，一声接一声，回荡在令人绝望的里德府。她用一种从未有过的嘶哑的声音叫道："快点！从我肢体里出来！滚出来！"说完她伸出三瓣细长的舌头，舌尖上又分裂出几条如同蠕虫的触须，折头舔着肚子。

她的肚子出现了变化——如同含苞欲放的花朵在不断膨胀，又如同正在充气的异形气球。圆滚滚的肚皮上被她垂涎的胶状唾液布满。她肚子中一定有个东西，婴儿或是别的什么？她拼命捶打自己裸露的身体，那样子让人毛骨悚然。血液从她身体下方不断汹涌而出。很快，她坐在了血泊中。和周围的杂乱无章的世界混为一体。

她的肚子不断胀大，她兴奋抽动着身体，一个扁平的婴儿脑袋从她双腿之间滑落在地上。随后，这婴儿晦暗的身躯慢慢地挤动出来，没有声息，从奇形怪状凹陷的私处可以看出这是男婴，他身上每一处地方都显现着他的肮脏与可恶。这婴孩的头颅开裂，嘴唇长在本该是脖子的地方。居然，还长出了碎米般的黄绿色的牙齿。接触到氧气后，婴孩顿时颤动了一下，怪嘴张大，鼻膜收缩，抽进人间氧气。芭芭拉和婴孩身上都布满了鲜血。婴儿呕吐出漆黑的分泌物，巨大的长满烂疮的舌头来回伸张着。

房中充满生物腐烂的气息，那婴孩的面孔足以让任何人反胃。

婴儿呼出声来，芭芭拉起身将怪婴拎住，身体在地上一跃而起，贴在墙壁上用四肢攀行，婴儿的身躯被她的舌头灵活缠绕着，她的手脚似乎拥有了吸盘，她攀爬在墙壁上，破败的空宅诡异阴森。婴儿毫无反应地让她缠裹着。她来到大厅中，将婴儿扔在了偌大的沙发上，顷刻，沙发吸满了污血。

倒在地上的时钟依旧滴答作响，男婴平静地躺着，缓慢的呼吸让人以为是某个甜美的宝贝在酣睡。母亲在旁边看着这个阴暗的产物，轻抚着那怪婴的尖脚。

墓园中的石碑仿佛在微微地颤动着，草坪上的绿草被蒙了尘，突然折断了，埋葬进轻微滚动的泥土中。清冷的河面上泛起了一望无尽的雾气，它们弥漫到天边。自从上一次的事件后，没有闲人敢再接近里德府。

府中的角落成了蜘蛛的乐园，它们夜以继日地盘织着蛛网，叶子开始干枯，断落。后园的池水变得浑浊，水中的细菌仿佛正酝酿着一个变种的水生生物。花盆中布满阴险的虫子，稍不留神，过往的蚂蚁都会毙命。这里的一切与外面的世界极不相符。芭芭拉成天吸附在斑驳的内墙或穹顶上，捕捉着虫子。府中散落一地的食物已然变质腐烂，那是她最好的营养品。只有在她得到了满足后，她的脸才会扭曲变形为可怕的面孔。她终日赤裸着身躯，嘴里轻声哼唱着，音调既不规律，也不整齐，音浪在空中飘荡，让人不寒而栗。

大男孩达维绝对是一个该去奥林匹克参赛的邮递员，我们来看看他的周末时间，绝对不是跟哥们儿去酒吧打发时间，也没有女朋友和他消遣。他会准时地掐钟上表跑步运动，实际上他邮递时骑车的运动量已经足够训练四肢力量了。不，他并不那么认为。

“嘿，想听我的身体说话吗？”他那粗壮的骨关节能轻而易举地铿出响声，然后他给你的惊讶报以灿烂的笑容。

他的邮递工作不用费脑，只用费体力。他缺脑筋但最不缺体力。小镇上人人见过他骑车时风行电掣的模样，虽然不算是太英俊，但笑容可掬，不少姑娘还是会给他好脸色，哪怕他做个危险的骑车动作吓吓路旁的女孩们。

今天他很早就到达局里配送邮件，几个员工穿好了工装，敬业又细心地将发往本地的信件一一核对。

“里德府？”员工保罗喃喃道，然后悄无声息地将信件搁置在达维的配送箱里。

达维粗略地翻看着今天的邮递地址，温切斯尔小镇并不小，第二次世界大战后有许多人迁居于此。他们修缮了四通八达的城内道路，居民建筑日益增多。但时至今日，来此地久居的人寥寥无几，对于当地人来说，这里已经处于饱和状态了。

达维得从最近的开始配送，不出两个小时，城里的信件已经一一投递完，他将里德府的信件放在最后。在他听到的风言风语里，里德府男主人生前孤僻自傲，将写诗当成终生职业。女主人原本是外地人，如今守寡，有点神经质，不善于与外人来往，不到必要时刻不会出门。里德府甚至可以说是边远地带。他没有再多想，踩着自行车速速上路。

离开了城区，一条并不太宽的土路两旁灌木葱葱，再深处有参天大树，这条道路是连接里德府的必经之路。达维奔驰着前行，迎面而来的风竟有一丝怪味。那味道令他面红耳赤，既腐烂又甜蜜，说不上来的古怪。

里德府的大门无声无息地打开了。

密林过后，达维的视野变得开阔起来，河水从远处看去，一片昏黑沉静。达维在到达里德府之前就渐渐地放慢了车速，平时憨直的他都变得有些警惕。里德府的外观看来和过去并无二致，只是阴郁的天空将它衬托得更加古旧了。他们家没有挂邮箱的习惯，过去的伙计们送到门口，如果主人刚好出现，那再好不过了。

达维带着绅士般的笑容，想必主人是在家的。

达维将自行车简单地靠在了铁门外的高耸的石墙边，拿上信件，脚步轻缓地踏进宅园的前庭，周围浓烈的臭气与潮湿的雾气让他感觉这里同外面的世界阴阳相隔。这里大概在用烟雾除虫，达维心想。轻风滑过他的脖子，像是亡魂漫步而过。

达维轻吹着口哨壮着胆子，心里却觉得自己幼稚，这也不是什么稀奇的现象，有一次他去海边看到升腾的雾气不断翻滚，景色壮观极了。这里……也许是里德府太大了，像大海那么大，想到这儿，达维不禁痴痴窃笑。

他看见前门被关上了，门上有些裂痕。于是他大声地喊道："有人在家吗？"声音回荡在高墙内。他匆忙地在门口塞入信件，然后仔细看了看需要极致仰角才能看到的堡顶，攀附在上面的植物缺失了一大片，玻璃似乎全部都砸碎了。这里发生了什么变故？

宽大的前门这时悄悄地敞开了，从紧闭延展为半掩，吱声作响。达维看到地上的信并未被收走，前方一片昏暗。他眯着双眼看着那深不见底的寂静，一股腥味扑面而来。强烈的好奇心促使着达维向前缓缓迈步，这里一定发生了什么，或许自己可以像英雄那样救人出来，像是超级警探什么的。想到这里，他的激动盖过了迟疑。

他走到了门廊里，所有原本悬挂的灯泡都碎了一地，脚下的法兰西金丝地砖已凹凸不平，华贵的穹顶褪去了原先的色泽斑斓，取而代之的是斑驳的石灰岩，地上布满了层层叠叠打乱的书籍和摔裂的家具。一眼望去，整个地上的杂物排列如同漩涡一般。这里本就是设计的别有洞天的前厅，微弱的光线从八十多英尺高的环形穹顶透进来，将这里的沟壑映如鬼魅。

“有人在吗？”他慌忙地叫了一声。

这时他抬头顺着绸缎般细腻的布墙向上望去，注意到那些撕裂的缝隙间有一块块血迹一般的东西，一股恶臭扑鼻而来。他试图扼制自己翻滚的肠胃，镇压自己的头昏脑涨。

“有人……在吗？”他又问道，响亮的声音在这里却显得出奇的微弱。

周围没有响应。

在缓缓驶往英格兰东北部的火车上，零星的村庄起伏于广袤而诗意的平原之上，远处灰白一片的羊群在悠闲前行，像扭动的棉绒。巴尔伦先生和多妮奥在车厢餐厅中进餐，他对小女孩如此聪慧豁达的一面感到好奇，很显然孩子的童年被某种天赋大大缩短，她还没来得及享受应有的童年欢乐，却表现出难得的沉静。

“你母亲会带你出去玩吗？”他往面条上挤了挤番茄酱，示意多妮奥是否来点。

“我不需要，谢谢。”多妮奥语气随和，“她从来没有这么做过。”

巴尔伦沉默，高挺的鹰钩鼻在窗外闪动的树影下明明暗暗。他检点自己是否冒犯到了小女孩，“哦，孩子，抱歉我不该这么问。”

“没关系，亲爱的巴尔伦先生。”多妮奥平静地说道，自觉地用餐巾擦了擦嘴边甜酱的残余。在巴尔伦眼中，她如此乖巧，不吵不闹。多妮奥进餐时并不专注，有事物扰乱了她本该有的思绪——是杯橙汁，她想要抿上一口，这透明角杯中鲜黄的汁液正在缓慢地变色。这令她有些害怕，她注视着它。橙汁的中心好似章鱼喷墨一般，渐渐染成了艳红，然后扩散到整杯饮料。

多妮奥在昨夜并没能安心入睡，她不时地想到了家，冥冥之中有些不安。但这不至于令她在白天对事物产生离奇的幻觉。

巴尔伦注意到她奇怪的神情，多妮奥此刻正一动不动盯着饮料。

“多妮奥。”他轻呼道。

多妮奥没有应答，依旧目不转睛，失神呆滞。

巴尔伦拿起吸管对着橙汁吸了一小口，这立刻打断了多妮奥的目光，在她眼中，巴尔伦正在吸入可怕的东西，鲜红的血色立刻沾在吸管内部，从多妮奥慌乱闭上双眼，她不相信自己的双眼。在巴尔伦眼中，这是一杯普通的饮料，在阳光的照耀下，橙黄色泽在玻璃杯中不断闪耀。

多妮奥睁开双眼，看到窗外的阳光像负伤者那般血色斑斑，天空泛着令人眩目的光晕，恰似钻石般的鱼鳞在涟漪中散开。她回头迅速离开桌面，鲜血从杯缘漫了出来。多妮奥猛地闭上眼，祈祷这一切只是幻觉，很快就过去了。当她再次亮出深蓝色的眸子，眼前呈现的景象令她惊恐万状——车厢中的人都不见了。窗外的茫茫平原瞬间被流液填满，火车在一片无边无际的墨色汪洋行驶着，海浪不断击打着车窗，有的地方已经开始渗水。天空宛如巨大的末世幽灵，不断地向火车发出挑衅，它那赤红得如烈焰般的身躯在虚空游荡！

多妮奥不断眨动双眼，希望能将自己从幻觉中解救出来，“巴尔伦先生！巴尔伦先生！……”她颤抖地呼叫，但无济于事。这里不见人影，从前所看到的奇异现象总是一闪而过，但现在这一切正真实威胁着自己的生命。赤黑的海水不断涌进来，她惊慌地穿过一节又一节的车厢，火车机械地开动着，她不断朝着火车头奔跑，海水盖到了她细小的脚踝，她无意识地哭着，这可恶的地方，如此凶猛，让她无处可逃。

火车外的景物随着多妮奥的前进不断变化，红色苍穹变成一张巨人的大嘴，它像是要把火车吞没。冰冷的黑水已经将她的膝盖淹没，吞噬着这列仿佛没有尽头的火车。她眼中的物体由虚线般的轮廓化作微小的黑点，她麻木地迈着双腿朝火车前头奔跑。海水已经漫过多妮奥的腰部，她艰难地在水中步行。这些污浊颜色的水，竟没有臭味。多妮奥将手放在了不断晃动的门把手上，用尽力气缓慢扭动，门被推了开来。

门后，一个高大的女人从不远处的座位上回过身。

多妮奥看着这个女人，脸部被光芒遮盖，又或者是，她的整颗头颅就是一盏会呼吸的灯。那光芒模糊并且不停颤动，发散出柔和与温暖。她穿着破旧的古典长裙，与这奇异的场所格格不入，她应该坐在一张高贵的绣花垫背椅上，她似乎在对着一个看不见的人说着什么话，面目平静。光晕深处，多妮奥觉得那女人时不时地注视着自己，随着水位的升高，这神秘女人也不断升高。多妮奥惊讶之极，自己的周围，黑点扩散开来，火车轰然坍塌湮灭，却如烟雾般虚化而散。多妮奥真正陷入了巨浪波涛之中，冰冷彻骨的海水不断撞击着她幼小的身躯，她早已失去重心和支点，任凭滔天巨浪摆布。神秘女人升上高空，血色残阳将她的身影映得无比邪恶。脸上的光晕也暗了下来，即刻，她消失了踪影。

多妮奥紧闭双眼，气泡不断从她嘴里涌出，如白蚁浸入墨汁。她试图挣扎着，却肢若木雕，只感觉自己不断下沉，下沉。她看见手掌上的纹路破裂开来，没有疼痛与流血，在每条细小的缝中。缝隙渐渐扭曲，组合成新的纹路——一个扭曲的人脸。

这是她失去知觉前最后看到的。

屋里死沉沉的一片，他居然没有发现任何生命迹象。达维开始变得紧张，里德府像是被野蛮人来洗劫破坏过一番。

他看着地上惨不忍睹的血水，并没有停下脚步，太多的好奇在这一刻喷发，他想要找出答案。他顺手抡起地上断裂的桌腿，小心翼翼前行。周围一片寂静，在楼梯转角处，盯着地上蜿蜒的血河，以及赤脚行走的脚印，这些脚印连着墙上小圆盘状的血迹，令他目瞪口呆，半晌才回神。“真可怕！”他喃喃道。不知不觉走上了楼，绕开断裂的梯口。对他而言，里德府的大门此刻早已远在九霄云外。

他想再探索一阵，万一能救到什么人，他可成了大英雄，兴许上得了头条新闻。如果没有什么线索，他就会立刻出去报警，用他结实的小腿蹬着自行车绝尘而去!

大厅的另一边是高大宽敞的图书厅，在第二层与主楼接壤。尽头又是一条走廊，深蓝色的天花板没有灯光，很多房间都紧闭着，斑驳的木门上被划出了几道痕，有些碎裂的木屑依附在花纹地毯上。“这里可以改装成大酒店！”达维自言自语。

他放慢了脚步，那种腥甜的味道又散发在空气中，还带着一股诱惑的香味，烟云缭绕，让人不由得血脉贲张。

一个女人在轻吟，耳语一般渺小。时而又传来放浪的笑声，笑声还是渺小。

达维紧握拳头，毫不犹豫推开这扇能听见女人轻语的房门。房间迎面是一个精致的梳妆台，镜面边缘的琉璃镶嵌着晶莹剔透的宝石，镜前的地中海贝壳里放满了项链首饰，桌台上袖珍的陶瓷瓶与图腾罐争相斗艳，参差无穷。镜子下方挂满了水晶吊坠，微微发颤，摇曳生辉。梳妆镜是由怪异的木质脚架支撑而起，木头质感丰厚，恰似人皮般细腻。两边摆满火烛，温馨又诡异。那火舌柔软和气，映得镜中的达维温顺迷人。房间左侧还摆着玛瑙色浴缸，纹路罕见，透过浴缸材质，可以看见被包裹着的细微如血管分支的暗红线内嵌。一个发灰的网帐悬挂在浴缸上面，小床一般。烛火在浴缸身后羞涩闪动，这浴缸竟些许透明，让轻舞的柔光穿过满地的薄雾晕染这些古怪的器件们，宝石被光线舔舐得颗颗发亮，像无数魅惑的妖眼在恣意闪烁。

眼前的景象让达维目瞪口呆，另一方面，他怀疑自己是否得了严重的幻听症，他反省自己不该如此行事鲁莽，担忧使然，让他一时不礼貌地闯入，他应该立刻去报警。而不是如此不明智地私闯女人房间。看吧，如果自己没有幻听，那女人应该躲起来了，在暗红色厚重的窗帘后？还是角落里的浓雾中？

达维准备退出这离奇又安静的房间，他会以迅雷之势冲出走廊，跑下楼梯，尽量小心不被残破石块绊倒。他突然意识到门被锁上了，他使劲力气扭动这紧闭的房门。“该死！”他大叫道。

一个女人，芭芭拉，从天花板上轻轻地倒吊下来。周围的烛火轻微晃动了一下，轻烟漫散。她站立起来，嘴里发出细小的呜声，像哀怨，又像委屈的抽泣。达维应声回头。

芭芭拉看着眼前的男人，眼眸如水晶般透亮。

而达维眼中，眼前的女人赤身裸体。

在他面前。

多妮奥睁开双眼，炽白的光线照耀着她，不一会儿，晃影闪闪忽忽，到了她跟前落定。“多妮奥！”巴尔伦的声音清晰而激动。

多妮奥无力地躺在宽大而舒适的病床上，呼吸疲缓。医生走进来，看了眼监护仪上的指标，“一切正常。”医生低下头问多妮奥：“你可以多休息，亲爱的。”

“谢谢。”多妮奥温柔地回答。她感觉自己有很长一段时间没有说过话。

巴尔伦抚了抚多妮奥的柔软的金发，脸上露出久违的笑容。

“我在海里。”多妮奥说道。

“你还需要休息。”巴尔伦看着眼前的精灵。

“我们离开伦敦了吗？我好像在火车上做梦了。”多妮奥接二连三发问。

“孩子，你没事。你只是——”巴尔伦抬头看了看医生，医生点头示意他可以继续，“你只是有些激动，所以暂时睡着了。”巴尔伦本来想说“短暂休克”，但临时替换了词语。“等你休息好，我们就去看祖母，她的家离这里不远了。”巴尔伦声音有些嘶哑，真诚而平静地说道。

多妮奥有许多问题，但都咽回了心里。

医生跟巴尔伦嘱咐了几声，脚步轻缓地离开了。巴尔伦看着多妮奥满脸疑惑不安的神情。他安慰她：“孩子，你很坚强。”

巴尔伦没有讲述自己看到多妮奥在火车餐厅里突然倒在地上抽搐昏迷。当然，也没有讲述他那一刻的惊慌，他抱着多妮奥呼叫乘务员帮助，求助乘客内是否有医者，万幸即将到站。他抱着多妮奥风急火燎地上了医护车。在医院里，医生告诉他：“儿童神经系统脆弱，因过分激动而导致的惊厥。”巴尔伦匆忙地在监护人栏里签上自己的名字。

多妮奥在巴尔伦的轻抚中睡了过去。这一次的睡眠安然平静，没有梦境，祥和一片，无声无息。

清晨的街道还在沉睡之中，紫桃街凯德尔巷六号的女主人在这几天的忙碌下身心俱惫，然而她还在整理着那些被擦拭得光洁如新的老照片，她用檀香木盒将窗前摆放的相框收纳，小心翼翼地盖上。她动作灵活，丝毫无法想象她是个年过五旬的女人。女主人眼皮耷拉着，像未完全打开的火柴盒，眼睛里的血丝恰似火柴头一般红得根根分明。很多天没休息好，她打了个哈欠。

她将这些原本的照片收于大大小小精致的木盒，再一一放进了阴暗的阁楼里。阁楼灰尘遍布，蛛网横生。这样不行，她心想。于是又脚步灵活地下楼，从卫生间小小的湿水池里捞出抹布，一块不够，她又转身去房间在自己的土耳其陶艺图案行李箱里翻出几块五颜六色的布料。她嘟囔着，脚步轻巧地回到卫生间。捣鼓一番，再提着一大桶湿布上了阁楼。

紫桃街凯德尔巷六号发出乒乒乓乓的响声，还有几个耗子在尖叫。周围的邻居在睡梦中不耐烦地啧呵两声，片刻又安静回归酣睡。女主人在阁楼大汗淋漓搞着清洁，耗子们瞪着女主人，一副若有所思的表情一一站立，像未倒的多米诺骨牌。女主人歪了歪头，看着这些小家伙们，“好吧！”然后她快速翻了翻眼白，几个老鼠集体伏身，有条不紊地朝洞口跑走，其中一个跑到墙角后抱出一块发灰的奶酪再回到队列中。女主人对这些离家换居的老鼠感到歉意满满。最后一个离开的老鼠绅士地用厚纸板当作一扇门轻轻地挡住了洞口。

四个小时过去了，女主人顶着疲惫的面容出现在收拾得洁净大方的客厅里，她一头倒在沙发上，几乎快要闭上那双因奔波而皱纹尽现的眼帘。“铃铃铃……”她反射性地坐起，瞬间抓起桌上的电话机，“夫人，一切都很好。嗯，我向来表演精湛。”“铃铃铃……”这次又有铃声来袭，打断了女主人的对话。这次是门铃。

“她来了……”女主人还没说完，对方就挂了电话。

她歪了歪头，“嗯，及时，但还可以迟些。”她又打了哈欠，这些话夹杂着哈欠呼出来，口齿不清。

悬在门上的铃铛在开门一刻清脆悦耳。女主人眼前是一个喘着粗气的男人以及一个哭丧着脸的小女孩。

“哦，你们好！啊哈！你一定是多妮奥！”女主人还没等男人开口便亲切地冲小女孩说道，“来吧，亲爱的，我是你的祖母。你一定不记得我吧！”女主人弯下腰笑眯眯地抚摸着小女孩。

“我想，你认错了，这是我女儿，我们来看这里的房子。”男人一脸尴尬地说道。

“哦！天哪！我都忙得忘了！这里已经卖出去了！”女主人怪声怪气地呼道，“嗯，是的，抱歉！已经有人捷足先登了！”她做出一个优雅而傲气的表情，和她疲惫又松弛的面容很不搭调。

“可是你的草坪还挂着待售牌！”小姑娘奶声奶气说道。

女主人痛苦闭上眼睛，从门口两位陌生人眼前一溜烟儿小跑到草地上，“不负责任的代理商！啊哈！这里已经卖给别人了！谢天谢地！你们提醒我了！不然……”她一把抡起衣袖，发福的身躯像是丰收的土豆一般饱满，她扯下待售牌，在两个看客的注目下徒手掰断，再扭着结实的臀部到垃圾桶前把残碎的牌子扔了进去。

吓傻的男人抱着吓呆的女孩小跑离开，比刚才女主人的脚步更加矫健。

女主人抬头挺胸地回到客厅，瞬间瘫倒在波普艺术花纹的沙发上。她已经累得焉了下去，这栋三层古典建筑由她打扫得一尘不染，她绝对受不起任何的打扰，她要打盹儿，十分钟也好！就算琼斯夫人再来电话——

“铃铃铃……”

不是电话，比电话更糟糕，又是门铃。

女主人发现自己的腿竟然起立了，天哪，它不受控制，她已经迷迷糊糊地想要睡过去了，腿还是乖乖地拖着好主人的身躯往门口走去，在门上的铃铛再次清脆响起时，女主人的表情和腿瞬间同步。

“嗨！”她笑容可掬，像展览的蜡像。

眼前又是一个男人和小姑娘。男人风尘仆仆，正平息自己的喘气声。小女孩的脸色有些苍白，但面带微笑看着女主人。

“这栋房子已经不再出售了，谢谢！你们看那边的垃圾桶！我觉得那才是待售货！很好，我会打电话通知地产销售员并加以建议他们的。”

“请问你是玛利亚夫人吗？”男人有些忐忑地问道。

女主人突然眼前放光，声音止住了。缓了缓语气，换了换语调：“哦，你们来了，上天保佑……你一定是多妮奥……”她看着小女孩说道。

多妮奥用简单的英语回应：“你好，玛利亚祖母！”

“是的，我是她的祖母玛利亚·雷……里德。”她脸上泛起的红晕很快蔓延到耳朵上。

男人有些狐疑地看着玛利亚夫人的笑脸，停顿片刻，介绍道：“我叫巴尔伦·伯顿，这是你的孙女多妮奥·里德。这一路上并不太顺利，多妮奥累坏了，总算一切无恙。我将她送到您这里。请您发信告知芭芭拉女士。”

“当然……”玛利亚若有所思，迟缓地回应道，“请进来！”她示意两位远道而来的晚辈进门。多妮奥有些憔悴，一言不发。玛利亚似乎看出了小女孩的心事，说道：“小宝贝，我收到你妈妈的来信，我在这里等着你到来，别担心，亲爱的，我保证你会适应这里的环境的。”

多妮奥平静地看着周围五颜六色的一切，笑意清浅。

“我想她身体还有些不适。”巴尔伦对玛利亚轻声说道。

“唔，”玛利亚肥厚的嘴唇抿成一条线，“来吧，亲爱的，看看我为你准备好的房间。”玛利亚一副亲切的姿态走到多妮奥身前抱起了她。多妮奥就像一只任由摆布的小鸟，柔软安静。巴尔伦跟在身后，眼睛不住地往四周环看，这里的每样东西都有自己的风格，毫不搭调，暹罗灯笼悬挂在智利草帽上，澳大利亚袋鼠的拼图是用日式朽木为框。

“嗯，这些装饰很有想法。”巴尔伦说道。

“年轻时我经常游走四方，喜欢收集各国的物件，现在我少有去闯荡。”玛利亚看了看怀里的多妮奥，“安定与漂泊就像怨偶，无法团聚。”她苦笑道。

他们在镂空木质楼梯上行进，穿过西班牙镶花吊灯的光照笼罩着的狭窄走廊，那明明暗暗的灯光映着玛利亚回忆青春的神情，转瞬即逝。

众人眼前的一扇朴素木门连花纹都没有，却平滑透亮，像是刚擦拭过的皮具。玛利亚轻轻推开房门。按了房前的按钮，整个房间即刻被黄澄澄的光照包裹。多妮奥放光的眼前是一张幼粉色的美式大床，上面的被褥叠得像是五星级酒店，东南亚流苏在床的边缘围绕着，分明是后来嵌上去的。头顶一盏巨大的波西米亚吊灯像是海中冲刺的水母。窗台上放满了小盆栽，厚重的米白色窗帘上是紫色的铜制滚轮，衣柜的深灰与地毯上花枝招展的图案好不协调。宽敞的房间被各色相冲，满满地塞进人的视野，如奔流的江河席卷着山沟每个角落。

“哇！”巴尔伦和多妮奥异口同声。多妮奥刚刚出院，还没有完全恢复过来。被眼前的事物冲击，倒是可以分散她原本惊魂未定的心。

“谢谢你，祖母。这里独一无二。”多妮奥文静礼貌地赞叹道。玛利亚老人给她带来母亲没有过的热情，有股莫名的安定感竟油然而生，推翻了她之前设想的种种不适。她现在希望能好好再睡上一觉——没有噩梦的一觉。

多妮奥躺下后，玛利亚用手抚摸着多妮奥的额头，一股巨大的暖流透过老人的掌心在女孩的头顶流淌而入，陈年佳酿一般甘醇醉人，多妮奥感到无比舒适，沉浸在奶油般松软的迷糊中，双眼很快就停住了眨巴，安静地闭上。

“亲爱的，平静无扰地入睡吧！”玛利亚意味深长地说道。巴尔伦看着多妮奥不出几秒就睡了过去，想必她是累坏了，临别医院时服用的药物也许让孩子在短时间内嗜睡。

玛利亚轻轻掩上了房门，跟巴尔伦先生回到客厅里。

“玛利亚夫人，见到您很高兴！”巴尔伦坐下来，厚实如山，沙发一阵滋滋沙沙。

“谢谢你，巴尔伦·伯顿先生。这次的远行不易，我会好好照料多妮奥直到她恢复。”玛利亚安静地说道，“想要喝茶还是咖啡？这里有锡兰红茶。”她微微一笑。

“哦，谢谢，不必了。我还得回到伦敦，那里有我以前存档的书稿需要整理。这里是医院给的药，多妮奥她是个安静听话的姑娘！”巴尔伦边将药瓶放好边利索地起身，沙发又一阵响动，“她看上去不太好，医生说她——”

“我知道。”玛利亚老人打断了他的话，眼色变得机灵，神通一般。

巴尔伦看着她说：“好吧，好好保重！”

玛利亚老人看着巴尔伦的身影消失在路口，被树影和车流替代。她知道自己马上就会打通电话给那位叫克里斯汀·简·琼斯的女人，她知道过不了多久困意会翻涌而来，她知道等她醒来后的日子将变得与往日不同。

“与善光同在！”

她望着骄阳，意味深长地说道。

# 第三章　谜题

“呃？”芭芭拉望着他。

达维紧捂着双眼：“对不起，夫人，我不该闯进来。”他语无伦次，“外面很乱，容我想想。上帝！我不该这样！夫人，对不起。”他发颤着，不敢睁开双眼。眼前的女人光洁的身躯在火烛的照耀下柔亮魅惑。

芭芭拉根本没有听他说话，此刻她饶有兴趣用指甲刮动着墙壁。

听到响动的达维慌忙睁开双眼，“天啊！夫人，哦……你怎么了？”他看着她的样子，不由自主地踟蹰着。心中一股隐秘的邪念竟在发酵，在他的血管中奔流，在他的喘息中喷发。

芭芭拉停止住了动作，她抬起头来，过分油腻的双颊泛着碎光，静静地盯着他，好像才发现他似的。

她转身走向浴缸，紧实的大腿连接臀部的两道弧线像是两弯诡谲而迷醉的微笑。达维呆住了，而她似乎并不以此为耻，她修长的手指拨开了水龙头，细蛇缠枝般，在不经意的绕动中潜藏惊人的力量。

她回头朝达维走过来。他的呼吸短促，目光中散发出耐人寻味的忐忑与期盼，像一层朦胧的玻璃围住了他的欲望。恐惧让他无法动弹，脑海混沌一片。芭芭拉的双手撑在他腰的两旁，双乳在没有衣物的遮掩下悬在他的心脏前，悬在弥漫着温湿气体的房中。

那些甜蜜的气味侵鼻而入，达维早已忘记了尊敬，替代而至的是兴奋。他扯开自己的衬衫，将他健阔的上身显露在橙黄色的危险氛围里。面前的这个女人，不管她是谁——他抱起她，没想到却先被芭芭拉推在地上。

达维正沉浸在这奇异的快感中，难以自拔。

她的后脑勺开始裂开，像张牙舞爪的捕蝇草。

“哦，停下！”突然间，达维痛苦地嘶喊着。

蜡烛的幽蓝焰心以不可思议的速度扩大，瞬间吞噬了暖黄，扭曲的火苗几乎窜上了天花板，房间像被一条条疯舞的电光割裂，又骤然缩退。浴缸中的水开始渗出，淌向地面，像毒蛇般四处蔓延。

达维看到自己的下半身被这个魔女勒紧了，上身从腰际断开，血液从拉链般开口的皮肤中漫出来。他的血染红水池，变态而又温馨的谋杀已然结束。

芭芭拉提起他的残腿从窗户攀了出去，从大厅的窗户上溜了进来，来路的暗红星星点点。魔障笼罩在梦加里德河周边，枯草散发出绝望的气息。这里成了芭芭拉母子共同的巢穴，疯狂与邪恶被实体化，仿佛瘟疫般在里德府里猖獗。

多妮奥从梦中惊醒过来！光线渗进窗台，长满惨白的犄角一般。

她发觉这些梦境随着自己年龄的增长越变越清晰，虽非时常，足以心悸。

回想六岁那年的遭遇，细节早已模糊不清。祖母对她照料有余，甚至能够将她一些潜意识里的恐惧淡化。只是这样的保护感日渐消散，噩梦越加逼真，那株存于心里的危险植物开始攀附生长。多妮奥喘了喘气，也许是自己太过幻想导致。她知道自己身上有些不同寻常的地方，但玛利亚似乎对此事不以为然。

她翻身下床，打开紧锁的抽屉拿出贝尔纳·里德的笔记本。这本在她童年时离开老家前取出的笔记一直在她的身边。小时候她试图通读几遍了解祖父所记载的事物，但她发现有些用符号记录的公式她无法看懂，除此之外，还有贝尔纳记录的一些关于奇怪命名的“异光学”的研究命题，以及一部分关于祖父记录自身经历的事件。这本笔记是多妮奥发现的奇异秘密，是她了解家族的第一本资料，它就像自己的同伴一样，她让它始终处于隐藏的角落，静默却知晓旧事，让多妮奥想去深入了解。现在，多妮奥回想起来发觉部分记录的事件和自己相似。

她翻开其中一页：

光芒是有记忆的。

我看见一个面目全非的女人总是出现在我的梦里，若我离开里德府时日过久，这意象会极度明显，让我心肺剧痛。童年时的我并未有过这么强烈的感受，那时父亲哪儿也不带我去，我的童年始终留在里德府内。随着年龄渐长，我发现那些萦绕不去的梦魇变得真实可信。

我请教了好友萝丝·雷格郎关于此事的看法，科学与灵异从来只隔着一道薄膜，她知道我们的秘密研究已在我父亲就职时开展，正是有参与“异光学”研究的专业通术界人士的帮助，让此事有所希望。萝丝已经同自己的通术组织商讨过解决办法，如果可以利用通术界人士对仪器进行光线波段的注入性调节，也许可以消除家族所蒙受的诅咒。

1959年7月夏日

多妮奥看着那些至今无法理解的词组，神秘而诱人，这是她渴望追寻的答案。她从小培养的阅读兴趣使她过目不忘，却常被周遭同学看成是和那些古板的书呆子乖学生同样生活作息的姑娘，浪费了她的美丽皮囊。在就读的契尔威综合中学里，她时常安静，陷入沉思，心智早熟。偶有回忆起孩时同故乡的离别，以及早逝的父亲和久别的母亲，还有潜藏在她记忆角落的似乎和火车有关的溺水事件。童年阴影挥之不去，却并没有影响她对于生命的信仰，就像墙壁的蛛网，并不会阻碍探索的行者。

她并不深念十几年不曾相逢的母亲，这几乎是一种必然式的疏离与淡忘。她脑海里高大的故居，像是朦胧里点燃的一盏陈年油灯，神秘，熹微，闪动在记忆里，有千万的嘶喊声从那里发出，痛苦，模糊。它们以梦境的形式散布在她成长中的零星夜晚。尽管梦醒时分一切安好，她却感到莫名的忧伤与困惑，试图不再去回忆遥远的家园，试图和周围的孩子一样平常。

祖母在自己到来小城的次年，曾给自己一封来自芭芭拉的明信片，上面写着，“亲爱的，我要去很远的地方，很久都没法儿回来。玛利亚会照顾你的，听她的话。永远爱你的妈妈。”七岁的多妮奥觉得这和印象中自己冰冷寡言的妈妈不同。后来祖母将明信片收了起来，并在周末集市上给多妮奥过完她在英国的第一个生日。

在沉默中，她观察着一切，隐隐地觉得自身充满了问题，却无法找到答案。

她看着镜子，如稻穗般迷人的金黄色泽的长发垂泻而下，她深邃的蓝眸中透着孩时的纯真。这双眼眸曾经望着祖母，她日渐迷人的嘴唇翕动，问起母亲的事情。而祖母一副故作轻松的样子，她总是隐隐闪闪想要结束这个话题。

多妮奥也问起过祖母关于自己祖父的事情，玛利亚总是轻描淡写地告诉多妮奥，他是一个善良的人，很不错的研究者，努力而且积极。但更多的时候她会转移到讲述自己年轻时旅行的桩桩趣事，试图把讲述祖父的话题掩盖过去。多妮奥猜想也许是因为祖母不想每每提及而陷入短暂的忧思中。所以她开始慢慢地隐藏那些疑问，她知道有天她会触碰到一切想要了解的事物。

玛利亚通常每个礼拜都会在固定时间去“拜访朋友”，那是她对多妮奥的说辞——多妮奥从来没有见过她的那些朋友。当然，邻居简阿姨除外，玛利亚和简有着不错的交情，苗条纤细的简是在多妮奥七岁那年搬进凯德尔巷的，拖家带口地出现在某个上午，简的丈夫有些秃顶，脾气温和，平时工作早出晚归。简有两个女儿，和多妮奥差不多的年龄，当年外出的玛利亚会托简帮忙照看小多妮奥，简说她从没有遇到像多妮奥这样安静的小姑娘，她可以在那里不哭不闹地看书，甚至懂事地照顾简的女儿们——她是说，每当自己不小心打瞌睡的时候。至于其他三家不来往的邻居，其中劳伦斯一家早就搬离去往地中海，一家住着死去的原主人的待嫁女儿贝蒂，还有一家是出租屋，至今更迭了二十多户，据说因为家里总闹耗子。

今天算是例外，当祖母对多妮奥说去见老朋友时，她没有像往常一样从那间不让多妮奥进入的小阁楼里把捣鼓出的硬邦邦的盒子带上，多妮奥对她的那些朋友感到好奇。

“里面都是医疗器械！”玛利亚过去是这样解答小多妮奥的问题的，也许她的那些朋友腿脚不灵便。久而久之，多妮奥习以为常，尽管她印象里没有哪个医疗器械被满满小石头镶着的木盒装着。祖母平时总是在家里，偶尔会把曾经旅行途中结识的老友招待过来，假若他们途经此地的话。平时亲切幽默的祖母和偶尔在阁楼里搞研究的她有些对不上号，因为每当从阁楼出来，她都会躺在沙发闭目养神，静如蜡像，垂首无息，有时甚至听不见多妮奥在叫她。这古怪的行为多妮奥只是看在眼里。她并不会打扰从阁楼出来后的祖母，很快的，她会在低首战栗后惊醒过来，然后若无其事的开始做家务。至于祖母曾经做什么工作，她曾说自己的工作来源于多妮奥祖父，像是护士，然后冲着幼小的多妮奥匆匆一笑，转而讲述自己如何从东南亚商贩那里买来一块刻着榴梿的贝壳有股塑胶味。

玛利亚始终都对周游世界感到极大乐趣，只是如今那份怀旧的憧憬早已埋藏在多妮奥成长的十多年里。她在只言片语中回忆过往点滴，从白雪皑皑的阿尔卑斯山到繁华集市的伊斯坦布尔，澄澈迷人的夏威夷到苍翠碧透的新西兰，她在夜晚讲述所游历的世界令多妮奥感到新奇。多妮奥从她收集的各国玩意儿和珍藏着各国票根的裱花册就知道祖母所怀恋的是生命某个阶段顺其自然的理想生活，它们像海洋上空的风尘，在自由的飞翔里跨越世界，吸揽天地之气。这些纪念中的事物终究是会褪色的，但当它们历历在目之时，旧时的心便会复燃，随着游弋的节奏跳动，绝不困囿于日渐年迈的躯体。

远离市区的卡萨尔森林北接本宁山脉，南接待尔特河谷。早期途径这里到达采矿区的道路已经被风化作用下的滑落沙砾掩埋，有一处偏僻废弃的矿洞可以让人直奔树林。周围险峻的地势起伏围绕，卡萨尔林极不起眼，如果不是那闪亮湍急的银亮瀑布从林口的悬崖奔腾而下，人们大可以把此地看成陡直地貌上的一小撮巨毛，还长进了小山系的腋下。远处分散的银纱般的湖泊更值得大家的注目，甚至可以去野营一晚——但那绝不是个好选择，除了需要绕个比发箍还弯的小道抵达，更需要坚强的决心跟自家爱车说再见，然后徒步攀行穿越。实际上他们完全可以去约克夏溪谷漫步，趁着大不列颠的天气没有给他们使坏脸色。

20世纪早期，方圆数十里的矿产开采逐步衰退，加上这一带的铅矿资源并没有商人想象的丰富，阴郁不安的卡萨尔林最先被遗忘在历史的角落。在山脊起伏下，往日零星的农场也早不见踪影，袅袅炊烟散去，乌云层叠聚集，像灰衣巨灵在悄无声息的广袤疆土上冥想。重新发掘这一带的并不是不怕亏本的商人们，而是当年一批据称军情六处下分的秘密研究人员。当然这种传言并非空穴来风，二战之后都有人觉得芬克山脊那些地区天气怪异不定就是那批精英搞的鬼。当然，没有人会去细究这些传闻，也没有人来这些地方一探究竟。时至今日，人们压根儿没听说过卡萨尔林。

长满了槲寄生的卡萨尔林石堆密布，有五根参天巨石排列屹立在密林深处，它们在树木的掩映中难以在空中发现。巨石背后矗立着一个看上去如山崖般高大坚硬的峭壁，迷失到这里的可怜人一定觉得路到头了（如果哪个倒霉蛋跳伞时意外落进此地），转身逃离这片被不同古怪符号刻满的陡壁巨石。总的来说，这里看上去是神秘事物积聚的世外沃土，在阴郁疲惫又死气沉沉的阴云下，在瀑布和密林掩藏的巨石之间，在那些被怪异符号印刻的峭壁深处。听见了吗？

黑暗中，一个清晰而优雅的声音响起："坚持不懈的兄弟姐妹们！你们在解除一个个艰难棘手的困难后，能力已更为强大！我们所生活的幕布之下，那些不为人知的阴暗和血腥的事实，隐藏于世间。我们是清醒者，让不安的世人拨开迷雾，让冤死的亡魂归于光芒，这份工作是我们的殊荣！"

女人的声音停了下来，她按动眼前桌角珊瑚状的仪器。大堂远远近近亮起了光，发光体是不规则地分散于室内的朦胧圆柱，直径犹如成年的树干。它们像是求偶的萤火虫一般，会轻微地闪动。其中一个最先停止了忽闪，沉稳地发光，剩余的接连如此。如果仔细观察，能看到一枚枚无实体的光晕像是在空中轻微蠕动。

"我们即将迎来新的成员——尼娅·方达。一周前，我们治愈了她丈夫的障目之病。而她也是拥有异术之人——精准的疾患检测，以及趋于正常阈值的咒能，我们测试到了她可以用意念让一只鸽子在一分钟内死亡。然而，她之前从未发掘过这方面的潜能。"讲台上的女人话语放慢，望了望台下。十几个男女坐在用巨型琥珀打造的球形椅上。尼娅·方达站起来点头，大家冲她微笑。

她如羞涩的少女般脸颊泛红。在周围剔透的灯光潋滟下，她那张精致的脸蛋熠熠生辉，光洁的皓脖上托着她那风华的笑颜，红唇像瑰丽的宝石般质地细腻，媚眼如华丽的冰蓝色绸缎飘落在纯净的冰川中。更令人惊奇的是她的发色，她的双鬓泛黄，而逐渐延展到的耳后转为刺目的艳黄，再扩散到她那松散在脑后的卷发，竟泛起纯金色的千层浪。她像是历险者最后打开的宝藏，在倾情的注视中，足以让凡人心生贪欲。

早年迁居伦敦西郊的尼娅因为丈夫雷诺在某个清晨突然失明而四处询医，然而医生并不能够检查出他的毛病，晶状体和眶壁完好无损。实际上，她知道这场病症的关键并非角膜受损或是视网膜病变，而是他的脑部有某种无法被当代医学测量的光斑，她通过自己的奇术无法看透那团混沌的物体。所以她通过曾经的旧友给布鲁内尔大学世界神秘学教授格林·沃特求助，他告诉她一个地址——凯赛大街一百〇四号办公大楼七楼的"卡萨尔社会研究事务所"，实际上这是一个解决各界灵异事件的组织。这里的人看似办公有条不紊，各位能人秘士们绝不是招摇撞骗的神棍，办公室里高科技产物目不暇接，他们甚至与剑桥大学物理研究学院密切来往，足以让人误认这是硅谷搬来的办公厅，只有他们的名片上印着的“如若不是诡异之事，抱歉我们帮不了”，才能让人回过神来质疑。而格林教授曾经在学院撰写论文时与此事务所有过一次交流，探讨的命题是南非的巫医如何进行自我约束。

尼娅未料当代灵媒们已经有了组织，也深知自己的资本不再需要隐藏。从十岁那年通过抚摸哭闹的婴儿而得知其并非因为犯饿而是因为肺结核，她就感知到自己拥有奇术。她选择了压抑，消受这样的能力，不再对外人显现，装作未有此事，纵然如此，技能却与日俱增。有时她仅仅通过注视便得知别人的疾病，对此她只有紧闭双目，待奇象消逝。

雷诺时而会变得极度癫狂，时而会变得消沉不语。他在房中嘶喊着尼娅的名字，“尼娅我在这里！为什么你不说话！”“尼娅，我亲爱的，为什么哭泣……”他喃喃自语，在家中四处碰撞。他不断挥舞双手，却看不见周遭一切。

尼娅抱住他，试图抚慰他的惊魂，她眼中的爱人有着如蚕丝涌动般的轮廓，几个如影随形的光点在那流转的脑浆中闪烁，她想看透光中的讯息，却一无所获。

雷诺抱住她：“尼娅，我爱你。等我来……”

“亲爱的，我在你身边，你看见了什么，听见了什么？”尼娅为自己无法探究挚爱的痛楚而难过。

“在荒原上……尼娅，你很痛苦，我听到你的哭声。”他入神般喃喃自语。

尼娅紧握他的双手，想在齑粉般飘忽的世界分担他焦灼的无奈与冰凉的茫然。

周三，雨水澌澌从云层间奔落大地，在尼娅焦急的目光中似雾如烟，窗外那逝去的迷情正流转飞舞。

事务所派来小个子乔治·金和草帽南希，乔治消瘦的脸颊上一双漆黑的眼眸出奇闪亮，南希终年戴着自己编织的草帽游走，据说草帽里抹着某种可以刺激她观察力的地中海药膏，行为夸张的她远远看见门缝里的雷诺就对着女主人惊声叹道：“哦！天哪！那里出现的东西在我们大本营才有！”

“所以你也看见了吗？他脑海里的光斑……”尼娅匆促地说完，发觉自己有些失态。

这时，乔治和草帽南希不约而同地看着女主人，转而面面相觑，他们似乎有些震惊尼娅也有特异功能。草帽南希像是管事人一般接口道：“不得不说我们近期很少招揽异能人士了。如果我们治疗好你丈夫的病，我希望你能够来我们事务所面试。工作酬劳十分不菲。当然你得保密，我是说这方面……这个世界已隔绝成数半，我们踏足的是意想不到的那一半。”然后径直走向房间。

乔治冒冒失失地对尼娅点了个头，然后跟着草帽南希走了进去。

尼娅心中升起无数期望与感激，看着身后的同流浑身被浑厚的光晕包裹。在她日渐挣扎破败的心底，难为这些自信的勇士们出现，像冲破巨浪而来，在悬挂于花纹各异的墙上的恩爱照片边驶过，那里印刻着尼娅与雷诺浓情蜜意的青春，同流在那温柔如乡的床边停下，抛锚，站定。

草帽南希拿出一个被晶莹细石镶嵌的木盒，“原本我们从格林博士那里了解以为是灵体附身，但现在这种情况简单多了。”她对着身后的女主人说道。虚弱的雷诺正昏沉地躺在床上，虚闭的双眼不安分地颤动，亦无法听到周遭响动，像被无形的墙封闭着。

“简单，但是独一无二。因为人体结界中出现光元素只可能在我们这个组织中的一些人群里出现，从未在普通人身上出现过，对此我们很容易处理，只是很意外。我想冒昧问句，你的丈夫，有异能征兆吗？”南希小声问道。

“我想没有……我从小就可以感知到，如果有异能者在我附近，我的发梢会变成黄金色。和他在一起从未有过。”尼娅说完将脑后的发夹松开，散落的头发末梢，一抹刺目的金线，芳华万丈。她那漂亮的脸蛋顿时带着神秘与惊艳。

“乔治，详细记录下来，有必要跟琼斯夫人反馈情况。”草帽南希指示完，乔治细长的手指从书包里取出了小型敲字机，键盘五颜六色的像欢跳的精灵。

草帽南希小心翼翼地用手抚摸着木盒上石子周边的纹路，嘴上念念有词，那些细长的线条外缘的光线突然融化进氛围里，变得朦胧如烟，扭曲的光体渗透进石子中，整个房间变得昏暗，似有一障置于窗前隔绝窗外天光，让外面的光无法照耀入室。盒子慢慢地打开了，里面氤氲着流动的光晕，轻缓散开于盒子之外，像是发亮的小蝌蚪，它们倾巢出动，整个房间顿时置身于这流动的光影中。它们集体聚往雷诺的头部。在尼娅的眼中，她亲眼看见那些小家伙们将丈夫脑中的光斑一点点啃噬，吸食，很快那些被包裹的光点都被它们虏入自身，它们的光变得暗淡下来，如傍晚天边的余晖，全然不见方才的明亮刺目。它们慢吞吞地钻回到木盒中，势若游丝，光条流荡，海中旋绕的鱼群般纷乱而有序。房中恢复平日的光亮。

雷诺僵硬地躺姿在众人的注视下渐渐回暖，尼娅紧握他的手，看见他轻轻睁开双眼，眼神明亮，透着欢欣和激动，竟一时哽咽无法开口，因久未打理的凌乱鬓发在俯身的微风中扬动着浓烈的思念。他怀抱着尼娅，泪光寥若晨星，似久别数年的爱人再度相逢。尼娅温柔地帮他擦拭着嘴角滴落下来的涎水，拥吻着恢复神智的丈夫。

周四依旧阴雨绵绵，尼娅决定投身于这个组织最初的想法是希望能用空余时间帮助那些需要她的人们，她觉得自己拥有了后盾，不再怀疑自我，远离泛泛世俗的偏见。这个世间有许多难以言说的伤痛可以隐藏，却无法一一治愈。她希望那些异于常人的能力能够帮助凡人。她融入组织之后，可以名正言顺地做这番事而不会被视为不详，不用再在神父的引导下掩盖真我。在领教了事务所的异术者们施展的奇力，她那被压抑而掩饰的内心蠢蠢欲动，她想要了解自己，也许在同类面前，答案不那么难，他们甚至可以帮助自己。琼斯夫人也很想见见她。

计程车驶过嘈嘈切切的马路，在凯赛大街边的中心公园停下，尼娅急需熟悉路段。昨夜草帽南希在电话那头对她的主动来电表示欣喜，并说明这个组织对于分工不同，危险程度亦不相同。而尼娅拥有异眼检测的天赋，也可以感知到受助者是否被恶魂附身或仅仅只是病菌所致。或许还有她自己从未被发掘的潜力，可以不断学习和转化。南希告诉她，他们已经可以通过某些仪器互相传达学习彼此的奇术，但在入职之前除了口头承诺外，会有一份协议用以加强约束与保密，永不对外透露法师据点和实施方式，否则将会有首领进行“公正惩罚”。在入睡前，尼娅告诉整日在工地施工的丈夫，自己将会兼职一份工作，助人为乐，收益不赖。

“亲爱的，我支持你的决定。但如果你感到累了，记得回家。”雷诺注视着爱人，他俩紧紧相拥。他不想自己再度陷入障目的恐惧，而无法真真切切看见此刻的尼娅。

尼娅穿过马路，浅棕色的皮革高跟在水泥地上踏踏作响，混迹于雨点的撞落声中，像乐队中的鼓手敲击着明快的节奏一般。她吞下最后一口面包，收拾好雨伞，美丽的容颜在暗淡的街道上焕发光彩。她转身进入大楼，等下一趟电梯的开启。她孑然伫立，待“叮”的一声电梯开启，她凹凸有致的身体随着她的深呼吸而略微耸动，大概是因为有些紧张。进入电梯后，她看着门外事物随着逐渐压缩的视线变得模糊而又潮湿。她那被沾上雨水的发梢在电梯的上升中渐渐透出亮金的色泽，水珠如同细小金石一般嵌在发丝上，她不经意地抖落，那些金珠脱离了刺目地带，顿时回归碌碌之水，无声滴打进暗黄色的电梯地毯里。

七楼的电梯门一开，事务所的招牌就明晃晃地悬挂在感应玻璃门后的墙上。尼娅碎步而入，看见草帽南希站在由乱石铸成的雕塑边等着她。“比我预言的晚了三秒，估计是电梯不太好使。”她摇头晃脑地说道。

南希引着她，在招牌后面的两面墙的夹缝里侧身而入，这看来并不是员工正常上班的地方，头顶的光正跟着她们的前进而移动，两人在不足一人宽的夹缝中穿堂过巷，光滑的墙面丝毫不会挤压他们，仿佛是计算好了两人的身姿幅度。一分钟后，她们出现在楼层另一头。头上游弋的神秘光亮融进周围的光线中，像碎石落入沙砾，不分你我。这里有条雪白光洁的走廊，尽头有个办公室，门上图案极其华丽缤纷，生动灵活，只可见于雕梁画栋。待她们走到通道中段，办公室门自动敞开了，站在里面的年轻女人正望着窗外的雨景。

年轻女郎回身微笑点头示意南希，南希便悄悄离开，在她的紫色蓬蓬裙消失在门口时，办公室的大门又重合上，像是看不见的双手在有序地进行着服务。

“克里斯汀·简·琼斯，”年轻女郎说道，“他们都直呼我琼斯夫人。我不介意。”她示意尼娅坐下，自己在落地窗前的一条机器椅上慵懒地坐下。雪亮的天花板上勾勒着几条怪异的线条，由暗沉的玛瑙和灰亮的金刚石交替镶嵌，周边是细细密密的蓝晶石，它们往中间汇聚，形成一个底朝天的凹槽，凹槽由蓝矿石所嵌，而这个圆弧形的“盆”里面有不断曳舞的光线，像是天际的电光在刹那间变得柔情似水，像是深海的游鳗在欢腾时灵动敏锐。它们是房间的发光来源。办公室的墙角各有巨石立柱，墙面光滑无尘，无画无架，一张巨大的长方体办公桌由巨型绿玉打造而成，桌边的植物尼娅从未见过，像是几根带着羽毛的小翅膀长在一株真菌上，它们正轻柔地张合，似欲飞翔。办公桌上放着一个树皮表质的液晶显示屏，偌大的办公室的其余空地，有着短矮的放满时装杂志的现代曲线形书柜，修长优雅的立体声音箱，自动清扫房间的圆盘吸尘器。窗前的智能垂帘鲜绿明目，和周边的亮白陡壁相衬。整个办公室弥漫着科技与古老相冲相撞的气息，冰冷而又诡谲。

“别拘谨啊。”克里斯汀对好奇的尼娅说道，“你丈夫的案例，和你的天赋毫不相干，而我们并不知道是谁干的，但无论如何这都会是我们擅长的一项，用异光吞噬它们，同类之间的斗争，总有胜的一方。”克里斯汀双眼追视着尼娅，“我们生活在银河之中，它决定着我们所看到的事物，这只是造物主的把戏，千百年来我们试图接近它，直到它向我们极少数人抛出橄榄枝。只是，实体和灵魂同样是虚妄的……”克里斯汀正直勾勾地看着尼娅的浅棕色高跟鞋，瞳孔忽闪着幽光，尼娅顺着她的视线往脚上看，自己的那双高跟鞋竟变化着颜色，由浅棕转为淡黄，再转为猩红。

克里斯汀似乎并没有为尼娅的惊异所动，她继续打量着尼娅，从下至上，这时她注意到尼娅的头发，目光犀利如针。“善良的娇妻……啧啧啧……不介意的话，可否取下一根？”她直直地盯着尼娅。尼娅犹豫了一会儿，感觉这有些唐突，回过神来便照做了。她捋出一根金黄的发丝，眉头一皱，使力地拔下来，接着她姿态有些僵硬地交给克里斯汀。

从尼娅头上拔落的这根金线，在空气中静止着。琼斯夫人捏在手里打量着它。细发的色泽由发亮的纯金色渐渐减弱，变暗，衰退它天然的本色，整根发丝逐渐变得透明，像是被吸走了鲜榨橘汁的吸管，很快，尼娅那金色璀璨的美丽发丝，变成虚无的一根透明细线。

“你还有别的能力。”克里斯汀不动声色地用手指捻动丝线。片刻，它在她指尖消失不见。她轻缓地摆摆手，起身走到办公桌前，按动桌缘的印加玫瑰花纹按钮，办公桌的一侧竟延伸开来，如低矮的阶梯递进摊开，里面是一层层档案袋，她翻找了一下，似乎没有需要。

“我想我还不知道自己是否有别的能力，如果检测食物的腐烂程度也算得上的话。而我的能力通常要在集中精力时才能够办到。”尼娅说道，她平日会用这种方法在超市选择最新鲜的蔬菜瓜果，并用低廉的价格买入，代价只是目光会扫到其余那些转瞬即逝的食物腐烂面。

“看来你慢慢学会了控制，你很聪明，克制是好事，美人。”克里斯汀用脚尖轻触地面，装着档案袋的阶屉回缩进办公桌里。她悠悠地走过来，按动另一瓣花纹，桌面隆出一块长方体，升腾上空，这是一个书架，书籍鳞次栉比层层叠叠，她那涂着淡紫色指甲油的手指像扑闪的昆虫擢出一本斑驳的硬皮书。随即，这个耸于桌面的书架直直地滑落回去，像滑落于悬崖峭壁，万丈深渊将之埋藏，桌面很快回归了平静。

克里斯汀翻动着找到的书籍，“数百年前，有位法国的云游女巫也有你这样的能力，后来她不见踪迹，传言她可以使人窒息死亡。书上一带而过，似乎比我印象中少写了什么。”她看着一脸愕然的尼娅，“你很快会适应下来，新的世界观已经开始运转在你脑海。刚才我碰触到你的头发，感知到你有能力掌握生死之术。”

“我完全无法感知它的存在啊！”

“是吗？看来它太过于微弱，不足一提，不必挂齿，一切都会在恩惠仪式中见分晓。”琼斯夫人自信地挂上了一个微笑。

“恩惠……”尼娅还是疑惑着。

“在测试你这个隐秘的异能之前，我们来个简单的猜谜游戏，”琼斯夫人不等她延迟的回应，便打断了她的思路，“我总是喜欢从这些侧面来观察，我喜欢观察稚嫩之人作灵活思考，无关乎答案的对错，亲爱的，我喜欢用谜题来表达我对某种事情的虔诚。比如现在，欢迎你的到来。”她的微笑堆得饱和万分。

“那么，好吧……”尼娅在紧张的同时也很兴奋，她不怎么猜谜。

“它能兼得鱼和熊掌，能同踏入两条河流，它让人无处遁形，却可被发丝抵挡。它是黑暗的死敌，必与夜色同醉。万物的救星，生长的意象，星辰与虚空，宇宙与洪荒。”

琼斯夫人问完，眼仁里泛出异样的光亮，她看着尼娅，带着不可捉摸的诡笑，善意中又带着一股试图了解透彻的凶狠，这让尼娅有些不自在。

“鱼和熊掌兼得……河流亦能同踏……”对尼娅来说，这两个提示是解题的难处，“黑暗的死敌……生长的意象……”她意识到这是解题的关键。“黑暗的死敌……是光明……”尼娅念念有词。琼斯夫人饶有兴趣地看着她在算量着，就像看着一个孩子正在用不怎么开窍的大脑反映着数学题的来龙去脉。“发丝抵挡……”尼娅眼睛看着桌上的一杯晶体状的水，又看着窗沿上一部分淅沥滴落的水滴，脑海中一个清晰又简单的答案浮现了出来。

“你笑什么？”琼斯夫人问道。

“抱歉，我只是突然想到了……有些激动……”尼娅脸上的浅笑让琼斯夫人眉头一挑，“是光。”尼娅吐字清晰，就像她目所能及那般清楚无误，“这是我们看到的，答案就是每分每秒，无处不在的光。”

头顶的光斑似乎游弋得更加活跃了。琼斯夫人的嘴角微微战栗了一下，飞快地延展为笑意，这个笑容是映射出了她最大限度的神秘感，无从判断她是因此而高兴还是不快。“让我们进行接下来的工作吧。”琼斯夫人低声说完，脸上的肌肉松弛了下来，她扭头看着窗外，眼睛翻动着，血丝斗折的眼白蓦地占据整个眼眶，片刻，只见一只巴掌般大小的鸽子从滂沱大雨的室外飞扑到落地窗前的瓷砖台上，尾须发憷，却定定地卧着。克里斯汀还原了眼神，冲尼娅说道：“试着，杀死它。”她一字一顿，带着命令的口吻，将刚才的娱乐感退散得无影无踪。

尼娅有些犹豫，房间的氛围使她变得无比被动而恍惚。克里斯汀炽烈的神色中隐隐的贪婪一闪而过，无法捕捉。

“这是你的机会，本应属于你的。”慵懒而优雅的声音在尼娅耳边回荡着，她像是月色下的潮汐，正被某种力量推波助澜，不断地翻涌，顷刻间，巨浪席卷。她注视着那只鸟，就像狩猎者注视着脆弱的猎物，鸽子周身笼罩着诡异的悚息，在不堪一击的躯壳中干瘪下去，在女人的目光中渐渐模糊而失去踪影。

“看她的腰身……可惜结婚了……嘿嘿……”坐在尼娅身后的胖小子阿奇小声地对身边面无表情的亚当斯·乔森说道。阿奇饶有兴趣，特别是对美人儿。当他在伦敦解决完某件缠绕年轻女人的灵异怪事时，通常都会跟当事人来场愉悦身心的约会。亚当斯拥有能借助物质移动身体的能力，他跟身旁这个仅能驱逐孤魂野鬼的好色小子没什么共同语言。

在这坐满形色各异之人的密闭大厅里，巨大的岩体闪烁着原始质地的矿石，组织会议之处绝非凡人踏足之地。讲台上的那位琼斯夫人并没有丈夫，也没有孩子，甚至连她的年龄都是个谜团，组织中的精英们知道的是她隔一段年月变化一次外形——依旧年轻美貌的另一个人。传言她曾经在二战时击溃过敌军，甚至潜入敌国谋杀军官，用变化多端的奇术，用意想不到的方式。那时她受命于政府，隐藏多年后又以新的面孔组织自己的团队。此刻，她傲然而庄重，强大而神圣地站立在刻满符文的高台上，目视一切。

# 第四章　异光

多妮奥气息微弱，眼睛里蒙上了一层淡蓝的薄雾。她回忆起马修，这个在周末的图书馆出现的男孩，他的套头衫和卡其裤从不引人注目。他从那些支柱间走过，野小子一样轻佻，但他远没有从外表看起来那样让人难以接近。他是家里不安分的长子，刻板而奢靡的家庭令他厌倦无比。

多妮奥对自己的梦境产生强烈的兴趣，她着手从浩如烟海的书籍中翻找着相关的资料，凯文·帕克所著的《梦与预言的关系》和路易斯·邦德的《绝非善类》中提及了一些她所需要的内容，这和自己祖父在笔记里记录的所研究的命题似乎是相通的。

她翻读其中一段："美索不达米亚平原的一些邪教认为巫术拥有控制梦境来实现预言和感知过去的能力，少数人的体质可以拥有这种能力去解码自己的人生。人为和天命向来抗争，这也是多数拥有预言能力的巫术师们无法摆脱的困扰，纵然可以准确地预示自己所处的境遇，却无法扭转宿命安排。"

多妮奥的心绪游离于梦境中的故土——不断袭来的旧日居所。一个女人的面孔狰狞，身躯扭曲，模糊不清地在她梦中显现。她回想起妈妈在送走自己时面色苍白面孔和消瘦憔悴的身影，此情此景在她的脑海中无法消散，她料到也许她已经彻底把自己忘了，那个久违的女人永远寡情，忧郁，冷淡，思维错乱，阴阳怪气，在她的记忆中毫无重量。跟祖母越久，她淡忘越多。而为何那些迷梦还要寻回记忆花火，蹭亮旧日的难过。

"多妮奥？"马修冷不防地打断她的思绪。

"你也来了。"

"上周的化学课我们见过。我知道你经常来这里，那天你走得太快，我来不及跟你说，还记得吗？"

她有些羞涩地低下头，将挎包从旁边的座位拎起，把位置让给这位眼神发亮的男孩。他的目光在古旧的书馆中炯炯有神，让她怦然心动。她几乎都忘了他们正在探索的话题，像是突然被切换走的录像带。接下来的画面是他们离开了图书馆，她尽量让自己不要表现得紧张兮兮的，暂时不去回味书上光怪陆离的图案。当他们一起走进咖啡馆时，她还在考虑是否先伸出左脚踏进门能给她带来好运。马修为她点了一份蓝莓蛋糕，祖母总是抱怨自己做不好这东西。而接下来的时间，她只记住了他的翕动的嘴唇，他的微微颤动的鬓角，以及他耐人寻味的目光。

“嘿，你并不觉得奇怪吗？”辛西娅·弗里曼停下俄罗斯方块游戏，将手机搁在一旁。多妮奥回过神来看着她。

“什么？”

“你奶奶平时晚归。”

“等我们超过五十岁估计会夜不归宿。”

“你可以去禁地看看，保不准她会研制生化武器？里面还有僵尸每天扒拉蜘蛛网。”辛西娅称玛利亚连年紧锁的阁楼为“禁地”。

“这并不好笑！”多妮奥不止一次听到她开这种玩笑了，还有一次说玛利亚做的薯饼很好吃，有魔法般的诱惑力，也许她正研制秘密配方。

辛西娅识趣地停止了话题，她在起身之时不小心碰到了放在桌边的玻璃杯，杯子径直倒地，碰碎了一道小口。两个女孩在轻呼之中收拾着残局，像是在盲从着一项微型的事业，辛西娅冒失地站了起来，将捻起的细玻璃碴轻轻地放进了角落里的垃圾袋。她回头差点撞上多妮奥，朋友的脸庞在电灯下像个故作沮丧的小鹿。

“我梦见你了，前不久，”辛西娅说，“好像有车站什么的。”她歪着头说道，接着她回到沙发后，摆出半跪的姿势，抄起遥控器，机械般地调换着频道。

“我的梦要是像你那样就好了。”多妮奥自嘲道。在电视发出的呲呲声中，动物相互扭打的画面转成肥皂剧，里面一对男女正在跳着踢踏舞。她再按动遥控器，呈现一则新闻，画面是多佛尔海峡一隅，这片狭窄的海域上，成群结队的发光水母漂浮在海面上，就像一叠叠盖在海岸线上的奇异被褥，在夜色下幽幽闪烁着诱人的蓝光。

“酷！”辛西娅搁在棉麻靠背上的下巴不由得颤抖。多妮奥脑海里却不合时宜地突然划过记忆深处对海洋的那丝恐惧。

邻居家的花猫忽然蹦到了窗边，辛西娅吓了一跳。这时一个人脸出现了，是贝蒂，“对不起，姑娘们。小淘气又来打扰各位，来快回妈妈的怀抱哟。”她眼睛浮肿，穿着一身深蓝色的睡衣，揽起花猫在肘腋间。辛西娅因这冷不丁的谋面而感到泄气，她向来对这位待嫁女郎的智商表示怀疑，一天到晚呆悠悠的晃荡，活在自己的世界里，毫不担心自己是男人避而远之的怨妇。辛西娅拾起背包和手机，跟多妮奥道别。现在九点一刻，街边的灯火静谧，礼拜五的闲暇小聚又算告一段落，贝蒂怀里的猫惬意地轻吟着，毫不在意周遭的响动。辛西娅拗着嘴，熟稔地塞上耳机，登上了自行车，她甩开活泼的大腿，自行车由慢至快地消失在街角安谧的月色中。

贝蒂此刻正安静地梳理着怀中老猫黄白相间的毛发，嘴里嘀咕：“最近小淘气喜欢冲这里跑，我买最贵的猫粮都无法拴住它的心。哦……”她沮丧地低下头，“我真是失败！连它都不留恋我了！”她神经质地呻吟道，又抬头用呆滞的眼神看着沉默的多妮奥。

“不，亲爱的，这再正常不过，或许是这里有它爱吃的饼干？”多妮奥迟疑片刻后说，“又或许是它喜欢自由而已。”

“你说什么？”贝蒂声音变得尖锐，“你说我限制小淘气的自由？哦不！我从来不会关住他！他爱上哪里都会回来的！你把我当成典狱长是吗？我家可没有牢笼！那太可怕了！”她尖翘的鼻子此刻红得发紫。

“贝蒂，放轻松！好吗？你看它正要往下窜。”多妮奥看到小淘气在贝蒂怀里不安分地伸着腰打转，想挣脱开来。贝蒂颤悠悠地松开手，花猫一个箭步往多妮奥家里冲。玛利亚还没有回来，这家伙肆无忌惮地跑动着，如若平时，它都乖乖地不敢靠近房门。

贝蒂跌跌撞撞地跟着花猫溜进屋内，多妮奥毫无头绪地跟在她身后。只见小淘气三步两跨地爬上了楼梯，在转角上的阁楼阶梯处蹑手蹑脚地前进。她们相继跑上楼梯，就看见猫咪像个小贼一样弓身轻步，目不转睛盯着阶梯上的阁楼房门，嘶嘶地发声，尾巴竖的像傲立的旌旗，每一步都带着不祥的敌意。

“小淘气！哦！小淘气！”贝蒂惊呼，“快到妈妈这里来！别在这儿了！”贝蒂悄声前进，僵悚的脚趾紧扣进柔韧的拖鞋里。

猫咪没有听从主人的话，依旧竖着耳朵，眼神犀利而专注地盯着阁楼，以怪异的姿态向前缓缓攀行，似与前方进行一场持久的博弈，步步为营。花猫低声闷吼，多妮奥感到空气中弥漫着令人不安的气息。她没等贝蒂去抱住小淘气，就迈着急促的脚步噔噔上楼，跟几近僵硬的贝蒂擦肩而过，这动静似乎打断了花猫的凝视，它回头看她的当口，多妮奥越过停顿发气的小淘气，它下意识舔了舔舌头，又用失态的花脸蹭了蹭毛爪，锋利的指甲在沾了泥土的凌乱毛发里半遮半掩。多妮奥站上阁楼中的阶梯，这里是她过去不愿踏足的位置，她此刻有些发抖，那只猫的眼睛正张望着自己身后的木门。

贝蒂趁这个时机将这只表现反常的宠物重新怀抱进自己半蹲着的膝盖窝里。“我的乖宝贝儿是什么吓着你了，我们回家喝牛奶！”她几乎要哭出来了，哑声说道。

多妮奥回头看着阁楼的小门，和寻常无异，她想要在外来者的视线里表现得像个尽责又镇静的房主人，“门锁住了，我们走吧。”说完她将耳朵凑上门随意听听是否真有动静。这时，窗外抹过车灯的光亮，玛利亚回来了。贝蒂搂住猫匆匆下楼，她宽大的睡衣在吊灯的映射下慌张失措地飘摇，像暴风雨中张弛无度的海浪。

多妮奥正准备从楼梯上下来，转身刹那她以为自己眼花了，在身后木门下方与地面的那条笔直的长缝中，竟闪过微光，不，她觉得那不叫“闪”，而是“流”。她定了定神，便俯下身仔细观察，房中流动的光影透过缝隙在她的脚踝游荡，接着映照的是她撑地的手掌，再接着，她湛蓝的眼眸下来了，她的脖子直仰着贴上冰凉的地板，被巧克力奶和休闲坚果暖化的身体紧紧卧上了阴冷的台阶，她用目光探寻着那罅隙里的神秘地带，心脏扑扑直跳，好奇、疑惑与不安犹如一把把锐利的尖刃往她脑袋里钻，往她四肢和眼睛里钻，钻进她压抑已久的心里。

她看到了，那光是房间地上的一摊水发散的，或者说，这是一摊“光”，它不断地朝四周升腾，飞扬的尘埃历历可见。有的光还朝墙角流淌着。它旁边似乎是个打翻的木盒，上面镶嵌的石子在光影下显得更加明亮，那正是多妮奥曾经见过奶奶带着的木盒。慌乱的瞬间，她从地面爬起，沾满汗液的双手支着墙角，晃晃地站立起来。她脑海回闪着方才不可思议的情景，那被光映照的地面似乎还有一些瓶瓶罐罐和厚重的书本。她眼前一黑，血液嗖地窜离她的大脑，她只是感觉鼻部有种莫名的疼痛，柔和，平静，却又从四面八方袭来了白热化涌动的异物，在寂静的夜里，如丝穿行在她狂奔的血流中，她抚了抚鼻梁，只见掌心沾染着猩红黏液。便急忙冲向对面门廊的盥洗室，也不管楼下的奶奶和贝蒂在说些什么，蓦地开灯看到镜中的自己正淌着鼻血，眼眶里暗红血丝密布。她用水龙头中的凉水舀洗着脸蛋，在惊魂甫定中注视着镜中人，慢慢地，她眼中的血丝缓缓散开，鼻中黏稠的血也停止了外渗。此刻她无法自持地泛着泪，她关上马桶盖坐在上面，急迫地想要自己镇定下来，至少是现在。

奶奶在楼下叫她，并伴随着熟悉的稳健的脚步声，由远至近。

多妮奥急忙关上浴室的门，打开了淋浴器，并将水花调到最大。“我在洗澡。”她颤抖的发腔被水声淹没，也许自己真的该洗个澡，冲刷掉自己的战栗。玛利亚没有回应，多妮奥小心翼翼地走到门前，试图听到外面的响动，但除了室内的哗哗水声，再没有别的声音出现。

她深吸一口气，轻轻旋开门把手，屏息静气地拉开门，透过门缝看到对面的阁楼门正半掩着，奶奶似乎在里面手忙脚乱，她的影子被阁楼里面流动的光线透映在暗色台阶上，无声息地晃动着巨硕而曲折的剪影。片刻间，阁楼一片漆黑，所有的流光消逝。在奶奶离开阁楼之前，多妮奥已关上门停止了窥视。她坐在地上，闭目凝神，当听到玛利亚祖母踏踏下楼后，她才关上淋浴，溜回到自己房间。这一次，她锁上了门。

巨大的无助感包裹着她。疑窦丛生，她多么希望自己能斩断那些恼人困惑的树枝，将前方的光明一览无余。她意识到自己身处秘密之中，却又难以置信这温馨简单的生活里早已渗透了可怖的搅局者。她去翻阅调查“不祥”缘由，而“不祥”却主动找上了门。她听到楼下的玛利亚正在打着电话，声音遥远而模糊，但异常焦急。这一切是个谜团，阁楼变得如此神秘而阴暗，它像沉闷的鼓声，在撞击致爆破的临界点上不断地刺激着她的好奇。她止住了细思，十多年的平静似乎仅仅只是一场梦，僵化的，极速的，毫无怜惜的一场美梦。

她突然想起自己的书包里留了罐啤酒，那是上周辛西娅在派对后偷偷捎回来的其中一瓶，她塞进了内袋中。她想也没想就打开了易拉罐，将冰凉的酒精灌进喉咙，下咽后，小罐变得空空如也，脆弱得如陈年的纸帘，一攥即瘪，和她的忧惧相投——初来乍到的沾酒者，大口饮酒的酣畅与苦涩很快将变为体内火热健将争相开跑的赛道，在神经还没来得及疲乏前，她钻进了被窝，她那柔软的温床，看看这花枝招展的被褥真让人感到温暖惬意，谁都没必要打扰。窗外涌进来的风太狂妄了，她非得起身关上窗户拉上窗帘不可，不然呢？在凉意里睡眠可不是好主意。她下床轻飘飘的，奇怪，怎么身子会不受控制地往上漂浮，她俯身竟看见自己的身体在床边躺着，带着不均匀的呼吸。

她不受尘埃的污染，不受阻挡地穿过天花板，那些暗黑的管道与电线如静止的经络依附于房屋，而自己却像沉浮于世间的空气，甚至无法喃喃自语。她蓦地飞升，在眨眼间便离地面几百英尺，房顶的砖瓦和轻颤的树枝历历可见，深夜的道路像灰暗的沉睡之蛇。她能够思索与疑惑，灵魂出窍？或是又一个梦境？湿润的微风何以披离真实的大地？她像个氢气球，与自己的家越来越远，褪色的旧照般呈现在魂魄的视野中。

她将要去哪里？

她像是浮于水面的精灵，空中的灰尘分散开来，宛如无形的扫帚将其盘旋。风声呼过耳畔，眼下如水流动着耸于斑驳土地上参差不齐的房屋，街头几个吉卜赛女郎抬头望着自己，多妮奥想朝她们微笑，她们却怒目瞪视。她看到远处成群的山峦正在靠近，城镇很快掩映于不断交织的云层里，渐渐远去。苍穹中的繁星眨巴着明亮的眼睛，郊野的绿树与繁花在静怡的夜空下沉睡。渐渐地，她跨过了云层，不知道天空的尽头是哪里。她发现自己飞翔得更快了，天边竟泛起了隐约的朝霞，大地逐渐落入光亮的怀抱里。这漫无目的地疾驰使她周围的云扭曲了形状，周遭一切似乎被黑夜与光明交替着显现，曙光一次次出现，暗夜也不甘示弱地一次次回击。她看到云端上出现了一个黑色的点，清晰得如一个死去的苍蝇赖皮地漂在牛奶上。云层的涟漪没有移动这个黑点。她离它越来越近，它像个漩涡一般，在她还没来得及躲开时就被吸了进去，随着沙漏状的气流直泻而下，那缤纷的色彩令她感到不适，但她没有眼皮，无能阻挡看到的一切。

她随着这声势浩荡的狂流垂直地坠落，也许穿过了地面，或者进入了大海，她猜测着。

突然，周围的气体凝固了，一切停住了旋涌。

她浮于半空，袅袅升起。

浮现眼前的事物让她感到吃惊，在温切斯尔镇外，昏沉的雾气在午后集结于梦加里德河畔，那光秃秃的大石头布满了阴湿的苔藓，久治不愈的重患般，悄无声息。在这凝罩着死气的河岸一端，赫然矗立着那幢让她凄怆久别而苦苦迷思的凛然之宅！

她悬浮着划过平静的河水，砌筑的外墙爬满了暗色的碎叶。庭院中的水池污浊不堪，雕塑上阴鸷的笑脸直直盯着她，她穿过了里德府的门厅，眼前糟乱之景与多妮奥记忆中的家园相戕，难以辨认——所有家具奇形怪状地瘫在地上，零散的碎布与纸张附着其间，墙壁与地砖的血迹已然凝固，腥冷的邪气发散进了走廊。参天的巨大图书架已被侵蚀得残缺不堪，像高大却骇人的灵骨塔拔地而起，直入天际，群书早已衰入败落之地。

她停在了窗口，看见两名警察朝这里走来，他们衣装整洁，身材魁梧，毫不客气地推开了门，手上各执一把枪，脸上都露出惊诧的神情。

“现场一片狼藉，看来行凶者是个十足的破坏狂！”一个警察说道。

“上帝！看看这里情况多古怪！”另一个警察看着墙上干裂的血痕。

他们两人分散开来，一个走上了楼梯，另一个踏入客厅内廊。

无形的多妮奥注视着他们的一举一动。

男人跑上楼道，他不放过血痕的走向，在光滑的地面和羊毛地毯上翻滚着一些肥乎乎的蠕虫，还有一丝恶心的黏状物。他紧握着手枪，鹰眼般锐利的目光观察着四处，用手指轻拨着扳机，蓄势待发地悄然前行。那些沾着血迹的脚印极度凌乱，有些连着墙角，有些走到一半就不见了。在打开一扇扇关着的房门进行搜寻后，他很快走向了最后一扇门。

这扇门半掩着，黏答答的血液在门缝下渗出来。他深吸口气，狠狠踹开了房门。映入眼帘的是一个赤身裸体的女人背对着他，身上流满了血液。警察唬住片刻，又镇定了情绪，“把手举起来！转过身！”他粗声向女人发话。

多妮奥朝冰冷的窗棂探射目光，一种辛涩扑鼻而来，多妮奥从未想过如此令人苦不堪言的画面，那女人正是自己的母亲，她记得她的模样，朦胧的轮廓中，她的眼神中毫无畏惧。女人缓慢地抹着手臂上流淌的鲜血，似乎没有听到警察的命令。

他又重复了一遍，并用别在腰间的呼叫器通知楼下的警察，他手上摇摆不定的枪和额头不断往外冒的冷汗使他看上去并没有自己的言语那么镇定自若。这是他从未面临的处境。

“不！”多妮奥大声尖叫，但根本无法发出声音。她想离开，扭过头去，但自己的魂魄却深受限制。

另一位警察匆匆赶上来，他所看到的是地上的制服摊在血肉夹杂的血泊中，“马克……”他的声音极度颤抖，他抬头看见女人对他嗤笑着，布满鲜血的口齿在永无餍足的神情下可怖无比，她抚摸着起伏的胸口，张开双腿坐在地上。男人几乎气红了眼，他看到这肮脏的景象。“见鬼去吧！”他向她连开了两枪。

子弹划闪而过，女人的乳房窜出两条宛如蔓藤的触手，在空中将两颗子弹层层卷住，速度快的令人眩目。吞裹了子弹的触手尖叫着吐出子弹，露出一排疙瘩，朝同类咯咯发笑，旋扭着柔韧细长的身姿钻入即刻永离人世的可怜警察体内。多妮奥像是刚刚喝下整瓶呛鼻的毒药，她别向一侧的头不忍回转，任禁锢的魂魄久不散却。

一股热量从她额上传遍全身，她的身子再次快速旋动，不断的光影在她的眼中闪过，她虚化的身躯被牵引回昼夜交替的时空中，冥冥之中，她听到了哀号声，尖锐的，苦难的，钻进她的耳膜。

她睁开了双眼，眼皮上像是架了铁块。

她意识到自己攥着干瘪的易拉罐，她松松指关节，将它扔到地上。她伏在床沿，并没有爬上床。刚才的那场破胆的幻梦消失了，她觉得自己现在像是进入了温暖的天堂。她此刻睡意全无，隐隐不安。她清楚逃避无法解决谜团，祖母的爱并非简单明了，单纯地照顾她的成长，而是掺杂了不可告人的目的般令人费劲琢磨。不然为什么自己不可以大大方方地进入那个奇妙的阁楼，为什么玛利亚在告诉她过去的生活时会带着掩饰的神色?

遥远的记忆中梦加里德河畔在蓝天下风起浪涌，高地上的羊群在山野脉络的庇护下成群行进。夕阳在失落而又被遗忘的土堆残墙下熠熠生辉，历史仿佛在酣睡中，远处的沼泽连着枯树成群的石岸，芦苇随风摆荡。可是一切不再是当年那副模样。

多妮奥打开床头的台灯，温柔的光线映入眼帘，她捋了捋前额汗湿的碎发，想要去拿取从图书馆借来的一本讲述“梦的灵性”的书籍。辛西娅现在会觉得她疯了，但好朋友总是那个不管你变得如何敏感都依旧会喜欢你的人，她只是建议多妮奥多交往男孩。多妮奥心里暗自苦笑，如果自己也像辛西娅那样成长就好了，她有如此完整的家庭，还有个爱捣鼓电子乐器的弟弟。接着，她想到了姐弟俩开玩笑的詈骂声，这些抱怨使她感到一种久违的亲切与甜蜜，她的好朋友绝不会熟知她内心有一块起伏不平的地带，这不像是用饮料或巧克力能填补饱满的。

台灯下的尘埃轻缓飘扬，多妮奥缓过神，伸出手想去端详柜子上的蓝皮书，在她扬手的同时，发现自己的手掌上赫然显现一个极其特别的纹路，是张怪异扭曲的女性脸庞！她的心脏扑通扑通地拍打着胸腔，那巨响几乎可以从嗓子眼蹿上来，她感到一股极其强烈的畏惧，那张脸孔曾出现于她的梦里。她将掌心凑向光线，想看仔细这个莫名其妙出现的图案，只见那惊悚的纹路在光芒照耀下逐渐回转为自己的掌纹，消失不见。

真是个不平静的夜晚。

距离睡梦中惊醒的多妮奥·里德两百多英里外的市区里刚刚发生了一宗凶杀案，这对于那些平庸无辜的人们无疑是条震惊的新闻，天线滋滋传来的临时报道让感到害怕的人们乖乖缩进了被窝，但很快的，又会有别的什么政界商界大新闻冲过来招徕他们的眼球，让他们在聊天板块大肆发泄心中不满。按理来说，每个城市都有它阴暗的面貌，在深夜里毫无节制地出现。或许是那鬼鬼祟祟闯入民宅的盗贼；或许是在潮湿窄巷里交易毒品的混混；又或许是奋起反抗的边缘人群。他们组成了社会不可或缺的食物链，一环扣一环地流畅自然。否则警局里的人都可以解散去干别的行当，人们从此睡上安稳觉。这是不可能的，就像冰淇淋能完好地排泄出来那样，不可能。

菲尔不得不关上他正兴致勃勃观看的BBC探索栏目（上面正在介绍着地球上一天能经历好几个季节的地带），吻吻身边的妻子和房间里熟睡的女儿。用最少的时间整装待发，像一只暗夜突袭的野豹离开春泉小区。总部发出该死的命令，要求增派他们前去东区大道3000巷，据说是一对男女倒地而亡。也不是什么稀奇案件，菲尔暗自说道。

当然，到了现场才知道自己想错的警员大有人在。菲尔隐约知道今晚的案子又得让那个神出鬼没的探员出马了，号称灵异探员的西斯科·M.杰森，他常年穿着灰色立领大衣，有条长的出奇的脖子，当然，他也常年用衣领或是围脖遮掩着那耸于双肩的长颈。

菲尔从车上下来后径直走向黄色警戒线，对着先到的记录员瞟了个眼色，站定问道："发现什么线索了吗？"这通常是最直接的惯用语。

"线索倒是一堆，但是很难界定如何发生的。我想凯瑟琳女士那里会有新的发现。"记录员回答完后，低身勘测着地面与事故距离。警灯不停旋转着，闪烁的光映照着巷口潮湿的墙和大家有条不紊的动作。

这时，菲尔看到了一辆老式的黑色福特轿车朝巷口转了个弯，路灯将胎面映得烁烁金光，滑稽而怪异地停在了路边。警官凯文在他身后冲着轿车招了招手，轿车上走下了一个高大的灰色人影，削尖的脑袋下竖着一根细长的异于常人的脖子，菲尔想的没错，看来这次案件涉及复杂的办案流程，他们果然叫上了西斯科灵异探员，这个掩藏在幕后的搭档在关键时刻才出马。

凯文警官朝灰色探员走去，途经菲尔时冲他点了点头，在他也还以机械性的微笑还没有消失之前，凯文已经继续前行。这是个要紧的案件。菲尔有必要跟凯瑟琳女士打交道，至少是专业地做好自己分内的事。

菲尔撩起警戒带走上了水泥砌的台阶，他看到一楼的灯光已经汇聚得足够充足。二楼的位置有别的警察正在询问事发当时待在家里的邻居们，此刻那个接受对话的老太婆置若罔闻的态度让警察按捺不住内心的急切，可真是刚来的新手。

"凯瑟琳女士，很高兴又见面了。"菲尔想她应该是腾不出手来握了，橡胶手套上倒是没有血迹。

凯瑟琳扭头对他说道："看样子你刚赶来。我们还有一堆事情需要处理，让我们顺利完成工作。"她干练的语气配上标准的英式发音再合适不过。说完她冲身边的搭档使个眼色表示继续，自己起身时将双手熟练地从橡胶手套抽出，清脆的两声在菲尔耳边回响。她拿起胸口的笔，在记录板上写着关键词。

"这两个人非自然死亡，这种说法并不严谨，不足以形容这次的事件，甚至可以说是超自然死亡。"她耸耸肩，使自己激动的情绪用肢体分散一些，"死亡女性名叫杰西卡·柯迪尔，二十四岁，白人。这是我们从她身上取出的身份证件。"她拿出取证塑料袋亮在他眼前，没错，这无疑是个年轻的小妞。

"但是……"菲尔的目光随着凯瑟琳的指示望去，倒在地上的女性分明是个年过九旬的老妪。

“我想这也许是她偷取的证件，这将是一条重要的线索指引。”菲尔也想不通死去的老女人何必带着别人的证件。

“但是经过指纹器的检测，这位死者就是身份证上的杰西卡，她的手部完好无损，据目击者证明，她死前也穿着这身暴露衣裳。我们排查了她的身份，是富翁企业家莱森的女儿。”凯瑟琳脑袋歪向一边，案件似乎相当棘手。

“什么？这不可能，她怎么可能成现在这副模样，是特效化妆准备拍戏吗？”

“我也希望如此。”凯瑟琳苦笑道。

这时，凯文和西斯科走了进来，周围的空气仿佛卷曲开来，暖和无比。西斯科耸着肩也像“布岛族”中的一员（注：生活在缅甸的长脖子民族），但没有人敢以此嘲讽他，毕竟他拥有的能力足以助懒散办案人员十臂之力，这些能力也是常人学不来的，警察们畏惧又无奈这种力量，他们需要处理的五花八门的案子太多了，不是每宗案件都能得到答案，有些甚至搁置了许多年，像临岸濒死的海豚。西斯科出现后，总能给他们毋庸置疑的交代和不留痕迹的收尾，而他的报酬是“不走司法程序的审判”，听上去这里面有猫腻。但为了在每一宗目测为“无解之案”的情况下通过特别手段抓住真凶，总得使些手段，比如叫这位神出鬼没的西斯科现身，号称当代的“灵异探员”。警察负责控制现场和记录，他便暗自使用他的技法抓住真凶，何不双赢呢？

虽然菲尔实在不懂那家伙怎么做到的，迄今只有少数警员知道西斯科作为处理古怪案件的合作探员身份，因此他也很少出现，不到实在诡异出奇的情况，他们也不会找他来。灰衣男人走到菲尔身边，不苟言笑，这让菲尔感到莫名的压迫。是的，这是他第二次见到西斯科，看着他那副修长的衣领，总是让他感到不适。

“继续你们的对话。”西斯科低沉地冲着凯瑟琳说道，“我也想听听。”

凯文那栗色的瞳孔忐忑地冲凯瑟琳望去，显然他感到压力。菲尔第一次觉得自己在废物集中营里。

“是的，长官，我们需要给女性死者进行扫描鉴定她的骨龄，检测是否仅是某种疾病导致表皮老化。而她身旁这位兰迪·斯科特，三十岁，白人。倒是没有任何老化的迹象，没有枪击和刀刃的伤口，也非钝器所致，头部完好无损，死亡时双目紧闭，嘴部张大。”众人的目光望向倒地狰狞的兰迪。

兰迪面孔严重凹陷，灰无血色的肌肤紧贴着坚硬的头骨，干燥的棕色毛发在光线中纹丝不动，下体淌出来的液体围着他的大半个身子，他像躺在一张阴湿的不规则地毯上。菲尔不禁打了个寒战。

“凶手的作案手段匪夷所思。”凯文发声了，“调查显示两个人之间的关系并非夫妻，杰西卡是兰迪的情人。据目击者说，两位死者在一个小时前曾和一个年轻女子在这里争吵，那名年轻女子正是兰迪的未婚妻。”

灰衣探员没有回应，他俯下身去，自顾自地观察。

“这里看上去真不像个发生性关系的场所，何况死者在死前并未脱去裤子。我怀疑他是嗑药了。”凯文说。

西斯科探员似乎根本没有听到凯文的话，他向往常对待尸体一样，伸出一张宽厚的右手，不疾不徐，将之放在离死者头部十英寸左右的上方，像是赐予祝福的神祇那般。他闭上眼睛，凉夜的楼道在他的脑海中赋予了生命，他的手像是一道屏障，将周边的活人隔离开来，意念的气流像重灾区的蝗虫一般密密麻麻爬遍死者的周身，它们在滚滚暗涌中搜寻着所有流逝的线索，在他翕动的鼻翼间川流不息。他深吸一口气，似在贪餍这可口无比的凶案。又像野狼的低吼，震慑着不远处的亡灵。突然，他睁开双眼，所有的信息了然入目般。转而又将手伸到了衰老的女人头上。刚才的数秒就像是一个世纪般漫长无比。

菲尔偷偷地翻了个白眼，对身旁的凯瑟琳表现出一副不以为然的样子。是的，他一直对神棍持有怀疑态度，在达尔文进化论里，他们什么也不是。不过这片刻也不耽误大问题，万一可行，自己也不会吃亏。

“好东西。”西斯科收起右手，低喃道。

“对不起，先生，您的意思是？”凯瑟琳似乎看到他脸上浮出一丝满足的笑容。

“能让我看看死者的未婚妻照片吗？”西斯科俯视着凯文说道。

“看来这次的凶手又不是什么寻常人。”凯文见怪不怪说道，他知道西斯科很兴奋自己没有白来一趟，只要是谜案，他都很有兴趣。“这里。”凯文的平板电脑上显示着兰迪未婚妻的身份证，一个名叫莉莉安·福斯特的女孩，曾在一家街边小旅店干后勤。

西斯科的表情就像是刚刚享用完上好的红酒牛排一般。他纤薄的嘴唇抿成一弯满意的邪笑，“谢谢你，长官。再次合作真令人愉快呢。呃，不是吗？”说完他冲菲尔一扭头，菲尔的不适感极度强烈，但还是保持着尴尬的微笑。看来这个灵异探员总是得心应手，接下来将又是惯例的辞别。“这个案子对你们是无解的，交给我总是没错，哈哈。”他的狂言很早已成了无可置疑的实话，凯文在他身旁只能像个听话的小绵羊，菲尔心底里翻江倒海，就差跑上楼顶吐下来会淹死人。

“不过犯人是死是活就要看他怎么选择了。”他意味深长地冲着众人说道，慢悠悠地往外走，刚踏出楼道，转身望着凯瑟琳，“哦，亲爱的凯瑟琳女士，您可以早点休息，没必要瞎折腾。”说完又径直朝自己的轿车走去，两米高的个子直接跨过警戒线。

凯瑟琳低下头，悻悻地对着菲尔说道：“显然，我理解你的感受。”

她决定要去阁楼一探究竟。

多妮奥被自己的这个想法吓了一跳，可是她想从离自己最近的疑团寻得答案，在那间因年久月深的禁令而让自己习以为常不去涉足的阁楼，兴许会找到一些能够媲美可怕噩梦的秘密。她觉得自己的好奇来得太晚了，那锁上的世界里是何等的奇异？

她看了看床头的橘红色小闹钟，上面的时针是根中指，背景是个波普风的红唇女郎。响铃的装置居然是两个凸点的乳房。那是辛西娅去年给她的生日礼物，拆开时她惊呆了，偷偷放到床柜的角落处，并用贴纸将乳头贴住，遮盖半天，放在书本和台灯背后，半遮半掩下总算不那么显眼。

“我觉得这礼物跟你那无敌混搭风格的房间非常般配！”辛西娅在她收到礼物时神秘地一笑。

此刻分针不紧不慢在走动，很快，在它走完一圈后，中指就会竖向十二点。

她做过坏事吗？有，但是不多。可以说她从小到大都很听话，毕竟她知道自己的处境，她知道自己不像别的孩子，可以在父母的陪伴下成长，但奶奶可是从来让她感受温暖，尽管，偶尔怪怪的……当然，那也不是大问题，她觉得自己远离故乡的生活是美满的，她能够健康成长，祖母的照顾比印象中的爸爸对待自己还要好。小时候她在公园玩耍如果被谁欺负，祖母会来到她身边扮疯婆子吓走那些小家伙；祖母精心烹饪的料理数一数二的美味，并且还想方设法调制新的食物；她办事看似不可开交，最终却能安排得井井有条；她谈吐虽然时常匆遽，关键时刻也会点到为止。

她也会庆幸自己是在温柔的祖母身边长大而不是那些虐待狂魔，看看电视报纸上刊登的，总是会有变态的监护人毒打或是冷暴力对待孩子。

记得温柔的祖母怎么对小时候的自己说来着："亲爱的宝贝，那个阁楼里脏兮兮的，你可千万不要去靠近，不然，淘气的小怪物可要咬你！"说完，玛丽亚做出一副张大嘴巴的表情吓唬小多妮奥，并把乱糟糟的头发埋进她的小小的肚子上磨蹭，把小孩子弄得吱吱发笑。有一次，多妮奥和怀里的布娃娃只是坐在通往阁楼的阶梯上扮招待贵妇的游戏，奶奶就闯出来把多妮奥抱开，并说："好啦，茜茜公主可不喜欢那个地方，快到楼下的镶金大道去设宴！"语气里可是十足的严肃。

可是现在，沉睡的乖孩子要被好奇鬼叫醒了。

她的计划是，比起摸黑去搜寻祖母的钥匙，还不如翻窗户爬进那个阁楼去。这个时间，祖母应该是鼾声如雷了，她的房间可是这里的加强版，摆设眼花缭乱的，如果辛西娅看到一定会说"佛罗伦萨集市"！多妮奥怎么能知道她把阁楼钥匙放在哪个"摊位"里呢？她冲动的行事可以大大节省不必要的细枝末节，转而用直接粗暴的方法。

多妮奥在后院里见过阁楼的窗户，它总是关着，铁定上了锁，里面用了块黑色布料紧贴窗口。窗户可以容下一个人身，好歹不小。用蛮力的话，可以轻易击破。于是她想好了计划路线，先从楼底的抽屉里翻找出铁锤工具……算了，再省省折腾，房间里盆栽上的花岗岩观景石更好用，手掌大小，足够坚硬。于是她的路线成了，开门后右行一段距离需要蹑手蹑脚途径奶奶的房门，抵达走廊尽头的小阳台，再爬出去，攀上维多利亚式的斜顶，尽量不要接近后来修缮的檐槽……算了，那不就是绕了远路了吗？那就从自己的房间出发！

于是她扎起头发，晃动双腿，光着脚丫，将岩石装进自己书包的侧口袋里，整装待发。这是她记事起要去做得最冒险的事情，而且在夜半时可不许来回敲击窗户，那些邻居可不是那么有耐心的可以等你下楼泡壶茶听你解释的人。力量必须一击命中，在玻璃碎裂的时候有窗内的黑布作为缓冲。她的脚已经踩在了凉凉的窗台前，然后顺着敞开的窗户，将身子慢慢钻了出去。

踩上了窗栅的她心想，明明离地面不过三十英尺，却像是站在山顶俯瞰夜晚的花园似的颇为壮观。那些从未触碰过的房檐和细铁杆就像是翻脸不认人的家伙，和在楼下仰望时完全不同，每一次紧攥都感觉掌心被摩擦得火辣辣的。她铆足了劲将力量通向双手，在探测完视线内最坚固的那块位置，攀爬上了布满红砖的斜顶。

她像蜘蛛那样俯下整个身体，并在斜斜的屋顶上吃力地移动，这时又像背着鲜艳外壳的螃蟹了。学校开设的健身课派上用场，哪怕她只去过寥寥数次，在眼下的情形也算有用。蜘蛛，或是螃蟹？慢慢地靠近那令人兴奋又不安的小阁楼，夜色里它是那样神秘莫测，粗粝的石砖上还有星星点点的藓类，和泛着幽蓝的夜空相映。多妮奥觉得这时就算有个无头骑士的剪影在它的前景衬托下疾驰而过她也不会觉得奇怪。

阁楼的窗户越来越近了，她的脚踝已经近在咫尺，多妮奥艰难地扭了个身子，凹凸的砖面在她的衣服拉链上窸窣打架。现在她准备站上阁楼窗栅，一鼓作气。

她将脸扭向窗户，在背后的黑布遮盖下，这边的它就像一面晶透的镜子，在昏暗的夜晚，远近融合的光线让镜面变得如此纯净，丝毫没有尘埃的沾染。多妮奥看到了镜中的自己，有些浮肿的脸蛋上，鼻子好像碰了灰，真是让人哭笑不得的俏皮感。她的目光正默默地检视着整块玻璃，要不偏不倚地砸中这种老式窗玻璃让它们倾泻而下可不简易。如果它们碎裂的空隙还不足以让她进入，她也绝对不要砸第二遍，而是把手伸进去探探能不能够得到反锁的开关，万一行呢？一定行，她心里说道。

她希望奶奶没有发现，更加希望奶奶能原谅她的好奇心。

她再次发力充满四肢，脚尖踩上了窗栅，另一只脚轻轻踮进了窗户到窗栏的空隙里，一只手攀着阁楼凸起的石墙，另一只手摸索进背包侧袋，很快就将那块景观石紧紧握住，用力抽出来，口袋一阵窸窸窣窣的声音，在这寂静的夜里可以跟那些不眠的小动物们伴奏。

突然间，她的脚尖不听使唤，开始颤抖起来，是身体有些失衡了。她急忙将石块放进窗台空隙，弓下身子，换了只手持力，将身上的背包卸下，轻轻地扔下了楼，空空如也的背包就像遇难的攀登者摔落进深渊般，静哑地消失在花坛中。待会儿再去搜救你，她想。

重新抓起这块不算规整的花岗岩石，边边角角经过人为看似不经意的加工后，形似削铁。她深吸一口气，所有的设想都抛之脑后，她为什么会站在这里呢？真是荒唐，一个小阁楼这样令人费尽心思。她这时应该好好休息，想想未来的旅行将会发生的有趣的事情，时髦的辛西娅也许又会大嚼口香糖谈论“校园一霸”大块头比伯的糗事，而那个令多妮奥倍增好感的马修是否会继续关注自己，少女最受用的正是男孩爱慕的眼光呢？那可真是美妙的感受。

眼前的疑团和噩梦，真的有那么重要吗？她要去解开的迷雾，不应该只是被二十六个字母无限组合覆盖的页面吗？

重要。不应该。

这两个是她的答案。

她要探索的世界可不是在脆弱的纸张下，而是眼前的窗页后面！所以她重新鼓足力气，将那块冷冰冰的石头上灌满自己灼热的力量，它们是求知欲的源泉，是心灵的疏导所！

“劈铃——”清脆的声音划破夜空，周围的一切静的跟太平间一样。小动物们似乎都在顷刻间成了化石，鸦雀无声。多妮奥没有想到那碎裂的声音比自己想象中要大很多，也没有想到其实砸碎它比设想中简单。此刻她听到自己心惊肉跳的响声比平时放大了一百倍，来来回回震聩耳膜。身后远处的房屋仿佛在向自己逼近，在方才的破碎声消失后，那片房屋像是要膨胀起来，然后里面的灯光就会一个个点亮，人群乌央乌央地跑出来，冲着她说，你完了！

幸好，完了的只是那些稀里哗啦碎掉的玻璃，它们和预想中的掉落轨迹差不多，在下摔时被围住的黑布挡住了，只跟还附在窗框上的玻璃摩擦了一阵，发出片刻刺耳的声音。周围的小生灵似乎又回归了方才的躁动，暗夜里还有阵阵凉风在空气中运送着紫罗兰的香味，高大的山毛榉树就像稳重的老好人默默稀释了那声巨响。是的，目前来看是没有人来找她麻烦。就让那些入睡的人沉浸在梦乡里吧，刚刚不过是有辆卡车不小心按了喇叭而已，多妮奥侥幸地想道。她攀住这老式的桃花心木窗框，把手中的傀儡放在一边，然后将一只手伸进了还不足以钻进一个人的裂口中，探寻着窗户插销，待她摸到木框上一个凸起的铁栓时，她笑了。阿里巴巴要念芝麻开门的咒语，而她只需一拨弄，这扇“门”遍从外向里开了。

她用力把钉在窗台的黑布扯了下来，只需要一边的缝就足够她钻进去。她那已被铁杆印烙痕迹的脚掌，小心翼翼地躲开碎玻璃，侧着身子从窗外钻进了阁楼里。

大功告成！

她发现自己站在一处极其狭窄的空间里，甚至可以说是被紧紧地夹住。她的双手无法放到身前，只能左右摸索。她猜测，自己身前的东西，是个巨大的壁橱，它挡在了窗户前面，而自己现在正处在它们俩之间的峡谷地带。所以，她还得平移一段路，才能最后到达目的地一探究竟！

汗湿的肘腋黏腻恼人，碎发又跑到额前来撩拨了。她的头正侧往窗玻璃这边，脚尖又在阁楼里的地板上慢慢往墙边挪，整个人像是倾斜的剪刀一般幽默。不过黑暗里没有谁会看到自己可笑的样子。她的目光再次望了望窗户，那闪着寒光的碎玻璃如同冰峰般险峻，坐落在纹路清晰的木框上，身披凌乱的树叶和暗蓝的夜空，一点点透射出四面八方潜藏的微光。那一瞬间，她看到这碎裂的豁口上反射出一双绿幽幽的眼睛，正一动不动地盯着她。

路灯被高耸的树枝明晃晃地割裂，苟延残喘的光线垂射下来，虬曲的阴影便轮番地攀附在缓缓行驶的黑色福特轿车上。飒飒阴风吹拂着铺满了暗褐碎叶的地面，那位黑夜中的猎手正透过微启一侧的车窗，肆意地嗅着方圆之内的目标。三两车流转瞬划过，使路边的慢行者不值一提。都市角落里从路面煞起的雾气被黑影撞破，长脖子先生龇牙咧嘴地在车窗后显现出来。

菲尔不该多管闲事的，至少是今夜，他完全可以在清理完现场后直接折回家中，用剩余的体力和娇妻共度良宵，一想到这里，他就心花怒放起来。婚后的激情像冬日里贮藏的果实，来之不易。夜色摩挲着他激动而冰凉的吐息，为了消除一部分受惊的感觉，他在车里放起了杯中火乐团的《尽情沉睡》，很快的，斜劈下来的安全带跟着节奏微微晃动着，他学着主唱哼起来：

如果你目瞪口呆，

如果你难以释怀，
亲爱的，
还不如学着农庄的小狗，
双眼闭合，抛开杂念，
尽情沉睡，
如果你不满现状，
如果你想要平静，
亲爱的，
还不如跟着忧伤的旋律，
慢慢沉睡，尽情沉睡，
不去想何时醒来，
不去问几多牵挂。
尽情沉睡……

菲尔惬意地连续闯过两个绿灯，他并没有风驰电掣，大概是运气眷顾罢了，他想。

如果此刻的他有什么是需要修正一下的，莫过于那份突如其来的念头。比如，在和红绿灯较劲完后，他的眼神注意到前方的金盏花道有个灰色的幽灵闪过，他定了定神，没有看错，那个“幽灵”可是由四个涂成金灿灿的胎体支起的，也不知道那个叫西斯科的探员怎么想的，把自己的好好的福特轿车的轮胎捣鼓成那样，惹眼又可笑，真是个阴阳怪气的白痴。于是，菲尔跟随的念头就像土拨鼠一样冒出了地面，一激灵，爬出来了，地洞里的柔情蜜意暂时先忘一边儿去。

他想看看这个所谓的唬人探员半夜在那条老街上不紧不慢行驶的真正目的，菲尔简直就是把他当成一个戾气的犯人在跟随，反正丝毫不影响办案进度，倒不如看看这个神棍使的什么把戏，可以居高临下地戏谑他们这帮奉公办事的正人君子们。

话说回来，菲尔也是警局里一个积极攀高位的男人，现在的名誉远远不够他欢欣鼓舞的，这种跟踪的刺激感在他的破案生涯里比较罕见，而他又实在不擅长用言语添油加醋，在公路上开枪火拼的生死追逐也只有电影里展现的比较生动和频繁。此刻的尾随既隐秘又引人遐想，抛开异曲同工之处不谈，这比真正追踪罪犯多了份难得的有惊无险。这样奇妙的结合似有若无地飘进脑海里，就像车里低声嘶鸣的节奏一样让人来劲。那个长脖子的小丑怎么会对这些奇奇怪怪的案子极其感兴趣。咦，那车子突然加速了，菲尔离黑色福特有半条街之远，不应该是被发现才对。于是，菲尔也加速跟了上去。

汽车们上了高速公路，像两枚被牵引住的飞蚊在滑翔。当中还有大小不一的甲虫在穿插而过，绝不，菲尔绝不让它们挡住视线。城市里的姑娘小伙们夜夜笙歌，一些耍疯了的混混们正往那些密不透风的酒吧里赶，黑色福特的背影安静得像个丧礼中的教父，隐隐没没，在那些嘶吼的车流里，它毫无感情，冷冰悍人，笔直地行驶，惹得一个大胆野小子冒出车顶嘲讽顶撞那坚硬结实的金轮小丑，随着呼啸的气流，他们消失在前方的霓虹转角处，留下了刺耳的尖笑。不知不觉，菲尔已经跟出了三个街区，家已经远远扔在身后了。

菲尔慢慢靠近那家伙，但又保证穿流的车辆能半遮半掩住自己的行踪。他已经看到了黑色福特里那个探着长脖子的主人开始灵活地打着方向盘，在一个阴暗的公园停车场钻入，消遁于灰暗无声的灯光里。

事情变得好玩了，菲尔心想。那家伙为什么要在这个时间来这个早已被都市人遗忘的旧公园。他没有跟进去，于是将自己的车子平稳地停在了路口，熄火，呼气，开关车门，哧溜地站在了公园的灌木丛后边，紧盯着静止在停车场的滑稽幽灵。

西斯科探员这才下了车，看来他在车里打了个电话或是抽了根烟才对。不出所料，首先展现在菲尔眼中的，自然是那颗用发膏过分涂抹成凝固状态的后脑勺，支撑起脑袋的是一条坚实的神秘长脖，微弱的地灯衍射出长颈人古怪的身形，他单独时候的样子绝对比出现在众人面前要可怖的多。菲尔心里不住地作呕，很快，心肝都积水了，像可笑轮胎陷入的那处水洼那么满。

西斯科龇牙咧嘴，抬起头盯着天空中闪动的星辰，沉稳地呼吸，慢慢地，他的灰色大衣松缩起来，远远的像个不断换气的气球。随之而来是他紧促的步伐，走过三条地面界线，走过生锈的钢丝门，掩入稍稍明亮的公园中。他的动作像极了饿荒的野狼，大衣被牵扯得簌簌直响。菲尔在三十码的距离内可以看清西斯科的一举一动，他的眼睛很快适应了黑暗，脚步也很快跟上了灰衣人。地上的草叶在轻微作响，西斯科的背影剧烈地耸动着，他走进了废弃的巨石堆积的假山，在一棵又一棵的成熟乔木后。白天孩子们丢弃的肮脏皮球瘪了一半，安静地等候着生人靠近。西斯科钢筋一般的长腿直溜溜踩踏上去，皮球一阵连珠屁后化作一摊。很好地为处于光线暗角的菲尔指明了具体方向。

被一张张巨大的涂鸦笑脸填满的巨石上开满了洞口，这些洞大小不一，有些彼此连通，有些径直穿过假山，从另一边出口，还有些可以通上假山顶端，像整洁平滑的矿洞一般。这里的灯光有着不同的颜色，其中的蓝绿色映照着暗夜的树木，显得诡异清冷。

西斯科停在了其中一个光线较暗的洞口，理了理衣领，手指在颏上摩挲着，他站立片刻，便听到了里面有个女孩的声音。

那女声抽泣着，回音穿过石洞，轻悠悠地传了出来，在这片荒弃寂静的地带，趁着深夜无人途经，她可以肆意地宣泄悲伤。菲尔心想，如果自己是这里的流浪汉，今晚也一定被她吓跑。她和此时身处夜店中心的女郎们一定是不同的，声音的主人哭泣声越来越小，猛地砸掉手机，碎散一地。四周一片死寂，躲在红杉树后的菲尔整颗心爬到了嗓子眼，想跟着眼球一探究竟。

西斯科巨人站在这个洞口处岿然不动，这使得那些斑斓的光变得黯淡，脆弱。残存的光晕打到他的灰色大衣上，竟泛起了银边。

“谁站在那儿？”洞里传来鼻音略重的女声。

“莉莉安，莉莉安，莉嘶莉嘶安。”西斯科将最后所叫的名字拉长，并夹入如游蛇般谑浪的吐息声。

“你是谁？最好离我远点！”

“是我进来，还是你出来呢？”

女孩没有答话，洞口回响着她逃窜的脚步声。

“莉莉安，莉莉安，你要去哪里？”

女孩在里面四处地拐弯，登上，爬下，为的是找到另一个出口溜出去。她计划的路线一定是离原洞口相反的方向。只是，菲尔纳闷，为何传出洞口的脚步声始终那么响亮，就像是在原地奔跑一般。

“莉莉安，莉莉安，你要去哪里？”

女孩如困兽乱撞，在五彩缤纷的灯光里穿梭，在她脸上泛起了潮湿的乌云。她希望周围能有一个动物出现，哪怕是一个都可以让她解围，她可以读懂它的行踪，让它帮助自己脱离洞外那厌恶的陌生人。可今晚似乎没有哪个动物要来看热闹。她冷静下来回想今晚冲动的行事，没想到这么快就有人找上门来，真是可怜。洞口绕得真远，比印象中远多了。他和未婚夫曾在这里拥吻，彼此许诺着永爱一生。

“莉莉安，莉莉安，你要去哪里？”

菲尔在黑暗中觉得这真是太神经质了，西斯科站在那里，不断从嘴里吐出这句话，平稳严肃，头顶上飞过的红眼航班一样毫无情绪。话语像是巨大的屏障将洞口的风都给堵住了，回音重重叠叠，在寂静的暗林中如呢喃般的回荡。此刻，洞中的可怜人看到了出口，内心欣喜狂欢。

莉莉安逃了出去。

她傻眼了，她根本没有像计划中那样到另一个出口逃之夭夭，自己根本就是白费工夫，以为跑得够远，竟又绕了回来，绕回这该死的被眼前畸形人霸占的洞口。他此刻正静幽地站在那里，面带诡笑，周遭无风的静谧令人感到不安。

“莉莉安，莉莉安，来我这里怎样？”西斯科的声音不再那样缥缈无定，转而温和清晰。

“你想逮捕我？你是条子？”

“瞧你说的，亲爱的，要不要加入我们公司？”

“滚开！”

莉莉安心想，既然到了这种地步，未婚夫和他那情人已经死透了，再多干掉这个怪人也无所谓。对付区区一个人而不是整窝警察，真是轻而易举，她的内心从恐惧变为愤怒，她的眼里似乎闪出一丝勇气。

她伸出了手指，发丝随着五彩交替的光澜飘洒在空中，每一根都像利刃般莹亮，如浴火的针芒，直指向长脖子先生。

西斯科脸上像逐渐起褶的锡箔，又像摊开的废弃情书，慢慢地堆起了皱纹，从他的鼻翼两边深陷下去的沟壑里灌满灰暗的扬尘，眼角的纹路张开了扇翼，额头的肌理坍塌下陷，像泥泞的沼泽中脱落的树皮。他那高大的身躯渐渐变得弯曲，曲弓般陷落下来。奇怪的是，他一直面带微笑，这原本年轻的笑容上布满了纵横交错的肌纹，时间从他身上涂抹而过，他在瞬间年老。

菲尔觉得自己的震惊的心脏也在瞬间老了几十岁！

“哇哇哇，很好，很好，加把劲！”西斯科垂垂老矣的吐字，和他那桀骜不驯的腔调怪异地混合在一起。

莉莉安停下了手指的颤动，不可思议地瞪着灰衣怪老头。

那位还没自我介绍的灰衣怪老头，脖子像响尾蛇的尾环一样剧烈地摆动起来，隔着他那死灰的衣领，都能清楚地听到震动的声音。莉莉安不由自主地往后退着。老头举起青筋虬曲的干枯的手臂，拉下了高耸的衣领，他的那根长满了嘴唇的脖子在妖冶的光线下闪闪发亮，每个眨巴的红唇都扭曲出了怨愤和哀伤的表情。这时，他的臃肿的下巴自上而下地裂出了一条缝隙，一直连接到了胸口，绕过了那一簇簇无声挣扎的嘴唇。紧接着，一束熊熊火光迸射出来，灰衣人面无痛色，任由凶光四窜，在扭动的空气中飞舞。一个年轻女人的脸从胸口上的光池里显现出来，慢慢地，待火光消散，西斯科有了两个头，一个是自己的老脸，另一个是开裂的脖子中的女郎。

躲在丛中的菲尔汗湿全身，他尽最大的努力克制自己的情绪，试图保持自己的职业素养，他的大脑不听使唤地指示身体颤抖着，憋在心口的叫喊几乎快破膛而出，他背过身摸索着掏出了手机，开启了实时上传录制视频功能。他避免发出声音，心里疑窦丛生，那些家伙是谁？莉莉安是嫌疑犯，为什么西斯科知道她在这儿？

“你流了太多汗，小妞，这太容易闻到了。”西斯科发皱的鼻头下意识地朝僵住的莉莉安嗅了嗅。

“用这种方式出现，针对你再好不过了。你太信任你的未婚夫了，当理想破碎时，你什么也得不到。”脖子上的脸说道，平稳的语调掺杂着一些噪音，像是旧了的半导体收音机。

“你们真让人恶心……”莉莉安后退着，“我可以让你们也去死！”

“我希望你能加入我们的组织，我们是一类人，你不必害怕。你的特异功能真是令人欣喜，让我来提升你的能力，你也可以分享给组织你的异能。给你两条路选择，你是希望与警察耗着，还是跟我们走，从此毫无顾虑？”

“做梦！我不是罪人！我不是怪胎！你们，你们根本不了解，世界上就不该存在不忠贞的爱情！”莉莉安发癫地嘶吼着。一天前，当她在搜查邮箱时知道了原来自己亲爱的兰迪实际上是个骗子，这个骗走了她所有的爱的成熟男人。她以为她遇见了最美好的爱情，在花藤下偶然的相遇。他看上去是一个如此光鲜亮丽的销售经理。兰迪与她相识一年，从来都是用甜言蜜语包裹她，她自我抑制了她身上那种不同于常人的能力。她知道隐瞒的累与挣扎，但她为了爱人兰迪，愿意承担这份压抑的苦痛，她不想自己再变成那个受人嘲笑的小女孩，不想自己再成为那个受父亲冷落又痛打的姑娘。好不容易，在大学毕业后得到了第一份爱情。兰迪给了她无限的温存与盼望，将她过去缺失的爱欲一并补偿，足以让不堪的往事一笔勾销。那是一种足以遍布山冈的巨大玫瑰，每一瓣都可以分泌出醉人的甜浆，每一苞都可以散发浓郁的芬芳，纵然是枝干上的尖刺，都可以供她汩出怒放的欢爱与痴狂。他是如此有事业心，在她面前侃侃而谈自己所要创造的价值，在相处不到三个月的时间，她就决定嫁给他。兰迪与她在订婚后，在一个前途无量的企业公司里被相中，莉莉安打心眼里为他感到高兴。“这将是我未来的丈夫！”她跟大学里关系最要好的女伴炫耀着。在她的滋养下，他变得更加年轻而富有活力，这是她悄悄带给爱人的一份礼物。只是，尘封的记忆又盖上了一抔土，她将彻底告别暗藏伤痛的过去，眼前将是幸福的启示才对。

而不幸就在于，她开始无尽地掌握他的所有，她开始依赖他，希望他也能像她那样执着，她冥冥中感到兰迪似乎开始疏远了她，可她永远不会放弃这份来之不易的爱情，他与她的关系，如同渐渐下坠的流星身后泛着受煎熬的微尘尾光，尽是日愈疲乏的热情。这份爱起初如此甜蜜，为何坠入了愁闷的苦海？兰迪安慰她，她便短暂地麻痹了自己，每天最大的欢乐便是索求他的蜜语甜言。

如果一天前的莉莉安克制自己的窥视欲望，不去动手点开未婚夫偶然忘记关闭的电子邮箱，那么他对她的骗局，永远只是处在仅仅令她不断自我反省的层面上，而非揭破事情本身的真相。他可以保证有一天当她厌恶了自己的冷淡，便拍拍屁股走人。可是她打开了那个甚至连“希望”也给放跑的潘多拉魔盒，莉莉安看到了兰迪和富翁之女杰西卡的暧昧邮件，并附上了两人的亲昵照片，并且已有时日。她知道自己没救了。

在兰迪离开家后，莉莉安盯着墙痴呆空洞了一整夜，第二天，她步行走到兰迪所在的公司地点，在大楼的对面目视不远处的挨千刀的骗子，她的怒火与羞愧扫荡了全身，将她脚边的从石缝中钻出来的绿草活生生碾成了枯黄，像逝去的爱情随风曲折。她看着他走进了大楼，看见透明的落地窗里他走动的背影，似乎正心情愉悦地接着电话，而她口袋的手机此刻正冰如寒霜。

傍晚的街头，卖艺小丑正攥着五彩缤纷的气球到处兜售飞扬的笑脸，路人们的肚皮则准备接受又一场优雅的餐点，刷得雪白的翻新建筑后，一个又一个蹬着高跟鞋涌出来的女人们干练勤快，莉莉安的憔悴与哀怨跟这些女郎们格格不入，但当她看见那辆再熟悉不过的车子从前方慢慢驶出大街时，她上了出租车，她的脸上抹开了惨淡的笑容，跟踪着兰迪的车子，通向东区大道他们偷情的公寓。她现在是复仇女神，为的是她所渴求的毫无杂念的爱情惨遭破碎，从蒙蔽她双眼的那天开始，积攒下来的虚伪与谎话，形成急剧喷发的火山，她下了车，扔下了她最后的一张大钞，司机在瞬间花白了胡须，掉发秃头。墙角的植物纷纷弯下了腰。

那对偷情男女正爬上大理石阶梯，厮磨着暗蓝色的地毯，将他们那无穷无尽的甜蜜洒进并不敞亮的环境中，但它们堕落，狂怒，凄凉地幻化为一股强大的耻辱感，晕染着跟在身后的莉莉安，她歇斯底里地叫喊着，那是心正破裂的响动，眼前梦幻的浮云早已消散，她的眼眶不住地冒着眼泪，浸湿了衣领。她难过而震惊地前行，像步履蹒跚牙牙学语的孩子，慢慢走向那一对呆住的偷情者。

“兰迪……”她叫道。

“嘿……莉莉安，请你冷静，好吗？”兰迪说道，下意识地将情人护在了身后。

“你爱她，对吗？你爱她年轻，像花一般的美貌，是吗？还是家财万贯，给予你无限的机会？”莉莉安被感性的思维无情地摧残。

“你不再像过去那样可爱！你对我的事业起不了任何作用！你就像怨妇那样压榨我，现在很好，你发现了，我们结束了。”兰迪下意识回头看看杰西卡，她栗色的眼眸里带着受宠的笑意，在灯光下显得肮脏又迷人。

莉莉安衰落的神情逐渐变化成凶狠的愤怒，她恶狠狠地看着那个退居暗处的夺走心中所爱的贱人，挂在脸上的泪珠被怒气蒸发殆尽。

“你多爱她？”莉莉安一字一顿问着兰迪。

“我在杰西卡身上感受到了真爱。”

“这话你对我也说过。”

“现在不同了，听着，莉莉安，事情总是会变化的。你别再这样了，好吗？我会和她结婚，相爱，直到年老。你阻止不了我爱谁，连时间都无法阻止。”

“我可以……”莉莉安抬起头，试图自己镇定。

莉莉安虚弱地指着不远处的沉默不语的杰西卡，没想到她朝自己投来鄙夷的目光，“你会认识这样的女人真是可怕的，瞧她一无是处的样子，还跟踪我们。”杰西卡挽紧了兰迪的胳膊，幽幽嘲讽道。莉莉安颤抖地放下了手，因为一种巨大的悲伤侵蚀着她，她除了沉浸在幻境中的爱之外，一无所有，她什么也不是，就像过去她的父母漠视她的存在那样。自从温柔相爱的祖父母离她远去，去往遥不可及的世界，她便时常陷入无法填补的空虚之中，她孤单地走进内心中那片悄无声息的荒原，在那吟唱厮守终身的爱情故事，她让一颗植物盛开永不褪色的花朵，只要她在，房间里的听她倾诉的这株植物就永不枯萎。她能保留紫罗兰最纯正的色泽，停留在最美好的时刻。可是，她所渴望的爱，为什么只是假象呢？为什么爱情无法被时间冻结而永恒不变，无法屈身俯首于最美好的时光呢？有机体和情感永远随着时间流逝而变化，她能让有机体在时间之河中随意停放，为何无法左右这河中的情爱之鱼，它们游动迅速，不留痕迹，根本无法捕捉，无从落手。

“我可以……”她定了定神，重又伸出手指，对准杰西卡。灰白如尸的指尖，传递出焦灼的气流，杰西卡那支挽着兰迪的富于弹力而光滑的手臂，密密麻麻地堆积起衰老的斑纹，指缝的甘皮开始滋长，厚重而坚硬。她的光鲜的脸颊受引力的指引下垂于泛起肉柱的皱颈，杰西卡看到自己的身子变得肥胖，撑破了腰腹的纽扣，她尖叫起来。“看看吧，她已经老了，你还爱她吗？你不是一直爱着她吗？”莉莉安痴痴地问着兰迪。

“兰迪，救救我！天啊！上帝啊，我呼吸困难。”变得臃肿的老女人朝情人呼喊道。

“亲爱的，不！”兰迪凑上前去搂住了杰西卡，回头朝莉莉安叫道：“停住！哦，上帝啊！你把她怎么了！你这个疯女人！”

“回答我，你还爱她吗？你快看她呀，看呀，看她老去的样子！”莉莉安的指尖变得细长无比，心中的恶魔在快意中驰骋，她豢养的恶魔就缠绕在专执的爱意中，每一寸不甘而无望的心都是它的滋养液，现在它弹跳起来，快活地公然于人世间。杰西卡的涎水在下垂的嘴角蔓延，被惊恐的表情拉伸。她捂住自己的心脏，满眼恐惧，眼里钻出了浑浊的泪液。

“哦，杰西卡，你怎么了，你现在想要和他白头偕老吗？他说过他爱我的，怎么又跑去占有你了？你碰上钉子了。”莉莉安每一个字都清晰有力，她感受到自己压抑多年的魔力爆发在别人身上的快感，这意念大的令她暗暗惊叹，绝不亚于对爱的痴狂。

“莉莉安！我求你停下，你把她怎么了，看看她，她真痛苦，她快死了……”兰迪朝莉莉安扑过来阻止她的怒咒。

莉莉安在这受阻的当口，加急了自己的宣泄，就像是注射完最后一滴麻醉剂的针管，她坚决地向老女人灌入致命的一击，依附在杰西卡身上的加速老化的细胞分子此刻终于回归了平常的流动，她在这个空间的身份，地位，金钱统统与她永别了，这一刻足以将她余生信仰破碎殆尽，来不及适应这年迈的躯体，血液黏稠而凝固地在她体内来回蠕动，她回想了自己的父母和爱人，挣扎了几下，松开了最后一口气。

“不！”兰迪放开了裹紧莉莉安的手臂，回身奔向倒地的杰西卡，难过地抱起了她。

“你满意了吗？这是你想要的吗？你这个怪物！魔鬼！我……我为什么会跟你在一起，我的上帝啊！你疯了！”兰迪眼眶发红，他脑袋滚热，青筋暴怒，狠狠地说道，“莉莉安·福斯特，你就是个恶心的怪胎！”

莉莉安一只手扶在墙面上，重重地喘着气，她还需要解决一个人，眼前这个不像她那样忠贞的男人，婚姻不过是个可笑的契约，在契约生效前后，都不该出现任何不忠与玩味的出轨，她不容许这样不公正的事情发生，是的，在她眼中，男女欢爱只能由彼此专属，权利弱于责任，而责任必须建立在相守的诺言上，他食言了，他曾经许诺过爱她一个人，灵与肉都是她的，在缱绻的耳语中，他说过直到死亡才能将他们分开。那么，这混蛋不该是更专注于爱她而不是欺骗她吗？

是的，死亡才能将他们分开。

“我是怪胎？兰迪，你就像我那个可恶的父亲，他们要让我尊重自己的父亲，因为他的严格与身份。而他也不过是在快感发泄中，建造了一座城堡，然后在这座城堡上肆意摧残，遗弃荒废，就因为建成有他的功劳，就可以为所欲为了吗？哈哈，他不过是在高潮的一刻创造了我而已，这跟一个强奸犯有什么区别？他不过是冠以父亲名号的强奸犯，在我被恶霸欺凌后他毫不关心，不仅如此，他还控制了我的母亲，让她也不要怜惜我，哪怕他打骂我，将我逐出家门，他出去嫖娼，那可怜的女人竟都一声不吭。但是，我可不会这样！你们男人的天性和你两腿间的脑袋息息相关，企图从不同的女人身上获得征服感，我以为你不是那样的混蛋，你会专一，优雅，不觊觎青春肉体。我是怪胎？是的，我是，时间不过是个假想物，谢谢那混蛋把我送到这世上，让我有了洞悉未知的力量。原本我以为我可以恩爱到老，我错了。你的那个小脑袋还想要钻进多少洞里？哈哈，你的肉体不能再和其他任何女人相依，你在许诺对我的爱的那一刻就无法更改，那是你的选择，我答应了你。”

“你听着，莉莉安，我现在要报警，你是个疯子。我就算选择全世界任何一个女人，也不会再选择你，你，就是该死的怪胎！”

“嘘嘘嘘！小淘气！”多妮奥促声叫道，刚刚它那双镇定自若的绿色眼睛吓了自己一大跳。猫咪此刻正站在窗外的狭小平台上，它那斑斑点点的毛发跟冷峻的花岗岩石形成鲜明对比。“快回去找贝蒂，去去去！”

猫咪凝固在那里，就像个动物标本。她都怀疑自己是不是出现了错觉。它对声音毫无反应，眼前的猫眼睁得浑圆，绿中泛光的碧珠紧紧地盯住多妮奥，令她头皮发麻。于是她扯着脖子朝窗口吹气，想看看猫咪对流动的气流是否有感觉，简直就是个植物猫。

眼前的景象让多妮奥吓傻了眼。

小淘气没有任何的反应，依旧呆挺挺地看着前方。然而，多妮奥这口轻轻地气流竟让它像根木雕一般在窗前倒下，从窗栅的间隔间滚落，直摔楼底。她听到了“咻”的一声，证明那小家伙确实栽进了草丛中，而不是自己的视觉出了鬼。

她的心脏在刹那间溶于俱寂万籁，停止了跳动。直到她从空白的思绪里捋出了一根凌乱无比的线才明白此刻的首要任务是急需钻出这该死的壁橱。

也许没有那么背吧，眼睛和耳朵都出了幻觉，刚刚的只是幻觉，今天，哦，不，是昨晚发生的幻觉还不够多吗？该适应下来了。

在暗夜的阁楼里，多妮奥纤细的身子，从那狭窄的壁橱缝中吃力地钻了出来，斜剪刀慢慢恢复成靠墙站立的人形。她的脚掌一触到房中的地面，就发现这片地板有些发烫，有些地方又极度冰凉，像是冰川和岩浆正在地底无序地交融着。她从裤兜里掏出了手机，开启了电筒照亮这片初次见面的神秘地带。

阁楼里的面积比多妮奥想的要大一点。但她极度惊讶的是，这个房间分明不是正常的四方体，她面前的地板和墙壁和平常的质感无异，但却呈一个巨大的圆弧形，就像是艺术家喜爱的某件空间扭曲的作品一样。更令她不安的是，这歪斜的地面在她踏上去之后和平地毫无两样，多妮奥忍不住再多踩了几步，真是神奇。手机并不明亮的光线照射着每个角落，她首先看到靠近阁楼的那扇锁住的门，两边各有一尊刻满植物叶脉和动物双眼的修长雕像，五颜六色让人感到凌乱怪异。它们直立在地面上，那周围的地面竟和雕像一样遍布眼睛和叶脉，还有些砂石或是毛发夹杂其间，由浓转淡地连接着雕像，看上去那两尊雕像并非放立在那里，而是生长在那里，就像院子里陈年的古树，盘曲的根髯舒展地接壤着大地。

而躲在房间右边的是被白色帷幔遮挡着的大物件，估计是个摆满东西的柜子吧。左边的墙底下摆满了瓶瓶罐罐，有些放在了钉于墙壁的木架上，还有几张带血的破布凌乱地摊在让人视觉困惑的地面上。除此之外，房间看上去再没有别的什么东西了，至少远没有楼下那么眼花缭乱。于是她又转身想检查刚刚途遇的大壁橱——这哪里是壁橱，分明是具宽阔高大的棺材！

多妮奥吓得往后退了几步，但及时的理智让她止住尖叫。她知道这很荒唐，她也无法想象亲爱的奶奶常关在这里的由头。眼下那个巨大的棺材绝对是个大问题。

她看到这个立着的棺材顶端有根粗如麻绳的线连着，像是被那根线插入了棺木内，长度足以绕棺材十几圈，顺势而下，这根白的透亮的绳子另一头耷拉在棺材一边，盘成了圈。绳子末端连着个豌豆大小的袖珍小珠子。

棺材底座上雕刻着和身后门口两尊雕像一样的东西，令人反胃。她无法分辨出棺材是用什么木料打造而成，它的色泽和纹理前后不一，而固定其关节的像是某种矿石。棺材的边缘贴满金箔，棺木正面雕刻着一块等边三角形，像一座肃穆的山峰，而在“山峰”顶端，有个类似太阳发光的印记，象征着光芒万丈的细纹聚集之处，凹陷着一个女性的手，每个指头上都戴着一枚指环，手掌紧握着一个濒临散架的皑皑白骨，就像是在用力将它捏碎！

棺椁的震慑力在微弱的光线下依旧咄咄逼人，那诡异的东西就这样明目张胆地矗立在多妮奥眼前，莫名的物质此刻好像渗透在整个棺材，它在多妮奥眼中扭曲变形，她仿佛是个转晕了想要呕吐的孩子，看到了斑斓繁复的螺旋图案，无法站稳身子，她向后踉跄倒去，在那块白色遮布前摔坐下。那一刻，多妮奥觉得是自己的瞳孔在变形，她视线无法对棺材做出正确的物理位置的判断。手机的光线落地而蔽，她在黑暗中闭上有些犯疼的眼睛，脑海翻涌着汹涌光浪，无法静止，扑面而来。

眼泪从她眼角轻轻滑落，她没有去擦拭，很快就会干了。

缓过劲来，她将手边的灯光重新亮出，但她没有再去看棺材，生怕刚恢复好的视力又被那邪气的棺材扰乱。于是她对着身前的白幔打量，也许这里面的东西不至于那么可怕，于是她将布料扯了下来，装满了杂物的木柜赫然显现。

潽满尘埃的旧物堆积在柜里，有些用精巧的盒子装着，有些则是暴露在外，破碎的镶珠镜放进了过期的铁罐，弯曲的钥匙挂在和曝晒爆裂的腐木装饰上，斑驳的封皮书上露出一枚枫叶片。光线下的事物一目了然，幸好这里没有什么怪异的地方。多妮奥注意到，有人像在柜子深处朝她凝视。

她拨弄开那些杂物，发出轻微的叮当声。说来也怪，这个房间里发出的声响在她耳朵里显得比平时更加小声，就像戴上了防噪耳机一样。会不会是刚才看到棺材后摔倒在地上的后果，不仅是危及视觉，还模糊了听觉呢？

从幽深的狭柜里探照，那个人像实际是张照片。她小心地将相框从柜中取出，仔细照着那张照片，毫无疑问，这是一张非常老旧的彩色照片，相片中有两个人，一男一女，他们站在杜伦城堡前的绿地旁，年轻，亲密，虽然面带微笑，却略显呆滞。

她朝照片下看去，上面写着“里德夫妇，1952年”。

也就是说，年轻的男士正是她的祖父凡尔纳·里德。

而另一位与他依偎的玛利亚祖母，看上去和现在的奶奶完全不同，虽说时光总是会磨损人的容颜，但她的眼神总是不会变更的。照片上面的这位女士有着柠檬黄的头发而非棕色，身材纤细而非粗硕庞大，明显消瘦的脸型而非圆滚宽阔，五官更不需要说，照片中的她明明是尖瘦的鼻梁，碧蓝的眼睛，眼睛下还有颗显眼的痣，微笑的弧度显出两侧的小虎牙。总之照片里的奶奶和现实里的奶奶看上去没有一丁点相似的地方。多妮奥不得不对时间的感叹转移到对人的疑惑上。

于是她继续将隐于柜壁的那些形形色色的用细带缠好的相片拿出来，并解开裹线，一一地观察着它们的年份和照片中出现的人。这些照片寥寥数张，大小不一。

一张照片来自于实验室走廊（至少看上去很像），祖父一个人站在那里凝思的样子，他手里拎着一跟粗大的像是铁管的器件，上面有很多双螺旋环环相扣，有着那个年代罕见的绝妙设计感。上面用蓝色号码“0089”标注着。只是图片中的他眼神和姿态一样的僵硬。

下一张是人物肖像照，照片下方有占满画面三分之一的签名“亲爱的玛利亚”。虽然没有年份标注，但看得出这是玛利亚年轻时的照片。她那双水盈盈的蓝色眼睛下方的痣更加明显，在白得有些发亮的脖子上，还看得到一块螺帽状的粉红色胎记。总之，多妮奥的内心被重击了一拳，这分明不是奶奶。照片写错了！

自己的奶奶不会有这些招人的印迹。她脑海里闪过所有能够回忆的孩时在老宅的种种经历。家族的人丁单薄，致使在那华丽的大堂墙壁上只有寥寥数张巨幅家族照，甚至只有隔代的画像。剩下的画框永远不见天日地埋藏在她无法探寻的角落，那些曾经是佣人所住的宅院说不定就堆满了前人遗弃的旧物。印象中，她和父母仅仅照过一次相片，还只是在她半岁时，在婴儿凳上留影，父母正站在她的身后。直到后来，当父亲为她讲述睡前童话故事后，她才知道了“奶奶”这个称呼。可惜那时她从未见过奶奶的模样。

难道说，楼下房间里的那位，其实并非是自己的奶奶。

她回想着近来的怪事，头皮发麻。

“你闯入了我的阁楼！”寂静的黑暗中，老女人的声音在多妮奥身后轰然响起。

菲尔发现自己握住手机却在不停地发抖，镜头上的噪点一簇簇地闪动，像一个个扭曲的微小的人头。镜头越拉近，画面越是抖得厉害，他深深吸了口气，将手臂撑向树干，镜头透过层叠的叶片对准那片色泽变幻的区域，画面中，那个脖子上的女性人头开口说话了。

“可惜了，莉莉安。你的力量可以造福于我，让我不用该死地为了获得青春而更换肉体。也算是为那些莫名丧命的孤僻女人们好，不是吗？”克里斯汀微笑着说，她面部僵硬地维持着优雅，毕竟承载她的西斯科探员已经老得不太方便移动。

“哈哈，你们也都是怪胎，你们不觉得可怜又幸运吗？哈哈。”莉莉安靠在洞口的墙边嘲讽道。

“亲爱的，只有你可怜而已。”克里斯汀说道。

“你们不需要爱情吗？”

“人往往就可怜在这里。我不需要，我收集我所想要的一切，恰好没有那玩意儿。哦，西斯科，你做得很好，很快你就会重归青春了。”

“我不会跟你们这种人走！更不可能加入你们什么组织！你们这些丑恶肉胎毫无信仰，却妄想我的力量？现在，我的爱情也毁了，我宁可去自取灭亡，也不会让你们得逞！”莉莉安咆哮道，眼神里却是无助和恐慌。

“她死了可就吸收不了她的能力了。”西斯科通过思想感应给脖子上的克里斯汀。

“是的，她的能力相当惊艳，几乎是我缺失的一部分，我太需要这叛逆女人的力量了！”克里斯汀对自己暂时的宿主感应道。

“感谢您曾赐予我的不死的力量，对抗了她的毒手，我仍身在此世，我亲爱的琼斯夫人，你真是伟大的母亲！”西斯科的意念源源流入克里斯汀的思想，“那么，我动手了！”他想道。

西斯科从灰色大衣里掏出魔方大小的盒子。他快速地朝莉莉安扔去，木盒还未落地便散开了，纷纷撒落在莉莉安周围的石砖上，有些滚落在她的脚下。这些奇怪小玩意儿就像漏气的小球一个接一个绽开，从中流出的东西很快袭上了莉莉安。这些能使周围变亮的气流狂妄地晕染着空气，就像透过熊熊燃烧的火焰上方望去的扭曲世界。很快它们聚集到了莉莉安的身上。

莉莉安慌乱中用意念捕捉着这些跃动的无形生灵，她谩骂着：“可恶！该死的喽啰！为什么控制不了！我要它们死！死吧！快走开！”电光火石间，她踉跄着倒在地上，悬于胸口的指尖动弹不得。

“亲爱的，你当然无法将它们杀死，它们是光，永不年老。”

西斯科挪动着细长弯曲的身子走到昏迷不醒的莉莉安身旁，用那根坚硬却堆满皱纹的手指插入她半掩的嘴中。那些跃动的扭曲的光体汇聚在她的脑袋上，她的整颗脑袋不断凹陷或是膨胀，意识流于幻境中，人间的生老病死在这些光体一一掠过，从宏观的个体到毫不起眼的细胞，在盘织错节处坠落滑翔，随之幻灭。克里斯汀不断地眨动着双眼，她吸收到来自莉莉安所拥有的力量，面部扭动却深感惬意，就像吸饱雨水的泥池不再干涸，那些控制了生物老去的奥义讯息源源不断地流入干裂的土地，渗透，填充，涨满，从克里斯汀的眼里泛出了晶莹的泪花，淌在了灰色的衣角。她欣喜地告诉西斯科：“够了。”

而莉莉安的身体早已干枯，面孔凹陷紧贴于骸骨。

琼斯夫人渐渐地陷回男人的脖子中，隐于无边的黑暗。西斯科并没有收回自己可憎的如深渊一般的开裂脖颈。那些无形的光体将莉莉安的躯干溶解进飘散的风中，它们可以将肉体变为任何一种形态，组成人体的碳元素匆匆忙忙消失在大气中，蛋白质的发冷变酸不过是一枚砸地已久的臭蛋，雨水会冲刷它，太阳会蒸发它，而那些仅存的鲜血浩浩荡荡地流入了西斯科脖子中的黑洞，连同着莉莉安的脑袋。一切就绪后，西斯科的肌肤向上牵引，皱纹像蠕动的虫子慢慢翻滚，钻进逐渐平滑的皮肤里，他发出一阵又一阵的感叹声，弯曲的身影慢慢直立，重归高大而纤瘦，他的新牙像排队到头的焦急顾客，狠狠地将旧牙挤出了牙龈，于是废牙像细碎的玻璃碴一股脑儿从西斯科嘴里吐落，新牙齐崭崭地亮了出来。他的发际线密集地生长着毛发，每一根都是坚韧的新战士。他不再受到衰老的折磨，如今的他看上去甚至比数小时前还要年轻。他将开裂的脖子合拢，关闭，皮肤不断粘合起来，盖住了神秘的黑洞，盖住了往日挣扎的灵魂。

他的脖子似乎更长了一些，并且又多长出了一张嘴，这浅红的嘴唇，和莉莉安的真是一模一样呢。

西斯科孤零零地站那里，在菲尔不稳定的镜头中，他显得那样安静，僵尸一般。

洞口空荡荡的，菲尔此刻的脑袋也空荡荡的。就像被强烈的撞击后，双耳无法再感知到别的声音。

西斯科的手机响了，他接通了，但并没有举到耳边。

“您好，我尊贵的琼斯夫人。”他的意念连接在磁场中，透过信号直达对方的意识里，所以他也不必开口说话，“我会让艾尔往我身体里植入信号源，不必每次都用这落后的发明了。”

“受制于此，为的是不给你增加负担，亲爱的。”他脑中，克里斯汀正告诉他这条讯息，“我不想你的身体承受再多的异物了，你可是我最爱的投射体。何况你还挺喜欢电子地图呢。”

“我感觉到附近有信号在。”西斯科告诉她。

“我早就感应到了，但刚刚我们需要解决那条可怜虫，而不是躲在树丛的那个男人。”

“很久没有人窥视我们了，这真是让人兴奋！”

“他只是个普通人，别太致命，去吧，我的野兽！”

菲尔看见那具高大的行尸正朝自己回望而来，慌乱中他关掉了录制，将手机塞回口袋往后撤离。没错，西斯科迈着沉重的脚步朝自己走来，每一步都咄咄逼人，他扒开交织的树丛，菲尔恐惧地快步撤离，他看到在树叶闪动的瞬间，西斯科消失不见，就像原地蒸发一般。菲尔不顾一切地往外跑，踏过泥泞的台阶，雾气笼罩着寂静的公园，路灯幽幽地映照他潮湿的脸庞，他喘着粗气，像百米冲刺者跑回公园的入口，人还没近车身，钥匙就先伸过去遥启。他恐慌四顾，沥青的路面是那么真实。若在平时，这里让人无比的放松与平静，但现在它就像魔鬼的毛毯一般凶险丛生，高悬地面的路灯比方才亮了很多，这真令人感到安慰。他坐进了车里，那家伙并没有躲在后座上。快！要快！菲尔心想。于是他踩上油门，车子像松开项圈的牧羊犬一般拼命狂奔。

他从没有想过这个夜晚如此寂静，转过了两个街口，没看到一个人影，路上甚至连一辆车也没有了。他开启了车内音响，还是那首循环的音乐。这个时候他瞟了一眼自己的手机，镜面黑如暗湖，触动亦无光，他穿梭在孤零的大道中，死气沉沉，冥冥中他看到自己的后视镜上空无一物，连反射的倒影也没有。远离了公园，他的心慢慢平静下来，后面没有那家伙在跟踪，他侥幸自己遁形于黑夜，又后怕这古怪的事物连累自己，不管了，先回家再说。再转过街口，就抵达了心灵的暖巢。

他的车速渐渐放慢，音乐声夹杂着细微的嘈杂，他远远看到家里没有光亮，他换了挡，方向盘开始往右转，车库近在咫尺。

突然，挡风玻璃上一只硕大的眼睛朝他眨动。

他急忙踩了刹车，但感觉脚底踩在一摊柔软的肉块上，一只手在方向盘后钻了出来，跟那抛光的铝制挡板连为一体。

他猛地拉门，但车门丝毫不动，像虚假的剧场装饰品，他一开始没有注意到自己的车子竟刮痕严重，有些地方剥落了，露出新鲜的嫩肉。他尖叫着，但在车外，没有人能听到他的呼喊。不远处的妻子这时正在灯火通明的客厅里看着杂志，抚摸着微湿的头发，等着丈夫的归来。她不知道楼下的那辆车子像久斩亡魂的刑具正凌虐着丈夫的根根神经，无形的爪牙从菲尔的脑袋后面爬出来，慢慢汇聚成一个小盒子，而副驾驶座上升起一枚硕大无朋的头颅，连着头颅的身体像是一张薄膜将整个车身覆盖个遍，此刻显形的便是那张由头颅主人的躯体复刻而成的拟真帘布，他像剥离发灰奶酪的保鲜膜似的从车子里抽离出来，稳固的车玻璃不过是他的半张脸敷贴而成。菲尔刚刚坐在他的半张手掌上，他在菲尔还没有进车之时，便将自己的肉体逼真地变化成车内的一切，像恶魔之裹伴他归家。随着头颅的主人升到半空，恢复人形，此刻小盒子安静地躺回他的灰色口袋中。他高大的身影静悄悄地钻出车门，绝尘而去。

半个小时后，菲尔妻子惊恐万分地发现自己的丈夫蜷在车里，不省人事。她连夜载着昏死的爱人赶往医院。在短暂的诊断后，菲尔被送到病床并戴上了氧气面罩。这一夜，他成了植物人。

《永远沉睡》在他脑海里回响着，没想到他竟成了歌中人。

玛利亚老人像幽灵一般在多妮奥身后闪出，无声无息地潜入了本就属于她的阁楼。多妮奥扭头后失声尖叫，惨白的光线晃动着，不时将老人的面容映得阴阳分明，愈加悚然。

“你本不该看到这些的。”玛利亚说完，手掌轻抚墙面，那具硕大无朋的棺材的缝隙竟发出微光。它们明明暗暗地全往棺材顶端聚拢，在那根粗线中灌满，像流动的气体一样直直延伸下来，充满整条盘缠的粗线，在光蛇顶端的那个小珠子上达到了光芒的极致，像破土而出四涌的清泉，整个房间顿时陷入暖黄的柔光中。

在这明亮的灯光映照下的玛利亚，又回到了亲切奶奶的形象。

而多妮奥则像一个刚被逮住的小偷一样惊慌失措，又动弹不得。

“不要害怕，好吗？多妮奥·里德，我知道你无法理解这一切，它们……虽然你贸然闯入这里，对我来说还为时过早。但事到如今，该道歉的是我。”玛利亚温柔的语气很快让多妮奥镇定下来，也正是因为这样的言语，让她觉得老人并无恶意。

“照片上那个人不是你……”多妮奥此刻没有因为自己冒险闯入而内疚，反而只求当下的解答。她尽力抑制住自己的歇斯底里。

玛利亚没有回答，慢慢靠近多妮奥。放下照片的她像个孩子一样垂头抽泣，老人席地而坐，轻抬起她的脸颊，将她的泪痕拭去。多妮奥注意到，玛利亚在自己脸上拂过的指尖沾上有些发干的血迹，原来自己刚刚倒地后双眼发疼流下的并不是眼泪，而是血液。

“刚刚你接触了承光仪。”

“接触什么？”

“就是它。”玛利亚将视线移到了棺材上。

多妮奥惊讶地发现，那具棺材其实远没有自己想象得庞大，但还是比普通的棺材要大一些。在暧昧的灯光下，它的样子变得不那么带攻击性，而是呈现出一种沉默的邪恶。尤其是，它底座上那些形态各异的发亮的残体，相互交融，令人不适。

“我很好奇，我做了可怕的噩梦，看到有奇怪的光在阁楼里。奶奶，你知道吗？而你时常来这里。”

“情况恶化远比我想象中要来得快。我本来想在等一两年以后告诉你，关于你的一切。这些年，我极力地帮助你，陪伴你成长，用我所有的能力去驱散那些对你不利的事物。但是它们还是比我们预想的还要早的发生了，我早该料到你会闯进来，没想到是此时此日。多妮奥，如果我说什么，你会愿意相信长者的话吗？我在你身边，你不用担心。”

多妮奥点点头。

玛利亚低头看着那些未被翻看过的照片最底下，抽出了那张大号的集体照。

她那垂着淡紫色花纹的衣袖散发着清新的药香，像流淌的血液一般灌进多妮奥的脑袋里，让她觉得清醒了很多。

“这是当年在杜伦灵学学院成立的异光研究小组的合影。这个是你的祖父，”她将手指向站在后排的贝尔纳，这个集体仅有七个人，穿着红色毛衣的祖父显得出挑。然后她的指尖又斜到了左下角，“这个，是你的祖母。”

多妮奥确定了，照片中的祖母并不是身旁的这个指引者。

“这个，是我。”她指向了祖母身旁站着的胖妞。

一眼看上去就确定了那是谁，几乎不用思考就能对上号。看那棕色的辫子，圆润的臂膀。她将笑容堆在本就丰腴的脸庞上，愈显饱满。过于宽松的衣服显得那样飘逸，和周围的人格格不入。这不正是此刻将手指放在她身上的主人年轻时的容颜吗？

多妮奥静静地看着，脑袋又开始翻涌着混乱的潮水。她从来是憎恨欺骗的人，真相令人无限的失落，让她掉进孤独的深渊里，她眼前这个熟悉的祖母，这个抚养自己长大的女人竟然不是真正的祖母，可是又怎能因为漫长的欺骗而抛弃这份难得的恩情！难道她已没有亲人活在世上，需要靠一个跟自己并没有亲缘之系的老人来抚养自己？

“你是谁？”

“萝丝·雷格朗，曾和你的祖父母共事。”

这名字多妮奥在祖父的日记上见过，虽然真正介绍她的段落仅三言两语，但“异光学”这个神奇的事物倒是可以和现状串联在一起，她还有万千疑惑。那丝无常的光正窜进她的心房，就像她窜入这里一样。

“他们呢？我是说……我的祖父母，你为什么要冒充我的祖母？”

她用到了“冒充”这个字眼，显得不够客气和体面。但她没有组织到别的语言就把这个问题抛了出来，这是很关键的一个问题。

萝丝并不尴尬。她知道自己会遇上这样的问题，也已经准备好了答案：“他们去世了。”她垂下头，“你的家族并没有其他后嗣，而你是里德家族里有史以来唯一的女儿。凡尔纳·里德结婚后很早就回到了故乡，但也正是在他去世后，玛利亚的悲伤难以自持，想要回英国继续她的研究。这时他们的儿子已经二十岁了，也就是你的父亲。他对玛利亚抱着一种敌意，认为是她杀了你的祖父，因为她研究的异光学，他觉得正是玛利亚把这些不详带进了里德庄园导致了家父的身亡。他从大学回来后，和玛利亚争执，他说她只会窝在房里研究邪恶的事物，这东西曾让他在十五岁时流了一整天的鼻血，就因为他闯入了玛利亚的简易试验室。实际上，在他们有了儿子后，玛利亚始终没有断绝对异光学的研究，她相信自己能够治好家族的痼疾。凡尔纳无法再去参与研究而仅是着手文案工作，并更多地陪在儿子身边。玛利亚和自己的儿子有着难以磨灭的隔阂，我想这也是玛利亚离开法国后再也没有回去见过他的原因。她是带着决绝的心离开的，她说她的孩子不会体谅和接纳她。她留下吉斯一个人来到英国，想要找到异光中的信息，就像居里夫人研究放射性物质一样。她过多地暴露在本不该是普通人接触的事物里，在你到来这里的一年前就去世了。我们是长年的挚交，她曾嘱咐我不要把死讯告诉你的父母，自始至终，她心有歉意，无法获得谅解。如果里德家族的人需要帮助，请我一定帮助他们。独身一世的我很容易抽离出曾经的生活，在我大半生旅行的岁月，我很希望能够安定下来。你的祖父母曾经帮助过我，我也想用我的能力去帮助你。”

多妮奥静静地听完萝丝的叙述，潜藏的理智和表面的伤感已经交缠得无法收场。她的身世无法像别人那么透彻明了，所以当他们可以没有羁绊地前行时，她必得回头探视身上的枷锁，它叮叮当当的回响从自己身上发出，就像辛西娅的弟弟那个连着电线的电吉他。

“至于伪装成你的祖母，亲爱的，这可不仅是灵机一动的主意，更方便应对各种条款，这个主意源头在于当我收到你母亲的信，预感到有不好的事情发生，我必须有名义和责任把你留下来，而组织也安排我这么做。听着孩子，这后面不仅仅是关于你的家族，也关系到我所在的境遇，你明白吗？”

“组织？”

“‘永恒组织’，琼斯夫人是我们组织的领导者，她希望我能照顾好你。她跟你的祖父也曾有过交集。某种意义上说，他也曾帮助她。”

“所以，你们研究什么呢？还有，你刚刚……像是有魔力一般，这个不寻常的棺材又是什么？我在祖父的日记中看到过你的名字，说你是通术界人士。那是学什么的？”多妮奥迫切地提问，像吐泡泡的金鱼。

“说来话长，孩子。通术，你可以理解为特异功能或是超能力，通术士你也可以理解为当代的法师，现在的科技和医学的进步反而帮助了我们提升掌握自己的技能。当年你的祖父要研究的异光学，需要借助我们通术界的一些能力，而我恰是异光学小组里唯一的通术士。通术界的人都是天生就有奇异能力，我参与这个小组也得到了通术领导者琼斯夫人的支持。通术士只是比较老派的说法，现在我们称之为异能者。在小组里，我们需要分析更隐秘的电磁波里所存在的信息，这些信息和人类的意念息息相关。我想帕克博士应该能讲解的更清楚，这就是他。”萝丝说完，指向合影中站在凡尔纳·里德身旁的侏儒，照片里的他长着络腮胡，却丝毫不影响他焕发的神采，“那个棺材，它不属于异光学小组，只是我们通术界人士用以复制或传递能量的工具之一，平时我用它收集一些能量，而且每个人都要将自己加强的意念通过木盒传递给琼斯夫人。她是我们的神，虽然她从不那么说自己。随着年纪变老，我已经无法像过去那样完全集中精力，有时甚至需要闭目养神才能继续别的事情。但我想我还能派上用场，亲爱的。”

“可是，你怎么用棺材收集能量，它跟异……异光学有联系吗？”多妮奥觉得那个闻所未闻的学科名字有些拗口。

“是的，通术士们有时也无法控制好能量场，更不用说普通人，你的祖母，也是因为在她的私人研究中吸收了太多本不该她接触的隐秘电磁波而死去。而里德家族的继承人也是因为这种奇怪的症状而死去的，它们和某种光有关。你的祖父最开始研究异光学，直到妻子继承他的研究为止。他们尽力地控制好和未知能量的距离，又保证能够记录下它们。我当年的参与给了小组的人相对稳定的屏障，使他们能够全力地进行实验和观察。但纵然如此，真相还是没有到来。我并不想告诉你这些令人难过的事情，这是连琼斯夫人都感到困惑的事情，她不知道致人丧命的异光怎么会无法破解，毕竟通术士都能掌握一些可控的异光，我们可用它来驱邪，传递信息，控制光线或温度，变幻肌理色泽，转换物质，吸收别的光体等等……我称此为善光。当然，这仅对通术士而言，普通人单独接触的话会有不良反应堆积，比任何化学物质来的都要猛烈，甚至会造成一些可怕的后果，因为宇宙物质的不确定性。而缠绕里德家族的异光则是凶残的沉疴，连通术士们都无能为力。”

“这些光的来源是什么？我是说，不是由电而来的吗？”

“从一些通术士的身体里，也从大自然中一些隐秘的地点，它们带有活性。”

萝丝看着多妮奥不可思议的神情说道。

“所以，我父亲的死，和我的祖父，曾祖父都是一样的吗？”

萝丝点点头，继续说道：“他们在某些特定的时间，自身会因为某种辐射身亡，随时间线而看，出现死亡的情况越来越早。这种异光甚至可以转换为可见光源，如若有人目见，足以祸及旁人。”她向多妮奥前倾，轻声而颤抖地说道，“你的祖父母，都很有勇气。他们知道难处，也勇敢地去挖掘真相，为的是破解这样的诅咒，能够让后辈无忧无虑，儿孙满堂。我曾希望有了你之后，家族的命运可以变得不同。”

“我想……在我身上发生了征兆……大概和我祖父是一样的……”多妮奥想到了那本凡尔纳的笔记。

萝丝看着女孩忧郁的目光，了然于心。

“现在这个光也会影响我吗？”多妮奥有些恍惚地问道。

“不，亲爱的。虽然因我的疏忽而发生了泄露，但已经被我控制住了。它现在只在发散光线而已，比人们的工业光更加美妙。我是说，在没有物极必反的前提下，它的贡献也很大，何况还有我在。”萝丝松了口气，又感叹道，“我亦担忧，随着你的成长，是否也要面临那个慢慢滋生的阴险痼疾，我想找到原因。至今我仍然忘不了玛利亚痛苦的表情，她带着自责离去，毕生为此付出过许多的努力。如今我察觉到了你的异样，暗中阻止，但随着你日渐长大，我的庇护效果逐渐甚微。现在我才感应到你能量场的变化，和那个诅咒息息相关。我迟来了一步，但不算晚。你的好奇心引领你必发现另一种世界。孩子，我相信你的到来是有其重要的意义，不是吗？在我看来，和你共处的日子，我都在甜蜜和忧虑中思索着，我不能永远欺骗你，直到你长大的这一天，你总是要明白这些事情的。”

“对不起……”多妮奥眼眶有些湿润。她对于家族历来的变故顿感心头沉重，一遍遍地挤压掉她对得知萝丝身份后该有的震惊，很快就被碾碎得微不足道，覆灭全无。年久月深相处的长辈是否异于常人已经不那么重要，而是她将自己抚育长大。她也忽然明白了，自己一直飘摇在风中，没有着落，她没有亲人伴随，有的只是恩人。自己暗自翻找的那些资料，不过是冰山一角，它们只是对梦境的一部分解释，而现实呢？现实如果像梦境那样错乱而荒诞，又要怎么去解释？她忽然想到什么，问道：“关于我的母亲……我梦到了她……”

萝丝的神情变得紧张，眉头紧蹙，问道：“你梦见了什么？”

“我知道一直以来你担心我的睡眠，所以我之前没有讲实话。”多妮奥回忆着，“我梦见了自己的故居，那样真实。”

萝丝倒吸半口冷气，像是印证了自己的想法一般，嗫嚅道：“比我想的还要糟糕，可是琼斯夫人并不放在心上。”

“你说什么？”

“亲爱的，那只是梦而已……”

“我还梦见了我印象中的妈妈成了怪物。”

萝丝倒吸一口冷气，这次像是被人抡了一棍子。

“你知道？”多妮奥疑惑地问着通术士，或者说，叫异能者，难道法师不是什么都知道吗？

“你来到这里以后，她其实再也没有联系过你。”

“这意味着，你隐瞒了这一切。”她有些沙哑的声音在空气里盘旋，“时间过了这么久，我几乎快要感觉不到她的存在了。如果你问我爱不爱她，我想回答，不。我没有在她那里感觉到应得的母爱，只回想起她歇斯底里的瞬间，那是我内心恐惧的缩影。不管书中写出多少梦的解析，我都无法不去正视童年的自娱与孤独。如果因为她重病而离开人世，我也会不断启示自己，她迫切希望我离开家，只是出于明智的抉择，而不是因为爱。”

“她后来失踪了，亲爱的。”萝丝告知她一个真相。

# 第五章　面对

马修·瑞恩停下手中的画笔。他面前的颜料凝结成了一道绚丽的线条，将碎裂的物体重新连接，点缀成布满粉色花苞的石竹花枝。他想要来点不一样的颜色，于是往颜料盘里使了点小聪明，将画布变为了立体主义的产物。过去他总是试图将宝蓝色调成带着点木槿紫的颜色作为阴影色，将底色分割开来，在画布里搭建不同的时空，给人一种形象却又超越现实的观感。

他放下了笔，走到长及地面的镶丝垂帘前方，推开了掩映暮色的银柄窗，清凉的微风涌入，这个房间原本是小他两岁的弟弟用作休闲的居室。以前这里满地的数码连接线不见了，取而代之的是鳞次栉比置于桶中的各种型号的画笔，它们安静地靠在放满浓墨重彩的画布前。原本的灰蓝相间的高墙应该是用作宽幕投影，可以供弟弟在某个父母赴宴的周末夜晚在这里跟女友逍遥快活。现在那个享乐的人去了美国念书，而留下迷恋艺术的哥哥。现今这里让他不受打扰地绘画，如果可以，他安静地待上一天并不是问题。但有个姑娘，总是跳跃在他的心间，他过去不曾体会这种奇妙的感觉，他用五颜六色的手指在空中轻描着那女孩的身影。

马修回忆起她初次从他身前走过，她纤长的睫毛亲切地冲他弯了一下，实际上那时她并不认识马修。她的眉目中有他想去探寻的事物，神秘而忧伤，在湛空中飘扬的思念铺天盖地。其实他没有必要拘谨，更不需要隐藏自己的情绪。当他小的时候，就沉浸在自己的世界里，热爱天马行空，反感教条主义，富裕的家庭似乎并没有带来教育上的优势，他的弟弟学会了傲慢，骄纵，拉帮结派，漠视那些身处艰难的群体。他的态度让马修感到困惑与反感，为此他还曾和弟弟吵了一架，就因为那家伙觉得打着奉献旗帜的公益广告就是为了不劳而获富人的钱财。现在他弟弟走了，叫嚷着要去姨妈那里念书。父亲二话不说便同意了儿子的决定，砸点钱让他飞越大洋，在美利坚得其所愿。毕竟，他还有个外甥在那里，他们很要好，相处起来比大儿子容易多了。

有人敲门打断了马修的思绪，佣人阿西穿着黑白相间的套裙，围布上熨烫着浅黄色的贴花，她的泛黄的辫子紧紧地交缠在脑后，瘦削的脸上沧桑遍布。她告诉他有人找他，她嗓音不大，但吐字清晰，谦卑的口吻持续了数年。随后她用竹编的托盘将马修的手机拿了出来，“它响了很久了，您说如果响动十次以上，并且来电显示为绿色，就要带来给您。它响了两遍，每遍五次。”她憨笑了一下，似乎觉得自己为少爷的急事做出了不得的贡献。她向来积极应对，为所做的细碎繁杂之事感到高兴，从厨房里每天藏在叶沟中的污垢开始，到刷洗后的地毯再用紫外线照射除螨，事事都保持干净到位。这时她将地上的脏布用竹篮里的保鲜膜包了起来，准备丢弃到垃圾桶。

“不，那是我的画。”马修说。于是阿西停下了包裹，将保鲜膜揉作一团。然后轻轻地退下，并把门带上。

马修看着手机，他逐渐养成了让它远离画室的习惯。他想这里保留原始而自然的气息，安静的环境更不会分散他的注意力，并且容易让创作不受打断。他看到来电，脸上涌起了笑意，他喜欢现在这样的状态，一直有所期盼，也有所回应。就像所有的青春少男一样，有时会陷入一种对女孩美好的想象中，那绝对是与生俱来的，打心底里希望自己能了解她们，但又不需要太透彻，保持一点神秘感，自己更多地知道对方的讯息，但是却又不刻意表现出自己面面俱到，给她们发挥自己的余地，一方面又保证了自己的礼节，另一方面，又能引起她们的注意。

晚饭前，马修的父亲眉头紧锁，他坐在沙发上，不时地注视着桌上的报纸，他的胡楂被修剪得整整齐齐，只是现在都耷拉下来垂头丧气的。夫人走上前来，看着那张有一角被攥得发皱的报纸，她往桌上看去，身子往后闪了闪，这个版面并不算大，但标题触目惊心。

“富商之女惨遭毒手，凶手至今无踪，疑似人间蒸发？”

莫安娜看到丈夫愣神许久，她便小心翼翼拎起报纸，仔细阅读着这篇报道。莱森·柯迪尔的女儿杰西卡惨死楼道，陪葬的还有她的情人。哦，上帝！莱森可是自己丈夫的合作方，看来现在，痛失爱女的莱森不再有心思花在这方面了。她放下了那篇耸人听闻的报道，回头看了看丈夫，他还是一言不发。夫人几乎能听到金钱在他脑海里流失的声音，它们哗哗地随着瀑布消亡在悬崖之下，除此之外，仅剩的交情搁置在泛白的枝干上，他那微微颤悠的斑白头发，在金色的沙发上摩挲又紧贴。现在莱森不再有回音，而瑞恩先生试图安慰自己，如果莱森失约，将摈弃所有的面子让他赔款，自己绝不吃亏。他料想着那本来就不怎么积极的男人在寡头会议上缺席，这下他如果交给比他更蠢的手下打理，难不保就会面临撤资。虽然自己同情莱森的遭遇——失去花容月貌的爱女无疑是致命的打击，但生活总得继续，经济还需要不断复苏。他反思着自己混乱不堪的想法。这时，面无表情的德列管家迈着端正的脚步走来，夫人朝他使了个眼色，显然，晚餐要稍稍挪后。

马修走出了房间。他的表情有些不悦，就像亲手酝酿好的美酒却没有觥杯相盛。眼下他急忙地下楼，蹦跳着跨过五步台阶。他有什么话想对家父说，却看到圆拱形的灯光下他的父母正在沙发上窃窃私语，他看见父亲焦虑的神情。于是马修心里猜想着——像从小到大所发生的那样，他为了金钱所焦虑，一定是这些剥离了感情的事物让他伤了脑筋。家财万贯只会让父亲愈加劳累，因为他要保持那些属于自己和家族的钱财像初春的野花不断生长，绝对不可以有断水缺氧的一天。从小时候起，他就不曾感受过父亲带他去游乐园玩耍的时刻，他开始羡慕那些有着看似普通却内心富裕的家庭。回望儿时，缺失的陪伴被替换成了用钱财买来的机器玩具，童话故事和小宠物，他的父亲就像西西弗斯（希腊神话人物）日复一日地推无用的石头那样，日复一日推动毫无人情味的金子。马修并没有指责他的意思，看看周遭的摆设，哪样东西不经过金钱的洗礼。养尊处优的条件并没有让马修成长为性格暴戾或者贪慕虚荣的男孩，和那些玩乐公子完全是两码事。

马修踅身想要离开，去哪里都好。去看看托托，那条正在院子里舔舐着空碗的大家伙，陪伴他长大的牧羊犬托托，现在似乎没有小时候那么爱跑跳了，可它训练有素，他已经教会它各种聪明的小活儿——不知道将包装好的零食藏在它嘴里十几秒而不让它嚼咽算不算，这可是他小时候躲过弟弟嘴馋而四处追击的好办法。托托有了三个崽崽，其中两条给了舅舅，还有一条正慵懒地睡在托托旁边，它叫小托托，有着和它妈妈一样的淡栗色毛发，在泳池边上常常被水沾湿成一绺绺，肉嘟嘟的脚掌踩出两排精巧的印子，将马修的颜料染在小画布上，他就着那印子画成了烛火。

“儿子，”父亲冷不防地叫他，“坐过来。”

于是他又调头走到父亲对面的沙发前坐下。父亲看上去没那么苦恼了，母亲此刻正抿嘴看着自己。

“詹姆斯夫妇对你的画作很感兴趣，这件事我说过吧。”父亲折起了放在桌上的报纸，看似平静地说道，“上次宴会是我领大家去看你的画作的，得承认，我以前不该反对你想成为画家的理想，詹姆斯先生甚至说想买你的画作，最大号的那幅，画的那条蛇头上插了朵花的那幅。”

“我画的是夕阳下的山脉。”

“呃……不管怎么说，我欣然同意。”

“你没经过我的同意呢。”

“亲爱的，你的父亲是为了你着想，想想看，用你的能力换成钱财不是更让人振奋吗？哦，看吧，亲爱的，我们多爱你，关注你所爱的事物，让你受良好的教育，巴奈特画师一定会支持自己的学生多创作这些财富。”母亲温柔地插嘴道，巴奈特画师是马修的绘画导师，得了吧，他一定不会建议这么做，巴奈特不会喜欢那些还没长出翅膀就妄想主宰天空的飞鸟。他指出马修的画工还需要努力练习，优越的天赋并不意味着你可以偷懒。好在马修会暗自鞭策自己，绝不停歇。

“巴奈特画师说你的理想是以后进入皇家艺术学院深造，他很看重你，我对此表示支持。我并不指望你来继承我的事业，但你有你的能力，重点是，有所回报，我对此深信不疑。”父亲点点头说，突然从方才的郁闷中跳脱了出来，在孩子面前故作深沉，他看着儿子半抬眉头的模样，窝回了沙发上，“今天发生了些不愉快的事，不过谁的一生不会经历厄运呢？比如现在，我的肚子饿极了，现在，我们去吃晚餐吧！”他把折好的报纸扔进了垃圾桶，此刻没有什么比用烤鲈鱼和蛤蜊汤填饱肚子更重要。

鲜亮无比的饭桌上，父亲宣布了一个差点被遗忘的事情——那就是，兰尼要回来了，他从电话里说，还会带上表妹们，忒斯姑妈希望她们在入学前来此短暂的旅行。这些事情都交给妻子莫安娜准备，但她看见丈夫刚刚沮丧的样子，没有开口此事。现在他一边说着，一边将牛腩番茄往盘子边上推，“调味就好，我不喜欢嚼番茄。”

“你弟弟下周回来，你们在网上聊天了吗？”母亲冲儿子问道。

马修摇摇头。关于兰尼的情况，大多是从母亲那里得知。兰尼似乎更关注于在网络展示自己的肌肉和笑容，对马修向来不怎么交心。弟弟在小学时就嘲笑过哥哥在学校肯定没有什么朋友，兴许可以跟雕像拉拉手。马修沉默着，仿佛看到那个离开家时潇洒不羁的浪子在机场兴冲冲地摆弄着掌上游戏机，母亲走上前去摸他的肩膀，姑妈踮着尖细的高跟鞋替他拿着饮料，至于哥哥嘛，像是个厚实的保镖一样拖着行李走在他们身后。他用手中的叉子拨弄着剁碎的辣椒，回想着自己似乎有收过弟弟的邮件，上面说他认识的新朋友给他推荐了新一代的触屏电脑，他想捎回来给哥哥用。实际上，马修并不知道，那只是去年圣诞节时弟弟在美国收到的多余礼物，兰尼早就用上了次时代平板机。兰尼想来想去，觉得把它扔在堆放旧数码产品的仓库还不如行行好，可怜可怜古老的马修，那个只会泡画室和图书馆的中世纪少年，兴许母亲还会感动得泪流满面，眼看兰尼真是个懂事而乖巧的心肝儿，所以他一定会隆重地送给他，让大家知道他向来如此的友善内敛，当然，如果不去提他在学校里拉帮结派的事，或是无度地展示自己的腹肌赢得女孩们的身心，他在母亲面前，可以表现出她想看到的样子。他发给马修一个视频链接，是一条狗用触屏电脑打字母单词，暗示说相比之下小托托真是平庸之流。

尼娅感到隐隐的不安，当丈夫雷诺在床上温暖地怀抱她的时候，她想起和雷诺在一起吃苦的时光。她早年离开家，自从她同父异母的妹妹住进来，继母带着怨愤的眼光看着这个比自己女儿美得多的姑娘，那情形简直就是灰姑娘的现代版，还好，当已逝的母亲安心去了天国，她的专注点就放在了如何提升自己的学习能力，她不再去关注父亲什么时候回家，或是警示她自食其力远胜于用家里的钱，她尽量减少交流以免引起老女人的不快，后母看见尼娅，就好像看到了父亲前妻的完美进化，哪里都有点像，但哪里都被雕刻的精美无缺，父爱的减少和后母的龃龉密不可分。

后来，尼娅就读艾玛女子寄宿中学，鲜少回家，有时甚至一年和父亲见两次面。有一天，那些难处的关系终于在解缆起碇后，遗留在拥挤的码头，尼娅远看着父亲渐渐变作一个小点，被人群没了踪影，那小点和另外的两个小点在一起，组成了容不得她的家庭。尼娅想到自己的母亲，也是从那个小点开始，慢慢走近，放大成她所心爱的丈夫，与他组成家庭。后来母亲患上了乳腺癌，在病床上死死地盯着天花板，尼娅很早就看到了母亲的那团阴影，但年幼的她无能改善这样的病状。母亲看着父亲，那个风尘仆仆赶回来看望妻子的父亲，慢慢地又在母亲消失的眼神里缩小为一个点，就像从未存在过那样，她冰冷的手心里，是一张宽厚的，日后将被别的女人深吻的掌心。

在远离里尔市远渡英国念书时，尼娅的心慢慢趋于平和，她不用再看见继母那块因长期吸烟而污浊不堪的肺在眼前翕动。她暗自思索这源源不绝的生命供应物，但她认为这不能决定对方是否爱她。

她清楚，继母并不像母亲那样爱他，仅仅是占有这个男人所能带给她的更优越的生活，那么她拿去吧，现在都是她的了，在她的波西米亚长裙拖进家门那一刻，都是她的了。再看看当下的人们，短暂的欢愉组成漫长的人生，是否是及时行乐之人的信仰？在大学毕业前，她就清楚自己想寻找的伴侣，血液里必定流淌着温柔的爱意，这些触目的鲜红，不再因为说谎连篇而聚集在心脏导致四肢冰凉，也没有因暴躁易怒而又从心脏处涌上头部，面红耳赤。

是的，在她眼中，血液的流动是最基本的观察体，它是如此浅显地展示给她看人体因情绪发作而惊奇的变化。泛滥在这座城市的来者不拒的男人们走在街上，面带笑意，渴望一夜情。他们都不会是她的归宿。

雷诺的手臂孔武有力，此刻却柔软地环抱着尼娅。白天的搬运工作使他倍感劳累，有时一些伙计会带他去喝酒寻乐，雷诺推脱了，久而久之，工地的男人们成群结伙去年久失修的破败酒吧里喝威士忌，便不再叫上雷诺。他带着欢快的步伐回家，比威士忌和龙舌兰更加浓烈的美丽妻子在等着他。自从一年前他带上妻子在周末跟工友们聚会，尼娅的出现令大家惊叹不止，他们喜欢看着这安静的漂亮妞儿，看她那眼睛水灵得像浸入酒中的冰块。雷诺真是傻人有傻福，哥们儿冲他说道。雷诺抱着尼娅，在舞池里四目相对，他们忘情地拥吻。

那年早春，尼娅在傍晚前坐上地铁，她怀里抱着一摞有关病理学的书籍，赶往住在泰晤士河远郊的朱莉家。那是她第二次去了，头一次是朱莉和她男友开车载她去的。她是个十足的路痴，看一两眼是绝对分辨不出特里瑞斯大街的头尾到底什么区别，再来就乱了，左右前后，朱莉家附近的那个电话亭和圣安东教堂外的那个简直是双胞胎，连刮痕都像是复制出来的，她已经没有去记路地走向了，根本数不过来，何况那些令人窒息的拥堵车流，在红绿灯下个个都铆足了劲，使街道更加臃肿不堪。因此她选择用一些标志物，比如在她小时候逛动物园，是靠动物的分区来认路的——尽管她还是耗费了十分钟才找到仅在五十码开外正焦急寻求路人帮助的妈妈。在她眼中，通过眼睛和触摸便分得清人体结构和脉络走向，却始终分不清城市里盘综错杂的街道。所以她随身携带标有地图路线的笔记本，朱莉在电话里抱怨说因为该死的航班延误，只能在第二天从西西里岛回来，她和男友已经订好了酒店，可家里的植物缺水就不行了，房东太太因为在楼下摔了一跤临时住院了，家里突然没人打理，总不能指望天上下雨飘进来吧。

从中心站路过的地铁上来了更多的乘客，人们看到空隙就钻，至少让自己有个舒服点的空间。几个庞然大汉在尼娅身后盯着她看，面露不雅的笑意。尼娅的红色大衣在灰暗的地铁中醒目无比，她的金发散发出一股芳香，令人们都下意识往她身上靠。流光闪过，她的手臂突然被前方转身的老男人蹭了一下，怀里的书本应声掉落。尼娅在慌张中才睁开眼睛，匆忙地俯身去拾取地上的书籍。在那些大小不一的皮鞋上，她的手忙乱着窜动，可爱的脸蛋上泛起了红晕。叮的一声后，地铁门张开，她到站了，于是决定在出站后跟着自己详细标好的路线走。很不幸，她的笔记本忘在地铁上那块不起眼的角落了。

她又忘了朱莉家的那条街道的具体方向，她的电话无法接通，显然这不是及时的策略。尼娅尝试着自己解决问题，于是她在报亭买了份城市地图，在地铁附近的涵洞下就着路灯安静地研究路线，冰凉的椅子使她不自觉地蜷在一起，衣物包裹下的肉体散发出蓬勃动人的香气。地图上那些层层叠叠被各种色彩填满的曲线真是令人苦恼，这里就像是一个巨大的牢笼，逃不出去了，她心想，她有些沮丧，怀念熟悉的道路和地点，对繁杂陌生的路线怀着抵触的心态，从来没有这样过。突然她感到后颈一热，自己的脖子被一只手缠上了，耳边有张嘴凑上来跟她说：“掏出你的财物，小甜心。”

“我的钱包在大衣里。”冷不防地受到威胁，她感到呼吸不畅。

于是，歹徒的另一只手伸进她的大衣口袋，途经她丰满的胸脯时狠狠地揉了一会儿，随后他干巴巴地笑出了声，似乎感到兴奋。他单手打开从衣袋里掏出的钱包，检查里面的钱财，这是个冒失鬼，钱包从他手里滑出去，从椅子的缝隙弹到了路面，他不得不松开对女人的掌控，及时捡到钱包。在他回身时，尼娅朝他砸下书本拼命地往反方向跑。她红色的身影在夜色中像盈跃的画眉鸟，从涵洞中飞过。尼娅听到了后面的发狂的脚步声，她那钱包里只有微不足道的零钱，和过期的兑换券。幸好，在大衣内的裤兜里，才是她赖以出行的财物，今天歪打正着，将钱包与其调换了位置。现在，那个恼羞成怒的恶人正追着自己。地图？哦，忘了地图，先跑出去吧。

一个男孩，不，确切地说，是一个男人，但他有着看上去比实际年龄要小的脸庞，他穿着旧的发皱的夹克和洗过了头的运动鞋，此刻他正赶往姐夫家聚餐。他的姐姐是本分的售票员，早早地嫁了出去，按说她的生活没有什么可以总是庆祝的，好在姐夫跟她一样是个满脑子浪漫的人，非要在某些特定的日子，叫上亲戚朋友，一窝蜂儿地聚在她那小的挪不动沙发的房子里，并鼓动大家勇敢尝尝她新发明的菜式。这次可不会迟到了，他边走边想，干净的运动鞋在下楼梯时不小心碰了点灰，大概是因为走得太快了。迟到这种事在他活到现在只出现过几次，好几次都是因为赴约前被傲慢的上级拖延了时间。现在不，他风风火火地上了车，跟着拥挤的人群从一站坐到下一站，就像他每天所重复的工作状态，抛光，打磨，上螺丝，螺丝进去了，出来了，远处的暗涌的云层一鼓一鼓的，把车厢里的晦气给压走了，慢慢地车子驶远，被夹在天空与城市之间，他转身选择了抄小路。

他看见了一个女人火一般窜动的身影。他站在桥上，看着那条安静的河堤上，女人身后有个壮汉正追着她，越来越近。他立刻爬上涵洞的边缘，听见她大声求救，因为体力消耗而慢慢减速。他没有多么专业的素养，也没有受过太多的教育，但脑海里只有一个念头，他要救这姑娘，看看这个世道，远处的人毫无察觉，现在她是多么需要出手相救的人，他常常做挺身而出的事儿，所以他的同事们有时会取笑他，凡是没什么把握的都让他走前边，他没什么歪脑筋，风骚的女孩们有时当着大家捉弄得他面红耳赤，他也不吭声，只是笑笑，害羞地点点头。

在熹微的光线下，清凉的河水带着迟来的春意静静淌过，上面点缀着几片孤独的残叶，终于，有一片流动得更快，和另一片相依相偎，于是它们不孤独了，在残余的璀璨中滑向远方。圆润可爱的丘比特雕塑翅膀上正悬着一位可敬的英雄，这个身影从十二英尺高的桥上跃下，正中那个戴着口罩的恶徒。

尼娅被那突如其来的声响镇住了，她放慢脚步，喘着大口大口的气，鞋子和衣角被水洼溅出了浅浅的湿痕。她回过头，看到了清澈而新鲜的血液在阴影中流动，那错落有致的血之河，正有序地行进在健硕而正义的躯体里，承载这些河流的主人，正背对着她，他用一只手擒住被砸倒地面的虚脱歹徒，利落地将他翻过身，紧紧攥住他的双手，“跟我走，我会送你去警察局！”说完他回头看到了尼娅。她看他看得出神，她从未遇见过这样的男人，她还看见他的腿上暗暗泛起的瘀伤，那颗年轻跳动的心脏，在她眼中是如此透明纯净。

就这样，他们真正认识是在警察局门口。

“谢谢你。”她说道，“我叫尼娅。”她看着他朝气的脸庞，他脑中的垂体正简单而真诚地还以她鲜亮动人的色泽。

“雷诺。”雷诺挠了挠手掌，那里被恶人反抗时刮出了红印，但他并不在乎这点轻伤，“你没事就好，尼娅。”

她伸出了手，抚摸着丈夫粗糙的手背，雷诺已经睡熟了，像个大孩子一般。他们彼此相爱，自从他们恋爱起，尼娅就被他的踏实而深深吸引。更重要的一点是，他很爱她，在最艰难的日子，尼娅并没有选择歇斯底里地离去，并不介意雷诺的窘迫。在她看来，他的心灵是富足而单纯的。直到去年，他换了两个工作，终于熬到现在的城市施工队，日子还过得去。尼娅在一天前收到了一份不赖的薪水，组织派她去一家老掉牙的医院参与检测。草帽南希说，最初只会派这种简单而没有什么危险的工作给新入职的员工，而且尼娅的能力并不是那么惊艳，对他们内部的异能人士来说，这不过是医生诊断的加强版，他们去进行一场捉鬼行动，单刀直入，雇佣者还会给他们不菲的酬劳。

而南希，她天生拥有短效的预言能力，在早期会在赌场转悠，获取大半的金钱，然后有七成的收入分到琼斯夫人的名下，那实际是测试她的方式。直到琼斯夫人自己开设了赌场后，所有的赌局就不归南希管了，因为琼斯夫人发觉她没有那种严肃而慑人的魄力，而且她也会下意识地闪避那种纸醉金迷的场合。琼斯夫人便派了自己名下的美国女郎克劳迪娅去布阵迷局，趁她可以使人迷糊的本领，那些赌场的资金便源源不绝越洋过账。琼斯夫人，她真是一个不可思议的存在，她看上去是那么年轻，热衷打扮。自从那次卡萨尔林的会议之后，尼娅就没有再见到琼斯夫人，都由南希来下派任务。

令她不解的是，办公楼里招牌后面的墙缝竟神奇般地消失了，同事们笑着看她异样的眼光，南希解释那是一个“虚门”，得由琼斯夫人私人指示是否显世，否则它就是封闭的额外空间。那个名叫杰克的同事，用着并不善意的眼光瞟尼娅，那种目光，可以说是淫猥的，他朝她远远眨巴着一只眼睛，据说他是琼斯夫人去监狱特赦出来的犯人，一个能将物体变幻形态的异能者。他曾把警察的手枪缩成一团黑色的小球，子弹只能在里面丁零零地转悠。其他三个女人分别是莱娜、吉娜、安娜，长相怪异，身体矮小，能够吸取生物的记忆，感知它们曾经经历过的真实历史。三个姐妹永远聚集在一起，她们从一个活过了两百岁的乌龟身上感知到1921年曾有六个男人对它做出不雅的宣泄，总之这些零碎小事都会被乔治记在彩色敲字机上。他有着过目不忘的本领，无数书籍在他短短的浏览后可在脑中瞬间记载，就像是一个庞大繁复的计算机蜗居于他的大脑一般。尼娅那天到自己的小圆桌岗位上查阅内部员工说明书，说是每个人的本领都可以提升和交流，或是有幸得到琼斯夫人的分享。尼娅打量了一下各位，这里的员工看上去比实际年龄要衰老。

她感到这个世界远比她想象中的疯狂，当一辆紫色的大巴在凯赛大街一百○四号停驻，装满聚集的异能者们。然后它会穿越城市，行驶到偏远到无人问津的矿区，车里只留一条指缝般细长的五颜六色的窗口，从里边望出去，所有的景物都是扭曲的，车子成了一个扁平的铲子，路人像是肉色的蠕虫，尼娅没有再去看。男性似乎都对新来的美人虎视眈眈，那是一种不知羞耻的张狂，尼娅对此觉得些微不适，他们想着未来将会慢慢消磨她的美丽，她那金色河流般的香发。南希坐在尼娅身边，取下了自己的草帽，露出长满花草的头部，其中一朵斧头形状的花正潮湿地耷拉在后脑勺，尼娅惊呆了。

南希尖声说道：“见怪不怪，我们很快就到了！”男人们转移了注意力，每个人位子上垂下一块倒置的三角形机器人，悬在这些员工的眼前，他们从中探进头去，可以在观赏节目的同时用脑电波相互交流，车厢里是安静的，只有少数人还窃窃私语，比如南希和尼娅，对那些身经百战的异能者来说，语言沟通慢慢抛离了这个空间。

尼娅看了看床前的从二手市场买来的电子时钟，已经过了深夜两点。她没有犯困，雷诺换了换姿势，嘴巴发出一声轻哼，对妻子的清醒毫无察觉。尼娅停下了抚摸丈夫的手。她又陷入了对这份谜一般的工作的寻思。她在这个所谓的组织处于链条的最下端，琼斯夫人则是站在高塔的顶端，她去探查人世间所能知晓的异能者，并将他们收之入库，这么做是为什么呢？尼娅不太明白。

从南希的口中，她得知琼斯夫人很重视她的发展。可是她现在只能坐在萎靡灰暗的医院里，顶用十多个医生的工作量，装模作样地摆弄派不上用场的医疗器械，为了掩饰自己的过人之处。驱除邪灵只能是老手们的活路，她知道南希在少女时期就被琼斯夫人从修道院引领了过来，南希的信仰被琼斯夫人打破，重建，再扭曲，重新烙在她的脑子里，她说她看到的那些灵魂，是漂浮在地表的死去之人的电波，而这些电波可以和那些不幸俯身的柔弱者的脑电波相匹配，甚至改变当事地点的磁场，诸如此类。

之后她开始视琼斯夫人为现代的神话，她感恩琼斯夫人每次分享给他们的能力，或是给他们提升自身的能量。南希头上的花朵在琼斯夫人的浇灌下才能这样生长。她如果要见到鬼魂，就从头上摘下一根，再吮吸它的浆汁。她头上长出了各种样貌的花朵，偏偏没有丛林中所存在的。

对尼娅来说，现在这样的报酬就足够让她惊喜了。虽然会劳累到连续几个小时看不同的病患，有些人的身体还变得衰竭，败坏，令人心生不适。但如今如果她能有组织派一天的活儿，就可以有比雷诺半个月还多的薪水。

可是她感到不安的是什么呢？琼斯夫人的眼睛带给她无限的遐想，令她畏惧而又难以抗拒。她庄严地命令她，杀死一只鸽子，而她做到了。尼娅感到吃惊，这是违背她意愿的，心底燃起熊熊烈火，想要抵挡这样莫名其妙的想法，却被琼斯夫人一句耳语给浇灭了。事后，在遍布矿石的奇异会议厅里，琼斯夫人当着众多人赞许了她潜藏的能力，有人镇定，有人鼓舞，既有色衰的女人乜斜她，也有男士趁机和她相拥，把她抱得无所适从。

在众目睽睽下，她只得保持窘迫而尴尬的优雅。其中有个叫刘易斯的家伙，在用手掌环过她的腰际后，尼娅觉得有股力量在往自己身体里钻，让她四肢发软，而且大腿之间感到一阵隐隐的发麻，她看到刘易斯的体内流淌着泛绿的血液，它们隐隐地往他的脑袋深处的一个前所未见的空隙里渗去，那一瞬间，尼娅仿佛惊醒过来，心中感到一阵恼怒，看着刘易斯一副满足的神色，他嗅了嗅自己的手，痴汉一样舔舐它。“瞧你那德行，你还想追踪我们的美人回家？”亚当斯对刘易斯轻蔑地说道，再迈着绅士的步伐走到尼娅跟前，毕恭毕敬地朝她行了个礼，尼娅看见这个人竟然只有少量的血液在身体里窜动，他礼貌而英俊，尼娅下意识将他和别的男人们隔绝开来。众人的热烈多少抵消了她泛在心底的负罪感，他们是琼斯夫人组织里的神奇个体。也许这只是其中的一部分，尼娅心想，只是中层和下层之间的一次聚首会面。她看到琼斯夫人冲她笑着，尼娅看不透她，她的笑容带着一种渴望，也带着女性间特有的距离感，尼娅感到她并不怎么喜欢自己。琼斯夫人从人群中看见尼娅飘散着带着光晕的金发，牙齿便会在微笑里紧箍着，酒窝被牢牢钉在一处，僵硬而诱惑的笑脸，眼神如火炬炽目，烧到尼娅的心里。

多妮奥轻叹一口气，她小心翼翼取出祖父的笔记本，陈旧的书页边缘被暗黄色的霉菌覆盖，有些边角的公式已经被淹去了解答，又或是根本没有解答。祖父用犹豫的口吻写道……疑似电磁波……是吗？电磁波导致了家族的破灭？她回想萝丝太太的话，那个正在楼下收拾刀叉陶碗的“祖母”。她的脑袋晕晕乎乎地跟着萝丝出了阁楼，瘫倒在床上，萝丝抚她的额头，使她进入了安逸的睡眠中。没有梦境的睡眠，让多妮奥在醒来之后感到些微的庆幸，就像在搏击运动的中场休息一般。

“萝丝·雷格朗”，多妮奥翻动着笔记本，找到了祖父提及她的段落，比如，她的能力可以使穿透叶片的光线中断并且变为气态，在里面吸收讯息，多妮奥不知道作何想象，她察觉到，阁楼的诡异跟那些幽闭的巢穴很像，那些扭曲的各种物质的混杂，就像是某种胚胎一般，她寻求了一部分真相，当它们到她眼前时，像浩浩荡荡的军团在随着山脉起伏前行，多妮奥望不见尽头，它们隐藏了自己的匕首，只为了在和她交锋时带给她意想不到的致命一击。她暗中感到刺激与振作，仅仅是因为她的好奇绝不妥协于恐惧。

“贝蒂溜进我们后院号啕大哭。”萝丝用宽肩膀挤开门缝，对多妮奥说道，“她在喊着她的家猫的名字，我说我没有看到，实际上，我没有感应到。然后她在花坛里找到了猫的尸体。”

“天哪，我看见的是真的。”

“我猜到了，它已经在那儿一整天了。”

“我看到了小淘气，在我从窗户进阁楼时。”

“你不是进，你是硬闯。答应我，以后绝对不会这么做了。”萝丝还是用祖母的态度对多妮奥说道。

“你会帮助我吗？我是指，如果我想要了解事实。”

“当然，谢谢你的信任，亲爱的。”萝丝走了过来，在多妮奥身边坐下，“猫的警惕性很强，它嗅到了你的动机，也看到了阁楼的异样。而且，你让阁楼中那些从承光仪散发出去的讯息承接给了较小的生灵，它的身体被偶然组合的物质击中而改变了分子结构。古代的很多咒语都用了这样的方法，将一些活物变成了石头或是木头。”

“那可以将它死而复生吗？”

“它的灵魂已经不见了。”萝丝摇摇头。

“是我干的……”多妮奥想到敏感的贝蒂一定伤心死了，她愧疚地低下了头。

“我已经把她送回到住处，她正哭诉着质问我，是不是我害死它的。我说也许是它吃了什么不好的食物，我安慰她好半天。她找了它很久，最后才溜到我们的后院。嘘……你听听，那是她的声音。”萝丝安静了下来。

一阵凄惨的哭声从不远处的房屋传来。

“我必须去道歉，这是我所做的。”

“两个问题，一，她怎么相信你的那些话？二，她养的猫怀揣着与生俱来的好奇心，跟人类相比有过之而无不及，这是它的选择，我曾经传递给那只猫震慑的信息，但它还是会趁我不注意试图闯进来，它怀着野性，而且不甘被驱逐，贝蒂的情绪总是影响它。”萝丝将话题顺着往下说，“孩子，我们选择去探究追随那些受到警告的事物时，总是要承担未知的后果。”

“可是如果不是这样，人们怎么会发现知识的汪洋？”

“你说的对，但这其中也会伴随着谎言，失败，杀戮。我们必然要付出代价。”

“我很担心她，她人不坏。”

“我去照看她一会儿，看来我要用安魂术了。”远方的窗户里又传来贝蒂带着哭腔的尖叫声，萝丝的双手互相揉搓了一会儿。她为多妮奥默然接受她的提议而感到安心，多妮奥依旧是那种愿意随着事态发展而适应下来的姑娘。十三岁的萝丝从孤儿院里出来的时候，最渴求的便是认同感，数十年后的现在她从亲密的家人中获得了这份依赖的感觉，而且看得出，多妮奥也很依赖她。人会在慌乱中退而求其次，以便获得更稳定牢固的情感。

多妮奥怔怔地看着老去的萝丝，她要叫她什么？在法兰西的大地上绽开的那些雏菊，曾被她握在手里，她看着它们在崎岖的山野里生长，她看不到边际，前方的迷茫和身后的恶宅构成一幅昏黄的图案，这图案烙在风中，吹走了她的亲人，吹走幻想中安详的生命。留在眼前的人，她该叫什么才好？她愿意听从她的善意劝告，因为自己的宿命已被定论，就像飘摇的孤叶，她无法径直地去追求茂密而烂漫的森林，必得随着波折起伏，穿越无尽的网。在由分子组建的世界里，总有一种规则是需要遵循的，理性又占了上风，她当然有着蠢蠢欲动的心，却被现实的轮子碾了过去。

她去整理自己的棉绒帽子时，听到萝丝在楼底下叫自己。她匆忙地朝镜子里望了望自己，有些轻微浮肿的眼皮，双颊有些潮红，这副面容顶着一窝没整理好的头发，邋遢极了，她用手匆忙地捋顺头发，走出了房间。她猜想一定是什么人来找她才对，是辛西娅吗？她早就说今天和家人野营去了。

萝丝的眼睛亮晶晶地盯着门口的少年看，把他看得些许尴尬。他的双手立马从裤兜里掏出来，其中一只手不由自主地抚着自己的后脑勺，突然觉得这样会把自己的紧张表现得一览无遗，那就垂下来吧，可是垂下来后紧贴在自己的卡其裤兜旁，又觉得太空荡荡的，是不是该往口袋里塞？

“没事，我就站在这里就可以的。”方才萝丝邀他进门，他察觉自己的鞋边不小心沾染了前院的污泥，就没有跨进门。

“进来吧，小伙子，这可没什么大不了的。”萝丝似乎看穿了他的心思，目光从他的脚边移过，微笑地回应道。

“我叫马修。”他慢慢地走进门，谢天谢地，多妮奥走来了。

“啊，马修。”多妮奥觉得他的出现其实远没有那么意外，大概是心里在想着他。她就像是在漆黑影厅里找位置的客人，现在终于入座了。但她的一只手还是压着自己蓬乱的头发，试图让自己的笑容能引开别人上扬的视线。

萝丝像个老小孩一样小尖叫：“啊哈，坏孙女，你还没有对我说起过他呀！

等等，我得先去外面处理些事儿。甜牛奶和点心都还在橱柜上哩！”萝丝一只手戏剧化地捂着肥阔的胸口，看着马修那双笑意充盈的大眼睛，他那栗色的眼珠里装满说不完的话似的。萝丝冲多妮奥温柔地点了个头，回身朝门外走去，她似乎并没有对眼下从未有过的拜访感到无所适从，刚刚打开门她几乎都不太确定，帅小伙是朝这里走来，她留在门里假装在检视门框上的缝隙，直挺挺的小草还处于阳光的余温下，被陌生人从身旁路过，残存一股淡淡的颜料味。萝丝也嗅到了，嗅到楼上的少女早就长大了，她早就和里德家族的男人们一样，期盼甘霖与花露。现在萝丝倒是不慌不忙走了，剩下多妮奥和她那位突从天降的客人。

“关于下个月舞会的事情……我意识到这么做有点唐突，但还是想要见到你。”马修看着多妮奥，他喜欢她真实的样子，现在她把手放下来了，头顶弹出一撮碎发，因为她的双手正端着甜牛奶和萝丝烤的坚果曲奇饼。

“没关系。”多妮奥的口吻尽量显得那些打破计划的事其实并没有那么严重。她仔细一想，有哪些事呢？没有什么事比他出现在自己家里更加重要了。她不是个合格的表演者，萝丝可以从容不迫，那是她学不来的。

“你经常做噩梦吗？”他看着从沙袋椅坐下来的女孩，“上次我在图书馆看到你翻阅的那类书籍，好像是那类。”

多妮奥被这份受关注的感觉填补，感到一丝欣慰。又兴许他只是推测罢了。

“偶尔会，你得尝尝这个，我奶奶做的。”她将注意力转移到了桌上的饼干。

那时她还不确定，马修只想亲自来看看她是否安好。辛西娅鼓动马修得有进一步的表示，面对面，说话，这就胜过了瞬息发送的文字。马修从蓝色绒面外套的一边口袋里掏出厚厚的小本子，他什么话也没有说，就是把它安静地放到多妮奥手里。

“我画了一天。”马修看着她的双眼发愣，只顾嘴巴在喃喃道，“翻页动画。”他笑了，眼角堆出青春的褶皱。

“我来看看。”多妮奥端坐好，一本正经地开始将本子正面的一角用指腹裹起，准备迅速翻动。

“不是这边，看着。”马修坐到了多妮奥身边，然后用手将本子背过去，她的手背被他的掌心覆盖，他将她的手翻了过来，找到正确的姿势。他的呼吸声离她很近，湿热的空气被她的耳垂和鼻息察觉到了，芳香四溢。她开始翻动这本动画。

页数快进起来，她先是看到本子一角的画面里重峦叠嶂，慢慢幻化为一个女孩的面孔，女孩披着头发，头上别了一枚金色的叶片，她不太确定那是不是自己，但愿如此——她骑着一匹马，飞越了天际，慢慢地，那一朵朵彩云凝聚为世界地图，马蹄落下，溅成水花，在女孩的背景里绽开，它们又逐渐上升为一行字："旅途愉快！"

她的指腹停在最后一页的边缘，看着那行被马修用五颜六色的画笔描成的字体，"真是美妙！"她说道。

"送给你的，我感到快乐！你已经看了，而且你看上去很开心。"马修的视线从本子移回她的脸庞，多妮奥笑起来，她那样真实可信，毫无掩饰地出现在她面前，水蓝色的连衣裙一角有处丝线起了结，她的嘴唇有一点发干，也没有关系，她依旧那样美好。多妮奥收起目光，双手握住本子，像是把它当成护身符。

"谢谢你，马修。"她说道。

"我来的时候，看见两只鹦鹉在打架，一只叫娜拉，另一只叫诺拉。一个冒失鬼就冲它们叫道，诺拉，行行好你歇歇吧！它们分不清自己的名字，于是都没有搭理他，他只得两只鹦鹉的名字一起叫，娜拉诺拉，行行好你们歇歇吧！于是它们异口同声地冲他叫……"

"叫什么？"

"我喜欢这么做！"

"就这样？"

"我喜欢这么做，是的，多妮奥，我喜欢画画，还让你感到开心。所以，不用谢谢。"马修冲她笑着说道，"你去过贝伦港湾吗？"

多妮奥点点头，那是离这儿不远的小镇，但她只去过一两回，都是萝丝开车载她路过，抵达红珊瑚集市。她需要购买当地特产香料，可以让浓汤里的味道更鲜美出挑。

"人们翻新了一座旧式灯塔。"他提议说，也许可以一起去看看。

多妮奥望向他，他就坐在自己身边，慵懒但目光专注。她睁大眼睛，充满了不解与新奇，他勇敢地来到这栋他永远无法了解的房子里，踊跃地提出一个邀约。多妮奥从未对他表示过反感或是厌恶，是的，她喜欢这男孩，但她无法要求对方毫无原因地喜欢她身世中的危机和他们头顶上那个扭曲的阁楼。这些在她言语里都是可以掩盖下去的，她只能说，我想这是好提议。他在她的面前，也在她心里某座迷雾深锁的岛屿，占据着她迟到的春情。

萝丝静悄悄地推门进来了，看见客人后便展现出她夸张外放的举止，“我想想，是叫马修，嗯，点亮这块电视屏幕，这里的频道接受全世界哩！”她晃动着腰胯走进来，那个阿拉伯红毯被她蹭掀一个角，她那斑马纹的皮鞋又往后溜了一步，快速地将毯角归位。此刻她抱住两双手，像只过度兴奋的母猩猩。她从来没有接待这么帅气的小伙子进家门，多妮奥的朋友很少不请自来的，看得出来这位客人既善良也很害羞，没有仗着自己的条件而肆意散发铜臭味。至于异性嘛，萝丝心里倒是不反对她隐秘的青春期社交活动，不像古板的邻居太太们。

“谢谢你，可现在我得先回去了。”马修站起身，轻柔的气息便远离了多妮奥，浮上了半空。他看了一眼她，从中读出了默契的回应。他再把她的神情扫了个遍，似乎是确定了下一次可以愉快地赴约。他看着眼前被浅色薄纸罩住的肥大吊灯，上面破了个洞，多妮奥便拾起几片极小的落叶点缀在上面。多妮奥站起来，小本子和她的手像是连成了一体，上面还有他贴在身体时的体温。很多年以后，马修也还记得今天的多妮奥身上淡淡的香味，那是一种难以言说的精彩，就像一个观众正穿过空荡荡的席位，走向独自游弋的舞台剧演员，然后她发出讯号，离她近一点也好，这样就看清了她亲切的笑颜背后芬芳的忧郁。就在那一刻，记忆中的一刻，灯光只照耀着他们，有一瞬间，他领悟到了散发在她身上的光辉，恰恰是他穷尽一生所追寻的。

# 第六章　悖论

周一午后，灵学院里的纪念碑大道涌入了一些手持仿制权杖的年轻人，那些顶部雕刻着蔓藤图案的权杖本是借用给戏剧社团的道具，因为上周五的校园枪击事件导致社团临时罢演，那个连续开枪十二次导致九死二伤的凶犯一边射击一边叫嚷着："神已灭亡！"

尽管最终他被警方当场击毙，但仍使整个校园人心惶惶，甚至牵连到周边的社区和教会。一些学生就此事件将人性泯灭是否和信仰有关作长篇大论，也有一些人质疑校园安全问题，大多参与记者提问的学生带着些许抵触心态，他们不愿回想混乱中所看到的血腥，那些直面而来的危险仍使人心有余悸。人们在遇难地点摆放着成簇的鲜花，喷泉边几乎成了花的海洋。眼下这群拿着归还品的年轻人似乎还在回想十分钟前路过的那座曾被血浴的喷泉。他们的牛皮斜挎包里装着由拉丁文和英语共同组成的彩绘书籍，那是自2006年改版以来的第三次印刷，当然，作者帕克博士自然不会觉得学生们是否对生涩的理论和骇人的真实事件感到隐隐头疼，他想要做的交流，不仅仅只是一问一答式，他需要听听当代年轻人对待未知世界的看法。不管怎么说，授课还是得继续下去。

这间教室比起大型阶梯教室要小得多，好在摆设得当，每个梯面都足够协调，教室坐上二十几位学生不是问题，窗户被黑胶窗帘拉下来遮住，挡住了外面的阳光和树叶。每个桌子上都悬吊着一盏灯，一旦他们感到困顿而趴在桌子上一分钟，头顶的感应灯便会熄灭，这是那些做事敏感而且自尊心极强的教授热衷关注的事物。在帕克博士这里犯不着，他们随时随地都会精神紧绷，全然不是吊儿郎当的模样。他们全神贯注地看着帕克博士放映的资料片，这部资料片因为其令人不适的成分和超自然现象而成了内部参阅，学生们的好奇心在日复一日的反思中被打磨得越来越小，但只要触一触惊，大家又会回过神来探索奥秘。

首先是字幕映入眼帘："1997年5月，美国佛罗里达州南部乡野，年轻的学者埃里克·路南着手调查当地传说，收集一些事件或者是故事以整理成册。他独自带着家用式摄像机来到希达尔镇，但不久后就全然没有了消息。最后一次见他的当地农民声称看到埃里克朝当地人都不敢接近的村角走去。时隔半个月后，警方在拾荒者那里找到埃里克丢失的摄像机，其中一些画面揭示了他生命最后所遇上的恶祸。"

屏幕上的画面随着一个男声旁白展开了，很显然，摄像师兼旁白者正是埃里克本人，他是独自一人踏上这趟不归之旅的。画面收音里带着杂乱的风声，晃动的镜头不太能看清地形，直到画面慢慢平稳下来，看得出一些高大的篱笆被围在荒弃的土坡下，镜头扫到他的身后，能认出是在荒郊，没有一条明显的道路通往这里，因为到处都是可行的土路。据他的说法是——字幕显示——在俄克拉荷马州的古董店商人聊到此地的一些风俗民情时，提到过当地的一个独处的老妇人，有传她并非是人类，她养了一条黑漆漆的土狗，她在当地一个废弃的角落神出鬼没，和她的恶犬形影不离。据说有接近过她的村民，不久死于疾病，并歇斯底里地说着疯话。人们看到她常年裹着一条极其破旧而发霉的暗黄色头巾，而疑惑也正是从这里展开，她的头巾下面有什么？她为什么要独居而从不和别人接触？因此，人们称这位可怖的老妇人为女巫，她的那条黑狗，凶神恶煞，对生人带着强烈的攻击性。埃里克对此似乎很有兴趣，全然不顾善意者的警告。是个风和日丽的晴天，他上路了，他想先去拜访那位传说中的老妇人，再到镇口歇脚一夜，好奔赴下一个旅程。

镜头扫过了那一桩桩细长的并列绑住的木篱笆，它们在郊野的一块稍有植物簇拥生长的空地上开始分割出一条十英尺宽的走廊，这条由两面木篱笆墙组成的荫翳小路摆放了一些废弃的铜铁，还有些沾了污渍的破布被雨打日晒，硬块似的结痂在长短不一的木篱笆下。埃里克喘着气说，他们说老妇人是不喜欢受人打搅的，但他抱着诚意而来，并且希望对方能了解到他的好意。镜头随着脚步的走动而有节奏地晃动着。这时他看到了一座低矮的房屋正在木篱笆走廊的尽头一处开阔地上，似乎还有一摊极小的池塘，埃里克不免加快了脚步，这时天色似乎不那么晴朗了，而是有些阴云，浅浅地遮着日光。一路上，镜头扫过了一些奇怪的堆积在路旁的木偶，或者是破了大洞的锈迹斑斑的油桶，埃里克自言自语说这里的环境不怎么讨喜，但他认为妇人应该是很有自己的想法的古怪老人，也许常常被人误解。

摄像机的清晰度勉强能够勾勒出一些远处物体的轮廓，埃里克行进的路上还不时会有一些苍蝇聚集在小水沟前，小灌木丛边有些肉色的蚯蚓正在蠕动着钻进泥土里，在他刻意拉长的焦距里，捕捉这些微妙地带着令人不舒坦的信息，天边的云朵压得很低，与高空的一些云层看上去是截然不同的形态，所以更像是浓雾，但这些扫到的景象往往都一晃而过。手持摄像机的主人因为自己突如其来的拜访而感到有些紧张，却又带着一份仁慈的施舍者的心态。他相信上帝与圣母的光辉照耀大地，可以听到他细声念叨着祷告，录进摄像机就被淹没在了呼呼的风声里。

女同学盯着大屏幕，不禁有些提心吊胆，她不自觉地把手捏紧，往胸口上靠。男孩们则更加注视着教室里那块幕布上游曳的画面，映得他们的眼镜面一片猩红，他们必须比姑娘们更加勇敢，无畏，还有股掩映得当的表现欲。屏幕中的那座木屋很小，至少在视频中看上去更像是个仓库。埃里克把摄像机挂在了挎包上，缩短了挎包的肩带，调整了镜头的视野，好让它一直跟随着他的行动。

"你好，请问有人在吗？"他走上小木梯，谨慎但又坚定，仅有的那扇窗户里黑漆漆的。他拨弄摄像机凑近，似乎什么也没有，但能隐约看到一堆旧得已经磨损了表面的罐头摆在窗前，一张脸突然从窗中凑了过来！

"啊！"女生们和埃里克一起尖叫着。女生们的更响亮但也更短促，她们很快镇定下来，能读上研究生可不是靠尖叫换来的。

大家其实没怎么看得清那张脸，是脸或者是别的什么肉色的玩意儿，摄像机就跟着埃里克一起别过去了，那张脸也消失在窗口，埃里克也只是猛然吓退，并没有看清那张脸，但他确定自己看到了裹缠在头顶的那块颀长的头巾。

他退后几步，"抱歉，抱歉，我叫埃里克，希望能够了解这里的人文自然，启程来见见您。"他隔空喊话，不见成效，木屋鸦雀无声。埃里克这时意识到了那位老妇人似乎很不好客，比起众人传说的更加孤僻。但他不依不饶，继续嘹亮地询问道。手指轻啄着木门，看得出他很有耐心，抱着得不到回应就誓不罢休的心态，全然不觉得这是一种过火的，所谓被礼貌的表象包裹，实则满心猎奇的打扰。他甚至说自己是奉命前来采访，说自己是特地，专程，安排好时间前来，很希望能够谈谈这一带的生活感受，总之他并没有意识到自己未免太聒噪。

按常理说，屋里总会有人搭话，哪怕是言语驱逐他也好。也许妇人是个哑巴，他心想。常年的阅历并没有给埃里克多少礼仪经验，他在无人地带游走远比跟人交流要多得多，如果有哪个人给他提供好的猛料素材，他倒是有兴趣和那人聊上半天。现在，他在门口停留过久，转身试图换个方向继续等待回应。

这时摄像机扫到的画面令人大吃一惊。他方才路过的木篱笆变得更加高大，本是齐人高的现在拉长到两倍，他意识到情况的严重性，脚步开始加快后撤。这时有水流的声音从池塘那边传来，他重新握起摄像机，朝那方向扫射过去，不禁呢喃着“哦，上帝！上帝啊！”池塘边赫然显现一个狗头，它的眼睛放出苍白的光芒，瞳孔缩成一粒血丸。它那黑黝黝的身子正从池塘中浮出表面，黏腻的毛发如钢针般坚硬。它低吼着，像是从天际线发出的闷雷。它的身形巨大，远比埃里克从别人口中所听到的要大得多。那黑水中泡得肿胀的怪兽正刨出自己粗硕的四肢。木屋的门开了，轻悠悠的，吱呀一声。埃里克没有来得及去观察便立刻撤离。摄影机随着他的奔跑而颠簸，完全看不清晃动镜头中所拍到的画面，只听见他厚重急促的喘息声。

“上帝啊！愿一切安好！”他叫道。等他再次拎起摄像机举目四望，木篱笆还在两边高耸地矗立着，弯曲而阴沉，一眼望不到头，这时他已经跑了接近半分钟，按说他在这不足五十码的私人搭制的无顶回廊应该早就跑回方才的空地了。路旁废弃的发黄的锁链，被胶布裹缠的木桩，废了半张脸的人偶，铁罐里残裂的皮具，仿佛都有了静止却带着敌意的生命，它们既要驱逐他，又要包围他，让他没有回绝的余地。身陷囹圄的埃里克听到身后传来了犬吠，起初并不那么大声，可以说是在遥远的方位发出的，还伴有不慌不忙的脚步声，正朝他赶来。

他听到一阵嘶哑却清晰有力的喃喃声，正向他步步逼近，一种没有缘由的原始力量正搅动着他的内心，使之变得混乱不堪，他甚至已经忘记了来到此地的目的。事情应该不至于荒唐到哪里去，他想。但他的脚步没有停止，试图将诡异的声音远远抛在身后。道路变得潮湿，泥泞，污水的范围扩大了，篱笆深深扎在泥土里，木头已经将阳光挡住，埃里克整个人处在惊惧无助的阴影里。摄像机里伴随着风声而来的咒语，时而模糊时而响亮，有人会认定这是一种毫无动机的不详，这怪异的远离人镇的地盘早已成了不明身份的妇人滋养邪恶的温床，似乎正是不想让那些说三道四的人失望，也或许是对于冒犯者毫无怜悯，她必须惩戒。

但她这么做更像是动物，一种凶猛的富有攻击力的动物，在平原上疾驰捕猎那些手无寸铁的可怜人，看着他们奄奄一息，撕裂他们的血肉，此刻她嘴里吐出的那些嘶声呐喊的语言，像一张血盆大口正朝埃里克扑过来。埃里克回想起他短暂的人生里面临的一切危局，从圣地亚哥的闹鬼别墅到白硫黄区一处总是渗血的废弃泳池，他所了解的一切真相只为了让世人更多了解这个不规则的世界，不是所有人都能够窝在家中毫不费力地扭开电视机就可以吸收资讯的，尽管他们也热衷真相，但一切都是从天线外过滤后的，或是修剪过的陈列品。显然，它只会给你想看到的事物，哪怕是虚假的，做作的，伪善的，它们通通朝你传递，也不会过问你是否需要，这和实地考察完全无法相提并论。埃里克寄托所有的希望在他的信仰上，毋庸置疑的，他认定自己的勇敢是可敬的，值得骄傲的。

摄像机的画面在不经意的情况下捕捉到了木篱笆的尽头，这是令他无限绝望的一条道路，显然，他比机器更晚发现这条路的不对劲——他的前方已经没有路了——是由那些削尖了头的木篱笆围住的。

职业性的，或者是理性的思考让他停下了脚步。他下意识摸了摸那些挡路的木篱笆，它们真真切切地存在。他嘴里不停念叨着圣经旧约中的一章，转过身，背靠着那些坚硬的凹凸不平的尖栅，摄像机对着那处令人不安的小路，嘶喊声正滚滚而来。埃里克掏出了打火机，至少这是他身上唯一让他觉得具有威慑力的东西，摄像机被他放在一边的地上，镜头中隐隐地出现了一个蹒跚的身影，从曲折的木篱笆后走来，像所有的出场演员那样，从画面的一侧开始显露局部，再由局部慢慢扩张到一个整体。

埃里克便成了出画的可怜虫，他的皮鞋原本占了大半个画面，现在从妇人出现的反方向一侧缩退，僵硬地消失在屏幕中。那个令人闻风丧胆的老妇人以如此戏剧性的方式出现，埃里克眼睁睁地看着她露出邪恶的微笑，头巾在阴影中暗淡与腐烂，一潭死水中浸泡的那条魔犬，抖了抖浑身恶臭无比的凝结的毛发，从老妇人身后灵活地窜到她青筋暴突的赤脚前。画面中已经看不见埃里克，只听到他大声祷告。

所有人屏息凝视着屏幕，一种焦灼的不安侵袭着每个人。画面里无法仔细辨认出老妇人的面容，却能看到她那团窝藏在深邃的眼眶中癫狂的火光，她的嘴巴无法张开，却不断低沉地念叨。她步步逼近，很快地从镜头的一侧闪过，连同她那条巨大的奴仆。从恒定的尖声嘶喊中可以辨别出埃里克动弹不得，镜头这时被扬尘抹花了一片，收音筒里被突如其来的大风刮得砰砰直响，一阵噼啪声过去，搁在地上的摄像机不再能捕捉到他们的身影，它停止了工作。

帕克博士关掉了投影机，翕翕嗡嗡的声音熄灭在凝固的空气里。在座的几个女学生因为身体不适而紧紧捂住了肚子，男孩们抿了抿发干的嘴唇，手中无意识把玩着钢笔。

“我上周预告过今天的内容了，看起来大家还需要喘口气。”帕克博士回到讲台，短小的四肢灵活而精准地扶牢了讲桌。那张为他准备的高脚凳正从晃悠中被他的一套动作稳稳地扎回地面。他带着副玩世不恭的神情盯着教室后方的木质微缩大本钟，上面的指针准确地行进着，显然刚刚的视频还不足十分钟。他嘴里叼着根鹅毛笔，眼神又回到讲桌，窸窸窣窣地在眼前的纸上写着什么。

“蒂姆，你的想法？”他抬头冷不防问着靠近讲台的那位还未回过神的男学生。他鲜亮的夹克衫绘着一个大大的圆环，圆环上写满了箴言警句的拉丁文。

蒂姆喘了口气，片刻便回到他平时那种严肃而坚定的基督教徒状态：“她是一个信仰魔鬼的女人，早将灵魂作为筹码，魔鬼便赐予她邪恶的力量以此作恶。这种被撒旦引诱的魔法师将永世无法进入天堂。这是个显而易见的事。而这个去探寻真相的男人，并非虔诚信仰上帝，他受到了诱惑，这本是神没有应允的，绝非神的旨意。恶魔便可以趁机搅乱他的心灵，《撒母耳记上》中所记，耶和华的灵离开扫罗，有恶魔从耶和华那里来扰乱他。扫罗的臣仆对他说：‘现在有恶魔从神那里来扰乱你。’我确信，他终究被魔鬼吞噬了，甚至自己也成了傀儡，就像那条怪犬那样伴随妇人。这是相当浅显的结论。他并非顺领神的旨意，我想他只是为了私心，也因此鲁莽行事。在没有悔改之意中前进，脱离了神的旨意，就像是在失去了灯塔指引的帆船在大海迷航，魔鬼自然轻而易举侵入他的身体！”蒂姆非常肯定地说着。

“我想这是魔障，看见了摄像机所拍摄的篱笆吗？它们通通变形了，而且封住了他的来路，这显然是魔罗所蛊惑而出的一种幻象而已。实际上，这是这位男主人公所经历的一场心魔，他并非单纯地想要了解妇人，而恰好遇到了魔罗，佛教中所讲——劫难，数十种魔皆可幻化为人之欲念，楞严经中就讲过了五十种魔罗。”蒂姆旁边的东方女孩插嘴道，“你们善良的主为什么要创造出邪恶的魔鬼呢？”她又问蒂姆。

“山姆？”帕克博士又歪头问另一侧的同学，羽毛笔的末梢被他衔得潮滋滋的。

“如果这是魔障，又何以在摄像镜头中展现出来？它将源于人类的心魔，心魔是无形的，只有当事者看得到。那条黑狗，正是撒旦最喜欢的伪装，我好像瞧见它那开裂的蹄子，它根本不是什么真正的黑狗。这场邪恶是否源于一个异端的乡村宗教，它是黑暗而且不堪的。那些木篱笆，正是恶魔的教徒所幻化而成，他们在它的奴役下，必须靠它的意念行事，而老妇人，很显然是个替魔鬼发声的中间人。伊丽莎白一世当政时期，炼金术士约翰·迪曾经发现过关于恶魔能够拥有将奴役者变幻身形的魔法，这种黑暗魔法现今仍然流传于一些落后村庄，我想这就是一个例子。撒旦需要这些人的灵魂，而这个失踪男人，也许也变成了其中一根木桩。”

“真是有趣的论调，哈哈哈哈。”一个染了下眼线的男孩在山姆身后作响。

“我也觉得有趣啊，拉提尔。”帕克博士抬高了嗓门，“看上去你很有兴致。”

“我？真是抱歉，我毫无兴致。在我看来，这个视频，就是现代化电脑工业所创造的试验产物，那些演员可真是卖命演出啊！配上那些以假乱真的字幕说明，用理所当然的心理暗示，让人们为之震惊和恐惧，仿佛这是真实发生的故事。先生，您真的应该多在网上去看看，还有比这些视频更加夸张的啦，比如说日本的背影森林事件，还有悬吊者阳台。说真的，灵学院虽然包容度很强，涉及面也很广，但也不至于放一些加深对宗教信仰的另类教育片吧！我确定这是不可能在现实中发生的事情，这只是请一堆特效爱好者根据民间传说制作出的纪录片。”

“拉提尔，你又来了。”他身旁的短发姑娘说道，“这个世界上，科学的尽头是什么？就是神学。我们所不了解的事情千千万万，你不能因为你的无神论调一言蔽之。我倒是比较好奇，对于这个小镇，至少在视频资料里使人知之甚少。每个国家乃至都市，都有当地流传的一些诡异故事，但人们并不会因此而慌乱阵脚，因为大多数人都在过自己的生活，难以碰上真正面临的危及生命的鬼怪事件，这种被封禁的视频，多是当时怕民众感到恐慌。我认为这个妇人并非单独行动的，它可以说是一个被恶魔附身的教主，手下有众多教徒，它们从另一个时空而来，幻化多端，对闯入者还以致命一击。”

“是吗？”教室右边角落一个跷脚的男生说道，“或许那家伙根本没有死呢？是谁能肯定摄像机停止录制后他就死亡了？也许还发生了一系列的不为人知的故事。视频前面说他从此失踪，请问当地有警方去调查过吗？”

“当地警方没有找到那片木篱笆。现在看看你们面前显示的资料。”帕克博士正有条有理地说道，“有很多人也怀疑视频是作假的，我可以给你们看几张照片。跟山姆所说的有些类似，那些接触过老妇人的人都无一例外的发疯了，并且患病死去。政府封锁了这部分消息，却留存下几张有关这些人死亡时候的照片。”投影机亮了，现场一片嘘声。

第一张照片的村妇在尸检台上的上半身是扭曲挣扎的凝固状，但是下半身却长满了树枝，两条腿连为了一根腐烂的树干；第二张照片中是个男人的面部，他的半截脑袋似乎成了类似于鹅卵石的状态；第三张更加可怖些，一个小姑娘的背部成了蟾蜍，而且长满了牙齿……第五张照片，帕克博士就看到有女学生掩住脸不再想看下去。

“很显然，恶魔像是试图把他们变为另一种东西，不过是场失败的施法。没想到这种事情真的会发生，就是魔法，把一个东西变为另一个。”一个胖乎乎的男孩说道，“现实远比那些童话故事要骇人，因为变化的过程中，总是有这么不确定的因素在作祟。”

“是的，在那些神话中，主人施法，便可以轻巧地变一些美妙的事物，那终究是人们脑海中的理想状态，但是如果将这种改变分子结构的技术放到现实，需要经过许多的难关。橡皮泥可以根据需要而变换不同的形状，但是它终究是被捏的橡皮泥。最近，美国加州的鸭梨公司正在研制某种可以由一些细微组成的队列元素，它们有着恒定的结构，通过预先设定好的平面照射的光，可以变幻出各种不同的外形，这其中包括颜色，并在外形上尽量贴近真实物件，比如由一本书变为一个皮球，它可以轻而易举地转换，但是，书是无法翻开的，球是无法真正弹跳的。它只是在做到使外观无限逼真。可用于器件教学，或是舞台剧道具。他们期望有朝一日能够发展为可以细化到分子，并且彻底改变组合结构，使薄薄的纸张能瞬间转换为透明的戒尺。”帕克博士尽量形象地阐述。

“那么，现在的3D打印技术，将会被淘汰了呢。”拉提尔咯咯地笑道。

“我知道在座的各位有着不同的宗教信仰，但我想以科学的基础为前提。”娃娃脸的格林用非常平静的语调说道，“分子，离子，原子，这些微粒构成了世间万物。”

“这都是睿智的上帝创造出来的！”蒂姆很坚定地插话道。

“用泥土？”格林边问边示意自己将继续阐述观点。“启动这些物质进行转化和变迁的，终将是个人类需要不断探索的命题。人身上的宏量元素和水分，组成了我们的人体，植物中则含有细胞壁和质体，等等。随着人类生物工程学的发展，生物化学和遗传学，细胞学，甚至克隆技术，都试图对生命进行详尽的探索，但我们自始至终无法了解生命由来，不同的分子构成的不同事物，决定了它是否拥有生命体征，但我们却无法了解自己是用什么掌控自己身上无数的分子所构建的身体，所有人都拥有着千丝万缕的神经，可是我们每个人都能有不同的思考与想法。驱使和掌控我们言行举止的到底是什么呢？大多数人自始至终都对此认定是‘灵魂’，可是还是有人无法证实它的存在，这真是宇宙给我们带来的巨大玩笑。我认为老妇人也许是个失败隐退的天才科学家，她企图用自己设计的病毒进行传播，所以那些死去的人会有着分子结构看似不同于人体的组织，那些病毒可以轻而易举地改变细胞形成机制，比如说树人病，被这种病毒侵袭的患者四肢都会长出像树枝那样的肉瘤，这和方才第一张图片不正是很接近吗？那无疑是个心狠手辣的妇人，她的病毒甚至可以攻破每个人的免疫系统，实在是可怖。至于那些木篱笆，我可以说是机械装置吗？将木头抬高和改变轨道，这对一个合成可怕病毒的人来说，简直就是轻而易举。”

“在座的各位早已经翻阅过关于历史上神秘事件的资料了，比如俄罗斯的迪亚特洛夫事件，有关1959年九个登山者离奇的遇难。还有英国80年代的蓝道申森林事件，政府对此并未做出详尽解释。”按捺不住的高个子男孩说话了，“我们必须确信，这个世界有数不胜数我们无法了解到的事情。有些甚至只能算是巧合事件，而另一些，也许来自于地外文明。圣人艾力斯特·克劳利就曾宣言‘仰望苍穹，无尽探求’，那是他在遥望星辰后所冥想的一大疑问。回归现代，那些散布夜空的星辰不仅是占星者们用以占卜的天相，更多的奥秘都在其中。关于人类起源，是否和这些遥远的星系有所关联？我们的星球也许仅仅是某个试验台而已，这个星球上那些诡异的事件大多都是和UFO有关，他们才是控制人类意识的关键所在。那位老妇人应该是由某个遥远星球的生物变化而成，但因为种种原因无法离开，它并不懂得节制，那些组成飞行物的部件可以模仿地球的物件，比如那丛可以变化的树篱。至于为什么要变成老妇人，她原本是毫无攻击力的流浪女人，住在荒芜地区，与宠物为伴，却因为莫名的外星人所附体，改变了她的碱基结构，重组了DNA后她便拥有了这些看似奇异的力量。实际上在地球上，它们也需要遵循热力学三大定律，在老妇人的身体中，能量守恒是必要的，这些死者毫无疑问是她的猎物，而剩下的尸变则是外星人所做的一些分子结构更改。”

“够了够了，伯顿同学！”一个身材也很高大的女生坐正了，她是方才看视频时少见的并没有过激反应的女同学，“我刚才谷歌了当年有关此地的一些资料，在1997年4月份前后，均有当地人看到西南部的天空经常有火球飞动，并在数分钟后消失不见，我想这和当时所发生的此类事情不无关系。我想说的正是这个，军事阴谋！这个所谓的纪录片，确实是当时拍摄的，但实际内容却是假的。他们必定要用此来掩盖真正发生在天际的那几团火球所带来的恐慌。大家有所不知，西南部在早期开设了TZ212军事基地，戒备森严，虽远离城镇，但不时会有响动引起人们的怀疑。他们在那时一定是在做某些不可告人的军事实验，烂摊子自然由政府收拾，向来如此，一旦有什么引起民众怀疑和抗议的，他们总会转移矛盾。那些死者，自然就是实验品，被冠以什么老妇人作怪的理由而进行惨无人道的实验。坦白讲，我们需要担心的是什么？是这个世界所界定的一种规则，每一天，每一秒，看看我们周围发生了什么！枪击案，那才是我们要引起关注的问题，那是活生生在你身边所发生的流血事件，那些疯子们自以为了解世界，但他们根本没资格索取任何人的性命！神是什么？不过是个人对于善的信仰而已！但这个世界就是没有神存在的！所有一切都是掩盖在真相中的虚妄与幻想，恶还是会流窜东西，如果信仰能帮助愚昧的人向善，我极其鼓励他们去信仰宗教。当然，我也有所信仰，就是信仰我自己！”女孩说完，目光如火炬般盯着帕克博士。

众人发出一片嘘声，似乎这场各持见解的论调越来越激烈了。帕克博士依旧不为所动的样子——他经常如此冷静，偶有从他嘴里冒出去的插科打诨，总是会配上他那副桀骜却平静的扑克脸，却带着某种令人好奇而且舒适的安全感，在他的眼皮底下探讨那些难以肯定的论点，永远不会被他打断，在那个时候，他也在好奇地看着你，在你高谈阔论处，他的额头会挑起一根眉头，嘴角会跟着你的情绪一起浮动——疑惑与肯定，接纳与鼓励，以及听者的认真，通通都写在脸上了，于是你很放松，思绪也毫不混乱。

被黄道十二宫水晶图像的穹顶盖住的塔状开阔庭院是学生们离开学院的必经之路，也是他们极乐意待的地方。松木长椅毫无节制地在畸形且宽阔的无台阶长梯排成一溜，就这么在大堂里上下穿梭，行路常常需要绕个半圈才能到达目的地。当然，这里面有原生态的植被供人们轻松心情，周末还会有许多来自外地的游客来观赏这里的鸟语花香，站在高处长梯的人一探头就可以近距离接触乔木树顶。

帕克博士从几个偷闲的少女身边走过，她们在天气变凉时依旧光着大腿，但他仅仅只是抬头看着她们身后的被树叶掩映的光斑，投射在上层的行人阶梯，一个肥阔熟悉的身影，又见面了，他心想，在较早之前，她重新联系了他，为着一份曾有过并且还继续存在的事业而进行沟通。只是这次站在她身旁的，还有个女孩，和那些露大腿的姑娘们差不多年纪，但她可不像那这些快活的女孩，看得出她的眼神忧郁却自持，颇有凡尔纳年轻时的仪态，他闪念而过，回想起那些令他怀恋的时光，他们在杜伦河岸的地底石屋中所做的一系列研究，身后铁门关上前的天空如脑海中的回忆那般澄净，简短的，甚至是自发性的彼此介绍仍回响在耳畔，“凡尔纳·里德。”发起人之一，想想看，他可是个天才，在黑板上唰唰写下的公式如暗夜的星河，但他更不擅长于用言语表达某种方式，而是会自己动手示范一遍，对于那些焊接的设备，他通常是起冲锋作用，玛利亚可正是被他那股认真的劲儿吸引了呢。

实验的名字听上去很拗口，而且复杂深奥，史无前例。“分割与监视异态光源的不稳定性与信息量”，最初凡尔纳买通了当地的学院院士，以及联系了部分对此事毫不知情的设备提供方，希望对他们进行一些器件支持。凡尔纳的母亲对他要自费一大笔资金进行研究而并非政府买单而感到愤懑不平，辛亏在她出嫁后丈夫出资经营完善葡萄酒庄园，在出口贸易环节中拥有不错的收入，日积月累也是为里德家族添了点光彩，可以高高跻身于富态而有格调的身份中去。凡尔纳从小就是热爱探究世界的孩子，这大概是他所秉持的一种人生态度。尽管母亲对之不太感冒，但也从不反对他的选择，他并没有告诉外界的人组织实验小组研究的最终目的，这个隐秘的目的终将只有内部的核心人士了解，比如玛利亚，比如帕克博士，比如眼前携着忧郁而美丽的女孩前来的萝丝。

她看着帕克一上来便半蹲下身子，粗圆的大腿也灵活自如地伸屈，他们拥抱了一下，萝丝的脸庞有些憋红了，起身后仍不忘模仿着帕克博士的僵硬的动作并左右晃动身子。他抬头看着眼前的少女，心中不免有些颤动，他之前的想法又倾涌而来，远看时她的眼神真像她祖父，而当你这样近距离的仰望，那湛蓝的眼眸和抿嘴的笑容就像玛利亚青春时无意识的一瞥，瞥向许多人，最后无意识地落到了他身上，可是她是属于凡尔纳的，她喜欢那男人执着而温情的一面。

不像戴纳·帕克，不太懂女人心，他会注意到她的眼睛扑闪而过，短暂却饱含力量，这让他在年轻时感觉到一种振奋人心的力量，不知从何而来，也不知何时离去。尽管他看着自己的好伙伴里德先生和这位内敛美丽的姑娘结了婚，心底的那把锁将所有的关于她的声色并茂的记忆都关住了。有时，她会在纸上留个记号，表示这一页她已经计量过目了，接下来就靠他了，那个记号上有时会画片树叶或者是苹果，这是她人生极其难得的俏皮之处，他觉得她是可爱的，寻思着将计划推进，至少不会让小组人员失望，这是他所做的愚蠢的决定，并使他感到了愧疚，那可是一场惊心动魄的意外事故——在关闭旋转台前，萝丝和她那位琼斯夫人，试图使用自己的意念控制时间中活动的微小细菌，以此控制时间长短的奥秘，但却没有注意到自己的念力过大而暴露在仪器所启动的光斑下。自然，她们也是痛苦万分的。因为光斑是由她们所培育，其中含有许多还未消弭的变量灼热，这些带着自燃物质的元素反制于她们。

巧合的是，遥控线路板受到了暴露光斑的稀释而无法稳定运作。在她们无法动弹之前，凡尔纳抢起了一副钢化零件挺身而出，他甚至没有顾得上众人的惊慌，便冒着自己也被灼伤的危险，独自闯入旋转台，砸毁了那些被疙瘩状零件里扎的装置，那可是他用了八个月绘制而出，由大家共同打造的结晶啊。

帕克博士因为自己的判断失误而延长了原计划的时间，这个错误让他无比自责，甚至想要退出。但凡尔纳向来是不做不讲情面的事情，他以朋友的身份告诉他，如果面对自己的失误就选择逃避，这样绝不是好主意。他回应自己还是可以继续帮忙，只是不再担任指挥的工作了，他想要从一次冲击中缓过神来。他看见玛利亚看他的眼神有些迟疑，而且总是闪避，这是多么让人尴尬，而且令他无法感到安心，就像自己的肺顿时消失了，造成胸闷与窒息。那天要是他闯进去该多好，而不是她心爱的男人，至少那样可以让自己的过失不是由别人去弥补的。他的个子无法举起沉重的器件，无法像众人瞩目下的勇士那样暴露在炎烈而燠热的环境中破毁钢铁怪兽。

戴纳透过玻璃望去，里德先生在那一刻竟拥有一股愤怒而强大的力量，他的眼中透出了不顾命的癫狂，转瞬即逝。事后戴纳回想起那双眼睛，有那么一刻他觉得从中透出的邪气绝不属于他，应该是其他人，或是他的某个祖辈。庆幸的是，那种眼神再也没有在现实里出现过。偶尔会闯到戴纳的梦里，在他趴在工作台上打个小盹儿时，他梦到拥有这种眼神的人，残忍地砍着一簇断肢，面对着眼前溅血的石墙，他便惊醒过来。小组人员正在楼下有条不紊地牵引着线路板，玛利亚从门后走过，冷淡得像个幽灵似的。

他对玛利亚的表现感到无限的难过，可是他又有什么资格获得她的抚慰呢?他留着她的一张照片，那是他们大伙儿在相识不多久的合影之余所拍下的单人照，为的是将剩余的寥寥胶卷用完，玛利亚笑的最灿烂的时候，他在她身后的一角望着她，镜头记录下来了他呆滞的样子，胶卷是他的，他将这张不经意的“合照”小心翼翼保管着。帕克博士回首前尘，便也就明了她并不是毫无感知的女孩，她真是聪明，但也执拗。不是吗？她自己早就排除了自作多情的猜测，克制而又冷静，故意将之搁置一边。他也知道这是难堪的事情，他也懂得克制自己。玛利亚当然是知道的，她在丈夫死去后回到英国却不联系他，独自一人跟死神周旋，她对谜题的固执，对懦弱的斥意，这是他记忆中的一道深痕，现在无法去挽回了。她没有留下任何信给他，将来也不可能再有，那可是帕克博士一生的遗憾。

他的那部分记忆可得就此打住了，至少也得像车尾的引擎声那样逐渐变弱。

萝丝的话还在继续着：“……这里的地盘被重新整修了，我知道玛利亚希望这一切能继续下去。攻克主要难题时本身可以经历许多有价值的发现。琼斯夫人拉的赞助可真多啊，隔三岔五地慈善事业就会有她的身影，政府向来都对她名下的机构提供帮助呢。我想这也是她纪念凡尔纳的方式。想想看她投资建造迪拜的菠萝塔……”她滔滔不绝地讲道。

多妮奥在他们身后四处探望，就在上车之前萝丝向自己介绍帕克博士时，她低头看到他的眼睛竟变得闪闪发亮，也就只有那么一会儿。他不怎么开朗地说句："见到你很高兴。"然后就不再讲话了，一路上都是萝丝在和自己搭话，现在多妮奥感觉自己在脑海里忙着在消化目所能及之处，不远处的那座石屋也太小了吧，能容得进四张床吗？她心想，嘴上却是沉默不语。萝丝对帕克博士说着："……我是说，她是个传奇，统领一方。但我们的决定也同样很重要，我是信任你的，十多年前重启项目时我也说通了她让你负责这里……"

"恕我直言，我真是不喜欢那种套着年轻皮囊而排斥死亡的女人。"他矮小的身子挺了挺，态度坚定，这番话不容置喙。

萝丝意识到自己又扯上了不怎么令人愉快的内容，便很快转移了话题，"哦，现在投入的部分人员都在实验室吗？"

"是的，他们有序分工，我刻意只让他们参与部分不那么棘手的活儿。"帕克博士站在松软的泥土上，看得见身后的车痕顺着小道一路延伸在偏僻的河岸边，树木变得更加茂密，那座低矮的石屋依旧安静地在一片可以被阳光倾斜的空地上，只是外观看上去比早年更加颓旧，底部的青苔蔓延到了屋后的石块上。帕克博士想让这里的外表看上去都是顺其自然的模样，让置身其中的石屋经历周围的生长消亡，雨打风吹，日晒夜霜——那是他的方式，是他纪念凡尔纳的方式。

石屋的外观没有什么改动，但是在门的处理上做了一些变化，现在，那扇崭新的铜灰色铁门自动打开了，"光的跟踪性，我可以很好地利用这点。"帕克博士说着便优雅地伸展出一只手，多礼的主人那样示意多妮奥先行进入。

她咽了咽口水，脚步不停地往前走去。萝丝朝她微妙地眯起了眼睛，那是一种朋友式的抚慰和消除尴尬的方式，而不是长辈式的。多妮奥经历青春期的叛逆大部分都在萝丝的抚育下失了效，说不上别的，因为她也没有什么需要刻意去反抗的事物。冥冥中有股力量潜藏在她心里，挥之不去，萝丝很好地通过沟通而解开。大概是没有什么需要特别害怕的，她想。她在好奇的边缘往萝丝靠近，拉扯之间，便有了默契，也许连真正的祖母都无法给予这种方式。她走进有些半倾斜的门洞里，眼前并非毫无光亮，实际上是特别的简洁与阴凉，墙壁带着灰黑色通透的磨砂质感，原来这不是一个房间，而是一个过道，只不过在这过道的开端，搭建了这座毫不起眼的石屋而已。

墙上也不是什么都没有，那层膜一般的墙壁里，隐隐约约透露出流窜的光线，时而飞腾上方，时而穿梭脚底。一个穿戴灰蓝相间制服的女士从门边的一小块像售货亭的玻璃中走出来，看上去她像刚刚出现的，萝丝说那是直筒式电梯，可以直达地底。女士像是事先得到通知似的非常礼貌地引领各位步行这条曲折的过道。萝丝还记得自从在帕克博士将这里的内部重新设计后自己初次光临时的心情，就像从旧工业时代一跃到后现代，所有的管线都有条不紊地隐藏在接近半透的暗色围墙里，但透出的颜色皆被转化成大小不等的银色，使整个室内看上去变得异常洁净。

这和当年那种锈迹斑斑的零件没有余地摆放而存放于潮湿晦暗的环境完全不同，有些光线会在人们身后凝聚，就像在迟疑与担忧一般，而另一些则喜欢追逐人们的脚步。多妮奥在跟随人们行进过这个宛如流动在夜空的银河一般的过道后，她低头看到眼前不可思议的景象，那是由巨大的光管连接在一起的旋转台，隔着环形玻璃低头看去，那些光管不是并排着连接，而是组合成一朵放射性的花朵状，那么，应该形容准确点，从高空望下去像是有十二根光管，但如果随着人们往这个旋转台外围的环形走廊下降，便可以看清它们是由六根直径一百多英尺的光管旋扭着叠加而成，因为每一根扭动的间距相同，所以高空看下去就像是有十二个“花瓣”。

大概有三五名穿着统一制服的研究员们在他们斜对面的控制室中，隔着玻璃，多妮奥看到他们都戴着非常夸张的硕大的墨镜，多妮奥好奇地问帕克博士，那种设备的用处，他怀着神秘的笑容对她说你很快就会知道了。多妮奥觉得这里比起萝丝的阁楼要壮观而真实得多，这样巨大的发光体可是实实在在拼接在一起的，而且连接它们的东西也是肉眼所见的线路板，那可不是令人眩晕的棺椁，她不得不想起，萝丝和帕克之间的区别，也就是自己和萝丝的区别，神力在那种女人身上到底是怎么存在的呢？是不是因为本质的发展不尽相同，所以让阁楼与这个实验室以不同的模式存在？

科学和法术间自然有着无形的鸿沟，就像魔幻电影和科幻电影之间总是会有着设定上的不同。但从之前到现在，萝丝和帕克博士的相遇就像是两个不同类型的主人公碰到一起了，一个会说：“嘿，我来施法将这里变敞亮些！”另一个说：“嗯，也不是不行，我得先让C3PO机器人去指挥搬运高能粒子炮呀。你的法术会不会分辨不出对撞器而把它掏空了啊？”诸如此类，多妮奥心里嘀咕着，自己竟然能想得那样遥远，如今就要去面对诸多古怪的她可算真是苦中作乐啊。谁说这不是一个难题呢？世界上有多少种存在方式呢，她至少看到了不下一种了。

在这条环形走廊里，多妮奥看到外围的墙壁偶尔会有人形的光亮出现在墙后，它们隐藏在其中的一些透明的管道里，乍一看上去是糁人的，但它们没有任何攻击性，很快便消失不见。制服女士带着他们来到一个升降台前，当四个人站上去后，它非常听话的，在没有按钮的情况下，直线下降，一直到眼前那些巨大的光管慢慢移上了人们头顶，然后便被黑暗的墙壁所掩盖，一盏悬在他们头顶的灯发出冷冷的光线，多妮奥将手塞进兜里，却也感觉不到一丝温暖。萝丝方才在跟帕克博士讨论着有关“储存”之类的话语时下意识地扶住了多妮奥的肩膀，是属于肢体性的安抚，通过这种方式传递给她一股暖流，神奇地就这么流窜于她的体内。

升降台没有发出那种刺耳的摩擦声，只有自下而上的风声在人们耳边簌簌吹过。大概过了半分钟那么长，她想。实际上才不过十几秒，他们便到了下层。这里的光线变得明亮些了，尽管墙壁还是暗色为主，这里望下去大概有一块足球场那么宽阔，上面放满了隔板，每块隔板都是一块固定的发光体，乍一眼望去，以为是个光的迷宫。这里让她的视觉再一次得到了冲击。制服女士跟她们说了声过得愉快，便匆匆回转升降台离去。

“多妮奥，我们先坐下好好聊聊吧，毕竟这可是大事。”帕克博士昂扬大步穿过这些隔板，如果仔细看的话，像是有光粒在那些隔板里游荡。前方是一扇旋转门，由帕克博士亲自动身开启。据萝丝说，那些光能感知到人的形体，这是最为准确而安全的密码了。帕克博士矮小的身子甚至不用做什么动作，旋转门像是由无数个柔软的，浮动的光晕展开，于是，呈现在他们面前的是一个暗室，有一部分黑色墙壁上的投影用于检测每个实验室的情况，像是监视器。多妮奥看到上面有些仪器和照片中祖父拿的那根双螺旋组成的铁管相似，只不过更加精致了，而且型号已经由“N”开头的字母起名，可想经历了诸多的更迭嬗变。这些投影和日常屏幕不同，他们从墙上凸了出来，像微缩却立体的房间一般，她看到了许多投影分支，就像一座建筑的横剖面一般。

“随我来吧，姑娘。”他带着大家坐上一个环形咖啡色沙发，沙发便继续下降。

多妮奥在想自己离地面大概有多远了，这里全然不是外面光明的世界，而是遗落的某个空间。她眼前出现了四条不等的光管，和上面的那种很接近，但是要小一些，它们在不停地旋转着，无序的，没有节制的。通过这层厚厚的暗色玻璃看过去，它们中的光似乎在不同涌动。帕克博士递给多妮奥一副硕大的墨镜。等她戴上去后，眼前的光五彩斑斓，但细看却令她惊奇不已。

这些光会展现出那些现实中的事物，她看到了一些大爆炸的画面，像电视中出现的那种核爆，也有一些旧时打扮的男女走在古老的街道上，还会有早期的战争画面，光不停地互相拉扯着，使一些画面产生畸变又换成另一些画面。她安静地看着那些无声的画面，似乎像是看某场画面清晰色彩明艳的默片。

“它们，都是真实存在过的。我是说，这些是真实的过去，它们被光记录了下来。”帕克博士说道。

“可是它们怎么能够被装住？光……无处不在啊！”多妮奥纵然经历了那些古怪的事情，还是觉得这极度不可思议。

“它们无处不在，你说对了，但要通过一些手段制止它们无处不在。你现在试试看你的周围？”帕克博士慢悠悠地说道。

多妮奥惊觉到这一古怪的事实，她看得见那些光管中展示的光的图像，却伸手不见五指，她的周围是暗黑一片，帕克博士和萝丝也是处在绝对黑暗中的，画面虽明亮逼真，那光线却无法发散到这里，不像在影院中可以通过屏幕的光线而隐隐看到周围，这里除了那些光管，周围毫无光亮，漆黑一片，深如暗夜。多妮奥感到了一股恐惧，那是人类与生俱来对黑暗的恐惧，她伸出的手在光亮前晃动，她明明能感觉到自己的身体，却在眼前的光亮中隐了形。多妮奥摘下了眼镜，头顶的灯光正明晃晃地悬着，面对这样柔和的光线，她甚至感到了刺眼，因为在摘下前的片刻她凝视着深深的黑暗。那些光管不再看得到画面，又回到不断涌动的状态中，或者说，必须带着这个墨镜才能察觉到光管中的奥妙所在。

“哦，我看到了那边的办公间有了新的咖啡机呐！”萝丝活跃地站起身。

“埃斯梅拉达（注：一种罕见的咖啡）。”帕克博士看惯了萝丝的作态，懒洋洋地答道。

“失陪一下，亲爱的！”她看着多妮奥说道，身后的墙壁泛起白光，窜到地上，又散开了，萝丝就像是一个体重超标的舞者一般退场。因此在座的人便感到氛围迅速冷却下来，他真的有必要作一些相关的解释，讲给她听？讲给这个会遭到不礼貌的坏女生白眼和厌恶的少女听？她的成绩优良与行事低调也会换来那些相貌平平又自命不凡的女孩们的排挤，她在年少时期的狂躁中隐忍下来，在文字间消耗自己的闲暇时光。她们要是知道她这些光怪陆离的事情，准会骂声“怪物”。无论如何，那些都不重要了，她现在真切地知道自己想了解什么。真的要上一课吗，或许闲扯更能拉近距离呀？多妮奥刷掉了多余的想法，脑海中浮现了许多曾经阅览过的知识——光似乎是一种理所当然的存在，它使万物显形，从出生睁眼的第一刻开始它就存在了，在太阳的能量下，在电力的驱动下，甚至在一些生物的头顶上。现代科学家认为光子没有静质量，它们的存在使动植物发展，可见光中的单个光子以四乘以十焦耳能量唤醒视觉，但令她感到奇怪的是，为什么这些光的频率仅仅存在于视觉中，而无法做到折射与衍射？他们似乎与阁楼中的那种光有所关联，如萝丝所言，那些光子被“驯化”成了某种供他们使用的物体，这些异光，来自于何处呢？光在大部分情况中是沿直线传播，但在眼前的光管中似乎不再如此，可见这里面不再是均匀的恒定的物质，在那些相互拉扯的画面间隙，亦会是无尽的黑暗，尽管那些黑暗在光管中相当细小。每根光管被充盈的如此明亮的原因大抵是肉眼所见。更需要考虑的是，光本身传播不用任何介质，那为何在此刻却有某种镜片阻隔了它的发散？神奇的是，在没有戴上镜片前光管中显示的那种单调的和日常相差无几的冷光，但戴上这块墨镜后，那些光纷纷显形为各种扭曲而真实立体的画面，在光管中游荡着，撕扯着，组合成各种不同的画面。这是让广义相对论也无法解释的现象了。她想，如果光可以被某种物质吸收，那么万物处于绝对黑暗中，世界是否会是虚无的，就像峭壁下的深渊，深渊中的深渊。这实在不是她该去设定的事物，她是否应该回想学校附近那家里着巨大菜叶的美味可口的汉堡呢？

“人生不过是在电磁波中不断游走，时空也并非平直无垠，它们有尽头，也有开端。只是当时空的概念被短暂出现的人们所理解时，自然是无法去想象它们的初始。而时空也是一种人为的标签，在我们无法探及的无数世界中，甚至没有时空的概念。”帕克博士顿了顿，“多妮奥，这个话题其实离我们所要关注的事物有点距离，听听无妨。我们毕竟是血肉之身，身上的干细胞也会不断地亏损，直到肉体消亡殆尽。人们渴求着生命的延续，青春的延长，无非是一种美好的愿望而已。当有一天，大伙儿平均活上了两百岁，他们也会因时间的流逝而烦恼，追忆最美好的岁月，感叹它们一去不复返。”帕克博士笑道，“对于你，孩子，我们争取自己的生存，反抗那些毫无缘由强加于人的规律，这可是正当无误。我很敬重你的祖父母，他们做出了不少努力，可真是不少。”他凝望着前方，明灭的光管如承载幽灵的容器一般。

“戴上了这个，我为什么能看到那些光，而无法感知到别的光源？而且那些光变成了画面。”多妮奥问道。

他打开了沙发前的一台直立的电脑，上面显示着带着弧度的图表，和多妮奥祖父的笔记本上所记有着相似之处，只是看上去更为工整和复杂。“因为它们存在记忆体，一种带着漂浮能量的物质。在量子力学的前提下，麦克斯韦波已然被证实，可见光只是电磁波谱中的其中之一。然而在此之外，还有许多超越了波粒二重性的光的世界，它们在不同的力场中以不同的方式展现，我们生活所及只是其中的一小部分而已。许多能量可以通过力场进行转换，那些旋转的风车或是汹涌的水流，可以转化为动能与电流。而在这个充斥着巨大磁场的星球上，光与物质之间存在着从未被人探测过的联系。”他的声音略微重浊，却字字清晰，“而我们捕捉到了。”

复古的荼蘼色沙发展开了，像个泄气的皮球般，多妮奥感觉身体在下降，与此同时，这个移动的巨大橡皮泥在下降的同时将他们旋转了另一边，这是一个非常精致的办公室，书桌上甚至带有一点清香剂的味道，四面八方都是绘制着密集的几何线条的墙纸，不再被光晕干扰。成堆的书本上摆放着反重力地球仪，椅子是用一根盘旋的木头制成，这里被沉稳的色泽笼罩着，带着优雅而又神秘的气息。他们从那块慢慢恢复形状的沙发上站起身，来到书桌前。多妮奥看见一台密集电路组成的电脑正不断地收集着信息，又看见这台电脑竟薄如纸张。帕克博士在写字台前坐下，“来吧，坐在我旁边就好。”他说道。

“那些带着记忆体的光，来自于大自然，人类的城市，星际之间……是的，你随处可以看到，但是你无法分辨出它们，它们只是一种载体，这是最遥远的创始者所设定的载体。事实上，在少部分的人体中能够探测到它的存在，它们聚集在这儿。”他指了指多妮奥的脑袋，“在颅骨深处，医学上叫它‘松果体’。”

“所以，你是说，那些光就像是无形的摄像机，记录了那些发生过的事情？就像我刚刚看见的那些画面？”

“你所戴着的黑色镜片，可以看到异光在显形呈像，也就是探测到在某个时空里发生的一些事情，它们以这种回放性质出现，短暂片刻如人的记忆一般。你所知道的是，物理现象中因为不存在神经元组织，所以无法拥有个体思维能力。事实是，我们就存在于这个无形的神经元中，视规律而行。你一定在想，你只能看见画面而无法看到周围的光，甚至看不见自己的手，这些信息仅仅存在于你的意识中，只是通过镜片映射而出。”

“萝丝所说，它们会给人带来不良反应。”多妮奥回想起了阁楼的对话。

“如果打破了它们，让它们泄漏出来，就像气体，足以致命的气体一样，沾染你的时候你甚至可以照常呼吸。它们稀释在照耀万物的光芒中，所以没有人察觉得到。但当你刻意去捕捉甚至研究，慢慢地它就会侵蚀你。而她们，萝丝她们，你知道吧，倒是有能力驯化这种异光，因为她们拥有异于常人的额叶与染色体。而我们，必须小心翼翼，透过含有暗物质的镜片打量它们，受到最小的伤害。”

“用什么驯化？”

“意念。”

“什么？”

“意念是宇宙中强大的能量。一些异能者的脑电波能够感知到异光的存在，并且能够通过设计它而使其赋予作用，就像是在电脑中更改文本那样。我们人眼仅仅能捕捉一小段光谱，而她们却能够掌控更多的电磁讯息。这些频率甚至可以产生剧烈的振动……”

“但其实我更喜欢用它吸纳别的光来照明而已。”萝丝端着杯子走进来，屁股往刻着许多指针的桌子上一颠，挤了过来，在帕克博士和多妮奥跟前分别放了咖啡和柠檬茶。

“谢谢你，”帕克博士抿了一口咖啡，他发出一声赞叹，随后点开了书桌前方的落地窗式电脑，画面中的事物像那几部监视器一样立体地投射出来，光线可以控制自己的长短，这种微缩景观式的显示令人惊奇万分，画面显示的是静态的风光，色泽不太鲜艳，“你看，只要分解一点点的异光，就可以控制其他光线的走向，并根据事先的设定而使其拥有纵深感，虽然……没错，不算大。在萝丝的帮助下，尽可能地减少辐射伤害，这可是非常大的进步呢。”

“这就像是全息图像技术，就像那些科幻电影画面。”

“你可以过去，触碰它们，与传统的全息呈象的区别。”

多妮奥小心翼翼地走上前，在高大的景观中，她试着去触碰一块石头，投射在现实的石头，当她触碰上去，立刻缩回了手，因为，那正是石头的质感，这种光，甚至使人的触觉产生互动。帕克博士在旁边说道：“它根据你的意识而产生了相应的变化，也就是说，如果你一直认定石头是火，你触碰石头时，触觉感受到的便是炙热的火焰，你的躯体会下意识产生一种梦境中的条件反射，虽不及身亡，但仍有痛感。你大概明白了，你看见了什么，便将其代入了经验中，它给你的触感便来自于你经历过的意识中。”

她又将手探入河流，清凉的水浸染了她的五指，和真实的感受一模一样。但当她抬起手时，却没有湿润的水珠留在上面。“那如果我去抚摸那些我从未抚摸过的事物呢？”

“你可以试试看。”萝丝神秘而庄重地说道。

于是她去触碰图像中的一只长颈鹿的脖子，当她抚摸下去，发现它的脖子像短毛狗的背脊，“和我想象的一样。”她惊奇地说道。

“是的，它存在于你的想象，你的想象投射了你的触碰感，使你的大脑认定了它的体积，重量，触感。这种通过数据融合的异光可以控制人脑的神经元，像是反映梦境的载体，你在梦中触摸物体也会有所感觉，冰凉或炎热，刺痛或柔软。”帕克博士意味深长地叹了口气。

“假若我是盲人，是否便无法感触到它们的存在了？”

“造成视觉的并不仅仅是眼睛，大脑中所存在的松果体会以它的方式感应这些物体，这种触觉是来源你本身的印象，如果没有印象，它便会跟你交换一种随机性的意识。正如整个宇宙，充满了不稳定的物质。”

多妮奥回到他身旁，他放下了咖啡，冷静而严肃地说道：“我们将会探测影响你生命的那部分不稳定因素……”

“那正是我的祖辈们怎么离去的缘由，在他们正值青年时，那种怪病，不是吗？”

“如果那是一种病状，那么它是带着遗传因素，然而你并未拥有显性遗传病症，那是可以明显检测出来的，实际上你很健康，和普通人无异。而论及隐性遗传，这是带有概率性的，而非注定，甚至代代相传。总而言之，大部分遗传病都具有发病率。而依附在里德家族身上的，似乎更为玄妙。你的祖父，最初确是从遗传学角度来观察的。他认为是某种细胞影响了家族的生命。而正是萝丝的出现，发现了他的脑袋中有个奇异的闪烁的光点，转瞬即逝，便意识到这是一种诅咒，千百年来，诅咒无处不在，在世人的理解中，必定存在某种因果联系，而异光恰好是最好的储存介质，他誓要用科学的办法捕捉它。我想你听说过，当代的可见光通讯，只需要利用发光二极管的闪烁信号来传输通信技术。但这些可见光仅仅是在以最纯净的方式服务于人类。他要做的，是要探测‘光’作为载体的性质，他用那些悬停的螺旋过滤，从放慢的光里，看到了许多惊人的信息，并成功提取出异光，模拟通术士的脑电波分解它们，光是这个实验就消耗了数年，就像是入侵电脑的病毒那样，如果通术士们了解到它的存在与构架，既可以改造它，也可以消除它。可以注入它们的讯息就像失去规律的化学，所带来的后果是无法衡量的。在最初始，由暗物质镜片去观察表面，它们展现着所记录的事物。而在后期的控制与培育之下，像大自然的水与火，既可施惠，又足毙命。恶魔或天使，决定权在创造者的意念中，它们无法受到时间的控制，与世间所有形式的碳物质融合，与意念相交，又可以幻化为别的事物。”

“近乎无所不能……”多妮奥感到不可思议。

“是的，它们的质量无限大，像一个磁盘，写入无限的可能性。而异光和暗物质就像互相作用的母子，现实世界里所有的物质都以‘正’来说，暗物质便是以‘负’作为抵消或湮灭。异光则转化千千万万的宇宙所运行的能量，承载物质存在。亚里士多德提出过‘以太’的说法，尽管没有任何人曾检测出它的存在，它有些接近异光本质，虽然含义不尽如此。人们所看到的那些灵魂，听到的异声，闻到的怪味，偶有死去之人所遗留的意识电波产生某种强大的振动，与意念息息相关，它们可以在空间通过物理现象投射出来，东西滑落，消失，移动，以及高阶一些的异光波谱会用某种形态现身，在年幼或衰老者的视网膜上可以停留得更久，使他们看到来自于另一种意识中的事物，与之产生共鸣，但那仅仅只是意识电波的一部分。实际上异光更加主导了这样的现象存在，首先感应的是存活者的意识，使之相连。想想看，我们存世时如同眼前盛于杯中的咖啡，消亡时代表着咖啡翻倒，浸染了一部分的纸张，一些流下了桌角，一些洒在了地上，而它们依然是咖啡，只是承载的不再是杯子。我们能看见纸张上的某部分咖啡，代表我们处于的这层空间，而它恰好在某个时段被我们所看到。你可以听闻许多人间的神话与幻想，作为人的集体意识，所奉行和规划的善恶分明，能感应异光的人如果意念足够强大，能够由此进行短暂的具象化创造，使人们更加坚守自己的信仰。人类一直在探讨是否拥有神这个命题，他们攥紧自己的信仰，对存亡抱以偏见。无数的教徒翻山越岭寻求主的庇护，千千万万的善男信女拜佛打坐，信仰会使人感到笃定的安全感，在群居的环境下，这种意识亦会放大，终归，它们存在于人性，本就是人的意念所形成。异光就像流窜于宇宙这个巨大神经元中的细胞，我们和它们，彼此影响。这是一个无法解答的辩证关系——比这层宇宙更加宏观而触不可及的造物者，写入了这样一小块具有规律的空间给我们，还是我们自主的意念创造了整个宇宙的现象？”

“如果由意念所来，我是说，寄居在我身体中的那种因素，那么，它为什么可以在某种规律中潜行于家族遗传，但是却在凸显其毁灭的时间上不相同呢？”

“我明白你的疑虑，那正是因为我们在用时间这个概念来衡量。它也存在着相互影响的‘不确定性原理’，正如海森堡的实验，如果你要测量电子，就需要用一个射线探测它，但这样一来电子在接触到光子后，位置将会产生变化，因此也无法得到最为精确的测量。而诅咒与时间分别代表着动量与位置，异光所携带的讯息无法同时精确测量两者，当动量越加准确时，时间上就会有所起伏偏差，他们同时参与其中，衍生出来的又会是随机性，更简单的解释是，这个诅咒的随机运动限制在生物活跃性中，而非时间的精确分布。也就是说，如果时间停止，你的生理机制一直停止在少年时期的某一刻，这个诅咒就不会被触发。而这明显是无法在这个空间存在的，所以当家族成员遗传了下一代，这个诅咒便在新生代上刷新一次，上一代便衍生某种细胞的活跃，类似于宇宙射线切断人体DNA所受到的辐射，触发诅咒生效的时间。”

多妮奥将自己类似灵魂出窍的体验告诉帕克博士，关于她那些带着强烈恐惧的梦境，是否是象征着事物过去或现在所发生。

“梦通常是无序的，片段式的，而你的现象听上去是一种出窍，我想是一种嫁接于这场诅咒中的引导方式，因为，你的祖父也曾提及过这样的幻象，他不断看见一个看不清面孔的女人。它们的存在，必定与那个遗传下来的痼疾有关。”

多妮奥听到了帕克博士对于梦的说法，像是某种“碰撞作用”，那些存于脑内的信息与情绪连接到了某个空间中。那些潜伏在意识中的东西，可以使之穿梭，在真实与虚幻之中，毫无阻隔地穿梭。如果人在陷入永久的沉睡中时，那种意识就会无限放大，所有的情绪和逻辑都会代入到睡梦中去，脑神经元是必不可少的驱动器，里面装满了人的恐惧，盼望，以及那些好与恶的事物。

萝丝看出了她的恐惧，她的故居有某种强烈的吸力将她的潜意识往其中牵引，从影响她的睡梦开始。其实萝丝预感到一次，就那么一小会儿，多妮奥回到家里，萝丝透过厨房的彩色马赛克玻璃大小不等的间隙看到她手上的书本有“梦”与“解密”这些字眼，她在晚餐前故作轻松地问多妮奥是否对心理学感兴趣，多妮奥不予置否，眼皮耷拉下来，萝丝通过注视她，感应到了某种不可避免的隐患正慢慢显形，像是无法切割的模具一样，无法解码那种残存于里德家族的诅咒，它是那样紧实，繁复，带着某种恶毒的怨气，于是她只能等待，等待那玩意儿的显形，人类拥有复杂的情绪与思维，这是最正常不过，在这时竟也成了恶咒的保护膜，利用人的弱点，慢慢吞噬与消磨，她会随着时间老去，而它不会，它可以在这场无形的博弈中静候猎物生长到最合适不过的时机，等着那天能够在她的脑袋中绽放开来。

萝丝是感性的女人，她绝不否认自己这点，她时常用万事俱备的自信去面对生活中琐碎的事务，按部就班地施行她所接纳的任务，同时也认真赋予了感情，这是她无法抛弃的事物，像那些隐藏在大厦背后的低调而耐心的员工，顺其自然地行进自己生命中存在的每个片刻，不奢望英雄主义，但也不排斥有那么一天在极限面前必得自我牺牲，似乎是这样的人存在着更为深邃的潜能。世间万物有着千丝万缕的联系，人们常常把宇宙比喻成海洋，植物与动物既可以用不同的形态生长，又偶有保持相近的外在形状，而这个海洋中的水，便是无尽的意识，从强烈到微弱，从涨落到肆虐，从表面的平静到深海的暗涌。那些各式的生命体，被她的冗余的意念雕琢成像，就那么静静地伫立在阁楼中，就像海中的珊瑚吸食着浮游生物，尽可能地保持整洁与明亮。

但她意识到承载自己意念的器具老了，血液的流动与身体的疲乏限制了她思维的窜动，在她极尽透支的条件下仍无法达成新鲜与进化的养分，无法像琼斯夫人那样，她那神秘而纷繁的意念培育出爱宠式的羽毛盆栽，像海洋中的海星，迷人却暗含邪意，有着完整的消化组织，代谢出腐烂在尘埃里的异光波动，时刻保持最光洁又最顺她意的状态。那些羽毛像管状虫的涌动，每一根都闪烁出摄人心魄的微光。那是她暗中意识到的不能去模仿的，无人能争夺的荣耀，是俯首称臣的人群心中不可触及的余景。

同样的，她也察觉到了多妮奥对那位名叫马修的男孩的喜欢。这一点上，她没有权利去阻拦她，她没有权利去剥夺自己未曾真正拥有过的事物。她不太懂得如何去陷入一段男女关系中，在控制与被控制中收场，这是她认定的一套模式。那些情侣们，总是会有主导的一方。年轻的时候，她认定那个主导者会是自己，这对另一半是极其不公平的，何况她也不想要伴侣。但她并不禁欲。

某种程度上，她和那些旅行者发生过短暂的肉体关系，她觉得那样就够了。她也存在偏执的一面，这种偏执与隐瞒多妮奥十多年不同，真切的丈夫是会跟你更为私密的接触的，是会涉及社交与传宗接代的，这和最初抚养多妮奥的任务有着本质上的间离，如果她不能对丈夫负责任，在一开始告诉他有关自己的一切，那么她是有罪的，她受不了这样的罪行，还不如，不要让此事发生。自然，她的潜意识是排斥同类的，大多数的这类男人仗着自己的优越感而生，在他们意识到自己可以在凡人中脱颖而出时，意识到自己可以更容易得己所需时，他们需要的绝不是婚姻，而是某些实实在在的财富，身份，姑娘。

数十年前，在萝丝还是个小女孩的时候，她照顾着比她还小的孩子，那是她在坎斯托郡孤儿院的一段时光，那个孩子特别顺从她，萝丝会分享给她故事与零食，她总是惬意地瘫在萝丝的腿肚子上享受它们。当萝丝决定她们在户外拾取树叶编织花朵时，那个小女孩便默默跟在她身后，乖乖地攥着她捡来的树叶，于是她偷偷给女孩展示自己的某种能力，将那些树叶拼成一个娃娃形状，萝丝让它活动起来，像个真人那样。小女孩开心地尖叫着，轻抚着那些树叶，像是要哄它睡着一般，透过那柔和安静的动作，她触碰到了萝丝心底一处柔软而温情的地带。当那些大人出现时，叶子失去了生动，女孩对大人赌气似的紧蹙眉头，不久之后，那个小女孩被领养走了，尽管她的哭腔很快被淹没进车水马龙之中。她的伴随为萝丝的心里留下一颗种子，让她知道自己有能力去照料一个孩子，可以真实地看着她在身边长大，那颗种子在十多年前就发芽了，如她所愿。

她也是慢慢地发现，在这些年的相处中，多妮奥真正地成了这个家庭的一分子，通过她的喜怒哀乐，沉默与喧闹；通过她小时候嘴角黏着馅饼沫任哈哈大笑，在夜灯下阅读时埋头思索的背影，还有在她尝试自己第一次煎鸡蛋时手忙脚乱的姿势，等等等等——这些都将萝丝心里发芽的种子浇灌成了翘楚密林的大树。萝丝当初并不觉得是任务找上了她，而是她的某种愿景恰好契合了这个任务的性质。

“你知道那个项目启动后实施起来有多难吗？”当多妮奥走到一旁的书架上进行探索时，帕克博士对萝丝低声说道。

“当然，但对于琼斯夫人，她总是会竭尽所能完成她的计划。”萝丝的脸色沉了下来，“尽管我们并不知道她想要此来达成什么目的……我们都只是她的某个部件，而不是一个独立的整体。”她的声音越来越低，眼睛瞟了一眼远处坐在沙发毯上看书的多妮奥。

“她只需要我负责机器的框架，别的则由她处于瑞典的公司进行研制。她甚至没有来过这儿，而是直接派人通过网络交给我所有的参数设定和外观，她并不希望现在有人知道她的目的，制造异光传输器，需要的意念量级极大，至于用它来做什么，我想只有她心里清楚。”

“我想，是时候了。”

“你似乎另有打算，上次你给我拨打专线电话时我就预料到了。”帕克博士神秘地看着她。

“我很早就以孩子为借口没有再去卡萨尔林的恩惠仪式了。”萝丝主动接过与自己有关的话题，并慢慢走到离女孩更远的一角，“他们当年没有说什么，琼斯夫人知道我慢慢变老了，除了抚养这女孩长大，我没有别的什么利益存在。”萝丝紧绷着脸，一只手下意识抚着胸口，摩挲着凹凸不平的项链吊坠，为她的停顿带来更多隐秘的遐思，帕克博士有着和她共事的经历，暗自钦佩这位老伙伴还像当年那样果敢而富有勇气。“我认为那个不是什么恩惠，而像是鸦片交易。”她说的非常小声，像是怕周围会有别的什么异能者听见她说的话。“但他们意识不到。你知道，永恒组织的异能者在全球超过了三千人，他们都乐于参加那场仪式，他们不知道自己正在流失的能量，远比他们得到的多。”

“我想，这正是那个所谓的夫人的麻醉策略吧。”帕克博士一针见血。

“当然，这些年还是有源源不绝的异能者会加入，并且顺其自然地参与进去。”

“这些年你仅仅只是当家庭主妇？”帕克博士知道自己的这句看似轻巧的问话反而会带来许多新的收获，老友的寒暄里暗藏玄机。

萝丝这时像个小孩那样堆起笑容：“哈，当然，我是说，不，不仅仅是家庭主妇，虽然那样已经足够高尚了。我们还有更多的责任在身，不是吗？”她的表情很快又冷下来，然后点了点头，非常悄然地，让人不经意掠过地吐露出这个需要当面交代的秘密：“玛利亚在生前留给我一个地址，希望我能够从那里获得一些线索。这件事一直没有人知道。”

帕克博士严肃地，近乎庄重地看着她，玛利亚真是可以做出那样的事，既睿智又固执。她一定是希望某种事物可以延续下去，而她信任萝丝。帕克博士心里涌起莫名的内疚感，脸皱成一团，“我真该死！”他低喃道，声音有些颤抖。

“嘿，我理解你的，但你不能因为过去发生的事而忘了前行。我要告诉你，这件事我一直暗中维护着，那里是一个庇护所。”

“什么样的庇护所？”

“一个临海的山洞。听着，她知道了一个方式，使异光可以被复制。她认为，能量的堆砌与饱和可以使异能者注入的意念更加持久而强大，而诅咒正是利用了这一点。它可以被复制出来，必定也是一个漏洞，也借由此举，可以不断地进行重复实验。”

“所以，这个诅咒不是一个锁定的项。”

萝丝点点头。

“为什么现在才告诉我？很早以前，我就该参与进来。”帕克博士身体朝前，一副诚恳的表情。

萝丝回想着那个被致密岩层包裹的山洞，辐射作用被强大而起伏的潮汐减少，亦形成一股巨大的动能启动庞大的机器。每当圆环状的钥匙探入锁孔，开启的便是一个充满希望的失落世界，那里成了研究异光的最好场所，那是玛利亚毕生所追寻的一个地带，直到发现的时候，生命已濒临消亡。

“我不能让琼斯夫人起疑，她的目的，并非解决这件事那么简单，她不容许任何异能者保留对她有利的秘密。而那里的能量堆砌还没能稳定下来，我不能贸然前来，将你带入危险。我必须留存一部分能量，为了里德家族的女儿，我必须这么做。”萝丝吐字咬合让人感受到了坚定的力度。她的脸此刻显得更加宽阔了，额头上的皱纹细密得如同山巅的砂石，在柔和的光线下散发出圣洁的光辉。那似乎是两人心照不宣的秘密，此刻以正统而庄严的方式被她说了出来。

“我不断地输送自己的能量，存于洞内。在最早时，玛利亚留给我一笔资金，用以修建山洞的内部，而今，它的隐蔽性良好。”她说，“我还悄悄设计了一道屏障，真有人从那里走过，身体机能会导致他们反胃和厌恶。我觉得现在是时候了，还不算晚。”

“如果需要什么能用上的设备，我可以随时提供。”帕克博士紧接着低声说道，想要延长这场私密的交谈，保证没有被停顿打破。

“哈哈，现在看来，我自家的草地上就多得是需要的‘设备’。”萝丝低头，手指不经意去抚摸自己微微上扬的嘴角。帕克博士听到后闷声发笑，他了然老朋友指的是什么，原来还是那套老方式。

“既然如此，我们可以多一个后方，这个办公间是我亲自设计的，因为周围异光的干扰，外面的异能者无法感知到这里发生的事情，所以对我们来说，这里是安全的。”帕克博士心血来潮，他已经不由自主地加入“我们”，就像曾经他们共事时，会将之视为一个团体。他刚刚被萝丝提及的“设备”而灵机一动，“不如现在就行动，我们要跑在诅咒前面。”他和萝丝四目交接，她的眼睛雪亮地焕发出神采，经年累月的默契重又归来。

当年她在这里的树林间的潮湿地带挖了几块带着鲜草的泥土，然后放在铝制托盘上，盖上一个玻璃罩。在早期，萝丝寄存能量时便会在这么做，人们看见这玩意儿就是一堆苔藓废泥。当然，她没有让大伙儿都知道其真正用途，要不是有一次被矮小身子的帕克博士突然撞见她在施行意念，他也是不会知道的。在那之后萝丝一通解释，帕克博士心领神会，这也成为他们之间互相保守的小秘密。她管此叫“设备”，是她自己偷偷悟出的招数，什么新奇的方式都会被她用最显而易见的词汇来命名。

萝丝引领多妮奥离开沙发前，多妮奥正翻到一本《水生生物大典》的其中一幅展示灯塔水母的图片。

“你看它的色泽，透明而泛着微微的蓝光。”多妮奥微笑着扭头看着对画面一瞟的萝丝，“真不可思议，对吗？那么，现在你们安排好了？”她是个聪明的姑娘，从方才那种略微紧张和窃窃私语的氛围里，便领会到他们所交流的事情一定和自己有关，兴许需要自己做些什么，说完她轻轻地合上了书。

“我们打算遗留一部分的你。”

“现在吗？”

“不费时间，但需要先征得你的同意。”萝丝抿了抿嘴唇，就像问她是否愿意喝根据图谱做的马赛鱼汤。

“遗留一部分的我，那是什么？需要手术？还是剪我的指甲和头发？”多妮奥的好奇大于恐惧，对萝丝的信赖起了极大的作用，她几乎是脱口而出的问话，根本来不及表现自己的慌张。

“仅仅只要你握住我的手。”萝丝及时地打消了她的顾虑，直到她僵直的身体慢慢松弛下来，并浮现出乐意配合的表情。

“好吧，我觉得这里太酷了，我也得做些酷酷的行为。”多妮奥幽默地撇了撇嘴，“但我认为现在自己应该当记者，有一大堆问题想要发问咧。我会因此变得残缺吗？”

“不，亲爱的，你依旧完整。等着看吧，现在所做的事，为的是以防万一。能够用来在极端情况下感应你的位置与思绪，无论你在何处。”萝丝看见她的表情，笑出声来。

“听上去像GPS定位外加情绪测定仪啊！你知道吧！”她呈现出一副推销现代科技产品的导购员面孔。

帕克博士正从大厅一侧的不显眼的矮门里推出一个小巧而形态外扩的毛玻璃推车。

“你换了个新罩子啊，伦。”萝丝起身朝推车上的托盘走去。那个推车的大小和帕克博士的站姿成正比。

“并没有，我只是用清水擦拭了。”

“庇护所里的数量足够多，但这些才是我的‘初代’啊！谢谢你帮我保管着。”

“这根本不占地方，这里提供了天然的潮湿环境。而且……它们吃得也不多，呃……或者说，‘超级迷你’。”他不太会用新词，说组合词汇的时候有些吞吐，并且将语调提高了，使人感到像是询问句式，想要征得别人的肯定答复一般。他整个身子杵在一个斜坡的腈纶地毯上。多妮奥保证这是她见到帕克博士以来最幽默的一面，对此她产生了一阵好感。

萝丝将托盘放在了沙发旁的暗灰色钢制三角矮桌上，她轻悠悠地掀开玻璃罩，托盘上呈现出来的东西更加清晰可见了些——就是一抔抔湿润的沾有苔藓的泥土。多妮奥大惑不解，而萝丝却笑意满盈。

现在她将视线仔细地移到灯光下的发亮的泥土中，“这是一些泥巴。”

“在这些泥巴中，有种缓步生物，叫‘水熊虫’。”萝丝看见多妮奥歪着脑袋在消化这个新词，于是急急忙忙补了句，“可不是我创造的词汇，只是人们对这种生物的俗称。”

“我看不见它们，一点也看不见。”多妮奥凑得越发近前。

“人的眼睛总是看不见许多的事物，哪怕是显而易见的。当然，这种生物不易察觉，它们大概七十微米，在极端的条件下也能非常顺利地生存。”帕克博士从推车下抽出一根有金属镀膜的管状便携显微镜，显微镜的一端还凸起一层滤光镜，他递给多妮奥，示意她透过一头的目镜去观察泥土上那些密密麻麻的水熊虫。帕克博士继续说道：“这些生命在任何地方都能够生存，当然，它们小得实在可怜，每天有无数的人不经意就把它们给吃进了肚子，接着它们又从体内消化出来。它们从不沾染病菌，细胞决定了这些缓步类生物能够长久存活，它们的身体机能会抵抗各种外界的干扰，并且在适时情况下隐生假死，在吸饱水分后重新复活生存。”

帕克博士边说边用收缩支架固定好了显微镜，滤光器开启后，镜片里看到的泥土像是一团黑雾。而接下来，她看到了一个充满皱褶的圆滚滚的生物，身体像是覆盖了一层水膜，在这只身上，还有另一只，又一只。目镜范围内，还有许多蠕动的同类。它们攀爬在泥土与苔藓之间，那里对它们来说就是高大的山崖。帕克博士拨扭着显微镜一侧的准焦螺旋，定格放大在其中一只上，多妮奥轻声尖叫着——她看见水熊虫八只肥腿下的爪子就像游弋的小花瓣一样，每只水熊虫的头部都有个伸缩的管状体，在不停地嘬吸着前方，步态缓慢，甚至有些憨态。

“它们……就像是穿了臃肿的羽绒服……”她脱口而出，然后将视线移开了目镜。

“如果人们有件这样的羽绒服，也不必苦苦防辐射了。”帕克博士歪着头说了句，“它们的细胞机理决定它们能够在放射性物质下生存，包括异光。”

多妮奥看了一眼身旁的萝丝，脸上又浮现出方才的疑惑，“所以，它们的作用是用来保留一部分的我？”这在她看来比承光仪还要不可思议。

萝丝点了点头：“我将它们视作一种寄存体，确保能够连接到人的意识，一些巫师喜欢将此寄存到人类或者灵性动物身上，但数量寥寥无几，而且作用一时，无法恒久保存。而这些小动物，它们虽然渺小，却无所不在，无所畏惧，更重要的是，数量庞大。”

“它们实在太小了，就像细菌一样……怎么能够留存我们的意识呢？”多妮奥带着青春期特有的不以为然的表情，实际上只是她只是为了迫切得到解答。

“呃，亲爱的，它们可不是细菌。它们有着完整的细微的神经元，这些正是储存意识的必需品，哪怕它们再微小，也比最高端的电子元件储存介质强大。必要时，它们的意识可以连为一个整体，就像高数据排列，一种来自于意识帝国的群体性，比人类世界的秩序还要规整，就像是旋转的鱼群有着相同的频率。萝丝会将你的脑神经中快速闪动的意识，提取一部分给这些生物们，非常小的一部分，就像是你掉落的头发和指甲带有你的DNA信息一样，这并不会对你造成影响。”帕克博士走过来，坐在一张低矮的木椅上。他把上面的丝绸抚平整了才坐下去的，就算在长篇大论时他也不忘保持自己一些小习惯。

萝丝已经把托盘往自己身前放好。她的整张脸悬在泥土上方，捉摸不透的巨大神灵便呈现于细微生灵的上方，她的嘴中念念有词，瞳孔朝脑袋上方翻去，以至于别人只能看见她露出的眼白。在她眼球翻动之时，看到的便是属于自己脑内的万千神经扑闪的景象，也就是那一刻，她的手轻轻握住了多妮奥，那张暖和的，甚至带股拂动的吸力的手掌，将多妮奥白嫩而修长的手指裹住，她的指尖感到一种特异的电击感，轻微的，像热感中跳动的冰凉，她的脑海里闪现出自己所有情绪，愤怒与恐惧，欢乐与忧愁，如昏黄而凄迷的秋意低垂于麻木的指尖。

而同时同刻，萝丝有别于正常人大脑中的镜像神经元正通过触摸之手疯狂地摄取来自于少女脑海的微量讯息。她那皱纹起伏的眼角泛出了热泪，那些投射出的讯息化作泪花滴答在托盘中，在掉落之后竟悄然渗透，扭动的水熊虫们飞快地浸沉其中，成百上千的小家伙们饱吸着泪雨，和它们的身躯融为一体，同时也钻入它们弱小但完整的神经元中。

多妮奥静静地望着车窗外潮湿而又快速掠过的地面，远近的房屋在暗淡的天光下透出不安的光泽，隐隐地在她心中泛起涟漪。她不确定自己所掌握的一切知识，是不是正是人间的长河中所凋零的几片花瓣，它们快速地漂浮而过，难得捞出了它们，却再也拼不回原先的光洁饱满的花朵了。然而，环绕这条河流的那些土壤、砂石和横亘在它上方的苍穹，她全然不了解，不了解它们的存在似的，现在她不过是从河水中站了出来，轻轻地揽住了那些湿润的花瓣而已。由此她便从理性的思考中跳脱出来，为她的想象赋予了一层似有幻无的哀愁。

她扯了扯上翻的袖裥，墨绿色斜纹夹克紧紧贴着她单薄的上身，一片单薄的硬物蹭上她的胸口，临走前帕克博士送给她的一副暗物质眼镜此刻正静静地躺在内衬口袋中。就在那么一瞬间，她感到厌恶自己，厌恶周围的一切，内心产生强烈的抵触宿命以及整个未知的世界的感觉，就像小时候总是问着自己“我们为何而来，世界又是什么，为什么会有死亡”？此刻，萝丝用一只手轻轻地抚摸过多妮奥退缩的胳膊，安慰，许诺，或是鼓舞。那股暖流啊，此刻却没能流进她的心间，冲刷她的迷惘与烦恼，以及那股冰凉的恐惧。

# 第七章　弱者

缤纷的街头灯火无节制地闪烁，尼娅在一家招牌上标有三个粗大箭头的简陋店铺买了两份略微发硬的俄式面包圈。钻进人潮拥挤的地铁前，她也在思考着一件事情——这是尼娅怀揣的一个新秘密，纯粹的是属于她自己所面对的一些奇异的情况，这其中还有她不忍向丈夫吐露的烦恼，如果雷诺知道了，一定会勃然大怒。如果他知道了真相，将会多么震惊与恐惧。她宁愿相信自己隐忍与遮掩可以换回如常的平静。也许唯有如此，这扇暗流之中的密门才永远不会开启。

不得不承认，在每天的工作中，她试图找到不拘一格的乐趣。譬如从已婚妇女身上找到一些共同的话题，以此便将彼此的情绪在病房里彻底放松下来。地铁开动时，黑压压的人头在尽头处轻微地左右摆荡着，她抖了抖刚刚扶在握管上的右手，印在地铁里那根银灰色的握管上的手迹飞快地剥落消失于空气中，她看见上面印出了她在不经意间想到的事物--阳光普照下所有的绵羊都在医院旁吃着草。这种即兴式的念头就这么印在上面，她靠的极近才发现，自己手掌变得神秘莫测。而周围的人们一言不发，各自盯着某处地方。坐在塑胶皮套座位上几位年龄相似的朋克女郎正兴致勃勃地盯着自己的手机。

她开始并未产生多大的惊慌，甚至心里的某个小角落正在顺其自然地接纳。直到她慢慢意识到这是一次反噬，前所未有，意料之外的。是刘易斯，那个带着绿血的家伙，他捕捉到了尼娅心中懦弱而恐惧的一面。尼娅不会知道，背地里刘易斯当着阿奇的面，展示了他抚摸尼娅时的臆想——当他的手臂挽在半空中，尼娅的腰肢，竟在他的空无一物的手臂环绕下呈现出来，随着他的意识而活生生地复制出了他所触摸的那片妖娆绿洲。

“她还在医院里。”刘易斯贪婪地把头埋进柔软的腰肢间，鼻翼在疯狂地翕动着，吮吸遥远的真实尼娅身上特有的芳香。

阿奇叼着根烟笑道："你怎么做到的，得承认，我做梦都想要这样！知道吗？去捉鬼，那些不过是带有一部分生前者意识的支离破碎的产物，都没有这些享受来得重要。那女人真是我见过最美的，我是说，比海报模特还要诱人，她身上是不是还有些什么是我们不知道的，瞧她那黄金一样的头发……我可以吗？"阿奇伸出手，抚摸向刘易斯手臂间的腰肢，"跟真的一样！"他愉悦地叫道。这时腰肢消失了，刘易斯看上去有些疲惫，瘫倒在椅子上，他无法让幻象持续太久，否则会无法集中精力完成别的事情，这仅仅是他的一项自慰性的消耗方式。

在这一次召集海外异能者进行例会的过程中，尼娅被任为后台记录员，每个季度都会有一次活跃的召集仪式，旨在更为直接地从各国负责人那里收集新的人脉，并以此兑换琼斯夫人赐予的福利。尼娅很早地赶往事务所大楼，她穿戴得体，做旧的米色长袍凹凸有致地裹着她微微发凉的身体，街边的干爽的气息随着她的走动而流进了清冷的大堂里。当她从沉默的三姐妹那里递过了剩余的一把打开虚门的钥匙后，她才意识到自己并不是最早前来完成任务的。她径直走向阳台，朝着逐渐开始喧闹的街边伸出了钥匙，一扇门在她眼前敞开了，她像是闻到了一股存放已久的霉味，从那一排标有各种符号的房间吹过来，她在标记着像是一群人围绕的线条图腾的门前停下，用另一片感应门卡从门缝中伸去，门应声窜下了地底，当她进入了这个房间后，便需要根据指示单上清点的次序，整理每一个由乔治记录过的调遣人员的资料，并需要将此交给刘易斯。

不知是什么时候，他已经出现在她身后了，目光中混杂着一丝兴奋。尼娅及时地回过头，看见他灼热的眼神在逼仄的空间里被无限地放大，正毫无顾虑地步步逼近，仿佛要贴近她的肉体了。这让尼娅心生厌恶，却自始至终没能发出任何声音。她向来温和不语，顺从所有的决定，放到女权主义遍布街头的今天，她会被看成是矫揉造作而没有底气的象征。

一些男人，像刘易斯这样的男人，很快可以捕捉到女人的脆弱与忍气吞声，并深切地默认了她的力量远远不及自己充沛。他过来想要抚摸她黄金般迷人的秀发，她缩成一团，像个受惊的小鹿一般瞪着似有星光闪动的双眼。也就是这时，她的手下意识挡开了刘易斯，这是他没有预料到的，在她面前，那股体香如此浓郁，一个女人竟还留存着少女一样的芬芳，浓郁地盘旋在他的周身，就像世人眼中的黄金那般诱人。在她无力抵抗的同时，也被他的手掌握住，在两人的触碰间，热流被扩散开来。更确切地说，热流像海浪那般从刘易斯的手上往尼娅那边扑去。刹那间的行为被不可思议的异力侵入，尼娅在当时感到头脑发昏，比当初这家伙张狂地在众人面前搂自己更加不耻而尴尬。她的双眼泛出了泪光，双手竟变得像火炬一般。

“放开！”刘易斯痛苦地弹开了手，惊恐地看着尼娅。前一刻他感到自己被什么给牢牢牵引住了，自己的手掌仿佛在炎热中融化掉，身体里的养分被蚕食了大部分，剩下的那些被稀释得如一摊烂泥，现在他僵硬着那只手，不可思议地看着尼娅，她正捂着肚子，蜷缩着用那只烈焰般焦灼的手挡在自己前方。尼娅浑身毫无痛楚，却感到一丝丝战栗，身体上的神经都在狂舞那般，她现在缓缓站起身，看着刘易斯在恐惧地后退着，一跛一跛地，好像隔着衣服里只剩下骨架在走动，在他清醒过来时，双眼再次捕捉到眼前的尼娅，便飞快溜走了。

尼娅站起身，擦干了挂在眼角的泪痕。她回想着方才的状况是多么令她惊讶，她用自己的某种力量，遏止并威吓了那家伙。随后，身体上的那种细微而轻柔的爆破感，从她的脖颈，手臂，腹部和私处流窜下去，让她感到更加头脑清醒，精力旺盛，仅此而已。那一天她都没有再见到刘易斯，而是由几位只是偶尔见过却叫不上名字的异能者代班。

在地铁靠站时，刚刚那些面无表情的人们鱼贯而出，上工，下班，生活被他们浓缩成了规律而麻木的程序。她该不该在年华老去的一天，写下自己每天所处的另一重世界看到的荒唐之事呢？这个被现代工业包围的世界，每一刻都有人死亡与诞生，每一刻都有人摇旗呐喊。异能者极力避免世人的揭露，不想因此造成恐慌而引起人们重新对这个世界进行审视。

然而，比起无时不在的战争与杀戮，异能者的存在又算得了什么呢？人们更关心的是生存时的获得与喜悦，和尼娅一样，为的是他们临睡前的安宁与清晨时的期盼，在有条理的社会中沟通，饮食，在宏观的城市间游走，观光。而真正能剥夺这些的，是人类互相之间的威胁，仇恨，愤怒，贫穷，而不是零星于人群间的“他们”。

尼娅感到失望的是，这些异能者里掺杂的那些让她不安定的因素，败类也被收纳到这个组织中，在琼斯夫人的手心下毫不收敛自己的野蛮。琼斯夫人何来神性，何以顾得了遍及各处的每个成员？他们本就有着人的欲望，何须无度的粉饰。她为自己的这个念头而后怕，他们不过是海洋中的一次浪涌，在宽广无垠的乌云下滚滚前行。尼娅看见窗外光亮的站台竟被数以万计的人毫无秩序地践踏，一直蔓延到远处，所有人都面目模糊，各自穿插而过，悄无声息。尼娅克制住了自己的臆想，他们才从窗前消失，回归到真实的一群人，或是坐着等候，或是忙着出站，继续生活在无边无际的空间里。

她想要遗忘刘易斯的骚扰，而且她看到了他痛苦与惊慌的神色。她想，他不会再靠近自己半步。她为什么还愿意留在那儿，那栋神秘的大楼或是衰萎的医院？她必定要同这些在地铁中拥挤来去的人们一样，跻身于人类社会的链条之中，在金钱下生存，为的是用它们来替换更好的生活。她太爱雷诺了，尽管雷诺没有什么文化，但他对她的爱也是执着的，单纯的。这一点打动了她，她不想雷诺一个人如此拼命，而自己没有什么作为。在这个永恒组织里，她的确能用自己的技能赚取更多的回报，这些都能够更早地接近他们共同的愿望，买下一个农庄，远离市区的喧嚣。而那些让她感到不适的事物，习惯了也将会不再惧怕的，就像随着时间的推移，当她看见那些花儿的根茎线条和人们四通八展的神经线时，也不过像是看见锅口上亟待洗刷的黏结面条或尘埃飞扬的窗帘。某种程度上，后者似乎更为重要，因为那是她生活的根基，是爱窝中的一部分。

有一项被组织成员视若天赐的活动将在两天后举行，听草帽南希说，那是她们彼此力量的交融与提升，而尼娅已经成了组织的一分子，一定要参与进去。

“那会让你飘飘欲仙的！你到时照着我说的做就可以了！”南希说话间不由得打了个激灵，这让尼娅感到好奇。“每一次的仪式，琼斯夫人都会盛装出现，光芒万丈！”从南希的眼神里，可以看到她急切地期待，每个参与过的异能者在仪式临近前几天都会表现出强烈的兴奋，从他们的规整而积极的行动上，从他们无一例外挂着欣喜红晕的脸蛋上，集体迸发。

然而在某一刻，她看到了南希饱满的面容下逐渐暗淡下去的血液，表皮上的欢快反应像是被硬生生涂上去的，而他们却浑然不觉，他们高喊着琼斯夫人的伟大与光明，每个人的衣领下都一一别上了“永恒坐标”的漩涡形胸针，眼神放射出激荡与不灭的光芒，似乎越能够具象地表现出来才越代表着感激与虔诚，如果可以，他们愿意接受约束与监视，只为证明自己的信仰是多么纯粹不变，是多么优于别人。他们的暗中争斗不过是为了往最顶端的人身上靠，用琼斯夫人那无上的训诫之口满足自我膨胀的利益，用所谓正当的理由压迫那些毫无信仰的异能者们，他们必须要让更多的同类相信，琼斯夫人引导着他们生命的来源与延续，不可否决。倘若能够获取到更多的来自琼斯夫人的恩赐，他们是愿意为她奉献出自己可怜的自尊与底线的。

尼娅当初的加入为南希带来了一笔新的提成，以资鼓励。招徕计划早在数年前就开始实施了，为此还有不少的普通人也被收买，从他们所掌管的精神病院或是宗教所，能量的加入是组织坚实有力的基础，而支持这样手段的源源运作的资金遍布在琼斯夫人名下，使之如车轱辘那样被骡马拉着前进。尼娅在某些时刻和大多数平民一样对高层人士那种毫无贫苦之恼的生活感到艳羡，但同时也厌恶这种机制上的失衡，仿佛世界就是被他们划成不同等份的，他们可以随意地篡改世界的路程，妄为打破社会的平等。尼娅止住了这样的想法，因为她开始看见那些控制不住的意识正实实切切地码在了她出地铁时的地砖上，大理石柱上，还有黑漆漆的电梯上，这时，似乎有人开始发现了这些突然出现的形状与字形，人们凑成一堆，她不得不加快脚步逃离，在人群散开之前，直溜溜地钻进了车站卫生间。

她看着镜中的自己，试图想象一道彩虹，正越过天际。

玻璃前的一道细微的彩虹，正从角落冉冉升起。

她意识到，自己控制注意力后便能消除那些意象的展示。

“今天我都看见了。”一个男人的声音在女厕所里出现。

尼娅顿时四目张望，彩虹早已消失不见。而一个身影正从一排排隔间的尽头处的墙上显现出来，穿着笔挺的大衣，脸上挂着一抹飞扬的假笑。

“别紧张，没有人会进得来，这里只有我们两个。”他说道。

“亚当斯……”尼娅惊恐地看着他。

“我看见那家伙对你做了什么。”亚当斯狠狠地说道，“他就是个混账。”

“我想应该没事了。”

“你还好吗？我看见他很快就离开了，你得小心了，说不定他会在拉上人一起找上你的，你知道吗，没有人乐意吃苦头，他不会甘心被一个美人儿打败。”

“这不是我的错！”

“我并不知道你用的是什么方法吓退他，但我确信你的处境会很危险，这事不会就这么完结的。”他声音开始变得浑厚，并且慢慢地走向了尼娅，明亮整洁的光线映衬着尼娅陶瓷般细腻的脸庞，他在她面前站定，“又或者，让我好好保护你。”

尼娅怔住了。亚当斯那颗抹满发胶，泛着油光的脑袋一动不动，脸上除了挂着笑意的褶子外，眼神竟是含情脉脉的，毫无顾忌地向尼娅望去。

“请你离开这儿。”尼娅颤抖地说出这话时，亦感到害怕。她突然想到了雷诺，要是有异能者去打扰他该怎么办，如果他知道了自己的身份又该如何解释？这些想法一闪而过，她竟奇妙地掌控住了它们，使它们仅仅只是在自己脑子里，而不是眼前。

“所以，我听出的含义是拒绝？”他的语气依旧很温柔与平静，但尼娅眼中的他那少量的血液已在脑袋中狂奔窜动，咄咄逼人。

“求你了，离开这里。”

“还是要让我把看到的让乔治记录下来，他会很感兴趣，男人们对你都很感兴趣。”他丝毫没有在意尼娅的乞求，自说自话般地走过来，看着僵直的尼娅，再把脸凑到她跟前，那浓郁的地狱之香朝尼娅迎面扑来，像是腐烂又伴着香甜气息的花朵的尸体，“和我们相处越久，你身上让人贪慕的东西发散得越多，要知道，琼斯夫人的恩赐并不是每天都有……”说到这里，他的眼神竟变得委屈和哀伤，就像个受伤的小狗在呜咽一般，朝一侧缩去。

突然间，他斜睨回尼娅，“可是你，我亲爱的，你给了我更新鲜的渴求，”他折回身子，离尼娅更近一步，“让我成为你的依附吧，我们可以慢慢来。”

尼娅目光如炬，怒视着他的狂妄。

“为了这一切不会影响到你家里那位，你能付出点什么呢？”他想要亲吻她，想要把那金色火焰般的长发揽于手中，如果可以的话他甚至想钻进她的体内，像菌落蜷入潮湿地带，饱吸养分。

尼娅牙齿绷得吱吱作响，她做了件从不敢做的事，几乎是下意识地这么动作了，她伸出手掌给了那阴阳怪气的家伙一耳光。亚当斯的脸在她的指缝间穿了过去，空气中飘散着的属于这家伙的物质如同被水浪翻打的藻类，一阵狂旋之后，又重组回他坚毅的脸。

“休想！远离我！远离我的家人！”她恼羞成怒，脸蛋在灯光下泛出红彤彤的光泽。在亚当斯眼中，她这样更加迷人。

“看样子你是没来得及考虑，我很遗憾。”他嘴角向下一撇，双手一摊，尽情地展现出没有人能够制住他似的浪荡面目。尼娅别过了头，一个大胆的想法首先呈现在她脑海里，灵光乍现般，原来她之前的想法是错的，一直以来，她生活在一个相对封闭的平凡的生活中，她误以为异能者拥有更好的戒律，甚至进化出了足够的反思与同理之心，就像那些曾受过苦难的人聚集在一起，彼此是体恤的知己，但事实并不如此，他们本身就从不排斥自身的奇异之处，远比她接受自己的一切来得早，但他们从来都倨傲自满与生俱来的天赋，并以此作为压制弱者的筹码。

她第一天来到这里，就应当知道，这里和世界上的其他个人崇拜的集体无异。甚至更甚，组织里的人就像襁褓中的魔鬼需要主宰的喂养，而他们却毫不满足现状，需要从更多的地方捕猎自己所缺失的欲望。是的，他们拥有的欲望远比普通人还要强烈，这和那些泛泛而谈之众有着本质的不同，他们被自己的异能奴役，抛离了它们，便什么也不是。

“过来。”她抬起了头，一字一顿地说，看上去美丽而又脆弱的手从衣袖里伸了出来，就像死潭中的一朵白莲兀自绽开。

托托从院子里的台阶上飞快地跑跳着，身后跟着耷拉出粉红舌头的小托托。它们比主人更早觉察到有人前来的气息，于是竞相穿过大理石前厅，在枝繁叶茂的花台前目视着道路的一侧。临近黄昏时天空罩上了一层紫幽幽的晚霞，德列管家握掌灵活关节，以便待会儿更好地帮助那几个喧闹的家伙们提出他们争相斗艳的行李箱，他走路的样子似乎随时随地会跟着节奏跳起查尔斯顿舞（注：美国20世纪二三十年代流行的一种摇摆舞），他朝正在下楼的阿西使了个眼色，阿西意会后又返回楼上，带着一种任务性质的紧张感，静悄悄地朝那个画室走去。

大厅里的悬吊大灯都被点亮，发出黄澄澄的光，把所有反光的物体表面映透出本不应属于它们的暖烘烘的氛围，比如电冰箱的钢化玻璃上的LED温控显示屏，又或是一百〇八寸的液晶屏电视的淡银色边框，以及莫安娜的高跟鞋的镶晶鞋跟，此刻正在地面上发出当当当的声音，莫安娜的手臂比她是要先行一步的，从某个角度看上去以为她马上要扑向谁。迈巴赫62上坡后在一片被小石子铺满的空地停住了，老远就能听到车里尖声怪叫，前座上的司机和瑞恩先生似乎已经对此麻木而免疫了，车门一敞开，安吉拉和阿曼达带着欣喜若狂的眼神倾巢而出，跑过来跟莫安娜紧抱，又纷纷跑向大厅，她们向来就是活泼的过分的姑娘。忒斯姑妈是最后一个下车的，一边的头发已经被压塌，紧贴在脑门上，她忙不迭地捋顺，迅速镇定下来与面前的莫安娜拥抱，莫安娜飞快地跟她贴了一会儿，就扭头看着兰尼，“心肝儿，快过来。”她都忍不住要把兰尼塞回肚子里去了。

马修在门前安静地看着这一切，手指上的颜料还没有洗褪，像染了色的香肠。兰尼带着他的两个表妹跑进了门，“走开，托托。”兰尼瞪着缩成一团的狗，又冲马修笑咧咧地说道：“你看上去气色不错啊，老哥。”

安吉拉和阿曼达似乎直接略过了眼前的这位年轻主人，朝大厅里的沙发蹦跶而去。

“我说，我可是累坏了，威尔士佬一直在给我留言，疯了似的。”安吉拉翻了个白眼。

“他可是要来逮住你了！”阿曼达故作虎狼的样子把爪子伸向她。

马修叹了口气，这些姑娘们真是新时代的新新少女啊。

大人们从大石门的三角楣饰下方穿过，忒斯姑妈是不住地贴着莫安娜，满面红光，似乎是气候让她的皮肤过敏了，她们此刻谈论的无非是行程上的不妥帖，比如有些航班的延误让人大为光火，又比如飞机上的餐饮差强人意，也不知是不是航空公司运作出现故障了，总之所有的小问题都在女人交谈间放大化，到头来还是得乖乖继续忍受，这些话题不过是人们的调味剂。

刚踏上台阶，莫安娜就非常端庄地对杵在前厅的马修说：“看看谁来啦！忒斯姑妈经常在沙龙会里提起你的，”她又看着忒斯，“哦，你也欣赏过他的画，那可是惊艳极了。我们有意要送他去深造。”她说完比了个相当夸张的手势。同样为了加大言语的效果，忒斯姑妈向前倾，面色更显红润，兴奋地说道：“可真不一般啊！我的大艺术家！”实际上，她连马修的半幅画都没见过。

这时，马修感到一阵眩晕，他看到德列管家和佣工正有条不紊地卸“货”，那些用不上一年的行李箱像是沉睡的野猪正被合力抬出，体内塞满了花花绿绿的饲料。他实在对这样的生活感到发闷而气短，耳旁传来了女孩们的尖笑声，她们打开电视，窝在沙发里玩起了手机；父母与姑妈入座，桌上响起了撕扯包装的声音，接着传来了莫安娜的感叹声；兰尼带着自己的相机进了卫生间，也许是无意识的，习惯性的，他也许很快就出来了吧，但愿。马修希望自己此刻突然从这个场景消失，然后站在一处被冰山环绕的清泉之岛，周围飘扬的雪花不断地拂面而来，远处还有瀑布的响声，瀑布撞击的浪花和雪花碰撞，丝绸一般飞舞，把他推向清澈见底的泉水中。然后，醒来，“你总得有新的消遣方式了！”母亲说道，他又回到这个喧闹的地点了。

盒子打开后，崭新的薄如木板的触屏电脑呈现在他眼前，托托上前来嗅了嗅，小托托则是把双爪趴在桌面上，矮小的个子不断地踮着短腿，好奇地看着这样东西。直到马修把它拿起来，它的视线跟着电脑转了个弯，身子跟着一个回旋，差点摔在地上打滚，它不住地吐着舌头，发出喘气的声音，蹭地一下一跃而起，朝马修身上扒来，似乎对这玩意儿有强烈的兴趣。安吉拉难得抬头注意到了，嗤地笑了声，接着又翻了个白眼，与阿曼达四目交接，各自低头翻弄着手机。

“按这儿点开就行了，然后，这里是预设，这里有你会感兴趣的软件。”

兰尼说话的样子很认真，他有一双和哥哥相似的双眼，只是带了点狡黠，时常会分不清他是否在笑，他的眼色里总是透出一丝笑意，这会让人以为他正在跟你说着某个玩笑。此刻他的认真也是佯装出来的，他看到母亲面带笑意地看着自己，便大功告成了。

马修点开一个绘图工具，这是系统自带的软件，精致而详细的布设令人赏心悦目，上面有个联网标示，这可以让画作即时上传。小托托好不容易蹭上来了，它的爪子刨了一下屏幕，很快的，一条粗大的黑色线条被晕染在电子画布里，马修傻笑着，于是将它即时发布在预设账号里，“小托托的第一笔”。他转眼去看兰尼，他已经坐到安吉拉的沙发边和她窃窃私语，此刻弟弟和表妹像是在对岸建立了联盟，而马修和狗狗被放在了河中心的泛舟上，捣鼓着发亮的屏幕。

马修有了个新的念头，他想将此付诸行动，他想到自己曾在涂满灰色颜料的圣托马斯艺术展馆看到一幅画，画上面是一双眼睛，然而有另一半眼眶是从画布上凸出来的，那双眼睛就像是将要陷落在平面的画板里，巧妙地将立体与平面相互结合，像一艘即将从一头沉没的航船。而另一个念头又相继燃起，他想要在今天之内完成，对他来说，再也没有比实实在在的颜料涂抹更加耐人寻味的了。在一场聒噪的晚餐盛宴结束后，他拨出去一通电话，在安静的院子外，他走到手捧玫瑰花的哈尼亚天使雕像前，用脚尖蹭着草地旁松软的泥土，“你好，咳咳……不对，应该直接进入正题……咳咳。”他清了清嗓子，电话很快在接通了，他冷不防在清咳后吐出一连串的问候声。

电话那头的多妮奥沉默了片刻，没料到他会打来电话似的，不过对她来说，这样的意外再好不过了，她面带笑意，尽量克制自己这些天来的不安的情绪，电话那头的男孩并不会知道她发生了些什么，而且她希望他不要知道，只是停留在这样的片刻，是再好不过了。

“我想到一个主意，我觉得……要跟你这样说，恐怕会被拒绝，我非常想跟你一块去，还记得我跟你说过贝伦港湾吗？”马修歪着脖子，说完他咬了咬嘴唇，全天下的少年都在情窦初开时有过一些小动作，来掩饰自己内心的期盼与激动。

“当然，打算什么时候出发？”

“周四夜晚，我们早点出发，花岩灯塔上可以看到流星，我查过了天气，我们准能看见。平常在那里看日出也是不错的选择。我那天在你家里看见你过去画的一幅画，糊在灯罩上跟树叶黏在一起，上面有许多流星划过。我太想和你一起观赏了！”他轻轻地喘着气，希望那个日子能快快到来。今天才礼拜二，这对他来说像是还要等一年才能等到礼拜四。

“好呀，我是说，我也想透透气。”多妮奥脱口而出，竟丝毫没有抗拒的念头，所有被压制的思绪此刻都搁置在了心中微不足道的角落，正如所有怪力乱神的事物都被马修的情谊给冲淡了，她想了想，这何尝不是她难得的幸运呢？

“我的弟弟回来了，还有我的两个表妹，你猜他们在做什么？”

“呃……可别说他们正在偷听你说话呀。”多妮奥放下手中的书本，顺手拿起了一颗糖，放在嘴里嚼动着。马修正踮着脚飞快跑到房子侧门的走廊里，伸出手把手机伸近休息间，战斗机的开炮声和女孩时高时低的尖叫声融为一体，从里面传来，接着他又把手机放回自己的耳郭，“听见了吧。”马修咯咯笑着。

“嗯，听上去像是佩妮抡起枪在扫射！”她指的是学校里那个拥有高音大嗓门的化学教师，甚至连平时和学生打招呼都比别人的声音要响几倍。

“哈哈，我也想到了。”马修看了看时间，想到自己的计划，“不说啦，我得上楼去了。”

他们互相道别，简单而温柔，多妮奥在那时竟然发起了呆，她想到了一个画面，在她仅仅是个毫无隐疾的女孩的前提下，她的人生或许会遇见许多的男孩，而马修也会遇见许多的漂亮姑娘，在那些还未到来之前，一句道别是那样的轻松，甘甜，使人感受到了一丝童真般的不舍。酷热的真相与冰冷的内心交织相残，爱意的甘泉却能暂时淹没它们所带来的不安。

在她轻轻地放下电话时，萝丝正风尘仆仆地疾驰归来。

萝丝开车前试图整理着自己的情绪，她意识到心中的挫败感正使她怒不可遏。就在两个小时之前，她将车停靠在离红杉铁路不远处的一个废弃工厂时，等待她的不再是早期那样便捷平常的约见，过去她可以依靠着承光仪感应上级的意识，带有生物性的分散或是聚集，异能者们可以从城市与国家之间感召彼此，直到形成一个遍布各地的脉络，这一切都是从琼斯夫人那里得到的指令，而现在，正是那个意识指引她到这个荒草丛生，迷墙斑驳的地方来，按惯例，代表着琼斯夫人意识的某个人会出现接引，假如她抽不开身，她可以用任何的投射者来代替，最近她急需着更多异能者的加入，比过往更加的希望内部的壮大，萝丝猜想她的真身是不会在这块地盘出现的，而是换成她的某位表情怪异，行动迅捷的投射者。

菲尼木材工厂的大墙上被水泥直接浇筑上去的，看上去毫无美感。自从这个销量不见涨的霉运公司换了个名字再搬离到建设新区后，此地长期无人过问，变得阴气森森。在日落之后，将彻底沉陷进黑暗之中。萝丝用自己的手捋起一边被风吹得飘荡的鲜艳夺目的波斯图案丝巾，将它再次缠绕在自己的脖子上，她目顾四处，确保没有一个人会突然从这里冒出来，按照她脑海中的探索，先从左起第二个仓库的门进去，里面是一摞碎裂的砖头，从砖头的右侧小门进去，会发出吱吱呀呀的声音，再路过三个打碎了玻璃的房间，以及走廊里扔弃在一旁的变弯的载物铁框，周围寂静无声，像是隔绝了建筑外的世界一样，仅存的光亮透过烂墙爬进来，为这里平添一份不可告人的神秘。当她走到长满了墨绿色苔藓的墙角边，需要做的便是打开这令人发怵的尽头的小铁门，往里边点盏灯。

如果是普通人进来这里，看到的无非又是像外面那样布满灰尘遭人嫌弃的房间，有些调皮的肇事者还会在这里的墙上喷上古怪的涂鸦。比如在一面不算太凹陷的墙上画个绿色的蓬头垢面的大眼妖精，旁边写上，“快看，你正在照镜子！”后面有人补充画着，“波比，你得用粪便盖在头上，才不会让人觉得你是秃顶！”诸如此类，不堪入目。有些部分已经被氧化得褪了色，地上的碎块被日复一日地侵蚀，已经看不出它们最初的形状。这里看不出任何与整洁干净挂钩的事物，甚至连流浪汉都不屑于来此借宿，空气中有股腐质的气息，在整栋方块式的大楼里穿行无阻。萝丝走了进来，鼻翼翕动着，蹙额的同时，取出了随身携带的木盒，并用手指轻叩它，以便获得它的光亮。

光斑从盒缝里透了出来，微弱而又不可遏制地点亮了。刹那间，整个房间像是从黑暗到光明的过渡那样迅捷无误，就像按住了开关，跟着它“啪”的一声，这里切换成了另一个房间，宽阔的，整洁的，而且仿佛纤尘不染的地带。方才的那个空间，像是被跨越维度的幻灯片给闪走了，精准地换上了下一张贴图。这里的奶白色的围墙与地板连成一片，萝丝朝房间的另一边走去，前方的弓形椅子是背向她的，还没有等她开口说话，一个熟悉的声音随着椅子的旋转而响起：“悠闲过了头啊，雷格朗。”

萝丝没有想到，竟是琼斯夫人本尊与她单独会面。

“隔了一段时间，您看上去更加光彩照人。”萝丝礼貌性地恭维道，面不改色。她很清楚琼斯夫人并不会为此所动，很显然，她这么找她，必定是有重要的事情。萝丝也清楚，这件事情，一定跟那位被自己养大的女孩有关。她的视线快速地扫过弓形椅子后方冰冷无色的三角桌，上面的羽毛盆栽正隐隐发亮。随即，她顺势低下头，手指背在身后不停地颤抖着。

“我感应到一种奇怪的频率，强大且不稳定。所有的坐标，都指向了一个地点。”琼斯夫人紧紧地盯着她，一根紧张的弦在萝丝心里迅速地拨起，她感到自己的心脏每一次扑通声都比往常任何时候要响亮。她眼前的这个年轻女郎，有着比她甚至全人类更高的岁数，却存于妙龄女郎的身形里，由那女郎的五官传达出细腻而丰富的表情，也可让你震颤万分。这个原本陌生的身体，是由灵魂打磨出来的，让接触过的萝丝感到绝无仅有的不安，那种熟悉感再没有第二个“人”可以带来，萝丝早已察觉到，那个寄生于别人的神经元的琼斯夫人，从那次事故以后，就慢慢发生了变化，并不仅仅是肉体上的更迭，而是精神上的，来自于她内心的变化，似乎她的抱负与目的，产生了某种变异，是萝丝无法理解的。

但此刻的萝丝尽量伪装出一副狐疑的神态，似乎并不明白琼斯夫人在讲什么。她千万不能让琼斯夫人看穿她，千万不能。她们最初那种可以平等交流的关系已经无法复返，权力是这个星球上最明目张胆的武器，人人心照不宣，避之不谈，趋之若鹜，难以推翻，现在她们像是捕猎者与俘虏的关系。她没有退路了，只能等琼斯夫人说下去。

“那个地点的力量异常强大，我能够感应到，甚至在我的冥思里，都会无孔不入，这会使我的能量受到干扰，会使我的地位受到威胁。”琼斯夫人站起来，撩起自己冰蓝色的长裙，慢悠悠地走到萝丝身边，这个虚门里的空间扩散着一丝令人不悦的气息。“那是什么让您感到如此不适呢？”萝丝的内心翻涌，语气却尽显平静。

“里德府。”

萝丝松了一口气，同时也怔住了，她松气的原因，是因为怀揣的秘密并未被突击性地揭开。而怔住的原因，是因为这和多妮奥息息相关。

“里德家族诅咒的发源地。”

“那个女孩，从没有回去过吗？”

“她从来没有出过远门，这十多年我非常小心翼翼。我想，诅咒还在继续着。”

“我见过凡尔纳脑海里的那团光，它封锁了所有能够让我趁机而入的意念，比我更为强大。是什么样的诅咒者，能够拥有这样的能量。现在它像是在那栋古宅里死而复生。我必须要亲自动手。”

“可是，我们没有人去探寻到里德府的消息。”

“我早已经派人去了。很快就会知道，你所抚养的女孩并没有改变诅咒，她的出现仅仅是个偶然，里德府的后代们仅仅只是那个诅咒的容器，不分男女，过不了多久，这个容器又会摔个粉碎！”琼斯夫人冷冷地看着她，神情里出现了一丝懊恼。“你现在必须清楚这一点，从我需要你去照料她长大的那一刻开始，她不过就是个实验品。”

萝丝胸中的火焰被点燃，随时随地都可能窜出来。然而此刻她只能迅速冷却下来，生怕事态变得更加紧张，只有隐忍地说道：“我想，许多对她有利的方式，也能够对您有利啊，夫人。”

“你还是不明白，雷格朗。我需要的仅仅只是那个诅咒对我有利的方式，我需要掌控它，破解它，了解它处于迷雾中的载体，这对我非常有利，它必须成为我的，而不是小题大做到一个家族身上。而那个女孩，对我来说就是这场实验的核心道具。诅咒再次显形了，在里德后人的身上。为了永恒组织，我不会再放任此事。而现在更有足够的理由让我去面对。我脑海里的声音，不断地干扰我，海之彼岸的里德府，里面似乎有更加强大的事物，很显然，它正在日愈成型，使我受到威胁。”琼斯夫人目中泛光，她的声音变得比平常尖利，似要穿透白墙，穿透这个外围依旧颓废的大楼。萝丝知道，没有人可以阻止她对于法力的索求，就像倾泻而下的岩浆，在那些开垦而富足的土地上留下炎炎印迹，里德府此刻却像永不融化的寒冰，从地下冒出来，挡住了她的湮灭，她不可能让之得逞，不管那府中何人何物，骤生心魔，琼斯夫人也一定会针锋相对。一时之间，她想到了多妮奥，那姑娘何以面对突如其来的剥夺？琼斯夫人毫不在乎萝丝心中的想法，对她来说，能让她受到情绪冲击的，远远排不上年迈的异能者，他们只能是不断逝去的奴仆，只能在生命逐渐凋零之时听从强者的安排。

“那么，不管那是什么，你决定如何去制止。”萝丝对眼前这位因自我意识而漠视生命的女郎感到寒心，她法力的强大是她仅剩的护盾了，因为她的心早已经开始腐朽不堪。现在萝丝只有让自己问到更多的线索。

就在这时，琼斯夫人凝视着白墙，用一种极度严肃的目光盯着那个崭新的墙面，上面慢慢显出了碎影，那是她的一个投射体乔尔，此刻正有着源源不绝的信息进入琼斯夫人的脑海里，她先是听到一个声音，响亮而悠长的，这其中她嗅到了乔尔的恐惧。碎影变得更加模糊残缺，黑暗中的亮光显示出一个苍白女人的脸，在她张开嘴的那一刻，碎影被打乱了。琼斯夫人微微蹙眉，眼白上的紫色血丝凝重地往两边伸展。

“听着，我没有太多的时间，在这次的恩惠仪式过后，我会将此事视为重点。”琼斯夫人咬牙切齿地说道。萝丝刚刚用潜在的意识解码了墙面上的讯息，大致是“多妮奥的生母还活着，并且在里德府内”。

“多妮奥的母亲只是个普通的女人，并没有什么威胁到您的力量。”萝丝此刻的大脑也开始混乱。就在几秒之前，乔尔死在那个宅邸内。而那个曾被误以为失踪的女人，竟一直活在那里，是什么事物杀死了乔尔？萝丝对于自己的判断无疑，因为她知道，哪怕灵体俯身于普通人的身上，也不会是异能者的对手。

琼斯夫人回想着自己极力打造的永恒组织，那是她至高无上的荣誉，是她与前半生割裂后的诞生的珍宝，她越来越相信自己的预感的征兆，所以她为此做了许多准备，为的是某一刻，扼杀另一个凌驾于她的力量的事物。而她心里潜藏一个敌人，她一直以为那个敌人早已消逝，徒留一个难解的咒念。没有想到那股力量如今竟活跃于她的视线，这让她惊奇，兴奋，含恨，企图掠夺。那是一个猛兽，一个远比她预想的要恶意的怪物。此时此刻，她看着暗淡下去的白墙，声色俱厉："命你豢养的里德家族唯一的女孩，是时候交给我了。"低沉的声音回荡在房间内。至此，琼斯夫人心里已经筹划了一系列的围剿行动。

"不管那是什么，至少不是她所能承受的，这会对她生命造成威胁。敬爱的琼斯夫人，想想里德夫妇的贡献吧，他们不会希望自己的后代直面于这场灾难中。"萝丝试图挽留住琼斯夫人善行的一面，为此她愿意卑微地乞求，原因再简单不过，她已经对多妮奥产生了难以割舍的感情，这绝不是琼斯夫人能体谅的。

"我所做的足够多了，现在是她报答的时候，如果这对你来说很难，你大可不必出面，你的任务已经完成了。你若是享受这种抚养孩子带来的快感，完全可以在余生寻找到另一个重新开始。她的不幸不关我们的事，利用她获得组织所需，无论是摧毁还是解答，那才是我们的目的。"

"那只是你的目的。"

"你说什么？"琼斯夫人回头盯住她，似乎不太确定萝丝是否还有足够的底气再说一遍。

"没有任何一个答案抵得上一个生命，你知道这对她来说可能致命，相当大的可能，不管那个宅邸里的是什么，对她来说无异于去送死。"

"我幼稚天真的萝丝，她早已身陷诅咒，迟早会和她那可怜的家族一样毁灭，为何不让那条单薄的生命为我们做出更多贡献呢？想想看我们周围的人类世界，何不是经历过一具具活生生的实验品而发展出今天的面目，如果你的怜悯心足够重，为何不会为那些小白鼠们哀叹呢？每一天，成千上万的人从这个星球上死于非命，人类的天敌就是他们自己，她的生命又何以优胜于别人？既然这对里德家族来说是终究来临的灾难，又何必纠结于这些普通人的生命？想想看，若她的逝去可以换来扼杀威胁于我的力量，这个诅咒的复杂载体也会随之解开为我利用，那是多么伟大的异能，多么高贵的技术，里德家族的灭亡会升华于永恒组织！他们会为此骄傲的，我会适时让成员们纪念他们所做的贡献。”

“所谓的贡献，就是为了达到潜伏你心头多年的目的，对吗？毁灭强于你的力量，夺取难于解的咒语。毁灭与夺取，不正是荒蛮世界所敬仰的作风吗？可是我敬爱的琼斯夫人，你拥有的还不够多吗？我们不是以拯救世人为基础吗，而世人之于个体，那女孩也是其中之一啊。”萝丝的每一句话中都带着强烈的情感，对听者而言，既可以化为绵雨，又可以形成刀锋。

“在永恒组织的进程上，个人的情感不值一提。”琼斯夫人坚决地说道，“不要将我的言语当成是笑话，雷格朗，否则后悔就来不及了。你认清了吗？多少普通人的存在不过是多活几天快活点的日子而已，他们甚至不会给这个社会带来任何有利的改进，灾难一来，他们又会贪生怕死地消耗资源，在你所谓的怜悯中，他们更像是一条条跟低等生物相差无几的臭虫。你认清了吗？真正能让他们有价值的是他们是否能够创造有利于发展的事物，否则他们的生命不值一提，他们从娘胎里出来顶多只是感受了人间的种种情绪而已。你认清了吗？这个世界就是由强者规定的，强者可以决定大局，不拘小节。那个里德家的女孩，但凡有一些自知之明，知道自己现在的处境，知道自己身上携带着必死的诅咒，她都不能自私地活着。呵，你觉得，她是愿意坐视不管还是愿意像她祖父那样挺身而出？如果要解决这件事，她就必须面对危险，这是她的命运，死亡的威胁只是个惯例而已，如果能从死的代价中提取最有利于在世之人的需求，才是有价值的。你认清了吗？”琼斯夫人将最后几个词的响亮度达到巅峰。

“所以我们不再讲究个人意愿了吗？如果她的牺牲并没有让你达到目的，这一切对你来说不也是亏损吗？这件事情还不足以轻举妄动，多妮奥的生母以某种邪恶的面孔出现，并非突如其来，而更像蛰伏多年。”萝丝用理智的方式将话锋一转。

“里德府里的那个女人，有着比异能者更为扭曲的能量。”琼斯夫人似乎在盘算着什么。“我早已暗觉这股力量一直存在着，日渐狂烈，直到今天，力量已经足以与我抗衡。”

“所以从一开始，你就预感到里德家族就算留下一个女孩也不能终止诅咒？”

“当然，所以我才会对那女孩进行抚养计划。在她长大成形的今时，便是解决痼疾之日。我不会再等上数十年，我要的是现在就把干扰我的力量摧毁。何况这件事和她息息相关，你认为我会放弃吗？”琼斯夫人笃定地说道：“所有的计划我已周全。”

萝丝看着琼斯夫人那张早已不再熟悉的面孔，在光影下，她的唇齿凝固不动，她转身走回弓形椅，步态保持历来的优雅，轻盈地坐在上面。她背对着萝丝，用手掌抚摸着眼前盆栽上舒展的羽毛，这时才开口说话。

“这里没有放弃。”

当萝丝走出工厂大门时，天色愈加暗淡，她匆促的脚步如刮过铁网的风一般，路上那些看似细碎的石子像滚动的水银那般危险，驱使着她只能朝着一条路上离开。

当她的手紧握住方向盘时，一股紧迫的力量一直在刻意地侵袭着她的内心，那道被圣洁的白光围绕的房间中，隐藏着肆意的贪欲，它就像萝丝心底那颗美妙的种子一样懂得发芽生根。在车子驶出那片被黑夜吞噬的工厂空地时，她从后视镜上看到站在破裂窗户中的一群人影，高矮不一,一闪而过，这些属于琼斯夫人的投射体们向来是忠诚的守卫，他们在萝丝来到此地之前就潜伏在这里，他们拥有着人的智慧，却甘当奴隶。所有的道理都被身后越来越远的那位主权者一一曲解，她有永生的理由去更改规则，亦有强大的力量去夺其所念，这绝对不是造物主的法则！萝丝愤愤不平地想，并毫不犹豫地猛踩油门，疾驰于郊野空旷的大道上。

那一刻，她只想着家。

# 第八章　恩赐

日光无法穿透这里。

蜷居于此的光线足够明亮，游离在空气中的光斑在弧形穹顶曳动着，它们似乎能感觉到她心绪并不像往日那般安宁，尽管她即将面对的是一场盛宴。这一次对她来说，更像是征途前的准备。

她安静地将戒指戴在手上，一枚接着一枚，繁密复杂的细纹上闪耀着晶莹跳动的光芒，就像是某个灯火不灭的城市，在高空俯视时散发那种引人神往的魅力。她伸出五指，展开，弯曲，焕发神采的目光打量着盘踞在关节上的戒指的成色，它们就像是个无尽的仓库，在她蚕食所有的力量时，它们成了最好的储存器，也正是在此刻，是她最为强大，陶醉，激动的时刻。办公室的门敞开了，那白得发亮的甬道正是权力的象征，当你吸收了越多的能量，那里便越加明亮。在她的内心里，从来都是排斥黑暗的，千百年来被人说透了，尽是指责黑暗的邪恶，放纵，毫无秩序。于是，她要自己处在光明中。她试图抹掉自己内心的某一处记忆，用光明照耀它们，在集中营里的那些身亡的人们——散布在她脑海里的如影随形的往事，哪怕蜕了几层肉身仍然跟随着——她的丈夫也在里面，她是再也见不着他了，连同他的儿子。所幸的是，她从来没有多么强烈地爱过他们，仅仅只是寻找到依靠与慰藉，依附于那样一对父子中，对她来说只是一种体验漫长人生的方式。

军事机构的人后来找上她，让她跻身于秘密复仇基地，那些身怀绝技的参与者远不及她，她慢慢体会到了自己迷恋着压制强大对手的感觉，复仇对她来说，太过简单，乏味，毫无可塑性，所有人都得消亡，在乱世中终结。复仇慢慢成为幌子，战争剥夺了她原本计划的生活方式，屠戮了她名义上的善良丈夫，这些理由足以让她变得偏执，她对敌人所做的一切，竟令她感到了以恶制恶的激动与兴奋，那种莫名的快感绝对不是原本的生活所能体验到的，那些散布在军事基地的异能者们大多是老神棍和坑蒙拐骗者，远不及她实实切切地杀掉那些自以为强大的敌人们，她可以肆无忌惮地骑在他们头顶，看着军官往自己眼球扎钢笔；她可以眼睁睁看着鲜亮的枪柄在一阵耸动后，灭绝了持枪者。她很难得会再去将此细细回想，只是让它结痂于年月中，无论如何，它都会在那里，无关痛痒的，当初的那种即兴式的愤怒，所有的人都拥有过，只是她有宣泄的豁口，有让愤怒化为动力，像源源不绝的汽油在发动机中翻滚，也就是她不寻常的地方，失去原来平静的生活而换来了这种潜能上的爆发和启示，对她来说，只有活过了一个多世纪才能反思其意义，才能知晓值不值得。

也就是那时起，在战争结束后，在她永远告别了为孩子酿制的果酱，告别了为他们细心收集的植物标本，也告别了聪明能干的丈夫那消瘦的身躯，告别烟硝与炮火声中他们的喃喃低语，甚至告别了暗梦四涌的睡眠。她开始了衰老的先兆——事实上她从未跟他们正式告别过，他是那么急切地让她离开，在某一夜，他的温存来得那么紧要与哀伤，似乎是明白了自己的生命与她存在一条无法跨越的鸿沟。她是孤立的，非常沉默地接纳自己与孩子的到来。那是一个出其不意的相逢，他在丧妻数年后遇见了她，在一次课堂结束后，她以慌张的面目出现，这点倒是引起了他的注意，也产生了对这位陌生女郎十足的兴趣。她那时仅仅只是被他的善良大方所吸引，而且他常常词穷，寡言，而且并不是那么关注女人的外表，这让她想要非常温顺地尝试一种新的生活，长年累月的漂泊使她察觉到，大部分男人会尽可能地表现出浪漫而完美的姿态，让女人为之倾倒，但当你真正贴近后才看清那不过是一个假象，是一个高级而装饰得当的陷阱，是生物性的动机，就像雀羽的招展那样毫无实用；然而那些不懂得花言巧语的男人，初期令女人感到乏味，无聊，但若是与之相处，当你在自以为的失望中徘徊不前时，他又会在某个不经意的瞬间，让你发觉到他的一些本领，是令你惊奇的，他却并不引以为傲的，这种触动会在你心里打转许久。那么，这位男教师，也在相处中慢慢地表现出了他的聪明才智。尽管他终究是无法知晓这个女人的来历，不过那也已经不再重要，他看见她对事物怀有虔诚的心态，更何况，她是那样年轻的一个姑娘。

在这段婚姻开始前，她非常笃定地告诉他，一家人都需要背井离乡，越远越好。自然，他认为这只是一个玩笑，仅仅只是一种非常艺术的向往，并非所有的向往都是轻而易举可以实现的，他无法判断她的提议的重要性，也不能以此来达成某种目的，他果断地搁置了这样的想法。他看见她没有歇斯底里，更没有任何发作，认为那也许仅仅只是某个无意识的呓语，只是不小心用严肃的口吻说了出来。你瞧，波兰明媚天空下，三色堇如艳蝶般招展。那时他的授课还照常进行着。而她视此为无法拨弄的命运，也就是当你推倒眼前的瓷罐，它也不定会摔碎。她并不清楚自己为何曾有过那样的深切的恳求，当她从梦中惊醒过来，在第二天确信自己的预言一般，她看见丈夫与孩子被埋在黑压压的烟炱之中，身上的皮被生剥下来充当残缺的旗帜。她清楚自己的能力，不过是保持着青春的容颜与肢体，安然无恙地活了六十多年，除此之外，再没有感受到别的能量。预言？在当年的玫瑰十字会复兴运动之中，她亲眼看见了特异功能者的预言能力，通常，越为久远的越不那么精确，而越为短暂的就越加准确，从他们的口中所言，很多浮于脑海的预言映像并不是现实的，而是带着强烈的抽象状态呈现，少数人拥有长远的预言能力，其中一位老者在复兴运动中全身而退，他悄悄告诉她，这场运动注定会失败，分崩离析。而事实的情况，并无二致。

也就是，当她在新的国度寻求隐退的安宁时，又是另一个不幸的开始。她感受到了自己在历史之流中微不可及，哪怕神祇的力量使她获得了新鲜的，永久的生命，在窗棂边，她用抹布将玻璃刮得吱吱作响，眼前的景物如同转瞬即逝的生命一样被她尽收眼底，而她却被笼罩于清透的玻璃中，这层令人迷醉的薄膜也是她割舍不得的。战争结束后，她的内心还处于狂乱的战争之中，她的能力在残酷厮杀中变得极度强大，曾几何时妄求不得的意念控制早已是熟稔在心，更为激动人心的是，她通过冥思与换体，彻底告别了过去那个开始衰老的丑陋外形，在青春的新面孔上继续存活，并保留了她所有的能量与思考。她必须承受战争带给她的后遗，必须承受那具细胞能自我修复的身体已经随着战争离去的无奈，她是要决定如何度过之后的人生呢？在达成军机处的一个又一个暗杀行动后，在广播中一次又一次地欢庆终于胜利前，在为了抵御衰老而不得不一次又一次地更换身体时（以至于她有时会对过去那个不需脱壳的自己感到一丝留恋），她是否还愿意回到过往的岁月中去呢？

在早年，也就是在她该是三十多岁的时候，她发现自己有种小把戏，也不知道算不算是天赋，在同伴们看来，她活跃在青春中没法儿逃跑似的，面容和身形依旧如妙龄少女，那时她是冷傲并且相貌平平的女人（说是女孩也不为过），绝对没有任何炫耀其外在的资本才对，而攥于手中的青春不老恰恰是周遭那些慢慢陷落于岁月的妇人们疑惑不解的地方，于是，有涂脂抹粉的贵妇便愈加讨好，试图和她交朋友，还非常隆重地请了大夫们，说是探讨经验，参考饮食规律。那段时间她沉浸于被人簇拥的欢愉之中，也让她发了疯似的收集那些做工精美的饰件，摆放在家中。直到有天，一位名叫斯坦尼斯拉斯·古艾塔的玄学师通过自己的助手找到了她，那位助手又是从精神理疗师的引荐下找到了她。

克里斯汀没能分辨出他们前来的目的到底是因为一睹人云亦云的稀奇，还是为了帮助她了解自己身上的玄妙之处？

那些依据随着脑海中破碎的饰品而淡却，是蒙斯特侯爵夫人下令搜查她的住址，在那些臃肿不堪而嗜饮成性的女人们认定克里斯汀并非保养得当，而是一个和魔鬼交易了青春之躯的丑陋女巫时，她看到了某种荒唐可笑的局面，那是在无辜者眼中所呈现的落差感巨大的画面。在那些凶恶的脚步声逼近时，所有的安定早已成空。她是否该逃回到乡下去呢？去看她的父母与兄长？不，那绝对不是个好主意。她早就是不再是一个需要去连累亲人的女孩了，而他们也佯装没有过这样四处奔波的女儿。

她的包裹中放上了写有古艾塔地址的名片，她是在没有犹豫的情况下捎上的，那是她一生中第一次翻倒了柜子，将衣服凌乱地摊在地上，再胡乱地塞进桃木箱子里。她发现自己无法装下所有的饰品，那也会扭曲它们本身的形貌，她可是细细心心地擦拭它们的，她会套上那几枚色彩各异的戒指，它们色泽鲜艳，太过于招眼，所以她唯有小心翼翼地将之裹入绒面衣袋中。那些愚蠢的人们判定她的罪恶，无非就是嫉妒她，是她拥有这份天赐的身躯，而不是她们，她们只能眼巴巴地张望，张望她们触碰不到的灵与肉的永恒，张望她们日复一日生长的皱褶。所以她们必要摧毁异于她们的人，她们冠上堂而皇之的理由，去掩饰内心的虚伪与脆弱。午夜悄然临近，阴暗的维克街巷口泛起了浓雾，那是她那娇弱身躯最好的掩盖物，在她穿过了大半个肮脏不堪的城市后，她见到了古艾塔先生，“星界之光”，她按着名片上的文字说道，玫瑰十字会成员极其相信，人的意念可以使它成为可见的物体。

她在复兴运动中的作用微乎其微，人们很难相信一个难看的女人会有什么力量，更何况有人看她不过像是马戏团的怪胎而已，和魔法与招魂扯不上任何关系，他们知道她毫无法术可言，甚至引以为豪的青春外在，也会重病不起，她的伤口需要长时间愈合，暗淡的发色也毫无生机，一切与常人无异的，不过就是缓慢生长的罕见例子而已。年轻的古艾塔几乎是她唯一的投靠了，许多人开始有所异议，他们所探究的玄学，并没有严格遵循艾利法斯·莱维的《高级魔法的教义和仪式》，有些人甚至自行设立了自己的派别，在她极力驳斥意见分子时，有人直接训她为"丑陋的无知荡妇"，她确实没有任何可以称得上是令人惊艳的一面，抛开她新嫩的身体不谈，首先是她从未有过经受良好教育的成长环境，自然也没有赋予她沉淀的才华与修养，这使她的谈吐陷入尴尬的境地，哪怕是伊诺克文字（注：爱德华·凯利所记录的天使的语言，分有四十九个表格，每个表格有四十九行，每行有四十九个小方框，每个方框有一个伊诺克字母）的图形也使她感到困惑，作为运动领袖之一的古艾塔，在他有限而年轻的生命里也渐渐意识到她的能力甚至谈不上是新奇，她试图用血液召唤永生之灵，可以用此证明她非凡的一面，可笑的是，毫无动静，甚至连舔舐了她血液的老猫都安然无恙，这成了一种讽刺，无论她到达哪里，得到的都会是一场驱逐，驱逐各有自己的立场与理由，唯一不变的是为了达成某种目的，她必得是隐没的，隐没于整个计划中。

古艾塔于一个清晨暴毙于家中。有人直指这是她的恶毒行径，只因古艾塔对她已经毫无指望并且压制她的行动所造成的怨恨。只有她清楚这一切是被钩心斗角的成员密谋所害，别有用心的人制造出的假象自然让人信以为真，将误解视为真相，从来都是历史的赘生物，亦是触发她愤怒与不甘的缘由，而也就是这一次，她发现斑驳的墙壁在她的情绪引力下变得光洁明亮，仅仅出现那么一小会儿，就像点燃了导火索后所绽开的光亮，令她深信自我能量与"星界之光"的强大。只是她不得不再一次逃离居所，躲过狂热成员的暗中追杀。

她知道，他们总会死亡的，在那一天到来之时，他们的坟墓将会变得荒芜，寸草不生，他们的嘴脸终将被历史淹没，而她会等到那一天，仅仅只是像一个婴儿叫出了第一声，群鸟刚刚飞过了一座小山丘，漫漫长夜中亮出的一簇恒久不灭的星光，对她来说，他们当下所追求的丝毫无法撼动生命不息这一最珍贵的法力的地位，他们厮杀与争夺的权力和地位，将无法永远被享用。

次年，一些残余的玫瑰十字会成员以创立金色黎明会而东山再起，整个组织处于一种绝密状态中，亦吸引了当时的一众学者与上流人士，其中入会的仪式烦琐而且复杂，当初信任她的一位拥有超能视觉的迈克格雷格·马瑟成了金色黎明会的领导者，他并没有允许她的进入，他清楚地知道，在残存的势力中有人想将她处置于死地，她作为替罪的羔羊，不得不随时警惕陷害者的阴谋。这一次，她及时地向他展示了自己的超能力，这种转瞬即逝的能力在他看来，是人作为一个小宇宙的终极表现。他能做的，仅仅只是暗中帮助她，引荐一部分文豪，以此启发他们的灵感。她也便于山脚的村庄潜心学习法力技巧，制作护身符或是研究宇宙奥义，占卜以及伊诺克文字等等。这段记忆无疑是提升她的人生阅历的某个重要组成部分，是她所缺失的那部分信仰的回归。

她套上了紫红色的袍子，迈开光滑的双腿，一如既往地朝那扇可以无处不在的密门中走去，那扇如牛奶般纯白的门后，有许多等候她恩赐的信徒们，她正走向属于她的组织。百年前的尘世随着她所踏之处烟消云散，而百年以后，她顺应了时代的洪流，创立了“永恒组织”，收纳所有异能之士。她所对外宣扬的，无疑是清除那些扰乱人类的超自然力量。

另外，她用自己的方式，逐渐打造了一个金钱帝国，在觥筹交错下，让那些傻子一样的投资者在她的神色中乖乖掏钱，让这条无从绝断的资金链成为实现她的永恒的温床。她要慢慢遍布于世间，既低调又全面的，当她游走于上层社会中，时不时会有一种错觉，就像当年那些好奇她的绵延青春的贵妇们崇拜的面孔，会穿插进人群里，她神秘而尊贵的地位是无法被顶替的，这对她又是另一种绵延。

在组织里，微小的触动可以忽略不计，强大的而有效的碰撞，才能引起她的注意。比如那些源源不绝地引进的异能者，她在探视他们，吸引他们，招徕他们。又或者，灭绝他们。她有的是时间耗在这件事上，有的是时间运作财富与组织的联系，就像她可以同时有两张面孔，面对富足的普通人，和微不足道的异能者。

然而，只有她自己清楚，自己贪求的是什么。

“人们等着这场甘霖，我尊敬的夫人。”长脖子先生说完，灵活地窜出密门。

卡萨尔林中，篝火从土地上奋勇拔起，叶片纷纷掉落，在落处绽开了罂粟与颠茄。在空地的另一端，是一群着装整洁的现代男女们，他们不再信奉旧教仪式的着“天衣”而赤身裸体，亦没有涂抹膏药的打算，某种意义上说，他们不需要召唤任何神灵，他们的“神”，就在眼前，真实地引导着他们的能力。每个人手捧木盒，嘴中喃喃着咒语，利用整齐而有节奏的声波带动了高大的参天巨石的敞开，它们的表面符号被一些光体螺旋着依次排开，发白的巨石身上瞬间爬满了各种五颜六色的植物，克里斯汀·简·琼斯闭上双眼，整个人陷进石门中，长脖子先生和其他几位投射者分别进入了五道石门。这时，拿着木盒的信徒们才庄重地踏入石门后的山崖中，地面上的矿石隐隐作亮，无处不在的光晕渗透在石缝中，地面上的尘土被凝聚成了各种各样姿态的生物，光芒在其中肆意张狂，它们根据异能者的自由意志进行着扭曲的变幻。

这个巨大的石室中，呈放射性状地布满了棺材状的承光仪，一环又一环地围绕着被光圈悬吊的中心地带。从棺椁顶端冒出的连接线正发出闪烁的微光，像是正在进行准备的兵将们，蓄势待发。人们各自进入属于自己的承光仪中，就像钻进自己的巨大的衣柜中，不少人脸上还带着笑意。承光仪敞开时散发出不同寻常的光泽，就像是带着波浪的光在涌动着，他们要沐浴在其中，任光的能量场与自体相结合，感应到琼斯夫人所恩赐的存在。

他们手中的木盒纷纷朝承光仪的顶端蹦去，上面的矿石与仪器的纹路相匹配，与之紧密相嵌，而密布其中的光体又从连接着承光仪顶端的那条细长的线灌了出去，当异能者的身体完全渗透进了仪器中，中心地带上的几个投射者开始向他们交替能量的养分，也就是，正处于光圈之内的琼斯夫人所利用的一种方式，类似于金字塔状的播撒方式，而她则是处于顶端的，拥有着神一般的权力的施惠者。人们将从中得到洗礼，琼斯夫人给予他们的是精神上的提炼，使他们的能力可以更加稳固。这些臣服的成员们亲切地称之为“恩惠仪式”。

然而，他们永远不会知道，亦不会料到，正是这一次次的提炼，使得他们最初的能力流失大半，琼斯夫人隐隐的，以其浑厚而强大的能量，率先剥夺了每个异能者所能持有的最大潜能，从这些带着母体意识的人群中播撒出去的仅仅只是丝毫的能量，却足以麻醉他们剩余的有限生命。在群体的意识中，他们更多的带着狂热与激动，这种力量让每一个成员产生集体认同感，人人殊途同归，融为一体，从众，麻木，在每一次获得施惠与交换后那种神经上的舒畅，肉体上的欢愉，使得他们无法察觉琼斯夫人从每个人身上愈来愈多愈演愈烈的力量中提取了源源不绝的动力，将他们活着的每一刻都会增长的能量吸噬，再以多还少地退给他们，换取了他们的依赖，忠诚，和毫无抵抗力的思想。那些饱和着的力量正钻进一根根明亮圣洁的光条中，此刻她的投射体们正将光条尽头的光芒夺目的光珠插入自己的身体。

长脖子先生褪下自己的领口，脖子上寄生的一张张嘴巴不断地开合，像哇哇待哺的婴孩正渴望着母亲的奶汁，他将一部分光条纷纷施予它们，接触到光体的嘴巴们即刻含住了连接线这一端的光珠，它们疯狂吮吸着这些连接着承光仪的光绳，长脖子先生像是获得了饱暖而富足的卫士，惬意地闭目，自己的嘴唇正微微上弯，等待那些唇宠收集能量，并释放迷醉安定的气息。其他的几位投射者褪去自己身上某个部位的遮蔽物，亮出了那些令人惊惧的插口，在他们的身体中，存在着一块由琼斯夫人亲自填送的“虚门”，这种散播在宇宙领域里的物质连接着另一个空间，她将它们用以捕获那些不从之人的生命，一次又一次，直到意念的力量从他们身体上扭曲出来，她便利用质量的效应作为转换接口，仅仅截取那些寄生残留物的一部分功能，便可以循环利用。

琼斯夫人泛紫的鲜袍在光晕交接中在半空中摆荡，她就像一个高速运作的伺服器，而投射者们则像是不同分接的网络，不断收集着那些异能者所携带的最具备能量的讯息，在无限的意念吞吐中，她构建着自己的王国，这种东西被她称为永恒，她所要掌控的核心是不灭的，这需要像她这样可以永生此世的人来编织，她像是在慢慢组建一种可以不断升级的机器，命名永恒不息，如航行在茫茫大海的特修斯之船。她自己能够意识到答案，它们正在让这个世界如序运转。然而，她也小心地将之封锁起来，避免任何意识的解码。她比任何人都等候得了，等着下一个百年，也许下一个千年，当她所吸取的能量足够她分解出能使计划生效的异能时，当她能够完全控制自己所需的核心事物，能够让它们随着自己主观意志改变时，世界便将成为她的画布，任由她打造出一个真实的永不衰落的帝国。

自然，她不能容许任何干扰的事物出现，留下来的终究是她，而不会是另一个强大的对手。播撒于人性深处的贪欲，迫切渴望的，不容侵犯的，在她这里统统视为伟大的信仰与拓展。历史正是由野心打造而来，在血色的更迭与筛选后，才能换得一个麻木的新世界。眼下，她想要摧毁的并非千兵万卒，亦非邪科奸党，而是远在天边的噩梦般的生人。

她产生了一种短暂的知足感，因为新近掠夺的异能者，拥有着使事物衰老与回春的能力，这令她惊喜，自从脱离了不老之身，她为了获取永恒的青春，只得不断地觊觎少女的肉体，她永别了过去那张其貌不扬的容器，拥有了选择权。她以此取悦世人，享受男人们的殷勤，但仅仅只是由身体触发的需求，她潜在的女性意识并没有给她滋生规矩而节制的教条，这在数十年前就在她心里消失殆尽了，现在的她并不再需要情感的依托，她要的只是有利于她的动力与欢愉，而他们可以随时随地拜倒于她，成为她的奴仆，没有任何一个可以跟她相提并论的男性。在她看来，人类的观念不过是个很小很小的问题，她仅仅只是利用金钱与地位的筹码，就可以换得所有的情欲与尊严。对她来说，背道而驰者意味着她能发掘更多的乐趣，以便挑战他们的极限，将他们那可悲的原则瓦解，摧残，对她来说是常事。而她忠诚的投射者承载着她的罪恶，也保护着她的罪恶。

她目视着绵延的承光仪所散发的绚丽的光泽，这个在巨大的石矿中升腾而起的大厅像海市蜃楼般隐约于地底。围绕着她的光圈中的讯息瞬间在她意识中扩散开来，这些流淌着的新鲜能量被她截取下来。其中有几个来自于组织的新成员，张狂而浓郁，踅转，迂回。

而这一次，情况产生了微妙的变化。

尼娅·方达浸入承光仪前，周围轰鸣的低吟声早已盖过了穿梭于树林的风声，天空被异色的云彩覆盖着，暴风雨来临前的喧嚣般诡谲。草帽南希站在她的身旁，用身体姿态指示着她，很快她就随着人流依序排列，经过练习那般整齐。当个体融入了群体时，亦会被集体意识影响，逐渐感染为一个整体，甚至不需要特定地学习。来自四面八方的异能者们此刻一洗往日凝重，面容挂着祥和的悦色，南希的身影从她面前晃过，其他人也一一并列在她周围，喃颂着仪式咒语：

血中之血，光中之光，
饮你所饮，尝你所尝。
万千神谕，皆归不朽，
吾等魂灵，恒久绵长。

她是从乔治的一本手抄羊皮纸上看到的这则启事咒，其中的“光”代表着琼斯夫人的引领与恩赐，圣洁而伟大。此刻，光洁白亮的巨石耀眼无比，随着他们的咒语声，扩散出华美的枝叶，周围的一些新成员们看着眼前的一切如婴儿第一次看到这个世界那样感到新鲜热切。

她却没有提上劲，这种情绪从昨天最后一次见到亚当斯后一直延续到现在，她也没有看到刘易斯，那个被自己吓倒的可怜虫。此刻他们两人不在她的视线里，众多的异能者们推进着队伍的进程，辽阔地带中笔直矗立的一座座承光仪在她的眼中如同行者们陌生的脸孔那般影影绰绰。她回想着当紫色大巴停在大厦的楼底，人们在石头丛一般的侧门簇拥而出，以此拍好长队而上了车，她不时地看到那些同行们有意地朝她躲闪，这使她感到困惑，亦产生了一种突如其来的怨愤。南希在车上悄悄地告诉她，刘易斯已经死于家中，后勤部人员在他身上发现了许多衰败的现象。

“而许多人都知道，你是最后一个接触刘易斯的人。大家并不想在这样的日子里扫兴，因此这份记录会于恩惠仪式后告知琼斯夫人。但他们会开始提防你，你可会有大麻烦了。”南希不带感情色彩地说完，脸颊红润异常，脸上又绽开了不适宜的笑意。

“亚当斯·乔森呢？”

“他很早到达了目的地，并且，他认为你有疾病，非常踊跃地游说我们不必带你进行恩惠仪式。这紧急的提议当然会被琼斯夫人拒绝了，天底下最好的治疗就是伟大的琼斯夫人的恩赐，琼斯夫人不允许任何新成员的缺席。”

亚当斯·乔森像是一条豺狼，狡猾而且贪婪，尼娅心想。当他朝自己走过来时，她那暗藏热量的洁白之手伸向了他，女厕所中那股廉价的淡兰花清新剂早已被他的恶意的古怪香气盖过，她感觉到自己手里积蓄了一股能量，不管那是什么，都足以击退这股气味的来源，就像她对待刘易斯那样，渐渐可以变得熟稔，变得更加顺利，快捷，不留痕迹。她心里越是这样想，手便越是颤抖，她从未做过这样的抗拒，在她的潜意识中，令别人痛苦是错误的选择，然而在那一刻，她别无余地。

他自然也伸出了手，并且狐疑地朝她瞪了瞪眼，他的薄嘴唇上的油膏闪闪发光，视线从尼娅那发亮而幼态的极度对称的面容移了下来，溜过她那纤细而光泽的下颚，她那没有丝毫赘肉的脖颈下是微微起伏的诱人胸脯。她的身上携带着某种特殊基因而使男性们为之倾慕，而这些对于感官敏锐的异能者更甚，要知道，她那浓密的金色秀发像是埋藏着深不见底的宝藏，在她那颗灵动的脑颅中蓄积着，他们都想如海盗那样尽情掠夺，掏空。他的那只手飞快地绕过她的肩头，一把揽住她的金发。

“你觉得我会傻到让你对那个老混蛋那样对我握手？”他说话时急促地吸着气，从她发际线萦绕开的让人欲罢不能的气味已经飘散开来，他更像是个吸毒者，在抽搐中不停地翕动鼻翼。“你想对我做什么呢？！对，就这样看着我就好，不要说话，我已经闻到了珍贵的味道，现在我得走了，我会想点办法对付你的。我知道你在想什么，你在想我会不会打扰到你那又傻又蠢的丈夫，对吗？异能者守则说过什么，不许伤及普通人，那只是指肉体，可是摧残他的心理，谁知道呢？这些伤人心的活路每天都有无数普通人在干着，我为什么不可以试试呢？呃……我猜，他不知道你的身份吧？不然当你在上床前关掉那盏缺口的台灯时怎么不告诉他你每天的工作到底忙些什么呢？他就如此单纯地抱紧你，亲吻你，像个傻子一样，我差点想要现身了，一个普通人何必拥有珍宝呢，又对他们不起作用，他怎么能够享受到你饱满的能量啊，我的宝贝。你想不想看看他惊讶的样子，就像看着怪物看着我们呢？”他用手将尼娅的头发撤向一边，接着他们两人的脸同时对着那面镜子，镜中的两人在顶灯的照耀下如同分别身处阴阳两界。尼娅近看他就像是一具蜡像一般，身体上少得可怜的血液甚至不会途经他的大脑。她在他紧促的语气中感到天旋地转，这可恶的男人竟曾出现在她的家中，一想到在黑暗中有这样一双冰冷的眼睛在房间的某个地方盯着她和雷诺，听着他们彼此亲密的交谈，她顿时不寒而栗。在漆黑的房中躺下时她无法察觉自己已经化为纯金的秀发，这一切都已经发生，他有多少个夜晚这么做过？她受到了羞辱，这种羞辱不仅是对她和丈夫，还有她自认为美好安全的家庭。

“看着吧，我要让人们先远离你，排挤你，慢慢地，你便一无所有，需要我的抚慰，再让我慢慢地独享你，发掘你诱惑深处隐藏着什么，连琼斯夫人都没来得及细细发现呢。可是你的弱点太明显了，可别怪我把你推向深渊，亲爱的。”他不等尼娅的回话，便撒手跃入镜子中，整块玻璃浮凸地显露出他的轮廓，他那发亮的双眼挑衅一般与她对视着，咻的一声，他消失在了镜子的裂缝中，如来时那般悄然无踪。

真是低级的把戏，尼娅在恐惧之后暗自回想，她绝对不能够让丈夫陷入这场迷局中。也就是在那一晚，尼娅那间租来的公寓房里通宵光亮，她假意在床边阅读，实际上无时无刻地盯着自己的头发。雷诺的声音忽远忽近地在她耳边回响，使她心慌意乱。而实际上，雷诺以为担心她处于失眠正紧紧地抱住她，尼娅没有让他看见自己的泪水，他嘟囔着什么，似乎开始打盹儿了。只有尼娅还处于高度的警戒状态，她的目光在房中四处打量，生怕那个恶魔再次来到自己的房内，蜷曲在某一处，虎视眈眈。直到她帮丈夫裹好了被子，将他挪到枕头中央，她的困意归随着过度的紧张而再次袭来，她能够放弃这份工作吗？她的初衷似乎再也不像过去那样不掺任何杂念，这显然与她的理想是背道而驰的，她想要一份安逸而能尽施所长的工作，但这些工作仅仅只是永恒组织的掩饰，她早已经深陷运转，对这样的集体感到不适而又着迷，如果不继续下去，她还能去做别的什么呢？始终，她为了心底更快地达到那个回归田园的理想，而舍弃了一部分尊严。在她看来，那是她能够坚持与忍受的冲突。

她这样想着，却看见了身旁的雷诺，长年的室外工作使他的皮肤变得粗糙，而体力的消耗也让他比以往更容易陷入睡眠中，尽管如此，他的手还是轻轻地握着尼娅的手，这种不需思虑便蓦地依附的爱意，使她感到自己身上有着一种必然沉甸甸的责任。她除了隐瞒对方之外，还需要强化自己去保护他，而自己是否潜藏了某种神秘的能量是还未发现的呢？她看着书上的字母随着自己的思绪迅速地组合成她的念头，其中一组词是“面对”，至少她会在恩惠仪式上索求那些能够充盈她的能量，那些急迫于恩赐仪式的成员们如狂热的信徒在朝着神灵膜拜，她要试试看那种来源于恩赐的能量是否对她有着浅显的帮助与提升，自然也能够抵御那些意图侵占她的别有用心的恶魔。她是带着这样的想法入睡的，她缩进被窝中，任昏沉的睡意无情地淹没她。天亮时分，她比丈夫更早醒过来，而昨天发生的一切，让她过度警惕，恐惧，烦躁的一切，在她晨初的安然无恙中隐没而去。

当她从草帽南希那里听到刘易斯的死讯和亚当斯的诽语后，装载着木偶般僵硬笑意的组织成员的深紫色大巴从卡萨尔林前的矿区大道驰过，尼娅感到一阵反胃，不知是行驶途中的微微颠簸还是对恶毒人性的厌恶，她本能地掩住了嘴，将唾液使劲地吞咽，怕一不小心自己会呕吐得到处都是，这对周围的人来说只会感到更加厌恶，他们欢愉的内心里埋藏着对尼娅的警戒，此刻，数十双眼珠子有意无意地朝她张望，让她背脊发凉。

亚当斯透过话语对她的暗示，让她疑窦丛生，他为什么需要做如此下流而不得体的行为呢，仅仅是为了折磨她让她听从他的“保护”？让他获得满足撩拨后得逞的欲望？这些幼稚而又令人恼怒的做法，让她开始产生了退缩的念头，她想要在感受这场仪式后再决定如何辞呈，也许她不再拥有一份薪水更高的工作了，但至少不会在胆战心惊中过日子，她还需要的是休养。眼下她更加反感的是有人怀疑她是谋害刘易斯的凶手，那家伙怎么可能死于自己的手下？她眼睁睁看着他逃窜而去，速度不亚于滚下山的猴子。

后勤部的人员一定会查清真相的，她想，这绝对不怪她。

这里会让人全身而退吗，当她决定加入这里前，所感受到的一切都像是某个普通而有序的公会一样，并不会影响到自身的利益。而现在，似乎所有的难题一股脑儿冲她袭来，她是否可以对着人类社会的法律控诉，她遇到了工作上对她进行骚扰的上级，她遇到了私闯民宅的怪人，她被诽谤为一个身患疾病的凶手……在她签订的组织协议上，这样的揭示行为都是对组织的暴露，这将会让她受到组织内更大的惩罚，因为在异能者的思想领域中，他们是远远凌驾于人类的机构的一群人，而法律在他们一部分人看来更是漏洞百出，极不健全，沦为戏谑。而对尼娅来说，法律无法照耀的地方，遍布大地。那一簇簇光仅仅只照的到社会中的一部分人群，他们可以用此当成武器，对抗那些伤害自身的邪恶，而另一部分人群，于心底的懦弱，恐惧，羞耻，压制，而无法勇敢地站在这簇光照之下。

尼娅便处于辽阔无边的阴影中，感受着被同行们交口称赞的光明。当她决定进入组织时，为的是某个美好的期许而来，而现在，她能全身而退吗？

人群随着由发亮的沙土组成的曲径而缓入石门，沉陷在矿地的承光仪正庄严地浮出地面，上面的光斑随着异能者们的意识而清晰地在个体的视线中指示出坐标，以便迅速匹配。尽管这里辽阔如地下城池，浩浩荡荡的人群中并没有发出任何的喧哗声，人们律己地走到了属于自己的承光仪前，规规整整，按部就班地例行流程。尼娅看见不远处的南希在走进承光仪之前，脱下了自己的帽子，枝繁叶茂的头顶立刻蓬勃起来，朵朵朝向承光仪，手中的木盒随之跃出与承光仪的顶部融为一体。尼娅转头看着自己眼前的这具棺材状的仪器，发出的光亮温暖而舒适，她甚至感受到了温润潮湿的气候围绕在她的周身。

她手捧着由南希分发下来的专属木盒，看着它从自己的手心飞走，像磁铁般神奇地被仪器顶部吸去。承光仪变得更加明亮了，她的心态在此刻竟变得平和下来，并产生了一种难以名状的感动，几乎要让她潸然泪下了，光线里的景象唤起她对人生中最快乐的时光的体验——她和雷诺的相识与交往……他那被冰淇淋沾上的胡碴，在光晕里清晰可见……他快意的温存，祥和而体贴的怀抱……她的意识里自己正在痴痴地笑着……那场不华丽的简单婚礼上，她的双臂挽住他的脖子，小声地在他耳边轻吟着我爱你……

它在召唤着她的到来，从她的身心，她的视线，她不灭的柔情万种。她合适什么，它就契合她什么，像是双生之花，手足之连。她像是在一场暖意盎然的梦乡中，对承光仪中的光体深深地依恋着，这是她第一次使用这片广袤的地底中温热的承光仪，它激发着她对于美好境地的怀念或期待。那一刻她再也没有犹豫，而是决定迈开双腿，沉浸于这场美丽的恩赐中。

她修长的一条腿从承光仪的下沿踏入，暗灰色的尘土就明显地堆砌增多，掩埋了原本承光仪下奇形怪状的面孔形骸，这使得她这里的光线弱于周遭。接下来，她顺应着大腿的酥麻的涨意，踏入另一条腿，整个上身便也陷入了承光仪的内核区域，湿润而带着饱和情绪的光耀因子浸淫着她的周身，使之浑然一体。她开始听到耳边的嗡嗡声频率变得逐渐强烈，这些讯号似乎代表着自己脑部的某部分组织正在重新整合着能量，随着一股引力而往头顶聚集而去。

承光仪内的闪耀的光线在她闭目后仍萦绕不绝，并在她的眼皮下逐渐浑浊，她意识里捕捉到的那些幻象的细节，也逐渐消散不见，因此她的那些美丽幸福的梦境般的喜悦，渐渐在一种莫名的抵触心理中排斥开去。她感应到的幻象是短暂而不可捉摸的，它会随着意识的复苏而渐渐瓦解成为彻底的回忆片刻，仅仅只是在偶然间的怀念中百感交集，而非一味地依赖。她能看见雷诺的胡楂化作了高空下黑树丛丛的卡萨尔林，能看见自己摇曳着的廉价婚礼耳环变成承光仪外的巨石，他们甜蜜的笑容正被一种压抑心头的气力消耗着，渐渐模糊于快速飘散的意识里，就像梦醒时分后空虚而失落的心境。

属于她的光条暗淡了下来，它在其他耀眼发亮的光条中并没有那么显眼。

也就是同时，她感应到了自己身上的能量正被这个仪器所吸噬，像一股钻于山涧的潜流，端口静细，脉络众多，源源不绝地从平坦之地流失。她在清醒之后发现身上的能量正强烈地响应着承光仪内的木盒缝隙的强光，像是要与之共舞，在酒精与罂粟的麻痹中被生吞活剥，她的能量相当活跃地从承光仪的顶部散开，而涌进来的大片游弋的光亮带着股野性而变换的香气，她的一只手轻抚着肚子，涎水不受控制地往下垂滴，从上方滚滚而落的这种气味与微量的意识元素令她极度不适，她没有办法当场接收它们，亦没办法快活地摆脱它们。她此刻就像从一场极大的麻醉中醒来后不由自主的反胃。尼娅的另一只手升腾出昨日那般抗拒的能量场，它熊熊燃烧，又凄若坚冰，她为的是抵挡住铺天盖地的邪魅之力。

而下一刻，她的手掌与木盒交接之时，她的指尖与光条触碰之际，那股来自于身体的异力从她的大脑奔腾至手臂，再透过她的五指扩散进那根忽明忽暗奄奄一息的光条里，霎时间，光亮从投射者身上反噬进这根脆弱的光条中。长脖子先生西斯科是最先感应到这怪异现象的，他感觉自己脖子上的一张嘴巴在逐渐萎缩，像是被巨型的蚊虫蛰住了，其他链接于脖颈的坚韧的光条纷纷被一根吸力强大却光线微弱的光条牵扯住了，更加不可思议的现象在他眼中展现出来，其他来源于别的承光仪的光条中绚丽的光亮，竟从其中穿透出来，像脱茧的幼虫使劲往那根细弱的暗淡光条里钻，他的脖颈感到丝丝的凉意，像是冰冷的血液从其间绕过，缓缓地流淌进那根正在吸收别的光亮的光条中。

西斯科在浑浊的意识中滚落而下，长颈中的嘴唇呕出根根光条，如婴孩拒食那样呕逆而不能自持。他随着身体的下坠被光条紧紧缠绕，近处的承光仪因光条的剧烈牵扯正纷纷倒地，那承接着仪器的扭曲形骸从石灰岩下拔地而起，像暴露于阳光下的家鼠撕心裂肺地发出刺耳尖叫，唯一不同的是，它们无处逃窜，因此声音尖锐不绝。

琼斯夫人眼前的意识产生了前所未有的混乱，她本该吸饱这一次来自于众徒的能量，现在竟变得模糊而斑驳，映入脑海的景象纷纷锁闭，像一扇扇即刻关闭的黑暗的窗帘。她的脑海里收到了西斯科的一份警告，她必须立即停止仪式进程，有一股强大而莫名的怪力正在其中干扰着她，并且将一切急需转换的能量反渗回去。琼斯夫人闪过一个念头——那个来源于里德府的威胁她的力量潜伏进了这里？不，那样她早该感应到！她过分的自信永远不曾失误过，现在也不！

因中断而讯息全失的频率还在她眼前暗暗闪现，她抚着因此而受到剧烈碰撞的脑部，重新整理着意识。她无法克制自己的万分羞怒，从高坛中一跃而出，极度的慌乱和愤怒使她装出的镇定显得极不可信，她那狂怒的血丝在眼睛里张牙舞爪，她此刻最为担心的是自己神圣的地位受到任何一点的质疑。但此刻她不得不传递给其他的几位投射者，停止仪式！那股强大的力量也许随时随地可能反噬掉游离在现场的所有能量。于是，他们渐渐缓停所有流动的光条，这让成百上千的承光仪原本闪耀的光芒顿时化作点点星光。

那些缺失了连接的原本沉迷于承光仪中的异能者们渐渐苏醒过来，他们意识到这一次的仪式太过于快捷，甚至令他们感到了突击性的不适，原本满怀期望的新加入的异能者们此刻呢喃着怨声，他们小心翼翼地让这些话语只能在承光仪内听得见。有些人打开了仪器的门，发现了靠近高坛的地带一片狼藉，并且听到了破土而出的扭曲承接者那怪异声带振动下的尖锐高音。琼斯夫人手掌一紧，尖叫的承接者爆裂一片，污浊的物质溅在了承光仪上，泼墨般肆意凌乱。这片巨型的洞穴此刻总算安静了下来，只有从洞口的石门中灌进来的怪风发出轻微的呼呼声。

她走到被光条缠绕的西斯科身前，从另一个空间氤氲的黏液正覆盖在上面，这是一场史无前例的事故，也是重挫她自信的一场事故。她吸着冷气，再呼出愠怒又躁动的气息，这有助于她在紧急情况下疏导体内的负能量，也有助于她时时刻刻保持着警惕的优雅。她看见西斯科动弹不得，目光涣散，脖颈上的几块唇部被黑斑覆盖，凹陷进大块，其中的虚门正汩汩流出腐蚀的物质。

“我倾注的结晶啊！让我看看哪个家伙伤害了你强韧的躯体！”她的手顺着他脖子上那块萎缩下去的唇部，光点如萤火虫般零星地在上面闪烁，她那瘦骨嶙峋的手指挑动那根被紧紧含住的细细光条，上面沾染了许多异能者残余的能量。

她一只手覆盖在上面，口中喃喃有词：

宇宙之灵，
听命于我，
越过星际与地狱，
驻足迷瞳与圣洁。
山川，荒原，听命于我，

光阴，生命，听命于我，
倾注之光，永生永世，
听命于我。

她念完颂祷，另一只手从他脖子上将光条拔了出来，西斯科顿时如被电击后跃身而起，又忽地倒下。

琼斯夫人紧紧握着这根干扰她的光条，此刻它还隐隐发作着一股吸力，她的目光顺着这条肆意妄为地通向灭亡的锁链，望向它的尽头，金色而耀眼的光环，像苦旅之后升华的圣者一般揭开了棺木之盖，那个该死的对手，双目冰蓝幽深，唇如樱红，似鲜血，她无辜地和她对视，蔓延渗透过来的意图却变了味，在琼斯夫人的眼中，这个水妖般的美丽女人的表皮下是浓烈的拒意与掠夺后的快感，强大而不自知，撩人而不知愧。

琼斯夫人的怒意足以将远处的尼娅升到半空，再狠狠地砸碎她。她原本以为，可以从这个暗藏玄机的女人身上蚕食到更多的能量。她迫不及待地等着新成员的奉送，趁着在这些可怜虫在享受快活时偷取新鲜的意念。然而，那个头发如黄金般流泻的女人绝不是一个普通者，她怎么可能抵挡琼斯夫人精细绝伦的幻境，甚至有更加强盛的力量，可以将周遭的能量导入自身。

琼斯夫人厌恶地想到，首先解决的必须是眼前的女人，而绝不是那个遥远地带的里德府异物，眼下威胁她的，就在眼前，几乎所有的耻辱都要在这一刻来临似的，恶意一件接着一件，琼斯夫人认为这场灾难是有预示的，从她第一眼看见这个美艳的女人开始，就察觉到她身怀非凡，而尼娅自谦而低调的作风令她反感，她早早让下属分派她去做那些枯燥而简单的活路。对她来说，尼娅也是一个重要的道具，和以往那些可以让她狠狠剥夺的新成员无异，可是她的美丽却令她有种想要毁灭的欲望。尽管她深知，时光会摧毁尼娅的，会让她变得老朽，枯死，再多的美丽都会化为尘埃，她逐渐破损的生命与世人毫无二致。亚当斯的提议在琼斯夫人的脑海里回响，她的太阳穴腾跳着，嘴唇在急促的发抖后开口，高亢的声音回响在四面八方。

“我恩赐的兄弟姐妹们，我挚爱的信徒们，看看恶魔的行径，看看灾难的祸根，看看身陷病毒的魔鬼！尼娅·方达！我是多么善意而友好地让她加入我们，她却抗拒这伟大的治疗与抚慰，她破坏永恒组织的情谊，破坏了我们的荣耀！”她走向尼娅，东倒西歪的承光仪纷纷揭开了盖子，大家在方才的郁闷中缓过神来，怒视着从承光仪中清醒过来的尼娅，他们耳边回荡着琼斯夫人响亮的叱责声，如同神旨一般，使他们的试图平缓下来的情绪在复苏过程中无一例外地流向了暴怒，此刻他们脑海里依据伟大之人的言辞，再配合着自己所设定的一切关于这个女人的罪行，一切都变得清晰无误。蜷缩在承光仪中的女魔——那个打断他们圣洁沐浴的凶手与干扰者，罪大恶极。

“我们若是姑息！来日必定受灾！我们的组织不容残枝败叶，不容散漫高傲，我们的训诫无比高贵，怎能由野兽作乱？”琼斯夫人像幽灵一般从承光仪旁滑过，俯下身，一把抓住尼娅那光滑而浓密的金色发丝。刹那间，琼斯夫人的恐惧与心寒如离弦之箭穿过了巅峰——她的拇指触及之处除了有强烈的灼热感之外，萦绕不去的压迫感迎面而来——在密密麻麻的流动黄金之丝下——尼娅头上的每一根纤毫，都是一个充满能量的投射体！

琼斯夫人放下了战栗的手臂，她突然意识到，自己是会有恐惧感的。这种感觉已经有极长的时间没有再出现过了，而正是这场偶然的意外，又或是必然的灾难，触发了她心底嗤之以鼻的，动物性的感受。她另一部分的理智要调动所有的能量与舆论，来压制这个窃贼。

而那个暗藏着无限宝藏的女贼，在这里偷取了如此多的能量的恶魔，正用充满疑惑的麋鹿般灵动含水的眼睛，看着周围的人群，她似乎无法确信自己闯了祸，她也不知道现场的一切会因为她而作乱，此刻，她望着高高在上的琼斯夫人，嘴唇翕动：“我并没有恶意……”

“我们的戒律是什么？我们将不遵循戒律的人，通通在体制内消化掉作为惩戒，我亲爱的兄弟姐妹们，看见了吗？她打断了你们的信仰，将你们的美好退散，伤害了我们神圣的司仪西斯科！我为了帮助她，将她从病毒中脱离开来，却遭到了她蓄意的毁坏！”琼斯夫人高喊道。在承光仪群的东侧尽头，一抔木屑从仪器里钻出来，像田野中狡猾的泥鳅，它们化为一张过分油腻的面容。

“就是她！她杀害了我们的兄弟，克里斯蒂安·刘易斯！”亚当斯从仪器里钻出，从东侧往中央地带走去，他的嗓音嘹亮，身形伟岸，仿佛是正义的化身。

所有人都发出嘘声，他们也即时地停下了，因为对于大家伙儿来说，这场仪式看样子是结束了，现在要做的是清除败类。因此，有一个人站出来向琼斯夫人汇报丧事和指认凶手，再振奋人心不过。

“我都看见了！”他像条鱼那样在离地不到两英寸的空中游曳而来，地上的尘土滑过一道规整的痕印，在立定时地上的尘土朝他悬浮的脚尖聚拢过来，他灵巧地踩在地面上，并在琼斯夫人面前深鞠一躬，“我尊敬的琼斯夫人，我紧急提议拒绝她的前来，正是担心她会如此胡作非为。她那莫名病毒对您来说当然不在话下，但却影响了这场仪式的庄重，我没有想到她如此不屑，拒绝接收您的恩赐！我们深深确信，您的恩赐就是无上的治愈！”亚当斯当然没有预料到，这场仪式会被一个看似懦弱的尼娅搞砸。他联想到这场意外与刘易斯之事有异曲同工之处，尼娅绝非平庸之辈。因此他顺水推舟，见机行事，既可树立权威与获得宠幸，又可为还未全情知晓的琼斯夫人留出一片思虑的余地。他比画手指，两名以医术见长的异能者走往高坛下，在念力的指引下将晕厥的西斯科运向一边的承光仪，他们安抚着他，其中一人扯下了自己的衣衫，即刻间变作细长的绷带，他们念诵着咒语，绷带上渗出了米黄色的膏药，他们小心翼翼地裹住了西斯科，这种做法能够帮助他更快地恢复受创躯体。

“在场的预言者们，你们没有意料到现在发生的一切，”琼斯夫人望向近处的南希，“你们放松了警惕，而没有好好专注于对此场仪式进行预见。”南希别开了目光，“我要你们知道，这个恶魔就在我们中间，必须严惩不贷！尼娅·方达，她极善伪装，迷惑你们，实际上她从来都是想要吸取你们的生命！偷取你们的能量！将你们这些优秀而杰出的成员，一个个变为像善良的刘易斯那样的下场！”

此刻，异能者中一些人的愤怒已经变得白热化，有些人的额头开始酝酿足以炽烈钢铁的光体，有些人的面部扭曲得狰狞可怕并闪耀着冰封的尖针，有些人则是握紧手掌，所有愤怒的能量沉甸甸地压在手心里，虎视眈眈地等待着，一松手就能喷薄出去。他们压抑已久的莫名的怨气此刻开始泄口，整个巨型的矿洞中温度开始变高，嶙峋的墙面发出幽幽的红光。琼斯夫人滑过的念头更多的是想着怎么毁灭眼前怀揣强大能量的对手，并巩固自己无上的地位与一贯的威风，这对自己来说是一场试炼，趁尼娅在混乱的思绪中无法确定自己所吸取到的能量是如此繁多而致命前，趁她犹豫不决而优柔寡断的性格作祟反而变得惧怕时，趁她还没有意识到自己的力量若是爆发便能与自己相匹敌时，琼斯夫人想着，死去的不怎么新鲜的可怜虫刘易斯正好成了自己的话柄，永恒组织内的律法此刻足以致尼娅于死地，“杀了我们的成员，却想要瞒天过海吗？”

尼娅因为极度害怕而大半个身子蜷缩进了歪倒的承光仪内，“我没有这么做，我并不知道那会伤害他……”她发出乞求的音调，并望向南希，而南希隐隐地退向人堆中，视若无睹。

“是你杀害了他！”其中有些异能者开口吼道，“你怎么还敢抗拒琼斯夫人的恩赐！”有些女人发出怒气冲冲的尖叫声，不绝于耳，绵延在整个摄人心魄的洞穴中。

尼娅低下了头，琼斯夫人察觉到了她此刻在众矢之的下羞愧与不安，连同那份隐隐积攒的力量，有那么一瞬间，聚拢尼娅的扭曲尘埃像是百年前那些围绕着自己的嬉皮笑脸的女人们，仅仅那么一瞬间，琼斯夫人想到了自己的过往，曾经脆弱，恐慌，任人摆布的样子。怜悯对一个领导者来说是场笑话，她必须严厉，并且她及时地想到了什么对她来说才是重要的，此刻，尼娅是她的眼中钉，是从未有过的能够反噬她能量的强大对手。琼斯夫人最为忌讳的是让自己出丑以及损耗目及四方的异能者们，他们是她持之以恒的泉眼，是她不灭光辉的拥趸。她对尼娅的这股结扎于自身的力量既愤恨又忧虑，并且在震惊当中无法确信自己是否能够在众目睽睽之下控制住她，尼娅的黄金头发吸取了新鲜的力量，将它们渗透在每一根发芯里，流动的灼热黄金像一条醉人的河流在承光仪中流转，有的男人盯着这些令人难以自持的金发，慢慢松懈下了愤怒。琼斯夫人一切都明白了，百年来，她从来不会相信有人超越自己，而这一刻，那个人正越过平凡而无趣的生活，靠近她的领地，这无疑是对她力量最直接的威胁，她必须先解决这场失策的意外。她当然不会蠢到让尼娅因抗拒而走到发怒的临界点上。她知道，这样的力量绝无仅有，现在还不是毁灭与剥夺她的时刻，她身上的妙处，还不是时候摘取。必须要让她先放松下来，刀刃上的血才不会白流。

琼斯夫人竖起右手，五枚发亮的戒指在手指上面莹莹发光，有异眼的人们可以在此刻看到绮丽变幻的宇宙在她的指尖盘旋。“我亲爱的信徒们，你们情同手足，互亲互爱，亦不得鲁莽与无知，这场仪式的中断，必定会带来更多的回报，这是我的许诺，我们的光辉不会因捣乱者而熄灭！”她看着尼娅，“恨与灵的尘土，散开吧，让我看清罪者的模样！”琼斯夫人说完，将尼娅轻轻地托起在半空中，亚当斯眉头轻微一蹙地退进人群中，人们听从安排，纷纷安静下来。

琼斯夫人轻抚着她的脸颊，就像一场浩劫后对受惊伤残的人儿表示慰问，“我一定要让你明白，正义的一方会裁决邪恶，所有的人都明白这点。一切安好，皆会昭告于兄弟姐妹；一切灾难，皆会崩解于兄弟姐妹。你是组织的一员，一切会有公正而合理的解答！无辜者必被消罪，罪孽者必被惩戒。”她循于戒律，让尼娅慢慢站定，拭干脸上恐惧的泪水。

“伟大的琼斯夫人对你是多么仁慈！”亚当斯喊道，“在对她的判决出来之前，我愿意好好看管住她！这是我的职责！”他自告奋勇，像个兴奋的猴子，而人堆中亦有不同的异能者站出来表示愿意参与监视工作。人们的怒火在消散之前变得些许沮丧，他们等着看一场审判的好戏，迫切而昂扬。可是眼下琼斯夫人指示那些分派队伍的行者们引领他们离开，将他们从这片本该是他们等待已久的醉心而远离惶惑的摇篮里支走，这亦是他们前所未有的失落，然而，伟大的母亲此刻必得面对那个打断他们梦乡的罪人，他们唯有乖巧而沉默地原路返回自己数英里外的岗位中去，伟大的母亲永远不会有差错。

西斯科从承光仪中慢慢地爬了出来，他松脱开了捆在自己身上的绷带，表情发苦，脖子上撕落下来的带着膏药的缠布已经发干凝结，寄生在脖子上的那个严重受创的嘴唇已经干枯萎缩，再无法含入任何光条，便成了永久的疤痕。其他散布于周遭的嘴唇们带着奄奄一息的病态，干裂而暗沉，依附在咽喉中的“虚门”隐隐可见。其他几位投射体纷纷上前搀扶着西斯科，他需要时间来恢复。亚当斯和其他几个男人的提议被琼斯夫人应允，他们视此为重用与荣誉，他们已经看到了那块金黄色的蛋糕就坐落在他们中间，只有踊跃的人才能够分得更多。而在此之前，琼斯夫人吹却地上尘埃，敞开了一道窄小的介乎于二维的“虚门”，这里将是她研究尼娅的特殊场所，她需要在最短的时间里知晓和探究一切有关尼娅·方达身上的所有奥秘，这是美丽的人妻活着的唯一价值。

“我发誓，这一切都是一场误会，尊敬的夫人，我想……您知道……我知道您一定可以查清楚事情的真相！”尼娅语无伦次。她是渴望和平并祈求安然的女人，却像个受惊的鸟儿被琼斯夫人拎下了暗藏的虚门中，她的身体像是被压缩成了棉绒“贴”上了虚门，但她并没有感受到身体变质的痛苦，她那头金光闪闪的长发是唯一没有改变形态的物质，跟着她的身体一同渗进了就地开启的虚门中。

此刻，那些被吸纳的能量已经开始在尼娅身体中渗透交融，在这个新的身体上寻求依附，它们来自于那些各怀异能的成员们，将他们移形换影，呼风唤雨，迅捷如电，变化多端的诸多能力浇筑于她看似脆弱的身体里。

很快，白色的甬道前被凶神恶煞的异能者们围堵，他们的队伍散列成圆环状，虚门关闭时和周围的景物连为一体，因领导者的羞怒而在封闭刹那铿锵作响，飞沙走石之间，连伫立在洞顶的琼斯夫人的神像都微微震颤着。

# 第九章　不灭

尼娅·方达被囚在这个惨白色墙壁围绕的房间已经超过一个小时了，对她来说，这样的虚度令她极度无奈。而门外的那些同类们将莫须有的罪名扣在她的身上，是否是出于一种无意识的从众，他们本身并不在乎刘易斯的生死，而更加在乎自己所享有的仪式里的快感，打断它们无疑是开启了他们积压已久的愤怒的泄口，然而他们又会发现，践踏一个被宣示的罪人同样拥有肆意快感。

在这期间，她看见了琼斯夫人在自己身后消失——她那因穿戴数枚指环而略显笨重的手掌竟能行云流水地开启一扇扇从墙壁上渗透出来的门，这里对于琼斯夫人来说就像蜗牛缩入的龟壳，是她的神力随地开启的办公或是避难之所，没有她的指示，谁也进不了这里，亦出不去。

这使尼娅想起了南希曾经的介绍："虚门里的空间联通四面八方，是琼斯夫人的专属，是她掌握各项资源的便捷之所……"无疑，这是琼斯夫人亲自打造的空间。她用强大的意念偷取了宇宙中的维度物质转换为自用，能量守恒定律在此地失衡。于是，地球上就有这么一个空间是本该不存在的，是通过"意识"创造的"实体"。

她的行径自然还没有被谁去制裁，这样的窃取行为与她当年从敌方处挖掘情报一样顺利应当，自然不能和尼娅·方达相提并论。当虚门牢牢地关闭之后，琼斯夫人对眼前那具慢慢恢复为三维体态的尼娅的谩骂不绝于耳。

尼娅望着周围空荡的白墙，想着自己和雷诺已经处在不同的世界了，她现在非常想他，心中所念皆是。这个房间变得愈发缩小，她席地而坐，迷茫地望着周围，如果仔细盯住那些墙布观察，会发现上面流动着不同层次的透明物质，它们像是平静水池中的一个琴者正阴柔地撩拨着弦而产生的细微震荡，她移开了目光，等待着琼斯夫人的出现，等待着任何人的出现。

此刻的无助裹挟着她，将她原本的孱弱撕碎。她呢喃着许多话，无非是重诉她的无辜，她感觉到了身体上的灼灼发作的能量正往脑袋顶上窜去，这让她不得不松脱裹住颈部的暗蓝色衣衫，缓解她受困时因焦虑而产生的燥热。然而不多会儿，她的双脚变得冰凉，僵直地立在地面上，每一根脚趾都像被冻结在万丈冰渊之中，令她难以挪动双腿。就这样，她祈祷着，诵念着。她攫取的所有来自承光仪群的能量，蛰伏在她的每一根发丝中间。也就是这一个多小时内，她的身体感受到了冷热交替之剧变，肢体上的疼痛比昨日来得更加猛烈，像是千百万个带着触须的微小生命体在她身体里探寻，从脚踝到面颊，穿透神经脉络，最后往她那蓬勃的金黄发海中游去。那里将是它们绵延寄居之地，那是尼娅肉体上的一部分。之于个人即宇宙的说法，那迷人的发线是她身上衍生出的另一个世界，大部分从承光仪群反噬的能量找到了这片新的疆土，在上面扎根，渗透，依着尼娅血肉中的养分而茁壮生长。

此刻尼娅慢慢褪去隐痛，慢慢地，就像所有人对身体上的这个世界无法感知到具体的割裂之痛那样，她慢慢从自我消耗的挣扎中平复下来，方才的热浪与寒冰交替的痛感都像河流汇入大海那般消散在头顶，最终往她那浓淡交替地闪烁着的金色发浪中流去。

“真是奇妙！”琼斯夫人的声音冷不防从房间上方传来。

尼娅因为虚弱而瘫倒在地上，静静地呼吸着，她看了一眼从眼前落下来的琼斯夫人——从一坨水滴状的，依附着翕动嘴唇的人肉慢慢羽化为一个真实的人形，来者最先亮出来的是她那过度保养而白皙粉嫩的大腿，往尼娅身边逼近，当大腿的主人那类似亚当斯能力的形态转换扩散到上肢，直到她颈后的流苏耳环齐刷刷地显了形，随着这里的引力而垂直摊在肩膀上，一个鲜亮而真实的琼斯夫人就这样明晃晃地站在了尼娅直冒冷汗的面孔边上，像一把久铸锋利的刀刃。此刻她垂下脸庞，与尼娅对视着，纤长的流苏耳环随着她的动作而从肩上滑落在半空中，她柔滑的紫袍仿佛是一座峭壁，与耳环垂直平行，平添了一份古怪的戏剧感。尼娅极力想要挣扎起来，但她现在最为活跃的只剩下大脑，四肢像是瘫软的藤条，甚至无法支撑她起立。这种前所未有的变化让她无所适从，于是她将希望寄予对话中。

“琼斯夫人……”

“真是奇妙！是不是感觉到一次性吸食这么多能量让你乏力了，不那么好受……就像当年的我，第一次把一位德国异能者的能量占用时，脑髓与鲜血溅了我一身，那滋味一点都不好……可是事后却深陷其中，你呢？从我的领地里窃取这么多的能量，你是否感到可耻。”

尼娅怔怔地望着她，从她抓住光条端口的那一刻她就应该明了，正是眼前这个被称为“母亲”与“神”的领主，从信徒身上源源不绝地窃取能量。而自己，却意外地干扰了这个食物链顶端的主人，打破了周而复始的麻痹中的幻境。但她的弱点正是懦弱与羞怯，疲乏而混乱的思维令她噤声与退缩。她过于依赖安稳度日的信仰，在小聪明与大得失之间来回周旋。正是如此，她可以轻易地成为狂风暴雨中无力的船帆，在无情的风浪中逆来顺受。她也绝不会去相信，仅仅是她伸出反抗的一只手掌，就结果了刘易斯的老命。在众人的围攻声中，她羸弱的嗓音无法像周遭的狂热者那样响亮嘶喊，无法大声地驳斥与辩解，或是告诉他们真相，说出仪式的黑暗面，像历史上那些为了自由而站出来斗争的人们那样无惧。而她，除了恐慌与怨怒，什么也没能做。

尼娅那张原本扭曲着的脸蛋僵硬了。她被固定在这片空洞无物的世界，身上已经没有了多少气力，“伟大的夫人，我怎能将您的神力夺走呢？我无贪求资本，渴求平凡安生，何来窃贼妄为。”

“只要我想，我可以随意钻进那些奄奄一息的有着青春美貌的女人身体里，在她们尸骨未寒前保存她们艳丽的外在，让世人易解的冲动与新鲜源源不绝地在我的更换中维持。人们惧怕衰老，惧怕凋亡……真是可笑。”琼斯夫人自顾自地说话，但她明确地希望这个囚徒听见她的讽刺，听见她带给她的“神论”，“你能够不必像我这样难受地更换自己的躯壳，却可以展示给他们最可人的样子，让他们看到他们自己想要的美丽形态，让他们的欲望赤裸裸地呈现，让他们取之不尽自己的幻想。我讨厌一个人没有付出努力却得到了我之所有，我恶心你无意的强大，让周遭的繁星黯然无光，让娇艳的繁花颓落失色。真讨厌，我却不能占用一个异能者的身体…可是，没关系，你无法永生，你很快会跟世间那些家伙一样老去…我何必跟你较真呢？不，我当然不能让一个潜在壮大的危机，一个明目张胆的强盗，偷取属于我的能量，我及时发现了你那张邪恶的美丽下深藏的恶意，很快你会一无所有，连同所剩一同归还于我！”她最后语调升高，激昂而且愤怒，她就是要让盘中餐肉中刺知道罪有所寻。

纵然自己灵肉长存，琼斯夫人想，还是不能让眼前这个本会短暂停留于世，会老去并失泽的女人干扰自己，一刻也不行！

"你一定在心里嘀咕着怎么从这里逃出去？"琼斯夫人打趣地问道，"你在猜测为什么我拥有着难以推翻的权力？"

尼娅辩解上的无力如此刻肉身，瘫软而脆弱。

所以她沉默不语，唯有直直凝视。所有的猜测在施暴者的眼中都是合理的，无疑的，甚至，肯定的。

"噢，你在当盗窃者的时候，不就知道了吗？那些成员们离开了我将难以生存，他们需要我给的抚慰，如凡人情欲，神化仙境。他们不会想要思考除了获得我恩赐之外的任何目标，他们也不需要。他们越是迷恋沉陷，越是难以自拔，没有别的神可以带给他们我所能给予的……而我要麻痹这些可怜的灵魂，他们日子可不长。我的喉舌们需要日夜控制他们，他们积压的能量便愈加庞大，而他们将会在恩赐仪式发泄与排解，我收纳和转化，这对我全然有用。他们自以为获得了更高阶的灵性……"说到这里，琼斯夫人苦笑着，声音变得细微，像是自言自语。空间里安静了一会儿，接下来她又用正常的语调说道："世界上每时每刻都会有新鲜的异能者肉体诞生，这将会是供我所用的能源。我所做的仅仅是压抑他们别的信仰，又给他们一点甜头。我就像一座山脉，这些虫子只能在矿藏上攀爬，它们无法成为另一座山，或是一片足以淹没我的海洋。享受？理所当然，我享受这孤独与永恒，这才是真正的神话。"

"伟大的琼斯夫人，如你所愿……"尼娅心里一阵冰凉，并非因为琼斯夫人吐露宏图，揭露真相。相反，她从不曾想过自己会与权力者有所冲突，甚至认定与之毫无关联，任世间尔虞我诈，暗地厮杀，她失语，隐藏，仅仅像是侧畔淌过的溪流，绝不越界，只要那些溅洒的鲜血不要染红这里的清泉。

她冰凉的是，惩戒者已经为自己强加了罪名。

攻破尼娅脆弱的防线太轻而易举了，她的罪名成立不成立都只是个幌子，这倒提起了琼斯夫人的兴致，她想不通一个美丽却愚蠢的弱者，何必拥有和自己相差无几的浩大能量？琼斯夫人接下来的腔调变得正义凛然，她直起头后说道："我特地前去感应可怜虫刘易斯的死因时，发现一个很有意思的现象，他的死状凄惨，整块皮肤干裂凹陷，尤其，是他那同你触碰过的那根可怜的右手，在我的意念追踪后，它都快要萎缩成树皮了……”琼斯夫人边说边绕着躺在地上的尼娅行走，就在一个小时前，她从虚门穿过另一个虚门，并在那里通往异能者太平间。所有仪式被打断的异能者正在返程的途中，琼斯夫人第一次感受到没有信徒出来接待与安排的肃静，空荡荡的大厅里，有一扇门里停放着死亡的刘易斯，他平躺在洁白的层叠麻布上，下方被草率地贴上了乔治用打字机敲上死因的单子，琼斯夫人狠狠地撕下来打量上面的字眼，每一组词都修辞得模棱两可。所以她亲自出马从尸体的余温中感应生前旧事，十有八九是他最受创的那一刻。事实上，她知道无数种让一个无辜者认罪的办法，每一种逼迫都能让他们顶下莫须有的罪名，让他们宁愿承受有罪的痛苦也不愿接纳无罪的折磨。尼娅无论如何都是有罪的，琼斯夫人仅仅只是想摸索她对于能量的使用方式是否大大超出了自己的预想，在她感应过后，一个浅显的答案浮上水面，这个可怜虫真的是尼娅所杀，琼斯夫人不再需要听她的任何辩解，亦不需要强制性地逼罪，她并不是什么无辜者，只是一条被精美绸带裹饰的毒蛇。

“……我感应到了，是你进攻了他，是你，将他的身体上的丰富的能量元素收为己有，并破坏了他身上的腺体，转换了具有活性的细胞，慢慢排干他身上的水分，使之变得老化而干枯。你当然不知道，你让他陷入了长久的恐惧与挣扎之中，让他在受袭后的时间里体力衰竭，在家中躺卧不起，让他在漫漫长夜来临之前就已经死亡。我们可敬的刘易斯，被你残酷而缓慢地虐杀。”琼斯夫人停下脚步，这时她已经走到尼娅瘫软的脚边，她的视线下移，看着尼娅满脸的汗水。

在恍惚的意识中，尼娅虚弱地回应说：“他想要侵犯我……夫人……我只是反抗……无意伤害他……”

“在我检查完他的尸体后，回到了这里，可以说，非常迅速地回到这里，悄无声息地潜伏在某个角落，在接下来的数十分钟里我唯一做的事，就是静静地看着你，看着你身上发生了哪些变化，看着你的困乏与痛意，虚弱与瘫软……那可真是让我回忆起往事，我早该知道，得从你的每一根头发下手……我为什么没能有你那样便携易带的黄金投射体呢，它们可真不简单。要知道，我从尸堆里创造出西斯科时，费了好大的劲，才让他变得如此灵活而聪明，再让他们来协助我处理总是超负荷的碎片意念。我那些可爱的精良的投射体，需要齐心协力才能够吸取那些沉陷于可笑幻境中的信徒身上的能量。而你，就像个打翻水杯的海绵，仅此一身却能拥有浩大的投射体群可供寄存，对一个人妻来说是不是太过多余呢？”琼斯夫人慵懒的声音中透着狠毒，“说到人妻，我亲爱的，你那个蠢货丈夫该怎么办呢？要知道，受到伤害并不等同于死亡。一死了之太简易了，我喜欢看到一种持久的伤害，让折磨永远缠绕一个家庭，让他们像锁链一样绑在彼此的心肝上，毕生蒙其阴影。而不是在死亡的沉痛后慢慢复苏新的向往，消沉悲痛。”

尼娅非常吃力地挪动了双手，它们正慢慢恢复气力，慢慢地，当她能够感知到四肢得以动弹，她凝固的嘴唇微张，“我乞求你，伟大的琼斯夫人……”她为了避免更多的伤害，愿意对察觉的真相守口如瓶。她鼓足勇气，勇气后面是她的无助与苍凉，是她卑微的退让与顺从，她一字一顿，“若是您需要我的头发，请剪去吧，割断吧！我乞求您，伟大的琼斯夫人，请不要伤害我的爱人啊！我再也不会影响伟大的仪式！我愿意选择遗忘，愿意抛却知情！只求您，将我的头发拿去吧！毁灭吧！我并不在乎这些啊！”

琼斯夫人脸上挂着耻笑，轻缓地走回她的头颅旁边，当她的脚步绕过尼娅那丰腴而诱人的胴体时，上下齿紧紧地咬合在一起，脸颊上的一边鼓起夸张的肌肉，她知道，自己只是身在别人躯壳中的使用者，亦可以说是捡了一个二手货，永永远远都不可能再是那个从胚胎自然生长出来的丑陋女人了，她的表情时而会浮夸与做作，是因为她并不擅长掌控不同面目时的肌肉调节。而眼前躺在地上的尤物，浑然天成，美艳而不自知，亦拥有黄金瀑布般的万千投射体，仿佛能希冀的一切都成全在了她的身上，而她却无法闯入与占用她的资源，她唯有破坏她，就像此刻这样，将最后一步的落脚点踩在尼娅躺下时摊开的秀发上，如凶猛的巨兽之躯踏进金黄色的峡谷中，霎时，尼娅那金发像电流涌过那般闪闪发亮，每一个光粒仿佛都在逃窜着，在凌乱的发际中四处躲藏。

“你这么得诚恳，我的怜悯心都蠢蠢欲动了。当然，亲爱的，既然你愿意承担这一切，我何必浪费时间去折磨毫无价值的蠢驴呢？很有趣的是，我从那具尸体上感应到，男人们对你都有着热浪般的倾慕之心呢。你要感激我，替你做了个了断。我亲爱的，权力有时不那么好把握，源于不能被争夺与威胁，这一切都是你的罪孽，”琼斯夫人喘着粗气，像是猎豹对准了稚鹿，更加狠重地踩紧那闪烁迷人的金发，就像一个凶神恶煞的主妇怕湿滑的鲶鱼从身下溜走。她蹲下了身，面孔在尼娅的眼中倒映下来，怪异而扭曲，阴影从尼娅面前袭来，尼娅唯有紧闭双眼。“很好，亲爱的，闭上眼睛，很快就消失了，是的，干扰我的问题很快就不再存在，我的戒律由我决定……你是个可怕的种子，随时随地会发芽的……很多办法，趁早斩断它，碎裂它……何必让你可怜的丈夫知道这一切，他会慢慢忘记你的……我想要跟你说再见……尼娅·方达……”琼斯夫人喃喃自语，愈加小声，似乎并不是要让尼娅听清，而仅仅是用言辞的吐露消散着怒气，她癫狂的碎语像是无意识地从嘴里迸出。尼娅的头皮重新泛起了灼热之感，四肢又重新陷入了麻痹的状态中。她想，这只是一场特别的理发，为了保护她的挚爱，她的头顶很快便会空空荡荡，一无所有，而她还有着重新振作的勇气，远离组织另寻劳作的期待，还有她身后那所租来的温暖家园与仍能认出她并深爱她的雷诺。

琼斯夫人的右手从身旁地上摩挲，地面很快起伏不定，像是被透明的血管盘缠后慢慢浓缩成型的盒子。接着，她的拇指钻入其中，抽出一把暗藏已久的极为精细而小巧的尖刀。在这一刻，双目遮障的尼娅并不知道那意味着什么，她并不知道，在远离尘嚣的山谷中，可怜而脆弱的落单之雁折翅倒地，挫骨扬灰，在看守虚门的异能者举目仰望中，它像彗星那般坠落，又如涌泉那般流转，渺小而无望，身后的天空不是它皈依的家园，与枯木和残花相伴的大地才是它死亡的故乡。尼娅并不知道，此刻远在天边的雷诺滴落的汗水在衣襟上浸湿了她晨初的轻吻，像他们初次见面时的河畔上轻飘的落叶随流暗涌而去，秘密就像是未曾亲近的耳语消逝在墙角，躲在爱人诚挚的追求，醉心的深吻，慵懒的爱抚之后，躲在了他们抛却怅惘的黎明与相互厮磨的寒夜中。

尼娅并不知道，剧痛才刚刚开始。

异光传输器的开端是一个微不足道的细孔，像这样的细孔密密麻麻，在不足一英寸的距离上就多达上百个，而其中是由精细的放射仪构造而成，这里所使用的异光感知器每时每刻都在肉眼所感知到的光斑里捕捉异光成分，再借由异光中的质量转换重新构架，完整地将物件挪移至另一个时空。显然，在异光传输器中的时空开关是有限度的，它们会将收集的异光“打”在传输器的一道膜内，这种区别于无动能的光源之外的特殊异光波谱序列精巧而恒定，它们的速度远远超于光速，在其质量上超过了一定的负荷时，它们会隔绝原本大自然中的光线，比起黑洞吞噬光源，异光更像不同维度的屏障。这道“打”满异光波的膜上需要人工智能运算，并对应每一个阵列。若是转换为磁盘的公式，传输速度大致为1蓄（约莫60分之一阿米）异光≈98*10^920T能量/每秒，而1蓄异光的承载量更是达到了不可思议的数量级。因此，它们可以作为宇宙中的游荡的储存介质。

但问题也随之而来，最小元单位上的计量往往不能够完整精确地保证每一次的转换结果，尤其是异光传输器作为跨越时间与空间的载体，在小于10的-33次方毫米之外的维度中依旧渗透着异光。在这之前，量子力学始终无法探究出在最小尺度里的奥秘所在，组成世界的物质是由数不清的微观能量汇聚而成，这与我们观测的宇宙何其相似！穿梭在超微观维度的异光已经没有时间伦理可言，它们与空间联结为一个整体，一个时空中万有的存档，这些排列好的异光需要运行它们被“驯化”后的共同作用——传输物件，利用时间上的跨度进行搬运，是个不折不扣的时光机器。这与引力波对整个时空造成的涟漪不同的是，假若引力波只是水纹，那么异光波则是发散在这片水域的光，铺洒性的遍及，所目见的即为存在，即存在便可抵达，无处不在，无所不及。在异光传输器的初始设置状态，为一百个人类年份为单位，这个计量专为异能者操作而提供，由他们的特有的意念转化为动能，将跨越那一道维度，打破时间所遵循的前进状态。

帕克博士在阅读第一条信息时，联想到了在灵学中所存在的“最小元时间尺度质量”。一部分的灵学家认为，每个人的灵魂都存在存储时空的力量，时空穿越发生在生活的方方面面，只是平常人根本无法察觉到，因为这些游离于每个人意识中的时空不稳定性远远小于人类能检测的极限时间尺度（10的-43次方秒），而这些时间层还在不断分割，它们在纵向进行质量积累。由此可见，就算是亲近的两个人所掌握的时间层也并非一致的，哪怕仅仅是毫无意义地差了那么10的-98次方秒。然而在生死边缘，这层时间刻度便会显示出强大的特性，就像是一种隐藏在时间河流中的微生物那般收集着灵体的感知，还未消散的灵魂可以非常容易地感知到这层时间所带来的回放，伴随着维度升阶，它便像电影的放映机，而人的意识便像是幕布和胶片，两者合一后所诞生的感知产物。

可以说，时间并非是一条恒定而平直的线，若一定要将它比作平面上的图形——远看如丝，近看却发现丝上面波动着无数的衍生曲线，它们毫无规律，运行完全取决于另一种维度，无数条波动上预示着每一种可能性的延伸，而这些细微的波动却互相连接，与整根主要的“丝”相互作用，就像夸克之于电荷与色荷，引力之于吸引与重量，这些曲线并非一成不变的，它们微量中亦含有决定宿命的因素。可以说，它们的能量比起“异光”有过之而无不及，毕竟，时间的丈量远远超过于三维空间。当我们在问我们从何而来，又往何去时，往往也会感叹时间总是无情地前行。

现在，帕克博士在便携的电子方案板一侧写了一行字“能量的悖论”。这组词的质疑论调最早源自于他的老朋友凡尔纳·里德，忠于探索的凡尔纳确信每一种力量都会伴随另一种力量，它们或是相互制约，相互排斥，相互抵消。总而言之，相辅相成，相生相灭，并没有什么力量是永生无敌的。但伴随而来的疑问是，未知或是缺失的另一部分能量往往需要寻找和提炼，那么与之克制的能量是自然存在的还是上帝设置给探索者的关卡。异光传输器中的讯息惊人，却无法做到让时空停滞。按照热力学的理论，随着宇宙大爆炸后的无序度增加，时空的扭曲需要改变地球所在的宇宙中整体的无序度，将它们的熵值降低。许多事实证明时空倒流是绝无可能的。然而，更为高阶的异光，它们覆盖于时间这根弦上，通过另一个维度的跨越而落到过去的某个片刻并非天方夜谭。在传输器里，每一秒钟的异光都在膨胀与坍塌，创造额外维，为跨越时空而提供桥梁。

通讯器响了，它在帕克博士的眼里泛着红光，他停下思索，指腹触碰到通讯器后，他戴上了有着陶瓷般光洁表面的便携耳机，在接通之前，他在川流着工作人员的走廊中隐进了他的办公室内一处小隔间里，并按住了墙壁一侧的开关，很快，墙面中游动的异光节制地排列为一道坚韧的隔膜，在这里，他的对话将不会被异能者察觉到。

耳机里面传来的是萝丝的声音，她此刻通过秘密专线告诉了帕克博士一些意外的情况。

“我从组织记录者乔治·金那里得到的情况是，在恩赐仪式后，组织正在追踪一个破坏仪式后逃离的危险组织成员。也就是说，琼斯夫人现在被此事分了心，没有即刻处理里德家族所谓的威胁。但我没有足够的信心，我想尽快转移多妮奥。”萝丝喘着气，耳机智能性地消掉了呼气声，于是帕克博士只听到了长久的安静。

“冷静一些，萝丝。异光传输器已经在今晨运送到了石屋实验室，瑞典的实验人员接到的通知是按原计划进行，有十几个永恒组织的异能者，他们花了数小时调试传输器，不允许任何人的进入，他们用一个流浪汉做实验品，很快出现了不同时间段的相同个体，但他们在一个小时后相继死去。萝丝，我想事情会照常进行，琼斯并不会落下任何目标，不管是什么危险成员还是这个实质上用以时空运输的仪器，只是时间先后问题，它们会迅速发酵，然后，成了那个领头者的盘中餐。”

“我已经从琼斯夫人身上嗅到那股沉溺于权力的滋味，她似乎相当羞怒一切能量足以威胁她的事物，并不惜各种手段要达到自己的目的，所以异光传输器必定会被用以达成她的目的。我想那个所谓的危险成员亦是某个能力非凡的人。听我说，我得到的最新消息是，琼斯夫人发动了各国所有的永恒组织成员，他们顺应了她的号召，这股力量势不可挡。如果我反抗她的旨意，庇护多妮奥，将会成为视为反叛者。但多妮奥·里德是我的家人，更是我们已故老友的后代，我无法违背自己的真心。”

“逃避或是面对，取决于能力与责任感。”

“在那个可怜的逃亡成员没有被逮住之前，我会带她离开这里，我在山洞的研究会很快生效，困扰在她身上的阴影也会消散，我会看见她平安地活到年老的一天。”萝丝有些哽咽。

“我将会掩护你们转移。但对于克里斯汀的感应能力，难不保她会追踪到多妮奥，而你也会受到更多的伤害。恕我直言，克里斯汀不会善罢甘休的，她不会在乎那个小女孩的任何选择。所以我们的决策必须灵活，见机行事。”

“乔治通知我，明天上午异能者将会来领人，我该怎么跟多妮奥解释这一切，告诉她，她长大是为了完成琼斯夫人的目的，是豢养的一个实验品，让她必须回到自己的故居，必须冒着未知的危险。不，她并不想念自己的家乡，她从来没有想过回去，我感应到她非常恐惧自己的童年，戴纳，那是个不祥之地，会带给人创伤。我用爱心灌溉她，而现在却要拱手将她送到深渊中去。我不在乎与琼斯夫人为敌，我要将她送到安全的地点。”萝丝的内心溃出了少有的焦虑。

“你说过的山洞，是否绝佳隐蔽。”

“困扰我的事情恰好在这里，虽然足够隐蔽，但多妮奥在那里会承受极大的辐射，那已经不再是普通人可以久待之地，我不能为了带她脱离危险而送到另一个危险之地。”

“等等，似乎出现了什么故障。”帕克博士看着监视器里的走廊中的工作人员一阵骚动，画面右侧一栏，琼正紧急地呼叫着帕克博士，“回聊，萝丝，切记，见机行事。”帕克博士匆匆关闭了耳机，回到了走廊。走廊中的异光诡异而嚣张地扩散在透明的墙壁内，一股脑儿往异光传输器坐落的二层方位涌去。它们穿过每一道扭曲的回廊，颜色时而浑浊，时而通透。走廊上的警报音不绝于耳，帕克博士从耳机孔上侧点开琼的传呼。

“帕克博士，我们紧急疏散所有的外部技术人员，那群在实验室的检测者们让我们关闭所有的出口，据说危险分子已经闯入了这里。”

“该死的，这群家伙们不让实验室里的监控器运行！现在根本无法知道里面的状况！”帕克博士拍了拍手中的电子板愤愤不平，“琼，请将外线的人员带往D号出口空地，那里可以让他们顺利回到地表，在没有安全通知前所有人不得返回此处。”他朝往外疏散的三五个工作人员逆行，朝着二层那个神秘的实验室走去，在绕着迷幻的旋梯奔跑时，脚底的地面中的光斑亦浓亦淡，呈现出极度不稳定状态，他愈往深处行走，周围墙壁中的光线越是鲜活。

墙壁中的流动的光线在二层走廊尽头的凝聚达到巅峰，它们像是铁笼中的猛兽那般，激烈地前后翻窜，却无法冲破半透明的墙罩。钢板门紧紧地贴合着实验室，从内部锁牢。而涌动的光群像是尚未氧化的磁石那般被实验室中的某种力量紧紧吸引着，帕克博士矮小的身影站在这起伏闪耀的光线中，瞪大双眼。他凝视着那扇高大的实验室门，看着周遭的光线如蝗虫紧紧往中心地带依附蚕食。

帕克博士无法觉察到这扇门的另一端所发生的一切。此刻，在他身后不远处的交叉口顶上的警报声关闭了，走廊顿时一片寂静、他盯着眼前的光亮，它们从未有遭过这样的扭曲而迅捷的牵引。帕克博士站在浓浅交接的过渡区域中。那面闭合的门是如此诡谲，环绕于密布而反常的光群中，像深陷毛孔中的寄生物。

突然，他听到了一声巨响，听上去像是破裂声与翻滚声交汇而成，那密不透风的钢板门竟在此刻崩裂了一条缝，狂风被嘬进口子里发出嗖嗖声，像惨叫的野鼠。聚集在门边的光群此刻更为雀跃和密集，急于冲破那层裹挟它们的护罩。帕克博士被那股怪异的风推了个趔趄，脚底打滑，他“咚”的一声撞在了地上。他听到了身处实验室中的异能者发出的尖叫声，他们原本节奏有序的诵念声被怪力打断，换来的是他们的身躯四处乱滚，上蹿下跳的撞击声。

“哦！该死的！在这节骨眼儿上搞破坏！”帕克博士意识到不妙。他摘下了电子板一侧的摄像头，顺着变弱的风向逆行。在风口处，他迅速地将动态捕捉摄像头塞进裂缝中，快速地挪回走廊另一侧的楼梯口。他大喘着粗气，点开了电子板的连接功能，将实验室中滚落那颗小摄像头所拍摄的景象一一展现在画面中。

“你已经无路可逃，看看你的猛兽行径！什么也阻止不了我对你的制裁！”克里斯汀·简·琼斯一只手拎住了血淋淋的头皮，上面密布而细长的毛发在持久的燃烧中痛苦挣扎，仿佛是有生命的活物，它们像黄金般提炼于火之海洋，又如金色丝绸被付之一炬而轻易消散。实验室笼罩于这股熊熊燃烧的焰火中，那些倒地的人们艰难地爬起来，继续诵念着咒语，齐声协力。

帕克博士无法知晓这个神婆是何时进入实验室中的，更无法知道她此刻面对的是谁？画面只切到了她的一边，而被阴影所遮蔽的另一边，是镜头没能捕捉的地带。他只能听见画面外哀切的抽泣声。帕克博士心想，无论她们是如何在别人毫无察觉的情况下进入实验室里的，此刻都面临着极大的危险，异光传输器还处于休眠状态，但那些急剧汇集的光群中有许多澄澈的异光，一旦那层覆盖它们的电磁膜裂开，它们将会一涌而出，启动传输器的终端。帕克博士将音量放大，镜头外的抽泣声慢慢成为辅音，并开始说话了，声音极低：“你骗了我！你骗了所有人！那些力量已经剥离了我的身体……你却还渴求我的死亡……”他从摄像头的收音设备中分解出了这个女声，电子板上智能地将噪音消除，自动储存为一个名叫“音频7307”的项，存档于私人计算机密网。

“你比我想的还要愚蠢，你能安心存活在这个世上就是个笑话，别相信承诺，要相信权力，我亲爱的。你的脸上浇灌了自己的鲜血，你已经失却了诱人的长发，你现在什么也不是了。还有什么遗愿我能效劳呢？”琼斯夫人抖了抖手掌，那些焚烧过后的金色灰尘暗淡了下去，消散在空气当中。帕克博士看见她从衣袖中伸出手掌，画面开始变得不稳定，周围的物件开始移动与碎裂，而那枚小小的摄像头亦中断了信号。帕克博士难以理解咄咄逼人的克里斯汀何须大动干戈，毫无怜惜和理智惩戒所谓的逃犯，在他看来，将实验室中的摄像头碎裂是个极度缺乏思考的举动，包括他那正处于研究状态的维度电笔的部件落在那个该死的实验室里，现在不定已经被怪力乱神撕裂和粉碎，和实验室那些漂浮起来的物件一样凄惨地落在情绪不稳定的女人手里，在她愤怒而狠毒的魔力中化为硝烟。

一声巨响在帕克博士耳边炸裂，那是大门被蛮力崩开的声音，不远处实验室的那群疯子发出号叫声。霎时，云雾汹涌地从实验室的天花板上扩散，渗出走廊，如同异次元还未稳定下来的生态倒映于这片陌生地带。它们将上空熏成一片灰白交接滚动，不时有电光火石闪烁的世界。那些围绕于大门周围的光群像卷入泳池排放口的水一般朝一个裂缝中倾涌进了实验室里。

“它们泄漏了！”帕克博士艰难地挡住一股强大的吸力，紧贴着墙壁缓行，慢慢地挪移到坚固的外围栏杆上，顺着撤离的位置缓慢地前进。

绕在他脖子上的挂着电子板的绳带此刻像个飞梭一样直直地被吸往事故地点，他顿时像一个被上吊的人那样被紧勒住了颈部，原本紧紧揽住坚固钢铁栏杆的手臂随着不畅的呼吸而慢慢松动。席卷的狂风使他喘气更加困难，眼睛不由自主地眯了起来，在他厚重眼皮下的细缝中所目及的视线里，周遭的一切都在随着这股吸力挪移着。谢天谢地，他感觉到那股吸力已经在身后慢慢减弱了，他放开一只紧攀在栏杆上的手，试图用另一只手拨弄脖子上绳带的连接口。

然而，就在他准备解下带子的当口，在怪力的吸引下，伫立在墙角的直筒型花瓶朝他的脑袋砸了过来，在快要撞上他时，机敏灵活的反应能力让他瞬间低下了头。他回头看见那可怜的巨大花瓶在云雾逐渐消退的天花板上砸个稀巴烂，甚至将上面朝自己这个方向凸起的倾斜型通风口的遮罩砸了下来，黑黝黝的方形口亮了相，他侥幸地松了一口气，被那股不明的吸力弄得凌乱的头发在眉骨上方飘散着。

很不幸，当他回头时，第二个花瓶砸中了栏杆，瓶口恰好跟他的拇指撞了个满怀，好一个全垒打。

他哇地叫了一声，被砸中的手比脑子反应还快，条件反射地从结实的栏杆上弹开了。在他的另一只手还没来得及松脖子上的绳带之时，这一只手就从栏杆上脱离开来。于是，帕克博士整个身子像个滚石那样旋进了最后冲刺的风中。惯性与方位像是背地里盘算好了似的，将他那炮弹一般的脑袋牢实地陷进通风口中，接下来他的大半个身子也跟着扎进这个长宽不足四英尺的通道里，并顺着光滑的通风口壁滑行了一阵。期间他惊恐的表情一直处于僵硬而凝固的状态，嘴巴张成一个大圆，连抖动的扁桃体都能看得一清二楚。

因突如其来的移形换位导致他的尖叫声低沉而沙哑，俯趴着的身下橡木纽扣啪嗒啪嗒地在通道里摩擦，挤在身体一侧的电子板更是发出尖锐的吱吱声，当他的身子在通风口里慢慢停止滑动时，他的声带振动也逐渐变弱，像变调的音符忐忑不定，直到他闭上嘴的一刻，从他身上发出的声响才算偃旗息鼓，各种部件算是圆满地完成了这段短暂的怪声交响乐。

“至少，确定了一件事，我该早点增肥来加强阻力！”他平静地说完，捋了捋后脑勺上蓬乱如刺的头发，活像个正梳理糙毛的瘦猴。

他并不打算原路返回，再回到方才的走廊，那意味着他得从天花板上跳下去，增加额外的伤痛。这个通风口连接着地下楼层的所有实验室，可谓四通八达，最近的一个安全的出口就在二层圆盘的另一个扶梯后方，他并不需要绕过两个大型实验室以及数个休息间。方才的动静都归于平息，像暴风雨后的池面与滴露悄然无声，甚至静得有些瘆人。他小心翼翼地往前匍匐前行，直到通风口的转角口传来一阵阵呜咽的风声，并传来了那些在泄漏事故之后逐渐清醒的异能者们的交流声。离开？帕克博士压根儿就没想要离开，那阵怪风恰好给他吹进了一个绝妙的窥探之地，他只要绕一个角，将扶梯后方那个出口抛在身后，逼近受难的实验室，看看权势者与追随者的动静，看看何种力量使一切冷却，看看千疮百孔，断壁残垣下是否还有完整的器件或尸体。

实验室内部的通风口挡板内外都会有指纹密码锁，为的是防患于未然，尽管这里不尽然能容得下除帕克博士之外的人的体型，他向来笃信“小心驶得万年船”，他相信这里面的钢化结构并没有受到怪力的影响。从风向可以断定，天花板上方被云雾遮盖无恙，但极强的吸力波及了地面与四壁，在怪风息止后，破裂的碎片被弹得满地都是，钢片，纸片，瓷片，玻璃片，在冲刺与狂奔下慢慢疲乏而倦怠，它们铺洒在受创的走廊中，连通了此刻暗如黑洞，不时有电光火花打嗝的实验室，这些凌乱而破碎的残物像肆意地撒在盘子里的调料。帕克博士从上方机灵地爬过时，视线从间断的细网结构可以观览到下方的灾难后带来的大乱炖。

他小心翼翼地喘着气，把电子板上的颈绳绕过脖子，将它甩在了背上。这样他的双手便在这个密闭的空间里获得了解放，尽管其中一只手的中指还在因被花瓶砸中而隐隐作痛。他快速而平稳地循着通往实验室的方向，绕过走廊处的转角口之后，他就看见了实验室里面所发出的微微光亮，透过挡板的镂空条纹映射在通风口内的侧壁上，诡异摇曳的亮光像泳池中摆荡的浪花，慢慢地淹没在帕克博士朝挡板横移过来的脸上，将他的脸画成漂浮不定的条纹状，最亮的一段便是他那一双闪闪发亮的眼睛。在他的瞳孔深处，他惊恐下的愤怒正星星点点地钻出来，眼前受到毁坏的实验室比他想的还要糟糕。

“我们的罪人，她已经死了。信徒们，站起来，看这神圣纯净的光环，正回到我们伟大的怀抱，拿出你们的木盒，装下它们，这是对你们的弥补与恩赐。你们眼中的她，是被她欺骗与麻醉后的样子，她的面孔给了每个人不同的希望与迷恋，每个人眼中所见的她都是不同的，你们看见的只是内心最渴望的色欲与财富，那是一张恶魔的表皮，我除却了她，你们从此可以安心。异光传输器的力量来源于你们，来源于我们强大的机构，你们看见它的力量了吗？一切运行正常，安杜哈尔，你可以起身，将你那松弛的皮肤捋顺，你为我挡住了遍布大地的风暴，我将给予你恢复青春的甘泉。你们所能目及的不仅是我的强大，亦有不灭的奉献与忠诚。”

琼斯夫人挥动衣袖，漂浮在宁谧空间中的光晕被扬起了层层涟漪，斑斓的光环诡谲地在她脸上扫了又扫，将她那双隐幽幽的碧眼映衬得过分狞厉。她统摄的威力就像这场风暴后扩散在四处的低气压，异能者们额头上凝结起了汗珠，纷纷垂头悉听。他们刚才在强大的吸噬中相互挣扎，在空间裂缝被撕开时，他们目睹了这场惨烈的毁灭。他们看见一具人形在烈阳般的光晕间流窜，鲜红而热腾腾的血液溅在那些随之飞舞的器件上，花白或透明的桌椅立刻被染成血淋淋的刑具，每一寸每一刻，毫不停歇。他们看见的那个受到惩戒的女人正如他们所愿，在伤口创面中爆裂出血之花朵，在呼啸的风声中，她首先离开了地面，惊恐的双眼死死地瞪着他们，那锐利而消极的目光很快被随之卷入的所有物件遮挡，她兴许是永远闭上了那双眼睛，遗落在那个吸力无比惊人的光球深渊中。

而琼斯夫人，带领着他们。在他们心中，这个伟岸而美丽的圣女正带着渴求庇护的子民，紧紧攀住那根处于实验室后侧的地基柱上。而这些麻木而坚韧的部下们以更加紧密的姿态环绕住她，层层叠叠，仿佛一座沉浮于风暴沙丘上的宝塔。琼斯夫人的容颜像凋零的花瓣那样消逝在风中，又像簇拥生长的春芽那般快速生长焕发。塔里·安杜哈尔勇敢地站在她的前方，直面那如炬如焰的球状裂缝，他仿佛闻到了来自琼斯夫人特有的芬芳，在她脱落的皮肤上，融化的点滴汁液随着扭曲的吸力拂过他的脸庞，像甘露那般滋润他的心田，那一刻他是满足的，任它们像故海的雨滴随风拍打松针树林，在他的额发和后脑勺间辗转，像丝绸轻吻着久别的床单，摩挲着他扭曲变形的体魄。

“在我们组织的伟大征程中，惩戒那些试图破灭与窃取我们力量的人是必然的。”琼斯夫人留下一盏光晕以供明亮，人们纷纷收起了木盒，而琼斯夫人用双手捧起了异光传输器，它比众人想象中的要沉，她那隐隐发力的手臂上的血管脉络清晰可见，“她死于自我毁灭，死于虚空之海，记住我们的这位没有遗体的敌人。”她回过身，看着实验室外的围墙间还有异光在跳动，但那个释放出它们的裂缝已经被她方才靠强大意念推送过去的木盒抑制，就像穿行于乱石密布的星河中一艘极小的战舰。她朝一位蓬头垢面的女郎点了点头，只见那女郎即刻前去，念诵着秘咒，那道裂缝边缘正急速地复制着包裹异光的膜，很快，裂缝消失不见，取而代之的是一道比原先更薄的拉伸后的膜，就像一块补丁，或是被稀释后的水泥摊在原本坚固完整的墙上。她这才静悄悄地将木盒取下，毕恭毕敬地送回原处，放在琼斯夫人脚下，并深情地吻着她那双金光闪闪的鞋，“感谢你的荣耀，让我在荫谷中免受邪恶的侵蚀与夺掠。”

琼斯夫人心满意足地站在废墟中，毫无悬念的胜算，赤裸裸地在她心间千回百转，虽然遭受了一部分损殆，但对她来说这些只是分毫之失。当隐患在她的眼皮底下消失，她由于念力过强而意外开启传输器时的慌张转为欣喜，尸体无处埋藏，她却为之找到了毁身之所，灭魂之地。她看见了罪人张口，无助地呐喊着，微弱的声音在狂啸的风声中如沧海一帆，遁形无影。霎时，她预见了另一个隐患的到来，此刻她的心顿时一紧，一股莫名而无形的力量直击她的胸口，令她黯然失措。她的耳边有细声作响，似低吼似哀嗔，如诉如泣。“你的挑衅很快就会被终结，阴影无法在光芒中存活。”她闭上双眼感应到了那股力量的位置，手中的力量变弱，难忍之痛使她不得不放下手中的异光传输器。

帕克博士非常佩服眼下那位正弯腰倒下的女士，她总会有自己的逻辑，无论什么歪理邪念都能在她那儿义正词严，她冰冷的眸子里闪烁的光辉不是恩宠爱戴式的，更不存在慷慨与大度所映射出的柔美。所有她认定的罪人都不可妄想从她那儿获得宽恕。她的力量介于理智与肉体之上，麻痹与征服着她的同类们。她的外在是如此年轻而紧致，而内心中却积蕴含着苍老而歹毒的瘤，像炭烧后的牛腿那样焦黑一片。

现在，她又在搞什么鬼？帕克博士看见她倒下的身形像舞蹈一般蜷曲柔软，像一枚苍白的轻羽以残喘的优雅在下坠。在妖冶的光晕下，在场的异能者们纷纷上前围绕着琼斯夫人的身躯，他们席地而坐，统一而有序，像是琼斯夫人设定的某种保护机制，在她思绪不清时便触发出这样的人肉护盾。他们用极其尖锐的声音朝自己的木盒念诵，利矛尖刀似的穿透于不省人事的琼斯夫人身上，像是用声音的振动为她结起一道屏障。帕克博士不由得捂住了耳朵，眼见那些不透光的木盒一个接一个地打开，一些暗夜般的物质从盒子里窜出来，流淌在他们每个人的脚踝之处，再循着他们本就萎靡而冰冷的肌肤上滑行而上，很快，这些如同法老之蛇的不明物质绕满了他们的身体，从他们微张的嘴唇中明晃晃地钻了出来，以汝之肉，取汝之灵，他们原本就消瘦的脸颊此刻更是失去了光泽，细长的蛇体蔓延在人群中央，游走进琼斯夫人的胸口，涌浪般窜上了她的脖颈，虬曲的血管凸显在单薄的皮肤中，再飞快地钻进了她的嘴唇中。

帕克博士眼睁睁看着那女人从昏迷中惊醒过来，毫无间隔的切换，像是被电击过后的蛤蟆，她的面部膨胀，饱满鲜亮，衬托得周围的信徒们如瘦狗般孱弱。

“还不是休止的时刻！”她像是在癫狂梦呓中嘶喊道，饱和膨胀的面孔这才平坦下去，就像炎炎熔浆即刻冷却坍塌，豁出她急促张合的红唇。血光降临，环绕着她的双眼，鲜红的血丝围攻着她那本就不那么透亮的瞳孔，沦陷，旋灭。在她愤怒而不甘的表情下，她那苍白中肮脏地流窜着艳红的脸色更像是一具经过实习生粗心装扮的尸体。

“我感应到了一股邪恶的力量穿堂而过，塔里，那个被诅咒环绕的家族，那个力量可不曾安息，它竟以奸诈威胁着我。消逝的女罪人已经成为过去，现在还有最紧要的事情需要解决，我该用圣洁的光芒回击了，我要穿越群山与海洋，到那片孤落的平原，到梦加里德河畔的边缘，在那座由我心中预感到的阴晦不堪恶念丛生的里德府内，我要用被诅咒的后代作为诱饵。”琼斯夫人抬头怒目瞪视着看不见的远空，中邪后的先知般扭曲着面孔，她的面孔变得更加凶恶，眼角上扬，嘴角不时展露出受溃后的不屑。众人心绪大乱，他们本就骨架般瘦削的身形正微微颤动，在他们眼中，没有什么力量比得过琼斯夫人，没有什么邪恶能威胁这位圣母，塔里将她扶起，被暗色剥得精光的眼珠子担忧而焦急地望向夫人，他们等着她的下一步指示，没有她的指示，他们可什么也不是。

帕克博士细细听着她的喁喁私语，不知不觉，他感到额头竟沁出了汗珠，像埋伏中的猎人那样因久久不变的姿势与过分专注的目光而浑身发热，每一次的实验前他都会像此刻这般凝息静气，接着他额头脸面一片滚烫，汗水也就从面部沟壑间滑落下来。这时他是极度警惕的，他处于一个被夹击的地带，这并非仅仅是肉体与能力上的夹击，更是异能世界与普通世界的夹击，远远躲在他身后的人们是素来以科技精神为核心的群落，他们在每一次对新理论的证实过后都会有更加浓烈的探究欲望；而眼下的这批拥有着异能与控制物质的群落，却踞身于争斗与掠夺，摧毁与占有的原始欲望中，高大的“神”以其地位不受撼动而必须以毁灭别的强者而至尊，琼斯夫人远远不是神，她超越不了人性，也败在了人性中，在不息的欲火中挣扎徘徊。帕克博士看到的在妖冶中闪烁的艳丽分明只是一层伪装的皮相，此间埋藏着庸王霸略，无爱无怜。他只进无退，为的是粉碎未知世界的那层神秘感，层层剥离，认清他们无异于常人的阴谋与目的，他的好奇心与求知欲也像那一条条游走而出的无名长蛇，从他窥探的视角中钻出来，在眼前密闭的夹缝中伴他同行。

琼斯夫人这才从乱象中回过神，她大衣一摆，漩涡似的在空中朝两边裹袭而去。她涣散后重新凝聚的神色在荡漾的光线中既峻厉又冷艳，波纹般旋动的衣角触及之物有意无意地被斥开，那些散乱撕裂的桌角地砖在她身后纷纷聚合为长椅状，两根废弃的钢管在漂浮中对折成这张“椅”的扶手，她慢悠悠地坐下，椅面的碎屑散开后形成平整光滑的磨砂，与她暗紫色的长袍贴合，像细遍布的虎舌与柔滑欲滴的蜜果慢悠悠地厮磨。那个平日里的她又回来了，被迷幻与神经质包裹着的，带着侵略性的她，在轻微浮沉的废墟之椅中归来了。

她看了眼周围那些垂头听令的部下们，他们攻讦她所不满的事物，顺应她所喜爱的事物，像屋中之犬那般忠诚，像笼中之鸟那般脆弱，但他们会忠诚多久，脆弱多久？在于她的能力，她只能不断吞噬他们的灵魂与能量，把他们对待独立与个性的欲望磨灭得如光亮陨殆的繁星，他们此后忠诚而脆弱的人生是为她而服务的，他们所期待的承光仪中的恩赐，所谓焕发自我，饱和能量，也不过是海市蜃楼，黄粱一梦。

她像是怀抱着一只慵懒笨重的肥猫那样将异光传输器揽在胸口，再轻轻地放在自己安坐好的大腿上，她轻抚着异光传输器，她所期待的潘多拉之盒，这个由自我控制与设计后，窃取那些科技力量合成的传输器，在她认定的奥秘中所绽放的毁灭之果，果中不是蜜汁甜酱，而是生吞活剥的黑洞。她抬眼一闪，手掌像霹雳的肉刀在半空中哗啦开去，她的手掌被分成了好几份，每一份都是巨大的张狂的平面肉色之膜，手指上的戒指斑斓得像洒在肉膜上的颜料那般伸展开来，像是从三维到二维无缝连接而形成的，戒指摊成了一湾银河，隐隐作力，这手掌很快便撑开了一道"虚门"，也就是这场巨大的实验室中的灾难源头，帕克博士心想，这个女人留在这里一个隐秘之门，像是捷径一样可以来回出入，跨越疆界，心机莫测。方才那个"罪人"一定是从这个"门"中逃到这里的，那人未曾想到，这里也并非什么安全地带，反倒成了终结之地。

几位长袍者从虚门中应声而出，其中一位步履蹒跚，步态失稳的白袍者走在了小队最后头。没有同伴扶着他，他那异于周围人士的长脖子弯成了陈年树干，其中一侧像是被腐蚀过的果实溃烂不堪，如果不是他脖中的骨架尚存，足以支撑，不然一定会疲软耷拉下来，只剩脑袋在胸前垂荡。长袍者们立定在琼斯夫人的视线下方，微明微灭的光晕扑打在他们脸上，冷若冰霜。长脖子男人面部扭曲，像是遭受了极大的痛楚刚刚苏醒过来，龇牙咧嘴，目光涣散，他不依不饶地朝队伍一侧踉跄前行，认定了最前方才是属于他自己的位置，不管他是否垂死挣扎，是否半死不活，那个方向能让他离心中的天堂更近，他每走一步，身上的白袍就更加鲜亮，离傲视的光明越靠近。

而先前在场的几位经历波折的异能者们则纷纷遁去，他们的面孔在虚门前撕裂，瓦解，碾压成某种平面物质，从帕克博士这个方向看去，能够看到一条条毛茸茸的线状体，就像刚刚那几位长袍者出现时所形成的状态，只是，长袍者们渐渐从这些扭曲的物质转变为真实的人形，而离开的异能者们又会先由实体转换陷落进"门"中，他们便捷地跨越空间，搭上了某种无视速度的"地铁"。

帕克博士隐隐察觉到，那女人手指上所戴的戒指力量不容小觑！但隐藏在其中的物质并不是他现阶段能完全理解的。这使他处于绝对的弱势，也令他联想到灵学院博士安德鲁·巴顿根据哈佛大学哲学家罗伯特·诺奇克早年所设定的具有影响力的假设（假若一台机器能给你体验某种虚拟而精彩的人生境遇，但这期间你的本身肉体正泡在一个水箱里，脑子上插满电极，你会选择体验吗？）所延展开的“维度虚拟实验”设定，当然安德鲁也只是提出另一种假设，毕竟付诸行动会极度不人道——假定我们所生活的地球是所谓的三维真实世界，也就是这个世界有相对的作用力和物理性，构架了真实的生态循环和动植物的身体机能，潮汐和昼夜能规律影响世间万物，各大遥远的恒星都稳定而平和，人类能从此终极世界开始展开新的发现与创造，一代又一代的文明繁衍生息，传承知识。

然而，设想一下，如果对初生于世界的孩子终年限制于实验水箱内，仅用导入管摄取身体所需营养，眼睛上镶嵌一副由数码信息组合出来的无限大的二维世界的镜片，脑袋中则安置刺激他的神经元的感应器，使他模拟二维生物，其中所有的人设与物理性都不与我们所在的宏观世界相同，生态系统和日月变迁也绝不规律。那么当他在成年后卸下这副镜片，第一次看到所处的这个三维地球的面貌，不亚于从另一个世界来到此地，所有的事物都与原本镜片中展现的完全不同，新奇与恐惧，怀疑与排斥会让他陷入疯癫的境地，尤其是，当人们告诉他这才是真实的世界。

同样的，如果我们所处的这个“真实”世界只是高阶维度生物所设定的镜片中的景象，那么，科学家所做的苦苦努力，和那些戴着数码镜片去发现其中世界规律的孩子有什么不同？在真实的监视者的眼中，处于镜片中的孩子永远是根据设定中的二维世界进行活动的，其中的细枝末节都是由设计镜片者添加的，孩子的一切发现相对于真正的世界没有意义。在他所在的镜片中的世界，文明的历程与进展都只是程序库中的某个组合。无论他如何进行发掘与观察，始终是在一个设定好的二维世界，这里与镜片外的世界有着本质上无法穿透的界限。

帕克博士不自觉地联想到这个关于“维度与真实”的假设，尽管当初包括他在内的大多数人都对此假设嗤之以鼻。他并不怀疑这个世界所接纳并验证的理论，只是面对未知的世界，还需要更多的探索去填补。他猜想琼斯夫人所携带的意念与某种维度息息相关，而这些能量已经转化成了“实态场”，使她可以在每个安置点之间进行传送。

琼斯夫人看着爱宠西斯科，他的脑袋半垂在她的悬浮椅旁，木屑飘散在他有些花白的头发上，霜降后的蒲草般。接着是他哀伤的呜咽，这是他获得关注的一种方式。直到琼斯夫人抚摸着他的脑袋，戒指中流泻的能量使他浑浊的眼珠重焕神采。

“暗夜时刻来临前，我会派人去往萝丝·雷格朗的住处。那个诅咒之女已经长大，邪恶力量已经开始隐隐触动。她是祭品，又是利刃，为解除我脑海中的痼疾之必需。”琼斯夫人的执念无人撼动，她所认定的计划无人更改。

“我尊敬的夫人，我曾在她见过您后，感应到了她带有抗拒之心。”其中一位长袍投射体说道。

“我亦发现那个老女人的怜悯就像她臃肿的肥肉一样层层叠叠。但是，力量的悬殊会让苟且者妥协，会让无奈者退缩，也会让挺身者横死。她有两个选择，听命于我，或，听命于死。‘顽韧双子’会有方法的，他们已经等候多时了呢。”琼斯夫人饶有兴趣地用指尖轻刮着异光传输器的外壳。

“您的英明卓异无边！”众人说道。西斯科自然也在应声中，但他长脖子上腐烂的裂痕也随着他的声带振动而翕张，裂痕范围又往脖子上的别处扩散些许，那些密密麻麻长满在脖子上的还未受到侵蚀的嘴唇嫌弃地撇往另一边，尽量躲闪着伤口，在它们有意无意地拉扯中使西斯科感到了些微疼痛，一种连接着他存活神经的电击感使他身体不禁打了个抖。

“你自然不必跟随，”琼斯夫人打量着他，“留下来，在我赐予的圣光还未完全渗透修复你前，你只需安静，守着不听话的老可怜虫！放心吧，你的力量很快会恢复。对付过了气废物绰绰有余！”她的话语使西斯科振奋起来，连隐痛中的呜咽都变得毕恭毕敬。

帕克博士自然知道接下来他的老朋友萝丝会面对一个怎样的浩劫。他那双闪着冲动和紧迫的眼神很快从挡板缝隙隐却，像闪露寒光的针芒在暗夜的平静湖面沉去。在邪魅光线消失前，漂浮的女人踏上残木与钢条，碎玻璃和泥土重新在半空中组合成的“阶梯”前，在她捧着异光传输器，和那些面目可憎的长袍者一起消失在无际无边的“虚门”前，帕克博士的眼睛已经在窥视的条纹空隙间隐隐退入阴暗角落，他在满载恶行的光明前怔怔晃晃地退入平静如水的黑暗中，不知何时，他感到这个通风口竟变得无比安全与宽广。

他矮小的身子此刻卷成了一个包裹，事不宜迟！他满脑子都是这件事。

挡板外的破败之室此刻悄然平静，像大灾后残存的敝镇只能无声地哭诉，唯有盘织错节暴露在天花板上的电线在幽幽晃荡，不时发出电流细微的尖锐声。谁也不会看出方才一众可怖的野心圣徒们正聚集于此，视这个原本规整严肃的科学实验室为断头台与会议室。通风口中传出不间断的匍匐爬行的声音，在黑暗中，一点点的光亮都能带来希望，但匆忙离去的帕克博士并不这么想，光明中存在多少邪恶勾当，又有多少邪恶蒙上了光明的外衣？他此刻想到的是自己落在三层实验室的三号柜子旁的不锈钢支架咖啡色圆桌（现在他脑海里的自己早就先自己而奔向了圆桌，像子弹一样穿堂过室）上的公文包中的手机和车钥匙，后来他想想，车钥匙更加重要，得快，反正现在怎么也得联系上萝丝！

# 第十章　赴约

她决定过半个小时再换上新衣出门，转凉的气候无缘由地给周遭蒙上了清冷的色泽。她随手取下了衣帽间里悬挂着的墨绿夹克，它比原先还要沉重，她套上后这么想道。

这个礼拜四的傍晚对于多妮奥来说倍感漫长。清冷的微风从远处的山冈上流泻下来，把高大的山毛榉泛着铜色的叶片吹得簌簌直响。躲在它们身后的路灯这时便忽明忽暗起来，为一些原本明亮的视线撒上了一些阴郁。这令她脸颊发热，在甜蜜的当口被现实的离奇掌掴了似的。她急忙走到窗边，拉上了银底刺绣窗帘。接着她坐回床上，开始从与马修邀约的期盼中消沉，不自在地回想起了萝丝的变化。

今天萝丝不止一次地盯着她看，那种盯并非是简单的打量或是下意识地瞥你一眼，而是盯得入神，生怕她会人间蒸发似的。这让多妮奥心里发怵，联想到了萝丝的异能，莫非她察觉到了自己决定在凌晨落跑，和马修看一场美好的日出，然后尽量赶在早餐前回到房间？不，这件事多妮奥佯装镇定无知，唯一和马修的联系也只存在于手机传来的电波中，她在下楼时又撞见了踱步的萝丝，她手里攥着电话，汗流浃背，像是刚刚跑完马拉松。

多妮奥按捺不住了，她像中午那样，又对她说了句："你看上去不舒服，你需要休息呀。"

萝丝憋红了脸蛋静悄悄地盯着她，欲言又止，这令多妮奥心烦意乱。她不明白，萝丝·雷格朗已经坦诚了所有的来由，秘密已经是破碎罐头中洒落的粉末，为何还需吞吐无声？多妮奥从冰箱前的铁罐头中取出果茶叶，将它们有条不紊地装进瓷杯。

"现在收拾东西。"萝丝半晌才说了句，看样子她是深吸了一口气后才决定把脑袋里这个沉甸甸的决定吐露出来。

多妮奥正准备将装好自来水的外观发旧的电壶放上底座烧滚水，她听到萝丝这句话差点把电壶砸在了底座上，原本松散挽起的头发不小心抖落了几根到额前，“什么？”从萝丝眼里她读到了危机四伏，似乎那些装满了秘密的破罐子里还有一个坚固的小罐子没有被劈开。

“我们要暂时离开这里。”萝丝气喘吁吁的，和多妮奥的闲散和慵懒成为强烈的比对，就像赛场上的橄榄球员和下午茶俱乐部里的打盹小姐共处一室。

但现在打盹小姐醒了过来，原本慢悠悠的动作受冻似的僵硬了，她把电壶开关一摁，决定还是完成原本的泡茶计划，但现在脑子转不过来，手也就跟着垂了下来，她转身面对着萝丝，将双手放在简易木制吧台上，摆的不太规整的餐具暗中作响。光聚过来，她睫毛的阴影在眼皮下闪动着，她对突如其来的信息迟疑，强烈的抵触和温顺的接纳，似乎是前者占了上风，沉寂多年的倔强透了一点风出来，电壶这时也应景地响起了呼号声。她箭步走到窗前，推开油腻腻的帘子，外面乌漆墨黑的安静无比，远处行车的呼啸声似乎被群树与玻璃窗屏蔽了，“好好的呀！我们要去哪里？我……我现在为什么不能够自由活着，生命的长短就有那么重要吗？”她走到萝丝跟前说道。

萝丝眼睛瞪大，两颗铜铃似的盯着多妮奥，心里受到了极大的挫败感，她希望知道自己所说的一切都不再是遁词。她那贴在螺旋花纹墙上的影子在静谧的灯光下显得更加蜷曲，仿佛已经在盛气凌人的少女前缩成了一小团棉球，缩进了一个看不见的溃败之洞里。

“情况有变，我没有来得及告诉你，是为了保护你。”萝丝站不稳了，靠在门后，挡住了客厅的光线，取而代之的是颤悠悠的瘫软阴影。

而在多妮奥眼中，这个老婆婆正明晃晃地拉扯着自己的底线，拉的要比这荒唐无边的黄昏还要长。萝丝咬着牙，她不可能告诉眼前的女孩，她的成长是一场阴谋，是一次实验，是未知里的残酷献祭，是计划中的垂死挣扎。而萝丝被蒙了进来，被利用，被欺骗，像在替一个冷血心机的主子豢养身无寸铁的幼兽，琼斯夫人早在初识萝丝时就看穿了她的厚爱之心，顺从之命，迂腐得毫无价值，她的异能对琼斯夫人来说就像陈旧的书房里毫不起眼的灰尘，怎能登入那宏伟而壮美的殿堂？所以，琼斯夫人的大掌拨弄了棋盘，这枚不起眼的棋子可以用来收揽另一枚有所作用的棋子，它们的路线简单幼稚，连接着“关怀”与“恩情”。现在，这两枚棋子在厨房与客厅之间对立着。其中那枚忐忑不安的棋子尽管异能浅薄，却暗暗预感到了不详，这来自于她极端焦虑下激发出的细微预知能力，她大脑中的“突触后膜”作为接收讯息的神经元，不断感应到一场来自永恒组织的暴风雨要向此地席卷而来，这个预警令她的大脑皮层火辣辣的隐痛。

萝丝难受地低下了头，一时顾忌不了缓和当下的气氛。

“你已经做到了，现在很安全。我是说，我们不用这么着急离开。”多妮奥注视着低垂的萝丝，还是显露出了一丝担忧，“你还好吧，我刚刚是不应该……那么冲动，我只是……”她并不想对马修爽约，这对她来说很重要，她较劲的对象其实是自己，是那个无法在压抑的苦海里保存新鲜的甜浆，只能眼看它们消逝而无能为力的自己。但现实中，危机四伏，而少女浑然不觉。

电壶的尖叫声已经达到了巅峰，“啪”的一声，电壶底座的开关自动弹起，不断有白气从壶口冒出来，在灯光下浓浓暗暗地升腾着。多妮奥并没有回身去完成自己的饮茶计划，而是走向萝丝，只见老女人紧闭双目，嘴唇哆嗦，逆光映照的白发变得更加浓密。她褐斑点点的双手攥紧电话，像是要把它捏碎。就在多妮奥准备扶住她发凉的手时，“嗡”的一声！电话亮闪闪地震动起来，活像个跃动的蛤蟆。萝丝惊醒过来，手指和手臂同时运作，使手机贴近她耳朵前就已经听得见对方的声音。

那是帕克博士的声音，特别模糊的一段声波，陆陆续续传递进萝丝的耳中，“你们……快离开……就要来了……”毫无疑问，萝丝深知当频率被干扰时，代表着周围的磁场已经有所变更，危险已经先她的预知到来了，她拉起多妮奥的手，只见电壶中不断冒出的水蒸气已经扩散包裹住了门窗，并渐渐涌出暗白色的人脸，人脸在蒸气中翻滚升腾，浪花一样涌满了厨房，像舞台剧中烘托神秘的干冰在释放白气。

多妮奥像是被钉在了地上，眼睁睁地看着这不可思议的氛围在跟前缥缈地成形，是萝丝一把抓住多妮奥，她才得以离开原地。萝丝捶了捶自己的脑袋，想让自己更加清醒，似乎这样的击打使她好受了些，她已经事先把可以随身携带的物件装在了衣兜里，以防万一。此时此刻，那潭雾气已经窜到了门边。回过神的多妮奥跟随着萝丝穿过摆满器件略显拘谨的客厅，五颜六色的泥墙下花朵正蓬勃生长，泥土鲜亮一片。陶瓷底座上的银油灯“怵”的一声燃起了火苗，亮晶晶的焰火转悠悠地摇摆着。多妮奥听到了楼上自己的手机正哗零零地作响，她大意地把它落在床上了，在她认定的平安时刻，她本可以享用迟到的随性的简易下午茶，这下她可是再没有时间去接起那通必定是来自于马修的电话了。

萝丝拉住她离开这道铺满鲜亮异常的色泽的客厅，那些黏合在灯罩上的枯叶回光返照般的通通嫩绿一片，但那种诡异的嫩绿太过于娇艳，毒似的蚕食人的双眼。多妮奥感觉飘飘然于厅堂内，只有萝丝闭着双眼拉着自己无限延长的手臂，她感觉自己快要跟不上了，焦距拉长后主体缩短似的，眼前的一切都被浓艳而美妙的色彩包裹着，她联想到嗑药这个字眼，从曾经的字面描述转而映入眼帘中。在五彩斑斓的丛林里踩着海绵奔跑似的，直到萝丝大声地呼喊她的名字，让她如梦初醒，发现这短短几步路像是走了数分钟那般漫长。萝丝推开了家门，将多妮奥一把推在身前，多妮奥直愣愣得像根棍子差点打了个趔趄，她好像还没能进入一种逃命的状态，而沦陷在吃惊的幻象中，萝丝将她护在身前，自己挡在身后，只听室内一阵骚动声。她们两人飞奔在门口的碎石小道。绿地起伏，倒影在家里雾气蒸腾的玻璃上，与之相对的，是两张双颊酡红的笑咧了嘴的面具式人脸，紧紧贴在艳丽的窗前。

“我反应太迟钝了，他们来了，是顽韧双子！我要带你逃离这儿！”萝丝在多妮奥耳边快速地放话。

现在清醒和昏迷的对象调换了一下，多妮奥全部的血流都供往奔跑的双脚，以至于她麻痹的脑袋只能冒出一个最直接的问题。

“他们为什么要找我们麻烦？”她提出了这一点。

萝丝没有答话，而是在半空中画着一个浑厚的圆圈，不忘念诵咒语，那些圆圈透亮，将周围的空气映得波光粼粼，在仅剩的晚霞光照下慢慢匀开。这些圆圈在她们身后拉伸，竟像一张巨大的反射镜严实地将紫桃街凯德尔巷六号房屋罩住。“我只能将他们困住一时，希望这会给我们争取时间！”萝丝引领着多妮奥跑向早已停在路边的私家车，她为自己预先准备好逃命而开启出的车辆感到一丝欣慰，但紧接着，她嗅到一丝不祥的气息。

“该死的！他们早先一步设了局，这可不是我的车！”萝丝气喘吁吁地尖叫道。

马修回想起自己耽误学业的两年时间，期间他绝对不是一个好学生，而是一个沉闷的，甚至有些抑郁的男孩。这是他从一个极端到另一个极端的征兆，也就是那些过载的童趣和自娱的幽默慢慢碾磨到他迟来的青春期里，在不言不语中发酵。他的父亲曾经担心他的心理状态岌岌可危而四处寻医，并暗中自责自己离工作太近而离家庭疏远。最为名声赫赫的医生认为这只是青春期的自闭而过于沉溺自己兴趣的反群体行为，可以适当调整和放松，特地腾出假期疗养，因此，应允而施行在他身上的待遇极度罕见。马修父亲有股傲气，在他看来，许多事物变通自如是可以根据自身能力进行的，所有亏欠于家庭的时间，他都会试图在工作地位和人际关系中夺回来，他在大儿子身上的那些关爱，试图及时地弥补回来，他带着愧疚的心理由着马修的爱好而请了绘画教师，循序渐进式地不再对此存有偏见，接下来，在马修十五岁那年拥有了新的家庭伴侣托托，可以看见他慢慢地不再那么拘谨而封闭，欢笑也不再吝于表露。重返校园后不久，这个老学生自告奋勇地学会了开车并顺利考取了驾照，这辆深蓝色福特小轿车算是他靠自己的“小金库”积攒买来的二手货。尽管他爸爸认为这大可不必，家中搁置的车辆完全可以给他平日代步。从这点小事上看出，马修并没有像弟弟那么渴求家族的继承权，他并不期望掌控权力上有所建树，但希望自由洒脱能伴随左右。

此刻他坐在这辆行驶过数万英里的座驾中，停在了路边。一手握着方向盘，一手握住眼前的手机。他眼见着路标身后的夜色慢慢低垂，稀释着温暾了一整天的太阳光。马修尽管常常被陌生同学误认为是孤傲而不易接近的“艺术家”，但他从小耳濡目染的绅士风度或是热络谈吐潜藏在心中，不时地对自己喜爱的人或物发作一番。比如在他小时候，他一定记得要先为同行的女士开门，或是在香气满盈的女人面前展示一个幽默的小魔术，贵妇门罗太太当即就认定他长大定是个把女人拨弄得意乱情迷，被姑娘们围得团团转的大情种。不知是幸还是不幸，总之，没托她的福。

他的这些骨子里的礼貌并没有在年少时为他带来多少异性相投的情缘，越来越多桀骜而野蛮的姑娘们冲着新的时代去了，她们并不喜欢用木讷和礼节伪装自己的男生，也不会喜欢太过阴郁甚至曾一度消失在同龄人视线中的神秘者。于是马修有的是时间漫步前行，无所谓地把画笔一衔，有更大的这份兴趣爱好可以把他那些象征性地讨好举动通通消耗掉，最后与自己的梦想做伴。和他的兄弟不同，他弟弟兰尼可是有着转不完的小脑筋和使不完的大体能，处处争强好胜，外向而时刻具备着炫耀资本，兄弟两人慢慢由两株差不多的根茎分别长成了不同的形状，不在于面容，而在于特质。

马修成长的足迹慢慢被强烈的，看似冷傲的自我覆盖了。他需要讨好的一切都在笔触，在五颜六色的调色盘与画布中。他把过去的那些魅力而引人发笑的特质远远抛在了身后，或是烙在某个足迹的边缘。尽管离休学疗养已经过去好几年了，他现在已经稳定并且持续地摆脱了总体消极的特殊时期，但在某些时刻，他越发觉得没有人能够理解他。因此，激发他重新想要去博得某个人的欢心，引得某个人的发笑，是难得而真诚的。心底里青春昂扬的爱意使他精神焕发，身体里蠢蠢欲动的荷尔蒙使他斗志满满。

现在那个带给他快活能量的心仪姑娘就在不远处那栋房子里，他欣喜而调皮地对着后视镜，朝身后的房屋眨了眨眼睛。

隔着整齐的蔷薇錾面大理石围墙和零星的野生花丛，他隐约看到了多妮奥家里明亮的灯火，不经意间，像是保鲜膜撕扯下来罩在奶油上，那光亮晕染得更加闪耀了。凸透镜镶嵌进空气似的。是自己看花了眼？他偷偷地问自己。真是个可爱的女孩！现在他意识到自己的手机已经隔了很久没有震动了。什么？一分钟也算久？他毫不犹豫地将联系人页面的第一个名字点开，正要拨出前，迟疑了片刻。

催促一个即将赴约的姑娘是不好的。

他伸手扭动音量，一个鼓点音由弱变强，日本音乐大师喜多郎的音乐很快灌进车内。接下来的时间，马修半入神地随着哀婉而又激昂的音乐放空，但心中的鼓点一直无法停下来，甚至随着心脏的跳动而加快了节奏，显然不是和曼妙音乐一个频率，像是一条平行线外长出的层次分明的尖刺，正在抓挠着他的意识，使音乐不再是音乐，舒缓不再是舒缓，而是化作穿云破帛的利器。是不是失联得太久了？他竟生起一种莫名的担忧，很快的，音乐淡去，舒缓退却，他坚决地要联系上她，这件心头大事才是原本广阔的湖面，而背景音乐仅仅是铺在上头正值溶解的薄冰，此刻几乎融化得不见踪迹。

他先拨出了一通联系人栏置顶号码——这些天与多妮奥来往不断的电波凝结

出的大头条，每天都能看到她的名字在这里游走，哪怕是被别的号码推下去，很快又会再浮上来。他按捺不住想要告诉他一天的趣味，而她也全然接收。虽然比起那些激情四射的男女，这些信息全然构不成轰炸。原先他对于自己拿不定是否能够与她搭上话的忐忑最后都变成了隐隐的自信，所以他发出了最为恳切而独特的邀请。多妮奥恰好也与他的只言片语相投合，就像两个小孩找到了同一片撒满贝壳的海滩，马修接下来便拿不准自己捡到的那枚贝壳她是否也喜欢。

他把手机凑在耳边，在他听到的先是两声“嘟——嘟——”，他暗示自己，为什么第二声嘟会比第一声长，两个声音在比气息似的拉长了尾音，他猜想也许姑娘一会儿接上电话一定气喘吁吁的，然后带着顽皮的口气说“我可是百米冲刺来接听的”。到了第三声“嘟——”，他觉得这声一定有某些变调，变得更加激昂，尖锐，无视手机细微的接听孔，原本有些糙砾的响声竟变得纯正而清晰，甚至比车载唱片的音质还要优良。马修怀疑难道这是自己从狂喜到暗忧时只顾视线的焦急摆动，无意间绊倒了耳神经，让它们齐刷刷跌落，现在晕晕乎乎地出现了错觉。

哈哈，我是不是很冷幽默?

到了第四声了，不对劲，特别不对劲，非常不对劲，这声音竟像窜天炮似的直穿云霄，频率高得快要刺破耳膜，原本的“嘟”声凄厉地变成“咦”声。他触电似的掐掉了手机挂机键，气馁又吃惊地将手机扔在副驾上，完蛋了，手机出毛病了，还是信号塔吸了毒? 刚刚在听筒里发出的声音明明就是一个金属乐队奏出的最为尖锐的高音阶。他脑子里混乱地想着，意识到最重要的问题是，多妮奥没有接电话。

挂倒挡！踩油门!

这辆在底盘上略有剐蹭的深蓝色二手车离多妮奥家门口更近了一点，马修已经决定好出去打探情况。在他刚要打开车门之前，他凝滞了身子，有什么东西在他目及之处张扬放肆地提高了亮度，那地方不正是……他从后视镜中可以清楚明白地望见门牌为六号的房屋向外凸出的飘窗溢出闪耀刺眼的灯光，里边像是有个小世界正值天亮，光亮要盛满之时，就像水满则漏，球胀则破，“啪”的一声，屋门像炸开似的，溜出来两个身影，肥胖的萝丝拽着惊魂未定的多妮奥，像两团大小不一的毛球惊慌失措地曳过草地前的角砾岩小路。

马修被夕阳下的影影绰绰弄得疑惑而又紧张，他看见她们跑向自家的马自达黑色小轿车，从萝丝困窘的表情上，他料到了一些不详的事物正在她们身后追击着。他扭头重新启动车子，错过了萝丝精彩施法的一瞬，他可真该在此刻看看那栋圣洁美妙的房屋，此刻像是在保鲜膜上添了一层透明的果冻，晃悠悠地爬满了围墙和门窗。马修掉转车头，有条不紊地摇下窗户，车身在局促的小路上滑向正要从那辆黑色私家车门前拔腿就跑的老妇和少女。

背驰而行的马修注意到了她们身后的那栋房屋惊奇之处，不就是块巨硕无比又鲜亮诱人的大型奶油蛋糕吗？他看见两扇窗玻璃上一左一右贴着两张带着诡异咧嘴笑容的人脸。他们身形高大，宽阔的紫色衬衫领口像巨大的飞蛾翅膀，不知道是不是屋内光线太强，他们几乎呈半透明的状态出现，并且以相同的姿势摊在玻璃上，双手交叉于脖颈，带着粉红色光晕的手掌附在窗前，像“X”形上顶着一具笑盈盈地脑袋。他们一点点地挤压，想从中钻出来，这使得他们原本就足够张开的大嘴更加宽阔。这种令人不舒服的笑容让马修顿时想到了每个人童年时共有的梦魇，在甜蜜祥和中笑得过头的不对劲的脸，比世界上任何狰狞的面容更加可怖。此刻那两张脸除了僵硬的笑容外没有别的表情，他们的视线跟随着多妮奥的方向，眯着弯弯的双眼，瞳孔直愣愣的，无害的，表面上愉悦的，却又令人隐隐不适，仔细一看，他们透着东瀛能面似的阴郁。

多妮奥的尖叫声！

这是马修与她四目相对时所听到的声音。马修的车速很快越过他们的脚步，再逐渐放缓，一个阔身影猛地挡住了后驾驶的窗户，气喘吁吁地，“是马修斯啊！”萝丝看见驾驶座上的马修激动地眨巴着眼睛，“真的是你！”她用焦急的口气敦促着多妮奥，“快上车！”马修一时被她们面无血色的面容吓坏了。多妮奥几乎不敢相信，在这样危机处境有一位毫不知情的男孩，而这个男孩原本是来跟她约会的，而且她对萝丝就偷偷去约会的事情三缄其口……身后还有怪人觊觎，多妮奥发现两个无所瓜葛的世界现在碰撞在一起，就像天线宝宝们跑进了惊悚逃命片里，又或者是人头铺地的邪恶教会里融进了一群吃着薯条玩着游戏机看《老友记》的家伙们。现在这怪异的碰撞，掉出了一个萝丝，一个马修。让多妮奥感到稍稍放松的是，马修此刻一脸认真，两眼发出特别真诚的执意引领走丢孩子回家的失物招领部门工作人员的眼神。多妮奥觉得自己更迷恋他了，他像是个英雄一样出现，可是上帝啊，可别让他遇到危险，对于这些诡异之事他一点都不要知道为好，他们只是去看场流星，听听海风就好了呀。

“求求你，马修斯……”萝丝吞了口口水，呼哧地一面瞟着身后房屋一面看着马修。

“叫我马修。”马修尴尬又快速地把话嗖的一声飚出来，他可不想打断一个逃离者的言语。

“你能出现真是奇迹啊！孩子！”萝丝推搡着半个身子已经钻入后座的多妮奥哀伤地说道：“现在快离开这儿，亲爱的！去找帕克博士，他会知道你在哪里！他会带你去往安全的地方！我……没能保护好你……你的祖父是个好人……”她哽咽地说道，不顾多妮奥瞬间涌出的泪花，不顾多妮奥语无伦次地回应，“你呢？”多妮奥此刻再也顾不上在心仪男孩面前的雅态，生死攸关，眼前的是老女人是她年年岁岁相依为命的家人，无论人世如何凶恶，她都无法接受让家人替自己受难。

萝丝深深地吻了多妮奥湿漉漉得有些发亮的额头，“我要尽我所能，你要逃离这里，琼斯夫人可不是个善茬！他们的目标是你，不用担心我……”萝丝不愿意再说下去，她已经说了最重要的一点，她把赌注放在了驾驶座上那个对多妮奥有诚挚爱意的少年身上。她能从他的眼神看穿马修的内心，除了波涌的荷尔蒙，他有着难得的好品质。萝丝认为，如果每个人的命运是一条线，那么她将这根线跟别的线打了个结，不至于在一条线路上走死，而有了别的转折，哪怕这样的拯救太过于微弱，总归是为生命顺理应当的存在而做的努力。

她一把带上了车门，二手车发出吱嘎的声音，车胎抖了抖，像是快速地喘了几口气，“快走！离这里越远越好！”她拍着车门示意马修，眼神里透着坚定和施迫。尽管多妮奥呜咽地呼唤着萝丝，告诉她不必这么做，但她发现自己根本无法用自身的力量打开车门，整辆车被无形的枷锁困住了，密不透风。马修原本一头雾水，渐渐发觉了其中深意，无论现在今夜所发生的事情多么不可思议，他的职责就是保护多妮奥的安全。

“记着，远离热闹人群！越荒芜越安全！”萝丝最后嘱咐了一句。马修的手不可抑制地往方向盘吸去，他的脚急促地踩上油门，只见萝丝的食指一挥，他原本朝向她的脑袋被看不见的巧手摁回了正前方，车子呼啸朝大路驶去，深蓝色的福特在一丝霞光下飞快地从紫桃街上滑离，像一道闪电在灰暗色的大路上划过，山毛榉的叶片在流光溢彩下簌簌作响，慢慢地盖过了远去少女的呼喊和抽泣。

这里徒留一具壮阔的身躯，她已不再回头，静静地抹掉脸上凝住的泪水，粗壮的手臂垂下，袖口上还有一股早晨因紧张而不小心打翻的蓝莓酱的味道，这味道陪伴她许多年，早餐风味真是沁人心脾啊。她挽起了袖口，指尖有些黏腻，脚步比往常走到家门前要慢一些，决意已定的巨人正步履沉重地踏往自己的家园，朝那栋室内耀眼无比的房屋走去，对面三两个匆匆赶路的行人还以为这里是某部耗电无比的电影片场。

萝丝·雷格朗路过原本那辆属于自己的轿车，轮胎上的纹路已经与地面接壤，开出了七彩斑斓的蘑菇，橡胶边缘的铝制孔冒出了金粒与碎银，整辆车的底座就像个制造趣味与财富的乐园。不远处的一个年青的行人突然像个觅食的狗一样朝车子扑过来，跪下来舔着摇摇荡荡的蘑菇头，手里攥着那一枚枚令人痴心贪恋的金银。萝丝越是走近家门，身上渗出的汗水越是繁多细密。她用坚强的意志抵御与忽视路旁侵袭着意识的原始诱惑，那些芳草与花团被室内的两个魔鬼慢慢钻离与感染，竟茁壮疯长，贴近房屋的那一排排小草高耸如稻田，花团锦簇之中还有花团，花蕾绽放之间还有花蕾，撑得快要炸开的花瓣被蕊中取之不尽用之不竭的蜜汁淌得浑厚饱满，掩映着粗壮如蔗的花枝，平行直下。无数花瓣就这样拥挤着生长，就像巨型爆米花一样裂出千万纹路。

它们时而细语吟唱，时而尖笑高歌。

萝丝从那嗡嗡作响的杂音中只感受到冰雪之崖的萧瑟寒冷。

她用一只手撑了撑自己的膝盖，弓着腰拾级而上，表面上看，她平和得一如往常。但她被烈焰灼噬的内心告诉她，如果她松懈一些，放纵一些，站在此地的她将会无比快乐，就像那些花草，痴人，鲜艳的蘑菇一样，享受简单而直接的欲望，全然忘却年老体衰的烦恼。在她迈着视死如归的脚步前行时，另一个声音又在给予她鼓励——可要活下去，这事儿还没完。她的双眼被室内亮光映得无比明亮，咄咄逼人的光芒却怎么也突破不了她坚定的心理防线。哪怕两扇窗户上笑得更加慈眉善目的双子快要挤破那层包裹房屋的膜。原本由萝丝对房屋施法而形成的近乎透明的结界，此刻也渐渐消失，变得粉嫩一片。

她举起了浑圆的手臂，朝他们竖起了笔挺的中指。尽管面对她的两个怪物根本不会将萝丝放入眼里，他们永远不言语，永远挂着夸张的笑容，永远按着绝对的指令行动。萝丝倾注了心血，但这层结界薄弱得只如同小孩在渐渐苏醒的大人眼睛上缠住的一小圈毛线而已，她将两个手掌摊开，触及粉红色的结界，继续用尽全力施法，形同于不停地给那两双目视八方的眼睛添加一圈又一圈的毛线。

但她早已疲惫与苍老，神怪之力远胜于她，她抵御着周围能给她恢复青春明艳的能量。而她却让皮肤继续保持松弛，形体依旧臃肿不堪。那两张凌驾于她头顶的笑容本可以带给她所有遗失的趣味，但她现在脑袋里只有一件事——尽全力拖延时间。只要这两个“顽韧双子”一点一滴地完全脱离这栋房屋，那么他们势必会遁于每一寸空间中，与自然之物先融为一体。他们悄然无息地出现在这里，有着比异能者更加隐秘的力量，他们企图致幻迷惑住逃离的少女，将她轻而易举地掳掠，但是他们低估了萝丝的意志力。只要他们将多妮奥握于掌中——萝丝甚至可以预见到有一个女人会比这两个怪物笑的还要张狂和欢愉，那个渴求权力与能量到达巅峰，誓消灭所有干扰者的琼斯夫人。

我不会让她的笑容出现的。萝丝心想。

那辆疾驰而去的二手福特出其不意地从原路返回，悄无声息地缓缓驶回原本的单调的车道上。车窗摇了下来，多妮奥像个洋娃娃一样甜美动人，脸上洋溢着幸福的笑容：“亲爱的奶奶，你看我带回了什么！”她慢慢从座位上捧出了一个彩虹绣带包扎的洁白礼盒。萝丝应声回头，感到乏力无比的她此刻来劲了，她呆滞地看着欢畅无比的多妮奥从车上下来，亲切地跟驾驶座上笔挺帅气的马修道谢，“奶奶，我们快回家啦！我想尝尝鱼子酱洋葱面呵！”她笑盈盈地朝萝丝走来，神情自然的一如刚刚放学回家。萝丝慢慢放下原本朝房屋摊开的双手，激动地转过身来，她抑制不住自己喜悦的泪水，紧紧地抱住了眼前的女孩，就像是离开了多妮奥太久太久，重逢的美好已经让她感动地抽泣起来。她从来没有想到多妮奥的身躯如此柔软富有弹性——恰到好处的火候才能让肉感如此酥软，她取出了烤箱里香气喷喷的面包，又将嫩得流油的火鸡腿端放在了铺上碎花绿叶点缀的意大利进口布艺的桌面上，火烛映着她仍有风韵的脸庞，多妮奥从楼上欢快地跑下来——“奶奶，快打开礼物嘛！”她的声音奶声奶气地在萝丝耳旁轻唤，那个圣洁的白礼盒上的绸带正缓缓下滑。萝丝托起礼盒，都快要将整颗头颅贴上去似的，她感觉身子沉沉的，兴许是这礼盒中的许多玩意儿正压在自己手上吧，她毫不犹豫地揭开了盒盖——

她看见的是自己放大了的苍老手心，巨硕地出现在礼盒底端，捧着这份虚无。

“奶奶！”眼前的多妮奥喊道，萝丝顺着声音望去，她惊吓地扔掉礼盒。多妮奥的笑脸开裂到了两鬓，她微张着扭曲的笑脸，成千上万的发黄的龋齿排列在暴露的牙龈上，周围的景象都随着她那深不见底的糁人笑容融化，由明亮到暗沉，原本可爱的少女此刻像泄气的皮球正凹凸不平地在萝丝眼前消失。重新叠加在眼前的分明是早已入夜的安静家门，身后躺着早已昏死在台阶上的自己，刹那间，她的思维没有再运转下去，像冰冷的麻药灌注在微弱的意识中，她彻底放弃了抗争，就这样静静地，静静地倒在熹微的灯光中吧。

如果这一切都没有发生该多好？

每时每刻都会有不少人都会冒出这个念头，从误把番茄酱与辣椒酱混淆的主妇到商业楼里错把小数点挪后而导致财务大损的行政，从初次擦破了头皮的蹒跚幼儿到趔趄踢到桌角的暮年老者，期许的时间长短不一，智者不再抱怨，仁者放弃回味。人们意识到了时间局限于前进而非任意倒流，于是他们硬着头皮循着已经确立发生的事件，想方设法地弥补。于是，这一时空的连续性从一个没有假设“未发生事件”的世界中完整，就像某个人在前途未仆的迷茫中踏进了眼前无数条路中的一条，而这一条又连接着接下来的无数条路。整张密布着如迷宫回路的扩散之网慢慢随时间流逝形成一条线，从某种层面上说，这条线是人生唯一的符号。

事件是否是注定发生的呢？所有人性的起始到文明的推进，是否都是更高阶生命的程序，使世间万物的沉寂与辉煌周而复始，永无止境，就像魔比斯环上不断向前爬行的一只微不足道的蝼蚁。而组成这个魔比斯环的物质，仅仅只是另一个空间中无足轻重的材料。

人性难测，宇宙无涯。命途中繁华极乐，毫无隐疾也好，险恶丛生，荆棘密布也罢，时间如流沙乱世翻滚而下，谷底就是人所皆知而又避讳的死亡。人们常说生命珍贵无疑，个体难求，即是每个在子宫中孕育的生命都是独一无二的，所有灵性思维都是漫无边际的，无一全然相同，暗中滋生人性之恶，孕育人性之善，善恶对错的真理正是人类普及，是否是进化的必然呢？患难之时又如何区分事件的必然和偶然？真实抑或虚幻？对于夜幕降临后那辆从布鲁斯特大道疾驰驶入郊野公路的深蓝福特里的沉默少女来说，幻境如林立鬼楼，飓风暴雨，如影随形。她所认定的，是恶的必然，致使这一切凶险来临。她还知道，自己要保命，就像遗落孤岛的漂流者对生的坚定与欲望。萝丝奋勇抵挡邪恶换来的幸存机会，绝不应该拱手给那个什么夫人，多妮奥依稀知道那个神出鬼没的女人和自己家族有过交集，现在她想从自己这里获得什么，全然不顾伤命之危。

她感觉自己的心脏从离开市区前就一直悬吊在嗓子眼，实实在在的血肉之躯，又被脑筋真切地暗示着，仿佛稍微倾下身它就会从喉咙里滑出来。

多妮奥耳朵里时远时近地传来马修的声音，他一路上安慰着她，尽管听上去他似乎并不那么确定自己是否了解大局，更何况其中细节。“我会好好保护你！我们得跑远点！嘿，别担心，我在你身边！这辆座驾好使得很，看，汽油是满当当的！”他从后视镜不时地看着呆滞的多妮奥·里德，一开始她安静下来时就是个面无表情的泪人儿，现在她似乎缓过来了，头脑慢慢运转，计划着后事。

她望了望入夜后依稀闪烁的星星，用手指快速地抹过结痂在脸颊上的泪痕，冥冥之中她已经忘记了害怕。人生如渡船，但绝不要在琼斯夫人的风暴中被打翻。“我得振作，马修！”她说完，将身子向前探往前座，没有心脏从喉头掉出来，她的整个身体迅捷地从后座翻向副驾，双脚凌空，腰背在副驾靠背顺势滑下去。马修一面开车，一面配合地挪让着空间，并下意识伸出手臂护着她。

“让你卷进这些事，我很抱歉。”她说，“谢谢你，马修。”

“不，看见你能好起来，比什么样的约会都重要。”他松了口气，因为他一度害怕她在泪眼蒙眬的呼唤中昏厥过去。“我并不了解发生了些什么，你的房子，看上去和之前很不一样……”

多妮奥看见他真诚坚定的眼神，顿时觉得隐瞒毫无意义。在疾驰的轿车上，这个叫马修的男孩，像拉着公主逃跑的骑士那样勇猛而机灵，他的双手稳稳地握住方向盘，生怕闪失，引起少女的担忧。夜影中的微光无处不在，隐隐照在马修的额头与鼻尖上，闪闪的一片宝钻那样，多妮奥从未想过自己会如此百感交集地看着他，她意识到这是比约会更能熟悉他的时机，仅用一瞬间就好了，他朝她看了一眼，微光由一条线泛进半张脸中，柔和地灌进她的眼中，惨淡云雾中的光亮。他嘴角抿成略向上弯的线，借以告诉她一切安好。他不是像辛西娅说的那样，这些男孩们只是急匆匆地想到找个女孩，证明自己的体力和热血，不久之后各自分飞，拜拜！

马修的目珠时不时瞟向后视镜，又目有警惕地看着过往的车辆。还不够远吧，他心想。

“两个怪人侵入了我们房子，就算把这一切告诉警察，他们也不会相信，只会引来更多的麻烦。不管怎样，帕克博士会找到我们的，现在我们先朝这里去。”多妮奥点击行车电子导航仪，指示着帕克博士实验基地的大体位置，“马修，我从未告诉你关于我的家庭……它并不是你想象的那样……”多妮奥的心怦怦急跳。

马修没有减慢速度，他看了眼电子导航仪，“我知道。”他说道，“我没有去猜测，我喜欢你，从你身上我看见了别的女孩所没有的东西，你的神秘，你的矛盾，和你接近会让我感到舒适，我愿意同你一起冒险。流星因为遥远和瞬息令人瞩目，而你，令我动心。”

他的情话刺痛了多妮奥，年少的承诺弥足珍贵，却也形如风影，了无踪迹。她才不要让一个喜欢自己的男孩去承担不必要的痛苦，她极力隐瞒着，哪怕他已经闯入了这场危机。平静的邀约成了一种奢望，现在他们进了同一条船，这一切是注定的吗？真希望他顺利地把自己扔到帕克博士那里，千万不要回头，绝尘而去，第二天忘记所有与她有关的事，继续隐藏他的早熟和煽情，然后安然地度过他的一生。

这场冒险并非童趣。

“你一定觉得这简直疯了！我的家族就像一个笑话。”多妮奥并没有继续将自己从小失去父亲，妈妈下落不明的事情告诉他，当然还包括自己寄养在祖母家，而萝丝又不是自己真正的祖母。她摇晃了一下脑袋，还在判断着这些事与追杀的关联，她回想起萝丝的话，事有蹊跷，她必定还隐瞒着什么。

“我的父母……在外人看来，他们甜蜜又幸福。”没想到马修闲聊着扯出自己的家庭，“但我一直都知道，我的父亲在外面有了女人，可笑的是……我妈妈暗中知道这一切，但她选择视而不见。我想，正是因为我爸爸的愧疚与我妈妈的装傻，才能建立起这荒诞而又精心的感情。他们各自有了情感的宣泄出口，反而维护了一段婚姻。对此我很困惑，要在这场演出里表现得无知。我没有什么可以隐藏的，我可不愿意像他们那样在感情的世界里充聋作哑。现在，我对你的好奇加深了，我愿意听你的倾诉，我也尊重你的每一个决定。”

他比流星还要闪耀。

“谢谢你，马修。”

他就像一个装在少年身体里的成熟男人，多妮奥心想，自己在不幸中又何其幸运。慢慢地，就像原本抵触游泳的人在伙伴的鼓励中下水后发现了游泳的乐趣。多妮奥觉得自己傻在过分重视所谓的常人形象上，而忽略了面子不过是对待生人的装饰品。她无须掩饰，他的深眸也藏不住掩饰。

“你在沉思什么？”马修看着她。

“姑且不论家族或是血缘，这个世界上有很多你意想不到的东西。”多妮奥假装不经意地说着。

“我相信。”马修说完，又补充了一句，“爱算在其中之一吧。”

他满脑子都是这些吗？

“我希望一直是。”多妮奥终究还是没打算把复杂身世和命携诅咒全盘托出，她不想唐突地毁坏这次逃难的交心。所以她决定循序渐进，直到见到帕克博士前，能行进多远算多远，不管是路程还是交谈。“不过，与之对立的元素也算，如果能量超过负荷，它们通过某些物质变成实体，会影响人的心智与身体。”她顿了顿，极力理解着帕克博士和萝丝的那些言论，尽量简单地表达出来。“除我们之外，还有一种身怀绝技的人，他们能掌控这些能量，俗称异能者。”

“我明白了，”他轻唤道，“魔法！我相信魔法，外星人，以及任何形式的鬼怪，我一直怀疑普里斯校长的假发里躲着一个地精。”

多妮奥瞪大了眼睛看着他，他就像个装在少年身体里的年幼男孩。

“那两个怪人在追着我们，我想琼斯夫人就是他们的头目，他们要从我这里得到什么。”

“那两个家伙就像另一个次元来的马戏团小丑。琼斯夫人，听上去就是个管事的。”马修歪了歪脖子，眼里闪烁着桀骜而镇静的光芒，“不管是你有着他们的把柄也好或者是他们想从你这里得到利处也好，我可不要你受到伤害。现在我已经和你奶奶站在同一条战线了。”

“你该知道的故事太多了，萝丝并不是我真正的祖母，她也是一个异能者。在我儿时失去父母的依靠之后，我被带到她身边，她将我养大。除此之外，我再也没有回到自己的故土……”多妮奥脸上带着一丝轻蔑的神情，“我不喜欢那里，我甚至感到恐惧，最近常常在噩梦中惊醒。温切斯尔小镇，我几乎没有印象了。但我还能记得那栋远郊的大宅，总是令我刺骨寒冷。我曾看见不可思议的现象在那里发生，因此我找到了祖父的笔记。他所研究的你从未听说的物质，这种物质被不明之人所利用，以此影响着我的祖辈们，包括我。”

“听上去像是一种诅咒。”

是马修说出来了，他敏锐而想象力丰富的大脑正快速运转，将她有气无力的描述用那个无法逃避的字眼脱口而出，一语中的。

多妮奥点点头，“所以，那些人抓我一定与此事有关，我是里德家族最后一个女儿。”

多妮奥瞟了一眼后视镜，一对车灯在弯道上一闪而过，原本那辆车是迎面而来又擦肩而过的，但在他们身后却急急地划出一个刺耳的漂移，前轮的抓地力既稳当又灵活，它像一枚大型橡皮擦在与地面的紧密厮磨中滑下一道弧线。柏油路上顿时像被圆规作画似的显出间断交替的黑痕，在左右弓身的微弱路灯下显得极为醒目，像一条昏死在地上的鳗鱼。那辆车在这条相对空旷的公路上不偏不倚地朝他们追来，都快要黏上他们的屁股了，马修几乎是在同一时间看到了后视镜中的一切，警觉地握紧方向盘朝前猛踩油门，他的反应丝毫不输身后企图追赶他们的宝马X3。

马修加速滑过眼前几辆循规蹈矩的轿车，而身后那辆神秘的车子明目张胆地尾随着他们，连闪避的轨迹都如出一辙，它像个身形过于显眼的幽灵紧紧地跟住了马修的福特。马修本能地想要脱离可疑的追随者，但又有一个疑问冒了出来，为什么它不像一般的跟踪者那样隐藏，而是如此高调地追击?

夜色早已垂成一片暗蓝，暗得诡谲无边，从天而降，快要压在马修的车身上似的，要与地面夹击，成为一道险峻的横向峡谷。而马修就像开着战舰飞驰而过，每一寸每一秒都像是最后冲出天地间峡谷的一刻，火急火燎地奔逃。多妮奥一手握住身旁车门上方的扶手，在短时间内加速使得他们两人都不约而同地贴紧了靠背。

前方的车辆寥寥无几，这对他们来说减少了阻碍。

“扶稳了。”马修皱了皱眉，把所有的注意力都放在驾驶上，窗外的急风毫不客气地打在两边的玻璃上，嗡嗡作响。“你记得帕克博士的电话吗？”马修将自己的手机递给多妮奥，她极力搜寻着记忆中的蛛丝马迹，但她压根儿无法过目不忘，这个号码只隐约地出现过一两次，是萝丝拨出去的。她的脑海里能清晰地闪过马修的号码，和眼前的他匹配。“看来我们只有加快速度了。”他说。

身后追随他们的那辆车也不甘示弱，铆足了劲地冲向他们。多妮奥时刻注意着他们之间的车距，只见夜色中的跟踪者微微减慢了速度，他们之间的距离便拉得更长了，一辆大卡车原本开在他们的前面，现在，那辆宝马X3打了个激灵似的被甩在了大卡车的身后，在它的庞大的车尾处隐约探头。多妮奥的视线由远处落到身前，马修的手机亮了，清脆的铃声划破了持久的肃静，原本紧张的两人不由得心惊。马修愣了半秒，“我并没见过这个号码！”

铃声持续不断，并没有停下来的意思，就像哭闹的婴儿在通过每一声的尖叫考验他们的耐心。

“他们会不会通过接听知道我们的具体位置？”多妮奥下意识地将来电者视为“他们”中的人。

“那身怀绝技的他们和007有什么区别？”马修撇了撇嘴，“察觉不对你可以把手机扔出窗外。”

铃声听上去快要气绝了，还在坚强地呜咽着。

多妮奥按上了接听键，难不成你们还能从手机里跑出来？她想。

“喂，多妮奥·里德在吗？”帕克博士像是喘不过气来。

免提后的接听声使马修惊讶万分。

“是我。”多妮奥松了一口气。

“谢天谢地！在前面一个路口停车吧。我觉得我的轮子都快散架了！”他也松了一口气。

“什么？你是怎么知道马修的号码的？”多妮奥不禁疑窦丛生，神情不安地看着马修。

“水熊虫的神经连接着你的意识，我根据显微监视器可以实时观察你的位置，我原本要赶去接你，但你的方位离我越来越近，所以我掉头来追你，可惜没有扩音喇叭叫你停下来。谢天谢地，你脑海里强烈的念头能在电脑上浮现出来，刚才这个号码尤其明亮地显现。”

“你知道我逃出来的情况了？”

“是的，我能看到。监视器上显示出来的神经元分泌出沟壑状的液体，证明你经历了一场难以自持的悲伤。萝丝与你别离时的话我都看见了。很抱歉，我来晚了。”帕克博士声音低沉下来。

多妮奥示意马修把速度放慢下来。

“你身旁的男朋友来得很及时，不过，接下来你务必跟我走了。”帕克博士的声音紧迫地回响在车内。一想到被水熊虫盘踞的监视器正神不知鬼不觉地反映出她的情感与念头，多妮奥便脸颊发烫，一阵尴尬的慌乱感不小心从她突突作响的胸膛迸上了她的眼珠。她偷偷瞟了一眼马修，不经意间看见他嘴角肌肉抽动了一下，掩饰了一种介于体谅与领会的浅淡的笑意。

“帕克博士，是萝丝的好友，我信得过他。”多妮奥小声地说道，“我们到了。”

她担心萝丝，同样也担心马修。

能使他踞身事外的办法，无疑面临着又一场分别。

一股哀伤不由得蒙上了她疲惫的心，另一种对未来不祥的预感又接着窜上她的脑海，少女所有的敏感与对未知的恐惧，如烟火飞升前的突然消匿，还没有在半空中绽开艳丽的花朵就被草草熄灭，前方的扑朔迷离使她唯有咬牙面对，那些可怖事物找上门来要的是她，和别人无关，尤其是马修。

不管怎么说，像是命运偶然的眷顾，他陪她到了这里，四十英里，四十英里的情谊，短暂匆促，有那么一刻不像是逃命，倒真像是赴约的名义献个吻什么的，跟辛西娅猜想的那样。他也许不该出现在她的家门口，或者他应该晚到，那样的话，他应该就再也没能看见她。她该怎么告诉自己的救星，未来的迷途凶险莫测，那么，救我到这个路口就收住吧，谢谢，往好一点想的话——下周见。否则——可千万别跟以后认识的女孩聊起这件事，她们可会以为你是神经病。

“多妮奥，安全下来记得告诉我，无论你在哪里！”马修的驾驶技术明显比帕克博士好，他游刃有余地在路口不疾不徐地转了个小弯，并不时地四处观察，生怕有不寻常的动静发生。多妮奥脑袋一片空白，她将安全带抽离的片刻，碰到了马修的指尖，接着，她看见他的脸凑近，清冷路灯的余晖像柔和的毛玻璃在他的脸颊上划过。谢谢你，我的勇士。就在当下，她也凑了上去，不由自主地冲着他的唇吻了一口，接着像是相互吸引的磁极裹进柔软而湿润的海绵，摄人心魄地紧密匝缠，难以割舍，毛孔间舒散和张扬着放肆而忘我的吸引力，在他们周身铺结成浮动又细腻的网。在彼此吞吐着的濡湿滑舌中，传递着各自无法自持而倾涌而出的情感，生猛而火烈。他们无比渴求好时光的凝固，情不自禁，死也不怕了。

马修，我必须走了。

余温戛然而止，他们收敛了放纵而缤纷的幻想，像夜幕收起了星光，仙女收回了魔杖。多妮奥看见帕克博士的轿车停在了他们的前方，他像个小顽童一样从那辆对他来说是庞然大物的宝马中钻出，忙不迭地催赶，“我们走吧！”他的声音如闷雷炸响，将原本车内放缓些许的时间加速起来。凉风拍打在帕克博士脸上，他不时地跺跺脚，似乎没有什么比穿着单薄又破洞的短袜更招人烦的了。女孩从容不迫地打开了车门，朝帕克博士跑来。她回望了马修一眼，微弱的灯光下他的眼神明亮，她此刻感到力量充沛，真切的一吻像是含有无视剂量的勇敢与无畏，电流一样穿进她的头脑里，在慌乱无措之际带给她无与伦比的温暖。帕克博士看了马修一眼，极力做出长辈肃穆成熟的姿态，挺起胸膛，双手插进裤兜，冲他点点头，抿出感谢又顿悟的微笑。接着一溜烟儿地爬上了驾驶座，顺利简洁地完成这趟交接。他下身一送，套上一个专门安置的机械鞋，可以帮助矮小的他灵活掌握油门和刹车。多妮奥看见帕克博士的驾驶座就像个改装后的机械仓一样，他那破了大洞的薄款暗红色棉毛袜很好地充当润滑辅助他的脚掌深入并牢靠地踩进机械鞋内，稳稳地压下去，车子就像过山车下冲似的往前蹿去，多妮奥甚至还没回神系好安全带。

身后的马修渐渐远去。多妮奥回头看见他凝滞了许久，在回味和担忧中目送她，很快淹没在缥缈的暗色中。在帕克博士拐到下一个弯道前，马修才启程离去。

“他们不算完整意义上的人类。”帕克博士面对多妮奥对于两个怪人的疑虑答道，“‘顽韧双子’，在它们被造之前，就被这样命名了。它们是女魔头琼斯的所属，最初你祖父和我并不知道递交纯净的异光给琼斯做什么，直到后来萝丝说，那女人为了特地打造这种武器而用意念与异光生成一种交替干扰人思维的可见体。它们并没有实际上的血肉，可以扩散融入周遭环境中，而在具象化后会裂为两份，它们通常紧密相连，而且无论相隔多远都能够瞬间转移到彼此的近旁。”

“为什么是两份？它们看上去就像是透明的发光体。”

“就像是游走的幽灵一样，它们需要在一个恒定安全的状态下才能施放法力。出于保护机制，若是其中一子受到攻击时，另一子会相应地使其瞬移与之汇聚，并且恢复为惰性气体。据说它们的头部是以异光承载意念而显形的，而承载头部的身体大部分是氩，其次为氦和氖，它们由放射性矿物衰变而形成，在宇宙中也天然存在着，这些化学元素的原子外层轨道饱和且充满电子，难以参与化学反应。别的性质活泼元素可以氧化还原或是使用慢化剂，而氩氦氖本身就是稳定的。现在我们所能想到的一般毁灭对它们毫无破坏性，更何况，它们有两个。”

多妮奥脑海里快速检阅着相关线索——如果佩妮老师的嗓门别太尖锐，也许她能领悟到更多化学知识。

“你是怎么知道这些的，我是说，它们来去无踪。”多妮奥已经从罗曼蒂克的频道切换到了探索发现栏目。

“虽然琼斯的势力强大，但偶尔会有几个不从她意的年轻异能者出现，她对这些无法开窍的人会以胁迫或是强占的态度，敲骨吸髓，永不餍足。几年前某个年轻异能者逃窜时被围困在实验基地的底层，琼斯的手下命我们所有实验室人员撤离整个地下楼层，而我，偷偷钻进监控室的机器方盒里，远远监测到顽韧双子出现，它们竟让那位异能者自我撕裂，我趁机用实验室的气态检测仪扫描它们，在空气中显形后它们身体的含量浓度往往很高，足以破坏身体系统，甚至令人窒息。很显然它们事先用身体特质对目标进行行动上的麻痹，接着用头部的意念对目标创造幻象。这是一种难以对付的家伙。看来琼斯早已脱离了用碳与硅这些元素变幻实体。”帕克博士不禁愤愤地吼道。

“天哪！难道萝丝已经……它们会不会再找上马修？”多妮奥难过地注视着蹙眉的帕克博士。

“萝丝知道这点，它们通常针对性明确单一，并没有人性思考，更像冷血机器，它们只会寻找指令中锁定的目标，并不会特意加害其他人。然而它们本身具有的特性，导致接近它们的事物会由近至远扭曲并陷入怪形幻象，通常意志薄弱者会极快濒临死亡。萝丝阻拦它们是为你争取时间，而这些该死的家伙并没有视她为存在。”帕克博士睨了她一眼，“小姐，你的小男朋友不会有事的。”

“我想起了萝丝交代的话，她说要远离人群。”这和多妮奥所想的追击模式不同。

“它们消散在空中，消散在任何可能的罅隙内，当它们远去，幻象便会复原，这段记忆会被抹空。试想一件事，在白纸中有一大块墨迹，而周遭是星星点点的细微墨点，我们首先注意到的自然是大块墨迹。而它们观测模式类似于此，先过滤的是视为一体的人群，一旦进入墨汁后，目标如同悬浮的白色米粒清晰可见。它的围捕逻辑和人类之间的抓捕不同，反而更加容易将那些企图混入闹市的逃跑者辨出。但远离人群也仅仅只是拖延时间而已，它们能够及时地嗅到你的踪迹而遁寻。”

“有什么办法阻止瞬移，也许正是消灭它们的关键。”多妮奥咬牙切齿地说道，只要方法有效才能突出重围。

“你听说过μ介子吗？由宇宙射线与原子核互相作用下衰变而来，它们的寿命极其短暂，约2.2微秒，但它们能在有生之年从几十公里高的大气层到达地面，要知道，以光速来计算，它们最多只能飞720码。前人认为它们要么是超光速行走的，或者是它们的寿命远远比检测到的要长。实际上它们存在时空收缩能力，正是它们瞬移的能力使观测者困扰在速度与时间的矛盾中。无独有偶，拜顽韧双子的头部所赐，它们拥有类似的能力，且无寿命长短之忧，我们想要阻止它们瞬移过程很难。”

“那我们现在赶往实验基地是否妥当？”她极力地将绝望抛诸脑后，并暗暗做了最坏的打算。她已经能看见通往实验基地的密林了，四处无光，归于寂然，古木森森，令人忧惧不已。

“比起漫无目的的逃窜，我想……”帕克博士顿了顿，就在刚刚，他们驶过的加油站前方有大型嘉年华会，“我们可以走小路，前往另一个入口。那里温暖又安全。”帕克博士霎时急踩油门全速前进，容不得细思久留，车轮比平常似乎更加听使唤，蹦地一下跃进了树丛，大路越来越平滑，洒在地面上的高耸路灯，像清澈无比的池塘中泛起的鲜亮瓜果，周边的树似乎越来越开阔地为他们让道前行。

远方的天际悬挂着一颗又一颗晶莹璀璨的星星，树影婆娑起舞，堆砌在树皮下的鹅卵石像泡泡一样光滑干净，这条大路看上去正永无止境地绵延下去，荒邈的太空纯净如清水擦拭后的圣画，笼盖着四通八达的山林原野。不远处的嘉年华灯火辉煌，溢出浮动的彩带，在树梢的边缘盘旋飞扬。多妮奥不由得渴望着一份全然不顾而横冲直撞的童真，在她模糊一片的脑海中，记忆的温泉浸泡着温切斯尔小镇出生的小女孩，在羊水的暖流中，她能闻见一股肌体原有的，迷漫无边的香气。曲折的隐秘之路悄然远去，帕克博士行驶在这空旷的大道上，速度奇快无比。他们从山坡上直冲而下，前所未有的失重快感使两人无比振奋，从那狭长的缝中穿过，像金黄光芒中翩翩起舞的陀螺一样，在真实的落地感中，多妮奥听见身旁的帕克博士大叫："看！我们到了！"

眼前的隧道与之前的林中石屋入口差距甚大，"我们可以通过这里前往地下实验室，别紧张，亲爱的，只要一会儿我们就无比安全了。"帕克博士的语气显然放松而慈祥了许多，隧道外观像是打磨后的虎斑贝，它们以高大的后现代风格矗立于虬曲环绕的丛林中央，比起另一个石屋入口神圣壮观得多。嘉年华的音乐声与喧哗声在半空中残留，大部分飘进了多妮奥的耳中，在蒸腾的热闹中，多妮奥仿佛能看见那些叽叽咕咕的孩童在高大的摩天轮中跳跃，旋转。女孩们说说笑笑，花裙子像夏夜中五彩斑斓的潮汐。半晌后，多妮奥才回到车里，他们要向隧道前进，蛞蝓表皮一般润泽的内部穹顶上镶着数千根五彩斑斓的光管，庞而不杂，鳞次栉比地依次排列下去，组成一条通透明亮的隧道，前方亦看不见黑暗的尽头，她怎么也无法将原本那个乌漆漆的幽怨石屋与之联系在一起。多妮奥的呼吸渐渐平稳缓和，像法兰绒踟蹰在她笑意朦胧的肌肤上，她颀长的身体就像融化进了这毫无防备的温暖空间里，豁然开朗。就在他们的前方，着装整洁的各色人种快乐地望向他们，帕克博士打开车窗，口中念念有词。大伙儿呢呢哝哝地说着，里德家族的大小姐来了。

"这是一场舞会，萝丝想用这样的方式来庆贺你的生日。"帕克博士像个老顽童一样回过头，兴奋地说道，"这不是逃亡，亲爱的，哈哈！看看他们，异能者多莉和学者亨利亲密无间。我想给你这次惊喜，现在你可不必要再担忧了。"就像是一场持久不息的战争突如其来的休止，人们纷纷缴械卸甲，战死的亡魂回归了气息尚存的躯壳，残肢的败将重又长出了鼓胀结实的四肢，人们不再愁苦交加，不再呜咽丧气，在和平的欢乐中徜徉。潮湿而冰冷的空气正从车厢中褪去，取而代之的是周遭人群的热切盼望的气息，他们像是专程准备好为姑娘举行一次盛大派对似的。两边的环形壁龛上是分离成一栏又一栏的鲜嫩欲滴的佳肴与美酒，隔着静谧的橱窗冰晶剔透，她咽着口水，眼睛像是先吃饱喝足了一般瞪得铜铃般大。

音乐旋律流动在觥筹交错之处，它们是风，吹拂过合不拢嘴睁不开眼的笑靥；它们是海洋，翻滚在一簇又一簇的斑斓礼服上。萝丝正从身后的加长车中与好几位打扮艳丽的女人们走出，多妮奥惊讶地发现她的精神状态极佳，那只能证明不久前她别离时的痛苦是一场精心策划的表演。那么马修，哦嚯嚯嚯，他居然能在人群里像个雕像一样屹立，眼含柔光地注视着她，他的笑容中有一丝刻意，这细微的不自然处使多妮奥脸颊绯红，他也参加了这次计划已久的惊喜吗？真是意想不到。

她全然忘却了逃离的烦恼，一时间似乎没有什么可以去焦虑的了，萝丝轻轻地为多妮奥打开了沉重的车门，马修优雅地上前，用暖洋洋的手牵起了多妮奥，他是童话里的王子吧，如果不是，此刻可像极了。在他身后，萝丝脸上的细纹在车窗的反射下蒙上了亮闪闪白花花的光泽，她的细发柔顺地盘起来，平时她擀面团前都会耐心地将头发捋捆在后脑勺上，任银光流逝，万古皆空。多妮奥惊讶地发现自己热泪正胡乱地从眼眶涌出，这一次不再是心如刀割的痛，而是按捺不住的重逢的喜悦。地面很踏实，将她刚落地时的困乏承载得烟消云散，大概是车门太厚重了吧，比起周围来说有些凉凉的，她索性不关了。有一丝微弱的金属熔断的气味飘进她的鼻息，不管了。

刚下车的多妮奥望向坐在一旁正准备下车狂欢的帕克博士。他容光焕发，为自己参与这次完美独到的计划而畅快无比，原本该是披荆斩棘的路途变得如此顺利，茂盛无比的藤蔓在车身上空摆荡，叶片不时地摇摆着，有些落在舞者的头顶，成为天然的道具；有些飘在女人的帽檐，隐隐约约活似翠绿的蝴蝶。横穿隧道的人工装饰与宽厚沉静的大自然融为一体，应接不暇地在多妮奥眼前扩散。帕克博士大呼一口气，想要将眼前新鲜而娇嫩的空气吸回肺腑中，接着他像灵活的猴子一样从机械围绕的驾驶座抽离出来。

可是，为什么他的袜子毫无破洞，完好如初？

多妮奥产生了一丝疑惑，出于本能的，原始的，一闪而过的警惕与惶恐，在嘈杂中安静的一小片刻，就像突然溺水后的慌乱，眼前的欢腾在眨眼间消散，映入眼帘的分明是黑漆漆的柏油公路，她快速地攥紧身旁的柔软温暖的手，抛却好奇引来的惊慌，她发现人们依旧笑脸相迎，纷纷围绕着她，马修关怀地抚摸着她的脸颊，珍藏天鹅绒般的轻飘飘划了过去。这不是真的！袜子！那个袜子上还有一股青草的芳香，那绝不是人类的气味！

轰！人群迸裂，像一块又一块扭曲的拼图互相碰撞，融化在她的视线里，爆裂出黏答答的脑浆和残余的带着弧度的唇齿，洒落一地，扑面而来，又像瞬间熄灭的火焰，在碰撞的当口，明亮忽闪入无边无际的暗夜。她的视线一时无法适应从绝对的饱和到绝对的暗淡，那些可怖的残影仍如幽魂相随，在她层层递进的疑虑中，帕克博士那双原本破了大洞的暗红色袜子就像一张血色巨口不断提醒着她的危机，不断默许她的怀疑，一股窒息的死亡气息就在此刻瞬间窜进她的五感。从安逸的梦境沉甸甸地掉在阴冷的现实境地，她迷糊中拼命挣脱缠绕在腿上的坚硬藤条，原本那只温暖地握住她的那只手不过是冰冷的乌鸦残骸！此刻的她正倒在地上，恐惧和麻痹如饿虎突袭，毒蛇盘身，令她动弹不得。

她依稀能辨识出两个发光的身形正淌过乌黑的车窗漫向倒在路边的自己。她在半昏迷中意识到自己还在原本那条狭窄的通往泰恩郡的柏油公路上，泛在对面高大树干上的一道亮光，是她在初次望见不远处嘉年华时透过小树林的余光。她脑海里的思绪像搅拌的泥沙混沌不已，是不是就在当初最接近嘉年华的刹那，顽韧双子无形地侵袭进他们各自的感官中？萝丝，马修，还有那华丽的灯火与招展的人流，琳琅的美食，它们通通在她扼喉的痛苦中消失不见！像春野与冰崖的置换，华美与腐臭的交替，在温柔而美满的升腾中瞬间跌落在阴暗潮湿的谷底，她不得不驱散潜意识中的幸福的假象，那场虚无的逗留结束了吧。

她的视线慢慢清晰起来，眼前帕克博士的轿车在公路边缘倾斜的陡坡树干上撞出一个大豁口，凹陷处打磨得光洁诱人，像涂满了冰水打泡后的蛋糕奶油。车前盖正冒出袅袅灰烟，起初它们是扬帆远航时结实的桅杆，接着它们缠绕着树木的巨根盘旋而上，翩翩起舞。

她看见车中处于昏死状态的帕克博士，加大版的安全气囊几乎要把他的全身包裹了，从液化出金泽的机械抽出的双腿下，破袜子像誓死不渝的守卫一样贴紧了他肉乎乎的小脚。袜子破洞边缘在拼命地朝对面的棉线兄弟集结，企图快速地织出一小簇红得流油的小樱桃。他不时地轻吟着，发出细微的叹声，在肉体的损伤下，他在幻境中无法自拔。这场现实的事故并不太严重，能看得出驾驶者是在换挡减速后偏移了弯道而直直地撞在了树干上。祸中有福，这条崎岖的弯道让人不得不事先减速——若是在通达笔直的大路上，帕克博士全速前进而撞上树干，恐怕早已粉身碎骨了吧。

那两张令人恶寒的笑脸凌驾在车顶之上，身后的公路像高耸的龟壳，嵴线上镶嵌着晶莹无以复加的彩钻。奇异而有违常理的景象在顽韧双子周围与坚实有序的现实互相渗透，就像被千百万形态各异的颗粒组合成的万花筒正以不同的形状出现，那些颗粒分明是人的欲念与憧憬，是美好与张扬的结晶。

它们才刚刚出现！多妮奥慢慢拼凑起细碎的记忆，它们出现的前一刻，轿车就撞上了树。接着，她体验了毫无间断感的延续情节，只不过那些情节被脑电波编纂过，美化过，组织过，装饰过。在华而不实的场景中极尽所能地编造出令人信服的经历。而所谓的现实中，这场意外的车祸不过短短数秒。

来吧！它们幽深的眉目弯成一潭死水，细细一看，有两条微微上扬的弧线分别凝在它们各自的笑眼末端，那竟是衍生出的四条细长微张的眼眶！其中深不见底的眼仁正直勾勾地盯着如梦初醒的多妮奥！眼眶拼命地想要张大，就像四条分布在夸张笑脸面具上的监视孔，顽韧双子拼贴而行，它们让多妮奥不断地浸入光芒中的幻景，但她在恐惧后迸发的愤怒中不断抗拒着，挣脱出环绕的美丽中。恶棍将受罪者一遍又一遍地淹入水桶，只是此刻欢乐与痛苦倒置了，是选择稀薄而寒彻骨髓的空气还是全然浸淫于畅快酥麻的圣湖中？它们像魔鬼的游戏那样调换了醒与醉的体验，将其间的边界扩大，拉远，切割，隔绝，一刀两断，最终无比分明，绝无过渡，使还未抉择的魂灵奔溃地来回折返，痛苦不已。如果她放弃所有的惊惧，不再抵抗它们的诱惑，她必成为俘虏！她的肉身将再无法抗争，在另一个地狱中醒来！她将看见琼斯夫人得逞的，骄矜的笑脸。多妮奥咬着牙，她压抑已久的抵抗，混杂着对青春无奈，未知命运的抵抗，正涌出一股活生生的热流，像墨汁一样冲刷在受蛊惑的郁郁葱葱的脑壁中！像硫酸一样喷溅在恍恍惚里夜月花朝的躯体上！

双子慢慢靠近，从透亮的车顶滑下来，像对半碎开后的生鸡蛋，摊落在地面上。两颗鬼魅般的头颅席地而落，又被它们带着诡异色彩的气态身体托起，暗光涌动其间，人的视线实在无法从它们那笑容可掬又可疑的脸上移开。它们飘浮而过，贪婪扭曲着地面，将土壤变得湿润，不少亮闪闪的水珠渗出，拔地而起的浆果以地为床，周围长出了象牙般洁白的乳房与朱褐色的花蕾。双子粉紫相间的身体散发出冰幽幽的寒光，任它们假面的笑容多么喜悦多么开怀也无法掩饰这股逼仄迫人的气息。

多妮奥的闪烁的意识像汹涌的浪花不停拍打着记忆之岸，她的呼吸越来越困难，肺部中的空气快要炸开似的，好不容易使出的力气只能使拇指颤动，下巴微扬，她的视线迷迷糊糊，疲软的躯干像灌进了好几加仑的麻药，身上的所有神经都在当着面陆续倒戈，忙不迭地加入眼前敌人的阵营。所幸还有她的头脑在坚决地发出指令，使体能慢慢复苏，像是从温泉中赤裸而起，衣不遮体，屹立在冰雪幽谷中，宛若细针的寒风刺入她的躯体。她感觉自己是没有外装覆盖的，可是为什么胸口会感到一丝异样的灼热？

除此之外，在她游离翻滚着的脑海里，有几滴勇猛坚强的浪花拍打在了记忆中的某颗石块上，那颗石块上浮现的字迹由浅入深，“暗物质”。“现实世界里所有的物质都为‘正’，暗物质便是以‘负’作为抵消或湮灭……”那么，惰性气体亦是“正”，而顽韧双子需要恒定的状态，有什么可以破坏它们？

她感激自己，能为她早早穿上这身墨绿夹克。

双子虚无的步伐正悄然而至，星月无光。

她狠狠地咬住自己的舌头，使舌尖有股酥麻的实在的微痛感。这使她又恢复了一点点气力，使意识离强烈的怪形幻象远一点。她艰难地侧过脸，无间断地大口呼吸，鼻唇贪婪地探向身后的现实索取微薄的空气，借由这冰凉彻骨的气流，转化为更大的动能。她的信念不断地加固，但缺氧与眩晕使她的肉身难以发力。只要能让她伸出手，哪怕一只手，就可以了。

竭力吸取的空气在她的鼻腔中打转，在舌齿间凝滞，她得好好利用这难得的资源，接下来的呼气过程变得漫长而延宕，既怕体内气体太快流失导致新一轮争分夺秒地掠取空气，又担心它们太缓慢地吐出后时间已经所剩无几。她全神贯注地将视线移到自己的右手上，然后，动了动中指。

就是这样！她试图抬起手臂，注意力全然放在了手上，只要她的大脑皮层连通着自己的手臂，那么，它一定有所反应！

也就是在那一刻，她发觉了执念转为反抗的力量不容小觑，能使躯体重新回到自己的掌控之中。她翻过身，将五根慢慢异向变细，呈现出幼儿时期稚嫩的手指，顺着惯力插入拉链半开的夹克内，恰好摸到那个单薄的硬物，接着，五指使劲攥住扁平的框架，从内衬口袋中抽离出来，半条弧线挥过半空，掠过那两个近在咫尺的巨型发光笑面，再狠狠砸向身后还未变形的坚硬石块上，镜腿碎裂，眼镜中间的鼻梁劈成两段。

孤注一掷！

那副在镜片内层储存了暗物质的眼镜此刻像把划破光芒的匕首，幼小的手掌握着它挥刺而过，牢牢地扎中缥缈的光影之身！像是灌满了汽油的房间点燃了火苗，只见被插中的一子诡谲的紫色身体亮如白昼，那枚破裂的眼镜磁铁一样迅速吸附进其中，从多妮奥灼热疼痛的细指间窜出。转眼间它那张固定的笑脸已经撞向了另一子，它们的两张脸倒吊着，如扑克中的国王图像，混合在一起的气态身体不断地切割又重组，泄气的皮球一样在半空中乱窜，发出强烈的"嗞嗞"声。它们不断地寻求散播在大气中的惰性气体，祈求使它们恢复成形，然而横亘在它们异色体内的断裂镜片如同吸尘器一样将带着光晕的气体抽入一个看不见的小点中，它们拼命抽搐着想要脱离镜片，无形的五脏六腑上下涌动，那两张僵硬的笑脸脱落下来，嘴脸扩成一道死气沉沉的弧线，在暗夜中涣散。

顽韧双子的身体随着抽空时的刺耳呼啸声，在半空中碎裂镜片的小孔里消失不见。周边树梢上跟随着吸噬的树叶与枝干呈现出一个圆弧状，抬头望去，如同一个圆球状的无形利刃剜去了中空，周遭的事物顿时成了有形状规律的残肢。多妮奥不曾想到薄薄的镜片竟如此强大，她感到空气消失了好一阵子，才从远处慢慢汇聚来新的空气。

地面的一切都恢复了现实中的模样，帕克博士还未醒来。她决定立刻拨打求助电话。刚从危险中逃脱的她，惊魂未定，凉意徐徐从林中袭来，只顾透心之寒，毫无间断之意。劫难如同缝在命运棉芯里的沙砾，在抖落与撕扯中重见天日。

她并不知道，还需要逃亡多远？能躲得过几时？她当然没有答案，但所有的答案都该在此刻解决，不留余地。她并不知道，身后已经密密麻麻站满了异能者，他们来替她填补答案。

# 第十一章　府邸

哪怕是入春时节，河岸边也迟迟没有绿意，更何况冬意临近，萧瑟的石崖边布满红黄相间的苔藓，活像裂开脓包的伤痕。陡峭与平缓相辅相成的山坡接壤着一片茂密的灌木林，黑压压的高大木麻黄遮蔽了行山者的视野。因长年累月雨水的积压，山谷中时不时会流出带着蓟叶味的一汪浅水。它们从各种形态的坡口中或急或缓地流下，在宽宽窄窄的天然形成的水沟里拉开征途。不管起始何处，最终它们都将汇聚到梦加里德河水中，随着这条河流从最初的鲜活生态慢慢暗沉无光，死气一片。这道关隘被温切斯尔镇的当地人视为地狱之丘，他们纷纷称幽谷那头有去无回，对于当地的传说，人们深信不疑。

人们在恐惧的臆断，那里有个废弃的府邸，以及失踪的女人。

波澜不兴的河水如积压已久的腐泥，那栋幽森森的巨大宅邸临岸而建，十多年的沉寂使此地成为无人之境，原本连接通达小镇的大路早已是荆棘丛生，石楠花与景天树在外围默默生长，在山丘盘亘的夹缝中点缀。大地与荒草互相折磨，从狭密的石沟到宽广的河岸，撕扯过皮毛的疤迹斑斑的猛兽一样，面目全非，不堪入目。顽强而喜潮的植物从路口向府邸疯长，污浊的河水是它们滋养的温床，它们像扭曲的疯婆子纠缠占有自己的私物一样，迈出长长的藤条，张开肥阔的茂叶，从那扇沉重的铁门到花岗岩石墙层层叠叠地盘绕，悠悠地爬向道路深处，那些粗硕地站在路两旁的榕树早已遮天蔽日，盘根错节。在宅邸外的喷泉处长满了五彩斑斓的毒蝇蕈与鹅膏蕈，池水如泼墨之镜，在干涸与残剩里挣扎，毫无征兆地盖满了垂死的真菌。依墙而生的红丝草在建筑周身画出极不规则的凌乱图形，像是被一双看不见的巨手胡乱地刮擦而过，它们不依不饶，紧紧地环抱着里德府。

破败的窗帘在府邸东北方几道毁了容的玻璃窗前迎风飘扬，因为湿气厚重的缘故，帘布边缘拍打在窗棂上的声响如人掌相击，时时刻刻招手示意不速之客的来临。无人光顾，任氤氲腐败的空气在啄食着周遭的墙面与碎瓷，这里不再有具体的坐标，如漂泊于海洋的小船，人们无从寻见，在退缩中遗忘，绝不踏足。

初晨的第一道光染亮了天边的云朵，黑黝黝的山坡中的平缓地带涌出了一群庄严的人群。他们无一不穿戴整洁，通体披盖着白亮的长袍，熹微的天光让他们那一张张刻意的笑脸现了形。与这样的表情不相符的是，他们的眼神如鹰隼般犀利阴险，远远望去，面如白蜡，倒不像是活人。人群末尾，四个人围绕着一副行走的承光仪，几团肉球在棺木状的承光仪下方伸出吸盘一样的触手，在有欠平整的路面上歪歪扭扭地前进，棺木中隐隐作响，发出凝胶碰撞的声音，像是脓液在大桶里翻腾，又像是验尸官的手在捣鼓尸体拥挤的五脏六腑时发出的粘黏声。

立在人群前头的女人有着年轻的脸庞，她手捧着一个颜色通透洁白的小匣子，深褐色的斑点在其间点缀。唯有她的表情是最为丰富多变的，时而阴郁，时而嗤笑，为见不着边儿的危机发愁，也为自己的异于外形的胆识自豪。她从清晨的薄雾中俏身而出，而后紧紧跟随的人群像忠诚的猎犬。

低矮的山崖下，里德府像酣睡中的巨牛乍然惊现在众人眼前。

“闻见了吗？”

“腐烂的味道。”

“不，那是瓮中之鳖的味道。”琼斯夫人将匣子揽得更紧了，迷雾如丝似水，从四面八方漫向府邸。她能嗅到静谧的恶意，不见其身，但觉其力，“我精心养育了你们的孽种，此刻是还报我的时候了！”

放眼俯视，通往宅邸的路不算长，却凶险崎岖。阵阵阴风混合着空气中的孢子流旋，领头女人的长发仍纹丝不动，她迫不及待地伸出亮闪闪的手掌，五枚夺目的戒指分别缠绕于指间。只见地面像碎饼干似的裂成一块，坚硬的山石此刻被无形地剜出了一道口子，像大刀平行于蛋糕从其中横切而过。异能者无一不牢牢站在上方虎视眈眈，“它杀了我们的兄弟！”随着领头女人的愤恨声，他们明确无误地坚信里德府中的某种力量使前来探寻的异能者命丧黄泉。现在他们站在高耸的移离出来的山崖上，脱落的山体边缘不停滚下碎石，与无边无际的植物纠缠成不同的几何条纹，而他们所站的天然平台下，岩层像机械运作兀自旋成圆环与星状，奇异而炫目地融合又分离，万花筒般的地面上，昆虫与蛹卧如胶泥膨胀卷入突如其来的质变里，大地原本应当发出有力的铿锵声，现在却在这柔软的波涛中奏出竖琴般动听的乐章。扭曲的土地与植物承托着这片坚硬地站满了异能者的磐石，就像泼了彩墨的水面上横漂着一块站满蚂蚁的纸屑。

倾斜与重心的关系弱化了，取而代之的是稳固的移动，无论是艰险的植被或是凹陷的地形，通通伸展为接载他们的传送带，他们正在慢慢接近里德府。

我是在哪里？多妮奥不禁在心中发问，为何睡意昏沉，和暖如昔，像婴儿那样蜷缩在时间的某个角落，她能听到乐声，夹在其中的尖笑或是叱责，可是却毫无掩捂之力。她的心跳缓慢平静，冥冥中嵌入了一张网，和它难舍难分地缠绵，世界是倾倒的，颤动的，她还记得，一切都没来得及，帕克博士最后留给她的侧影，冰凉无助，接着她陷入了漫长的无梦的休眠中。

她在摇晃的子宫中陷入长久的酣睡，现在却有麻醉后的眩晕感。这感受被放大，她感觉不到自己的五官表情是否运动，亦察觉不了躯干四肢是否还受自己控制。她被一个狭窄的容器包裹，随其游弋，四处无家，无处安放，就像浸泡在福尔马林瓶的陈尸在漫长地滚落。

冥冥之中，她开始感觉到自己的意识正像墨水滴上了羊皮纸，慢慢扩散进四肢，那股眩晕感更加强烈了，并伴随着浓烈的怯意，她许久未曾有过这样的情感体验，她知道在这个夹缝中的小世界外，有个她曾经熟知的世界在等着她，这里的黏液像是有意识的生命体，在灌入她的喉咙，鼻腔，脑液，以及身体的每个角落时，通过一种无法具象的语言温柔地暗示她，杀掉自己陌生的母亲吧！否则你所想念的人都会跌入痛苦深渊！杀掉一个你毫无感情的女人，换得他们的和平吧！只有你亲手杀了她，苦难才会终止，她是罪魁祸首！

多妮奥的震惊在如梦如诉的沟通中毫不起眼，她意识到自己早已是囚徒。这侵入的意识就像是摆脱不了的器官，绕着数不尽的神经线和她纠缠，分明是举枪的审判者在逼迫自己做出唯一的选择。那个声音还告诉她，她很快就会与童年故居重逢了！当年的别离还有留恋之意，可随着长年累月的安定，她早已忘却了留恋，接受了递嬗，适应了同世俗之人一样奔逐新鲜，习惯庸常。她在懵懂时代从此离去后，培养出了人性共有的厌恶与排斥，却和宿命进行着一场徒劳无功的拉锯战。而现实告诉她，直面比逃避来得更坦然，她的灵肉终会归回到原本令她害怕的地方，那个无形的纽带拴住了里德家族世世代代的男人，同样也拴住了她，哪怕她是家族中的异类。

异类总是有作用的，琼斯夫人心想，她知道有个未知的强大敌人正蜷居在此处，她要带精心培育的女孩归乡，作为钥匙，作为诱饵，甚至作为祭品，她带着这把人肉屠刀。她的意念之海里，这座在过去十多年未能淹没的冰山，此刻务必为她凿碎，消融，瓦解，坍塌，永远沉没在此地，永远隐藏在疯长的植物与黯淡的泥土中，化作不起眼的粒子，但，里德家族的那门诅咒的秘术得留下来，留给她，她有的是用途。不出所料，在慢慢靠近建筑之时，琼斯夫人心中日益波动的干扰源，此刻放慢了频率与强度，如同巨浪回归溪流。府邸中的那个异变的女人，会因女儿身上的遗传信息和临近气味而变得迟钝，那股吊诡的力量会在残余的微弱情感中迟疑，它已经不再是具象的人形，而是带着目的与恨意的神怪，她会将多妮奥视为同类。

异能者们降落在府邸大门的平台前，磐石轰隆一声真正地沉落地面，与爬地草组接在一起，像水滴落入大海，浑然交融。身后的植物纷纷展开了腰肢，从紧绷的毛衣领口迸出脑袋似的，那些拥挤的肥厚昆虫们终于脱落下来，像散开的碎末遁入土地的暗影中，这一切扭曲变化的多边形慢慢缩回原貌——万花筒被撬开了，各色珠粒抖落进现实中。

巨大的诺曼式圆拱门呈现在众人眼前，破败而古旧的大门罅隙斑驳，大片脱块的墙体混杂着不明的浊污，薄雾缭绕似滞留的鬼魂从前庭钻入门缝，钻入洁白斗篷下高贵的鲜亮的皮鞋中，不住地使异能者感觉到丝丝冰凉。仰视这座由不同主体连接而成的府邸，极端的哀怨的空洞的寂寥相伴而来，像时间的抛却的弃子，此刻穷困潦倒，丑陋粗糙。人们毫不掩饰自己的决裂愤恨，打破高耸的大门，他们的脚步像离弦的毒箭，迅速在敞开的通道中列出方阵，每个人从兜里捧出盒子，异光在紧闭的盒中蠢蠢欲动。他们想要对罪人速战速决，绝不迟疑。

这里就像是野生乐园，碎裂的地砖里早已呕出浑水与霉斑，蜿蜒地从地面爬到天花板上。楼梯不再是完整的曲线，而成了架空的残桥。位于建筑中心的高耸的粗硕的柱状书架上只有残存的一半是黏结成一体的书籍，另一半则是一道像被刮刀撕裂的巨大疤痕，石与木连接之处豁成凹凸不平的坑洼，在光亮与阴影的变幻中，恰如一张张可怖狰狞的脸孔随意地摊糊在上面。再远处的地面上横七竖八地躺着几具骸骨，在拔地而起的断裂地板与胡乱堆成小山的家具之下赫然显现。

城堡般壮阔的建筑内部笼罩在无度的戒备中，异能者们感觉到一股极大的铺天盖地的怨气，光线好不容易从支离破碎的窗口外密集的藤蔓间穿入，再吝啬地分进府内的高墙，阴森森，黑魆魆，不安像爬虫似的钻进每一个角落，钻进异能者因迟疑而微微耸动的身体里，钻进琼斯夫人决绝而顽抗的意识里，就是这里，她感觉到了，那个恶魔不迁不移地在这里许多年。有那么一瞬间，她竟感觉隐藏在建筑某处的富有强大能量的怪物和自己有着相似的特性，似乎拥有着她积攒的所有显性异能和隐性异能，互相混杂，像扭动的橡皮泥最后换了个模样。

她不愿意承认这一点，她与黑暗势不两立，于是她的意念加强了，在不屈中变得狂妄，紧接着多妮奥听到温柔的呼唤，那个被注入脑海的意识告诉她，将那张脸的主人杀死吧，那张曾在不大不小的摇篮边上探出的脸孔，脸孔的主人有着褐色的长发，她的孱弱与无知都清楚地写在脸上，她只懂得依附男人，对这团从身上落下的肉感到厌烦，厌烦她偶尔的吵闹，厌烦丈夫凝望这团肉的时间比凝望自己的身体还多。这团难解难分的肉长成多妮奥·里德。那个声音融进她的思维，强迫着她的接纳——将那张你已然陌生的恐惧的面容撕碎吧，在她还未经历强大的病变前，结束她的生命！她不再是你的母亲，而是我们的共同敌人，这是你归乡的任务。接着她的眼前浮现出萝丝，帕克博士，马修……他们都在等着她，等着她的作答。

她感觉到一根触手像细长蚯蚓似的，往她的下体钻去，伴随着一点点微小的刺痛感。别恐惧，亲爱的，你还是完好的你。那个声音提醒她，很快的，记忆中的欢愉重叠了身体细微的不适，她依然在襁褓中盘曲着，在柔滑的液体中游荡着。天地间开启了一道光，在她起伏的身体间穿透，她像海底捞出来的乌贼，突然被夺目的光亮包围。

琼斯夫人就这样一点点地看着承光仪在面前张开，看着这条可怜虫在茧里脱落下来，特制的光绳像蟒蛇一样从多妮奥身体松展，“蛇尾”处的尖针囊里，正裹挟着少女健康鲜活的卵子，像小型密闭的冷藏室。有备无患往往是机智的开端，琼斯夫人脸上浮现胜利的微笑。两名异能者迅速地带着底座肉球滚滚的承光仪退离大门，在森林般茂密的庭院无声隐遁。

琼斯夫人确信此刻趴在地上的少女正逐渐清醒，她扭曲的姿态在琼斯眼中就是一出可笑的喜剧，她厌恶可怜者因示弱得到同情与幸运，厌恶他们无端地变得重要而强大。随着承光仪的离去，琼斯夫人断离了与多妮奥心灵的联结，但她留下了蛊惑少女的那一条绝对指令，在多妮奥心中慢慢攀爬，潜在激怒她，羞辱她，加重她记忆中母亲“恶”的表现，重复地提醒她，刺激她。琼斯夫人不在乎对多妮奥的摧残——她已经安静平和地成长了十多年，该是回报的环节了。

少女的发出无声的尖叫，承光仪早已悄悄地扼住她的声带，她甚至连喃喃细声都无法发出，原本清脆嘹亮的声音，在琼斯夫人狠毒的消除后，变作沉默的人形工具。承光仪就像个秘密的手术台，在转移的过程中不断地对多妮奥进行着攫取和切割，麻醉和输送。

多妮奥抬起头，她第一次看见琼斯夫人的模样，站在曾数次出现在梦里的荒宅中，她僵固的面孔是如此年轻，笑容中浮出的戾气又与圣洁的白袍丝毫不搭。她假意的温柔暴露在脸庞上，那神态竟与顽韧双子相似。多妮奥心里的某个角落正不寒而栗，但其余的部分正被那个指令驱使着，迷惑着，以至于她出奇的平静，正等着眼前女人的摆布。真正的自己被锁在意识分切出的一个牢笼里，牢笼沉入海中，随着颠簸时隐时现，太过渺小。而将自己锁住的另一个身影，主导着牢笼周遭的世界，留下得逞的庄重感。

就像是演练过后而精心排列那样，异能者们迅速围着琼斯夫人与多妮奥，组成一道标准的圆圈，庄严而冷傲的仪式感自成体系，每个人脸上带着别于世俗的轻佻，丝毫不介意周遭环境带给心灵的震慑与压制，他们生活在无度的希望中，生活在期盼的高潮里，生活在琼斯夫人的羽翼下，这张羽翼正张开笼罩着他们，圣光代替了遮天蔽日的阴影，他们聚拢，无所畏惧。

琼斯夫人并不想对多妮奥说任何的言语，所有的驱使都已通过承光仪的传输在少女脑海中繁复显现。她务必趁恶魔潜于宁静之前将异光传输器再次启动，将眼前满脸淌着无用之泪的工具传送到过去的时间节点，借由此来终结宅邸内不知名的强大隐患。多妮奥佝着身躯，沉默地呻吟着。她真正的自我越来越小，越来越弱，在牢笼与外界的博弈中渐渐失去胜算。所以，她只能慢慢看着另一个阴暗而潮湿的自己披上了一袭华美圣洁的袿袍，在心灵中浮出，踢开了趾边微不足道的牢笼，坦荡荡地夺取了肉体的指挥权。

利用她的身，才能让过去更改却减少未来的变动。

利用她的手，才能触碰并刺杀与她血缘相连的人。

琼斯夫人无法附身于异能者而重生，唯有控制他们，剥夺他们，才能让她摇摇欲坠的安全感慢慢生根攀崖，她只有不断地获取别人的力量来助长自己的欲望与嚣张，强势与伟大。她亦无法直接摧毁现在未知的强大的浑浊力量，所以她利用少女与里德府基于起源的联结，平静地穿入此间而未扰怪力，当多妮奥的身躯随着众人进入宅邸的那一刻，就像是一团火焰进入了更大的一团火焰，顺从地互相吞噬，琼斯夫人利用这点，让女孩无形地将异能者们笼罩在火焰之匙中，安全地开启了秘密之门。多妮奥身上继承着繁殖的功用，这个女孩的诞生是家族诅咒的一次突变，而非终结。

琼斯夫人知道那个疯狂的力量在很早以前就钻入了多妮奥生母的身体中，迅速地发酵与腐蚀，将原本的灵魂摧残得七零八落，灰飞烟灭，这个力量更像是一个强大的灵体，带着更为生猛的野性的姿态降临，占有一个毫无反抗之力的女人，轻而易举地感染了她，与扭曲的灵体共舞，与腐烂的肉浆相惜，她残余的属于自我的意识迷失在庞大的迷宫中，抛离了原有的轨道，这残喘的意识还留下了蜿蜒的踪迹，以至于最后的成体还保有芭芭拉的一丝挣扎与抗拒。想到这里，琼斯夫人不禁心中一惊，这不正是自己的方式？她厌恶当自己附于活人时还能依稀感到对方的存在，像水缸中的细小的气泡，时不时蹿上来呼唤原本的个性。从此后她都会先让对方的肉身死亡再进行附体。

那么，那个与自己特质相似又形态相反的恶魔，是如何夺取芭芭拉的身体的？施用手段如此落后，会不会是初尝附体？而长年累月不变地蜷居在此地，并未更替占有别的身体而存世，不过是一条肮脏低贱的困兽，绝不可以和自己相提并论。

琼斯夫人不会拖延，仅仅需要几分钟，整个仪式就能完结，她不需要一个确切的答案，她知道只要用自己特制的尖刀穿越时空杀掉芭芭拉，她便会化作烟尘绝无回生之路，恶魔也就不会有后来的侵蚀与作乱，不会在她的心中遥远地感应与昭示，压迫与惊扰，铮铮作响十余年，不会再让她渐进地疼痛与不安。罪人！她的心里总想着这个词，永远只会是眼前这个灼毁了顽韧双子的罪人替她完成这个使命，这个流淌着里德家族血脉的施暴者。琼斯夫人只会承认一个人是绝不会是有罪的，那就是她自己。

异光传输器的端口为了释放能量，以其异光的成分堆砌而成。为了避免地理坐标与时间之弦的不对等，因此精确的时间旅行会以人物事件存在的当事地点进行穿越。假若在意目的地的位置却远距离地进行时空传输，则会带来极大的不确定性，并需要极大数量级的异光混入传输器才会影响“回到过去”的地理位置，类比一个弓箭手（传输者）用手拿着长箭（传输器）站在目的靶心（当事地点），无论周遭如何变动，他只需在自己的位置插下长箭，便达成了目的靶心--箭--自己的连接，但若是他身处于毫无秩序的超光速飞动的无数个靶心之间，需要准确地将箭插入目的靶心，几乎毫无可能，但若是有极大数量级的外来异光影响传输器的输送，就相当于给了弓箭手一把弓，他也只能在混沌之中射出长箭达成一个未知的连接。琼斯夫人四通八达的虚门仅能施用于前进流动的时间，而无法解构时空穿越中的精准弹射，所幸她无畏魔窟，直面根源，迫切抵达，潜行而入，她要亲眼看到彻底的覆灭与衰亡。

她将异光传输器放下之前，她那身长袍里裹挟的羽毛盆栽被一根带着亮闪闪的鳞片的尾巴穿过衣隙轻轻地摆放出来，那条她原本隐藏的尾巴稳稳地腾空，降落，她满溢的欲望与轻柔的使唤，像蛇信子不怀好意地吐露，银润的光泽黏糊糊地连接着她被遮掩的后臀。这是属于她的形态，寻常所掩盖的事物，在幕布与围墙后便会放大，数十位高层异能者会在她需要侍奉时舔舐她那细长而结实的尾巴，这是他们表以忠诚的姿态，这个器官能让她有着强烈的高潮，她对这条能驱使人欲的共生器官既爱又恨。她使劲地在这条原本丑陋魆黑的身体部位裹上迷惑的装扮，不断用物理挤压试图削尖它的尾梢，使之更像是“尾巴”。无论她更替多少具身体都无法摆脱这条尾巴，她竭力地抑制着它的粗大，竭力地修正它的美观，使劲地在这条每经过一次换体便会加剧生长的尾巴上冠以润泽的外套，从最初如污浊疲软的稻草状长成现在这番模样，尾尖连通着她的大脑，除却人类的躯壳，她就像条两头蛇一般挣扎地扭动。

羽毛盆栽安放在围成环状的异能者中心，在琼斯夫人与多妮奥之间。湿气不断从窗棂流入，从地缝中灌出，化作漂浮的水露滋养着不断开合的羽毛们，盆栽土壤下的真菌株苗如血丝蔓延于周遭空气，羽翅便不断地往上空膨胀变大，很快，众人已在它的庇护之下。一根根茂盛枝丫般的羽翅在颓唐的府内弯成了一个巨大的拱形，像密不透风的蛋壳一样盖下来，将人们笼罩住，而真菌盆栽下游走的丝状物则穿过人们沟壑密布的鞋底，将人们与地面隔离开来，紧密地布起了一层防护膜，为这群不速之客们提供了隔绝的施法场所。

羽毛尖在头顶闪闪发亮，多妮奥眼中倒映出无望的血之花朵，将她的蓝色瞳孔淹没。

琼斯夫人一言不发地手指一勾，多妮奥从地上蹭地飞离地面，无力地倒吊在半空中。异能者们在这个七百多平方英尺的蛋壳状“房间”中聚拢，他们手中木盒里微量的异光缓慢地流淌出来，在琼斯夫人脚下的传输器正隐隐震动，似感应到周遭的意志力的汇聚而蓄势待发。她缓缓地往后退去，眼见着传输器凭空放射出丝状圆环旋绕，异光穿过丝状物，像搅拌的蛋清与蛋黄一样很快纳为一体。

传输器正式开启了！

它会是一个完美的杀人利器！会是毁尸灭迹的最佳场所！琼斯夫人心想，在完成任务后，她不会让多妮奥·里德活着回来！她会让她留在无边的拉扯空间！在那片她从未涉足的地方，只能是一个混沌的垃圾场！从头一个罪人开始，她几乎爱上了这样处决她们的方式。一个工具能够提供二次服务，何不利用过后处置销毁，无影无踪，不留痕迹。她未来还有无比膨胀的设想，这只是一个开始。她的尾部正因忐忑的激动与高涨的热情而勃起颤抖，在她长袍后若影若现地鼓胀着。

多妮奥如行尸走肉，在这段被外侵意识强烈控制的时间里，她俨然只是一个傀儡，原我意识在极其微妙地与外来意识的边缘互相拉扯，做着斗争。而脑部控制的中心提取了她童年时代对于母亲的恐惧与抵触，将它们无限放大，像电击麻痹似的人心智模糊，灌以杀心，一遍又一遍地重复地发出巨响，像高耸云端的蛊惑巨石在坍塌后从天而降，一遍一遍地砸向思维的故土，陷埋进朦胧的大地。

传输器边缘扩张成一个完美的圆球状。亿万年以来，这团圆球以不同的方式出现，无论是天体的形状或是微粒的分布，生命的起始或是波段的传输，这是时间的真相还是欺骗上帝的小把戏？这一次的传输如此有仪式感，不再是仓促地开启与慌乱地关闭，他们井然有序地控制好了异光量，使之与传输器中的节点重合，再辅以意念的穿越，圆球看似透明如水露，周围的景象被反射进去后分裂成了无数个涌动的镜面，似是不断滚动的洁净的海洋星球。琼斯夫人闭上双眼，女孩感应到了指令。在她的念诵之中，多妮奥双脚着地，手中已然握着一把颜色极浅的尖刀，刀的边缘生出了血红色的细小倒钩，像电锯一般锋利慑人，这把刀的构成出自于她身上的碳，钙，鳞，从她的身上剜下来重新组合而成，刀口的每一个角落都携带着她基因的信号，她像所有的战士前往沙场前那样完善了武器的组建，蓄势待发。以她的血，夺母之命。琼斯夫人睁眼后看到了柔软而丰盈的天堂之眼，里面挂满了胜利的瓜果。

琼斯夫人右手上的五枚指环再一次发出了夺目的光亮！

"细小亦能摧毁巨大。"面色苍白如蜡的老女人喃喃细语，只有她自己能听到，略带挑衅的嘴角上扬着，肥厚的下颈与对面坐着的男人形成鲜明的对比。

"你在笑什么？"他微微前倾侧耳倾听。好几个小时之前，她还在昏迷中被冠以带着惩戒性质的异光，使之长久地处于痛苦，那种来自于情绪与精神上的破坏比肉体上的摧残更为决绝。她是知道这点伎俩的，意志告诉她决不妥协，所以她意识中紧锁着秘密，任入侵的钢筋冲撞，任暗仄的水流冲刷。这位大症初愈的男人让草帽南希摘下头顶的一株含麝草（她在草中故意添加了让人四肢像僵尸般行走的麻痹剂）塞进老女人的嘴里以此唤醒。接着，他想用他的方式来进攻。

椅背上的胶皮紧紧地刺入她的脊椎，椅角牢牢连上她的脚后跟，使她无法逃离。

从玻璃窗外望进去，仅仅只是两个毫不起眼的人正在清晨的休斯顿太太餐厅中默默对视。所幸这个边远于城市中心的小街上路人寥寥，只有叶片在环卫者的扫除下窸窣作响。处于清暗的天光很快就会壮大复明，弥漫整个东半球。女服务生迷迷糊糊地招待了那两个奇怪的顾客，也算是年轻的工作生涯遇见头一遭，此刻，她目光时不时地透过擦拭的玻璃杯樽望向那个被长长的立领裹住脖子的男子，从后侧面可以看见他龇牙咧嘴后太阳穴勃起的青筋，在浅褐色的薄皮下腾跳着，活像杂技团里的怪胎。可是这些念头转瞬即逝，很快她就专注自己的清洁，像是什么也没有看到。

"这么做你得到好处了吗？女士，机灵点，是琼斯夫人的仁慈才会让你活到现在。"西斯科扶着一边凹陷下去的脖子，衣领立马塌了个边儿。他虚弱而又坚决地企图以胁迫的口吻打压她。

"不，是我保留的秘密使我活到现在。"萝丝脸上挂着清淡的微笑，声音依旧很低沉，不管对方是否能读到。他们就像是一对老年院里的病患在互相对峙。

“是吗？我们已经派人前往你的住所，将你的承光仪查了个遍，很特别的是，我发现了这个。”西斯科掏出一枚圆环状钥匙，“三姐妹感知了你的这个私有品，她们闻到了海的气息，德文郡。”他注意到她上扬的嘴角慢慢垂落下来。

“然后呢？”她一半刺探，一半隐忧。嘴唇不自觉地抿了抿，她才意识到它们早已皲裂成碎块。

“不得不说，你隐藏得很好，那把钥匙被你动过手脚，你那点小伎俩暂时唬住了你的同胞们。所以，我们得谈谈，你得庆幸自己还能如此温柔地被对待。”

“那里什么也没有，让我想想，你们的主子不正在忙着毁尸灭迹吗？需要我这点信息做什么？”她哭笑不得，目光犀利地刺向西斯科。

椅背上抽动的胶皮在与她相连的脊椎内挪了点距离，她咬咬牙忍住瘙痒与阵痛，汗水很快挂上了她的额头，毫无血色的嘴唇哆嗦得像高分贝音箱上振动的薄荷条。

“伟大的琼斯夫人赐予我们美好的光芒，而你却污蔑她。你这个叛徒！存私货的贱种，我们会让你的意识一遍又一遍地受到严刑拷打！”西斯科的眼神发出痴迷又愤怒的光，“不仅如此，你不会再有秘密！琼斯夫人回来后，你将死无葬身之地！所以趁现在还有时机你大可以乞求我们的恩慈，那个女孩已经不复存在，你没有必要为一个受诅咒的可怜虫付出如此荒唐的代价。”

萝丝的手慢慢地放到了桌下，拇指微微地颤动着，她好一段时间没有说话，只是紧闭着双眼，似乎拿不定主意，正在努力地做着决定，她屏息静气，眼球在眼皮里一动一动的，显然她的思索太卖力了，额头上汗珠密集得像万人音乐节进行到白热化阶段。西斯科饶有兴趣地看着她，这点时间他还是足够的。

“你还可以回归到琼斯夫人的恩赐中，她会给你数不清的欢乐，你看看我，变得年轻而坚毅，你那堆污秽的肥肉很快就可以消失，你可以远走高飞，撂下那些无用的往事，你本就可以得到无尽的金钱。我邀你来这里吃早餐，放放风，念在我们之间还有些老交情，想想看你曾经也为我的复活贡献了不起眼的能量呢，当了一次司机把我从特斯罗坟场载到琼斯夫人的总部公司，那可是多么漫长的一段路啊，你听着披头士的专辑，不过你不知道后备厢里装着我吧？我只是在密封承光仪中的半成品，你也只是奉命办事。你看我多么懂得感激！”阴阳怪气的西斯科故意把尾音拉长，嘴都要缩成一团豌豆荚了。

“达成协议。”萝丝挤出一点笑容，像苍白残破的烛间冒出一丝熏黑的燃心。她的右手慢悠悠地举起咖啡杯，示意对方共同品尝。西斯科没有想到她这么快地服软，绿油油的眼珠兴奋而又不怀好意地上下打量着她，暂缓了紧捆住她脊椎的外来物质，他下意识拿起杯子，舌尖触上杯缘，象征性地抿了一小口庸常的咖啡，微量的苦涩钻进他无所感知的味蕾中，随即他放下了瓷杯。这是他数十年后再一次品尝这股暗褐色的液体，为了谈成这桩“交易”的喜悦。他知道那股液体很快会在腐烂的内脏里腌出微不足道的废池。

“那么，我们就在这里说清吧，起因，过程，结果。”他两只手肘架上了桌面，分别托住脖子和下巴。

“那片海岸，是我亲自打造的小型……”

“等等，等等，”西斯科目光尖利地刺向萝丝，“可别瞎编一套，亲爱的。要知道我触摸到那把钥匙时，就知道它与许多能量有所关联。”

椅背上的胶皮和椅脚上的木头像是迅速解冻了的泥鳅开始活蹦乱跳地扭紧了萝丝的肉体，她疼痛到挥舞的双手差点打翻桌上的杯子。

“那里是一个装载着无数能量的场所，是我为了那女孩而打造的，我想要治疗她，我偷取了许多能量，锁在里面！那个地点我可要告诉你。”萝丝嘶哑地叫道。西斯科贴近了她，野兽般的眼珠盯着她抖动的脸庞上下乱窜。

“很好，重要的就是地点，可别耍什么花招，亲爱的。”

“这件事为何不由琼斯夫人审判？而是由你？你是不是有着什么不可告人的贪……啊！”萝丝感觉那堆泥鳅正突袭性地凶猛噬残着自己的后背，而僵硬的大腿与臀部耐不住地瘙痒。

阳光一点一点爬上了对面低矮的屋檐，窗外的响动比之前丰富了许多。不远处的店铺陆陆续续张开了大门，一排由黑变亮的獠牙一般。

“不用质疑我的耐性，如你所料，它很容易受影响。我常常在想，你不再参与伟大的恩赐仪式的原因，这里的能量分得平均，又可因自己提升的荣誉而享受更多，为什么这么美好的甘池你会舍得放弃？”西斯科假装鄙夷地哼了一声，“原来是你有了别的渠道。”

“笑话，那些能量是我自己所积攒的，是为了帮助我的孙女。而不是像你们这些臭虫爬满那老女人可怜的衣带嗅来的！是的，你们可怜到连啃进肚子都不会，只能一遍遍被她碾碎，用你们经过漫长恢复后的能量来换取那一刻的麻醉。你们觉得知足吗？看来这里有个人已经不知足了！”萝丝虽然剧痛缠身，依旧目光如锥地射向他，艰难地说完这番话。对面的人显然坐不住了，他的面部被移血上灌，满脸通紫，眼睛像夜间的贼鼠那般慌乱。

“怎么了？是不是你开始感到那点可怜的能量无法让你受创的身体复原了？”萝丝挤出讽刺的笑容，显然，她看到西斯科的长脖子摇摇欲坠。

“你这个老女人……你敢如此戏弄我……”他的眼神不知不觉有些涣散，似乎大脑中有什么在捣乱，使他无法安定思考。

尽管他的法力急遽施展，但是那股力量就像濒死的鲟鱼无望地挣扎，牢牢锁住萝丝身体的椅子在她身体里发出微弱的电流，那些外来物质正像回流的河水从沟壑的椎弓关节处慢慢退缩，偶有极力回绕，终又无力退潮。这番状态使萝丝感到极度难受，如同针尖在插入身体后来回捣鼓。

窗外来往的人会以为这两人坐在餐厅里跳迪斯科。

西斯科像吸了毒之后神志不清，他并不知道是什么力量在他的身体中作怪，使原本是一条完整的锁链断了一个缺口，桌上的咖啡被他打翻在白色双面缎桌布上，立刻染出一片死沉的沼泽，不断吞噬着洁白的世界。他从椅子上翻滚下来，双手扶住脖子，往餐厅后门冲去，他手臂的力气甚至还不能将它打开，必须整个身子贴撞在上面，才能挤出一条豁口容他挣脱出身后令他天旋地绕的世界里。厨房里的伙计用异样的眼光看向他，除此之外他们的面部扭曲混沌一片。他慌乱地从过道里跌跌撞撞地钻出了塑胶门帘，外头东升的阳光并没有让他感觉情况好转，他能看见眼前密密麻麻爬满了泛着暗紫色的线状物，那并不是眼前的事物导致的，而是他本身的视觉受到了奇怪的干扰。

这里的空地直达一片坡度朝下延展的郊野，乱石间的树木不断增长。他竟感到了口渴，这是他从这个世界再次醒来再也没有感受过的状态，他会不会渴死？不，不会的，他已经失去了这个看似鲜活的躯壳，全身上下的神经只是点状复原，那些不必要的感知能力已经被剔除。他痛苦地趴在地上翻滚，脑海里被一种难以抗衡的力量摧毁，使他的重心丧失，视力衰弱，耳鸣躯软，他很快滚进了树丛的掩映中，像条被枪射中的恶狼呜咽着摔进了深渊。

萝丝缓缓地从桌上清醒过来，椅背上的胶皮已经从她体内的结缔组织和衣料纤维中抽离回原本的样子，上面隐约地沾有一些黏稠的水分。而原本接连着她脚后跟的椅腿在一片松软后慢慢地退回原形，如消融的蜡烛般凝固成柱，只有依稀的凹凸证明它之前曾嚣张地在一个人类的身体里燃烧过。萝丝感觉到身体水分的流失太多，她将杯中的咖啡一饮而尽，眼皮还余惊中颤抖，睫毛扑闪着几乎触到了宽大的杯缘，咖啡像是甘泉那般灌入她干渴的身体，使她稍微好受了些。

又一次，她想。

当微不足道的水熊虫从她指尖的颤抖中飘过桌布，飘过她与对手之间，飘进那个长脖子男人的杯子上时，她还在想该不该再努点力，集中意志让它飘进他的鼻腔里。可是长时间束缚的身体限制了她仅存的力量，就像无承托地端着一把摇晃不定的狙击枪，就这样吧，说出妥协的话语，让他中计。眼神要坚定一些，趁其不备地牵着他的鼻子走，使他下意识地端起杯子，只要一点点的触碰就可以了，他做到了。

那小家伙随着温暖的咖啡瀑布泻进他那腐烂而又暗沉的喉咙里，它死死攀住咽喉中一块乌黑的肉苔，从褐色液体中脱离出来，让咖啡随着地心引力灌下黑洞一般巨大的深渊里。西斯科的脖子分为内层和外层，内层与常人构造无异，但细长狭窄得多。而外层则像是寄生上去的朵朵嘴唇，连接着夹层间不为人知的能量空间。水熊虫此刻的目的地并非这根震颤的脖子——金玉其外败絮其中，在外部形象极尽能事地遮掩和修饰之下，这里竟是副破败的身骨。它迅猛地向上游动，在经过一番刺入后，在一头寻到了无数缝隙的蝶骨，它以迅雷之势钻进他那连接左右两个大脑半球的中间部分。这个部分被琼斯夫人的法力复活，却也是他唯一能掌控人类身体动作和感官响应的连接枢纽。建造重组这座神殿需要强烈的意志，而摧毁它却毫不费功夫，仅仅断裂一条锁链，其余的全部控制胼胝体的纤维便如多米诺骨牌那样四散倒塌。她能感觉到水熊虫正在一个被沾有灵光的血海中翻腾搅拌，它必定需要冲撞，扰乱其则，以其不起眼的小身躯毫无保留地陷入永不复返的使命里，它携带着强烈而疯狂的意识，比起那些更加微小的细胞，它简直就是个踩在石堆中的巨人，它用爪子一点点割破泛着微光的脑内组织，如果它能开口发出这个世间称之为“声音”的频率，那么它必定是在咆哮。

上一次这么做时，还是在那个披着圣母表皮的独裁者的秘密空间里，萝丝至今都还记得那个乌烟瘴气的废弃工厂，她趁琼斯夫人说话时，在紧张的表象掩饰下做出了从未有勇气刺探和潜伏的事——当她的手指颤动时，一只水熊虫正漂浮过琼斯夫人华丽的衣袍，降落并埋藏进了那株微微发光并缓缓张合的羽毛盆栽里。

萝丝此刻会心一笑，像是早有准备面对这场劫难最糟糕的情况。当初那条水熊虫该在遥远的地点发挥它的本事了，这是她下的一场赌注，无论结果如何，它都必定会进行一番破坏，不知道这能不能为身陷危险的多妮奥拖延住时间。“细小亦能摧毁巨大。”萝丝盯着白色桌布上已然凝固的滩洒的咖啡迹呢喃道。

它的身躯在一个庞大的迷宫中穿梭着，以自己受训练过后的意识寻找着最易击破的缺口。在此之前，它是在一个异能女人清冷的阁楼里的各式生命体混合器具中度过的，她引导着它从自己的那意念堆砌出的陈旧的扭曲生命形态寻找突破口，如同将阴暗潮湿的下水道里聚集的苔藓暴露在一丝阳光下。它的一生只为了解这些物质之所以凝聚和互相牵引变换的成因和能量趋势，像一个黑客一样在简陋的地点受训，此刻只是将一台老式电子器械换成了高端计算机，然而它们的起始点和控制点是相似的。万事万物都是这样，细密精巧之元素一点点聚集为庞大。

很显然，在这盘旋着的空间之外，身处庇护之羽下的人们对它来说就像是利维坦般的存在。

似乎不太顺利，它单一的神经元不断闪现这个念头，这里的构造太过于复杂。

在外部的人类看来，这株由琼斯夫人的冗余意念组成的实体盆栽已然变为高耸庇荫。

就像一些人类热衷于把玩某些小器件，他们多余的油脂浇筑在它们身上，长久时日后它们必定布满了人类身上所携带的信息。

这株原本外观极为小巧简洁的盆栽内部远远比它的主人萝丝杂乱的意念堆砌体要来的厚实，坚固，纷繁。它的身体随着盆栽增大了数十倍，却也依旧微不足道。它身处根茎地带，随着脉搏一样跳动的管道向下游动，下意识地朝着灵性较弱的地下茎冲去，无数辐射性气泡从它的身体旁挤过，那些气泡扩散至整个堆砌体，大至膨胀而鼓动的顶芽，小至每根羽翅上的羽尖，它们本身携带着防御意识，在庇荫外部组成灼热又刺激的屏障以抵挡碳基生物，并散发出干扰一切电磁波侵袭的信号。最为极端的是，侵入体若是试图穿透这道屏障，会在激烈的痛苦后从屏障的随意点窜出来，却无法干预到内部的任何事件，正像是一道凸离的虚门。这相当于筑建出了一个缺失的空间一角，像凝固的光影那般无法紧握。整个堆砌体中承载的元素正分工合作，架构起一个不受打扰的内部环境。眼下这群气泡试图禁锢住它，越是接近控制枢纽，气泡聚集得越丰富。它没有抱怨的余地，也不会感慨自己是一只多么勇敢而又努力的水熊虫。

它的身体一半火海中潜行，另一半在冰窟中遨游。每一次足以让它四分五裂的挤压都无法碾磨它那韧性十足又细微无比的神经元，所以它顺着挤压中的缝隙盘曲成薄纸一般的蛇，像被黑洞吸噬后拉长了自己原本圆鼓鼓的身躯，竭尽所能地伸屈着身体，一点点地扎进目的地。周遭气泡涌动着抵御的信息，它便静悄悄地躲避开它们的围捕，使自己的体态面积缩减到最小值，像滑过键盘缝隙的毛刷，在强烈的保护机制后，它才意识到前方的道路与之前练习时并无太大差异了。

很可惜，它不知道胜利的滋味，只知道完成指令后的适应感和归顺感。在它细微的生命里，仅仅有着丝毫的思考。它不知道破坏的本质和含义，只能认识到那是一种常规习性，夜以继日，永无间断。在萝丝漫长的训练里，它懂得的大抵就是这些。而反之，它也并不会认为除它以外的个体生命能通达胜利的滋味，抑或是仅仅在达成着获得适应感和归顺感的指令。

异能者们望着那枚由异光传输器所开启的能在同等地点穿越时空的透亮圆球，球中心有一条杏仁状的暗紫色的通道缓缓晕开，就像野兽神秘的瞳孔般盯住了四面八方的围绕者。谁也没有足够的意念去感知他们穹顶之下立着的根株里有个微观生命正进行着一次争分夺秒的破坏。他们看着已然下定决心踏上弑母之路的女孩缓缓地靠近圆球，她的身影很快便被那枚巨大的杏仁状通道笼罩住，就像回归初生的那条原始而又隐秘的母体之洞。渐渐地，一股稳重的受控制的吸力开始爬满她的躯体。

琼斯夫人冷峻的目光下，两片紧闭的唇瓣微微颤动。这段旅程的时间将会非常短暂，人类计时的分秒数经过特制的运算后，多妮奥将会抵达一个处于幼年的她的时间，而这个时间里当年的她必须不在场，因为一旦发生两者靠近甚至是触碰彼此的情况，会因本体信息相互抵消而在宇宙弦里受到干扰导致崩断时空的灾难。为了避免隐患，琼斯夫人确定那必定是多妮奥离开里德府后，身处郁病中的芭芭拉毫无招架的时段。她带领着信徒们的意念，集中注意力将传输器的对接枢纽进行了人为性的调整，光球下的传输器内部异光瞬间填补到饱满状态，光球在三维世界里显得更加清晰可见，连上面无序的粒子分布所致的流泻状都能一一映入眼帘，而暗紫色的洞口此刻旋绕着无数丝状异光，如万蛇之坑，活跃不歇地来回翻涌，像是为这柔软而又暗黑的隧道抹上了洁白的润滑剂，它们为即将动身的杀人工具连接时空的脐带而使之到达目的地。

洞口传来了来自时空那头的风声，声势浩大。但在这一次精心规整的开启后，剧烈流动的气息抵达光球时被异光屏障制约，骤然减弱，每远离光球一毫米，所受到的吸力便以量级成倍缩减，这使周遭异能者安然无恙，不再如当初的实验室浩劫那般险象环生。在那无边的黑暗场中，眼前受传输器引导的虫洞正缓缓扩张，多妮奥的脚步挪动，每靠近光球中心一步，她的躯体就越是模糊不清，某种强烈的恍若神力的牵引粒子使她越加像一幅不断增补又不断丢失的立体拼贴画，这些粒子看似狂妄且凶残地贪噬她的肉体，实则极为精细而且完整地保留了她所有的原体信息，将之转为穿越时空时的链条，就像流水线上待拼装的木偶一般井然有序，那股吸力连通着某个未知的中心点，使时空的双头同时处于强大而且狂暴的飓风中，她的肉体很快便会融化进那个扭曲的洞里！是时候了，琼斯夫人心想。

千万不能断裂，否则会落入无尽的混沌空间里。异能者们悉心守卫着这道孔洞，绝不松弛，他们狰狞的笑意让洁净的着装褪色不少，他们眼里的凶光与嘴唇温柔的微笑毫不搭调。在他们眼前，那女孩早已潜进了无边的时空长河里，她需要在另一头上岸，接壤着脆弱，疾病，残喘的另一头。

水熊虫在延长了自己原本身体的数倍之后，脱离了原本身体上的水分。它找到了在训练期间进化于本体的方式来解决面对的辐射性气泡，那就是与它们融为一体。

它那对于自己来说算是厚重的躯壳本就不停地被消解，于是，那条细长单薄的伸展之体很快像水中的涟漪那样慢慢减淡，留下它稀薄的意识聚集在一枚气泡表面上，像是抓住了救命稻草般，防御意识无法精确地运算这些似有若无的细微神经元，它们像是灌入的精子疯狂地依附卵子那样扎进了气泡中，它们在进入后即刻控制了肥头大耳的气泡，而在气泡中心还有更加细密的异能阵列。很显然，它们并没有考虑过比它们更加细小的侵入体，它们还在麻木地计算着原本的阀值，丝毫不会料到具有灵性的生命的光临。它们的气泡外壳并没有好好保护它们，现在神奇的阵列纷纷遭到了感染一般，被丝状的意识控制住了，促使一只气泡状的水熊虫诞生。就像人类世界的灵体附身那样，这枚原本只是庞大结构中的一粒渺小的气泡开始按照侵入者的思路反击。

它在其余气泡中以自身灵活的挤压与光滑的旋绕自然而然地溜下了底部，就像歌吟中变调的音符，像挣脱了束缚的风之精灵跳动在旋律中，在每一个节点拍打出最激烈的奏响，在疯狂地冲撞后为华美的乐章来一个激动人心的收尾。在那深不见底的控制点中，它像个顽固的奏乐者，在高亢的乐音中拉响了最后的琴弦，它单纯地牺牲自己每一次极有可能永远无法复活的生命，来达成脑中输送的指令。现在只要将一个薄弱的控制点稍稍偏移原本的轨道，一小部分的连锁反应便会使外部的屏障出现一个小缺口。

那也就是它此次来袭的终极目的。

琼斯夫人不会知道羽毛屏障的外部已经风起云涌，一张张巨大的粉嫩的触手从地底，从穹顶，四面八方围捕过来，像是要极力地碾碎面前装满不速之客的蛋糕，但触手迟疑了，它还是有所退缩，外部纤毛涌动的屏障上，分明有股不同于这个空间的能量在隔绝。触手发怒地卷起散落的骸骨和石堆，将它们狠狠地砸上了那坨明目张胆地矗立府中的椭圆半球，可惜骸骨和石堆并没有如愿破坏它，而是分别按着原本的弧线以不同角度的轴线从半球另一边飞离出来。

隐隐的怒吼声，夹杂着一个女性的嘶声，来自于并未现身的喉咙深处，如暴风雨下的汹涌之海，而那可恶的半球就像是高耸于海面的沙丘，不受打扰地让风雨在它之间渗漏，滴落进苦楚无边的海洋，那一望无尽的平原永远找不到真正的缺口。

触手方才在一瞬间意识到这个异物竟赤裸裸地扎进了自己的地盘，它们在原始的苛责中羞愧，恼怒，像蠕动的水草试图钻入溺亡者的身体，它们改变了攻势，扩张成一张张巨网，每张网的凹痕处便是一张布满游动的幼虫态的膜，它们决定静静地摸索，在变幻莫测的体态下，灵敏地嗅出这道屏障缺失的脆弱的一隅。府邸中阴影密布，那些灰黑的网状体像历经洪荒后的战袍，紧紧地朝羽毛屏障喧嚣而来，它们发出刺耳的振动声，像锋利的刀刃切割过破碎的铃铛，每一道膜上仿佛都在发出沙哑的共鸣，那些挣扎地前探的幼虫遂着气流的运动，它们张开自己的孔状喉咙，听似静默无语，实际上，它们如同成千上网的蝙蝠在发出骇人的频率，朝着那枚如铜墙铁壁无法攻破的虚门进行无间断的扫描。

在它们的下方，虚门边缘一个极不起眼的坍塌正在发生。

与外部围裹的庞大怪物毫不相识的水熊虫已经完成了它的使命，破坏一触即发，所有的法力都可以从最细微的一处进行挑拨，就像所有意识的本源就是由一小簇一小簇的神经元组成的，它的主人萝丝深知这一点。

由万千触手铺张的网开始有些消退，它们慢慢地往其中一点聚集，就像是磁石粉末瞬间找到了异性，这一处的幼虫状喉孔即刻开始幻变，慢慢扩散到整张膜，由膜又扩散到正面网，它们找到了突破口，就像遇见了急待注射的皮肉而开始汇聚成锥形的针尖，朝那面仅仅零点五三平方毫米的缺口小心翼翼地扎去。

它们的每一寸表皮纹理上都携带着某种毒素，这些毒素带给人的不是美好的幻觉，而是眩乱的，可怖的，充满尖叫的，让人们在痛苦中死亡。这些毒素中带着感染源，上面布满了它们邪恶的寄生信息，但它们向来只为了将猎物作养分。它们的生长是漫长的，如陈酿于地窖的苦酒，它们只会选择依附于府邸的那个名叫芭芭拉的女人，此刻那个女人的头颅正在一张大床上翻腾着，但这不再是她思考与控制的主体，它们早已扩散到整个变异的躯体中，在危险与恍惚中折磨侵入者，无谓法则，无谓禁忌。此刻它们意识到它们是会感觉到疼痛的，如果它们没有稳稳地刺入缺口，带着强烈灼热和割裂感的屏障将会使它们退缩。

它们由网状开始旋绕成极细极细的管道，零点五三平方毫米的缺口对于这根抽离得极细的尖针算是一道敞开的大门了，仅仅需要稳稳地抽入，留在外部的躯体便可以源源不断地从内部那头如泥石流般地倾泻而下，汇聚成残暴的野兽，摧残那些秘密行事的渣滓。在这里的十多年中，它们经过了不停地进化和吸纳，由最初在性的意识下结合到逐渐剥离意识的局限，模拟不同生命体的特性，组合成了庞大的介于神话与现实的寄生体，那股强大的意念喷发于此地，并久蜷不去，掌控着起始和末端，在湿润的泥土里破芽，在腐烂的尸体上嘬吸，那股怨气似乎了解时空也有命途，在路口踟蹰不前，只为拦截可怜的囚徒。

柔滑的针尖就如同新生儿的毛发从缺口钻了进去。

远处的排水管道咕噜噜地喷涌出黑水，像墨一般的，能在如此漆黑的水中欢砸出洁白的迅捷的泡沫，真是一个奇迹。

他也快要像那样的泡沫飞逝在无边的黑暗中了？他惧怕黑暗与死亡，他认定自己是圣洁而独特的。再生之人，怎会再死？他慌乱地抓着所有能够依附的物体，可惜周围的杂草太脆弱，碎石太渺小，连稍微庞大一些的岩石，也无法承载他沉重滚落的身体。

西斯科想起了最初，当他还留着对于原体的记忆时，猛然发现，他并非全然了解自己生前的往事，那些片段式的肢体记忆根本无法让他熟悉原本这具身体的过往。他来自于四面八方，来自于受训过的意识，是糅杂的，像人类利用各种元素创造出了药物，艺术，计算机。它甚至无法记得再次苏醒后世界的样子，便已经进入了毫不间歇的欲望和求索之中，他就像是琼斯夫人手下的弗兰肯斯坦，在拼凑中恢复出不稳定的，幽默的，充满好奇的人性，和他那本就填充了怪异的身体一样可笑。

他试图用法力使自己变得轻盈一些，但长满了嘴唇的脖子沉重得如铅似铁，现在他脆弱了，那么这些装满了仇恨，不甘，愤怒的寄生物是不是要趁机反噬他？不，他有琼斯夫人能量的加持，那绝不会发生的，他在混乱的翻滚中告诉自己，他将再次站起来。他现在发现自己的手脚无意识地在伸缩着，像生物的条件反射，在每一次徒劳无功的攀爬中，他的手脚便会痉挛一次，这种触痛感相当直接地窜进他的大脑，快拿走吧！他特别像取下自己该死的脖子和脑袋，然后轻飘飘地坐在上面慵懒一会儿。

坡上的植被相对茂盛一些，但他在迷乱中已经像弹珠一样窜过了林间，在强大的引力和摩擦力的抗衡中，他慢慢停止了滚动而下的惯性。现在他已经瘫软在色泽分割得无比鲜明的平地上，他的下半身在暗褐色的滩下，前方是墨绿色的散发着腥味的小河，而上半身在浅褐色的缀满了焉湿小草的泥地里，阳光透过厚重的云层流泻下来，像死亡的薄雾缭绕在他的周身，他厌恶这种光线，他厌恶这种无法实质给他欢愉快感的光明，他需要的不是这种让万物生长的光芒，而是承光仪中贯出的猛烈的滋润的淌着新鲜快感的光芒。

这里太偏僻了，放眼望去，几乎毫无人迹。真是奇怪，为何坡上的世界与坡下的林地如此泾渭分明，就像两块不同空间相互被拉扯缝补在一起，以林木根茎作为牵引线，以尘埃乱石铺张以做修饰掩盖，于是，大地淘气地合并了两根远隔一方的发丝，让发丝上的生灵误以为它们是世代稳固的土地。

抑或是他此刻的视觉已经无法区分远处的熙攘的市区，无法辨识人为的建筑？总之他知道自己此刻是绝对孤独的，除了水流碰撞的哗啦声，轻风拍打清晨落叶的簌簌声，再无别的响动，连他平时能够感觉到脖子上难过而又不满的抿唇声都偃旗息鼓了。他再也没有感受过如此静谧的早晨，对于一个长醒不眠的人，他甚至都忘记了眨动眼睛时肌肉牵动的生理机制，人体所有可以削减的程序在他身上淋漓展现，像一栋华丽却无坚实基底的楼房。

现在他软弱地接受了痛感对他身体中的剥夺，也妥协了迷乱对他意识的侵蚀。

为什么会有一群孩子的声音？他们的声音传进他的耳朵里，谢天谢地，这个世界有了希望，他仔细地分辨着除风声之外，这段幼嫩还未彻底粗犷的音频是否是幻听？他艰难地别过一边的脸，一块棱角分明的拳头大的石头挡住了他的视线，这冰冷的赭色之后那蜿蜒的浅滩只成了他想象中的图景。他能够远远地听到那丝微弱的嗤笑声和谩骂声慢慢接近自己，在不远处的欧石楠树丛上方，明明有叶片不规则的摆动。那里面是一群孩子，他们可以拯救自己，恢复元气。

他松弛的肉体有了些许力量，归功于他所恢复的自信，他坚定地相信自己能够留住他们。他们是人类，一群不知天高地厚的小毛孩，那声音越来越近，他已经看见石头上方那一个个攒动的脑袋，高矮不一地接连靠近，他们的还未冷峻的面孔带着惊讶又困惑的表情高耸于石块，这枚低矮的石块再也不是阻止他视线的障碍了。那群孩子现在已经看见了他，看见这个怪人像搁浅的鲸鱼躺在这荒凉而又污秽的岸上，他们渐渐庞大地靠过来，西斯科像是数鸭子那样默默记住了这五个男孩。

“拉比！这有个死人！”带头说话的小毛孩显然不超过十岁。他们围绕着西斯科瘫软的身躯，像看博物馆里的标本那样充满好奇。

西斯科苟延残喘地仰望着他们，仰望那堆逆光下嬉笑的阴影。一种隐隐的不安窜上了他的心头，就像折断的桅杆在暴风雨中飘摇不定。

“你的眼睛肿了是吧？他还活着！”另一个年龄稍微大一点的胖男孩鄙夷地冷笑道。他的脸上还有一道新鲜的刮痕，在这初露清爽的黎明之前，这帮孩子去做什么了呢？西斯科决定使自己干哑的嗓子重新启动，至少发出一些求助的声音。真是好笑，他，需要求助？对着这帮可以乳臭未干的小子们。

“打电话叫人来这里照顾他。”年龄最小的那个男孩稚声稚气地说道，他看上去手无缚鸡之力，顶着一绺干净的俏皮的碎发，它们在他头顶冒着尖尖，像温柔的植物在吸取大自然的养分。他说话的时候有些拘谨，迟疑，眼睛左右不定地瞟向其他男孩们，他不是打斗前线的孩子，而是初出茅庐的小喽啰。

拉比伸出肮脏的小手揿了一下小男孩的头，“叫人？”他放眼四处，“就在这儿，把这家伙推下去，看看他会不会浮起来。”他火热的眼神里带着不怀好意的恶作剧。“你看这家伙真恶心，顶着个雷龙一样的脖子！”

西斯科不断地隐隐用力，不断地徒劳无功，毫无招架的余地。他依稀能看见这几个小恶魔的鬼脸在他上方摆动着，露出全然不同的肌肤和表情，他们童真之后隐藏着迷惑和野蛮，可是现在他太脆弱了，世界只剩下了一半光亮，另一半则是人肉阴影。

“法瑞！训练你的时候又到了！拨开他的衣领，看看这家伙是不是长颈鹿的怪胎。约书亚，我跟你打个赌，如果这家伙是怪胎，我就带你体验我哥的大麻。”拉比看上去是这里面最有权势的领头者，他装的像个小大人，颐指气使，把他的跟班们兜得团团转。那个最小的名字叫法瑞的男孩显得有些退缩，看起来他并不乐意接下来这档差事，平日里他也不是一个念头和这群男孩相契合的胆小鬼，是因为幼小还未泯灭的善意正晃悠悠地存活着，还是因为本性中就带着对恶意的畏惧与抗拒？

其余两个肥胖的男孩推搡着他，他们像拉比的左右手一样强制性的把他逼上绝无选择余地的“训练”里。在这五个男孩中，最小的这位并没有得到更加舒适的待遇，他们更喜欢拿他来当投掷物扔向一个残酷的法则中。西斯科感觉到一个阴影由小变大，上面泛着恐惧的眼光，一头野兽会在恐惧中侵犯对手吗？其他四个男孩挠有兴致地像期待马戏团开场那般看着身下奄奄一息的倒霉蛋。“救我……”这两个字经过重重摩擦，收缩，分裂，继而嘶哑地从西斯科口中传出，他睁着死鱼般的双眼，瞳孔还能依循着他们的身影而动。

男孩们似乎毫不留情地忽略了这一重要的求助信号，拉比一边打着响指，一边卷着舌头在口腔里轻叩发出有节奏的响声，眼睛斜瞄着身旁的胖子和约书亚。西斯科感到无比沮丧，亦感到极端愤怒。为了发出那一声微弱的求救，他用尽了所有力量控制麻痹的咽喉。而那些俯视着他的魔鬼们竟选择无视，这让他在昏沉中恶狠狠地设想，在意识的边界里他搭起了血色的舞台，他要施法把这群小鬼头揉成和身下泥沙一样的无用杂碎，然后永远地淹入黑水中万劫不复，不仅如此，他们的父母必将遭到报应，一个接一个，他要向那些暗影杀手致敬，使这些纵容恶魔的男女们死于一场又一场戏剧化的灾祸中，他们信仰上帝吗？很好，他可以创造出炼狱那般的痛苦供他们消受。

琼斯夫人会替他做这些吗？他有了私自占取的欲念，她还会原谅他吗？她真的无所不知，会在此刻突然出现来救助他？或是她本已经了解他的那些贪欲，故意放弃了他的生命，任他自生自灭，这几个小恶魔正是被召唤而来惩罚他的？他在脑海中呐喊着那一连串无解的问题。当初他是从阴暗的尸堆被带上了人间，而此刻又从人间跌落这荒凉的死地，这是唯一一次也是最后一次的循环了吗？于是，他开始感到深深的恐惧，他无法再感受琼斯夫人带来的鲜艳佳境，他脑海里慢慢地闪现出死亡后异乱的虚空，这恐惧的念头丝毫不亚于那个正踟蹰着蹲下来胆战心惊地拨弄他坚挺衣领的懦弱小鬼。

“我们该把这家伙卖到畸形秀才对！”拉比激动地说道，他挑了挑眉头。不知为何，西斯科仿佛看到了曾经的自己，无时无刻带着调侃与漠然，桀骜又疯狂的自己。人性就像那些可以把各种物质糅杂于一身的法力，会撞上相似并通达另一个物体。

法瑞的手指颤抖得如同被风刮过的洋地黄，他抿着嘴唇，下半身在众人围绕下的夹口处用力地往后缩去，绷紧得如一根弦，似乎打算在掀开那厚厚的衣领后就此逃逸，现在他恨不得只留下一根指甲盖去挑开大家伙的领口，“你别像个女孩！”拉比看不下去了，重重地踹了他一脚，使他的重心差点坠到西斯科死者般的面容上。法瑞吓得蹲起了身子，片刻后，他因被当众羞辱而激发了对外部的愤怒，从最开始融入这个集体时，他是慢热而冒失的，对于许多命令带着下意识的不解和怜悯，就像冒出泥土的青草嫩芽，希冀某种平静而无争的美好，但正是在拉比的带领下，他渐渐弱化了那些无用的抗拒，胆小。慢慢地，他在一次次训练中变得比头一次都要勇敢一些，这能获得他们的鼓舞和看好。在他破裂的家庭关系中，父母从未给过他这种鼓励，所以他努力地想要对拉比忠心耿耿，全力以赴，甘愿每一次在拉比的喝令中成长，快快驱散那些年幼的无助感和恐惧感，像个勇敢的男人！他克服自己对于“怪人”的排斥，五个拇指像钳子那样扒开西斯科布满褶子的衣领。

一排排一列列像蛎壳般肿胀的嘴唇紧贴得不分你我，它们在他的长脖子上像烤干的肉肠那样灰黑暗沉。

拉比是第一个后撤的，他下意识地把蹲着的早已呆滞的法瑞往前推，轻而易举得就像逃跑时扳倒身边的木桶或是架子那样抵挡住身后的追击者，让它们替自己先遭遇厄运的临近。他退了好几步，停了下来，看着那个平躺的怪胎是否会有什么进攻的举动。现在所有男孩都必须在他的前面，替他来监测与判断眼前事物的危险程度，替他来抵挡与缓释所有未知的袭击，他用那点金钱和大麻让他们做自己痴头呆脑的保镖，于是这些还未发育完全的肉体成了他的人肉护盾。

那大家伙看上去无动于衷，还是保持着原来的瘫痪状态，他似乎努力地想要发出声音，却只有干裂的苍白的唇皮像经过电流那般有节奏地耸动着，如同碎裂的锡箔纸洒在生物实验课的青蛙大腿上。

这是个将死之人，推他一把，他就消失了。

法瑞在刚刚差点就贴上了那令人作呕的躯体，吓得他咻地倒在一边，并艰难地用手肘撑离男人数尺远。“真是个怪胎！”拉比松了口气，不忘发出嘲讽般的怪笑，“真是让人大开眼界啊！各位，去找找大一点的石头，这家伙要为令我受惊付出代价才对！”他推开胖男孩，重新走近了怪人，用脚踢了踢那只枯软的大手，却连指尖都没有任何触动，看来这是个重度瘫痪的怪胎。其他男孩纷纷在不远处抡起草丛上的石块，并目光游移着寻找更大的目标，相互比较。法瑞小心翼翼地站起来，尽量地退离地上那个眼睛蒙上了灰翳却还能转动的诡异男人。

“你先来！”拉比看着那具僵硬的怪物，兴奋中不忘使唤差点哭出来的法瑞，“捡起石头，砸他！别给我软弱无能！你不是想要一副可笑的斗士面罩？”他故意挑逗起法瑞，并在音调中重重地强调了最后一句话，法瑞并不会掂量一个生命和一副面罩之间的分量孰轻孰重，他此刻只意识到，砸一个毫无反抗的怪物是令人心跳加速的事情，这给他年幼的心灵带来怪异而且静穆的震撼感。

他用脚尖探了探脚下的石子，面色潮红，鼻尖上渗出了细密的汗珠，他略有胆战地弯下身捡起不起眼的一枚鹅卵石，“挑旁边那个！”拉比呵斥道，双手交叉抱在胳膊处，双腿威严地张开，一副尊者命令草民的模样。

法瑞还是照做了，他别无选择，手中渺小的石子已经足够沉重，他很快要丢下它，用双手抱起另一个更加硕大的石块。现在阴影们都聚集过来，找到了各自满意的巨石，像黑暗边缘张牙舞爪喷出来的火舌，胖男孩举着两块大石头，在为自己年纪轻轻就要消灭难得一见的鬼怪而激动不已。他们看着法瑞喘着重重的粗气，高举着斗大的石头，实际上他眯起了双眼，只留下细微的眼缝供他对准男人的脑袋，男人的眼神中带着无法遏止的愤怒与哀求，瞳孔中像是有一枚泛着红光的尖锐的刀片，胡乱地窜上法瑞的视线中，战栗的双腿使他无法长时间地僵直，也使他无法沉静地思考，就在一个稚嫩又坚定的弯腰后，指关节肆意而欢腾地解放了，石头如同捶锤从天而降！

西斯科的鼻骨清脆地折断，像清晨鸟巢里的破壳声。不知是大家的幻听还是现场真实发生的，男孩们听见一股地狱般的细小的呜咽，夹杂在清凉的风中。法瑞比别人更加敏锐地预感到那种压抑而又深沉的不详，但他在一时脑热下已经做出了毁灭的第一步，他这个角度能清晰地看到一种脓包破裂后的污浊浅粉色黏液从男人的脸上缓缓地流出来。他怔住了，原来这个世界上不是所有的血都是一种颜色，接下来他望向其他人，想从他人的眼神里获得更多的鼓励和认同，就像先前那些斗殴，争夺，骚扰一样。拉比擤了擤鼻涕，洒脱地往地上吐了口口水，他双手抓起小胖子托住的大石块，在半空中摇晃了几下寻求最饱满的惯性，用他这个年龄能付出的最大气力往地上那家伙的腐坏脖子恶狠狠地砸去！

没有男孩知道西斯科在死前在想些什么，他只是一个身陷地狱的俘虏，在恶意的羞辱与狂喜中停止了所有的生命质量，他的恨意强烈，却无力施法，只能成为供这些男孩们宣泄的盘中餐。他认为自己自复活的那一刻起，就永远高级于人类，脱离于他们愚蠢的毫无能力的挣扎中，却没能想到是他们中的雏兽来终结了他的存在。

男孩们齐心协力地把他的身子往河里踢搡，那细小的脊椎像一条小蛇紧紧地咬住了他的头颅，歪歪扭扭地浸入了平静冰凉而又略带苦涩的河水中，他无法闭拢的眼皮下带着凶光的瞳孔很快被黑暗的涟漪覆盖。半晌，男孩们在往河里扔完剩下的石头后，勾肩搭背地远去，法瑞回头望了望男人躺下的地方，在原本脖子的位置下的泥地有一道怪异的凹痕，湿润地反射着阳光，就像红色的刀片，野性地扎在那里，扎在他短时间里无法平静的心中。

异能者们周身渐渐炎热，这是他们忽视的第一个不详的信号。这股热流并不是来自眼前时空虫洞的风，那股风的尽头在异光的控制下正急速消散，稳定地回流。长期受到琼斯夫人的“恩赐”的异能者们全然僵木而顺从地接受她的法则与纪律，变通与质疑在他们的思想中早已被碾压得尸骨无存，这些原本从世界各地齐聚的原本带着强大能量的异能者，陷入了琼斯夫人的梦幻中，在年复一年的麻醉后，他们的所有能量只会集中在一件精确计量和严守规定的事情上，而远远剥离了独立的逆反的意志，他们全心投入眼前这场鲜明而庄重的刺杀仪式，绝无多余的感知来疑虑外事。他们深信在琼斯夫人的庇护苍穹之下，这里安全得如同太平洋中心的空中之国，云中之城。他们像是智能化的行尸走肉，只坚信一个方向，一个真理——一个琼斯夫人!

若非如此，他们中的一个原本灵敏地拥有奇妙之眼的异能者，完全可以注意到，身后有个零点五三平方毫米的洞正在慢慢地扩大，像融化的烛墙那样坍塌，像脆弱的薄膜那样撕扯。不仅如此，一根细微的舌尖正不怀好意地透过小洞侵入了，像根疯狂生根的树枝开始旋于半空中，而正在不断扩张的漏洞已经开始密密麻麻地探入一根又一根如毛发般细长的触手。但他此刻只能注意到眼前波动的异光频率，他那锋锐的奇异视力曾能穿越重重人群的脚步看见地砖背面数百个爬满甜点碎末的每一只蚂蚁的举动，而现在这些能力早已被琼斯夫人吸收转化为了她跨越空间的虚门能量。他此刻能察觉到眼前异光周转的每一寸变量，也无法警觉到身后汩汩散失的羽翼之门。

在琼斯夫人的带领下，最初围成圆圈又迅速列为一排平缓弧形的众人靠紧彼此。他们可以看见多妮奥·里德的身影如鬼魅似地站在中央，虫洞连接的另一头时空正在以高维度靠近的方式，扭曲地，繁复地，层叠地黏合进这个时空里，从而变为一道无形的桥梁——这群人开启传输器的意识，时空光球中杏仁状的隧道之洞，缓缓升腾又下坠的异光，以及琼斯夫人犀利而凝聚的眼神，都在架构那道在虚空中拉扯折叠以致贴合的桥梁。它载着混沌中的少女的灵魂，使她站在原地却已历经数年的倒流，球中的光影暗影重重，亮光中蔓延的血色从墙壁间慢慢凝聚，缩小，一个古怪的修长的女人身影正蜷曲在府邸中心，以地为枕，像襁褓中的畸婴一般。多妮奥目中泛着凶光，心里却还保留着一处荒凉的地堡，里面的她正在凄凉地游走，恍惚地询问着坚实的墙外汹涌的波涛，那一幅幅在梦魇出现的景象，正是离开旧居的真实模样。她可以看到生母庞大而苍白的身躯渐渐缩小，从狰狞的怪异中缩回墙上，缩回远处的房间和台阶中，她已经渐渐忘记了母亲的模样，带着神经质的，带着妒意，摇摆不定的母亲就这样回流进时间的长河。

很快，她可以看到一个漆黑的洞口朝她吞来，身上泛着闪电的猛兽稳稳地扑向她，转瞬即逝的黑影掠过她的身体。在这期间，她似乎听到了一个女人嘶哑的呐喊，现在她进入了它的体内，不，这里就是府邸的中央！家具魔力般地复原，像是猛兽肚中的蛔虫蠕动，东倒西歪地移位，被阴影中的时空之门狂怒地拉扯着。烛火熄灭，电灯颤巍巍地发光，很快啪地炸裂。屋外闪电雷鸣，电光像是长满了尖锐的绒毛刺入窗中，原本早已还原完整面貌的狭长窗户此刻又被击裂，在相互的碰撞中飞离地面，加入漩涡风暴之中。多妮奥无法动弹，她像是在黑暗中埋伏着，等待着猎物的到来。她的身形已经慢慢地实体化于这个时空之中，率先从头部开始。一片被甩离轨道的玻璃在半空中和她的额头打了个迅猛的照面，快速地割破表皮，慢慢显现出一道鲜红的伤痕。她在这宽阔地带中纹丝不动，任由被迅速摧毁的万物从她周身飞旋，直到淡紫色的光球从她的周身膨胀，纷纷抵挡那些如围绕星球的尘埃与碎件，将它们隔绝于少女，从高空一一摔落下来，并弹跳似的远离了光球。

心灵地堡中的多妮奥知道了，正是她的到来才破坏了府邸原本阴郁的宁静，打扰了十多年前受伤的母亲，地堡太庞大，她的意识穿透不了那个邪恶的被琼斯夫人掌控的自己。

从琼斯夫人这头朝时空虫洞另一边看去，洞若观火。多妮奥的一举一动一览无遗，她站立在同一个位置，另一个夜晚。琼斯夫人会确定的是，女孩面对现身的病弱女人时将会冷血而又迅速地解决掉她，她要在这头看着她们的覆灭。她开始踱步于光球，就像吉普赛人的水晶球那样，她清晰而又狂妄地用眼神牢牢攫住了它，看着时空另一端的进展。她透过少女之眼，看到了那个原本将会变得强大无比的魔女踏着碎玻璃伛偻着身子从闪电的明灭中走来;透过少女之耳，听闻到了那个普通的歇斯底里的女人的咒骂声。

这个名叫芭芭拉的女人什么都不是，不过是身陷于寂寞与错乱的疯子，不过是早早失去了丈夫的里德府遗孀之一，为何却能不同寻常？难道是因为她能生下女儿，抵抗久未破除的诅咒？诅咒是否本身也在病变，用新型的力量在与她较劲与吞噬，在征服与被征服的过程中催生出府邸的怪物？凭什么成为一个力量恶化到甚至能遥遥感召海洋另一端所向披靡的自己，而自己竟无足够的力量正面争锋？很快就会有答案了，她将会在一切烟消云散之后收编所有的信息，从病态女人体内癫狂的缠绕的动荡锁链中找到隐秘诅咒的方法，就像曾经夺取的一个又一个异能那样，收藏下这份久绕心结的能力。琼斯夫人咬咬牙，脸上的纹路里无一不写满了炽烈的期盼，她从此将不再感受到心口唯一的疼痛，从此再也不必与里德家族有任何关系!

几乎就是在同时，狂妄如枝丫般疯长的触手攀附上高墙一般的异能者，它们数千双细小的眼睛连接着尖利的触手末梢，像魔鬼的矛头一串串同时扎向他们的脊椎。这群异能者面如行尸一般纷纷倒下，他们的躯体像真空抽取下急速凹陷的塑胶袋。螳螂捕蝉黄雀在后，异光的波动随着异能者的瞬间麻痹和死亡而开始疯狂地嘬吸着周遭的事物，光球的另一头亦同样释放出毁天灭地的吸力。多妮奥·里德不受控制地在那一端消失，就像一段在无形中篡改的代码，她的本体消失了，发出夺目的白色光线，消失在虚无的时空虫洞之中。

在摇摇欲坠的羽毛屏障之下，一根高达九英尺如巨鳗游动的触手被拉入光球之中。这只是其中一条，还有无数如火山爆发般窜出的怪物正不断地改变着形态涌进来。它们最初的身体来自于府邸的某个角落，某个死亡地带。此刻它们都拥有了独立的生命，却相互联结着，是一个巨大的诡异的共生工厂，是咆哮中的投射者，它们各自有着精锐的感官，在翻腾涌入的触手之中，一个又一个相似的怒吼来自于同一个女人，她的声音扎根在了触手振动的频率之中，就像是母体所散发的强烈信息，爬满了子孙躯体的每个角落。

“不！”琼斯夫人狂怒的声响甚至击碎了身上的长袍，露出她亮银色的乳房与旋绕着黄金色履带的腰肢，她那条暴露出来亮闪闪的尾巴在愤怒的充血下变得粗壮巨硕，泛着恶意又令人恐惧的鲜艳色泽。巨蛇发怒一般跃地而起，分裂出三根坚实的辅尾扎入所有缝隙稳固住躯体，以免受到干扰后的虫洞光球疯狂地攫住周遭万物，也将她往自己的洞口里吞。琼斯夫人原本虚无掩饰的优雅与秀丽崩落一地，她的尾巴和带着敌意的触手几乎如孪生姐妹一样，在撕扯间相互膨胀，变色。羽毛屏障此刻如凿碎的冰川那样在两者间坠落，晃悠悠地成为一层朦胧可见的白雾，白雾中两只巨兽伸展出了巨大的肢翼，一边排山倒海之势重压过来，另一边在狼狈中躲闪而又伺机寻找要害。

原本扎进光球的触手伤痕累累地在光球的巨大吸力中慢慢抽离出来，仿佛一场冲动的时空交媾，越来越多飞落四溅的脓液洒在了另一边暴戾又脆弱的夜晚。最后，那根原本疯狂地刺入虫洞里另一个时空的触手恹恹地挣扎着从中挣脱出来，前后不亚于一根肥大的香肠和一根细长的毛线针的区别。只是，毛线针留在了这血光遍布的清晨。

光球的风口越来越大，那根无形地连接时空的桥梁此刻已经在断裂。于是，另一头的府邸在夜晚张牙舞爪的闪电中消失了，淡紫色的洞口在紧闭后毫无踪迹。在周围的激荡过后，异光传输器中的时间节点枢纽遭到了破坏，因此，它将不再具有时空穿梭的用途。此刻它不稳定地扩张着光球中令人胆寒的深渊般的时空，它在失去异能者的意念控制后，勃发出强烈的吸力，像恶魔在召唤着世间万物的陷落与灭亡。

琼斯夫人的脸蛋狰狞无比，此刻她孤苦伶仃，像是落入敌营中的负隅顽抗的女战士。目及之处的所有异能者已经支离破碎地拉进了光球中，鲜血浸满了爆裂而落的细小羽毛，像一簇簇红色的苔藓，在还未爬满地面之前就被淡紫色的杏仁状洞口隐形的巨舌舔舐干净。琼斯夫人远远不是瀑布般张狂触手的对手，她的尾巴在一番挣扎过后，毫无招架之力，被几十根管道状的吸盘碾磨，她痛苦地尖叫着，这本是她从来不会做的事，永远不认输，绝不承认自己的失败，她甚至没有绝望的余地，周身发出燃烧万物的火光，触手感应之后，便凝缩成僵硬的冻土，割裂了她赖以固定的副尾。狂怒中的琼斯夫人永远不会想到自己漫长的生命会在此刻结束，她会醒来的，从另一个躯体里醒来，和曾经那样。她想要将灵魂跳脱出来，那可需要安静而又漫长的仪式，现在她没有任何机会这样做。在脱离地面的一瞬间，裹挟她的冰冷的触手正进行自杀性袭击，将她的身体拦腰斩截，一分为二，触手在纷飞的撕裂中化作升腾的气沫，它们被肉体陨灭的琼斯夫人击碎，她用最后的气力使身体膨胀，在自己的上下半身分家之前，用妖冶的火光替代了易碎的躯体，此刻摧枯拉朽的吸力已经把散为两半的她深深地拉扯进了光球之中，像空中的两团怒火之阳扎向了无尽的未知世界，那里不再是她倍感亲切的虚门；不再是20世纪离开英国前清冷而肮脏的房间；不再是她透过窗户望向的战争岁月中摇荡的蒲苇丛。

周遭的触手紧紧攀附着摇晃的四壁，那些依附于同伴之间却未找到支点的触手则被一一排斥开，它们是同胞中的弱者，雏胎，败类，被原始的残忍劈斩，被生猛的法则冲击，就算留存下来亦会作为强者的养分，在吸噬之后产生新的一批子孙，在快速淘汰中进化。没有多少功劳的触手随着怒风的咆哮，逐着琼斯夫人断裂后迅速熄灭的肉块，被巨大的吸力拉进了快速运转的光球之中，在胶皮与雾气质感中来回游荡的异光已经消耗无几，光球亦渐渐封闭起来，如同冰川融化于海洋，光球在不规则地缩减自己的形态，在刹那间不见踪迹，周围平静得就像战场外遥远的教堂。

传输器的光亮渐渐暗淡下去，触手散落成一条条刨缝的长虫，它们往暗处退去，没有停顿与迟疑，如月光下的潮汐流聚陷落在各个不起眼的凹缝和阴影中。它们仿佛经历的只是一场尔虞我诈的聚会，在一场喧嚣的激斗后留下污败的庄园。在此之后，安心入眠，不过是将枕头抖松，翻了个面而已。

# 第十二章　回溯

多妮奥·里德如果能有类似肉体的感觉——激光中的平静，暴晒下的哀伤，白热化中的分解，她抽象地转换自己尚还存在的形容词，她看不见自己的肉体，有形的，无形的，在这里都将是无谓的辩驳，她想感知自己的体温与呼吸，但换来的仅有半梦半醒间突如其来的清晰画面，画面中她看到了一道道密密麻麻的有规律的城市，但仔细一看，又或是一堆精心密布的螺旋，螺旋中有无数个开口，身影攒动。再或者只是一堆方程式，由渺小汇聚而成的一段段似有若无的序列，更惊奇的是，她就在这其中游荡。

仔细地用意识抓取周围的所有讯息，那些旋绕着流动画面的城市，星罗棋布，时而像一盘光珠游走的绛紫色罗盘，时而像瀑布下急速跳动的水花，前后两者间的切换随着时远时近下朦胧与清晰的快速变焦。她慢慢稳定了自己的不太适应于这个未知空间的思维，才惊觉自己还在原地，从未动辄过。在原本那个控制不住自己意志的世界里，她彻底失踪了，但心灵的地堡早已颓唐，她像是在万劫过后终于回归了意识的母体。现在她有足够宁静的停滞的时间思考一件事——这是一个空间吗？这里像一个有别于原本世界之外的奇异收藏室，所有的感知只剩下了还能与之周旋的思想。

她有足够的理由相信自己已经没有生命了，生命，又是一种怎么样的存在，是灵肉汇合下的物件还是可以脱离玩偶的魂灵？没有人知道她在这里，在这个无边的泛着暗紫色的荫蔽星系中。她听说过人在离开人间之后，会变成一颗星星，遥远的散播着光辉，这光耀越过重重银河，在星斗间流浪，才能进入到亲人仰望天穹的眼中，才能冥冥感知。现在是这样的吗？

冷不防地，她听到了一句话，不，这不是听，她“感觉”到了一句话，是来自于外界的，辽阔无边的波动噪音，她仔细地顺遂这幽深的意识，有种难以磨灭的亲切感。

“多妮奥，你能感应到我吗？多妮奥，我看见了它们终于活跃了起来，你恢复了意识吗？这是最重要的一点……这是最重要的一点……现在是……公元2017年6月5日深夜2时18分……”

“你是？”她自始至终无法分辨这一部分波段的意识来源于何处，只能知道它们与自己紧密相连，恰似自言自语的迷幻。它们“听”上去尤其怪异，像是断断续续中的硬生生拧结出来的一句话。

她疑问的对白刚刚散发出，就得到了另一则回复的讯息。这段讯息比先前较多，接受方式依旧是不稳定的，像是振动钢尺上颤抖的沙粒。

“……我是萝丝·雷格朗，你在穿越点受到了一次打击，脱离了传输器的时空隧道……脱离了传输器的时空隧道……在穿越点受到了一次打击……这使你失去肉身……失去肉身……不必慌张……我是萝丝·雷……请遵循我的引导……水熊虫们已经活跃……它们能接壤你的意识……我正通过它们向你输送……现在是……公元2019年4月12日清晨5时15分……”

“我沉睡至今？我在哪里？”

接下来的意识把以上汇报又重复了一遍，但新增了一则，并且更为稳定与清晰，“我是萝丝·雷格朗，你的信息我能饱和收到，现在尤为关键，你所在之处的时间与我这里不对等，你并未沉睡……并未沉睡……你能记得府邸中的传输器被影响，琼斯已经消失，而你脱离了传输器的时空正轨，需先回归轨道。你能做到，你能做到。在我这里的时间中，是你在现场事发后的第三日最先发出讯号，证明你已经从时空边缘接近正轨中。现在时间是……公元2025年……于海岸线。”

她的意识瞬间飘回到面对病态母亲时的冰冷之中，她已然脱离了琼斯夫人的意识束缚，在那令人惊恐的夜晚，所有的理智都在混乱与雷雨中崩塌，她看见母亲怒瞪而又恐惧的眼神，她的尖叫似乎还能回荡在自己的思想中，像橡皮筋在极力地拉扯，每绷长一端，其中细节便历历在目，府邸中席卷的沙尘暴，惨白的脸孔，稀拉作响的帘幕，从天而降的电线，拔地而起的光球。此外，她能记得住自己面对了另外一张平静的脸孔，那是自己的身体在时空的搅拌下意外闪现进的更早的一个时间点，在随着熟悉的小型风暴中匆忙地现身，像一个不请自来的幽灵，在更为年轻的母亲面前出现，她还能感觉到额上的血流溃烂一片，整个额头的肌肤扭曲得如变形的野椒。她的出现仅仅一瞬，恰如死者的残影，回光返照的隆重。总之，这是她最后一次看见自己生还的母亲，从时空塌陷的漩涡中，她的出现是那么匆促而且毫无意义。母亲如果只是那样睁着无知的双眼看着她，什么话也不说，在没有遗失之前能留下这副精致而又木讷的相貌，还没来得及躲闪走近成熟的自己，亦没有欺压与邪性的抚育，那么她们该是多么美好的一对母女。

但多妮奥很快就淡化了这段痛苦的回忆，在这里她没有情绪，只有一段段能够予以解释与提取的信息。她在这个既荒芜又繁复，既空阔又密集的世界醒来，像一条从仓库中苏醒的猫咪那样，她贪婪而好奇地反复读取来自萝丝的信号，它们是她走回原本世界的解答者。她不放弃任何机会，没有多余的思虑便需要走向一条回归的旅程，仿佛一颗失落的行星寻回恒星的坐标。

她慢慢汇集起自己的思维，发现自己没有恐惧，失落，犹豫，她此刻冷静得就像一台计算机，一段电波，一条游向海面的鲲鱼。

“你能够看到最黑暗的位置，然后进入。不能被光线吸引，脱离周围任何光体，那里极有可能是无数条‘平行宇宙’式的空间，你必循回黑暗之地，因你就是那处脱离的光亮。”

“我还活着吗？”她试图挪动自己，像奶油中迷路的昆虫。这个空间极为奇妙，没有重力，温度，气流，没有饥渴感，麻痹感，眩晕感。她能感受到的微微震荡的如电流般涌动的元素正是使她无比平静的源泉，她无需用“眼”环顾四周，便能感知她所处的位置周围的世界。“平行宇宙”们像是变幻的球形螺旋。

“活着的定义很广阔，孤独的人间还是热闹中的地狱，才是真正地活着？人们惧怕肉体的消殒，靠信仰坚定自己的去路。人们恐惧的是，死后仅仅为一抔土，无灵魂，无意识，没有天堂与来生，再无延续。所以人们集体强大的意识创造了无限的神灵，供其崇拜，望其拯救。世人坚信地球只是一个中转站，又渴望在此中转站永存，殊不知每个人都如沙般渺小，在时间中无从克制，琼斯不过只是沙漠中的一块岩石，终究敌不过碎裂的命运，她并不知道所追求的永恒不过是个表象。当然，你还活着，只不过是另一种形态，如果没有当初的水熊虫留下你意识的一部分，恐怕我将永远无法与你对话。”

“我正在移动……”

“亲爱的多妮奥，这恐怕是我最后一次跟你沟通了。我的每一次传输需要在人类时间中长达数月甚至数年才能连接到你的那头，对你来说却是实时的事情。记住以下的信息。你将会离开现在的未知空间回到原本的时空中，找到琼斯的五枚戒指，它们是你回归正轨并离开虫洞的唯一链接。你将在那段时空和几十年前的我感应，那时你于里德府内的时空虫洞消失。后来永恒组织因失去了头领琼斯而四分五裂，多数人因再无恩赐而郁郁而死。很荣幸能够再次感觉到你，这是一趟回归的旅途。你会在虫洞中寻回里德府诅咒的缘由，否则府邸仍然被恶魔蜷居与障目。现在你安全了，我的使命也已经完成了，我亲爱的多妮奥，能抚养你成长是我的荣幸，你亦带领了曾经的我，走向安宁与希望。”

这则讯息来回于多妮奥的思维中，旋即再无回音。她开始产生方才没有的反思，她是谁，是多妮奥·里德还是一粒渺小的尘埃？就像胚胎初次觉醒，她复苏了一部分原本丢失的情感波动。在讯息背后遥远的世界里，有一场看不见的离别，与她遥遥相望。她的面目已模糊不清，她的身躯早已七零八落，但这一点也不妨碍爱的触发。

于是她像是渐渐回溯形状的烛身，慢慢地在向空虚的黑暗点“游”去。她早已不再是“她”，而是跳动的频率，或像是源源不断的编码，在这段被甩离了正道的密集中心以奇异的姿态爬向无法直视的黑暗中。

渐渐地，她开始泛起了一丝忧伤，一缕恐惧，它们像是从远方而来，组装着她飘荡无限的意识，使它们与机械化的思考融为一体，有了珍宝般的意志力，它们才能组成鲜活的她原本所拥有的完整人格。四散于周遭的如序列一般的螺旋体排成了密密麻麻的呈弧形的世界，如银河星团一般散发着致命的吸引力。那里是人类的故乡还是宇宙另一个维度的发源地？不得而知。

她惧怕空缺的黑暗中心，却遵照指令努力地向其延展，黑暗代表着未知，犹豫，不安定。万物生灵需要趋光，为何此刻早已跳脱尘世的她也渴望驱着光亮，尽管那些光亮无法给予温暖，却无比诱人。她无法形容自己是如何目及四周，像无形的身体上长满了眼睛，它们时刻警醒着此刻的坐标，如果她稍微对光亮抱以屈从之心，那么她就会离黑暗点远一些，她必定要牢牢地拽紧自己要逃离此地的想法，才能慢慢地挣脱光亮的牵引，朝暗处进展。她无法确信自己是在多长时间的坚持下离黑暗咫尺之遥，一旦陷入了黑夜的利爪中，她便能清晰地感受到一种相契合的组接正在自己的意识中完成，如洼地里浇灌的水泥那样慢慢风干，紧紧贴合。远去的光亮迅速黯淡下去，不再具有挑拨的姿态。她面前感知到面前是庞大的黑暗，前方一无所有，无法断定那将是一道门，还是无数条路？

就像一只踽踽独行的蚂蚁在地图上爬回了缺失的缝里，缝的这头，是无限的云层，汹涌的海面，毫无制约的爆炸点。她像是被一根不知道从何处而来的脐带连接，从安谧森林的边缘甩进了一场沙尘暴。她被这一端的世界紧紧地吸拢又扩散，似注入血液里色彩斑斓的药剂那般荡开。一个完美的信号，证明她还能继续行动——她感觉到自己正在漫步，飞跃于混沌席卷的风暴之上，那迷乱的意象不过是一个空间与另一个空间的拉链。另一个进步是，当初触摸异光时的那种玄妙而又真实的感觉又回来了。现在，她能够觉察到“我”的存在，亦能感到“你”正在看着她，在脑海中不停地规划着她的模样，她的丰沛或凋零。千万人的脑海中的意识正在这一瞬间“看”到了她，她壮美地划过字里行间，划过每个人神经元中组成的画面，众人的思考所扩散出的能量而填补了她原本的迷失。在这场形而上的孵化与挣脱之后，她从众人的意识母体中苏醒，真正地朝着这一头前行，用七零八落的星星点点或是深海巨兽那般庞大游弋的身躯，用模糊不堪的金发姑娘或是遥无边际的星团，总之，以所有阅读之人在这一刻爆发的想象中的姿态迅速或缓慢地漂离接壤之缝，在这里没有时间的概念，无论想象者于人类纪年的何时阅读，何时发散思维，都将是她从这条“缝”中钻回到原本时空的能量贡献者。别担心，她想，对诸位的感激之情油然而生。

这条时空的履带更像是一道过渡之墙，质量以一种相互膨胀和挤压的方式吞吐着神化般的世界，隔绝了外部的密集漩涡。原本这片最黑暗的地方已经豁然开朗，序列状的“平行宇宙”已在来路的风暴中骤然消失，它们像是一根熠熠生辉的发丝瞬间陷落在暗流涌动的湖面中，她站在了时空的水面，涟漪来回地激荡，分不清天空与大地，泛着紫色光晕的岛屿静静地伫立在远处，她熟悉它的存在只因那是她原本的外衣，是来时的虫洞。她现在终于逃离了时空边缘，逃离了尽头处所察觉到的更多可能性，在那无穷的边界后，是怎么样的“神”所创造的呢？她现在的回归是否正确无误，她开始回想，自己是在怎么样的一次穿越故障中错乱地漂流到了如此遥远的地带。又何其有幸能再听到萝丝的呼唤，否则她将会逃遁于何处？是逐着最开始的亮光陷入别的宇宙还是任由意识在时空边际之外微弱地脉动?

五枚戒指，就隐藏在这辽阔而浩瀚的空间里。电流一般慢慢窜爬的感觉正在递增式地散发，这让她偶有跌宕。她泅渡过了最初的边缘地带，就像从深海中慢慢走向浅滩，而要面对的将是一个由混沌与秩序，连接与迷失的意念悬浮而成的世界，它们与她的归路息息相关，亦是曾经那个执迷于永恒与权力的琼斯的奥秘指环。她不知道这其中会掺杂多少迷宫般的疑问，但她坚信自己会一一破解，回到来时的路。

萝丝·雷格朗迷糊地记得自己是怎么一步一颠地逃离休斯敦太太餐厅的，晨光中的耀眼橙色刺痛着她的双眼，但却使她的身体和头脑舒展了不少，她不小心在路灯下趔趄，那双穿熟了三年的平头胶鞋已经有了像饱经风霜的地瓜一样有了刮痕。借着刚硬坚固的灯柱，她虚脱地靠在上面，做片刻的休憩，在她肥阔的身躯下，灯柱似乎脆弱得不堪一击，正难为情地支撑着她。

她一点也不惭怍，大难不死，必有后福。她侥幸而又幽默地心想。转而又感应，那家伙已经死了，她愤愤地想，死透了吧？当务之急是离开这儿，她要联系到帕克博士，她冥冥中预感到了他并未处于安全，而是由几名异能者看管着，他们的意象鲜明，在看似毫无威胁性的地点汇集，出其不意地暴露在敞亮的环境里，像温室中的花朵般地囚禁着。他们知道了他和自己是一伙儿的，是她将他带入了如此周折而又挣扎的危险中。从西斯科那该死的家伙身上，她嗅到了一股自信满满的味道，他分配那群外强中干的异能者监禁了帕克博士，表面上以琼斯夫人“严惩”的名义，实则作为自己私占能量之地的筹码，企图在她顽抗之时作为要挟手段。

她看见西斯科的那辆安上金光熠熠轮胎的黑色福特轿车，像条忠实的老巴金犬蹲在街角，可惜它的主人现在回不来了，萝丝急急忙忙地冲上了车门前，她触摸着门把手，发现这家伙根本没顾得上锁闭。她庞大的体型就这么像个膨胀的河豚硬塞进了驾驶座，把先前主人冷漠清高如布拉格小巷般的狭窄座位硬生生地挤压成东非大峡谷。她一点也不惭怍，反正能跑路就行。车里的设备似乎被精细地改装过，使氛围变得像个带点古典主义的驾驶舱，“像个革命狂人。”她嘟囔着，并联想到了戴纳·帕克，他也有一些古灵精怪的构思供自己使用，仅仅只能让自己使用，那何尝不是普通人的生命中的投射体。如果西斯科·M.杰森的人格并非那么邪恶与扭曲，脱离投射者的傀儡人格，唾弃可目不可及的诱惑，现在会不会由他来载她？萝丝很难想象自己在踩油门的一瞬间会想得如此之远，那些转瞬即逝的意识迅速发散开，像此时此刻地球上其他亿万个生命体的意识中天马行空又肆意妄为的想象那样即刻蒸发。

她是用一种近乎蛮横的行为冲破草帽南希那间富有文艺气质的房门的，她简直就是气愤，这女人曾经在她面前一副温柔无害而又愿听你倾诉的模样，转眼便可以将你的那门子抛心肝的小秘密风急火燎地告知给那些躲在犄角旮旯里的异能老妇女，以一个得逞的领导者的姿态，将别人的隐私吐露，供她们消遣聊以八卦。她们没有太大能力，要么就是在夜间变身成名媛游走舞会迷惑人们主动往自己的皮革包里塞钱，要么只会间歇性地远程干扰电波交流设备，90年代处于英国西南部地区的一部分人是否经常在家里突然听到电视发出短暂的叫床声，没错，罪魁祸首就是她们！

萝丝现在还能感觉到嘴里含麝草的苦味，那绝非咖啡遗留的醇正的微苦，而是近乎贴在舌苔上的辛辣之苦，好在她的四肢在脱离了西斯科的束缚后已经渐渐消散麻痹症状。南希是一个不起眼的帮凶，同时又是一个周旋于各个节点的安排者。在到达南希那间洋溢着甜心粉绿的房间之前，萝丝把车驶过标识着“果园好伴侣，想除要及时”的广告牌，牌子上面的女人以老式的大幅度微笑迎接着前来的购买者，因为先前的遭遇，她厌恶这样的微笑，却又产生了某个念头，一个趣味性的尝试，就像是抱着买一把枪的心态，致使她快速地冲到店内买了罐称心如意的高浓度除草剂。

本来，南希在极度的疲惫下，终于结束了一天半的工作，她优雅地脱下带着蕾丝边的粉色丝袜，对门口的小矮人雕像抱以温柔的笑脸，并脱下宽大的草帽轻轻地放上了墙角用冗余的意念捏出来的和她等比例的暗铜色头皮，上面有无数轻柔滑动的滋养品在冒着泡地迎接这神奇的草帽。她现在需要放松地把自己的整个脑袋塞进特制的小温室培养液中，让自己头顶的美妙植物快速地进入休眠以重新恢复能量。她的身子以俏皮的姿势弓在了高台上，像个弯着身子对准观赏望远镜的游人，紧接着她发出一声怪叫，原因是她不小心踢到了脚下的冗余意念捏出来的暗铜色柱状藤蔓。此刻那条几乎可以占满半个卫生间的藤蔓也低沉地呜咽着，那可是她睡前的伙伴。她将原本自己冗余的意念堆积，将这些如孢子般具有各形态生命体的东西不断地塑形，让它们处于自己所营造的意识模具中，当然这可需要花时间，而不是任由它们堆散在那里。

一般来说，能量越大便越精致小巧，作用亦越大。年久月深，它们慢慢变形生长为自己想要的模样。南希盼望有一天它们能成为蛇形细宠，并可以伴随它的纠缠而产生与目及之人实体化接触的现象，不管那个“人”是否只是出现在杂志一角的照片还是城市中心的巨幅海报，这将会带给她源源不断的新鲜与欢乐。她时常会为此感到疲惫，是否在没能达成目标之前已经老死。那根藤蔓上还有破碎的牙齿与鱼鳍融合在一起，此刻慢慢滚动着离开，像一位放弃理想又颓废不堪的丈夫。

等她再次站稳，决定先去阁楼里取一些特制的培养精华以改善一下近期高强度的工作，在她离开瓷砖台阶时，并没有听到这栋老式楼层下正发出沉重的“嗒嗒嗒”的声音，拉链式电梯正被用力地拉扯开，萝丝沉甸甸的脚步配以粗重的喘气声，刚刚苏醒的母熊一般，她气鼓鼓地挤进电梯，把刚要凑进来的抱着一整盒蜂蜜甜奶油蛋糕的弱小老太太挡住了，“我今天特地来改善你们这栋楼的居住环境。”萝丝实在挪不开脚，眼睛疲惫地弯了一弯，轻盈地表示歉意。接着她毫不犹豫地关上了电梯门，和隔绝在钢铁几何外怔住的老人四目对视。这期间萝丝忍不住放了一个悠长而嘹亮的屁，她猜想是因为法力散去后血液里跃动的气体大量渗进肠道所致，她一点也不惭怍，让括约肌在这缓缓高升的沉重铁链下肆意地扩张，这简直是这几天以来最惬意的时刻。快乐之后是暗度陈仓的快乐，揭开它才能冒出新的快乐。第三层快要到了，她已经隐隐闻到一股属于头戴夸张草帽的女人的味道，不，那气味以迅雷之势冲鼻而来，带着一点腐烂柠檬夹杂着新鲜甘草的味道，萝丝像是一头扎进了这股气味的海洋。这洋溢的气味热烈地捧着她的愤怒，几乎把它放在万人敬仰的舞台中心，它瞟到舞台尽头那扇被悬挂着粉色环形花瓣与淡蓝色格子的门，门上的弯月形铜铃系着喷洒了紫罗兰芬芳的抹茶绿丝绸缎带。一目了然！它快速扩散萝丝的全身，使她像头猛虎一样扯开哐啷作响的电梯门，随手抄起楼道处闲置的铁管疾步迈去。她没法控制自己不去撞开这扇门，多年前她无比优雅地走进这扇门，忧伤地作客，在伪善的安慰声中获得片刻的平静。她几乎都要忘记这段难堪的往事，未曾想如今这扇门正提示着她的记忆。时隔多年，这扇门后的女主人热情地接应公司事务，下接那些寻常人遭遇的古怪之事，为发掘潜在异能者她能一天内开车到六个城市，她要用良好的业绩表现获得更多的“恩赐”。她擅长用假装感同身受的种种演技面对那些在她日记里记下的可笑客户，那温和而明快的舒适微笑后却是圆滑无比的小脑筋，像楼底下水洼中那块瘪掉的皮球。

不过，这点私怨仅仅只是她加速爆发的触发点而已，萝丝着急想要解救帕克博士。在她用肥壮的身躯抡起铁管往精美的木门砸去的时候，门被从里到外拉开了，一个小小的身影从里面冒了出来——南希戴上了她的草帽，怀里揣着一杯玻璃樽和针筒，刚刚她发现自己培养精华缺少了普通人的血液，企图再到邻居那边“借”用一点，用简单的迷幻术和一块奶酪便可使她在获得人血之后还能让独居老人们认定她是热情之神，隔三岔五地馈赠真是令人感动无比。萝丝像头狂暴的巨牛一样在那女人还没从怔吓中反应过来就被推回了门内，萝丝的大屁股把门蹭得辟啦作响，似乎里面有好几根木条已经折断了腰。

“她那么快就招了？咳咳。”大概是在两个小时后，躺在车后座的帕克博士疲倦地问。

“何止快，我只是在把除草剂悬在她的脚边她就已经尖叫连连，一个劲哀求我。你能相信吗？我是用她家那根长家伙捆住她的，只是绕了几个结，它就没办法自己松脱了。”萝丝望了一眼后视镜里帕克博士苍白的脸色，“看守你的两名异能者的能力似乎减弱了许多，很难相信我居然不必在你受困的疗养院大动干戈就可以迷惑他们。在来的时候我一直在担忧此事，不过好在你没事。我猜想，琼斯的力量被摧毁了。”

良久的沉默。

“我想要为昨天的事道歉……我没能保护好多妮奥。那真是……太突然了，我几乎忘记了后来在做什么。”帕克博士捂着胸口，眼睛干干地眨动着。

“如果说道歉，是我让你加入的，不是吗？现在所有事情已经发生了，静观其变，你曾告诉我的。”

# 第十三章　指环

一枚戒指缓缓地从天空中划过，扁平的，像镂空画那样渗着些许剪影。它是这片广阔无边的泛着星光的河川上不经意的流星，更像是一个漂泊的洞口。多妮奥停下探索的脚步，心中不禁暗喜，如此轻而易举地发现了它的踪迹。她发现那枚戒指仅仅是个意象，它的表面环绕着一些字符，她只能通过一个方向察觉到她的存在，只能慢慢靠近，而无法左右横移。她像一颗被慢慢坠落的彗星，朝那个像块压缩饼干的小型戒指靠近。

等她靠近之后，看见字符慢慢发生变化，像是镌刻在折射中的摇曳柳条似的，她能看到以下一段谜题，以一种简单的技巧呈现，循环地绕着戒指行走。它们从指环的正面游动，又由背面绕出，反复如此。“魔比斯环。”多妮奥意识到了这个处于固定角度的平面图形的玄妙之处，像是流畅的动画一般，它的中心正诡异地收缩着另一个空间。

由收缩中心向星空般的深处遥望，紫色岛屿如明灯指引。

无法抗拒的，她被慢慢牵引到这里，就像是在庞大的吞尾蛇身前渺小的沙粒一般，她的身体笔直地从这层指环状的平面中穿入，毫无伤痛地过渡到另一边。

但当她再次看到自己所在的位置时，惊讶地发现眼前矗立着自己缓缓穿入平面的下身。原来她根本没有穿到另一边！而是在这个诡异的平面之门打转。对她来说，这比任何坚硬的大门还要令人失望，你永远无法进入本就不存在的墙。她的情绪与记忆逐渐回温，身体也在自己的眼前渐渐清晰明朗，这时她的身躯被拉长成丝带一般的东西，正互相环绕连接着，像个披着肉色仙袍的舞动精灵。她的身体蔓过漂流的字符，脑海中回想起了埃及神话中的斯芬克斯。要通过这里，必须解答谜题才对。这不禁让她发笑，这样的情趣是否令人难以捉摸？接着，她又回想起了数学中令人望而生畏的公式，有那么几道永远无解。她慢慢由调侃化为隐忧，毕竟，如果无法配合琼斯夫人不知何时所设定的游戏，她将会永远被遗落在这里。

幸好，眼前的字符只是简单的文字。

给世间的厚礼，
生而有之，独此一份。
远在天边，人人避之不及，
近在眼前，人人唾手可得。
你可以说它一文不值，
也可以称它贵若千金。

多妮奥的脑海里冒出了许多的念头，这些题面分散得太开，像打乱的字母盘，只有在旋绕到一定的角度时才能重合，所以她暗自记下了几个关键词。“世间”“凡胎”“一份”“避之不及”，又“唾手可得”，与此同时，那些字符由环体的这一面爬行到另一面时，组合成了新的语句。

丈夫时常目睹它，
士兵奉命感受它，
眼泪总是浇灌它，
仇人希望你爱它。

她朦胧的眼睛里泛出一道机灵的光。

莉莉安·福斯特畏惧这家酒店的所有人，无一例外。

她不太记得自己是怎么进入这该死的地方工作的，从一开始，她需要在这栋没有尽头的高大建筑物中没日没夜地在仓房中拾掇肮脏的布料，将它们分门别类地倒入漏斗状的大型干洗机中。

出门，左拐，总是左拐，下意识地左拐，朝她所在的楼层朝大型旋转楼梯护栏望下去，如同雕琢得精心无比的泛着蓝光的金色边框，就这么永无止境地叠加下去。这时，她仰起身子，朝楼层上面望去，毫无二致，又是一个望不到边的深渊。她的头就在这无数中之一的楼层里冒出了一点，便会晕的昏天黑地。她从来没能看到这栋建筑之外到底是什么样子的，是否还能寻找新的出路。从那些庞大的落地窗内望向外面，永远是灰蒙蒙的一片，窗口最多开一道小缝，她的指尖一旦伸出就会被雾气淹没。

来这里的日子数不清了，这里的家伙们大部分都不苟言笑，似乎只有她才是他们中保留灵魂的活跃度最高的，其他人都只留住了简单的思维，日复一日，任劳任怨地保持酒店的卫生与秩序。他们有着麻木的交流方式，规划好的路线，他们的躯体坚硬，目泛柔光，但正是因为他们对她的关心太过热烈，以至于她有些吃不消了。他们永远会在她关上门窗或是拉开抽屉后的回头瞬间鬼魅地出现在她眼前，细心地问她是否遇到了什么样的难题。她含糊不清地离开，直到站在原地的同事们面带笑容地回到岗位上。

在这里的每一层都有着无数装饰豪华的大堂，地毯像是银色河流从那些永远重复着下一个大堂的大门延展而入，伊奥尼亚柱式连接着圆拱形的穹顶，明灯招展，光辉熠熠，她在镜中看见自己永远被光线照耀得暧昧无比，像是下一秒便准备好了接见自己的情人似的。一开始她想要跑路，想要一个劲儿地跑下楼梯，拼命逃窜，找到出口；或者是穿过一扇又一扇敞开的大堂之门，不停地前行，绝不停歇。可惜这样的决心在一次次的失败望不见底中慢慢磨灭，无论是纵向还是横向，她永远困在某个遗落于原本世界的圆环中，或者是，这里的尽头在非常遥远的地方，比环绕太阳好几圈还要长，要走上许多年。在最初，她朝着旋转楼梯中央往下跳去，在漫长无聊的坠落中她感到了困意和饥渴感，结局是她大声呼救，直到众人像是突然发觉到她的失踪一样，纷纷朝楼梯中心固定床单，他们有序地如精干的舞蹈者飘洒着白莹莹的床单，在那如米粒般大小的深渊下一层层地绽开，直到她像停止了呼啸的子弹在经过惯性的挣扎后滚落在了第十张床单上。

她只能平静地接受某种不可更改的事实。无论她去往哪一层，总会遇到不断涌进酒店的人，他们像蝗虫一样钻进每一个迷宫般的过道。

“我想家了。”她总是说。她抬头能看到休息室中摩尔式的拱顶，让她想起过往和母亲度假的地方。

“绝不要轻信房客们的话。”大堂经理自称阿曼，笑意盈盈地告诉她。

“我被人追杀了，因为我曾杀害过我的未婚夫和她那该死的情人。我不得不这么做啊，我有这样的能力惩罚他们。”她乞求别人让她出去，可别窝在这里。她无法记得自己曾用什么样的方式置他们于死地，那块赋予她独特能力的东西似乎早就和她的肉体割离了。

“闭上你的眼睛，心想事成。”

“我不该在这里！”莉莉安咆哮着说。她点燃了一支烟，猛地吸了口。两根手指快速划过眼角，湿润得令她感到恶心，何必对着木偶自说自话呢。她的嘴唇总是不听使唤，常常无缘由地无法闭拢。她已经渐渐适应了用嘴巴吸气的方式，口腔中偶有异物感，像是塞入无形的软骨，好在并无大碍。

大钟会按时旋转指针，每到入夜时节，窗外灰蒙蒙的雾气会变为缥缈无光的黑夜。这是她最为恐惧的时刻，猝不及防地一遍又一遍地忍受着楼层里每个房间的人寻欢作乐，那些人成群结队地进入某个房间，把整个世界颠簸得轰隆作响。莉莉安躲在仓库里，不敢张开眼睛——一旦她睁开双眼，便会看见周遭都是半透明的墙壁，仿佛拥有了透视之眼，她能清楚地看见上上下下所有房间的动静，那些人们赤裸着身子狂欢。阿曼从各个不同地方跑出来，站在每个房间的门口，兴致盎然地偷窥着房间里的人们。一时间，她看见了不同形态的动物扭曲着蔓过高墙，它们在自然界中不停地繁衍，生长，狂妄肆虐。这些都让莉莉安恐惧地闭上了眼睛。

在这里，她的安全感被一次次地剥夺。她从来只想要另一个完完整整贞于自己的灵魂与肉体，她狂怒于背叛并全心全意地往另一个灵魂施加铺天盖地的爱，可是这里的人全然背道而驰。她在这片毫无希望的地狱里永远目睹着挥洒式的恩宠，没有任何一个房间有着一对一的恋人。她恐惧这样生长的方式。她不禁想到了兰迪，那个和地下情人躺在自己身下慢慢死去的未婚夫。她讨厌情感的改变，至少所有的承诺都不可更改，像是把灵魂深深禁锢在彼此的心里。她一遍又一遍地目睹千万男女互相舔舐，这使她感到孤独和恐慌，在无尽的折磨与煎熬中等待黎明。

今天有那么一点不同了，她听到了某种声音飘进自己的耳朵里，那个声音区别于周遭令人压抑的怒吼，那声音非常犀利地扎进她的耳朵，告诉她，“我在窗外。”

有那么一刻她怀疑自己还是活着的，那种莫名而来的感受似乎突然逃脱了这喧嚣错乱的环境，让她感受到自己所触及的一切不过是永无止境的幻觉之笼而已。就是这一声来自身后的呼唤，让她蹭的从地摊上爬起，踩过无数明晃晃摆动的纠缠人形，绕过发出腥臭味的篮筐，她打开了眼前的这一道窗户，也许这扇窗户是她第一次打开的，因为她永远不会知道自己明天将会逃向哪一层。

“谁在那儿？”她哽咽地问道，其中还有不经意流出的盼望。

“指环在这里！”那是一个女孩在说话。

“什么指环？”莉莉安一头雾水，狭窄的窗缝正在灌进一点点生冷的风，这是她从未感受过的迹象，一团水雾状的人影急切地从窗缝中冲了进来，像工厂中拉出银色锡箔的传输带，就这么从罅隙中抽离出来，像一朵西伯利亚的海浪，在坠落中散了形，莉莉安吓得跳上了门把手，像一只紧紧攀住枝丫的蜂鸟。

这个形体正摊在了地上，灰暗一团，独树一帜的长影子一般。

莉莉安看见她有着女性的身体，在房间的地面时而拉长，时而缩短，拉长的时候在边缘处往墙上延伸，缩短的时候，横移得像一洼水。总之，这个物体绝不像自己这样站立在平面上，它更像会灰陶瓷经过哈哈镜的投影。

“你能听见我说话？”声音从莉莉安脑海的四面八方涌来，正是那滩影子发出的。

“当然，你是谁？”

“我叫多妮奥·里德，我穿过了第一枚指环，接着穿过了无数奇怪架空的世界，终于漂流此地看见第二枚，它就在这儿，我必须穿过这里才能到下一个地点。在到达此地前，我竟能跟萝丝沟通一阵，我是说，虽然很短暂，但是激动人心……”

莉莉安紧闭住大大的双眼，似乎不太能接受这个怪异物体所表达的一切，她全然不明白对方在说什么。

“你能看见我吗？我叫莉莉安。”莉莉安忐忑地打断她。

“嗯，我能看见许多花纹，你是最亮的一个圆点，在花纹中站立着。你能看见我吗？”

“当然，你不过是个影子。”

“明白，帕克博士说我在意念之海的某一局部，就像一段外来的代码在程序里。所以我正在另一轴线跟你平行存在。噢，忘了介绍，帕克博士通过萝丝跟我沟通，他们是我在曾经世界的朋友。”

“不明白你在说什么，总之你看上去像是块不合格的布料。”莉莉安掏出了永不耗尽的打火机，点燃了永不过期的烟，亮闪闪的吸进肺里，这是她来此地后找到的难得的乐子。她从门把手上跳下来，轻盈得像跳入池水的少女。“比起外面那些令人厌烦的事物，我觉得你有趣多了。他们只知道没完没了地感受那点繁衍的乐趣，没完没了地播撒种子，不屑将爱与肉体坚定不移地结合，原始本性既粗蛮又脆弱。听过一个故事吗？19世纪遇难的船只抛出救生艇，上面坐着一对夫妻和一个少女，可是救生艇的资源越来越少，必须牺牲一个人。众所周知那个男人的妻子无法生育，所以他告诉自己的妻子，她的生命抵不上他能够创造的千千万万个生命，于是他勾结年轻少女把妻子推下海中。他觉得自己必须有所作为，在获救后娶了少女，生了一笼又一笼的孩子，为了证明自己当初的选择是正确的。”

莉莉安说完，半晌没有听到回音。

“这……真是个让人悲伤而愤慨的故事……”多妮奥响应道。

“我只需要一个爱是全然属于我的，连肉体也不可背叛。可是我遇到了兰迪，那家伙……”她如同无法了断前尘的孤魂一般抽泣起来，在执迷中渐渐变得抑郁。多妮奥感受到那个代表着莉莉安的圆点正颤动着。

多妮奥冷静地等待她平息自己的情绪。直到莉莉安抽完了一支烟，才慢慢回温。

“抱歉我的失态……现在看来你很需要帮助，小姑娘。”

“是的，我要穿过这里。”

“别傻了，所有的方法我都试过，所以你可以原路返回，从窗缝里消失，天杀的我无法撞开那扇玻璃，跟墙壁一样厚。”

“不，这里的出口并不在外部，而是在内部。至少我能在这里看见，你所处的位置离指环不远。”

“这里没有什么狗屁指环，这里是地狱！不过我不介意帮帮你，可别让我累坏了。”

“请问你能看到什么谜题吗？我无法观测到你所能看到的物体，我现在只能看见你。”

“你一定在开玩笑。”莉莉安掐灭了烟，一屁股坐在地上，把松开的鞋带勒了个结，她大大的双眼不时地瞟着地上那团阴影，“这里没有什么谜题，如果你能看见这里你准会疯掉，现在离天亮还早，周围全是魔鬼。你可以扩散开一点，对，没错，谢谢你帮我挡住了地下的视线。”

“这里也会有某种线索，只是你还没有发现。亲爱的莉莉安小姐，请仔细想一想吧，有没有什么语句呈现得不合时宜。”

“等等……”莉莉安突然意识到了一件荒诞的事情，她所在的这栋酒店，从来没有出现过任何文字，她捡起烟盒，上面是一副五彩缤纷的拼贴图，她举目四望，那些柜台，支架，壁画，绝无任何文字标签，所有的客房门都是由冰冷的铁杉打造的，毫无任何标示。她的身躯仿佛陷落在窅冥而无助的迷网中无法挣脱，这一切本就是一个谜，一个关于她为何来到此地的谜，她抛却了所有的美好，固守着无法消解的宿敌，是她的恐惧将她困于此地。

也许正是因为她从未注意到这点，因此她在不经意间觉察到了某个巨型的字母“I”，起始于大堂一边的墙壁，如果不仔细观察的话，那个“I”字就像是一道浅浅的光影。而在她仅有一次的跳楼的下坠过程中，也无意间瞟到了这个字母“I”出现在每个楼梯的一侧横壁上，像动画一样连续闪动着。当时她没有继续观察这一点，只顾着朝身下观察底部是否有尽头，在证明了没有尽头之后她在风中打起了盹……她将自己的经历与疑惑忐忑地说了出来。

“那一定是谜题的线索，它就在那儿。可是我们没有办法以比坠楼更快的速度横穿你所在的每一个大堂，相信我，莉莉安，那是我们离开此地的办法。”多妮奥的声音激动地回响在莉莉安的脑海。

“我还需要再试一次？落在床单上的感觉可不好受啊，就像失败的逃犯只能灰溜溜地回来受囚禁。”

“这一次，我在你身旁。如果你还想要离开这里，就念出你所看到的任何文字，然后我们想着答案，就能穿过这里。我就是用同样的方法从上一个空间穿越而来。我路过了好多抑郁而排遣不开的人，永远困在他们的心结中，与之对抗。莉莉安，这里让你不快乐，那就不应该是你的栖息地。”

莉莉安没有再听多妮奥说话，而是静静地望着一个地方出了神。

在那游弋纠缠的人形铺天盖地的一隅，排山倒海的狂乱无章的爱欲序列中，有两个身影遥远的如同山涧的细小枝叶，他们静静地拥抱着彼此，一个和另一个，在拥挤的人潮中，他们两人是如此独特的存在，他们忘乎所以地爱抚着对方的脸颊，他们绝不高声宣扬，没有金光环绕使得他们周身带着淡淡的忧伤，原来每个楼层都有他们的身影，在金碧辉煌中浅映的蓝色，正是他们的存在导致的。如果莉莉安一开始就知道他们在这里，绝不会比无意间的发现更让人心碎。

"兰迪……"她哽咽道，往事像一瓶又一瓶的颜料，喷溅着她苍白的心。

她几乎是发了疯一般地冲出了仓库，朝着眼中那一对男女奔跑，周遭的响动几乎在一瞬间减弱了，所有的尖叫不及远处他们厮磨时发出的轻轻地嗤笑。兰迪和杰西卡……他们像一团明灭有致的焰火，灼伤着她无法安息的内心。

多妮奥看见代表着莉莉安的圆点在瞬间消失不见，在那些密集的花纹中蓦地隐遁。她无法留在原地，便朝着指环的中心游弋。她呼唤着莉莉安的名字，却毫无回音。

酒店的走廊相互挤压着，像是要紧紧包裹住莉莉安飞快地身影，她的来路已经在身后封闭，融化成肉色的墙壁。她拼命追逐着前方视线中那对静谧的男女，尽管早已穿越层层叠叠的不伦山川，兰迪与杰西卡的房间却永远无法抵达。她想要去毁灭，想要去控诉，或是去夺掠，去尝试着让他回心转意，她像个发饿的母狼，曾经倒在自己身下的两人竟明目张胆地温存，这幅景象无法磨灭。多少次的小心翼翼，却无法换取他初见时的幽默与真诚。曾几何时，她认为他的爱才是至上的真理，她竭力隐藏她的失落，狼狈和挣扎，极力表现她的主动，依赖和控制欲。她在不平等的爱中发现了另一个女子能够轻而易举地闯入，于是，"爱"成了不甘中的刀刃，结束了他无法停歇的背叛。

可是他们还在这里，她却再也无能为力。

"还能听见我吗？莉莉安。"清澈的声音流进她的脑海。

她的脚步变得越来越慢，越来越沉重。不仅如此，她不可抑制地大哭起来，似乎是整个世界跟她作对，而她毫无防备，溃败不堪。她倒在了地上，身后的墙壁这才散开，不再紧紧追赶着她。阿曼们从墙壁中脱离出来，欢快雀跃地回到了偷窥监视的门缝边，对刚刚发生的事情毫无印象。酒店的服务生们在大堂里打起了鼓，高脚杯从天而降，砸在花岗岩石地面发出婴儿的啼哭声，迎接着又一批新顾客的诞生。

多妮奥这才发现刚刚消失的圆点甫又出现，在指环花纹的一头恢复亮光，莉莉安在那儿！她惊喜地移动了半点位置，便从指环的内侧淌到了外侧。在莉莉安称之为走廊的地方出现。多妮奥流到她的脚边，和她的阴影融为一体。她从这头能看见莉莉安的圆点从朦胧化作清晰，如病痛之人在康复中的视线慢慢平稳。

“从一开始我就不必如此……”她说，“我真傻，多妮奥，我就是个大傻瓜。这里有我破碎的心，有我失落的恨，可是我的心会倦怠，会成长，就让这些家伙们逝去吧！让我们离开这儿！”她高升尖叫道，接着，她以闪电般的速度转进大堂，眼前的旋转楼梯亮闪闪地盘旋在那儿。多妮奥看见代表着莉莉安的圆点窜向指环的镶座，灵活地向下一跃，对准了指环的中心地带。

莉莉安并不知道多妮奥所能看见的自己是如何奇异的维度。“我从来没有在夜晚跳过！”她的声音在猎猎狂风中飘摇，被泪水冲刷后的劣质睫毛膏浸染了她原本光滑的下眼睑，她曾经省下化妆品这笔钱为了给兰迪买更好的圣诞礼物，现在就让这该死的风把过去的耻辱刮个痛快！在飞速地下坠过程，熟悉的感觉又回来了，肉体之下的引力令她感动无比。她透视到的所有男女们，迅速成为转瞬即逝的细微小点，那些暗自蠕动的庞大方阵从她周遭层层闪过。“情况不妙！”他们警觉到了她的逃逸，纷纷从床上滚下来，从一个房间滚到另一个房间，从一个走廊滚到另一个走廊，原本分散在每一个房间的肉体霎时冲破了房门，像是重组了序列，以监狱长的魔态出现。在这个漫长的夜晚，他们不会让她离开！他们需要这位原本畏缩又惶然的观众，她是这里的主角，是她的厌恶使他们能在轮番的交媾中生息不灭。

“这里不是无尽的！你只是一直在绕圈！”多妮奥把这一边的景象告诉她，“在指环上绕圈，你所处的世界是个巨大的环形幻象。莉莉安，找到谜题，读出来！”

莉莉安不再抬头看那凶险而来的肉欲巨怪，仔仔细细地观察曾经疏忽的楼梯靠近大堂一侧的横壁位置，她看见了“I”字忽明忽暗，她的视线不落，在坠落之中调整好自己的身体方位，把被风刮起而挡住视线的制服上衣塞进了束腰裤里，“我……”她惊喜地发现，字迹在闪烁中变样了，变成了词组，变成了短语，变成了句子，很快地，一个清晰无比的段落在这飞速下滑的映像中如加速了帧率的动画片那样呈现在她眼前。

"看见了吗？"

"我看见了！"莉莉安像是发现了新大陆，这些文字让她产生了久违的新鲜感。

我什么都能斩断！连你也可以！
没有影子的剑说道，

有个东西你无法斩断。
影子说出了答案。

只要斩断你便可以了
没有影子的剑说道，

那你不也要斩下自己？
影子说完，剑就破碎了！

"就这样？"多妮奥没有听漏任何一句话，但这个"答案"就埋藏在故事因果中，以互相辩证的方式存在。

"就是这么写的，天哪！我恐怕来不及了！"她注意到阿曼们正箭步冲向仓库，服务生正加急拉扯着厚重的床单，看来他们又将要拦腰斩截她的下路！她将被夹击在穷追不舍与奋力阻挡中。

"那你不也要斩下你自己？"多妮奥一头雾水，题面毫无章法，又引人入胜。

"什么？对，就是这么写的，我以前从不读这些玩意儿。现在我要把可笑的过往埋葬在这儿，快让我逃离这里！你无法想象现在我的处境！"

"把可笑的过去埋葬在这儿……剑破碎了……"

"你说什么？"莉莉安惊觉幽深遥远的楼层下，白色的圆点像从瓶颈底部灌上来的水花慢慢上涌，"天杀的……"一层又一层的阿曼和服务生齐心协力，把床单井然有序地铺张，千层糕似的叠加上来。万分紧急，莉莉安望向了谜题，一股不可思议的感觉向她袭来，她仿佛能触碰到另一个自己冰凉的肉体，在茫茫的虚空中湮灭消散，在她无法解构与提及的旧时世界，有水的流淌，有阳光的浇灌，有孩子低吼的音调。她的嘴唇不再会受到莫名的撞击和不由自主的翕动，就像终于解围的鳗鱼，滑向磅礴的河川，回归了乐土，这一切使她平静与放松，留在上面的世界早已远去，在暗无天日的牢狱中，她看见自己曾哀恸地执着于本就不必强求的事物，一遍又一遍。她值得去往更好的地带，不必在错乱的迷宫中流浪。

“我知道答案了，多妮奥。它就在我脑海里，它既可以美好，也可以败坏，很不幸，我因为选择了败坏的它而留在这里……”她发现自己的身体不再是紧绷得瑟瑟发抖，而是柔软地羽化开来，“谢谢你……我现在不必要纠结于它了……噢，我看见了我的祖父母的果园里微笑……孩时的洋娃娃在床头等我……”她的声音哽咽地传达到了多妮奥的那头，多妮奥看见来回穿梭的圆点慢慢从另一端冒出了尖头，像是圆锥那样立体地透向指环中心，到达另一边。它脱离了原本依附的光壁，如遥远星团中溢出的一点星光。这华美的景象使她豁然开朗，明了谜底的含义，并于心中默念着。来路艰险，前路未卜，必将舍弃早已腐烂的行囊继续前行。

就在莉莉安即将要跌落在身下迎面而来的白色床单之时，如蟒一般飞梭而下的万人之舌也即将触碰到她的发丝。可是，床单上再也无法滚落她的身躯，像静置半天的牛奶了无波澜。

众人面面相觑不过微秒。

大厅墙角的贴纸早有发霉征兆，不久后，有了明显扩散的迹象。她不禁想起潮湿阴冷的空气总是滞留在房里，挥散不去，像蓬松冰凉的毛发拂过人的脸颊与受伤的心。一年一度的平安夜即将到来，春泉小区从里到外都焕然一新，从悬挂在门前的悬吊小银灯开始数起，到了房屋的转角总会挂上一盏金色的大铜铃作美观的收尾，偶尔会有出其不意的彩条系在铜铃下。家家户户的门口都有忙碌的攒动的身影，在润雪的飘洒中镶上一层光晕，在惯常的御寒中泛出积压了一年的喜悦。人们的口气中不时会加入令人兴奋的语气助词，像是“唔”“哈”“吁”。寒意侵袭，飘雪飞扬，女孩们会躲在房间里互相推荐着各大网站上的人气套装，以供圣诞到来之时集体抢购。

她并没有太大的欢喜，可以说，所有的欢喜都如同冰雪下的道路严实地封冻着，半推半就地成了生命不可承受之重。忧伤像是地下暗不见天日的管道怄水，慢悠悠地流窜在无法目见的地方，它度过了曾经的鲜活与明快，欢乐地进入人们的视野中，可是最后又从人们身下溜走，释放完所有的激情。她曾一遍遍呼唤爱人的名字，从垂垂夜幕中哀叹后的疲惫，无心入眠却又乞求平静，捶胸顿足后的假装坚强，到黎明前来时万分渴望奇迹的出现，兴许就在下一句呼唤中，魔咒便会破解，接着，爱人将慢慢睁开双眼。可是，她什么也没有等到，等到的是永远像幽魂一样缠绕自己的账单，永远不能停歇的工作，以及永远在女儿面前表现出的稳重与安定。女儿创作了一个又一个奇异的小故事，在病榻前讲给自己的爸爸听，从蚂蚁住在大象腿上到两个巨人老是打架，她似乎有着许多天真的创作欲望，万分希望父亲的参与。史密斯太太能抚慰自己的女儿，却无法暗自说服自己该如何排遣那场无妄之灾所带来的无奈。当女儿还小的时候，便失去了原本应该相随相伴的父爱，遗落的父爱就这么流失在六年的时光中。有过很多次，她怕自己无法坚持，她能看见流质食物从鼻胃管进入丈夫的体内，能看见频繁更换的尿片有着晦暗的排泄物，但却无法再看见他真实地注视自己的模样，哪怕他的目光要像漫长的消化系统那样经过周转再抵达她这儿，告诉只需再一刻，他的意识就会全数回归，她可以尽情感受他的声音，拥抱，温存。她太怕自己无法坚持了，但每当她看见女儿灵气而又充满希望的眼神，从那眼神中透露着爱人所遗传的倔强与笃定时，所有的脆弱与疲惫都会被冲刷掉，这是她赖以生存的精神支柱，绝无仅有的，是她生命的存根。在北爱尔兰土生土长的她是带着热情而来的，带着热情跟伦敦东区的菲尔·史密斯结婚，带着热情消解一次次的小争吵，同样也带着热情生下了属于彼此的宝贝女儿。

他突然抛下她们，长眠不醒。呼吸微弱，血液流通，却无法瞧见她们期待的脸庞？史密斯太太每当自顾自地问自己时，心底都会唏嘘难挨。她戒掉了一切过分娱乐的心情，当她从窗中向外望去，对面的彩条在墙檐下招展，它们在寒风里有着冰凉的快意，迷茫的色泽。时不时地，她颤巍巍地联想到了即将进入青春期的女儿是否会走向一发不可收拾的好奇与叛逆中，女儿曾经一拳揍在了某个嘲笑她有个“干尸爸爸”的男同学脸上，这一拳崩掉了对方的一颗牙齿，也换来了严厉的警告。她该怎么教育她，这常常让她一个人心力交瘁，就像独自追逐倏忽远去的飞雪。

"快来吧。这里温暖。"走廊上的暖气片在周末上午维修好了。她还是会陷入自言自语，似乎从身体里出现了另一个角色，这个角色是菲尔的一部分，是他遗留的好气又好笑的嘟囔声，是他婚后慢慢嫁接给她的，这使她鼓起勇气生活，将懵懂的女儿养成，所有的自言自语都带着自我的慰问与安抚，就像是菲尔的呓语。有时她不再自言自语，冷不防听见菲尔在楼上叫唤她，那声音极微弱又坚定，她满怀希望地跑上二楼，敞开房门，看见的依旧是病榻上半死不活的丈夫，护理师朱莉不解地看着她急匆匆一副失了魂的模样。房间里的温馨合影反射出窗外缓缓流动的云，可是这里什么也没有发生，就像地底的喷泉在还未爆发之前就泛滥成了溪流，她只能哑然地看着周围，地板仍是鲜艳的，却不知为何失去了光泽。空间里散发着一股微微发霉的混杂了药剂的味道。

他的眼睑有时会微微颤动着，如果这种迹象频繁发生某个神圣的半夜——不论是万分虔诚的晚祷抑或是他们的结婚周年纪念日。史密斯太太盯着他干燥的眼皮，希望就在下一秒，他会发出对睡意意犹未尽的慨然声，然后揉揉疲惫的双眼——像蜜月时赌气后的天明时分，在那短暂的日子里，他松弛下日益繁重的警局事务，却没有在头一晚给她归顺好旅行计划，事后她自有分寸，重展笑容。但这些可不太够，清晨的一个吻，一句轻唤，才可以将所有问题一笔勾销掉。他苏醒后有些恍惚的双眼凝视着她，慢慢贴近她，像水涌进了面粉里，两人重新闭上双眼，享受无与伦比的甜蜜与厮磨。

可是眼前的下一秒永远循环着上一秒，她终究还是没能如愿以偿。她厌倦了期待，又依赖着期待。

你的心里，是何等的世界？她无能为力地倚在床前，望着丈夫忽闪的眼皮问道。

她永远无法穿透这厚重的高墙，然后钻进他的若隐若现的思维深处，继而看见他怒气冲冲，望着一片肃杀的世界。他不时会听到某些声音从天空中跑出来，又折回云层。这些微弱又厚重的叫声会让他回想起自己遥远的妻子和女儿。他并不知道她们正在云端之外，在他躯壳之外，在物质构成的世界之外。"永远站在我身后！"他如此说道，身后的子民们跟着他逃亡。

菲尔在这里被他们称为"智齿"，在这片灰暗得令人厌恶的世界，他好心地带领着这帮长相奇特的矮人回到他们的故乡。从最开始，他从泥地里爬出来的时候，看见身高约莫三千尺的高大的巨兽从他身上跨过，如果仔细一看，能发现它的腿上盘旋着一座又一座的房屋，人们喧闹嬉笑，一个个眼神空洞，声音从他们那细如蠕虫的嘴唇里发出来，这帮人在迁徙的巨兽身上过着游牧生活。他发出震撼的嘶叫，看着房屋从腿上垮下来，像蛋糕似的滚落在地上，至此，他们推崇他为首领，希望他为自己带路，但没有人知道自己要到达何处，他们古旧的电器壳是由硬纸壳套成的，在第六个季节到来时，硬纸壳会风化成丝绸状的衣物，供他们轻装上阵。

季节分为九个，最恶劣的时候，石块会融化成海洋，大地像海绵一样令人猝不及防。菲尔能感觉到身体上的铁条再一次地束缚着他，而他身下的坐骑“暗影兽”有着须发一样纤细的耳朵，时不时地竖立起来打探周遭的环境，并挠挠身上的裸骨，它由不同动物的骨架组合而成，耐磨耐摔，经久不散，适用于各种季节的到来，如果第三个季节早早到来，那么它会欢腾地扭曲成蛇状，将菲尔紧紧裹住，伸出几条结实硬朗的大腿，包裹着主人前行。

“长官大人，你总是一战再战，不停追着肋骨首领。我们总是想要歇着，不愿风雨飘摇。”一开始，有几位样貌柔化的子民撕拉着嘴部朝他呼唤道。

“歇着？如果不去争夺，我们存在有何意义？我不能浪费我的力量，我亦不需要循规蹈矩行事，看见前面的地底帝国的入口了吗？看见那炎炎红光中的黑暗了吗？肋骨首领有着神秘而宝贵的资源，我们必得窥探，必得夺取。他若臣服于我，败于我，一切才可安宁。”

他偶尔坐下时，身上厚重的铠甲沉甸甸地垮下来，陷进液态的沙砾中。他是一个远远高大于其余迁徙者的巨人，而绑在他尾巴上拖行的漂流营地上，数百位子民痴痴地依偎在松软的房间外，在没有争夺之战时，他们总是这样紧紧怀抱着家人，尽量不挪动身体，直到暗紫色的大地开始发亮，证明着又一个季节的更迭。他们原本用来承接荒漠干冰状食物的钢面盘，现在都用来插入智齿大人的脚趾中，等着发酵，变成锋利而又结实的武器。到了大地再次变为赭色和艳黄的混合体时，戴着制服帽的军官便指挥众人从巨人脚趾中抽出打造好的武器。菲尔时不时会发出响亮的呻吟声，是痛苦而又快活的，从他身下流出的金黄碎片，每一件都会是称手的武器。如果再将这些武器在脚趾间进行抽插，那么它们又会升级得更加粗壮和结实，从近战利器到炮状兵器。唯一让他困惑的是，他每这么做一次，都会感觉到自己更加高大，有的时候甚至无法看清身后子民们那细小狭长的游牧房屋，它们像磨砂纸那样渺小地盘踞在他身后。他越高大厚实，身后所累的漂流之地便越是沉重。

他看着脚下的土地越来越遥远，他可以与山比肩，与水比深。所幸，他还是能带着他们追赶前方的肋骨部族。历史上有过几次，他看见像淡绿色稀饭似的肋骨首领，迈着流质的步伐，扑面而来，他的武器属于毒性类的东西，而他的子民也像霉菌一样融合在他的身体里，有时不知道是肋骨首领带着他们，还是他们影响着肋骨首领。这些能够生活在他体内的子民似乎更加乐享于战斗，他们投掷着孢子一样的病菌，这倒好，它们能够使菲尔的子民变得更加庞大，像抽离了五脏六腑后的毛毛虫似的，拜强大武器所赐，他们纷纷朝肋骨首领射出爆发力强大的炮弹，这往往使肋骨首领的某个部分被炸成一团团干冰落在大地上，干冰里凝固着被污染的病毒。而对手也会使智齿首领被腐蚀掉某个肌腱，它们滚落在地上时滩成金黄色的汁液，里面有着高饱和的武器原料，可是肋骨首领的子民们一向喜欢收集此类物质吞服食用——它们的身体会变得愈加疲乏，而武器会变得更加强大。

按理说，两位首领无法真正割舍对方，他们似乎非常享受互相的厮杀抗衡，通常一边惨败，另一边会绝尘而去。他们的武器日新月异，譬如病毒可以分为六层，依次变异，逐渐由深变淡，到浅淡。每当这些病毒袭上身时，往往令人产生一种极度的忧伤，像是永远失去了某种难以言喻的情感，怎么也脱离不出苦楚，一种源自遥远世界的令人心痛的回忆。大地之母会震颤，又一个季节过去。

朱莉熟练地将导尿管捏在手里，将床铺微微往前挪了一点，地板即刻发出木具摩擦的沙沙声，轻巧而又不失体面，她所做的每个动作都能感受到来自空气中无形的监视，这使她精致地保留着稳当作风，这也是雇主会无比骄傲的事。她的手法稳健，为了让病人免受尿路堵塞的困扰，她更换导尿管的时间相对频繁，哪怕有别的什么重要的事情降临，她都会先妥善处理眼前的难题。朱莉不知不觉已经跟随史密斯太太五年了。早些时间，她的弟弟和侄子从库姆堡跑来看她，这些年他们总共只见过三次面，这一次他们为了接一位从北非回国的远亲，刚好顺路，便再度重逢。

“别太大声，好吗？”科比对孩子说道，小家伙正在地上拖行着肉球形的绵羊，绵羊身下的轮子吱吱叫，他总是随身带着好几样玩具以供天真的消遣。“话说回来，我曾经所在的医院也遇到过类似的情况呀。”史密斯太太竖尖了耳朵，朱莉替他的茶里放了些糖片。“那一年我到父亲工作过的医院实习，遇见过比你的先生情况更加复杂的案例，最后他们确实还是醒了过来，其中有一位我印象颇深，名字叫胡比什么的，他特别喜欢打猎，收藏各种口径的猎枪，他从树上摔下来，断了胳膊。后来奇迹般地醒过来。”

“那这之前，他听到了什么声音？还是说某种刺激。”史密斯太太呈现的迫切远不如内心的麻木，很多年来，她关注各种各样的此类报道。所有感叹号作为标题结尾的内容都会为她注射一支强心剂，在未知的迷途中，她都在冥冥中坚信她丈夫的事例会是诸多奇迹中之一，不晚，不远处，不治而愈。她就是没办法抓住那个点，触发关键的一个点，然后可以透过某个渠道唤醒他，否则他的门永远在她这里紧闭着。人总是摇摇晃晃地在信任与困惑的天平间游走，必得用外来人亲历后的砝码才能使自己离期望更远一些，或更近一些。

天气回暖时，她把他推在室外。光，风，轻盈地洒在他干瘪的几乎有些萎缩的脸庞，有那么一刻，他半睁着双眼，仍无法看见他的瞳孔。

“大脑皮层功能如果处于低意识状态，脑损伤较严重，更困难一些。那名当事人在昏迷时期无法对周遭做出反应。而就是在一天中午，他的老朋友对他一直喊叫，说他把藏品都卖掉了，尤其是他最称手的伯明翰双管猎枪。他就这么一遍遍地在他旁边吼叫。”科比说，“就是这样，当然，他只是昏迷了八个月左右。你该坚持下去，史密斯太太。”

“我所坚持的一切，都会如愿以偿！”战后时分，菲尔拖着沉重的子民，他巨大的脚掌长出了金光闪闪的茧子。这一次，人们都暂时恢复了体力，能使他们暂时将双脚放在惬意的高脚杯里，杯子里有许多干冰状的颗粒，每户人家像烤火一样把脚伸进去，围住杯子团团坐。窗外的远处景色中有参天飘扬的丝绸，丝绸背后是另一处世界的风景，透明的，半透明的，依稀闪烁。智齿首领当然无法听到子民们的交谈声，他们淡淡地叽叽呱呱，谈论着某户人家突然消失啦，或者是又多了一户人家。

“很快就会如愿以偿！”他再次低吼道，地底帝国不过百个迈步，便能够抵达了。他紧闭着的脚趾正产生某些热量，那种肆意夺取的快感，战斗带来的征服欲，使他的趾关节像快速运作的工厂纷纷启动。他的坐骑现在无法承载他的体重，在上一次的战斗中，它颓泄成一辆白骨皑皑的轿车，副驾驶座上长了一张模糊不清的脸。此刻它亦艰难地帮着主人拖行着队伍之城。

实际上，智齿首领并不知道自己争夺的事物是否划算。每当战争过后，他便要收集对方身上的残缺物作为循环资源，但他按捺不住自己的追踪欲，他一定要捣毁对手的窝点，一定要想方设法去取走些什么。这些子民无比忠实地听令他的指挥，他却无法监视他们的一举一动，他的视线离它们越远，远的就像一座球形卫星，他的脸上长满了道路，每一条都会使他的眼球迷路，好不容易才能够将视线调整过来，朝着目的地前进。

地面发出水晶一般的光泽，而且有着某种异样的艳丽和明快渗透出来。这难道是此地的新的季节来临，为何他从不曾注视到脚下土地翻涌起的变化，是危险还是安逸，它们是否会产生某种摧残精力的因子，使他无法顺利抵达。这光泽翻涌到了地底帝国，像是一张巨大涂满了各种亮片的金箔纸，它们蕴藏着一种极诱人的力量，使他的裸露的肌腱更加充沛结实，使他高耸入云的双耳有了聪慧的思考。为了防止自己越加高大而导致触顶，他伸出手撬开了流云般飘散的天花板，外面放着一把车钥匙。

她关掉了电视，在喝下自来水之前，她关掉了大声探讨当下时局的节目，镜头会指向人们互相对峙残杀的画面，士兵们对抗恐怖分子的袭击，然后是烟雾，奔跑，残砾，她把剩下的水倒进准备清洗的果盘里，清凉的水冲刷下来，把圆盘边缘的果皮溅走，然后她的手轻轻地顺着圆盘滑动，这些年她保持了用温柔而迅捷的方式处理家务。

史密斯太太产生了一个远胜于过去方式的想法，在头几年无济于事的哭泣和喃喃自语中，她断想这绝对不会是长久的做法。在这些念头产生时，她已经假定自己的丈夫已经离开了。离开是上帝赐予的非常礼貌的词语，不把话说得绝对，但可以把事情往更多方向发展，她之前的尽力与无畏更多交给了歇斯底里，而不是专注于事件背后的调查。她回想起了某个瞬间，就是丈夫亲吻她后，驱车离开时车灯照向马路的一个瞬间。她可以忘掉医生断定的脑部突发性损伤，兴许是脑部撞击所致的。那为什么没有伤口呢？她问完后，对方不厌其烦地阐述了丈夫的症状。她完全可以从另一条线索开始，发掘其后所遭遇的种种事情。她还能想到丈夫当年喜爱的某个热气腾腾的烤饼店，还能想到丈夫所渴求的晋升，还能记得丈夫调查的是关于某场凶杀案，这些细节都随着她的悲哀而逐渐淡忘了。但参考别人所发生的案例，她可以试试，至少要学会尝试。

于是她特地等到夜晚降临，向上帝祈祷，一个环节的来临必定会和另一个环节相扣，她从桌上一把抓起车钥匙，到了一趟地库。然后，像个疯婆子似的，往楼上冲去。这个举动吓坏了女儿，她甚至不跟她解释，只是说了句“散步”。非常奇怪的是，在冬季来临时，菲尔从没有被推出室外。在这之前，她把车里的暖气开到最大，大得足以抵御一切严寒与霜冻，她像往常那样，将他小心翼翼地一点一点地扶上轮椅。“过来搭把手！”她的口气不容置喙，女儿离开了房间，她只能悻悻地照做，早就远离了隔壁人家的子女所享受的网络选购的快感。这些年来，她对父亲的态度从热络到疏离，再到失落时的倾诉，这种难以言喻的纽带连接着彼此，似乎时空一直凝滞，他也从未走远，她还能看见他鼻息冒出的热量，那是曾经父爱的见证，一定是的，他温热的呼吸曾淋在她的幼小的发际线，比春风还要和暖。

她当然知道妈妈深爱着他，有时带着神经质的焦虑和暴躁，有时又莫名其妙地自怨自艾（“我要是那天阻止他出去就好了！”），轮椅从房间门口特制的通道慢慢地滑下一楼，她对她说道，“我也要去。”史密斯太太被女儿的眼神感染了，以闪电之势击中她异想天开的心，两个不谋而合的雌性获得了一种无法对外宣扬的神力似的，她们非常迫切地渴望自己冲破节制而墨守成规的巨网，这张巨网铺在母女之间，像多余的杂毛刺挠她们许多年。于是，她们之间突然站在了一个共同的阵地，不再是哄骗小孩的方式。她看见慢慢成长为现在这个模样的女儿，心生感慨，这些年她积压了许多的内疚，这是治疗家属团体工会也无法去排解的，她经常看到工会里有某些人携着激动离开，又会有另一些人带着伤痛进来。他们在走廊里坐成一排，麻木地望向窗外，远远的枝叶被风吹得像丝绸似的展开，那印象刻在她脑海里，她不可能把更多的伤痛告诉女儿。就算如此，愧疚感仍然存在。

现在她不知道从哪里来了一股与平常截然不同的意气。接着她说，“我们继续。”就像是她们要齐心协力把一盏吊灯挂好，她们付诸行动的各项程序只是为了最后让灯亮起来。

光线太刺目了，几乎是一瞬间就映亮了大地。

智齿首领从虚假的天空外看到一个影子，说着一些话。在空中回响着，像嘹亮的号角。但这绝不是他曾经听过的声音，不同于身后任何人的声音，那个莫名的声音说，它需要他的帮助。这让他似乎联想到了某些事情，抛离自己许久的责任感，突然像是脱离了身后的部族似的，他觉得自己像个孩子。

但他巨大的脚掌已经踩进了地底帝国，这里的有着庞大的不计其数的楼梯，每个楼梯都以方方正正或是珊瑚般变形的姿态延展，高耸，深邃，一边促狭，另一边宽阔，楼梯的扶手常常在不起眼的位置跑出来，以暗金色为主，悬浮在楼梯两旁，像是干瘪的坚果中竖立起了一座座键盘。这个世界混乱又令人头皮发麻，可是智齿首领听到了，听到了远比他身下的细小民众更加清晰的声音（“离开。”）。他以为这里会让人感到灼热，恰恰相反，这里冰凉，像是有大片的雪花飘上了他的额头。

他陷进了地底，天空便化开了。他滚落在比他还要宽阔无边的一侧阶梯，子民们像是在坐过山车似的，从高悬着的没有尽头的楼梯上冲刺而上，滚落而下，它们像是没有了尾巴的蝌蚪抖落在新一季节化为海绵般的房屋中，黏稠的罅孔使它们可以稳稳牢固其中。

是他最先看到心碎的一幕的——肋骨首领，走了。

他看见了另一边的子民们，在远方的废墟中，像是被火焰灼烧后发出的艳光，那个艳光和来路所望的火光无异，它们周身散发着安详，宁静，他最初似乎误解了这份光亮，他认为那是又一次宣战和挑衅，这一切都加快了他的步伐，让他坚持不懈，他需要拼得胜负，或是攀跃对手。可是现在，和他久久不息地对抗的对手，形状像一根根晾干的面条缠绕而成，慢慢地流上一处圆环状的瀑布中，其壮观之势，像无数南飞的修长的大雁。在废墟的天空之上，瀑布之水从巨大的山石上方圆弧状地冲刷而下，然后又圆弧状地从另一头冲刷而上。途中有繁花，异果，茂盛无比，滔滔水花无限地绕着一个巨大的圈，湿润的石头发出柠檬水冲刷双耳的时敝时扩的声音。

他突然觉得这个世界失去了所有的一切，他的信仰与决心，他的武器与力量。他再也不能去争夺了吗？他热衷于当个战士，却没有了对手。他的心里空荡荡的，就像完成了旷日持久的计划，走完了漫长的旅程，却什么也不能获得了，他原本不必担忧下一次的战斗在何时何地，所有的抗争都是无意义的比拼，甚至他们之间丝毫没有恨意，而是依赖，永远对抗的依赖。当他突然走到尽头，面前所有的一切都是虚妄的。这是一个心跳加速的过程，像孩提时精心打造的沙雕，经过了一个午后，它坍塌了，而大人也走散了，去看别的更有趣的事情去了。没人及时欣赏他那宏伟而庄重的作品。他孤独地留在一处角落，他拼命却又徒劳地想要获得无休止的关注与尊重，满足与贪求。然而此刻，他眼睁睁地看着对手轻飘飘地如亡魂般溜走，那摇曳的身形丝毫不屑跟他对峙，而他的子民们身上的红光也变得如此纤细，像浇筑着雕像的岩浆那样流进天空。

"大地之母"，这是他为那个不知名的声音取的名字。他发现，这个声音是从楼梯间发出的，是从天际外发出的，是从他脆弱的脚踝发出的，是他神秘的坐骑在说话，无处不在的声响，无法辨别是某一个事物，某一个人，但他还是称它为声音。这个声音总是提示着他，像是要驱赶他，让他像天边的肋骨首领那样。

他失意地从地上爬起来，连自己的子民都在往天边奔跑，他们一个个跳出来，将武器抛下楼梯，每落下一块武器，承接他们攀向天际的浮力便越大，就像是不断卸货的集装箱似的，他们的居所慢慢变得空空荡荡的，在天上，融化的蜡烛。

他怒吼！嘶叫！企图挽留他们，不让唯一还能跟随自己的人们溜走，可是他太过于庞大，声音又太渺小，从他那灯丝般微弱的声带里发出来，只能凝为一团夜雾，他们纷纷离开了，这里失去了意义。他不会知道其中一位子民是一只吃过了毒蛇昏迷片刻的蜜獾，另一位子民只是泡在夏威夷某旅店垂危之际的金鱼，以及，他的脚趾头在发力，隐隐地发力。

史密斯太太像往常那样踩上离合器，平时，附近的商店步行十分钟就可以到达，她习惯于步行而非驾车，她感觉自己的脚掌中有一股充盈的热流，是暖气作祟还是静下来后的体热积压于下身，她并不知道。她曾经并没有仔细摆弄过丈夫的音乐光盘，她知道他的喜好乐队，还有他习惯不定期地刻录一份流行乐。这些年她为他放过许多歌曲，总的来说，他对音乐的口味比较喜新厌旧。她当初知道丈夫最后留在车厢里的音乐叫什么，但她实在不喜欢那首歌的歌词，于是，她换成了Sarah Blasko(澳大利亚女歌手)的"I Awake"。一种肆意对抗晦气的快意，在女儿扣上安全带的时刻，欢快的打鼓声从车载音乐里响了起来。身后的丈夫像摇篮中的大孩子一样窝在座位中，嘴唇轻微地，不易发现地，哆嗦。

“现在离开这里，先生！”大地响动着，菲尔记起了自己叫菲尔，他非常久没有再去想起这个名字，甚至无法拼写这堆字母，过去的某个瞬间，他会突然意识这里不该是他待的地方，某一刻云层上方会有呻吟，是的，那一刻他会感觉自己拼命地在记起一些事情，觉得眼前的子民不该是他带领的，眼前的战斗是残暴而无聊的，他来这里的目的是什么，秩序又是什么？有什么人在别处等着他，在拼命地等着他，就像他此刻拼命地迈开大步踏过废墟，朝天际走去。过去触发他这种思绪的时刻不多，也不够分量，不够他听清云浪外到底有有什么语言，只知道那是细糯绵柔的呼唤。他无法看清天边外到底是什么在拉扯他，可以让他浑身的零件破碎，让他头颅上的路灯变软，然后他能慢慢萎缩，力量已经不再重要了，对抗也是，他疲惫了，乏味了。他闻见了一种味道，这股味道让他想起童年时的旅行，带着果酱香的烤饼味。

“妈妈，你确定这样可以？”蒂娜将纸袋中的一大摞草莓混巧克力慕斯烤饼抱上了车，暖气腾腾地弥漫在车内。她们停在了马路一旁，她们迅捷地将纸袋放向后座两边，彼此的动作堪比训练有素的默契团队，母女两人觉得自己在供奉一位首领，可是能引她们发笑，车内像是有什么力量在鼓舞她们似的。

“保不准会有行得通的一天，亲爱的。上帝给了我们未知，也给了我们坚持。”

天空慢慢变成女孩的模样，他想。连耳边的声音都是女孩的声音，是纯净而又沙哑的声音，他有了一丝怯意，像是故意为了抗拒什么，这使他升腾的躯体有了一丝混乱的分解，分裂里满是暗金色的污浊，就像排解掉的旧的生命体，他开始从膨胀中溶解，转眼间升腾于废墟之上，他蔓延天际的庞大之翼遮蔽了大地，他的坐骑和他开始变得摇摇晃晃，从公路般的骨架变为过期豆腐状的石块，石块摇摇晃晃地抖落成细沙，细沙摇摇晃晃化作潮涌。

大地之母激动地欢呼着，她似乎对他的放弃感到欣喜。放弃痼疾中的荒漠，放弃脆弱的呼吸，放弃易怒的季节，放弃无法挣脱的乱世，他觉得自己要转生似的，这些意象慢慢从脑袋里冲刷掉，像打翻的墨水瓶那样。

“系好安全带，我试试看。”她匀速放慢行驶，然后一个急刹车，接着又放慢行驶，再来一个急刹车，“快看他的头固定好了没？”浑身颤抖的蒂娜带着些许兴奋扭过头，父亲很好，头微微耷拉一边。

“我现在在模拟他当初能遇到的任何情况，比如车体的晃动，或者是车里发出的声响。”母亲解释道，非常激烈地扭了扭身体，羽绒服和车垫摩擦发出嘶嘶声，非常尖细而又令人不悦，所幸声响很小。

他听见了，该死的！他想起来了，某个家伙曾经在追他，一个怪异的家伙。暖流，冰凉，冲击，天杀的方块，他们组合成了某种不同寻常的形象，像是气泡那样，依附在肋骨首领身上，肋骨首领现在早就陷落在瀑布中心，像五彩的油迹。五彩中有女儿的模样，有妻子的模样，有他熟悉的曾经的生活，他看见了伙计布鲁斯，留着大胡子的死党，噢，怎么能忘了他。

“爸爸！”蒂娜尖叫，锐利地尖叫。

“我把你的帽子弄丢了！在西班牙买的那顶！”史密斯太太怪叫道。

“爸爸！”蒂娜尖叫，小声地尖叫。

“现在去布鲁斯家，快，巴萨开战了！”

“爸爸！我爱你！”

“哈顿长官特地来接见你了！还不快整装！”

“爸爸，我现在想要跟你学游泳！”

“噢，你再不来我就要出门了，你知道的，船长喜欢我！”

“呃……妈妈，等等。”

车子颠得实在令人难受，她们特地在附近的空地绕圈。接着，她们把他关在车里，结伴下车把自己冻在清冷的空气中，她们噙着泪水笑着，知己重逢一般搂抱在一起。

他快受不了了，当自己接近漩涡时，尤其是所有的瓢泼而来的人们接近此地时陷入凹凸不平的瀑布中，慢慢地，他们融化的颜色填充了凹陷，然后组成了字符，镜像的字符，而这些字符由紫色的光线折射在瀑布上。他顾忌不了这些了，听完他那伤痕累累的脚掌，正慢慢陷入凹陷处，正是这电流般的接触，让他脑海里一股热流，不是此刻的脑袋，是另一个，云层之外的那个脑袋，他可以感觉到活跃的能量，然后发现自己此刻的脚掌只是一个假象，他应该控制的是一个巨大有序的开关，而不是眼前的这片世界。

瀑布慢慢从他的视线里模糊，模糊得非常快速，快得令人无暇顾及身体融进瀑布时带来的变化，因为他已经不属于这里了，他的这部分意识到头了，奇妙的一种接壤，使他快速从一个意识跳跃到另一个意识去了，没有疼痛，而是短暂的不适，像奶油流进了棉花，像毛刷亲上了脸颊。他在此处残存的身躯是为另一个人——他称为大地之母的那个未知人物服务，她需要他那么做，为了让这片瀑布显形，她感应到了，并向他道谢，跟他说再见。

凄惨危险，
和平浪漫，
隐隐约约，
过目即忘，
看非目视，
听非耳闻，
求欲若渴，
你为何物？
万物所需，
别来无恙。

但他慢慢听不见了，甚至来不及去看融为字符的身体，他自始至终不会知道大地之母是谁，自始至终不会知道她为何感激。一切就像突然抠落的剪影，眼前的东西瞬间灰白，接着昏黄。他只能感觉自己在某个局促的空间里坐着，实实在在地坐着，脑袋耷拉一边，朦胧的灯光照了进来。

夜色已浓，远处的火车站发出啸鸣，像冲天焰火咻咻直响。

车子停在不远处，她们一眼就能看见。

她们急匆匆地买来一大杯热饮，像下站后的旅客。她们明白各自会遇到的冲突，短暂的，长久的，成长就像个无法套牢的猛兽，它可以温顺地成为参天庇护者，也可以野蛮地脱离家庭与热情。她们相依为命，说了许多往日不曾细说的肺腑之言，这使母女两人明白了如何更好地面对自己，她们在一个无形的边界上互相携手。

冲突，她们提到了这个词，接着史密斯太太下意识地将女儿的绒毛帽扶好，不让毛线垂在胸口，捋了捋不听话的衣领，让它堵住帽檐后边的缝隙，不那么冷了。她笑着看她。这个举动很快冲刷掉了刚才那个词。

她们朝车子走去，接下来她们会对着后视镜，不言而喻的平静，疑惑，愣怔。

流泪与狂欢。

没有人会知道这件事是如何发生的，大概类似某天有个人从座位走到前台，然后盯着一边的花瓶看，假装上面有着非常精致古典的图案，实际上却是在看着另一个人，在四月的一天，天下所有的咖啡馆都低调地包容着被湿润笼罩的人们。这里非常温暖，甚至让他变得面红耳赤，像是有许多爆炸的肉球在往心脏上顶撞。他在看另一个女孩，他之前跟她聊过几句话，现在看来一发不可收拾了。事情没有想象中那么惊心动魄，反而非常顺利。

艾米莉亚轻描淡写地对妈妈谈起这件事时的经过，“我们就是在那认识的。”她吐字很轻，甚至希望轻声的吐字可以让内容的冲击力度小一些。这不是她妈妈的期望，她希望女儿能够照顾好自己，然后跟一个稍有地位的单身男人在一起，但现在不得不放弃自己的想法。阿米莉亚没有尽力解释再多的东西，总之她说自己并不后悔。这是第二次，她坚信这是最后一次。

在头一次，丽塔一直愠怒地望着她，说她如此不体面，跟一个有妇之夫勾搭在一起，甚至，他在她体内种下了种子，这个种子的余色首先从测孕棒上清晰明了地显示出来。而那个男人，只答应会来看她，其他的事先不予置理。丽塔没有告诉丈夫这件事，她从不在电话里告诉他任何负面的事情，却会跟自己的闺中密友聊起这些事，她的这种倾诉的牢靠程度远比对长年工作在安道尔的丈夫写信来得多。

说完这些话后，艾米莉亚关上了房门，二十岁的她对人生毫无感想。但她明白不能让事情发展到不可收拾时才说出真相，她决定去一趟卡迪夫，然后，她可以在那边换一个工作。母亲就像阴霾那样使她内心无法清澈起来，她滔滔不绝地告诉她未知的后果，激烈的，冷漠的，而且对方明显是个没什么主见的家伙，她要女儿自己做判断，她可以让这孩子出世，但，想想后果。在艾米莉亚眼中，她就是在不断念诵咒语的女巫，将所有的慎重与无望扔给她，还包裹上“为你的前途着想”的彩盒。一些人真正喜爱所有的孩子，一些人则拜个人偏见（比如名正言顺等原则）选择性地喜爱孩子。

丽塔希望女儿服用“莫廉消解丸”（自2033年发明该药之后争议不断，它可以在怀孕半年内分解胎儿，无痛无害。严禁堕胎手术法案生效已久，但每年还是有数亿女性借由此药使胎儿在体内逐渐消融。私生子渐渐减少，女人们有了更多选择，男人们则持不同的极端观点。科技的发展使人们的宗教意识渐渐减弱，历史上称为“失落一代”），她打电话给自己的密友辛西娅·弗里曼，神经质地以为她们所处的年代总会使一个难以启齿的事件变为众目睽睽的焦点，现在她希望能利落解决这件事情。辛西娅对丽塔的想法作证，上一通电话还不至于让远在乡下度假的她吃惊，而这一通让她觉得自己很有必要进城来看看自己的义女艾米莉亚。艾米莉亚，她从来就执拗，善良。她甚至连自己都没有想好应该如何劝解她或是丽塔，她们两个是完全不同的两个人，而且经常不容，女儿总是想要一头扎进她母亲看不见的地方，装作不顾惨烈与慌乱，而最后还是要回来听她母亲的忠告，像是一把钢刀被柔鞭给缠上了，缴械了。而丽塔，大部分时间还是想要听辛西娅的，似乎从她身上能获得意外的理解能力，很容易被说服，她下意识将她当成精神依靠，区别于异性的依靠。

如果辛西娅回头望自己的青春岁月，是绝不会想到未来的某个日子，她会去当义工，常替烦恼的人们权衡或大或小的决定。在疗养院，她遇到了丽塔，厨具清洁工。人们也绝不会将她和一个著名乐队的电吉他手联想起来，她也从不主动提及他们是姐弟关系。她很平常，而且热爱平常。

她挂完电话，在中午之前就上了长途大巴。

她从丽塔的语气里意识到事情并没有按照她的意思“妥善”处理，这是一个双关词，一个是她的心理，一个是她女儿的身体。但辛西娅没有从她那里听到对女儿深爱对方所受的痛苦，她只希望她能安然无恙，无所负担地接受下一个人，然后，可以趁早吃下“女人的后悔药”——药片号称没有副作用，实际上，有些女性甚至在怀孕八月以上融化未出生的婴儿，加量吞服药片而致使子宫爆裂，无法再度生育。

为了什么？辛西娅回想起历史上的大多数年代，几乎没有人为此事感觉到过分担忧，顺其自然地成了孩子的家长。当现在有了简化程序，女人们意识到了这是一把武器，对自己，对伴侣，都拥有诡异的力量。总的来说，为了轻松洒脱，为了摆脱意外，为了种种已知或未知的恐慌，巨变，嬉戏或困惑，有些人会选择放弃，另一些人则不会。

在困意来袭的片刻，她看见车窗外老女人布满皱褶的双手，她正在悬浮路牌下检索天气状况，孤独，涣散。又是一个老人，在闪烁的交通指示光球下过了马路，朝气蓬勃地迎接他的朋友。万物在更迭，消逝在人们的日常中。她料想到有一天也会这样，完完全全地变成另一个让自己不确定个性的老女人。但是她永远来不及对另一个人道歉——她的宝贝。很久很久之前，大概超过了十年，她做了一件当下可以现身说法的事——抵不过杰姆令人窒息的圈套，他是最让她神魂颠倒的男友，她看见他轻轻地戳破芦荟，顺着她的肚脐眼滑下去，像鲨鱼的鳍沾上了浓夜的露珠，花蕾中的孢子在长大。

那是一场意外，连她自己都不相信。

她做了一件理所应当，但是让她久久不能平息内心的事。当年她从未对割舍一个毫不了解的事物有任何感觉，当熟练的医护人员在一番捣鼓后，她颤巍巍地下了床。奇怪的是，时间过得越久，她内心对自我的谴责便慢慢加重，像是不断滚落的雪球，从她心里的冰川下坠。她像个残废的猴子一样离开私人诊所，而杰姆像矫健的猴子一样逃离了她。

她不会告诉丽塔这件事，她不会理解的。

辛西娅从来不在临近正午时分休息，那种感觉就像是精神满满地出了门，又软绵绵地回到了到处是光线的午夜。但她非常疲惫，这些天来这种情况愈加明显，她根本顾不上排空所有的情绪，当思考变得密集的时候，她不可抑制地滑向犯困的怪圈中。

天光下的城市像多米诺骨牌在她视线滑过。她把座位的自动颈枕调到合适的位置，并使自己这一侧的电子窗推暗。她安静地没有打扰任何人，不管能不能入睡，都值得一试。

就是这样，她走向了一片海滩，隆起的地貌中，海洋可以在她逐渐快走的步伐中日夜交替，它像一枚皇冠，从她的头上穿过。这时大巴正驶入南部隧道，座位上的空调温度随着她的体感逐渐变暖。她没有被子可以裹挟，但是座位下方的裹腿罩非常令人舒适地包裹住了她的感到冰凉的腿。恰如，海洋不再淌上的她的脚踝，不再跟她交缠不清。现在她的视线是平稳的，迷惑而又不知所措。

马路上出现了一个令人可悲的羔羊，羔羊蜷缩在坑里，坑里还有无数的摇篮，被撕扯成碎片，碎片变成耀眼的镜子，镜子里反射着不知是什么事物所诞下的婴孩，他们集体平静，呼吸缓慢，在幼小的睡眠中，脸上浮现出微笑。大概是一个颠簸，这样的景象被一辆驶过的车抽离出去。辛西娅陷入史无前例地恐慌，她想要找回刚才那份安详而又不受打扰的幼胎们，看着他们，她感受到的是粉红色的娇嫩，毫无抵抗力的脆弱，他们无言语，时刻保持着令人动容的神情。可是她离他们太远了，离每一个人都太远，并且，只会越来越远。

丽塔放下了茶杯，恳切地追问她一路上是否顺利，有没有遇见心仪的对象，就像是她的新房客贝尔那样的人，他替她填补了发灰凹陷的墙壁，按时交房租，还替她偶尔的拒绝约会打掩护，如果他的年龄不是比她小十四岁，她对这位年轻人会深深迷恋的。辛西娅大笑，自己的包不见了，也许她压根儿没有把她带来。

丽塔说她可能是想要去盥洗室什么的，她体内有毒素，对她身体非常不好，甚至会传染艾米莉亚，然后传染给自己，她不允许那种事发生，所以她带着敦促的口吻，把她推到了地下室。

“地下室里有你该去的地方。”丽塔非常疲惫，从门口消失了。

这个举动让辛西娅困惑却又乐意地顺着荒唐的故事进行下去，丽塔的模样难以形容，但她确信这个人是丽塔，声音，气质，动作，和她想象中的丽塔完全一致，只是她无法具体描述她的模样。没有逻辑是唯一的逻辑，她很安心地朝泳池游去，打开一扇门，是夕阳下层层叠叠的楼房，她站在楼顶的走廊中，看着不远处的楼顶有好几个男孩子在打篮球，他们的服装真像汉密尔顿中学的校队男孩，她越是这么认定，他们身上的衣服便越是朝她所想的颜色和款式靠近，直到完全一致。她开始觉得自己比平常生活要高，但此刻又觉得自己矮小的像个倭瓜。

大概是她闲逛得太久了，她觉得自己应该找一份工作，稳定下来，然后再继续去忙别的什么事情，这一瞬间的念头让她无缘无故地降落在了荒原中爬行着的火柴盒样式的公寓楼下，这里停了一架铁皮火车，其狭长窄小的模样让人觉得尤其可爱，它横亘在人们的房间里，从这一户人家的房间到另一户人家的房间，铁轨是由洋娃娃的残肢做成的，可是她们柔光满面，非常安详。辛西娅看到这样的景象，心里便会异常忧伤。

“小姐，快要出发了。”她身旁的大胡子青年毕恭毕敬地说道。

“我不知道目的地在哪里？”

“没有人知道，它会在蟒蛇湾停下。你是不是很想念孩子？”他竟能看穿她的心思。

“哪里能够找到羔羊，找到了它就能找到一切。”

“你不是屠杀了它们吗？有什么可找的，每年蟒蛇湾要接待无数个像你这样的女人，你为什么不试试将大笨钟和计时器摧毁，像个兔子那样跳回往事中。”

她难过地望着他，然后他把她从车窗外往里一塞，她的阔腿裤被边框撕扯成了裙子。火车里比她想得要宽敞，挤满了乘客。每一个人都有着模糊不清的脸庞，他们快速地回到自己的座位上，霎时变得松散。她整理自己的衣领，坐在自己的位置上，静静地睡了下去。

她出现了，辛西娅确定这个人正像个精灵一样显现在她的眼前，当她睁开双眼时，火车已经驶入许多竖立着的五彩条状纸片之地，地面上是软绵绵的水草，黑色的，暗紫色的，火车也像是一枚纸片，在黏稠的湿地滑过。

她还坐在火车里，双腿却意外地感觉到了火车轮子上沾湿的冰凉感。“多妮奥，你来这里做什么？”她语气很平静，又带着一丝嗔怪，似乎在责怪她离开自己好久，现在她想听对方的一句道歉。她望着多妮奥，跟自己印象中一模一样，还是那身暗绿色的外套，脸庞依旧年轻。她长久地陷入沉默中，好像在缓过劲来，慢慢注视着她。

奶油还未成形的时候，一定就是这副模样。

“是你呀，真的是你呀。”多妮奥坐在她的对面，途经了万水千山，无处流连。她不想对方消失得太快，所以就静静地看着她，直到她握起了她的手，柔软而晶莹的手掌，使辛西娅忘记了一切烦恼，时间停下来了，她是那么真切，面孔时隐时现，她这时吃惊地意识到了什么，这让她大哭出来。

“我想念你，为什么那么久都不出现呀！”她极度忧伤地望着老友，“我找不到你啦！”她像个丢失玩具的小孩在哇哇大哭，乘客们从这节车厢中跑了出去，手里拎着大把的钞票，有些人把地上碎掉的钞票捡起来，生怕被别人夺走。还有一些人像奴隶那样用力举着自己的主子，穿行在人流中，每个人脸上扭捏作态。

她的大哭声把这群人赶跑了。

“我还去了你家，没人在那儿。我还给你写了邮件，永远未读。为什么连告别都没有，你可不是那样的人！”辛西娅的哽咽声突然高音变调，“但是我们现在又见面了！不是吗？快，我们马上下车吧，我带你去逛逛。”她自信前方一定是明艳动人的世界。她的脑海闪过彼此一起生活，学习，并且在街上游走，在超市里喝果汁的场景。那样的印象填补了现场的空缺，就像当下发生的。

“你真的能看见我吗？”多妮奥迟疑，她看见对方时而面目模糊，有些恍惚的斑点；时而异常清晰，像是锐化后的光明。

“快走吧！”辛西娅拉住了她，打消了她的困惑。她现在撞进了她梦幻的活跃中，在她所在的内心深处，她以另一种形式进入了她的世界里，尽管辛西娅一无所知，只是个激动的小姑娘。云在雾中破碎，洒落进大地浓稠的蜜汁上，任记忆里的长信如何挑拨，也无济于事。她眼前的世界如旷野的风沙，如辽阔的星辰，身边只有好友分享。

“看这个，”她说，行驶的火车只不过是一张薄板，她像是从调色盘上溢出的颜料，从车门往下跳去后，便来到了大堂——铁轨就在大堂内，站台竖立在沙砾中，凸于询问台的后方。这里小巧精美，人流不多，大家安静地簇拥在一起，细言细语。而多妮奥像一条线从火车中掉落下来，然后她才能看清辛西娅的面孔，她在笑，不是一成不变的笑，而是灵动的笑。所有美好的情绪都印刻在了那张脸上，异常清楚。“我之前把这里的玻璃弄碎了。”她看着大堂外磅礴的青山，碧蓝如镜的湖面，夕阳斜下，堤岸上的洁白栅栏旁还有工艺匠人推着车悠闲地走向夕阳大道。高山拔地而起，圆滑，坚挺，莽莽原野在山顶深处，和她们眼中的景深不成正比，但这绝非俗世美景。她在站台边为多妮奥买了一只手镯，紫色的，像是有星空在上面游弋。

她们身后的火车站就建立在山底下的崎岖巨石中，站台名字乍一看破碎无比，但当她们走到某个角度时，这些符号随着她们视线的横移组成了完整的词组——蟒蛇湾。

“好熟悉的名字，可是这里什么都没有。”辛西娅失落地说道。

“我在寻找一样东西。”

“我也是。”

“你在寻找什么？亲爱的。”

“小羊羔，还有丽塔和她女儿。我不知道，可是我不想离开你。我这里有一枚戒指。”辛西娅说完便从口袋里掏出一枚弱不禁风的纸片戒指，她好像临时发现自己身上携带着它。多妮奥顿时明白了，她的好友的思绪总会让她猝不及防，她无缘由的语句，她混淆的逻辑，孩子般的天真，都在这里暴露无遗。这是她柔软的心田，也是她恐惧的居所，但现在，一切平和。也许辛西娅会忘掉这里的一切，面对另一种真正能触摸的由物理所组成的有序的世界。但在此刻，多妮奥真想永远留在这里，看见她俏皮而又洒脱地把纸片戒指放在自己的手心里。

多妮奥寻找的正是这枚戒指，薄得几乎可以融化在山风中。上面没有写任何的字，也许自己弄错了，她还没有真正找到；也许现在还不到时间，她想继续陪伴着朋友。她假装很平静，但有种奇特的感觉一直萦绕在她的心头，在还没找到新大陆的时候，新大陆就漂流在了哥伦布的眼前；有着购物癖的女孩们囤积了一大堆的物品，但不急着打开它们，只是安放在盒子里。因为意外的满足感，使她内心格外感动，她们的心灵纯净地浸泡在异域的美景中。辛西娅从贩卖商人那里买了个螺号，但她吹不响它。

有片刻的中断，就像是电影中的画面，镜头正快速地剪切到下一幕中，整个过程顺畅自然，这是人生不可得的一种技能——你可以快速跑进下一个场景，有个未知的幕后操纵者，正在剪辑你的所有情绪，融合所有的经历，你不会在惊恐中顺利逃脱，或是在安详中永远凝固。一旦来到这里，意味着你将一切全权交付给了脑海中的另一个更为壮阔的自我。

她们出现在了湖里的传统房屋中，房屋下是牛羊成群的草原。她们是从原先的火车站前的栅栏轻盈地滚落下来的，此刻的湖面是她们的天空，是她们对旧时的认知，是流淌的江河所冻结成的水晶，也是她们欢乐后的忧伤。

她发现房屋内居然有一个房间里装满了海洋，暴雨使她感到冰冷。她关上了门，热了杯咖啡，直到牧羊人从后门走进来，这个男人之前从未出现，他的头发塌向一边，嘴角的纹路有点特别，像海鱼朝唇部聚集。辛西娅觉得不好意思，这里显然是他的家。这时多妮奥已经不见了，她却没有慌张，而是羞涩地急奔于眼前正在发生的事情。

“欢迎你，”男人自称博图托，博图托是她弟弟的童话画册里的一个地名，这个男人说道，“没错，就是那个地名。但我从未去过。”

“你在这里多长时间了？”

“半年不到，我在等你，但是你一直没有出现。”他接过她的咖啡，“你在找小羊羔，它们二月份才生产，后来都被送到外地去了。”

“噢，真是可怜……这里以前是平地，是你修了这栋屋子？”

“是的，自从我的妻子去世后，我便在这里打理一切。”他抚了抚沙发上的毛绒毯，“我亲手缝制的。”辛西娅注意到他很像一个人，像杰姆，但绝对不是。他笑着站起身，把陶瓷碗从橱柜上拿下来，他的举动缓慢，这使他看上去更老。周日的时候，清理卡车不会来这里收垃圾，最近的饲料包装纸塞满了整个窝棚，他问她是否愿意在吃完午餐后跟他一起去废物厂扔垃圾。这样随意的邀请对年纪轻轻的女士似乎不太妥帖，辛西娅看着他的脸庞，似乎想要测试和验证对方和杰姆的区别，她很快地答应了。

她的脑子里剩下的都是观察。

她似乎在故意在拖延假意的温柔，使他放松下来，他在切胡萝卜块，而她过滤好了柑橘酱，“我以前从没有见过你，话说，很少人到这一片来吧。”他看着窗外高大的枫树，漫谈了当下时政，甚至把某国总理和她姑父的名字混淆。“你又在笑。”他说，“你笑起来很好看。”

最后那句话，杰姆曾经也说过，但他可从来不曾切过胡萝卜。

她笑得更欢实了，“噢，你明白的，我知道你很希望表现自己，我要假装这一切正在有条不紊地发生。其实我们相识很久了，你别把她埋葬在海里。”

他打开了房间，海水涌到了他脚下，浩渺的海面有张窄小的床漂泊着，上面静静流淌着他妻子的尸身。他跨过房间外依稀的沙砾，然后朝海洋那头游去。辛西娅本来想要跟他发生些什么，但却无能为力。她无法完全控制自己，她的所有不经意的指使都会让对方做出离她更远甚至抛下她的举动，她也不知道为什么要说出一些话，也同样不知道对方会做出什么事。但她现在回想起来，她是真的被他的宽厚和淳朴迷住了。她隐隐看见他埋进了水里，他从海上的摇篮捧起了一个如珍珠般的婴儿，从他死去的妻子身上取出的，孩子还在呼吸，辛西娅在这头能感受到他还活着，真正坚强地活了下来，那幅遥远的画面使她感动不已。

春季到来了，和暖的阳光吹拂着大地。辛西娅步行爬到山脚下。她的自行车上有五个轮子重叠着，活像轿车的轮胎，从山上滚落下来，碎成了冰雹，砸向绵延的房屋，如同冰糖碎末飘洒在巧克力蛋糕上。也就是在这里，一年后的一天，房屋沉入了湖底，从湖底沉入了地心，从地心沉入了宇宙。

就像一个时代正在匆匆告别，还没来得及挽留，便永远消失了。接下来的时代会以相似但完全不同的模样出现，所有的更迭都不会是完全重复的，总有变数。这种变数在她眼中就是伤痕，她不得不坐下来，怀抱着还留在她身边的朋友。

“那时我还是一个孩子。你两手空空，但你愿意收留我。”多妮奥靠在她身上说，她们离开了高山小镇，抛下了所有原先未尽的承诺，那里变成了一窝蜂巢，远远悬挂在她们身后。

“我怎么那么傻！我以为永远没办法原谅自己了。”她不无遗憾地问道。

“别这么说，再见到你真好，虽然我不知道自己在何时何地，但我还能看见你。”

“快看，那些男孩穿过冰川准备去做祷告了。”她直起了身子，然后看见不远处，她小时候在老家的阳台上能看到的一幅景象，但是景象里被填补了积雪，被填补了暗紫色的天空，然后还有一些纷繁复杂的绸缎，流汗的人们仰面躺在地上。她仍然能认出，这是老房子的阳台上才能看到的唯一景象。她们不再重复着相逢时热络的话语。

“我在变小，辛西娅。”她把纸片戒指拆开，捋为一张细长的便条，上面仍然没有字。“你看，我现在回到过去了。”

“我不该丢下你，我没有顾虑过你的感受，因为，没有人跟我说过，你没有自己的思想，抱歉……”辛西娅抚摸着多妮奥身上松软的，几乎快要融化的羊毛。

她把脸埋进羊羔的背上，拼命哭泣，不断地道歉，悠扬而沉重的弦乐从天而降，笼罩着她苦涩的救赎之心。她听见那动人的歌曲，哭得更狠了。“我会告诉我的家人，说你回来了，我没有丢下你，你就在这里，我在抱着你。我们哪里也不去。”她轻轻地说道，忘了蟒蛇湾，忘了废物厂，把之前的兴奋通通忘掉，此刻只剩下了她的忧伤，有什么事物把她全部的忧伤都聚到了一起，她在这里哇哇大哭。

难以咽下的，只有她自己最为深刻的，悲伤。

“我得走了。”多妮奥脆弱，无奈，陷入了深沉的回忆中。

“你又要去哪里，我们还会再见面吗？”

“如果再也见不到我，可千万别跳火车了。”

多妮奥渐渐变成了襁褓中的羊羔，辛西娅轻叹一口气，像抱着绝世宝物，在她眼中，她成了一种投射体，不仅仅是朋友，孩子，还是一种怜悯和慈悲，她为自己能够闪过这样的想法而感到骄傲。因为她可以爱上无数人，和他们生活在一起，会经不起暧昧的诱惑，会犯傻，会冒失。但她依旧会向往这份情谊，她喜欢这一刻的离别所带来的留恋和伤感，是一种神圣的不可亵渎的力量，甚至没有人会知道她在这里所经历的一切，只有她自己感触最深。尽管这样的力量太微小，但它可以像触发球的弹射那样，最后驳倒巨大的石板，那石板翻江倒海，跨云撩天。仅仅余波，足以唤醒她的及时的悔意。

长途大巴先是在博厄贝（英语中“boa bay”则为蟒蛇湾）站台停下，辛西娅揉了揉双眼，在这之前她迷糊地发现自己醒来时竟有泪痕挂在脸上。她口干舌燥，吞咽了几口矿泉水，脑海里的那些影子历历在目，而饱满的情绪却像垂落千尺的水珠一般，霎时消散。她回到了这安静的世界，除了远处高耸的树木外，眼下所有风光都比平常要小一号。

大概是下午两点左右，辛西娅在还没有进门之前，门就先敞开了。丽塔的微笑中带着隐隐的焦虑，似乎有种不得已的歉意使她变得热情，辛西娅像往常那样进入屋里，屋里的装饰并无异样，只是多了一些毛毯铺设在客厅中央。她们彼此之间似乎连寒暄都没有，丽塔滔滔不绝地把这令人难堪的情况全盘托出，也就是将原本简单带过的事情和压在心里的不快用夸张而又不失自嘲的语气说了出来。辛西娅在听的过程中不禁寒战，但没有更多的疑问，她问她艾米莉亚在哪里，她想先去看看。丽塔刚刚将咖啡泡好，指了指楼上，“她一直躲在房间生闷气，我不让她出门，就说你会来。”她的眼珠子委屈地四处打转，似乎怕眼前的朋友责怪她，对方一向不喜欢自己对别人有所约束。

当她们俩上楼时，辛西娅不小心踩到了猫的尾巴，猫咪尖叫着闪到楼下去了。“抱歉，亲爱的。”她加快了步子，以一种非常庄严又义不容辞的态度走向了艾米莉亚的房间，除此之外，掩饰了方才突如其来的狼狈。丽塔端上了自己泡的咖啡，她的步伐比辛西娅迟疑，但更加自然，似乎松下了心里的紧绷感，打圆场的人就像无毒不侵的挡箭牌，她轻而易举地交给了她，也为此提交了自己过溢的烦恼。

“米莉。”辛西娅轻轻地扶着门说道，但没有人回音，甚至连轻微的动弹声都没有，“你在里面吗？”

她发现门并没有关紧，她轻轻一推，门便弹开了。

丽塔站在她身后，瞪大了眼睛，窗户是敞开的，风灌进来，把窗纱吹得如幽灵般舞动，一边的窗框不停拍打着木墙，没有节奏感地胡乱拍打。

她赶紧冲进门，将咖啡重重放在床头柜，咖啡渍像飞蛾一样铺洒出来。“她跑了。”辛西娅平静地说，她看着那位母亲，失魂落魄地跑向窗边，像悬崖上的疯狼般朝四处探视。

艾米莉亚是沿着窗户外的窗栅攀下去的，凸起的石台正好为她下脚的位置留出余地。这样出逃的方法对一个姑娘来说，大胆又快捷。

丽塔喊着她的名字，“她从没这样做！”她的声音混着呜咽的风，飘到辛西娅的耳朵里，她耳朵里有个轻微的振动，使她歪着脑袋，望向了书桌上的一张细长的便条。“看看这个。”她说。

“是她留下的吧，我甚至分辨不出她的字迹。”丽塔苦笑着说，“我不经常了解她，我只在乎自己的想法。”她有点后悔，心悸地望向辛西娅。

宇宙与病毒，
唯一又繁多，
短暂与永恒，
遗憾又满足，
抑制与疯长，
平静又痴狂，
依赖与独立，
无恨又含怨，
和平与自由，
无它皆无缘。

“这写的都是什么？”

“你还不明白吗？丽塔。”

“现在她走了，我要去找她。”

“是你把她逼走的。”辛西娅冷冷地说。

丽塔怔住了，她从前没有看见对方如此冷酷地指责她，她向来是站在她这一边，使她不那么迷茫。但现在她慌了神。接着她愤怒了：“你以为你是谁，你现在用这副面孔对着我？她是我的女儿，我有权利改变她的人生！”

“你在说什么，你的脑子不好使了吗，她有她自己的选择，她生下了自己的孩子，我也将视如己出，我会照顾她们。她值得更好的生活，不是出于你的安排，而是出于生活的未知。她会遇到爱她的男人，同样，她会在你所谓的‘保护’中受到各种伤害，没有人会不留伤痛，没有人会毫无遗憾，你听明白了吗？你尊重她的选择，而不是关注你自己，丽塔！”

她再也没有说什么，最后一刻，房间亮了。她感觉到是因为自己话语而变亮的。在有限的空间里，无限的壮烈，庄严，冷静被拉扯到四面八方，甚至连窗帘都不再飘动，她看见丽塔低下了头，因震撼而羞愧。

她当然看不见丽塔再抬起头了。她真正地醒了过来，在那张浅橙色的床上，电吉他的声音从她弟弟的房间隐隐传了过来，她的脑海瞬间被更多的要紧事填满，比如清理发梳上的缠绕的头发，买一款真正好用的洗发水，对手机那头的男朋友置之不理（她并不像表现出来那么随意），下周五去跟多妮奥小聚。她不太清楚刚才那一切是怎么开始的，在昏睡中脑子里活跃的一切景象和情绪究竟带着什么警示作用，对她未来的人生有些多么细微的影响？就在刚刚睁眼时，之前遭遇的一切都不再重要，那些无法表述与重逢的奇观或摆设，以及所有萦绕在其中的忧伤或欢乐，激动与骄傲，都变得乏味，毫无回荡，她很快会忘得一干二净，在她走向淋浴头或是踏上自行车时，突如其来的一丝回想只能带给她一两个能够尽量贴合的词汇。她叹了口气，毕竟眼前还有生活，她需要生活。

这个月的头一天中午，司机出现在圣修斯教堂不远处的豪赌巷里，然后，他熟练地调头，倒车，等着铁门自动收缩，接下来他会在小区旁的一栋别致的小房子前停下。“到了，小可爱。”司机冲身旁的女孩眨巴着一只眼睛。

“谢谢厄齐尔叔叔。”她已经从后视镜看到了自己的爸爸。

“记得拿着你的电动伞。”

“她叫露西。”

“好吧，露西，带上她。”厄齐尔司机吐着粗气，大胡子一耸一耸，小姑娘抱着雏菊顶的电动伞，将脸转向迎上门来的爸爸。马修感谢这位相识多年的老伙计乐意临时照看艾玛。毕竟，上午的公司例会搞得他焦头烂额，他担心自己分神。

“顺利吗？”

“还行，只是芬兰技术部门的合同还没有签订下来。”马修叹口气，挠了挠头发。“不过快了。”他补充道，也是为自己打气。他的职业生涯中碰到过很多需要等待的情况，站在同一个位置的一群人一同等待曙光，而曙光往往最先出现在自信者的心里。如果在他年轻时，有好事者问他如果事情不顺利怎么办？不，一定会有别的方式，归顺不同的难题。那将是他的作答。

艾玛对着厄齐尔说了声再见便蹦跶着朝家门口奔去，狗狗们从房子里冲锋而出，热情地围着她的裤腿嗅。“我的小公主，注意脚下的石头，不然皇后回来可要责怪我了。”他打趣着说。艾玛是他的第一个女儿，未来他决定和妻子再生两个宝贝，在艾玛差不多六岁时就好了，他们是这么决定的。妻子昨天去了美国做为时一周的学术研讨会，当下他要过一个童趣的周末了。

“珍妮回娘家后我就特别闲，至少我们这点是相似的，”厄齐尔抽了抽陷进座椅的身子，打了个哈欠，准备发动汽车。“去吧，你说还有人找你？”

“是的，一个认识的长辈。”

“今天？”他一副呆表情，眼神里带着直率而诚恳，会有别的什么俗世之人厌烦他，不待见他的一个个问题。但是马修正是被他本性中的淳朴和老实吸引着，他永远和阴险挂不上钩。

这使马修很平静，不必像在外面那样劳累地伪装自己，那些面具常常使他无法放松，永远带着戏剧的紧绷感。

“他只是先来看看我。”

在2030年的某一天，应该说就是两天前，马修接到一通电话，电话那头是帕克博士，他的思绪瞬间回到了少年时期，但不尽然，之后的一些日子，他打通了帕克博士的电话，在车祸后去医院看望了他，他向对方打听多妮奥的消息，为自己加入了一场模糊的拯救方案而激动不已。多妮奥·里德，这个名字使他记忆褪色，褪成无法还原的叶片，图画，或是一个吻。

可是年逾四十的马修·瑞恩并不再是当初那个爱好新奇，坚持不懈的小伙子，他那时是多么热爱绘画，却没有如愿进入皇家艺术学院，转而进入一所综合性大学——他热情地开办了几次画展，反响一般。那一年开始，由于生意上的往来稀疏，他的父母不再是真正的富豪。而马修，随着精神和肉体上的成长，以及长期的察言观色，他情绪上的波动频率越来越少，它们潜移默化地动摇了他最初的梦想。他的艺术造诣慢慢转为了别的技能，被更多的事物替代了，他并没有成为画家，也不再提笔作画。他那老顽固思想根深蒂固的父亲很开心看到自己的儿子选择从商。经过了数十年的演化，马修的脑海中已经不再能相信当年的自己是多么得可贵了。少年成为男人，男人成为父亲。就像在毫无路标的丛林中，他坚硬的身子走向了迷茫，再从迷茫中爬出来，用柔韧的身子跑进了模式化的城市中。他适应了下来，并安慰自己，这才是适合自己的，已经没有什么大的变动了，时间在流淌，他年少的心早已埋葬。

年迈的帕克博士的声音使他的眼神发亮，眼角泛泪。他说他们一直试图跟多妮奥联系。联系她？是的，通过某种奇妙的方式。这一切都有成效，萝丝跟她联系上了，在十多年前。他们在电话里聊了许久，马修答应了帕克博士的要求。他会来见他。

萦绕在马修脑海里的到底是什么呢？他能够依稀回忆起那个姑娘的面孔，她的笑容与泪痕，还有她独特的嗓音，她望向他的神情常常会有些游离，他第一次见到她，就知道她是有心事的女孩。帕克博士说她被搁浅在了时空的海洋中，需要他的帮助，因为他至少明白整个事情的经过，而且，他会画画。

“我已经很久不再提笔作画了。”他淡淡地表示道。

“不用笔，谁说用那玩意儿。”帕克博士提醒说。

看上去整个事情发生得特别匆促，就在马修的生活被往事的影响冲刷到几乎为零的时候，一股突然的好奇心，能够通过贴耳式电话触发出来，他先是一头雾水，并不知道该如何帮助博士。事后证明，这一切早有准备，就在帕克博士从铝合金的悬浮车里出现的时候，他面带微笑地移动无轮座椅到他的面前，比马修想象中还要年老，斑白的头发显眼无比，他从不试图去给自己的外貌做任何的更改，连一喷灵（五年前发明的可根据基因结构重组的染发喷雾，已普及世面。只需轻轻一喷，半小时后发色回春，连新生毛发都将是年轻时的发色。保持时效可长达两年）都不会去用。帕克博士身边的助手瘦弱，眼神犀利，有一头浅黄色的头发，他们像是高矮两株淡菊，轻而易举地从身后冰冷的色泽跳脱出来。

马修觉得一切都回来了，矮小的身影，独特的气味，唤醒他回忆的不羁笑容，他无数次能看见的虚无缥缈的夜晚，永远无法赴约的灯塔，现在他觉得自己身上肩负着某种责任，并不是来自家庭，工作，而是出自未了的遗憾。

马修把头埋进轮椅一侧时，帕克博士有些哽咽，他像是对待久违的长子一般，短暂的拥抱使他们在仪式感与人情味之间找到共鸣，“我们进屋去。”马修让机器管家照看好艾玛，艾玛扑闪着大眼睛盯着轮椅上的老人，他看上去有着儿童的体型，但却又有着花白的胡子，淡蓝色的西装使他显得很正派，“你好，可爱的先生。”她羞涩地吐了吐舌头。

“你好呀，你叫艾玛，对吗？”帕克博士忍不住夸赞，“你的笑容真是太美好了。”

“谢谢你，可爱的先生。”她假装有些晕头转向地躲在机器管家身后，然后跟着管家去了后院。狗狗嗅了嗅帕克博士的裤腿下的袜子，喘着气迅速跑开了。

帕克博士朝身边的助手示意，对方退回了车内。他和马修一同进了屋里，当他们在客厅里面对面说话时，马修的注意力从未如此集中过。

“帮助，不仅仅是帮助。”帕克博士说道，“在进入正题之前，我必须得说，你变了，可眼神，只有你的眼神，我还能看出当年的你。”

马修能听出其中深意，“已经过去了这么长的时间，太久了。”马修低头说道，“她真的还能收到我们的讯息吗？”

“不是用语言，”他说，并向马修展示了萝丝生前所交流的信号图层，翻译成了文字。“这么长时间以来，她的异能启发了我的创造，她帮助我发明了交流器，使我们也能像她那样，甚至更加直观地寻找到多妮奥，帮助她从意念之海中回到时空虫洞正轨。”帕克博士不禁回想起萝丝所做的种种事迹，伟大而令人感动，她在去年的八月份离开了人世，她甚至没有在病榻前，而是在海岸实验室。2025年间，萝丝与多妮奥的交流总是因为水熊虫的不稳定而断断续续，在某一夜晚，她在触摸到了冰凉的海水，并且发现了水中暗闪闪的蓝光，“灯塔水母……”她几乎像是发现了天外来物一样兴奋，“我怎么没有想到！”她怪叫着。那些水母成群结队，繁衍众多，而且经常在某一时间出现在某片海域，萝丝召唤了它们，它们从海里源源不绝地涌向水面，像夜海上绽开的冰蓝之花。这些生物有着细胞再生的能力，周而复始的不灭生命加之海潮的涌动使这些能量能够更加强大而稳定，于是，开窍的她将组成罐头大小的众多水熊虫的意识嫁接到了水母中，而这些有着多妮奥灵性的一部分，也成功地使她们之间的沟通的桥梁更加顺畅。萝丝饱和的执着与神经质，潜藏在内心的勇气与善良，使帕克博士为之心动，他们已经年老，但共有的热情使彼此成为默契的搭档。“一切都会结束的，”她说，“那时我们会再度重逢。”他记得那是她最后留下的口信。

“意念之海……那是一个什么样的地方？”马修疑惑地问。

“我们还无法参透的世界，也许是无数意识抑或扩散的想象，没有真正的时空。也许是中转站，也许是目的地。但她还不属于那里，孩子，那是一趟光芒旅程。”

“她没有了躯壳，如何感知到我们。”

“躯壳？孩子，不要被短暂的观念蒙蔽。现在我们神奇地坐在这里，而不是在星辰之中流浪。我们无论贵贱，身上都有着碳，氨水，石灰，盐，氟，硅，铁等等元素，而宇宙中的氢被点燃形成恒星，经过聚变后形成了我们身上的种种元素，无论是星际间的光芒还是喷流，都为我们所触及的彼此做出了贡献，我们是不折不扣的恒星之子。在漫长的旅行之后，我们的躯壳成了现在的样子，然而意识，并不仅仅存在于这具躯壳中。”

“她就在我们身边，只是，她还没有回到时空虫洞的钥匙，对吗？”

“据我所知，她聪明而勇敢，我们还能在某个时间观测到有关她意识的波动，这些都会转化为得以翻译的文字，她的时空不再是跟我们的重合，萝丝在晚年收到了她的求助信号，她便带领了最初遗留在意识之海边缘的多妮奥回归。这是一个圆环，而且从最初的信号中预示着后来的一切会顺利。你明白吗？萝丝将这件事交给了我，我们要帮助多妮奥走完这趟旅程。”

“那么，她回到了时空虫洞后呢，还会以我们的模样回到这个世界吗？”

“也许就在明天，又或许，我们都等不到那一天了。”帕克博士意味深长地说，“她还肩负着责任与宿命。”

马修脑海中的少女愈发清晰，永远定格在初次见到她的那一刹那。

“这些年我不无回想，每当想到那些事情，我就觉得自己像一块残破的橡皮，擦不掉沉重的笔迹。”马修坚定地说，“无论如何，我都会尽力帮助你们。”

“我需要你的帮助，不仅是因为交集的经历以及你所了解的一切。你们曾经相识，心生好感，这也是触发连接的关键。”帕克博士抿了口茶，补充了一句，“重点是你还会绘画。”

“我差不多快要忘记这门艺术了！我还需要经过练习。我们的机器管家可以在三秒内画出凡·高的向日葵，为什么不……”

“孩子，”帕克博士打断他的话，“我们确凿无疑的一点是，科技一定会发展成人们想要的样子，但是，茶又怎么能失去它原有的滋味呢？”他一只手碰了碰悬浮轮椅的把手，另一只手将喝过的茶优雅地端起。茶香自然地流淌在空气里，马修哑口无言，明白了长者的深意。

“那么，我们是用什么方式带领她？”

“是利用我们根据异光定理结合异能者脑电波而开发的运行程序。”他说，“当然，需要的介质是一根仿生仪，用以扩散思维，并在目见之处进行勾勒。那个世界就像是一个迷宫，她需要你的想象力作为桥梁，就像曾经的你那样。”

“这个编程就像是……某种游戏？”

“完全开放的游戏，就像人与自然，人与计算机之间的连接，揭示了人的灵性。你此刻的想法，也是组成那个世界的因素，分分秒秒都是。”

马修逐渐迷蒙的眼睛泛出了光亮，他听见了女儿在院子的笑声，一时间的犹豫被打破了，他试图找回少年时的新奇与热情，就像是压在心底的石城纷纷塌陷，尚未泯灭的心灵重见天日。那不是会议室出现的他，也不是站在比尼亚游轮上举行婚礼的他。绝对的，两种心境。

“我们什么时候开始？”

“现在。”

午后，刚从铝合金悬浮车进去的人一声轻松，但出来时就不同了，浅黄发助手名叫拉姆，是帕克博士曾经的一名学生。他拎着一罐油桶大小的外貌光滑并且呈半透明的仪器，先放在了悬浮推车上，接着他又从车里取出了数十片薄幕，每张薄幕不超过二十寸，放在了推车后端。马修从来没想过自己的家里将会变成大型游戏厅，放在数十年前，这会是他弟弟兰尼的梦寐以求的事物，可是现在他却在美国成了一个时尚专栏顾问，每天游走在时尚与艺术之间，现在他们兄弟间的性质调换了，和当年完全相反。

拉姆是在前厅的一处开阔地带拼装好机器的，帕克博士声明这项技术并不需要太大的物理空间，重要的是自己的思维空间。帕克博士调试了仪器上的履带，使主机上分离的支架嵌入一片片薄幕，正是这些薄幕的投射，可以让人的脑海接壤信号源。而马修需要做的是，将仿生仪以作画的形式分离出迷宫，这其中涉及艺术的独创性与想象力，每一道色泽，每一寸光晕，都出自于另一个空间。

机器管家见外来者聚集，成人的热感应开始升高，他的指令中带着保护儿童这项基本设定，便快速地带着艾玛进了房间，尽管艾玛满怀好奇，想看看前厅里将会发生什么样的事情。她从没有见过爸爸如此激动，那情绪影响了她，她感到了莫名的骄傲和快乐，她希望他永远都有此刻闪亮的眼神。马修心想，如果妻子在场，会不会加入这次行动呢？会的，他知道她爱他。

狗狗小托托机敏地抛下跑进房门的子女，它站在走廊中死盯着大厅中的仪器，水汪汪的眼睛里带着无法看透的神秘，鼻腔微微翕动，似乎嗅到了什么精彩的事物即将来临，或是那些事情将等着它的到来。狗往往比人要警觉而且预示性强，虽然它早已年老。很早之前，多元维生素和优质血清素的诞生延长了宠物们的生命，它仍然和当年幼小的自己那样热爱自己的天分，它叫了一声。“乖乖，快去陪着艾玛。”马修回应道。于是它一溜烟跑开了。

“你站到中间来，孩子。”帕克博士说道，他看着马修的额头上有豆大的汗珠，似乎是在帮助拉姆组装的过程中因紧张而冒出的，连这一举动都使他像是回到过往的少年，“放轻松，想想你第一次作画的时候，心中毫无束缚。”

马修握住了仿生仪，这根带着螺旋圆头的棒状物有着柔韧的皮肤，甚至感觉到里面有鲜活的组织，帕克博士解释说这里面是从水母群中提取的一部分原携者灵性，它们嫁接到了其中的仿生神经元内，由此说来，马修不亚于正怀抱着一个胎儿。他小心翼翼地舞动，能看见管状一侧的液态玻璃深处发出淡蓝的光晕，其中一个极小的水母被包裹在仿生神经元中，隐隐传输着无法言喻的精神力量。

马修的心情还有些忐忑。

“你把所看见的一切，当成是作画的幕布，一切都会有迹可循，你所创作的东西，将会连接在网络中，用以捕捉任何可能出现她的行迹的任何代称或字节中，会有无数意识在不同地方以不同形式感知到你将创作的东西。你找寻迷失的她，为她架设一道桥梁。你的头脑有过艺术的修养与学习，我们还无法企及，你的思维挥洒下的世界才能组建迷宫的出口。”帕克博士开启了油桶大小大仪器，同时仿生仪也开始感应发光。数十块薄幕投射在大厅中，仿生仪感应着马修的脑袋，呈现的是一副有着近六万种颜色的光晕世界，这是人的眼睛无法“看”见的颜色，世界上没有什么生灵可以感知到如此缤纷的色泽。那夺目的光晕瞬间将众人包裹在其中，呈现的是一个四周都彩暗交织彼此涌动的混沌世界。

“孩子，仿生仪在你的手里，它连接的是属于你的意识。”帕克博士感叹道。此刻在场的每个人感知到的事物都不尽相同，每块由薄幕投射出的立方体不断细化，旋绕，慢慢成为扭曲的有无数镂空罅隙的圆球形。

“我看见了类似圆环的形体，那是什么？”马修问。他的眼睛所感知到的是斑斓复杂的多维体底布，这使他脑海里的艺术细胞瞬间被激发了，像睡梦前迷幻的脑部想象，正原封不动地呈现在面前。

“这是已知的戒指，而多妮奥是由它们收集的力量抛离进光芒旅程的，现在也必须连接它们，带她离开。”

“我没有看见她。我看不到任何人。”

“你也许无法看见记忆中的她，她会是任何一种跳脱出来的形态。你要做的是，记起她。”帕克博士不禁在心底感叹，萝丝到生命的终点也没能看见多妮奥以任何模样出现，只能感知到她的呼唤。现在他可以做到了——哪怕出现丝毫。

马修脑海一片混乱，他冥冥中回忆起她的面孔，那张面孔模糊不清，甚至没有五官，扩散在周围的画面鲜亮无比，却穿透不了他被时间流逝而淡忘的回忆。他一筹莫展，过了一会儿，他转移了思维，在第一枚圆环上，他随意的牵引出一束光，就像坠落的流星那般，呈现在平面之中，他拉扯出一些光晕铺洒在上，圆环如此之小，但他慢慢摸索到了创作的欲望，他扭着身子，将圆环的一面与另一面交织，在浩瀚中涂出了它的坐标。

紧接着，他将仿生仪上的顶光触碰在他视线中的下一处圆环上，旋转式的图像正慢慢延伸开来，在圆环上生根发芽。帕克博士座椅上的立体电脑屏幕实时勾勒出马修触碰而出的图形，并在网络中以千兆/毫秒的速率进行上传并监测，“这里好像依附了一个逝去的生命。”马修像一位透过显微镜观察细微真相的科学家，他在冥冥之中察觉，在另一头圆环幽深而又遥远的光芒深处，出现一个点，这个点的位置和景深以极度奇异的方式呈现，他能看见这个点就在眼前，又无法触及。它以迅雷不及掩耳之势钻进了第一枚圆环中，并顺着他所点描的一条条旋转型阶梯而顺流直下。

“这里把我曾经的艺术想象呈现出来。我可以像当年那样，你看。”马修走进圆环，将仿生仪举起，以作画的方式，将不同风格的建筑形态糅合在一起。他在原地旋转，却已经走过了大半个圆环，那些颜色手到拈来，跳动的点尾随其后，似乎是他召唤出来的而不是它自动出现的，他在它跟随之前，就把脑海深处奇妙的环状的世界构架起来，他的意识快速地呈现出年少时心中构架过的抽象的模板，这些模板就像突如其来地契合着依附在上面的灵魂一般，又贴合了马修处于少年时代的想象力。他需要做的，就是在令人眩晕的多维世界的轮廓中拉扯它们的线条，修饰它们，填补它们。

在帕克博士的小型投影电脑上捕捉出来的，只有三维状态的立体线条，色泽失真，就像是印象派画家的画作被世纪初的彩色打印机扫描出来那般——毕竟，计算机无法渲染出马修感应到的上万种色泽与光晕，它只能尽自己最大的模拟，还原一个奇妙的世界。马修脱下了陈年的伪装，在这光芒深处，他找回了难得的童趣，似乎在这些圆环周围，散发出他遗失的梦想和潜藏的天分，它们穿过数十年的岁月，集中在他年过不惑的身体里，就像发酵后的陈年美酿，汩汩流香。

他随着自己狂撒的思维，脑海跟随着投射出的圆环而行走，那些极具魅惑而丰富的色块像是稀释后的水彩，被他精心粉刷。没有文字，没有天空，他在这个架空的思维站中勾勒出属于自己心中的天地，有限与无限被克制了，就像影像世界的美术布景，或是游戏世界的空间建模，他疯魔般地左右旋转，绕过了沙发，从圆环中俯冲而下，拉长了半空中飘扬的旋绕的走廊。缩小的，放大的，忘我地创造着，仿佛将积蓄多年的创作欲望倾泻此刻。仿生仪根据他的描绘转化出丰富的形态，他仿佛在梦中游走。而那枚跳动的点跟随着他，那是唯一跟随他触碰路径的事物。

如果从帕克博士这个角度看去，马修的身体正进行着翻天覆地的变化，他的身体像是被不同的镜子折射后扭曲出的古怪形象，一会儿像是平面的阴影贴在光芒上，一会儿手被旋转成漩涡，而头部还在大厅的另一端。人在画中，画在人中，他穿梭在只有他的想象力中才拥有的多维世界，仿生仪也被仪器所激发的空间场失序改变着形态。他此刻无论怎么翻滚跳跃，都被“罩”在仪器薄幕转换出来的小型空间里，而在他的脑海里，光芒覆盖的世界可以无比宽广，也可以无比渺小。

帕克博士记起萝丝的话，她告诉他，每个人都有自己潜藏的异能，这些异能来源于想象力，作用于精神力量。而这些圆环需要一位接受过艺术熏陶的人来创作。在帕克博士眼中，它展开的只是稳当而死板的序列，无法真正触发——他感知到的一切和马修不甚相同，那是一片处于灰蒙蒙的崎岖世界，根本无从下手，更谈不上连接天马行空的另一端。他早就为自己在年轻时的高傲而愧疚——当年的他以为艺术不过是幼稚的糊墙纸，科学才是房间中央最宝贵的圣物。

事实告诉他，所有的智慧在万象世界中都是相辅相成的。

马修像个撒泼的孩子，把圆环的一端分为两半从中穿过，接着到达了下一枚圆环，这枚圆环有着暗沉的底色，却让他怀念起郊野的气息，他首先勾勒出贯穿圆环的水，这些水磅礴如瀑，繁花如烟云铺洒，深邃地朝圆环深处蔓延而去，跳动的圆点不再跳动，而是成为圆环下的倒影，倒影的是一片深沉的土地，这片土地混沌不明，似乎有许多流浪的灵魂俯居其上，马修想起了东升的太阳铺洒万物，它终究会归顺彼此，于是，他涂上了苍茫的天空，穿过另一边为天空描绘了看不见的气流，这气流有着魔力，吸引着大地上的暴戾，净化迷失的灵魂。这些景象如乔治·布拉克（法国立体主义画家）和伊夫·唐吉（法国超现实主义画家）的结合，他脑海里有着奇怪的的故事，这些故事并不是久久酝酿的，而是瞬间从脑海里跳出来的。他穿过庞大而瑰丽的水流，线条牵拉到了下一个圆环，他拼贴出一道立体主义的纸张，他可以将之拉扯得极度渺小，看似不起眼，而且看上去毫无价值，但是他却灌输了它坚韧的性质，无处不在的显现。他轻轻地勾勒出手心大小的线条，朴素地添加了日常空间的色泽，圆环在另一端看像一张薄纸，剪影又能似是而非地投射出圆环的模样，相互牵引。

他看见了圆点正滞留在了最后一个圆环中，“四个圆环。”马修说道。

“五个。”帕克博士担心马修是否漏掉了什么线索，于是纠正道。

“我这里看不见了……”马修感到有些筋疲力尽，在光芒中感知的时间似乎远远超乎了平日，他仿佛足足画了一整天。

艾玛不知道从哪个角落，静悄悄地躲在了帕克博士身后。她披散着头发，似乎刚刚从被窝里跑出来。帕克博士惊讶地发现了她。“嘘，我把淘气管家晾在房间里捏橡皮泥。”她吐了吐舌头，“这里太美了，先生。”

她慢慢地走向光芒中，只见爸爸正盘腿坐在边缘，她幼小的身躯在空间接壤处变得更加细小，她用手轻轻擦去了爸爸额头上的汗珠，马修本来疲惫得如同翻越了整座山头，他怀抱住了可爱的女儿，望着遍布于光芒的细密的纹路与色泽，如洇润的海潮向四面八方涌动，这些投射的意识在帕克博士的电脑上已然组成了极富想象力的画卷。

“爸爸，你看那是什么？”艾玛望着穹顶的那处滞留的圆点问道。

“一个点。”他也不知道那是什么，它隐隐跟随了他的描绘，在半失踪半呈现的状态下，绕过了无数迷宫般的维度。最后滞留在那儿。

“我看见一个女孩，头上有金色的叶片。”她稚嫩的声音说道。

马修望着女儿，心生波涛，但那波涛很快便平复下去，化作一去不返的涟漪。他做到了，从一开始，她就在他面前，他们只是互不相识。仅仅是一个领路人与另一个赶路人，在这场时空的乱象里，他们再一次赴约了。

他还会记得年少的遗憾吗？那处早已败落的灯塔，再也发不出温柔的光亮。

“是的，那是个女孩。”马修望着那个圆点，轻轻地对女儿说道。

就在父女两人依偎而坐时，圆环慢慢发生了变化。

仪器开始发出刺耳的催促声，薄暮笼罩下的空间磁场颤抖不定，帕克博士明白了什么，“拉姆，检测一下故障！”他声音尽量放的冷静从容，不想让父女两人被这突如其来的状况感到慌乱。马修抱着艾玛离开了投射范围，他一边安抚着女儿，一边问博士所发生的情况。

“还需要一部分才能完善，必须承接硬件驱动，否则无法架构所有的连接。”拉姆在小型控制台前说道，他按下了控制台的密匙键，消除了刺耳的警示音。刚才马修所创造的一切凝固在半空中，不再流动与闪烁，慢慢叠化，如同丝绸的交织，久未粉刷的彩墙，初看是幕布，但是当人的位置偏离一边，立刻成为一道看不见的线。就像世纪初的电脑游戏中经常出现的干扰故障。拉姆锁定了薄幕投射，将之固定，像褪色后的颜料组合成的冰山，在自然光的照射下依稀出现裂痕。

“我们之前的测试非常顺利，甚至提供了绰绰有余的薄暮。还是差了一点，需要更多的电子元件的接壤，才能完成这座桥梁。重要的是这块巨大的画板所承接的一切创作，你的想象如同源源不绝地溢出的果实，但是盘子还是小了点。”帕克博士说完便将无线计算机连接上了控制台的一边，于是，投射出的空间磁场在忽闪过后增添了一处巴掌大小的板块，圆点随着腾空的板块挪移了一点位置。马修匆忙地取出自己的“视点”（世纪初的手机外形在进行数十年不断更迭后成为普及大众的纤细目镜型的“视点”，其内核运算能力较早期手机的倍数超过七个数量级），他的“视点”，众人的“视点”。把门后的机器管家从救出来，他身上的电子元件细化到了三根手指的指尖。马修想要找邻居帮助，突然又想起邻居上周就去度假了。他将房间的投影电脑放在了帕克博士身旁，一副绞尽脑汁的神情。艾玛贡献了她的伸缩性数码火车（内含游戏性能的电脑），蟒蛇牌儿童智能鞋（可根据地表温度进行运算对鞋内控温，轻微悬浮以及藏小零食）。接着，拉姆从悬浮车里搬来了备用电脑以及万能接线口，除却无线连接的电子产品，一根根连接着目所能及的可驱动电子设备的数据线插入万能接线口，沙发，冰箱，排氧机，塑体机，房间里的智能灯，电子窗台，隐形书柜，数码植物盆，卫生间里的家用电子镜，悬浮梳妆仪，鞋柜里的智能清洁刷，狗窝外的跟踪球（从小狗比拉的嘴里“借”走，替换给它一根含咬胶），在场成人的座驾车……上上下下，内内外外，大家沉浸于寻找的游戏中，每察觉到由电子操控的物件，人们必定欢喜一次。大厅近旁的器件被堆积在一起，每个细微的电子物件都会被数据线插入，传输，转换，最后的运算归总于控制台，这些作用于人类生活的科技一如异能的汇聚，以少聚多，汇流成海。

拉姆通过控制台向仪器调试，扩充异光的范围。众人惊叹，薄幕上确实发生了变化，拉姆恢复了仪器的运作，光芒霎时重归大厅，整栋楼房发出细微的嗡嗡声，连接室外的车子正呜咽地发出一声警报，旋即平静。“还差最后一点，微不足道，但至关重要。”帕克博士从拉姆身后看到控制台变量说道。

他们忘了仓库，但它没忘记。

小托托像是夕阳下的武士一般出现在地下室台阶上，之前的它绕过了遍布灰尘的载物架，在仓库里的水泥地角落的箱子一侧捣鼓，通过简单的杠杆原理，它聪明地把上一层的塞满旧布料的纸箱倒向一边，接着，在露出的塑料箱子中，它扒开一个包装纸盒，将那块年久月深的被绒布袋包住的触屏电脑衔了出来，那是早年兰尼送给马修的礼物，它曾经特别热爱这台单薄的电脑，上面还有它的爪印，还有着它曾经的气味，它并不清楚这台曾经伴随过它的电脑是否还能开启。它默默地叼着电脑送到马修的手里，蹭了蹭他的裤腿，主人蹲下来抚摸着小托托，带着崇敬的眼神望着它。它不能言语的赤诚与纯真，使马修备受感动。

帕克博士将触屏电脑连接上传输感应器后惊讶地发现，这台数十年前的电脑的电子元件还能如旧运作，虽然散热不太优秀，但其内核完全足够让显像的异光端口多出最后的空间。现在一切都恢复正常，"盘子"再次装住了不同维度的"果实"，画布重又散开，成了堪称奇观的磁场。马修只需要找到最后的一枚圆环。

他重新握住了仿生仪，流动的投射空间上的圆点跟随着仿生仪的顶点，"多妮奥"，他轻轻呢喃道，圆点没有任何地方可以停留，"必定是五个。"帕克博士坚定地说道，他相信先前得知的一切结果。

马修盯着那个圆点，似乎在寻找一个突破口，而这个突破口是由艺术家的想象而幻化出来的，那是迷宫之外的设想，是领路人的困惑。看来最后的圆环极度狡猾，正躲在他无法感应到的位置中，而他也陷入了沉思，他不停地叠加着每个维度所凝结的抽象物，不停地牵引与拉扯，他将之当成一幅属于自己的作品来对待。

那么，他可以创造出第五个圆环？

是的，叠加，蒙版，平均值，印象派，他脑海里源源不断地联想到一些词汇，身体在光晕中如蛇般扭曲，每个不同维度的圆环到了另一个维度都会导致大小不一的落差，他便利用最基础的视觉差来克制无限的思维疆场，从透视的角度重新解构每个维度上扭曲的盘根错节的线条，圆环套圆环，逐渐成了一个又一个色泽斑斓的迷幻之环，在实虚之中，四个圆环晶莹剔透地组合在了一起。宛如一个抽象思维中的圆形魔方开启了一道优雅的出口。而她在他的心里一处朦胧的角落，是生命狂想曲的一道休止符。她像天际线的船桅徐徐漂流，远远消逝。在毫无防备的怀念中，她甚至没有再说一句话。

他在那渺茫无际的烟波中寻觅，与原本的第五枚失落的戒指抗衡，圆点顺着仿生仪的端口慢慢滑动，移到了四个圆环的中心，它们化作淡紫色的印记。而组合成的这一切在帕克博士的电脑上并没有任何显示，眼前的一切只能存在于片刻的脑海里。圆点在冥冥中闪烁着，如久久不落的泪光。马修盯着它，他知道它是无法看见他的，就像人类源源不断的想象创造的每一个角色与出口，无法真正徘徊在现实中。像游弋在艺术世界中的一切美好，成为每个人脑海中的剪影。人们的童年一定会过去，在时光流逝中不断离开原本朝夕相处的事物。而她还在那里，像一个无法触碰的精灵，那个圆点只是一个投影，自己手握仿生仪的勾勒对于另一端世界也是投影。但这是他们共同的旅程，在遐想中，在恍惚里，谁能说她没有与他再度重逢呢？接着他对圆点说“再见”，温柔，腼腆，好像回到了年少时光。他那时总是在想如果她突然出现时自己该说些什么，现在他却早已忘记当初想说的话，他只是轻轻地道别，看着圆点从圆环消失。

阳光从逐渐聚拢的浅色阴云缝隙中倾泻下来，大地像是被涂抹上了一层凝露。窗外的悬浮车一阵骚动，仪器被重新搬上了车，一根根细小的线条被重新缠在集线圈内，薄幕又被并拢收纳，在光线下闪耀着玫瑰彩虹般的色泽。扑闪着大眼睛的艾玛离开窗台边，将刚从椅子上苏醒的机器管家头顶上不小心钩到的枕套轻轻地取了下来，它颤动了一下双腿，活动了自己的关节，“啊，小公主，我找到你了！”它快活地说道，点了点头。

马修将帕克博士送到了门口，他们似乎各怀心事，这些心事仅仅存在于震撼过后激荡在内心的微妙回响中，既深沉又缥缈。对于帕克博士来说，不亚于是一场漫长的征途。现在，一切都过去了。在仪器关闭前，他的心还像钢丝上悬着的石头，等着激动人心的时刻发生，但当真正完成的时机到来之时，他竟有一丝怅惘之感，转瞬即逝的轻叹，以及心里深深地思念着早已逝去的同伴们，他看着马修的脸庞，马修沉默不语，是不是还在回味着那奇妙的体验，他似乎想通了什么事，这样的想法使他的眉目渐渐舒展，他很需要一个听他倾诉的伙伴。

“我把太多时间放在了周旋与战略之中，我差点忘了自己年轻时的模样。”马修轻笑道。

“为时不晚，孩子。你的女儿悄悄告诉我，你是花篮总动员里的佼佼者，比她编织的还快。”帕克博士笑道。

“艾玛总是坐在地上等我教她，把这种儿童工艺品编成灯罩。”他的眼角泛起了一点水光。

“谢谢你，孩子。”

“这是我应该做的。”

“告诉我，对此你还有遗憾的事吗？”帕克博士觉察到了马修的心事。

“没能看见她老去的样子。”马修顿了顿，说道。

他们各自想着心中的人与事，像火花凋零在碧蓝的海洋。

帕克博士回到了车上，看见马修抱住了跑出房门的女儿，悬浮车发动引擎后，他们目送他离开。草地伴随着微风徐徐摇摆，拉姆调试了一下车内的光线感应器，帕克博士则将轮椅重新调整高度以放松身体。他看着前方平稳的道路从脚下滑过，往事潮涌般袭来，退去。矮小的身子终于卸下了沉重的铠甲，归路之上，他一言不语。

# 第十四章　源起

隧道，一条泛着金属色泽的微光隧道。

她看见自己羸弱的身体，像一道柔软的光沉浸在物质冲撞的海洋中，从一个临界点到另一个临界点，她跟随着圆环之外的这条横亘于蜿蜒的混沌之上的线条游走，只有这里让她感到平和与安定，在经历一个个匪夷所思的世界之前，线条断断续续地出现。多妮奥感觉自己有好几个分身，被飘散在不同的圆环中，一一分解，又一一集合，她终于又看见了它的出现，那是一个圆点，被拉长，缩短，忽远忽近，时明时灭，笼罩在这片混沌之上，不是她身下细密之中的细密山河，不是她头顶辽阔之上的辽阔冰原。在她路过的千万世界之中，千万悲愁与欢乐无限交织。她慢慢地回到了最初的起点，从这个淡紫色光晕的起点，她看见了时空呈矩阵分割的模样，这是一道看得见摸不着的假象，她还没能完全破壳而出，从这瑰丽的无序的意识之海逃离出去。

这时，她发现原本趟过的圆环，正在慢慢地聚拢，像天际线上来回穿梭的线圈，正以扭曲的形态交织。她如同庞大宇宙中的巨人，凝结在银河中，在每一颗星星上探寻个体的故事。在这毫无界限的地带里，她下意识地跟随着圆点的引导飞翔。身后的圆环在身下的长流中屹立，出浴的花环那般一层又一层地剥离开来，在隧道的淡薄光影中乳化，分割。如此循环，久不退散，她困惑地凝滞在半空。也许，她再也找不到最终的出路了。只有四枚，只有四枚戒指，而不是五枚。

她再也没有发现最后一枚能够开启原本的时空的戒指，所以这一切带着一种荒唐，也许她本就处于毫无尽头的思维里，这里的一切都是慰藉或者骗局。希望不再是令人振奋的事物，绝望开始变本加厉地向她奔流而来。一次彷徨的回旋，万年已过；某个灵魂的永恒，不过须臾。她仿佛看见了一双眼睛，一双灵动于这个世界之外的女孩的双眼，如此熟悉的眼神，让她想起一个遥远的人。

终于，光明再次来袭，隧道，或叫它为线条，正拉扯着她曾趟过的圆环，所有的瑰丽都在此刻溃败下来，所有的妄求都要对此俯首称臣，圆环从金色的冰河中旋绕而起，在珠宝般银亮的穹顶慢慢伏贴住彼此，像巨蟒在相互润泽并吞噬，它们在山巅的巨石滚落中化作细尘，等黑暗中呼啸的狂风过去，它们合并成一个巨大的近乎透明的黑暗之环。黑暗中流淌着透明的线条，那是它的尽头，而尽头，便是她回到时空的出口。

第五枚戒指。

她终于来到了这里，原来，她一直都在第五枚戒指之中。

她奋力近前，想要真正回到那道咫尺之隔的淡紫色光晕的时空中去。她的身形狭长地流过靠近巨环的扭曲的怪异丛林中，在这苍白的春意与灼热的寒冬中，她像掉落在模糊了界限的收纳盒里，直到她涌动出来，盘旋直立，真正地面对这枚巨环，面对暗藏在心底的黑夜，她心中有股淡淡的怅意。而望着那湾在光耀中逝去的线条——她并不知道它来自何处，这忠实守卫般的光亮引领着她抵达此地。某种无法触碰到的生命之外的柔情，令她恍然之间明了的温柔，竟穿透时空，来到她的面前，又在她眼前隐隐地别离。

她无法穿过圆环——它还有一道谜题，就像曾经的四道谜题那样。但她却寻不见它的踪迹，没有灵魂留驻徘徊，没有幻境肆意生长。

是不是所有的事物，都会相互抵消，又相互制约。

是不是总会有一种办法，湮灭所有的事物。

它们由它而生，又由它而尽，是黑暗，又是光明。

多妮奥明白，在那巨环之中，有她曾解答的谜底，那些谜底分别是“死亡”“记忆”“梦境”“爱”。是那四个指环中所暗藏的意识能量，是曾经携带它们的原主人最为恐惧，却又最无法消灭的事物。它们是性灵的一部分，像无法吹熄的烈焰，在意识之海蔓延，而它们一一对应的失落灵魂，相互接壤，相互依存，组成一条横亘于意识之海上的道路，在反省，救赎，悔悟，割舍中回归。这些迷雾般的残思浅念，千丝万缕，如醉如幻。

她洞若观火。

这里的谜题，就是答案。

答案就是——

虚无。

第五枚戒指平展为交织的履带，她快速地穿梭其间，像海洋中的旗鱼。光芒从不同的方向涌过来，她的身体正穿过这道时空的屏障。仿佛在经历了无限的生与死，梦与实之后，在最终的关隘重组着遗落的形体，像打散后的沙砾慢慢拼接。她从未感受到自己的意识像现在这般清晰，活跃，像一道夺目的闪电。

她穿越在这时空扭曲的回廊中，它们像凝结的果冻包裹了她的身体。不知何故，她路过了萝丝的沙发，看见她正迷糊地靠在枕垫上。

多妮奥呼唤她，但她未曾睁眼，似乎在冥思中搜寻着多妮奥的足迹。而水熊虫的水晶罩正偏倚在沙发旁边，她能看见，窗外的海洋在星空下张弛地闪烁。

这一切的初始，在于她的呼唤，她的呼唤中携带了她的信号，她希望萝丝找到她，在她所处的许多年后，自己一无所知地陷落在意识之海边缘时，她希望她能够连接到她的思绪里，水熊虫咫尺之遥，它们留下了她的行踪与求助。这些信号正在这短暂的时空隔膜中速速扩散，穿透，受到感召的水熊虫凝作一团，默默记录下这些信息。

她才记起，此刻是里德府危机之后的三日，是她最初的呼唤，时空也是一个环。她从久远之后苏醒，从过往之前抵达。萝丝没有睁开眼，但她知道她能感受到自己的呼吸，温度，声响。她闭拢双眼上颤抖的皱纹，手掌间因岁月流逝而开垦的斑点，多妮奥知道她在想念她，曾经的萝丝也是这样坐在沙发上闭着双眼，在危险还未降临之前，她竭力将那些邪恶或污浊抵挡在外，面前呈现的却是精心的善意与仁慈。她企图保管令人焦灼不安的秘密，试图使它自行溃散，永不出现，既儿戏又真诚。她倔强而又神经质的勇敢与坚持，使这份情感远远超越了久远无依的亲情，她有种在人眼前闪耀的魅力。

她那柔软而无形的手，轻轻拂过萝丝的脸颊，默声告别，极度匆忙。时空的漩涡将她远远地抛离这个安静的场景，再次让多妮奥滚落于时空接壤之处。是一种神秘的力量的慈悲，使她在短暂的时间再度绕回了起点，再度看见了萝丝，她不知道这其间是否有过往答案所造成的影响，她在时空的回流中，经历这场短暂的奇迹般的重逢，为光芒之旅画上了完整的圈。

传输器的正轨时空实际上是由无数矩阵组成的模样，但渗透出的观感却是如闪电式放射的黏糊的血管状的，像是无数凝结的细胞彼此依赖一般。多妮奥原本就是在这里被失序控制的指环而失落于意识之海，此刻，她从海之边缘流出，像搁浅的重生者，指环在她眼前漂浮，小得不亚于螺丝帽。这是一个入口，也是一个出口，而她终于从此间逃离出来了。她轻轻地握住了它。

她在此刻这片冰冷色泽的巨型涡轮中，真实被割裂成不同的虚影。这让她想起了初醒之时看见的其他螺旋般的世界。

她望向如无数镜面笼罩的一处空间，那里似乎有个影子在奄奄一息地攒动。而她稍不注意，便会倾斜地滑落在不知何处的时空中。传输器的失控已经排除了时间与空间的制约，就像一瓶颜料不再乖乖地待在一处角落直到天荒地老，而是喷溅得到处都是。她看见的不仅有里德府的剪影，还有世界各处不同地方不同物体杂糅在同一空间的模样，它们是一个陷阱，像生长在正常组织中的肿瘤，时空的肿瘤。她必须小心翼翼，靠近真正的里德府。

飘荡的血液在那个影子周围急速地回旋。多妮奥慢慢地接近对方，它在她漂浮的必经之路，庞大的镜面照映不到她的身影，却挡住了她的视线，出其不意的，像诡谲的捉迷藏。这时，影子消失了。

她平静地游荡，所有的响动都牵连着现实世界，声音传到这里时，淡化成轻微空灵的音调，喘息声，河流声，尘土飞扬声或是人们嬉笑声。世界在大小之间扭曲，而她像是在这巨大的盲肠中流动的蛔虫，奇形怪状的空间格局像是依附在盲肠上的绒毛。

影子并非影子，而是一具苍老的尸体，她的上身早已溃烂，下身不见踪迹，多妮奥在一个角度看见了她，悬挂着的，平铺着的，没有抽离这片地带，像诡异星球的沙漠中的守望者，她丑陋的苍白的双目望着多妮奥，直到她走到她身前，像潮湿着鼻尖的鹿走向麻痹的母狮。她的模样怪异，怪异地附结在这里，她不属于这片受到创伤的时空矩阵中。直到她够近了，几乎可以端详她受到破坏的整体时，尸体像疯猫似的腾跃向她，而她虚无的下身在她身后像条长着恐怖狗脸的双足蛇——那是由她曾经的双腿和尾部幻化而成。在这片受到干扰的时空中，她蛰伏在这里，身体结构在暗自变化，过载的异能之力不断失衡，又不断重组，错乱地修复着垂死中的顽固者。但她仍死死地依附在时空中可供停留而不被吸噬的一端，在巨大的伤痛中等待，等待的人出现了，就在眼前。

多妮奥意识到了琼斯夫人所想要夺取的是自己手中那枚戒指。

那是她多少年所蕴积的能量，她靠它偷取，转换，恢复，炫耀，她能掌握它的显性能量，却又畏惧它的隐性之灵，这一切不容外人所审判，她认定自己所向披靡。如果没有它，她将日渐虚弱，有一天，异能会耗尽，她将不再拥有万众俯首的荣耀与辉煌，她内心空虚而恐慌，促使她像条饿狼紧紧追着多妮奥。

“我的……”她嘶叫道，在这古怪的混响中，像拉锯的腐木。

狗头蛇身腾空一跃，黑色的巨影遮天盖地，而琼斯夫人苍老的双手攀附其上，头颅晃动，沉睡的毒之花正狂野地黑暗地绽放，她的光亮早已被泯灭。多妮奥在飞快地逃离中小心地绕过每一寸镜面，镜面中混杂的不同世界之地正开始慢慢瓦解，像风凝固于空气，冰溃散于深海。她手中的戒指隐隐发亮，似乎将要再度开启一次时空之门。她知道，身后的追击者将会遗落在世界的某处地方，在她还没有追到她时，在戒指中的光明将要灼伤眼睛之时，这里的一切异常都将被冲刷，它将像一把精巧的手术刀剜去时空矩阵中的异乱。而魔女的呼啸与狂妄正加剧周遭的动荡。戒指的重现使琼斯夫人如疯狂母亲发现了失踪的孤儿，像宿命的投射一般，这是多妮奥所恐惧的一切——童年的梦魇与追赶，失落与重逢。戒指如襁褓中的婴孩，那光亮将会变得宁静，她必得舍弃。她知道，这绝不是一切的源起。

戒指带着一条弧线，在多妮奥的手中抛离出去。在飞腾的变幻中，无尽的光芒被吞噬其间。狂风般追逐的琼斯夫人霎地转过身，骑在身下的巨兽般断裂的下体扫过无数的镜面，坍塌，爆裂，似丛林之河的爆发与蔓延。巨兽的尾部如颤动的舌尖，朝穿梭于时空之境的戒指奋力追赶，琼斯夫人无法望透光芒深处，戒指已不再受控制。暴怒与渴求，吞噬了她的心。无数的恶魔像城墙上的砖瓦，堆砌出贪欲的堡垒。她离它越来越近，忘乎所以，连周遭的吸噬都无法再唤醒她。

罪孽，无法从她的命运剥落的罪孽。

多妮奥朝反方向奔离而出，身后的一切如粒子在波光潋滟中缓缓燃烧，在镜面的残破中暴露所有的世界坐标。沙漠，平原，丛林，暗夜都市，海洋深渊……也就是那一刻，她回望琼斯夫人那急速浓缩的身躯，从高大变为佝偻，变为可怖的老妇，巨兽化作黑狗状的奴仆，她那遍布白雾的双目，再也寻不着戒指的踪迹——它是虚无的抵消，是必须偿还的虚门，是无法回归的法力，所有的一切再也无法预支。她剥夺无数，负债累累，光阴加剧地腐蚀她的灵肉。她在这溶解的轮盘漩涡下被拉扯进一个未知的时空，她将在世界的某处生长与毁灭，除了悲戚与邪恶之外，仅剩单调的异能留存在她身体里，在发酿中修复她残废的躯体，而她将孤独地陪伴着那条黑狗，直到彼此肉身的灭亡。

时空矩阵速速叠加，填补，流转，在一个不经意的时刻，多妮奥看见了它的全貌，像一条巨大的闪烁着密密麻麻阵列空间的罐头，一圈又一圈的环组接成了这时空的巨影。她身形扑朔，可以流进任何一个时空的里德府。而在传输器重启之前，她曾经流离的血肉之躯无法组建，只能遥望时空变幻，像一个幽灵游走其间，而无法干预事物的走向。府内的大厅温顺地随着她的降落而倒流着时光，就像遍布血迹的女人恢复了苍白的脸颊，府内光影斑驳。如果她在时空的倒流中跃动得快一些，更快一些，便可以看见日月交替，星辰烁动。光线从窗口消失又浮现，植物可以疯长或退缩。

倒流，她要知道，里德府的诅咒是怎么发生的？世世代代，祖祖辈辈，从里德府建成之日那天起，是什么样的灵魂驱使了一个诅咒的降临？她开始不受控制，仿佛和时空之环交织在一起，她的这股信念坚定地盘亘在心底，追根溯源，不枉此行。

她在陷落的光束中慢慢降落在了黑夜的府内，在那平行的时刻做一次停顿与休憩。不知此为何年，她体态轻盈地飘荡在半空，无声无息。她看见的是尚未毁坏的府邸，在高大的柱状书架上，她隐隐地发现了童年时那本夹着祖父笔记本的古旧书籍，它紧挨着其他厚重的书，连成一片，字迹在夜色中如冰封下的水草摇曳着，这姿态吸引着她的目光。她静静地，静静地握住书，然而一切都是徒劳的。她钻进书里，像周遭的气流那样毫不费力便可四通八达。她并不知道，年幼时的她仿佛看到了一丝光亮，诡谲地逃窜进书丛中。她神不知鬼不觉地引领了孩提时代的自己，就像一颗落入湖面的砂石，水面轻轻地泛起涟漪，涟漪碰到了石墩，又轻轻地回荡，这几乎无法察觉的宁静，只有她自己能感受，遗忘，重拾。

书籍的背后泛滥着空灵与神秘的虚影，她依旧在这漫长的时空之流中，继续陷落。她望着快速挪移的场景，朦胧闪烁的光晕照耀着大地，石砖的凝滞与窗纱的拽动相互厮磨，雕刻着库丘陵像的门柱与编织着石楠花图案的地毯忽明忽暗，夜晚的灯火与烛光同白昼的淡灰与橙黄相互辉映。她第一次发觉府邸是如此妖冶多端，在古典中渗透出无望的，近乎疲软的颓废之气，墙上由剥离到修补的破损壁画渐渐恢复低调的光泽，每一寸空间中的所流动的黑色人影或快速来去或迟疑片刻，或许这已经是他们生命中最为重大或者漫长的思索了。他们的生命与这流动时空中的多妮奥联结在一起，是他们的存在而导致了多妮奥的存在，这使她感到意外与新奇。她伸出那双近乎透明的手掌，仅仅触碰到了一个身影，已然路过久远的岁月。府邸中大多数情况下会冷清平静，从窗户望向那幻变的急速飞跑的云层，她看见世界慢慢恢复为古老的模样，这模样并非旧照片中昏黄的环境，反而更加光艳，鲜亮。当然，她无法呼吸，没有温度，更不能触碰到任何实在的物体。她除了成为一个蜷缩在时空之洞中的旁观幽灵，别无他法。她发觉自己无形的身体不再受到控制，与穿越中的时空纠缠在一起，只为了奔流向她想要寻找的答案中去。

夜晚，又是一个夜晚，一开始，所有的摆设都神话般地从前门闯入，放定，接着屋中的摆设又退出，填补上的另一种样式的家具，宽敞的前厅足以容纳一个社交舞会。她看见人们身上的服饰早已变化，女人摇曳的缎带与蕾丝花边，洛可可样式的服饰，优美的金银色撑裙刺绣，时而有宽大的婉丽的帽檐滑过。男人退到了黄昏中闪烁着光斑的走廊，使他身上的普尔波万熠熠生辉。明媚的光线如丝线的拉扯，时空被分割出成千上万块，里德府的穹顶经过了一番戏剧性的变化，使之看上去像强行置入了一张巴洛克风格的巨网，所有的家具都闷得透不过气似的，纷纷逃窜，在一段时间的拘谨之后又重新分散开来。里德府庭院的石墙迅速减少，又从新的一边延伸出日后的雏形，哥特式的狭窄和精致包裹了整座城堡，这才是它本初的模样，外观疙瘩一般凸出的纹理像附着的坚硬甲壳虫。这里看上去远比多年之后的里德府还要阴森。时光匆匆，唯独不变的是屹立于大宅中高耸的圆柱状石砌书架，它如拔地而起的巨人国竹笋坚毅不倒。

她仔细辨认着某些闪动的标志——拉夫（注：十六世纪服饰），一种高高的立领，使脖子看上去拉长了，人的面目便呈现出一副不可一世，藐视一切的模样。随着服饰的变迁，她察觉到了时间正慢慢地恢复平常的速度，一切不再疯狂的倒退，时空的停顿开始增多，癫痫发作般的人影肆虐于空气，扭曲的笑容像一朵朵绽放的异花，在迷离而又昏黄的晚宴转瞬即逝，人与物件在高傲而冷清的自然光中四处穿行。亚麻布扑上她的脸庞，从她的身体无阻地穿过。眼前突然出现明媚的梦加里德河畔，河面的波纹如无数的跳蚤向前跳动，河畔上摇曳的树丛疯狂而卑微地飘摇在湿润的空气里。天光挪动着方向，她像飞蛾的翅膀扑闪在里德府的历史长河之中。

时间开始回流，片段式的。

仆人的淡灰色围裙首先从她眼前划过，像是一张张帷幔从眼前拂去。她看见床榻上的男人——一个中年男人，光线中他的面孔是如此得衰败，在经历了半生的荣耀之后，慢慢地沉没进厚重的床褥中。三名年轻男子，明显是兄弟，塌陷的暗褐色头发使他们看上去极其古怪而又相似，最小的那位，看上去弱不禁风，尤为突出的一点是他长了一双泛着血红色的瞳孔。长子和次子站在最前面，而老幺靠后，他们沉默而悲伤，空气中无处不在地发酵着父亲即将死亡的讯息，在父亲对众人说过一番话后，老幺面露难色，他极力隐藏着自己的表情。

长子将获得家族继承权，这是不争的事实。父亲带着一丝鄙夷的目光移向老幺，那种不经意间的嫌恶在烛光中隐隐发亮，体型并不如兄长强健的老幺低下了头。

“先知的话是灵验的，你到了离开的时候了。”父亲咳嗽了几声。“你会获得我的一小部分财产，足够你到兰斯营生。”

“是的，父亲。”他点点头，红目低垂，却像是心有不甘地，下颌骨紧绷着，在阴影中像两把削尖的镰刀。

在带着丝丝凉意的春风还未退散之时，克拉博·里德是在庭院中呻吟的妇人玛格丽特·里德肚子里诞生的，在他出生之际，林中群鸟扑腾四处躲闪，而天空中的云层中闪烁着晦意的阴影，像是一切都在暗暗埋伏，毫不体面地唱衰这个婴儿的降临。克拉博生下之时通体极度苍白，眼睛里像是镶了两颗放射状的红宝石，上面凝结着在漫长的痛苦中死去的母亲的血液，蜷缩在接生婆的怀里，像个蟒斑遍体的猴子，眼睛注视着高大的房梁上倒映的火光，火光照在他的眼珠上，像两颗微小的却炽烤到发红的煤炭。这一刻他对母亲的死亡毫不知情，也毫不在意，幼小的新奇的意识告诉他，他来到了这个世界上，初始的光亮引领着他的到来。玛格丽特死前呼唤着他的名字，沙哑的声音中似乎还带着一点怜悯与不安，以及对痛苦的麻木与安详，对比起这个令人备受折磨的小家伙，她更想看见两位早已能纷争比画，四处跑动的兄长。她想到了丈夫克洛维的高傲与自负，他目光如火炬一般站立在她的床边，反复发作的支气管炎使他的胸腔如沸水翻滚。她甚至还没有听到他那沉甸甸的，像搅动的稀粥一般的呼喊，就永远地昏死过去。

克洛维·里德并不爱妻子。她曾经青春，高雅，是纺织厂厂长诺斯特拉·德·龙萨之女，他们家族有五男三女，而诺斯特拉还有数不清的小情人在别处，在传言中，她们对他百般思念，近乎疯狂。而他灌输女儿们应迷恋贵族血统所带来的一切好处，若不是如此，她亦不会在里德府中忍受沉闷与伪装下的婚姻，这是一种空荡荡的无奈，她只是个十足的附属品。和克洛维所享受的别的未曾谋面的女人一样，她会在忍受终结前更替。剥离了所有僵硬而又冰冷的服饰，女主人的身份不过是一个虚无的标志。她的父亲对她并无任何提醒与关怀，他真正关怀的是他自己所享有的利益，这一点和丈夫如出一辙。父亲临终时留给她的遗产是一匹年迈的褐马。她几乎带着一点悔恨与愤怒思考着一切不公，笨拙的圆滚的下巴使她的思索看上去变得无关紧要，无论是庖厨或是佣人，人们看见的是她慵懒的，半睡半醒的，偶尔对孩子体贴地安抚。而也许她在做这些的时候，克洛维在马车的载领下早已离开温切斯尔抵达巴洛市中心。

当然，玛格丽特永远不会看见丈夫日后所剥夺的，占有的另一颗心，那是他早已经触及的情人朱斯蒂娜·贝莱的身影，那个身影将从她的尸体之上走过，像是一条蜿蜒的毒蛇缠绕在她无法逾越的银制床柱上。她也更不会知道，自己的死亡仅仅带给克洛维一点点的警示，愚昧的固执的思想顺水推舟地成立了这种猜想，这个男孩是克死母亲的灾星。

朱斯蒂娜在老家的先知丽丝用谄媚的语调预言了里德家族将会持续光耀，维持恒久的爵位，却偏偏认定第三个儿子的降生是不祥之兆，唯有在成年后放逐他，才能使家族的宿命不受影响。克洛维·里德对此深信不疑，而他的偏心恰巧在三个子嗣间尤为明显。克拉博毫无男子气概的瘦弱与阴柔使得他跟两个哥哥相处起来格格不入，他常常受到冷落与偏见，似乎所有的罪责与错误都是由他而起，朱斯蒂娜对他怀有的冷漠甚至被克洛维故意忽视，像是一场毫不费力的无规则游戏，她可以用一种不引人察觉的恶毒碾压一个儿童的信心。

克拉博度过了一整个浑噩的童年，在偏远的如同孤岛的一处世界。他时常沉默，父亲的威严常常使他抬不起头来，他那不苟言笑的父亲克洛维几乎从来没有表现得对他热情，两个兄长的态度似乎永远将他当作一个家族的累赘，他们厌恶他的长大，厌恶他那些幼稚而又粗俗的问题，似乎他们作为过来人不屑于同他争辩。他几乎永远在佣人的陪伴下度过，只有她们知道，他身上的一些伤痕，并不仅仅出于玩闹，兄长故意设陷抓住他的把柄，继母陷害他偷盗了什么物品，再让他遍体鳞伤。朱斯蒂娜甚至故意在年幼的他面前露出她那硕大的阴唇，一眨眼的工夫，仅仅一眨眼。

年少时，他翻越了整座山丘，望着崎岖山峰下璀璨的河面与沉闷的古堡，内心像是地底的暗牢那般阴湿，无望，他渴求如兄长那般理应受到纯正血统的庇护与关怀，他从佣人的故事中所听说的关于巨人的凄惨故事——他生下来便遭人遗弃，尽管他的父亲是赫赫有名的劳迪斯国王，巨人怪胎被寄养在遥远的西伯利亚群岛，在那里自生自灭，他永远都不可能像他的兄弟成为一个王子。这种他无法掌握的命运使他变得毫无勇气，他本就不喜言笑的个性使他的内心日愈凝结，凝结成恨意，以及他对未曾留有印象的生母的埋怨。他那可怖的，异于常人色泽的瞳孔，使他常年不敢直视别人的眼睛，他永远低垂着眼帘，如同半掩的心房。

是乌鸦的挣扎，他看见地上乌鸦的挣扎，这只倒霉的乌鸦，因为衰老的折磨与细藤的缠绕，石堆下的草丛成了它拼命挣扎的舞台。那一刻，他并没有联想到自己的生命，他从没有真正地感到自己是无用的，必定要在那庞大的压制中捣碎自己的灵魂。他走向它，看见它那湿润的羽毛与丑陋的尖喙，在朝天尖叫，那黝黑的眼仁裹着无奈与哀求。它的目光钻进他伏低的眼神，血红的瞳孔中，他感觉到了一种快意，一种可以被发泄的快意。那翻滚的漆黑瞳孔中映出的是一条深灰色的坚硬的弧线，弧线划过，乌鸦溃烂一片，它使他的瞳仁比方才还要红烈。

望着父亲的床榻，眼前的一切像一窝可笑的布景，它们用各种鲜艳的色泽拼凑起了华丽的残骸。上帝在为他开启了一道美妙的门——肿瘤，在父亲的腹部长出了一颗怪异的肿瘤，疾病使父亲变得衰弱，而偷偷稀释后的药水和稍有用意的夹竹桃毒剂，足以加速他的死亡。他知道这一天总会到来。这时他会想到朱斯蒂娜对童年时期的他的蹂躏总是带着挑衅意味的，使他印象颇深的是，当她染上疯病之后父亲便驱逐了她。而当她连夜赶回来之时，他将她关进了地牢，漫长的地牢中有着无数的细孔，在火光中像无数油滑的眼珠子在转动，他那时抬起了他的双眼，躲在阴暗的角落，悄悄地透过缝隙中望向挣扎的人影。他知道她已经毫无价值，甚至还带着一丝怜悯。现在他也想要挑衅这些人，也要怜悯这些人，他不会是故事中的巨人，在遥远的星空下像个蠢货一样躺在海洋中。

话语，又是一连串的话语，像巨大的黑暗翅膀遮蔽了整个大宅，威严而清晰的规矩无法蒙蔽他那狡猾却又阴森的眼睛。他面对着两位兄长的背影，静默的，可悲的，他曾经玩味地问过大夫，有关人体的结构，血液的走向与汇聚。他们像两根劈裂的木桩，木桩最细微的地方就是那修长的脖颈，此刻还不易展露，但足够脆弱。在夜晚到来时，从遥远的皮克集市上买来的细长尖刀便发挥作用，他训练自己的手臂力量，在林中用尖刀发奋地抽插着木桩，直到它们不经意间断裂。而他需要做的只是搬移这个令人激动的场景到父亲的散发着迂烂气味的房间中，这里不容闲人入内，他卑微的皮囊携带着一颗外来者的心入内，看着父亲要放出什么样的话语来。但事实证明，他的激动的令人喘息不已的自我训练是值得的。

在那些飘散在空气中的话语还未结束之时，在火光中的灯芯发出微微滋响之时，人们的麻痹和平静达到了饱和。克洛维的眼皮几乎要盖到眼睑上了，两个儿子坐在身前的体态端正庄重，颇有教养，他们的存在使他联想到复兴时期的某幅画作，高贵而不容置疑的，他们信仰的是一个家族的尊严，他们在交际中表现得无比自豪，家产本足够他们挥霍，但克制与朝气使他们变得极富冲劲，使这些不至于在未来成为泡影。当然，他们身后的巨大的影子并不是他们中之一，那个影子不怀好意地由孱弱细小霎时升腾得巨大，苍白如鬼魂的脸庞从黑影中亮出来，双刃如毒蛇的尖牙紧紧地绞进两个儿子的脖颈一侧，一左一右。克洛维在过度的惊吓中恍惚地睁大双眼，像噩梦无法衔接现实而被牢牢困住的瞬间。他的喉咙有股力量想要爆发，但微弱沙哑的声线使他的计划作废，他甚至无法动弹，腹部的肿瘤使他疼痛难耐，唯有尚可运转的脑袋支撑着他即将幻灭的生命。

长达一周的微量毒剂使这两位兄长的反应比克拉博想象中还要缓慢，但他真的看见了血光畅快地四射，二哥是瞬间死亡的，甚至连挣扎都没来得及就瘫倒在父亲的床尾，脖颈上喷流的血液很快浸染了床单，连暮霭色的被褥都被淹没成一湾无人问津的邪恶河畔，河畔上的岛屿便是从被褥中间特意敞开以便通风的父亲的颤抖的肿瘤，巨硕而欢快，药膏像富含颗粒的粪便淡淡地涂抹在表面，肿瘤上恶生的毛发像竖立的古堡中寻欢作乐的人们，他们每个礼拜都要在伪善的面具下彼此认识，附庸权势，红色河流的翻涌还不足以触及高高在上的耻毛。

大哥一手扶稳了崩溃的伤口，惊恐地倒退，血液像是监牢的逃犯找到了敞开的出口，蜂拥而窜，顺着他那结实的拇指流下，一汩接着一汩，他的脸色瞬间死灰一片。但另一只手还在扑腾向杀人的克拉博，他看见了童年时的克拉博，那个偏僻在角落中的男孩在向自己招手，厌恶的眼神中闪耀着焰色的光芒。

接着，克拉博像是心有余悸，他朝早先就关闭好的房门缓缓移动，势要将颤簌着朝自己扑来的高大兄长补上一刀，他顽强的求生希望引起了他的好奇，但他绝对不能姑息每一个令他愤恨不已的起源，他不容许他们破坏他的主导权。他身形瘦小，却在火焰照射下的血液喷芒中感觉自己有了巨人的力量。但他在兄长的猛冲中慌了神，他一只手抓住了他的衣领，而尖刀被甩在了一边，克拉博慌忙地挣脱开他的掌心，朝父亲床边躲闪。如果是在平日，大哥的力气足以将他甩进壁炉，他只有祈祷血液逃窜得快一些，再快一些，从他那看似坚硬的躯体中泄漏出去。他看见他站在那儿，步伐变得僵硬，他的前进依靠着惯性，重心不稳。他哆嗦的双腿被床尾僵直的二弟绊倒，朝克拉博倒了下来，而他躲闪开了。只见他——克洛维之长子，这位高昂志气闻名的兄长，稳稳地砸向他父亲那肿胀鲜艳的肿瘤上，他的头像一块巨大的陨石朝岛屿落下，鼻梁和唇齿触及到了肿瘤上每一根乌黑的毛发，无论是细微的绒毛还是坚硬的刚毛，人们不再肆意地欢呼了，红色的瀑布从天而降，终于淹没了古堡，他们在黏腻中沉默，静止。

“我不指望什么。”克拉博转过身，红幽幽的眼睛扫着床上相并的尸体，这句话像是说给自己听的，阴沉沉的声音从喉咙里压抑地振动出来，并不刻意让父亲听到。但随着他朝床榻的逼近，他的声音变得清晰起来，他端起了一旁的镂空兽形烛台，瘦小的火焰颤巍巍地摇摆不定，就像他最初的生命一般，脆弱渺小，无人问津。他看见父亲第一次用狰狞而痛苦的表情面对他，从未有过如此不体面的模样。

“您重视的继承者，和您的病痛一样，很快就会消失。我从来没有指望您对我的恩赐像他们的父亲那样，否则我不会像今天，如此聪明，有力，像丛林里的黑蜘蛛敏捷。为了家族的更迭，傲慢的大人，我要你睁开那双疲惫的眼睛看看您留下的唯一的子嗣，不再是翻滚在厨房外肮脏的伤痕累累的小孩，不再是躲在阴暗角落看着诸位起舞的少年，不，不是您低垂的目光看见的尸体，您感受到了吗？您一定要告诉他们，告诉他们一切是多么无药可救。我的瞳孔带着火焰的，您会害怕吗。对您温顺的人，您不应该感到害怕，”他把高悬的融化的蜡一点一点滴过兄弟的脑勺，滴进暗红的光泽与丑恶的毛发上，轻快的脚步把地毯摩擦得窸沙作响，克洛维扭曲的面孔几乎凝固，嘴唇像冰天雪地中僵直的枯木。克拉博知道父亲能听得见他的话语，他眼中表现出的乞怜大于恐惧，它们还调皮地躲藏在父亲极富尊严的表情中，这无谓的掩饰被克拉博一眼看穿，“现在，这里要变出一小块废墟，这是战争的终结了。我亲爱的父亲，我会表现得无比敬仰您，顺从您，我会将您葬在家族的山丘下，以及被您失禁的尿液浸染过的两位宠儿。”他眼睛斜睨了一眼被褥，接着，将火苗触碰其上，顿时，空气中散发出一股奇特的味道，像是鸡蛋与烈日碰撞后产生的。

他没有等父亲再说一句话。

细小的火焰仿佛在疯狂地传染，从被褥上快速地蔓延到四周。父亲的脸上油光溢出，终于，他发出了微弱的叫喊，却是万分痛苦的叫喊，但这一声太无力，让他想到了乌鸦的呜咽。偌大的房间内顿时火光熊熊，两位兄长的脸孔因为父亲身上的药膏引燃，面孔红亮地陷入了火海之中。疯狂肆虐的火焰高蹿上床帘，将支柱牢牢地包裹，缠上垂垂欲坠的油画，很快，火舌吞灭了巨大又典雅的卧具。克拉博慢慢地往后退，他脱下自己的衣衫，露出的是早已燃烧后的焦黑的内衬，他脱下鞋子，露出的是红肿的双脚。他要等这里燃烧到毫无遗留之时才会大声呼救。他带着胜利的心境，目视周遭狂欢的焰火，从它们吞噬的决心中看到了自己的伟大与光荣。

他还安然无恙，家族不会衰亡！

男人来这里已经很多年了。据小镇的人们议论，这位不修边幅的高大怪人从外国而来，不知何时起经常流连于小镇周边，他寻找着一处人们早已经遗忘的传说之地，所有人都找不到那处旧宅了。没有人会去那里，也没有人从那里出来。他在一处新修缮的清冷的名叫“千岛之魂”的酒吧里打听，这里是否有河岸上的古堡，他把脑海中的画面涂画在破烂的纸上，上面慢慢显示出一处高耸的宅邸。年长的中东女人皱着眉头说这是死亡之地，是小镇的耻辱，没人再去议论这处地方，朝北走，如果你倒霉的话，就可以见到那栋幽灵大宅。当然这是孩子们的传说而已，后来没有什么人真正能看见府邸坐落在何处，它像恶魔一样隐匿了。

接着，人们像赶瘟神一样赶走了男人，不让他进出布置豪华的餐厅，一些小店内的机器监控特意阻拦他的进入。偶有善良的人会让他住在后院里，维修器件，以此获得可怜的食物。大多数人们排斥跟一个热衷于寻找他们眼中视为不详凶地的人接触，何况那处凶地早已消失了，连警方都无法侦测到具体位置，一些好事的记者报道此事为建筑神话般地隐身，十大无解之谜位居榜首。过去很长的一段时间来，人人谈之色变，避之不及。但随着科技工业的新兴与发展，人们的兴趣早已从掌故异事中挣脱出来，面对着无法遏止的发展，哪怕懒洋洋地窝在家中，光屏中呈现的也会是整个世界。

大多数人认为这个外国男人是疯子，操着不流利的生疏法语的疯子。他睡在屋檐下潮湿的沙发上，在受伤的苔藓上搁下自己陈年的散发着汗酸味的夹克，他在夜晚时常做梦。许多年以来，他内心深处的思念永无退散，召唤便愈加强烈。在无法克制的念头驱使下，他远离了曾经的家园，他的身上携带着妻子的照片与旧时的信物，他感觉得到，尽管当初每个人都在嘲笑他，连警察都不相信他的话，甚至连他的姐姐，认为他是如此不切实际而且是极度悲观，“你该过自己的生活，注重眼前与未来。”她终于在疲惫的安慰结束后，冷冷地说。

但他深沉的想念告诉他，她也在找他，在一个无法逃逸的空洞里，呼喊着他的名字。她是他的眼前和未来，这是不容外人辩驳的。过去如此，现在亦如此。他并不懂得什么罗曼蒂克的理论或者是艺术，人们只会说，这是一个可怜的男人，寻找自己失踪多年的亡妻。他慢慢地不再与人们交流，默默地封闭自己，收拾行囊，远离家乡。

水滴偶尔会砸在钢玻璃上，接着顺着磨砂质感的墙壁慢慢流下来，滴落到他的枕畔。他总是会惊醒，并不全是因为湿润的耳垂，而是在惊醒的前一刻所爆发出的无法抗衡的梦境里的触动，其中有什么线索是他一定会在惊醒前错过的。随之而来是长久的昏沉，他脑海里不断地追随着光亮的踪迹，每每走出这座小镇，路线便被打乱，妻子的面孔模糊不清又光亮一片，最后闪现的是一座大宅，高高的尖顶，嶙峋的墙壁，黑暗的山丘。但这途中是如何蜿蜒曲折的，他全然不知。

“你为什么要找那处地方？”老女人脸上的凹陷皱纹像是经过了剧烈的塌陷造成了今日的观感，她从潮湿的巷口冒出，神不知鬼不觉地，表面已经被油腻与污尘腐蚀的智能伸缩拐杖在帮助着她一步一步前进，她嘴里懒洋洋地叼了一根烟，烟卷里包裹着她大半生的风尘，有好的，坏的，介乎中性的，她还不知道自己年轻时失去的那位惨死于酒吧的丈夫对她未来的人生是否还有影响，但这一次，她站出来，面对眼前满脸大胡子的陌生人。在这凄惶的角落里，天际泛着鱼肚白，在狭窄的楼房尽头薄薄地涂抹着，稍有一些怜悯的口吻，男人放松了警惕，她说的是一口有失纯正的英语。她说完后用暗沉的舌头舔舐着嘴角的烟沫，像是舔蓝莓酱上的白色芝麻。

“我以前住在普利茅斯，我的父母在那儿。我想，你能看到的年轻人，他们早就遗忘了你想要寻找的地方。”她望着男人匆匆躲闪的忧郁眼神，他没有盯着她看，他快速地捡拾着地上的炭黑色尼龙袜，冷冰冰的双手局促不安地摸索着自己的背包。他并不知道眼前的老人是如何找上自己的——这远比他想的要轻松，她从旁人口中打听到了这位执意寻找里德府的男人。“没有人找到那处地方，没有人，就像是从这个世界蒸发了，里德府。”她走近男人，见他的动作稍有凝固，眼睛隐隐地一闪。

“我在寻找我的妻子，在这里。”他轻轻地拿出那张被无数人瞟过的图画，老太太的眼睛睁大了，她已经许久没有看到这座恶魔之堡的模样。虽然画中简单地勾勒着几笔，粗糙甚至幼稚的线条甚至会让人觉得这是某个儿童作业，但她透过这张图，想起了丈夫曾经拍摄的照片。她也曾经远远看见过宅邸，在树木还没有疯长地蔓延山脉之时，人们可以遥望它，尽管那是谁都不太愿意做的事。

“你的妻子不可能在里面，那里早已无人留存……据说几十年前进去的人至今还未出现，人们再也找不到那处地方，像是突然蒸发了。你的妻子为何会离开你而来到这里，不。如果我冒犯了你，请原谅，但这实在令人匪夷所思。”男人用固执的眼光打量着她，似乎很快把她归类到某种人群中，这种人群就是街上快速而冷漠地游走的，在头顶上的楼层里嘲弄诸事的人，他们不再愿意相信任何匪夷所思的事情，他们依赖于科技，并用科技的隐匿性去抨击与讽刺任何看不见的人。他在这里，想着他的妻子，那些人会带着惊恐或冷笑走远，但他不需要做任何解释。人们都会走向衰亡，何必纷争。

“可是，夫人，我听到她的声音了，在这里。”他指着自己的脑袋，认真地说。“我看见了这里，所以我画了下来。难道这不是一个重要的线索吗？”

“好吧，我如果没有勇气，也不会来找到你。我想趁自己还能记得一些事的时候，为你的追寻填补一些道具，”她拿出几张照片，泛着粗粝质感的旧彩色胶片，与这个时代格格不入，亮在他眼前。一条宽大的河流从起伏的山脉下蜿蜒流去，野石竹和石楠花从石子路两边延伸到林中，林子生长的植物异常茂盛，遮天蔽日，像一张无限绵长的巨口吞噬了绵延的丘陵。这是一道分界线，分界线之外，能看见一个细长的尖顶在遥远的河岸巨林中突兀地拔尖，棕黑色的光泽鲜明地将自己与别处风景区别开来，不会让你误以为是某些光秃秃的巨木，那是一种人为的诡谲的物体，里德府，她说那里的鸟儿会开口说话，狂风也会闪烁，乌云总是被吸引而下。

“这是五十年前的旧照片。现在，这张是新的，你现在看到的。”她给他看了另一张，和刚才的画面区别甚大的差不多是同一个位置拍摄的，能看见花朵蜂拥窜入林中，河水的蜿蜒变成了停滞不前的淤积，像囊肿一般生长在大地之上，在画面远处不怀好意地泛着光亮。这幅图比刚才的旧照片所呈现的景色还要宽阔，毫无疑问，在同样的方位看去，肆虐的肥厚的树林就像大地豢养的巨型刺猬拥挤在一起，路早已被滋生的植被包围，吸噬，转化为自己的一分子。他的目光停留在画面上，那处离奇消失的尖顶处。

那处地方并不是人人都能寻找得到，就像是错乱的地理在给人们开的恶意玩笑。偶然的，意外的，妇人像是在揭示神秘的规则一般。

“我不了解你所能感受到的指引，但这对你有些启发。如果你能走到这里，穿过树林，也许能看见里德府，也许什么都没有。镇上早已没有人敢尝试，在他们看来，听信权威的官话，这里已经消失了，人人都没必要去冒险，那太遥远了。你也许会在里面迷路，也许永远无法走出，也许里面有什么怪物，他们传言有怪物咬死过警察。总之，那是不祥之地，即便被遗忘了，仍然是。”老太太摇着头说，带着哀叹声，像是为了强调这件事的荒诞，她不再让自己像某个极力挽救不应去冒险丧命的年轻人，但她知道她没有任何权力阻拦别人。何况，那一切有可能是真的，妄想与现实往往暧昧不明，越是细究越是模糊。也许是真的，她在梦中遇见过第一任丈夫，他说里德府里嘈杂喧闹，比市中心的喇叭还要响亮，它总有一天会被自己的吵闹震碎，消失在空气中，他是对的。

男人在获取一些可携食物之后，再没有出现在镇上。他低价收购了一捆旧帐篷，用旧的宽麻布在充当被褥，从此风餐露宿。没人知道他是什么时候突然消失的。冰凉的河水汹涌地冲往林中，他顺着它的流向前行。从此他像个隐秘的居士遁于郊野，用尽后半生的气力找寻着脑中指引的方向。他并不害怕，更不觉得这是羞于启齿的事情。潮湿的鹅卵石与水边的细草会听他的声音，火焰中播散的微烬与变幻莫测的云朵会听他的声音。他能感到目的地从无形的荒芜中破土而出，他将愈加靠近。他知道爱人还在等着他的出现。这一切启示在梦中——梦中的焦距愈加清晰，稳定，像毫无阻塞的呼吸，呈现出他走过的每一条路，跨过的每一道溪流。不仅仅是在梦中，在他真正地睁眼后，看到了漫步在夜色中的光亮。

# 第十五章　回家

女人轻轻地褪下了自己的斗篷，她的一切举动都如此缓慢，而周遭的佣人们也毫不警惕。她像是被盛情邀请了一般走下了马车，她的手指细嫩而又修长，雪白无瑕，轻轻地扶着自己微微隆起的腹部。那张脸，没人敢仔细盯着那张脸。

哪怕修长而牢实的黑纱遮住了她的大半张脸，但从微弱的光线中看去，仍是扭曲而疯狂的。人们集体失声，等着她从碎石子地上迈步到花岗石台阶。这不是里德府的主门，她不紧不慢从稍显局促的门中隐去，她的跟班——一个不出十四岁的少女小心翼翼地跟在她身后。一行人在一场消极而又厚重的礼节中彼此默契，就像是某种古怪仪式的前奏，氛围令人发怵不已。人们甚至不敢望向黑纱女子的背影。

“灵媒，他们说她能跟神灵沟通所以才治好人的病。”人们心里默念着，管家的目光深沉而阴险地瞪着不明真相的佣人，她们是最为守口如瓶的老妇，任何多舌的讨论甚至是有此类的想法都会对她们不利。随同马车而来的是奉命行事的仆人摩尔，他的鹰钩鼻在朦胧的夜色中闪烁着冰冷的光亮，他找到的是民间传说中怪容巫女，据说有着救治人体的本事。人们谣传这个女人是在今年初春突然出现在镇外的，之前没有人见过她。路过的老农夫发现了这个女人并收留了她，将近乎昏死的她带回自己的谷仓中疗养，所谓的疗养？人们一开始坚信农夫诱奸了她，以至于现在她怀着孽种。

墙壁上的火光忽隐忽现地随着灵媒的脚步变幻，在这不为人知的暗夜中嘶嘶作响。“萨莉亚，我感到史无前例的压抑。”她轻轻地对女孩说着，这名女孩是个孤儿，在骑马时摔断了一只手，她能听懂她在说什么，几乎有一点点虚脱。“不要紧，我能看到光亮。”她的声音还是清亮而纯净的，嘴角在层层叠叠的阴影中像是被烧焦了一大块，一直延伸到她的脖子左侧，被绸布遮掩着。

从侧楼尽头出现的摩尔引领她们来到了一间幽暗的房间中，暗红色的墙壁上点缀着铃兰花瓣图案，墙上极尽能事地排布着肖像画，一张宽阔的镶玛瑙金丝缎椅安放在房间中央，侧边垫着一块富有光泽的动物皮毛，克拉博安静地坐在上方，满脸愁容，外套上镶嵌的一排宝石在烛光的映照下熠熠生辉，连同他那双高傲而又锐利的红眼。

引领者退到了男主人的身后。一名壮汉守在了门口，他的目光炯炯，扫过两个女人的背影，房门轰然关闭。

“很显然，你对穷苦贱民时所做的一切善举并不会换来他们等价的回报。但我可以加倍给你报酬。只要你的治疗足够神奇有效，就像他们说的那样。”克拉博直言不讳地说道，他抿了一口莓果酒，并将一枚沾有霜糖的蜜饯放进嘴里，他满不在乎的咀嚼姿态与那双摄人心魄的瞳孔形成反差，就像两颗红色宝珠放在一摊搅动的白色泥沙中。他用眼神指示着仆人摩尔，让他从房间另一侧退出。

“你的眼睛并无大碍，尊敬的大人，我会治好你。”女人透过黑纱注视着他说。

“你错了，我以此为豪。”他玩味地朝暗处的少女眨巴着自己的眼睛。“你要面对的远比改变我眼睛的颜色要简单。是我的妻子，科莉莎。”这时，克拉博身后半掩的门打开了，一位服饰厚重端庄的贵妇慢慢地走了进来，她的圆皱领间戴着由细小的珍珠和繁复黄金制成的项链，发髻边上插着由珐琅打造的精致水仙发饰，她的身材高大，但上身极短，似乎整个腰腹都被陷进了宽大的闪着柔和光泽的长裙里，整个人像插在蛋糕上的摇摇欲坠的金黄叶片。她粗壮的手上握着一把镶嵌了珠宝的扇子，空气中散发出一股浓郁的香水味。

克拉博翕动鼻翼，用等着看好戏的眼神望向灵媒。他喜欢看装神弄鬼的好戏，喜欢揭穿喜欢反抗，他讨厌那些所谓的先知设下的一个个圈套。现在兴趣来了，他听说了眼前这位神奇巫女的传闻，让血迅速倒流，让骨瞬间愈合，伤疤恢复光洁，残疾生长旧肢，在这奇妙的事情还没来得及扩散到举国皆知之前，他派人找到了她，不留余地的请她前来。

他在猜想，对方能不能一眼看出，他身旁这位来自贵族世家的妻子，为何迟迟无孕。

他看不清她的脸孔，看不见她的任何表情，这些都被隐藏在了黑色的纱绸下，但他隐隐感觉到对方正直视着自己。

“夫人，是否能让我触碰您的手。”她请示道。

贵妇把手安静地伸了出来，灵媒缓缓地走近她，柔软的黑纱晃荡在烛光中，她的每一步都被克拉博紧紧盯着，他似乎乐意看到她的出错和迂回，这样就让他有了一个突破口，在她来临前，他就早有打算。他现在看见的不再是一个靠近自己的阴影，而是一整个笼罩着自己的童年的黑暗预言，那个该死的玩笑，让蠢货们信以为真。他伪装出一副敬畏神灵的模样，实际上他的内心不止一次在排斥着上帝，恶魔，这些被象征化的信仰。现在，这位仿佛在揭示着伟大奥秘的黑衣女子，断然不会是他的拯救者，她那被黑暗的涟漪涌动而遮掩的脸庞，似乎无处不在地故意跟他作对。

“您恐怕错了，大人，您的妻子非常健康，一切正常。”不出半秒，她轻轻地松开了夫人的手掌。克拉博想得没错，她在跟自己作对，从她那可笑的几乎没有驻留的检查中，他看到了一个女骗子是如何在戏服后演绎的。

“是吗？我亲爱的，看来事情就这么解决了。”表面上松了一口气的他让摩尔带领妻子退出房门，整个过程简短得就像集市上的讨价还价。

他轻微地龇着牙，满脸鄙夷。这种感觉让他有一些反胃，就像是被谁注视着，注视者和被注视者的关系极不明确，像是在一场游戏中处于被玩弄的劣势中，他厌恶这种大局已定，不容置喙的荒诞结果，一切就毫无缘由地结束了，随着她匆促而敷衍的触碰，破口而出一个大错特错的答案？他准备好接下来的反扑了。

“你们是一伙儿的？”他看着重新坐回椅子的灵媒以及她身后的少女嘲讽道。

“她是我的明灯，尊敬的大人。”

“够了，你并不需要什么侍从，你不是瞎子！何况传言中你能使残废恢复如初，看看你身后的可怜虫，她的一只手是被你吞了吗？”

“她的手尚在生长中，不是一时半会就恢复的。”

“你的那套对付贱民的伎俩，到这里可不怎么管用。我的妻子久久未孕，你却浑然不觉她之隐疾。我该在被你蛊惑的女孩面前烧死你。”

灵媒坐在位子上，一动不动。连她那暗沉飘逸的黑纱都静止了，像个被捆绑的妖魔动弹不得。只有那黑绸下发出呢喃声，克拉博起初不在意她是否在填补自己的谎言，接着他听到了一阵细细的呜咽，伴随着哽咽的语气，在暗黑的柔软面具里响动。“您的妻子毫无缺陷。问题的关键并不是她，是您。”

像是有什么风从女人那端吹过，克拉博身旁的火烛霎时熄灭了一盏。

“我很佩服你的勇气，毕竟，你会为此付出极大的代价。”

“我尊敬的大人，遗憾的事情是，我无法治疗您的不育之症。”

克拉博瘦弱的身体在宽大的椅身上暗暗抽动，眼前这位不知天高地厚的蒙面女人，用最冷漠的，最残酷的，最荒唐的话语击败了他，将他的倨傲与高贵从华丽的帘幕上拉扯下来，现在他像是赤身裸体地面对着她，羞耻不已。她那映着微光的黑纱上的纹理粗糙不堪，此刻竟像一枚巨硕的黑眼珠，死死地盯住自己。

忍耐已经到了极限，他恶狠狠地砸倒身旁的果盘，毫不体面地朝灵媒冲来。少女慌张尖叫，在后退时被翻卷柔软地毯绊倒在地上。“给我闭嘴！”他朝她吼道，“现在我倒要看看你这个骗子的真面目！”

灵媒低下了头，没有反抗，甚至意识到了某种宿命的成因与结局，她无能为力反抗，身体僵直地固定在椅子上，两手紧紧捂住腹部。克拉博吞吐着快意的爆发，像阵阵气流窜上他的鼻息。他的手掌像揭开锅盖一般，将女人的面罩一股脑儿从头扯落下来，勾帽下的黑纱随之飘落倒地！

多妮奥永远无法理解这张比恶魔还要可怖的面孔是如何打造的，她的距离亦远亦近，像一副重叠的画框紧紧框住了这幅画面，供人畏惧。

她看见了这个人，曾经出现在她手掌的纹路中的这个女人，扭曲而又丑陋的女人，永远无法形容那面孔是多么令人恐惧，似乎所有的悲哀与不幸都集体降临到了这个女人的身上——她的嘴唇无法闭拢，露出其中焦黄色的老肉，从夜色里的暗房中呼出轻薄的白气。多妮奥认得这个女人，在她童年的噩梦中出现，那时她的面目还是光芒一片，但她那优雅的身姿，身上标志性的破旧长裙，终于和手掌中的那张脸结合在一起，组成了一个真相，像两块拼图终于接在了一起，一个极度怪异的拼接，美丽的身躯和恐怖的头颅。这个女人像幽灵一般流窜进里德家族世世代代的梦境中。

她有一颗细长如蚯蚓的眼球，眼珠子像只痛苦的蛞蝓在其中来回爬动。整张面孔像是被利器绞过。肥厚的鼻翼连接着被撕裂的细长的嘴唇，延伸到了脖子左侧，所有的死肉都在暗暗颤动，泛着血红色的稀薄的光亮，额头上的血口拉扯整块光着头皮的脑袋，难以置信如此畸形的头骨中竟还有可供思考的大脑，紫红色的薄皮像是蛛网凝结在她的头顶，没有任何毛发，偶尔耸立的骨头黏糊一片，泛着地底钟乳石的晶莹，又像魔鬼的犄角，被狠狠地暴砸过。

克拉博惊惧得失声作退，他捂住嘴唇，要将翻滚在肚中的还未排泄的七荤八素通通吐出口。在他俯身作呕时，怪容女子缓缓地将倒在地上的少女扶起，并捡起了滚落在地上的黑纱连帽。她不紧不慢地重新拍了拍帽子上面的灰尘，整理好黑纱的褶皱，作态轻盈地套上了脑袋，让布料重新遮住了她那丑陋的面孔。此刻她们僵着身体，像是等待被宰割的羔羊，假意的冷傲过渡到了坚定的沉默，宁愿在厄运面前表现得不屑，也抗拒说出虚妄之谎。她除了坐回原位，什么也做不了。

地牢。

在里德府修建之初，这里还是一条幽深的酒窖，康奈尔伯爵作为一地领主，希望能够在一处环境优渥而偏离喧嚣之地建造一座力求宏伟的府邸，当时他盛邀了许多远道而来的建筑师，前来一探究竟，交流设计。内心里暗藏的永恒野心使他希冀自己的府邸是永不败落的化身。里德府内暗阁诸多，尤其是楼内隔层相互通达，而所有的暗门又可与石头无缝拼接起到隐匿的效果。有两处暗门可以从书房中直达地下，分别是男主人书房中的木桌下和参天石造书架的顶端开口（中空结构），而府邸外部的地窖大门又分为三个结构，只有在最侧端的一条通道才是改建的所谓地牢，形如迷宫。此牢长年没有实际的意义存在，紧密相邻梦加里德河畔。如果你从地牢坚实的狭小的铁栏朝外望去，便能依稀看见涌动的河水。如果这时双手的紧握还足够支持身体，大口呼吸，便能闻到腥凉的河水，仿佛是阴与明，茂盛与凄凉所结合后散发的气息。

那些善于表现得一清二楚的人也只会知道，那位被众人皆知的灵媒是如何消失的——有人告发她，是一名从田地里爬出来的曾跟恶魔交媾过得不祥女巫，她怀的是恶魔之子。很快有人发现曾救助过她的老农夫在谷仓中毫无征兆地死了，表情安静狰狞地躺在床上。克拉博信誓旦旦地指认消失的灵媒不仅仅是个信仰异端的女巫，而且企图作法让伟大的家族陷落。而她身边的女侍，则是恶魔的小跟班，是凡人的监视者。在镇中心的敦实的玛尔门下，被指控的少女赤身裸体，在此之前，她在地牢中被男人们依次强暴，并撕裂了她的嘴唇，以至于她再也无法言语。

灵媒真正去往何处？那些游走在田地里或是石墙外的女人会谣传，她在杀害了帮助自己的农夫之后顺着河流漂流而下。人心惶惶，一些好事者甚至出动越来越多的猎巫者想要盘查灵媒的下落，他们认定这个女人逃向了遥远的村庄，也许住在沼泽的另一头，但无人再寻找到她的踪迹。迄今为止，知道她尸骨落在何处的伯爵继承者以及仆人摩尔，连同强壮的守卫，早已设计好了所有的谎言。

在人们惶恐寻找巫女之前，克拉博热衷于做的紧要之事唯独这一件——他在夜深人静之时推开秘密的沉重的书桌，从潮湿阴冷的狭小楼道中缓步而下。他要走下漫长的螺旋阶梯，直达地下，一个从内闩上的金色橡木门，可供悬挂的烛台下有一排年久月深的刻字“光耀密室”，他推开了门，从发霉的稻草堆边走过，壁中的空隙微微透出了一股凉气，陈旧的粗制铁具懒散地架在一边。随着一道道密门的深入，凯尔特神话石雕屹立在人工打造的壁龛中。空气中散发着一股腐蚀的生铁与腥臭的泥土味。紧接着，他会离一排排新鲜的刑具越来越近，地上的碎裂的瓶罐，在火把下东倒西歪。这些物件也同样散发出一个信号，离猎物越来越近。

她全程蜷缩着腹部，用细声的乞求口吻，向伯爵解释自己无力救助他，希望他能放过她的孩子。她的声音越是从那丑陋的面孔下发出，他就越是深信她在毫不掩饰地戏弄他，像个肆意报复的魔鬼在他的心头作乱。现在他再次看见灵媒，火光照耀着蒙在她脸上的麻布，绳套连同木板与麻布牢牢将她的后颈捆住，而她的双手被绑在身前，双脚被铁丝牢牢地缠绕着，在洁白的脚踝上像数条枯死的细蛇。除去面目，她的身体是诱人的。

从墙壁上潮湿的手印可以发觉灵媒企图逃跑过，地牢漫长而扭曲的通道欺骗了她，她在黑暗中横冲直撞，冒失地颠簸奔跑，摸到一堵又一堵该死的土墙。尽管如此，她还没有松懈，还在半梦半醒的昏迷中，她继续在陌生的环境中惶恐地游走与摸索。这条迷宫般的牢中牢，令她误以为前方是出路，是光明或归途，然而她不过是在一个特殊的铁栏里绕圈而已，像马戏团中的目盲的幼兽——最终她摸到了冰冷的绞刑架，一切又回到了原点！在极度深寒的黑暗中，她毫无招架之力，绝望狠狠地扇了她一耳光，将她的衣服在铁钩上撕扯得支离破碎，使她的双腿陷在突如其来的潮湿沟壑里。她只能祈求下一个黎明的到来，唯有如此，地牢才会渗出一丝怜悯的光亮。

真正的受难实际上在黎明到来之前就结束了，与安静的灵媒不同，她身旁的少女被掳到了地牢的另外一侧，更加幽深阴暗，其他的男人们在几日前凌虐并享用，最后示众处决少女之后，浑身燥热不已。他们是真正的参与者，每个人身上都有无法清除的污点，这就像是依次感染了令人愉悦的病毒，他们有了前所未有的快感，肆意猥亵的快感，秘密的，不为人知的享受新鲜肉体的快感。那是一个不需要特别关注的生命，是克拉博伯爵意味深长的恩赐。而留给他本人的重要玩物——那位真正的女魔头，此刻早已苟延残喘。

他冷笑着，用水桶里冰冷的槽水从她的脑袋上砸下，麻布中一条细缝在阴影中颤抖地鼓陷，“我要等到你点头的那一刻。瞧瞧，我还没有对你真正地造成伤害，像你媾和的农夫那样，被我的手下捂死。”麻布里发出一声浅浅的呜咽，她跪在地上，用手势乞求着克拉博，指了指自己微微隆起的肚子。“现在你知道冒犯一位光荣子嗣的下场了？”他踢开了放在她面前的铁盘，里面坚硬的干粮早已被她啃光。“我要你明示我的尊严，并且让我恢复能量。”他歪着脖子，牙齿上的黏液闪闪发亮，“让我看看你所谓的神迹。”克拉博兴奋异常，他什么都不怕，过度表现自信与狂妄，他不知道她的目光望着何处，火光抑或是被它映照着的水泥堆砌的墙面，她的头颅耸动，像被割伤的小鹿。他知道她处于弱势，永远都只是弱势的，这不禁让他感到骄傲，毫不意外地胜利了。他不会相信眼前这个女人的任何一句话，他天生就擅长伪装自己的真实情感，在半癫狂中围困自己的猎物。她无法活着离开。

突然有一刻，当他瞪着她的大腿时，他产生了一种奇异的，无法言喻的感觉——对方能看穿他的想法。

她指了指他的方位，他那暗褐色的头发，“稻穗般的金黄。”她说，“它们会慢慢变化。”

他笑出了声，燃起了强烈的欲念。她似乎预感到了什么，开始向后退缩。锋利的尖刀和沉重的榔头在克拉博的眼里像玩具般可爱熟悉。女人凄厉的呻吟划破残空，污红砸向甬道，四处迸射。锥形铁笼中的长凳上，链条像恶魔的藤舌将她四肢缠绕。她扭曲得像将熄的烛火。血染的榔头从遮掩她头颅的麻布上拔出，克拉博静坐回铁椅。

她头颅上的麻布暗暗发光，不易察觉，像暗金色的光晕笼罩着深怨。但克拉博并未注意到转瞬即逝的光泽，此刻他的视线停在她圆胀的腹部。

克拉博从铁笼上的皮套中抽出尖刀，它像毒蛇般咻地朝那处肉窝咬去，它咬到了雏鸟，残碎血肉还没有来得及停留母体，便流淌进污浊的地面。克拉博玩味地想，如果他在出生前就被扼杀，现在又将会在何处游荡？他旋即退出铁笼，握住了火把，将它凑向溃烂成灾的地面，火舌饥渴已久，舔舐得劈啪作响。他缓缓凑近燃烧的铁笼，眼睛一眨不眨，观赏着他的展品。

突然，裹着女人头颅的麻布从头到颈撕裂，像大地崩塌后的缝隙一般发出尖锐的吼叫！熊熊火光早已蔓延到她那流着脂水的肚子上，现在她的脸庞从火中袭来，狰狞的面孔在光线的摇曳下诡谲而邪性！她的目中流出黏液般的泪水，像蜡一般凝结在沟壑起伏的脸颊上，她的恨意如火山的喷发！她被捆绑的双手释放出惊人的怪力，狠狠拉扯，挣脱，坚实的铁笼铿锵作响。她的瞳孔中仿佛有无数刀片呈放射性地发散，它们组成了她瘆人而又专注的目光——她将视线转向他，与那双异色瞳孔相撞。

克拉博霎时惊退，他将铁笼的锁链匆匆套牢，退向牢房的门外。他狼狈而又惊慌，但这幕景象让他痴迷，就像垂死的犀牛突然有了活力。他透过狭窄的方孔望着她，惊恐与快活缠绕着他，使他无法集中的注意力，眼前越来越亮，铁笼中的女人在沾满了血光的铁链上拔出了自己的腿，脚踝上的伤痕粗糙地炸成瘤状，他急促地呼吸，像是透过窗口望着笼中的戏剧。只见那高蹿穹顶的火舌如罪恶的红袍，披在受难者的身上。

女人，她已不再无度地仁慈与怜悯，不再流淌昔日的平静与顺从，这是一条漫长的难以启齿的密道，密道中是她的愚蠢的遐想与期盼，现在，它们通通被烧光了，她的觉醒来得太慢，遗失的潜能不断撞击她的身体，在剧烈的疼痛中，她意识到自己的一切早已逝去，她早就被带进了地狱，人造的，阴暗的，被骄奢淫逸包裹住的一个角落，她艰难地从长凳上站起来，炽烈的火焰从她的身上勾勒出紫红色的边缘，像天际线艳丽的云层翻滚着席卷白垩色的大地。在那一刻，她那开始焦黑的手掌伸向自己的后脑勺，像是寻找着深藏在沙漠中的绿洲。她的怨恨使暗金色的光泽从她的脑袋下的后颈处破壳而出，也许那是一根本就埋藏在皮垢里的金发，她终于感觉到了它的存在，像一个侥幸留下的生还者，漂泊在那伤痕累累的孤独的岸上，在沙砾间，风尘中，她像拔下一根针似的将金发拉出。火焰疯狂地拍打着铁笼，变幻出令人忧伤的晃动的符号，她的嘴唇在翕动，像烈日下翻滚扭动的蚯蚓。

克拉博此刻并不知道，另外两个凌辱了少女的男人，将在两日内意外身亡，一个死于突然受到惊吓的马匹的蹄子下，另一个则是在与情人交配时心肌梗死。而他，幸运地活了下来，头发竟慢慢变色，如秋日田野中的金黄稻穗支撑走了暗褐的枝条。他现在能看见的只有她越变越细的身影，火焰使她萎缩，如临近末日的太阳，红黑相间，无力而又满怀抗拒。她的沙沙低语，在烈焰中慢慢消失。他将会留给她这间特制的地牢，永不再开启，让她的灵魂稀释在牢内的腥臭中，隔着铁栏与河畔的凉风起舞，抽泣去吧！这将是她永恒的埋葬地。

金发上泛着光，从光的角度望去，多妮奥看见了她嘶嘶作响的恐怖嘴唇，在张合中塌陷。此刻，千万怨恨倾泻而出，她的目光瞬间被穿透了，与她那硕大的瞳孔连在了一起。此刻她不再是透明的，无法触碰的。对方是否察觉到了她的出现，抑或是多妮奥带着羞愧与悲愤所希冀的一种联结，直面残酷与邪恶的悲情控诉。

这一刻她竟不再是畏惧的，像是了解了即将发生的一切似的，迎头遥望，充满了爱怜与期待，她与她一同享受复仇的快感，一种毁灭的，摧枯拉朽的欲望像天上的河流飞流而下，它们在她的目光中是滚烫的，闪亮的，不绝的。

她已经足够近了，近到了女人的心里，她的耳语渐渐爬进了她的脑海，饴糖般窜上了孩子的舌尖，跨越时空，千姿百态。灵媒控制着发丝上的这道光，这道只有她们彼此能看见的光芒，多妮奥奋力地冲刺，顺从而坚定地回应着她。而受难者快速而勃发的呢喃咒语仿佛在痛苦加剧的焚身时刻变得缥缈而缓慢，使背景弱化，任周遭消亡。她一字一顿，悲戚，凄凉又疯狂。

里德府的财富永不衰落，如毗邻的河水永无枯竭！
残酷的恶徒们啊，必将受到反噬之苦，无妄之灾。
铁笼外的红眼之人，你的心肝早已虬曲死亡之根，
根中汁液冲刷你的不治之疾，携你因果流传世代，

家族永为独子，子生父灭。无欲离者，无休妻缘。

你们连接着罪恶之府的脐带，企图远者锥心必痛。

光中之魇，忆中之魔，必将缠绕，席卷梦之彼岸。

爱人若是思寻我，应我所唤，便生女子欣然领路。

集此光芒，光载吾念，潜伏噬之，直待魂怨消亡。

讯息透过了蜷曲在火焰中的金艳的发丝照耀着她。多妮奥读懂了，了然，透彻，她甘心情愿成为这些意念的牵线木偶，以眼还眼，如私密的通道，她们彼此相视，在火焰的一端，她的皮肉早已灰飞烟灭，留下奇形怪状的头颅，身体上的热气裹挟着一丝浓郁的蔷薇花香，丰腴健康的四肢早已焦黑细弱，疯狂地炭化在潮湿的空间里。她躺下的位置形成了一个极度宽阔的凹痕，在残余的火光中怪异地折射出千万缕金丝，蓦地消沉。她成了一具伤痕累累的骸骨，没有任何的印记证明她的来历，在克拉博下令修建水泥墙封闭此间地牢之时，她早已了无生息，形如枯藤，如墙头的花斑石，碎裂的玛瑙，废旧的药罐那样，陷落在漫长的隐秘的时光中。

但诅咒就像一封口信，扩散到整个光阴的边缘，多妮奥在每个停顿的时空里，目睹了里德府家族的男人的消亡，他们带着惊恐的，犹豫的，难以置信的神情与她对视。她是从天而降的魔光，神异而又癫狂地感染着目视之人，钻进他们的脑海，抽干他们的鲜血，插入他们萎靡的神经中。她带着灵媒坚定的旨意，控制着每分每秒，在时空的跳跃中，她终于有了破坏力，成了一把傀儡般的利刃，毫不留情地弑杀着祖辈们，应验着所有的咒语。她在那道奇异的光里，无法自拔。她寻找的答案，像所有的答案一样，缠绕进一个环中。

她就是那道无法破解的异光！

她在黑暗中突袭着罪孽之子，带着冲动而无止的恨意，被灵媒的意志无情地灌满周身，在时空中延续着。电光火石间，波涛涌动中，她不知疲倦地掠过府邸的上空，像高大的刽子手不经意地从乌云中斩下宽刃，斩断有后之主。每一段消亡，都在堆砌着家族的孤傲与悲情，在冰冷而决绝的世界中孑然独立，他们在艰难而虚妄的犹豫中求死不得，求生不能，在被困的宿命中繁衍生息，战乱与革命神奇地从他们身边淡化了，像一层薄霜在烈焰般的诅咒中迅速地退散。接着是新世界的钟声，像巨兽的呜咽，在镇上斑驳地匆促地回响。

她记得每一张祖辈死去时忧伤的扭曲和干裂的面孔诅咒中的规则或变数，他们影响着家族每段新生与覆灭。而她与受难者的痛苦紧紧缠绕，千丝万缕，她的吟唱余音旋绕进每一个世纪，阴暗而怨愤，却毫不犹豫。她看见了自己的父亲，仓促，恐惧，仿佛预示到了自己的死期，爬向顶楼，朝她踉跄而来。一束从她眼中放射的光芒，狠狠地击中了他，击中了又一个坠落在死亡之湖的家族之主。在濒临时空的边缘，她看见了生命像一根根线条在迅速地断链，没有恩慈，没有余地。河畔的水花却不再急速地绽放与凋谢，这里早已是死水一片，没有人能淌过围绕于此的毒雾。而现在，她脱离了府邸，脱离了阴云，在时空的另一头，穿过盘织错节的封锁的森林，再也没有人走过这些路，它们只有在她的眼中才是清晰透亮的，蒙蔽双目的世人早已不在此地徘徊。

在崎岖的山脉下，在朦胧的夜色中，她望见了从梦中惊醒的男人。

他跟随着这道光亮，在诡谲的夜云下，游荡的沼气中，拨开厚厚的枝叶。这是一道柔软的光亮，仿佛是从他的梦境中拉扯出来的，他从前一刻的不知所措，到后一秒的心旌神驰，无不因它而起，它原本是他迷思的去路，困惑的迷宫，每每在豁然开朗之时，梦中的线索便戛然而止，所有的路线与标记都被冲刷得一干二净。而此刻，它如深海中游荡的妖女，引领着他的脚步，他闻到了一丝甜蜜的，诱人的芬芳，从遥远的回忆中灌入他的脑海。

我要带你回家。他说。

在他的眼前出现一片开阔地，野地上的湿润的毛茛在晚风中争相轻抚着他的脚踝，像是无数的细舌在舔舐着他，低垂到地面的藤条鞭打着他的浓密的胡须，他的眼眶泛红，在他眼前晃动的亮光，令人隐隐忧惧，又无比熟悉，带着不可思议的能量，牢牢牵引他的步伐。他早已忘记自己身处何处，慢慢地，他抬头不见天穹，垂目不见泥地，他现在已经走在了古老的砖台上，高大而扭曲的树丛挡住了他上扬的视线，他的眼前是一条神秘的自然隧道，四处袅袅回音，光亮一转眼依附于此处，植物便发起了光，明明暗暗，吞云吐雾，似巨龙的呼吸。他靠近隧道的一侧，透过身旁密密森森的茂叶缝隙，将目光聚焦在它们身后，搜寻着光亮背后的任何一道标志。接着，他看见了一张凝固的脸，沉静，严肃，被一只巨蛛慢慢腐蚀。那是一块人形石雕，而在它的脚下，是一座废弃的庭院。

他早已在不知不觉中行走于低矮的楼阁。

精灵般的奇异光亮离开了植物，钻进了一个地缝，又从地缝另一头逃逸而出，飞向楼阁顶端。他的脚步随着光点的指引，跑向了旋转阶梯，飞扬如帘幕的垂枝败叶将他的厚重衣物染上旧年的尘土。他掠过了惊动的异形蜥和多齿蛆，它们似乎对外来的不速之客视而不见，毫无反应。他爬上了高高的石台，沿着石台的外侧，小心翼翼地攀岩，踩上粗糙而又结实的水泥，一如狂龙身上外突的鳞甲，他甚至感觉到了整栋房子在隐隐地呼吸，仿佛身处绿意深邃的摇篮之中。光亮从尖顶处的一扇破窗中钻入，他像是走钢丝一般在屋顶的边缘慢慢地前进。高耸的枝条竟摇曳于他的头顶，仿佛身处巨大的楼中楼，而他身旁的脚下则是一片黑暗的深渊，深渊中有种种鸣动，轻跃，微嚼，仿佛一头神秘的庞然之物沉睡其中。他如果稍有趔趄，就将从此坠落，无人知晓。

从这里远望，原本豁然开朗的风景早已被巨山一般的树林掩盖，它们组成了一个比城堡更加厚实，坚硬，牢不可破的苍穹，仿佛用一种荒诞而又膨胀的魔力，使凡间之人视而不见，它们帮他们掩盖了羞耻与恐惧，这里所包裹的一切在众人眼中早已不复存在，只存在于人们记忆的遥望，多舌的言语中。它们彼此在疯狂吸取异界的养分，在毫无保留的决裂与更迭中保持隐形，低调，近乎透明。

男人将衣袖卷上了手臂，他看见光亮跳进了破窗下方的一个圆孔之中，圆孔外的平台坚实粗粝，呈苍灰色，陡峭而又冰冷，唯有一道锁链连接着高楼中的走廊。他朝下扔掉自己背上的行囊，接着，他循着光线的余影，找准下坠的角度，吃力地挪动身体，重重地落在了平台上。他的身子滚到了平台的边缘，这里仿佛山顶的悬崖，他定睛一看，此处竟是圆柱形石造书架，高耸而又敦实。从他身下的深渊灌上一阵栗寒的冷风，如冰川巨人的鼻息窜上他微微发白的发丝，一股淡淡的腐臭味随之袭来。他猛地离开悬崖边缘，心有余悸地扭过身子，回到了平台中央，朝停留在圆孔下的光亮望去，惊觉孔洞容得下一人之身。

他像是早已做好了所有的准备，没有困惑与疑虑，所有的决定都是在一瞬间完成的，他单纯，干练，勇敢地追随这道映照着黑暗的细微光亮。他双手撑地，整个下身陷入平台之中，仔细地探寻圆孔中稳固的落脚之处，慢慢地，平台表面上他的身影由高变低，像退缩进地底的土拨鼠，又如顷刻间燃尽的蜡烛，在圆孔内下沉不见。

就像是从无边的峡谷顶端钻进了狭小的沙隙，男人行走于中空的高耸书架内部，摸索，试探，盘旋而下，石筑的墙壁坚不可摧，他的呼吸吹拂了数世纪以来凝结的灰暗而又冷静的蛛丝，他拨开眼前的迷雾般的破碎帘幕，沿着旋转的阶梯幽幽行走。他踏过残破的灰烬，循着光点的轨迹，旋绕着走下深处。他的脑袋突然感到一阵阵刺痛，被突发的悲戚牵引每一根神经，他又一次感觉到了深沉而又绵延的呼唤，从他的心底响起，从眼前的光亮中传出，他的每一步艰难却又坚定地扎在冰冷的地上，他知道他靠近了心中的寻觅之地，他听到了爱人的召唤，她的气息温热尚存，与他的低喃紧密相连。

台阶的尽头是一扇失修的铁门，锁具却被莫名搁弃，只剩下生锈的铁链疲惫地缠绕着门栏。他用力地结开锁链，外龇的坚硬锈铁割破了他的指尖，在微弱的光线下，他看见门的另一头，是一条幽深的通道，氤氲着湿冷的潮气，在他鼻翼的翕动下肆虐，在他裸露的脚踝上作乱。

他走到墙壁边缘，带血的手指抚过墙面上的累累凹痕，冰冷而细小的沟壑竟让他感到一种熟悉的亲昵，它们像无法磨灭的诱人印记牢牢地封锁着他追寻的心，他甘心情愿的苦思与求索换来了千万次的深沉步履，他的妻子，在他的记忆中笑靥如花，却又在陌生的原野上挣扎。没有人愿意相信他梦呓似的言语，所以他决定找到谜题的解答。

他看见光亮遁于墙中，如水花滴落惊涛，所有的梦幻都支离破碎。一股不可抑制的沉痛在此刻向他袭来，他感应到墙壁的另一端埋藏着那颗让他久久思念的灼热的心。他发疯似的推着墙面，墙壁岿然不动。他跑到角落，抡起搁置在一堆铁具中的圆锤，用力地砸着墙壁，墙体在每一次的重锤下脱落着泥块，尘土飞扬，石砾四射，用尽力量猛击着黑暗中伫立已久的墙体。直到它们轰然倒塌，在一阵沉闷的呜咽中，石块重重地朝内部的铁门溃去，它那不可一世的阻挡终于被咆哮中的悲痛者击败。

黎明又一次轮回在无边的暗夜中，这一次，它温柔地，慷慨地，透过坑洼，裂痕，罅隙，以及泪痕，然后，从男人粗壮的手臂中，缓慢的脚步下，光亮恭顺而又腼腆地带领着他，走到了妻子的面前。他认得细弱的躯干，在陈年的风干中化作白骨。他扯走铁笼外缠绕的锁链，气力惊人，像迟暮的英雄使出了他毕生的力量，他终于累了，跪在了骸骨面前。他的手轻轻地抱起了怪异骇人的头骨，“尼娅……”他像孩子一般抽泣，卸下了庄严与镇定，他的心肝像是被初升的太阳炽烤，被封冻的尖针穿插，他睁眼看见了金发璀璨的妻子，她还是当年那副模样，沐浴在光芒中。

她微笑地望着丈夫雷诺，他在一夜之间变得苍老而不可更改，前额早已有了白发，像窗台前的霜冻。她会记得彼此共同的心境，像所有的夫妻在长久的分离后的激动与怜惜。她回忆的是他们的生活碎片中组合出一幅幅美丽却又残破的画卷，有摩擦也有秘密，有嗔怪也有原谅，忧愁与积极，怒意与欢笑，在他们的生活里纠缠，像高原上的花朵团抱生长。可是在最初的年代，她还没有准备好所有的磨难，他也一样。此刻却都释怀了，仿佛是时间的金手指在轻轻拨弄着他们曾经的迟疑，犹豫，把所有掩盖在心房里的惊喜与压抑都挑拣出去。于是，宽宥与平和留了下来。他终于找到了她，重逢在时空流逝的海洋中，雷诺看见妻子眼角有泪光，他轻轻为她抚去，并不追问任何话语。他将不再去回忆爱人为何突然失踪，当初的他不知所措地站在警局前，在互联网和街头四处搜寻，眼睁睁地看着周围的忙碌者在失忆中生活，与冷眼相对的人们擦肩而过。而他执拗地停留在原地，像瀑布下的礁石，任苍白漠然的水花激烈地拍打。他苦苦追思妻子，脑海里是她呼唤的声音，从未停息。没有人能否定这一切并不存在，他要跟随他的心前行。

我的爱人！

尼娅会忘记她的懦弱，委屈，在狂妄面前胆战心惊，她冰冷的拇指抚摸着丈夫温热的掌心，她要忘记曾经在疼痛的撕扯中失去的整块头皮，金发焚尽，甚至连告别都没有，就被吸入另一个时代；她要忘记自己从泥泞不堪的荒野中醒来，在雨水的倒映中，她看见自己割裂的面目早已在时空的穿梭中扭曲恶化，重组成怪诞而丑陋的模样。她要忘记自己曾怀疑整个宿命的始末，未曾预料所有的不公，这个世界处处是缺痕，她深陷其中，无能为力，与所有的愚昧或蒙蔽的受难者那样，脱离了生的欢乐与梦想，埋葬在恶的巢穴之中。她什么都可以放弃，如果，她永远地躺在爱人的怀中。

此刻，她冰蓝的眼中绽出欣慰而感动的光亮，走向了永恒的虚无。但他紧紧拥抱着她，无畏而又坚定，像纯真的男孩奋力守卫着自己的堡垒，任时间的洪流冲刷而过。没有人能解释爱的初始与延续，但它永远存在，就像苍茫的宇宙与星辰。他要带她离开恶地，回归故园。他想起彼此曾许诺过，奔流于平凡而可贵的生活。生与死的界限是如此模糊不清，他们没有任何言语，只是紧紧地连接着，相拥在一起，没有人能分开他们。

光芒从大地上升腾而出，他的身影是如此的雄伟。天际线分割出一簇簇斑斓的云朵，每片云朵都渗出淡紫色的光亮，透过郁郁葱葱的植物，像千万丝线抽离而出。她终于等到了迟来的柔情，在爱人的怀中，她的形骸是如此单薄，几乎没有重量，他无声地踏出了府邸，像游走在新时代的幽魂，他的沉闷，木讷，不善言语，包围了他内心深处深情的火花。在那片永恒的天地里，他的妻子像当年那样出现在他面前，在他的英勇与关怀中欢欣雀跃，那里的欢乐不再转瞬即逝，她的笑容就像山茶花那般娇艳地绵延。在他的脚下，大地颤动不安，身后那座跨越数世纪的里德府，正在星星点点穿透而入的晨光中摇摇欲坠。

多妮奥会永远记得这个黎明，她的身影融化在一片光明里。也许诅咒还没有消失——那是母亲的恶之子，在府邸中蔓延生长了许久的男婴，是异变的产物。他最初的身体里流淌着与多妮奥同样的血液。也许她一直是一个意外，在抗衡着原本已经不受控制的诅咒，但她终将摆脱桎梏，永远逃离她的梦魇与旧园。在梦里，她没有发现他的身影。因为他不再是一个婴孩，而是整个府邸！

看哪，那排列在书架上的灰黑色的书籍，正是男婴生长的万千臼齿！府邸中心高耸而又庞大的圆柱书架，正是他那斑驳的阳具！残破的窗户，是他无数眨动的眼睛；败落的地砖，一望无尽，是他伸展的肌肤！他每一个丑陋却又真实的器官，早已和这座府邸合二为一，他的五脏六腑早已深深地贴合在了府邸中每一处纹路上，像海洋中失落的城堡，他包裹着早逝的母亲，包裹着她分裂出的污秽的兽身，他们母子沉陷在里德府中，再也没有走出去，在这里蛰伏，遗忘，走向毁灭。塔尖首先溃烂下来，那是他曲折的手指，从天而落。室内的墙面像撕裂的油纸纷纷塌陷，大厅中分离出地牢的模样，一切卷入无边的黑暗地底！房间门相互碰撞，像骨折的关节碾磨到了一起！楼梯挤压变形，像焚化的塑胶滴落进深渊！霎时间，廊道一片鬼哭狼嚎，像无数个拥挤在一起凌迟的巨人。

传输器的端口在隐隐地闪动着，淹没在起伏的积尘中。多妮奥将抓住时空留给她的契机，像吞吐的鲸鱼遗漏的磷虾。她曾目睹的谜底，带领着她回到了原点，这里将会空无一物，她的家族将会伴随着过往的罪恶，永远消失在地心深处。而积郁已久的梦加里德河流将溃泻而逃，像终于逃离了暴君的子民。她看见巨大的城堡在顷刻间被黑暗的深渊吞噬，地毯像长长的脐带慢慢地下坠，陷落在她永远不会知晓的地方。"轰"的一声巨响，也许这只是漫长岁月的一个轻叩，在抛离了令人恐惧的梦境与回忆后，在刹那间走向灭亡，她眼前的里德府，在撕心裂肺的啼哭中沉没进地底，成为微不足道的沙砾与坚硬厚重的岩层。

别了。

许多年过去了，她一定会记得这个黎明。树木舒展，野草退散。她的身体在慢慢散开，一如当初的她从现实中消失。现实？这是一个值得推敲的词语。她不知道自己将飞跃进哪一个时代，那里还有她熟悉的面孔吗？他们是否已经老去，或者消逝，那么，他们还会有重逢的一天吗？她甚至想起了未曾实现的赴约，想起了甜蜜而温馨的餐桌，想起了令人感激不已的平静生活。也许这一切本就是梦，就像大地之下流淌的困顿之河，唯有潺潺于光芒之下，才是惊醒时分。

她的身体在拼命吸噬着火焰中的灰烬，在深渊之上飞速地逃离，重组，钻入时空的另一头，而时空，并非一望无尽。她此刻多想从镜中看见自己灼灼的目光，那里有她曾匍匐而行的世界。在这段漫长的旅程之后，她将跨越山水，孑然一身。也许你们早就遇见了她，在夕阳深处，她迈开疲惫的步伐，而你无能为力，举目远望，就像生命中所有怅然若失的片刻；也许在未来的某个世纪，在山巅下，在黄昏中，你们看见她落寞地从奔流着机械与先知的世界醒来，心系伤痕，静诉往事，你会印象深刻，却又终将遗忘。